개인기록
연구총서
4

창평일기 4

이정덕·소순열·이성호·문만용·안승택·김규남·김희숙·김민영

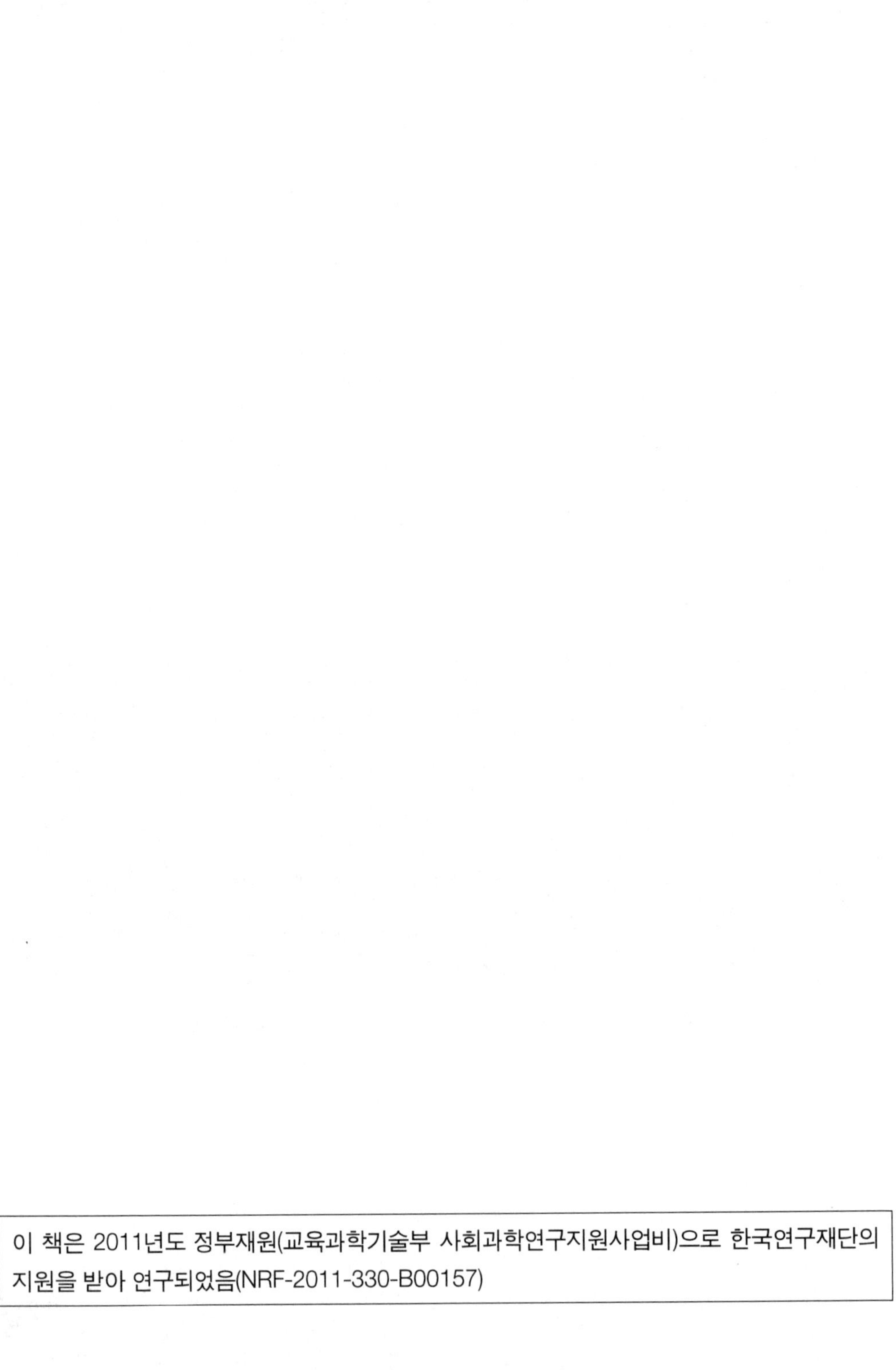

이 책은 2011년도 정부재원(교육과학기술부 사회과학연구지원사업비)으로 한국연구재단의 지원을 받아 연구되었음(NRF-2011-330-B00157)

서문

　근대화 과정에서 서구가 가장 빠르게 경제성장할 때(1820~1870) 영국은 연평균 2% 미국은 4.2%를 성장하였지만, 20세기 후반 한국, 대만, 중국은 30년 이상 연평균 10% 이상 성장하였다. 세계사에 이렇게 빠른 속도로 성장해본 적이 없다. 역사, 가치관, 경험의 차이에도 불구하고 서구화가 근대화로 간주되어 많은 국가들이 서구를 모방하는 데 노력을 기울였다. 그러나 갈수록 서구의 근대화 경험은 보편성이 없는 서구의 독특한 역사, 정치, 경험을 반영하는 것으로 보는 시각이 크게 늘어나고 있다. 마틴 자크는 『중국이 세계를 지배하는 날』(2009, 부키)에서 중국이 2027년 GDP에서 미국을 추월할 것이며, 중국의 역사적 경험, 문화, 제도가 서구와 달라 중국이 주도하는 세계는 중국의 가치관과 제도를 중심으로 형성될 것으로 예측하고 있다.

　매년 10% 성장하는 국가에서의 개인경험과 2% 성장하는 국가에서의 개인경험은 크게 다르다. 10%씩 성장하는 경우 가족구조, 사회체제, 인간관계도 급속하게 변한다. 또한 각 국가가 세계질서에서 처한 위치나, 서구의 가치와 동아시아의 가치가 크게 다른 만큼 이러한 차이도 경험에 커다란 영향을 미칠 것이다. 우리 연구팀은 압축적 근대화의 이러한 경험이 문명권 사이(예: 유럽과 동아시아), 국가 사이(예: 영국, 프랑스, 폴란드, 일본, 한국, 중국, 베트남), 지역 사이(예: 전라권, 경상권 / 농촌, 도시)에 어떻게 다르게 나타나는가를 그 당시의 일상을 생생하게 기록한 개인기록(일기 등)을 통하여 비교 연구하고자 한다.

　이러한 연구는 서구가 주도하는 '글로벌 스탠다드'가 사회제도, 관계, 생활에까지 압축되어 관철될 것인지, 동아시아 각국의 독특한 역사, 제도, 가치가 압축적 경험의 중심이 되어 '독자적 문화'를 유지하며 발전할 것인지, 또는 이들이 교배되어 압축적 혼종현상으로 나타날 것인지, 혼종현상이 나타나면 어떠한 방식으로 나타날 것인지, 그리고 앞으로 동아시아가 주도하는 세계가 어느 방향으로 발전할 것인가를 전망하는 데 중요한 근거가 된다. 궁극적으로 우리의 연구는 서구 중심주의적 근대관념을 극복하고 동아시아의 가치와 경험이 중요하게 반영되는 보다 보편적인 근대와 미래를 탐색하는 데 기여하고자 한다.

　개인이 자신의 삶을 일기, 노트, 자서전, 회고록, 사진 등으로 남길 때, 압축성장에 의해 나타나는 압축근대가 실제로 체험되는 날마다의 경험이 이미 생생하게 반영되어 기록된다. 우리는 『창평일기 1』에서, 다양한 영역에서 이러한 압축성장이 반영되어 근대성이 압축적 변화를 거치며 나타나고 있는 내용들을 설명한 바 있다. 이 안에 포함된 "1970년대 국가와 농촌개발", "촌락사회의 조직들", "농촌노동의 양상", "비시장교환의 양상들", "가족, 친족, 문중생활", "생활권역과 외지출입", "언어생활의 표기특성" 등의 글들은 1970년대 농촌의 개인에게서 타나난 압축적 성장의 내용과 영향들을 잘 보여주고 있다. 압축성장 과정에서 국가가 빠르게 강화되면서 지역사회의 세부적인 부분까지 장악하고 동원하거나, 농촌을 조직화하여 빠른 속도로 다양한 정책들을 실행하고 세계적 변화에 대응하며, 다양한 공적 단체들을 조직하고 동원하여, 압축적 경제성장에 농촌을 동원하는 양상을 보여주고 있다. 지역사회 자체에서도 교환의 성격이 바뀌고(예: 쌀에서 화폐로), 선물과 재분배방식이 변하고, 노동양상이 변하며, 전통 모임들이 왜소화되고 새로운 모임들이 확대되며, 가족/친족/혈족/인간관계가 변하고, 방문과 이동방식과 범위가 변하며, 언어와 사고가 변한다. "1970년대 국가와 농촌개발", "농촌개발과 새마을운동", "농업과 농가사업", "일상생활 속의 물질문화"는 압축성장 과정에서 과학담론이 지배적인 담론으로 등장하면서 새마을운동이나 농가사업 그리고 전기/전화/상수도/의료 등에서 어떠한 상황이 나타나는지를 보여주고 있다.『창평일기』의 분석을 통해 우리가 여러 잡지에 출간한 논문들이나 학술대회에서 발표한 글들은 압축성장을 위한 기반으로 한 국가의 총력동원체제를 매개로 농촌에서 어떻게 압축적인 변화가 일상적으로 일어나서 생생하게 체험되고 있는지를 보여주고 있다.

이번에 출간된『창평일기 3』,『창평일기 4』는 주로 1980년대의 변화를 다루고 있다. 지난 50년의 압축성장 과정 중에서도 지난 1970년대와 1980년대는 가장 압축적인 성장의 과정이었고, 또한 이러한 압축성장의 결과로서 다양한 변화와 혼성과 혼란이 나타나고 있었던 시기이기도 하다. 농촌 또한 마찬가지이다. 이를 가장 단적으로 상징하는 것이,『창평일기』의 대상지인 임실군의 인구가 1966년 118,175명에서 1995년에 37,201명으로 줄어든 일이다. 이렇게 빠른 속도로 농촌의 인구가 줄어든 경우는 세계사에서도 드물다. 인구만 줄어든 것이 아니라 젊은층은 대거 도시로 흡수되고 노년층이 계속 집적되어 인구구성 성격 자체가 아예 본질적으로 변하기도 하였다. 동시에 전기, 다양한 전자제품, 화학제품 등의 상품 소비나 다양한 도시네트워크를 통해 도시의 경제체제에 점차 흡수되어 가는 과정이기도 하다. 조직이나 문화도 기존 농촌의 혈족관계와 공동체와 세시풍속에 기초하던 체제가 빠르게 해체되고 기존의 일부가 남아 있으면서도 새로운 요소들이 대거 밀려들어와 혼합되는 이전보다 훨씬 복합적인 농촌 체제를 만들어냈다.

『창평일기 3』에 포함된 "1980~90년대 농정과 농촌변화", "근대적 시공간의 형성과 농촌사회의 변화", "1980년대 생활과 생활권의 변화," "개발 이후의 개발", "농가사업과 생활환경", "촌락사회의 조직", "가족, 친척, 조상숭배", "언어생활의 변화" 등은 이러한 상황을 기반으로 다양한 변화들이 1980년대 한국 농촌에서 어떻게 나타나고 있는지를 보여주고 있다. "물(物)로서의 일기"는 일기 자체가 지니고 있는 물질적인 속성을 다양한 측면에서 점검하고 있다. 일기 자체의 물적 속성도 압축성장을 위한 자기성찰체제를 반영하는 것이며 또한 일기의 내용에 영향을 미친다.

『창평일기3』의 일부와『창평일기4』는 최내우 씨의 일기와 자서전을 입력한 것이다. 일기 자료의 입력은 수기된 글자의 해독 자체부터 지난한 과정이었다. 일기는 비표준 한자와 방임적 표기, 방언이 뒤섞여 있으며, 감정 상태에 따라 갈겨쓴 부분, 그리고 1980년 이후 시도되는 다양한 세로쓰기 방식 등에서 비롯되는 글자 인식과 자구 해독의 불가해성 때문에 상호 교차 검토와 여러 차례의 탈초 과정을 거쳐야만 했다. 입력과정에서 토론을 통하여 내용에 대한 심층적인 해석을 할 수 있게 되었다. 이것을 출판하여 누구나 읽을 수 있도록 하여 우리 연구팀뿐 아니라 어떤 연구자들이든 사용할 수 있도록 하였다.

일기라는 자료를 바탕으로 압축성장 속의 농촌변화를 연구하는 것은 생각보다 쉬운 일이 아니다. 26년 동안의 일상을 빼곡히 기록한 일기 자료 안에 등장하는 약 2,400여 명의 인명과 지명 그리고 수많은 사건들을 분류하고 정리하는 것도 간단치 않은 일이다. 생각보다 훨씬 많은 사건, 관계, 행동, 생각이 일기에 포함되어 있다. 무궁무진한 사람, 사건, 관계를 정리하는 일은 미시적 관점과 더불어 전체를 정리하는 거시적 접근을 동시에 필요로 한다. 또한 일기는 개인이 개인의 생각을 적은 것이기 때문에 기록된 내용의 진위를 파악하고 관련 인물 가운데 생존한 마을 주민들을 통해 일기 행간에 빠져 있는 정보를 수집하는 현지조사로 보충되어야 했다. 한 개인을 중심으로 벌어진 생생한 압축적 변화를 세계적 맥락에서 이해하기 위해서는, 지역, 국가, 세계의 변화에 대한 이해와 자료수집 그리고 이들이 어떻게 한 개인의 삶과 연결되어 있는지를 추적하는 노력이 필요하다.

현재 진행되고 있는 개인기록을 통한 한국농촌의 압축적 근대성에 대한 연구는 전통사회와도 다르고 서구사회와도 다른 한국의 현대를 이해하는 것이다. 더 나아가 이러한 연구를 농촌에서 도시로 확장시키고, 동아시아의 국가들, 그리고 문명 간의 비교연구로 확장시켜, 압축근대성의 세계적인 비교연구로 나아가고자 한다. 기존의 근대성에 대한 연구들이 주로 서구화를 근대화로 받아들이면서 서구의 근대성 담론을 충분히 성찰하지 않고 서구적 근대화 담론을 그대로 반복하여 적용하는 경향을 보여주었다. 우리는 한국의 각 지역에서 나타나는 압축근대성의 비교연구를, 국가 간, 문명 간 연구로 확대하여, 근대성이 다양하며 다중적으로 각 지역/국가/문명에서 다르게 나타났다는 점을 보여줄 수 있으리라 생각하고 있다. 그러한 다중적이고 다양한 근대성의 유사성과 차이성을 비교 분석함으로써 각 문명권들이 지닌 근대성들이 유사성에도 불구하고 커다란 독특성도 함께 가지고 있다는 점을 보여줄 수 있을 것이다. 이를 통하여 서구중심적 시각에 의해 전개되어온 서구우월주의적 근대성 담론을 극복하고, 다양하고 다중적인 근대성들에 대한 보다 사실적이고 공평한 담론을 생산하고, 이를 지구적 차원에서 종합적으로 논의할 수 있는 틀로 발전시켜 나가고자 한다. 『창평일기』를 통해 한 지역의 압축성장에 따른 압축적 변화와 근대성에 대한 연구로 출발하여 점차 국가, 문명, 나아가 세계에 대한 설명력을 지닌 담론으로 발전할 수 있으리라 믿는다. 이를 위해 다양한 일기의 수집과 분석 작업이 지속될 것이다.

이를 시도할 수 있게 해주는 수많은 분들에게 감사를 표하고자 한다. 사적인 경험과 생각들이 잔뜩 들어 있는 일기를 공개적으로 연구할 수 있도록 제공한다는 것은 커다란 용기를 필요로 한다. 선친의 육필일기를 제공해 주시고 우리가 현지를 조사할 때마다 지역 곳곳을 안내해 주시고 우리가 모르는 수많은 이야기를 해주신 임실문화원 최성미 원장님께 특별한 감사를 드리고자 한다. 일기와 관련된 가족, 친족, 지역의 모든 분들, 특히 우리에게 많은 사실과 이야기를 해주시는 주민들께도 특별한 감사를 드린다.

우리 연구팀은 한국연구재단의 한국사회과학연구지원사업(SSK)의 지원으로 안정적이고 장기적인 연구를 진행하고 있다. 우리의 창대한 꿈을 조금씩 실현시킬 수 있도록 지원해주는 한국연구재단에게도 깊은 감사를 드린다. 또한 이러한 자료와 글의 가치를 알아보고 어려운 출판 상황에서도 책으로 출판될 수 있도록 도움을 주시는 〈도서출판 지식과 교양〉의 윤석원 사장님과 관계자에게도 감사를 드린다. 아무쪼록 조그만 출발이지만 세계적 연구로의 발전의 발판으로서, 그리고 한국현대사를 연구하는 분들에게도 압축성장을 매개로 한 압축근대성의 현장에 대한 생생한 자료로서, 기여할 수 있기를 간절히 희망한다.

2013년 6월
연구팀을 대표하여 이정덕 씀

목차

창평일기 1 목차

창평일기 2 목차

창평일기 3 목차

제2부 창평일기 Ⅱ (1981년~1986년)　　129

창평일기 Ⅲ(1987년~1994년)

<내지1>

時 支	時 間	動 物 名	12 支
子	11 − 1	쥐	兗 미들 연
丑	1 − 3	소	禋 제사 인
寅	3 − 5	범	醴 단술 예
卯	5 − 7	토기	粢 기장 자
辰	7 − 9	용	郕 나라 성
巳	9 − 11	비암	鄒 나라 추
午	11 − 1	말	牲 히생 생
未	1 − 3	양	沂 이름 기
申	3 − 5	원숭	
酉	5 − 7	닭	
戌	7 − 9	개	
亥	9 − 11	도양지	
七翁八起			

<내지2>

電話番號

崔 範	694-6208	서울
林成基	362-5376	〃
許俊晩	966-9219	〃
金漢昌	805-3028	釜山
金榮官	98-2553	〃
崔鉉宇	63-0907	富川

郭炳鉉	42-2575	安養
崔成奉	32-3895	水原
崔二範	2-5191	全州
崔成樂	2-4373	南原
崔哲宇	2-3098	南原
張寅燮	6-3355	全州
崔泰宇	3-4352	全州
崔正宇	32-7100	南原
崔成傑	3-6702	全州
崔相範	-2349	任實
崔成苑	-378	館村
崔成玉	2-3830	裡里
任正三	4034	求禮 馬山
崔炳列	224	斗流里
崔完宇	697-5804	서울
崔良宇	696-7924	〃
崔成植	575-5218	〃
崔成禮	763-7340	서울
崔德順	424-1273	서울
千戸洞 朴宗一	478-3769	서울 自宅
〃 〃	478-5446	店捕[店鋪]
崔흔宇	34-8515	桂壽
崔炳敏	34-8507	
李垰根	600	오수
崔成宇	54-0103	光州
崔漢宇	4256	求禮
崔基宇	6-2894	全州
崔基宇	4-9913	全州
許鉉玉	3-5416	群山
金東圭	32-2607	南原
金赫鉉	53-5576	安養
山西 白云里 裵京植	4-3565	長水
桂壽 崔南宇	3514	南原
崔鎭鎬	87	只沙
崔우鎬	308	大里

金哲浩	209	大里
李相云	215	大里
崔福洙	77	德峙 希月里
金光洙	251	新平
崔基宇	578	注油所
大同工業	2600	任實
大里 軍隊	731	館村 軍部隊
崔成桓	4-3520	山西
崔成宇	54-0303	光州
崔鉉宇	63-0907	富川
오수 米穀商	419	오수
金哲浩	0209	大里
朴公희	2.287	任驛前
宋基龍		성수 桂月里
筆洞 現場	413	館村
大林 靑云洞 現場	144	館村
現場監督 金榮國		서울人
택시金達表	708	館驛前
館村 까스집	445번	
驛前 李光充(윤)[1]	543	싸이카 修理
館村 大成전자	581	전자製品 販賣店
부천시 오정동 395-5호 9통 4반 이상섭		
靑云堤 박현구 과장		
只沙 金漢來	120	
崔龍安 서울 議事堂	778-4951-1	
〃 〃 自宅	784-2375	
許성강 〃	966-9219	
鄭仁浩 全州 桑協	2-5371	
崔成宇 光州	54-0203	
金承漢 서울	272-7803	
新平面事務所	43-7301	
〃 事務室	43-7001	

---

1 본래 '允'을 쓰려 했으나 쓰고 보니 '充'의 모양이 된 탓에 괄호를 달고 한글로 '윤'이라고 병기한 것으로 보인다.

崔哲宇 南{原}園예組合　　　2-3098
崔炳基 館村　　　　　　　42-0219
崔成樂 南原　　　　　　　32-1668
李건호 青云 斗福里　　　　43-8528
申東鎬 新德 智長　　　　　43-6864

<1987년 1월 1일 목요일>
終日 舍郎[舍廊]에서 送年 收入支出 整理
하고 迎新年 家計設計를 짜보왓다. 約 五
百餘萬 원이 赤子가 드려낫다. 政府하고
農民하고는 付合[符合]이 되지 안코 잇다.
農畜産物을 輸入해다가 農民을 못살계 한
니 弱子을 이처럼 괄세하고도 長期職權[長
期執權]을 延長하려 함은 不良한 處事로
본다. 選擧 時는 利用하고 끝이 나면 또 괄
세하드라.
이제는 農民도 覺悟가 잇다. 두고 보자.

<1987년 1월 2일 금요일>
炳基 氏 成奎하고 三人이 同伴해서 서울
曾祖 祭祀에 參席햇다.
三人이 宗契 收入支出을 決算햇다.
今年에는 曾祖를 範 집에서 慕侍되 明年에
는 墓祀로 변경하야 館村 堂叔 宅에 慕侍
기로 햇다. 宗財는 總額 三〇五,六四〇원인
데 支出 一四六,〇五〇원인바 通帳에서는
引出할 수가 없어 私錢 一二,〇五〇원 代
納하고 秋期 契日에 保忠[補充]키로 햇다.
往復旅費을 宗錢으로 利用햇기에 그리 되
엿다.
아침.

<1987년 1월 3일 토요일>
아침 七時 三〇分에 出發하야 炳基 氏와

갖이 택시로 터미널까지 오니 約 四仟 원이
들엇다.
全州에 十一時쯤 着하야 同和會議 參席햇
다. 會費가 三仟 원 入會費 壹萬 원을 拂入
햇다. 今春에 廣州 十七世祖 墓所 參拜키
로로 議結[議決]햇다.

<1987년 1월 4일 일요일>
柳正進 重宇 昌宇 成東 仁範 正範 成傑 家
蔟[家族]키리 四封을 破墓햇다.
先母게서는 水中에다 慕侍엿드라.
先考게서 遺骨이 良護[良好]하드라.
兄任도 良護햇는데 伯母는 좋은 便은 못
되엿다.

<1987년 1월 5일 월요일>
先考 兩位 移葬日이다.
早朝에 薦宇 氏 南宇 氏가 當到햇다.
役軍은 三三名이 動員되엿다. 日氣도 淸明
溫和하야 마음 흐뭇하드라.
熱心이 役軍해 주시여 感謝햇다.
祭物도 넉 〃 하야 滿足히 接待햇다.
館村 炳基 氏도 參席 全州 泰宇도 왔다.
서울 德順 寧川 點順도 왔다.
役軍은 다음과 갓다.

金鎭玉　牟光浩　金判錫
金三浩　崔完宇　宋成龍
金興源　崔重宇

朴京洙　白康俊
尹在厚　嚴俊映　　계 三三名
崔吉男　安鉉模　　家族 二〇名
丁宗燁　安正柱　　男女
林宗烈　　　　　　約 五〇名이
具判洙　張泰燁　　活動햇다.
牟潤植　柳正進　　經비도
金順源　尹龍文　　約 二〇餘萬
鄭九福　丁壽福　　원이
丁柱完　李春在　　支出햇다.
安承默　崔今石
李道植　嚴俊祥

<1987년 1월 6일 화요일>
舍郞에서 移葬 收入支出을 整理햇다.
墓地 圍置圖[位置圖]을 그려 族譜[族譜]
에 家乘 現況을 그려 넛다.

<1987년 1월 7일 수요일>
養老會 定期總會이다.
아침에 後山에 慕侍[모신] 先塋에 三慕祭
[三虞祭]에 參拜햇다.
終日 養老 財政을 整理햇다.
成允이는 水原서 왓는데 갈 생각은 하지
않이 하고 敎課書[敎科書]을 챙기여 工夫
을 하기 시작하드라. 異常이 生覺이 든다.

<1987년 1월 8일 목요일>
早朝에 丁辰根이가 訪問햇다.
理由는 丁基善 氏가 마음이 올치 못합니다
햇다. 조총굴 林野 북고재[붓골재] 너머 山

이 宗山이 宗山이 분면[분명]한데 알고 보
니 (登記所에서) 未登記라고 햇다. 未登記
라도 돈을 차질 수 잇소 햇다. 차질 수 잇다
고 해주엇다. 그러나 基善이를 異心[疑心]
한 듯십기에 집안之事이니가 조용히 基善
을 相面하야 論議함이 올타고 해서 보냇다.
金興源 氏가 왓다.
成奎의 兄 畓을 꼭 팔겟는가 왓다. 흥정하
라 햇다. 아마도 基善이가 宗畓으로 할 것
가다고[같다고] 햇다.

<1987년 1월 9일 금요일>
束綿契[束錦契] 有司 崔正浩인데 自宅이
안니고 四仙臺飯店에서 中食을 兼하야 會
議을 햇다. 故 鄭鉉一 別世에 祈禱으 뜻에
서 一濟[一齊]히 黙念을 올이고 會議에 作
手[着手]하고 收入支出을 決算햇다.
現品 白米는 各者[各自]에 借用케 하고 姜
春子에 一叺을 保管[保管]햇고 現金 二九,
四〇〇　원는 契長 崔乃宇에 保管하고 今
春 外遊 時에 無利子 내눗키로 햇다.
鄭鉉一 婦人이 參席은 햇지만 脫契할 것이
分明하드라.

<1987년 1월 10일 토요일>
아침에 水原서 成奉이가 전화로 上京해 달
아고.
成康 母하고 同伴하야 水原에 갓다.
밤에 成奉을 對面하고 上京 理由을 무럿
다. 理由는 事業을 하다 보니 욕심이 生起
는데 資本이 不足하야 利得이 뻔하지만 抛
棄하고 잇다고 하드라.
約 五百萬 원만 윤통[융통]해 주면 擴大事
業을 하겟다고 하면서 水原에서 基班[基
盤]을 닥겟고 現在도 닥가젓다고 하고 이

事業이 잘 되면 내의 單獨事業으로 못 보고 兄弟의 事業으로 하겟으니 可級的[可及的]이면 利子 없이 畓을 賣渡하야 보태주시면 農事보다는 收入률이 낫고 此後에 다시 畓을 그만만치[그마만치] 사주겟다고 하드라.
집에 가서 生覺해 보겟다고 햇다.
貨車을 사고 控地[空地]을 追加로 사고 하다 보니 資本金이 不足하다고 햇다. 그려나 네 兄 成傑이도 未結婚이고 너만 그려케 할 테이면 成康이 兄도 生覺하라 햇다.

<1987년 1월 11일 일요일>
朝食을 맞이고 十一時 四九分 列車로 出發하야 裡里에 왓다.
뻐스를 타다 보니 잘못 타 群山行을 탓다.
할 수 없이 할 일 없이 群山에 着하야 다시 全州行 直行을 타고 왓다.
밤에 金興源 氏을 招請하야 못텡畓 四〇〇坪 斗落當 三二叺식 내고 照价[紹介]하라 햇다. 韓相俊 招介[紹介]하라 햇든니 그 사람 아니고도 또 있다고.
아마도 安鉉模인 듯십다.
全部이면 七一叺쯤.

<1987년 1월 12일 월요일>
爲親契 總會日이다.
收入支出 經理을 整理한바 契穀을 借用者가 없어 一部 좀 놋코 決議하고 一金 六萬 參仟八百 원을 一時 保管 中이다.
夕陽에 金興源 氏을 오라 해서 어제 付託한 畓 賣渡는 엇지 되엿느야 햇다. 아마도 安承均 其者가 防害[妨害] 논 듯십드라.
鄭九福에 말햇다고. 其者도 안 될 듯햇다.
丁基善은 六五叺을 보드라.

据絶[拒絶]햇다.

<1987년 1월 13일 화요일>
成東이는 大宗錢 元利 四七二,四〇〇원을 農協에 定期豫託하고 왓다.
農協에 交涉하야 一般資金 三〇〇萬 원을 宗中에서 利用한다고 完宇 名儀[名義]로 貸付해 왓다. 年 一四%.五[14.5%] 利로.
江津面에 崔福洙 招介로 成傑 結婚 相談 次 갓다.
江津사람도 仲買人[中媒人]인데 妻 伯父 딸인데 年令[年齡]은 丁酉生 成傑하고 同令[同齡]. 居住地는 谷城郡 立面 서봉리 鄭成熙 氏 딸이고 本貫은 晉州 鄭氏라 햇다.
江津사람은 金奉基 氏인데 日帝 時 井邑 뻐스會社에서 勤務하는 사람인데 나하고 갗이 잇은 사람이드라.

<1987년 1월 14일 수요일>
八六年 二月 十一日 字 成東 男妹契錢 償還한다고 大宗錢 四三六,〇〇〇원을 通帳에서 引出해간바 오늘 利子 9%로 加算해서 三九,二四〇원을 合해서 四七二,四〇〇원 一年滿期 豫託햇다. 一月 中 大宗會 定期總會을 앞두고 準備 整理햇다.
全州 泰宇 祖考 破墓日이다.
崔善眞 金判植 鄭漢烈은 工賃으로 왓고 成東 昌宇 完宇 一家에서 人事次 왓다. 泰宇 祖考 妣 先考 三位을 破墓햇다.
中食 兼 名食[夕食]을 따지고 갓다.
作別 後 昌宇가 왓다.
成奎 完宇 嚴俊峰之間 問題가 나왓다. 세 사람之間에 틈이 간다고 말하드라. 金錢 關係라고 햇다.
언제든지 남이니까 틈이 가야 한다고 햇다.

成奎가 叔父에 조금만한 트[틈]를 주웠으면 내가 協助하는데 成奎 自身이 나를 無視한 點 大端이 遺感千萬[遺憾千萬]. 이즐 수 없다.

<1987년 1월 15일 목요일>
道峰에다 泰宇 養祖父母考 및 兄까지 四位을 移葬햇다.
多幸 溫和한 日氣로 役事에는 알마잣다.
遺骨은 택시로 運柩/運杞[運柩]햇다.
夕陽에 歸家 中 택시 中에서 昌宇는 不平을 하는데 宗畓을 地方에서 사는 게 올체 南原에다 全部 살 必要는 없지 안느야고 不快心을 갓고 잇드라.
그려나 昌宇는 不良心者로 본다.

<1987년 1월 16일 금요일>
崔薦宇 氏 林野代 二〇〇萬 원을 南宇 氏에 주고 領受證[領收證]을 代로 받앗다.
八時 四二分 列車로 壽洞 露儒濟[露儒齋]에 갓다.
代議員總會인데 나는 顧問이엿다. 代議員 定員은 一二名인데 五名이 募여 定足{數} 未達이지만 成員으로 하고 會議는 進行햇다.
案件는
電話加設이고 宗畓 耕地整理인바 모두 完決 通過햇다.
밤에 成奎에 指示打合之事가 잇는데 放送해도 오지를 안는다.
아마도 理由는 있는 듯십다.
壽洞 崔炳敏 氏을 相面한바 宗土를 購入하려면 自己畓 七斗只 한 떼전이 잇으니 約 二〇叺식만 주면 된다고 햇다.

<1987년 1월 17일 토요일>
親睦契會日다.
有司는 鄭圭太인데 男女 全員이 募엿다.
會計事務는 우리 집에서 하고 中食은만은 鄭圭太 집에서 하고 너머왔다.
契穀은 五叺인바 明年 春季 外遊 時에 一叺은 契穀으로 利用키로 햇다. 今日 人當 萬 원식 据出[醵出]햇다.

<1987년 1월 18일 일요일>
새벽에 光州에서 震宇가 전화햇다.
25日 大宗中 定期總會議日을 定햇다고 連絡 要햇다.
成奎가 왔다.
오늘 午後에 서울에 간다고. 明日 故 成吉 49祭日이라고 햇다. 生覺컨대 參禮함이 道理오나 마음이 맞이 안트라.
成奎만 단여오라 햇다. 成奎에 付託코자 함은 住民 一部가 畓田을 購入하려 한는데 싼 논만 사려하고 全州 金鎭億 氏 開墾畓을 싸케 사려 한고 하는데 마음이 괴롭다.
成奎 너는 金鎭億 일을 보와 주기로 한 以上 金 氏에 付託하야 賣渡을 하든니 借地料을 주든지間에 내의 밭 옆에다 連基 畓으로 拾斗只만 耕作케 해달아고 하라 햇다.
無違 없이 付託하야 耕作케 해드리겟다고 햇다. 今春에는 開墾하야 賣渡할 것이요 햇다.
嚴俊峰 關係도 此後에 네의 사이가 틈이 갈 것이라고 햇다.
언제라도 남은 그때뿐이지 必要 없고 一家間에는 不安해도 그때뿐이다. 明心[銘心]하라 햇다.

<1987년 1월 19일 월요일>
새벽에 전주 泰宇 館村 炳基 氏에 電話하
야 一月 二十一日 臨時總會을 開議하자고
通報했다.
成東 終日 搗精했다.
舍郎에서 讀書하다 書役도 했다.
農事設計도 내보왔다.
全州에서 成傑이가 왔다. 適合 婚處이가
있으니 生覺이 엇더야 했다.
年令은 三〇歲라고 햇든니 絶對的으로 返
對[反對]했다. 그리고 今年 一年만 벌면
되는데 急할 것이 없으니 念餘[念慮] 말아
했다.

<1987년 1월 20일 화요일>
成東이는 終日 방아 찌엿다.
나는 農協에다 爲親契 白米 二叺 三斗 二
升 七合代 一六三,八〇〇원을 豫託했다.
預託證書는 養老堂 書類함에 備置하고 期
限은 一年滿期함.
新平農協을 단여 郵替局[郵遞局]에 갓다.
電話料金 七七,五八〇원을 拂入해 주고
豫託金도 拂入했다.

<1987년 1월 21일 수요일>
私宗會議가 開會된바
館村 炳基 氏 全州 泰宇 炳列 氏가 參席햇
다. 移葬 收入支出 決算을 한바 豫算額 五
百萬 원에서 支出 四,九七四,六三六을 整
理하고 殘 二五,三二四원을 殘高로 하야
決算을 맞었다.
全州 李 地菅[地管] 治下費[致賀費]도 一
〇萬 원 주는데 現札이 不足하야 다음 豫
算에서 주기로 하고 散會했다.
全州 泰宇 말에 依하면 成奎는 서울로 떠

나는데 範의 外叔母가 商店捕[商店鋪] 자
리 하나 주겟으니 오라 하야 가겟다고.

<1987년 1월 22일 목요일>
成曉 母을 同伴해서 姜 內課[內科] 病院
에 갓다.
콤피다 寫眞을 찍고 엑스레이도 촬영했다.
醫師는 珍斷[診斷] 結果 아무 異常이 없다
고 하고 二日分 藥만 製藥해 주드라.
成奎는 서울서 三日 만에 왔다.
軍部하고 林野 土地契約을 締結햇다. 手
續費가 四仟 원인데 成奎가 代納햇다고.
林野代 開墾田 宗畓 契約締結 代價는 全
額 三四,二四四,八九〇원이라고.

<1987년 1월 23일 금요일>
全州 泰宇 집을 訪問했다.
同伴해서 仁後洞事務室에 갓다.
印鑑證明 四通을 作成하고 歸路에 崔奎宇
不動産 取扱所에 갓다.
幣[弊]을 만이 끼쳣다.
비는 終日 내렷다.
二十五日 光州行을 約束하고 왔다.

<1987년 1월 24일 토요일>
來日 光州에 大宗定期總會가 開催된다.
歲入歲出 決算을 맞이려 書類準備을 갖우
고 年中 經過之事로 通報하기 爲하야 모두
整理했다.
全州 崔泰宇 말에 依하면 成曉가 家屋 一
棟을 사보겟다고 태우 집 近方에 왔다고.
約 二仟八百萬 원 程度인데 約 仟萬 원쯤
不足한다고 父母에 付託 協助을 要하드라
고. 債務가 多額인데 協助해 주기는커영
協助을 要求한다니 不安하다.

<1987년 1월 25일 일요일>
崔炳基 崔泰宇 崔基宇하고 同行하야 光州
成宇 집에 着하고 보니 南原서 正宇 哲宇
成宇까지 七名이 募엿다.
收入支出 決{算} 八年度 經過報{告}에 依
하야 有司 選任 崔炳列 定하고 事後對策
을 論議햇다.
炳基 氏는 宗穀 白米 六叺 九斗 九升인데
四八九,三〇〇원을 창겨왓다.
多幸으로 본다.
館村驛에서 炳基에 成曉 契쌀을 會計하라
한바 確實成[確實性] 잇게 말을 하지 안코
주기는 주워야지 하드라. 氣分이 不安햇다.
成曉 外보고 말이라도 해보라고 햇다.
不良者로 볼 수박게 없다.

<1987년 1월 26일 월요일>
八時 四五分 列車로 桂壽里 宗垈에 갓다.
會議案件는 崔炳鉉 山直이 不實한 點을
잡고 쪼차내려는 會議드라. 反省해서 再任
하라고 햇다.
夕陽에 成奎가 왓다.
어제 成曉하고 成奎가 全州 집을 살펴보려
갓다 왓다고 하드라.
市廳 엽인데 二,六〇〇萬 원을 달아고 햇다.
그러나 새보들 논을 팔아보라 햇다.
뜻은 牟光浩가 뜻이 있다고 하드라.
지금이라도 가보라 햇다.

<1987년 1월 27일 화요일>
田畓을 賣渡하겟다고 成奎에 付託햇든니
消息이 無 없다.
아마도 作者가 없는 듯십다.
모두가 마음대로 되지도 안코 마음은 不安
하다.

成曉는 全州에다 住宅을 購入하려 하고 잇
고 成奉이도 事業 廣張[擴張]하려 五百萬
원을 要求하고 成曉도 五百을 要求한다.
各 田畓을 둘여보고 堤防에도 불을 노왓다.
南原서 成樂 食口가 왓다.

<1987년 1월 28일 수요일>
金三浩 氏가 왓다.
墓地 選定하는 {데} 三日間이나 手苦햇기
에 昌宇 立會下 一金 貳萬 원을 주면서 治
下[致賀]햇다.
成曉 家簇[家族] 全員이 오고 成樂 食口
도 水原서 成奉 家簇도 밤에 왓다.
成奎는 밤에 왓다.
牟光浩을 相面한바 兄弟에 打合하야 買受
하겟다고 受諾햇다고 햇다.
잘된 일이라고 햇다.
그러나 成康이하고 相議할 計劃이다.

<1987년 1월 29일 목요일>
次祀[茶祀] 잡수시고 後山에 省墓을 드리
고 成傑의 車便으로 桂壽里 高祖 祖考 山
所에 省墓를 드렷다.
南宇 氏을 禮訪하고 薦宇 氏도 訪問하고
山 代金은 一〇餘 日 延長해 달{라}고 付
託드리고 왓다.
里 大小家도 禮訪햇다.

<1987년 1월 30일 금요일>
成奎 便에 새보들畓 三筆地을 牟光浩에
賣渡햇다.
代價는 八八〇萬 원에 結定[決定]하고 期
日을 二月 十日로 定햇다.
成康 成奉하고 打合을 햇다.
明年에 다시 耕作地을 買受해 주기로 햇다.

成奉 食口 成樂 食口 全員이 歸家햇다. 古鐵도 白米 二叺도 실여 보냇다.

<1987년 1월 31일 토요일>
어제 過食한바 오늘은 몸이 不平햇다. 舍郞에서 終日 休息을 取햇다.
姜春順 氏가 來訪햇다.
外遊米 壹叺 保管 條을 창겨왓다. 代金은 七萬 원을 창겨왓다.
外遊 時 잊{지} 마시고 同伴하자고 햇다.
서울 成康이도 밤차로 上京햇다.

<1987년 2월 1일 일요일>
養老堂에 갓다.
梁奉俊이가 付託한 七拾萬 원을 주자고 하고 預託金도 引費出해 오라고 햇다.
崔南連 氏가 招請해서 갓다. 歲酒가 있어 招請햇다고. 瑛斗 氏도 同伴햇다.
二月 中 蔚山으로 安養으로 서울로 子息 집 그리고 妹家을 据處 오자고 要求햇다. 應答햇다. 三泊 四日 豫定으로.

<1987년 2월 2일 월요일>
뜻하지 않은 大雪이 내려 門박으로 出入 못하고 舍郞에서 讀書만 햇다.
全州 成傑도 四日 만에 떠낫다.

<1987년 2월 3일 화요일>
大雪注意報가 내렷고 寒波까지 雪霜으 加霜格으로. 舍郞에 終日 書예 功夫[工夫]만 햇다.
單協組長 選擧을 앞두고 里 總代 選出한다는데 뜻이 없어 不參席한바 夕陽에 들으니 金興源 張判童 金二柱 丁基善 崔完宇 當選되엿다. 暇笑[可笑]로울 일이다.

養老堂 財物 梁海童에 七拾萬을 주고 契約도 받앗다.

<1987년 2월 4일 수요일>
任實 登記所을 드려서 代書所에 갓다. 移轉登記 手續切次[手續節次] 一件 書類을 作成하야 面事務所로 卽行[直行]햇다. 成康 印鑑證 戶籍勝本[戶籍謄本]을 作成하고 왓다.
丁基善이가 同行되엿다. 基善은 공것을 조화한 사람이지만 黃基滿까지 따라부터 中食代를 낸다.
成奎을 맛나고 農地代를 再促햇다. 移轉書類가 다 되엿으니 牟光浩에 말하라 햇다.

<1987년 2월 5일 목요일>
大里 郭宗燁 契員이 水死햇다고. 밤에 택시 便으로 弔問하려 갓다. 婦人게서 손을 잡고 슬퍼하면서 울음을 터트리드라. 나도 모른 가운대 눈물이 나드라.
驛前 싸이카 修繕費 參萬 원을 주윗다.

<1987년 2월 6일 금요일>
牟光浩에서 土地代 參百萬 원을 收入햇다.
合計 五百萬 원이 收入 되엿다.
成奉에 一金 四百萬 원을 支給햇다. 殘金은 三八〇萬 원이다.

<1987년 2월 7일 토요일>
10時頃에 大里 部宗燁[郭宗燁] 弔問을 갓다.
國會議員 崔龍安을 路上에서 相面햇다.
꼭 付託之事가 잇는데 말을 내기가 여렵드라.

<1987년 2월 8일 일요일>
韓相俊하고 同伴해서 大里 郭道燁 回甲宴
에 參席햇다. 自己의 兄이 죽은 것이인지
客들은 많이 온 편은 않이고 한가하드라.
李相云을 訪問햇다. 갖이 나와 술 잔식을
하고 作別햇다.
靑云堤을 安承均 外 3人이 둘여밧다.

<1987년 2월 9일 월요일>
靑云洞 崔松吉 집을 訪問햇다. 現場所長
을 相面하려 간바 不在中이엿다.
軍部에서 왔다고 門前 棺木[灌木]을 調査
하드라고.
本人을 相面하려 햇지만 떠나고 없다.
朝食 後에 成奎가 왔다. 牟光浩 土地代 殘
額 三百八拾萬 원을 가지고 왔다.
내의 印章을 要求하기에 用途을 말햇든니
所有者 證明保證이라고 햇다. 面 尹在成에
전화하면서 用途을 말하야 내주라고 햇다.

<1987년 2월 10일 화요일>
八七年度 벼 種字가 購入하기 難處하다. 三
光벼는 없다고 햇고 天馬벼 四○k을 申請하
고 秋靑벼 四○k는 金學順에 付託햇다.
中食을 끝나자마자 雨中에 鶴巖里를 据處
서 월명을 차자 가는데 川邊으로만 따라가
는데 人道路가 끈겻다. 水面은 廣場[宏壯]
이 푸른 물이 겁이 生起이엿다.
다시 발길을 돌이고 鶴巖里이로 되도라왓다.

<1987년 2월 11일 수요일>
水原 成奉에 가기로 하기로 한바 暴雨가
내려 抛棄햇다.
終日 舍郞에서 書藝練習 功夫만 햇다.
夕陽에 韓相俊 氏가 왔다.

豚肉이 있으니 가자고 하야 同行햇다.
水原行은 明日로 延期햇다.

<1987년 2월 12일 목요일>
아침 八時 四分 列車로 水原에 갓다.
成康 兄弟을 同席시켜 노코 一金 四百萬
원 을 건너주면서 잘 相議해서 利用하되
今年 當年만 利用하고 다시 田畓을 代土
해야 한다고 햇다.
三時 三三分 列車로 任實에 着하니 완행
列車가 待機 中이게 바로 乘車하야 平이
왔다.
土地賣渡代　總　八,八○○,○○○(八百八
○萬 원).
成奉 兄弟가 八,○○○,○○○원을 주고
成傑이가 八○萬 원을 가저갓다.

<1987년 2월 13일 금요일>
사벽[새벽]에 病이 낫다.
팔다리가 애리고 오寒氣가 잇어 견딜 수 없
엇다.
억지로 起床하야 五弓里 國校에 갓다. 故 鄭
鉉一 功德碑 除莫式[除幕式]에 參席햇다.
바로 와서 조리는 햇지만 안 되겟기에 成東
便에 洋藥을 購入해다 먹고 햇다.
全州 泰宇가 왔다. 玆親[慈親] 破墓하려고
와는{데} 가보지 못햇다.

<1987년 2월 14일 토요일>
몸은 被勞[疲勞]하지만 道峰 泰宇 移葬하
는 데 갓다. 炳基 兄弟도 參席하고 內外가
왓드라.
宗山代 殘 三五○萬 원을 태우에 要求햇
다. 期日 經過해서 未安다고 말햇든니 月
曜日로 미루엇다.

<1987년 2월 15일 일요일>
몸이 異常은 없는 듯하오나 업드리면 코피가
흐르니 異常하다. 엇지 할가 生覺 中이다.
舍郞에서 終日 書藝 功夫만 하는데 코피가
난다. 코를 풀여도 흐른다.
갈 곳이 만으나 가고 십지 안타.

<1987년 2월 16일 월요일>
鼻血이 藉早[자주] 흘어서 할 수 없이 全州
耳鼻課[耳鼻科]을 차잣다.
珍察[診察]을 해보니 코 內가 허려서 그렷
타고 洗水[洗手]도 하지 말고 괴로와도 코
을 풀지 말아 햇다.
治料[治療]을 끝내고 金巖洞 全州銀行으
로 갓다. 室內에서 泰宇을 對面하고 一金
參百五拾萬 원을 借用해 왔다.
明日 南原 宗山代 拂入하려 借用햇다.

<1987년 2월 17일 화요일>
書道 桂壽里를 가려한바 아침에 많은 비가
내{려} 抛棄햇고 十一時頃에 全州 病院에
治料하려 갓다.
午後에는 終日 舍郞에서 讀書만 하고 日課
을 보냇다.

<1987년 2월 18일 수요일>
壽洞 崔薦宇 氏을 禮訪하고 林野代 殘額
參百五拾萬을 完拂해 주웟다.
南原을 据處서 直行을 利用햇서 왔다.
夕陽에 當到하니 炳文 南宇 氏가 왓드라.
宿食을 하고 一泊햇다.

<1987년 2월 19일 목요일>
三人이 同伴하야 泰宇 집을 찾앗다.
接待을 잘 밧고 壁時計을 하나에 五萬 五仟

에 買受하야 宗垈에 提示[揭示]하라 햇다.
三人은 全州에서 各 〃 作別햇다.
基善하고 同行되여 靑云洞 崔松吉 집에
弔問햇다.

<1987년 2월 20일 금요일>
포푸라 茂木[伐木]햇다. 約 一,〇〇〇새쯤
된다고 햇다. 松木도 갖이 가저가라 햇다.
밤에 夕食床에서 成東이는 其 돈으로 빛을
갑자고 햇다.
熱을 내면서 이것조차도 욕심을 낸다면서
어데 갈아면 旅비도 없고 해서 五仟 원 달
아 萬 원 달아 마음이 괴롭다며 化[火]을
냇다.
갈 데는 만코 돈은 없고 手足을 묵다시피
한다고 말햇다.

<1987년 2월 21일 토요일>
싸이카로 新平 郵替局[郵遞局]에 갓다.
私宗通帳에서 一金 貳萬 원을 引出햇다.
殘高는 一五萬 원으로 預置햇다.
任實 代書所에 갓다. 創氏 名儀變更[名義
變更] 手續切次을 밥앗다.
市場을 거처서 왔다.
밤 七時 三〇分쯤 電報가 왔다.
光陽 李龍焄이가 危急하다고 햇다. 어든
[어떤] 事 然故[緣故]인지.

<1987년 2월 22일 일요일>
成康 母와 同伴하야 光陽에 갓다.
危急하다기에 가보니 大端치는 않으라[않
더라].
바로 出發하야 光陽 - 炳柱 - 南原 - 五수
[樊樹] 관촌까지 五番을 갈아타고 왔다.

<1987년 2월 23일 월요일>
桑田을 畓換할 豫算한바 絶代農地로 묵겨
서 田換는 못한다고 路上에서 成奎 便에
드렷다.
不良者가 않인{가} 십다.
할 수 없지 生覺햇다.
麥 追肥 散布햇다.
宋成龍 氏가 招請해서 갓다. 어제 婦人 回
甲日인데 不參햇다고 招請한 듯십드라. 마
지못해 가기는 햇지만 不安點이 잇으라.
一〇時頃부터 終日 電話가 不通되엿다. 現
代會社에서 七, 八名이 募여 왓지만 不通
이라고 보낸다. 集配員에 付託햇어도 無消
息이다.

<1987년 2월 24일 화요일>
오늘은 日氣가 不順햇다.
비도 내렷다 눈도 내렷다 햇다.
出入도 禁하고 舍郎에 讀書하다 書藝도 하
다 日課을 맞엇다.
電話가 故章[故障]이 나서 어제부터 消息
이 끈켓다.
客들은 많이 오는데 日時가 답 〃 하다.
鄭宰澤 畓을 買渡[賣渡]한다고 仁子 母에
矮任[委任]햇다고. 柳正進이가 招介는 한
다고.
오늘도 終日 전화는 不通이다. 行政전화가
急한데 一切의 消息어 없다.
오늘은 集配員도 오지 안햇다.
日氣가 不順해서 못 온 듯싶다.

<1987년 2월 25일 수요일>
外部消息이 끝이니가 답 〃 햇다.
郵替局에{서}도 修理夫에 付託도 하지 안
는 듯십다.

不遠이면 個別 전화가 드려온다는데 이곳
도 서들 必要는 없다고 生覺이 든다.
同窓會 有司 李垾根 氏가 단여갓다. 三月
一日로 通牒이 갓는데 如否[與否] 確認 次
밤에 柳正進이가 왓다.
鄭宰澤이가 서울서 왓는데 耕畓 六斗只을
賣渡는 하는데 三月 十五日 게 다시 올 터
이니 基[其] 時에 一時拂로 하되 一斗當
三〇叺식 하고 一〇坪이 빠지니 二叺을 除
해 주고 代價는 叺當 七一,五〇〇식 中價
로 하자고 했으니 뜻이 어더야 햇다.
生覺해 보마 햇다. 그러나 昌宇 行爲로 보
와서는 應하고 십지 안으나 黙認 中이다.
觀光旅行費 張泰燁 條 柳正進 집에서 柳
文京 母에 貳萬 원 拂入해 주윗다.

<1987년 2월 26일 목요일>
館村 炳基 氏 爲先은 陰 二月 二十七日로
延期햇다고 消息이 왓다.
아마 林野 不買인 듯십다.
포푸라 檢尺을 햇다.
우리 집 條　　　　　二二一,〇〇〇
成康 條　　　　　　一三六,〇〇〇
계　　　　　三五七,〇〇〇원을 收入햇다.

<1987년 2월 27일 금요일>
때 안닌 强취위가 닥처 舍郎房에서 지냇다.
맞암 白康俊 氏가 왓다.
夕陽에 鄭泰植이가 왓다. 마당에서 高聲이
낫기에 門을 열고 나왓다.
鄭太植 言語가 不良햇다. 네의 아비하고
親友之間인데 엊이 내를 立會下에 그려케
不言을 하느야 햇다. 당신 같으면 말 안켓
는가 햇다.
泰植의 말은 成東 妻가 내의 妻을 崔仁範

에 仲賣[仲媒]코저 데려다가 신을 감추고
화토노리를 햇다고 하고 당신 같으면 가만
니 이겠는야 햇다. 그려면서 우리 메누리에
씹을년드라 하고 高聲하는데 禍[火]가 낫
다. 이놈을 당장 처돌이고 싶드라. 그려나
듯자하니 우리 메누리가 太植 妻을 델여가
는 데 잘못이 잇다고 判斷하고 生覺다 못해
죽어버릴 것을 抛棄햇다.
仁範이를 오라 햇다.
너는 泰植의 일을 잘 보와주고 네의 아버지
도 泰植 之事을 돌보와주드라. 이제는 抛
棄하라 햇다.
鄭泰植하고는 接近을 피하라 햇다.
夕食도 못하고 不安햇다. 이놈을 두고 보는
데 將來에 一大{事}件이 있으{리}라 한다.

<1987년 2월 28일 토요일>
日氣가 不順으로 外出入을 禁하고 家宅
休養코 舍郞에서 書藝功夫 讀書만 하고
日課을 보냇다.
屛巖里 李康德이가 交通事故로 驛前에서
死亡햇다고 訃音이 왔다.

<1987년 3월 1일 일요일>
今{日} 日定[日程]을 짜고 보니 任實 嚴俊
映 子 結婚式에 參席해야 하고 屛巖里 弔問
도 가야겟고 館村에 同窓會도 參席해겟다.
任實 結婚式에는 成東이를 보내고 屛巖里
弔問을 하고 館村을 行햇다.
同窓會員는 全部 十一名이 募엿다.
李垶根 氏가 有司인데 食堂에다 飮食을
맷긴바 家庭보다 잘 햇드라.
床當 二,〇〇〇원식이라고 햇다.
炳基 氏 말에 依하면 山所를 못 購햇다고
하고 大里 崔學童 氏 林野을 말하는 中이

라고 햇다. 그도 이루워지지 못하면 道峰으
로 간다고 햇다.

<1987년 3월 2일 월요일>
日氣不順으로 舍郞에서 讀書만 햇다.
夕陽에 싸이카를 五日 만에 修理해서 引受
햇다.
修理 萬 원을 要求하드라.
鄭泰植 母가 왔다. 二, 三日 前에 太植이
하는 行動을 낯〃이 말해주고 大端 不安感
을 말햇다.
그려치 않도 어제사 듯고 未安해서 엊이 對
面할고 햇다고 하드라.
疑妻症이라는 病이다. 必遇에는 殺人까지
犯할 수 있다.
夕陽에 崔南連 氏가 왔다. 가지 안코 어둡
드락 잇다 말을 내는데 瑛斗 兄하고 內外
間에까지 宜義[友誼]가 不快하게 되엿다
고 하며 兄의 鄙方[誹謗]을 햇다. 他鄕으
로 떠나고 십다며 집이 팔리면 바로 移居할
生覺이라고 햇다. 生覺하니 和合을 시켜주
겟다고 햇다.

<1987년 3월 3일 화요일>
昌宇 柳正進 崔南連 氏가 갖이 왔다.
昌宇는 二次 온 편인데 理由는 잇는 듯싶
으다. 宗土를 이곳에 一部 사겟다고 柳正
進에 말한 것이 아마 귀에 드려간 듯십다.
그려니가 動能[動態]을 살피려 온 듯십다.
昌宇도 行爲는 正直하지는 못하고 不良心
이 多分한 사람이다.
이이비인후과에 治料次 갓다.
前番에는 金耳鼻厚課[金耳鼻咽喉科]에 간
바 治料 方法이 맞이 안코 不親切하드라.
이번에 李耳鼻厚課로 간바 親切이 對話도

하고 治料 存細[仔細]하드라.
장구먹의로 집을 보려 갓다. 옆에로 옴겻드라.
安承均 氏하고 貯水池 求景하려 갓다. 責
任者을 相面하고 不遠 復舊해 달아고 당부
햇다.

<1987년 3월 4일 수요일>
任實에서 成曉가 왓다.
어제 羅研이도 中學校 入學을 햇다고.
全州 耳鼻仁厚課에 가서 治料를 밧고 全
州 방사선과에 가서 寫眞도 찍어밧다.
醫師는 몇일 治料를 밧다 보고 可不[可否]
를 決定하겟다고 햇다.
作業할 事가 多量으로 밀엿는데 ㅂ[비]가
또 내려 作業에 支章[支障]을 이르켯다.
夕陽에 瑛斗 氏을 慕侍코 南連 氏의 所行
을 聽取햇다. 그러나 南連 氏 말하고는 判
異하게 달앗다.
그려 結局은 兩 內外間까지 和合을 시키고
南連 氏가 弟의 立場에서 잘못을 認證하고
和解는 이루어젓으나 正當인가 異問[疑
問]이다.

<1987년 3월 5일 목요일>
三月 一日 字 同窓會議 時 飮酒하고 今日
四日까지도 禁酒가 繼續하고 잇다. (新續)[2]
日氣는 完全 淸明햇다.
오늘 三日 만에 病院 治料 바드려 갓다.
每日 護專[好轉]되여 갓다.
家蔟기리 북골 논에서 집[짚]을 三輪을 운
반햇다.
일 알아[앓다] 하니까 몸이 고되다.

---

2 일기를 쓸 때마다 획 수가 많은 '繼'를 쓰는 것이
  번거롭다 생각하여 그것의 약자로 쓸 수 있는 글
  자로 '新'를 찾아 적어 둔 것으로 보인다.

<1987년 3월 6일 금요일>
오늘도 全州 病院에 治料하려 같아[갔다]
왔다.
成東이는 終日 방아 찌엿다.
任實市場을 둘여서 嚴 代書所에 들엿다.
畓田도 둘여 보왓다. 農繁期가 當한 듯십
드라.
밤에 崔瑛斗 氏가 왓다. 四日 밤에 우리 舍郞
에서 兄弟分이 是非 條을 和解시킨바 未安
하고 뜻이 感謝하다며 人事次 왓다고 햇다.

<1987년 3월 7일 토요일>
間夜에 生後 첨으로 大夢을 꾸윗다.
水中에서 낙시로 大漁(잉어)를 한 낙시에
七羽을 낙가 올엿다.
그리고 深山中에 步行 中 大虎을 相面햇
다(黃虎 바둑점이 백인 虎).
生覺 끝에 八八오림픽福卷[福券]을 사려
全州에 갓다.
二枚을 購入하고 오는 길에 病院에 가 治
料도 하고 왓다.
오자마자 汰坪 作人總會議가 잇어 參席햇다.

<1987년 3월 8일 일요일>
成東이는 방아 찟코 堆肥 運搬하고 배畓
防川에 植穴을 팟다.
밤에 裡里에서 成玉이가 왓다.

<1987년 3월 9일 월요일>
成玉을 싸이카로 보내주고 任實 鄕校 春季
大祭에 參席햇다.
只沙 崔鎭鎬가 祝官이드라.
崔容安 國會議員도 人事次 來臨햇드라.
中食을 끝내고 館村에 가서 崔東煥이가 보
내주신 바자루[빗자루] 一〇個을 바더 윗

다. 大端히 感謝햇다.
工場에 夕陽에 드르니 鄭泰植이가 방아 찌로 왓드라. 不安햇지만 제가 人事하는데 不應할 수 없어 大答[對答]은 햇다.
黃化榮을 相面하고 成傑 結婚 關係을 말햇다. 五樹[榮樹] 女子인데 二十六歲인데 貧하나 사람은 確實하다고 햇다.

<1987년 3월 10일 화요일>
金三浩 炳基 氏와 三人이 同伴하야 任實 近方 墓所地을 求景하려 갓다.
墓 前面에 和麗[華麗]하고 墓形이 조케 보이드라. 適地適所라고 햇다.
그려나 買賣地드라. 山主에 알아보니.
다시 三人이 道峰을 求景하려 간바 不實하드라. 來日로 未流고[미루고] 왓다.
柳正進이가 왓다. 二, 三日 前에 成奎을 對面한바 우리 宗土을 招介한다는데 招介을 하지 마시요. 宗土는 先山 下에다 購入하는 게 올코 成奎 나도 모르게 살 수 있소 하드라고 傳해왓다. 賣買도 하지도 안니 하고 口頭로만 議論 中인데 成奎 제 사고 안사는 것을 제 맙대로 한다야 햇다.
如次[如此]하면 明年으로 未流고 高祖 畓이나 살가 한다. 아마 저도 뜻이 있는 듯십고 昌宇에 防害[妨害]도 된 듯십고 나도 不安感을 지니고 잇는 듯십다.
館村 炳基 氏도 昌坪里 近處에다 宗土를 購入하는 게 올코 昌宇에 一部 耕作까지 하라 햇다고 卽接[直接] 들엇다.
故 金漢實 婦人이 왓는데 交通事故로 二○餘 日 入院햇다가 退院한바 明 十一日 和意[和議]를 보자단다고 하니 立會해 주시요 햇다. 가보마는 햇지만 退院을 하지 말고 和意 보는 게 오른데 順序는 正當치

못하다고 햇다.

<1987년 3월 11일 수요일>
貴嬃수[3][閨秀] 妻女[處女]
아침에 昌宇가 왓다. 柳正進에서 드럿다고 成奎에 對하야 大端이 感訂[感情]을 품고 잇드라.
金相植 母 件으로 全北日報社 六층 保險會社에 들엇다.
遺資料[慰藉料] 二三九,○○○원을 밧고 合議햇다.
任實市場에서 炳基 氏 三浩을 相面한바 葬地가 또 不買케 되엿다고 하고 明日 또다시 館村 近處에 잇다고 햇다.
中食은 鄭泰植 집에서 햇다.
成傑이가 왓다. 黃化榮 仲介로 五樹里 處女가 잇는데 明日 觀選하기로 約束햇다.

<1987년 3월 12일 목요일>
炳基 氏 大里 梁 氏하고 同伴해서 館村 近方에 墓地 選澤[選擇]을 해보왓다.
適當치 못하야 全州 泰宇 집을 訪問햇든니 家族이 全員 不在中여서 還家햇다. 理由는 道峰 山을 購買入키 爲해서엿다.
成傑이는 黃化榮하고 五樹里에 妻女 觀選을 하려 간바 大里 田에서 오지 안해 歸家햇다.
廉昌烈이가 出張을 왓다. 移秧機 修理할 데 없는아고 햇다. 잇이만 去年 冬季 契加理도 못 하고 잇다고 햇다.

---

3 날짜 옆에 적어놓은 내용으로, '嬃' 옆에는 한글 독음 '수'를 병기해 놓았다.

<1987년 3월 13일 금요일>
任實 養老會 定期總會 參席해 보왓다.
一般豫算額 六五〇萬 원인데 喪助會費는
總豫{算}額은 一五五,〇一五,〇〇〇이드라.
中食을 끝내고 途中에 驛前 黃化榮을 相
面코 成傑 觀選 關係는 三月 十八日 訓鍊
[訓練] 時에 再參[再三] 面會키로 햇다.
고초말을 깍고 마늘밭도 乾萬을 거더냇다.
작기를 가저오라고 放送에 좇이 못하계 한
바 알고 보니 成奎 子 仁範이가 流失햇다고.

<1987년 3월 14일 토요일>
日氣는 쌀〃 햇다.
成東이는 昌宇 家屋 修理하려 가고 집에서
포푸라 材木 切動을 햇다.
고초말도 깍고 內事을 살펏다.
방아도 찌엿다. 一四, 五叺 搗精햇다.
宗山 宗畓 代價가 下達이 안 되여 農繁期
는 當하야 土地 購入 其他 支章이 만타.

<1987년 3월 15일 일요일>
食後에 金長映 氏가 왓다. 딸 學順의 件이
말이 되었다. 他의 耳目이 恥사하게 되여
出入을 할 수 없고 移居하려만 生覺이 난
다고 햇다.
答辯은 順學[學順] 關係는 玉相하고 學順
男女가 別居하든지 移居하는 道理뿐박계
없다고 해서 보냇다.
館村 炳基 氏하고 同行하야 코아禮式場
安吉豊 結婚에 參席하고 中食을 맞이고 卽
時 泰宇 집을 訪問하고 酒席에서 鎭字九
字 內外分 移葬地 道峰里 山을 依賴한바
泰宇는 不應하면서 兩者끼리 大是非 高聲
으로까지 展開되여엿다.
泰宇는 筆洞 位土代 二百萬 원을 讓渡하

면 道峰 山을 無料 讓渡하겟다고 햇다.
約 二百餘萬 원인데 和合이 이뤄지〃 못하
고 還家햇다.
移葬 日字는 定해 놋코 다음 葬地는 어데
定할 테요 햇든니 別道理 없이 大里 堂山
에 慕侍겟다고 햇다. 炳基 氏도 약은 사람
이드라.

<1987년 3월 16일 월요일>
밤 九時 頃에 金南圭 丁基善 現代技士 三,
四名이 募엿는데 金南圭 말은 軍基地 代
金은 三月 中은 안 되고 四月 中에나 支拂
한다기에 熱이 낫다. 듯자하니 里長 完宇
가 그러케 말한다고 햇다.
밋고 살 수 엇다고[없다고] 햇다. 現在 우
리는 利錢을 利用 中인데 그럴 수 있을가
햇다.
長兄 祭祀日이다.
밤에 祭祀을 慕侍엿다.

<1987년 3월 17일 화요일>
家事에 從事하는데 重役이엿다.
율무대 묵거내고 田畓을 둘여보는데 보리
作況이 不良햇다. 고초 苗床도 作況이 不
良햇다.
全州에서 電話가 왓다. 泰宇는 炳基 墓山
을 購햇야고 햇다. 購햇다고 햇다. 陰 二月
二十七日 破墓하니 꼭 오라 햇다.

<1987년 3월 18일 수요일>
軍部隊 金昌根 氏을 相面하고 몇 가지 付
託햇다.
金南圭하고 同行하야 全州 三五師團 軍部
隊을 訪問하고 不動産 代價을 要求햇다.
來週에는 資金이 放出된다고 햇다.

藥木 원두충을 移植햇다.
全州 成傑는 午後에 訓練/訓鍊 次 來臨햇다.
結婚之事로 驛前 黃化榮을 相面하고 來全
하라 햇든니 不應하드라. 理由는 잇겟지.

<1987년 3월 19일 목요일>
새벽부터 내리는 비는 終日 繼續.
舍郎에서 事務 整理하고 讀書만 하고 日課
을 끝지엿다.
親睦契員 男女가 募엿다.
人當 五仟 원식 追加키로 하고 行次 日字
는 四月 二十三日로 定하고 觀光뻐스 運
行 契約은 安銀順 姜春順에게 倭任[委任]
햇다.
夕陽에 水原서 成奉 成允 메누리가 貨物
車로 왓다.
食糧도 팔고 雨中이라 단이려 왓다.

<1987년 3월 20일 금요일>
加工組合員 新坪 新德 云巖[雲巖] 會員이
新平에서 綜合會議을 開催햇다.
郡 糧政係 所菅[所管]의 會議엿다.
副面長을 介別[個別] 相談하고 靑云堤을
付託햇다.
電話取扱所長會議을 갓고 遞信部長에 陳
情書을 連絡 送達햇다.
昌宇 집에서 韓相俊을 맞나고 相談햇다.
밤에 成奎 完宇을 불어다 몃 가지 당부햇다.
機械移秧契 召集하고 收入支出을 整理한
다음 完宇에 書類을 넘기라고 하고 里 共
用倉庫 他人 貸借金 參拾만 원에 對하야
住民에 公開하라 하고 里 山林契 基金 七
〇萬 원도 公開하라고 하고 嚴俊祥의 尹
判九의 林野 返還에 對하야 非방[誹謗]을
햇다.

他人의 財物을 嚴俊祥 自身으로 財物로
處理함은 不良者이면 弟 嚴俊峰이도 兄弟
間에 짜고 特置法[特別措置法]으로 本人
의 所有權 主張하다가 山主에 還返[返還]
햇다고 들엇다.
俊峰이도 꼴이 좇이 못하게 되엿다.

<1987년 3월 21일 토요일>
農協에서 毒割[獨活] 資金으로 一金 貳百
參拾壹萬 원을 拾% 利로 一年 据置 四年
償還으로 貸付하고 宗中 條로 一五〇萬을
償還(一,五四七,六七一)하고 殘 七六二,三
〇〇원을 所持해 왓다.

<1987년 3월 22일 일요일>
崔南連 氏 債務金 四五九,〇〇〇을 償還
해 주윗다.
夕陽에 南連 氏는 一金 萬 원을 가지고 왓
다. 返對[反對] 햇다가 바닷다.
鶴巖 黃義善 回甲에 參席햇다.

<1987년 3월 23일 월요일>
비가 내렷다.
舍郎에서 休息하고 讀書만 햇다.

<1987년 3월 24일 화요일>
機械移秧 定期總會엿다.
成東을 參席시키고 나는 중날 從祖母 破墓
하는 데 參席햇다.

<1987년 3월 25일 수요일>
二日채 破墓하는 데 參加햇다.
日氣는 不順하야 强風이 이루고 寒破[寒
波]가 모라처 不安햇다.

<1987년 3월 26일 목요일>
從祖 四位을 移葬하는데 里民도 多少 왓다.
日氣는 溫和하야 移葬에는 알마잣다.

<1987년 3월 27일 금요일>
靑云堤 關係로 現場 事務室에 갓다.
朴 課長을 相面했다.
水門는 自己네가 損害을 끼치지 않니 해다
든니 이제는 認證하드라. 물을 빼고 修理도
해주고 池 內 沙石도 파내라고 햇다.
館村 炳基 氏가 왔다.
從祖 四位 移葬費 祭需代을 都合해 왔다.
合計 九○餘 萬이라고 햇다.

<1987년 3월 28일 토요일>
昌宇 回甲日다.
日氣가 좋아서 無事히 치럿다.
只沙 崔鎭鎬가 滿취해서 택시로 本家까지
乘車해 보냇다.

<1987년 3월 29일 일요일>
成康 母하고 갗이 基宇 택시로 裡里 具會
鎭 妹 結婚式에 參加햇다.

<1987년 3월 30일 월요일>
崔南連 金南圭하고 一行하야 任實 藥市場
에 求景하려 갓다.
男女老人들이 多數가 募臨바[모인바] 宴
極[演劇]은 每遇 잘 하드라.
未安感도 들드라.
外上으로 藥 四萬 參仟 원에 一병을 가저
왔다.

<1987년 3월 31일 화요일>
金南圭하고 第二次 任實 市4 藥市場에

갓다.
비는 오는데 不動産 代金을 問議次 郡農
協에 갓다.

<1987년 4월 1일 수요일>
金南圭하고 또 市場에 갓다.

<1987년 4월 2일 목요일>
金三浩하고 成康 母하고 順天에 장모 移葬
에 갓다.
잘 募侍엿다.
밤 一○時경에 왔다.

<1987년 4월 3일 금요일>
靑云堤에 갓다. 現場所長하고 對話햇다.
不遠 復舊해 주마 햇다.
金南圭하고 全州 任實을 据處서 一金 壹
仟九百萬 원 引出해 주윗다.

<1987년 4월 4일 토요일>
金南圭는 濟州로 떠나면서 一金 貳萬 원을
주면서 養老會에 利用하라 햇다.
술이 취해서 終日 舍郞에서 休息햇다.
嚴仁子 結婚일인데 不參햇다.
夕陽에 가보왔다.

<1987년 4월 5일 일요일>
고초苗 移植햇다. 家族끼리 햇다.
成東이는 搗精햇다.
大里 崔明福(서울 居住)가 왔다.
理由를 알고 보니 崔成奎가 自己 宗山을
保償[補償] 申請햇다고 하기에 그럴 理가
없다고 햇든니 崔乃宇 名儀로 잇다기에 熱

---

4 ‘市場’을 쓰려다 말고 ‘藥市場’을 쓴 것으로 보인다.

이 낫다.
書類 사본을 보니 崔鎭宇(完宇) 成奎 乃宇
되엿는데 山主 고소하겟다고. 不良者가 되
엿다.
成奎 完宇 맛나고 不良한 놈들이라고 햇다.

<1987년 4월 6일 월요일>
連山 墓祀日이다.
全州 泰宇 館村 炳基하고 三人이 갓다.
成奎 事件 말이 나왓는데 館村 新平社會
에 다 안다는데 챙피가 막심하드라.

<1987년 4월 7일 화요일>
몸이 不安하야 終日 舍郞에서 休息하면서
大宗中書類 求備[具備]햇다.
任實 相範 母가 宗中通帳을 가지고 왓다.

<1987년 4월 8일 수요일>
成康 母하고 同伴해서 順天 金昌模 氏(商
文 弟)을 禮訪햇다.
勤務 中이라 對話는 午後 四時 半으로 미
루고 于先 中食을 其宅에 햇다.
光陽 勤務地로 가서 對話한바 李鎔焄 土
地移轉에 對하야 承諾해주드라.
今年 秋季에 相面키로 하고 舊登記卷을
가지고 왓다.

<1987년 4월 9일 목요일>
束綿稧員[束錦契員] 十三名은 五時 四〇
分 列車로 馬山驛에 到着하니 十二月[十
二時] 二〇分이엿다. 뻐스를 乘車하야 鎭
海 李相勳의 子 집에 着햇다.
中食 後는 前望臺[展望臺]에 갓다. 한 번
쯤은 가 볼만 하드라.
一泊을 햇다. 宿所는 마참 옆에 養老堂이

있서 따뜻이 잘 잣다.

<1987년 4월 10일 금요일>
軍港祭에 參禮하는데 택시를 利用하야 海
軍 一名式이 同乘하야 案內해주고 個人으
로 道步[徒步]는 一切 禁하드라.
다음은 公園에 갓다. 影治[景致]가 좋으라.
午後 六時 列車로 出發하야 집에 當하니
十二時쯤이엿다.

<1987년 4월 11일 토요일>
尹龍文가 招請하야 朝食을 養老會들 갖이
햇다.
韓相俊을 對面하고 金南圭가 傳해 준 贊
助金 貳萬 원을 傳해 주고 갖이 帳簿에 記
入하고 보니 總計 七萬 八仟 원쯤 되드라.
來日 宗員總會을 對備하야 會議書類을 整
理햇다.
四月 十七日 海印寺로 旅行한다고 이제
들엇다.

<1987년 4월 12일 일요일>
宗員總會日이다.
參席會員은 태우 炳列 炳基 成奎 乃宇엿다.
歲入歲出 決算코 宗畓 購入도 床石도 알
아 보왓다5 보기로 햇다.
全部을 執行하려면 宗錢이 不足하겟드라.
宗畓 購入金을 태우는 別途로 引出해 달아
기에 据絶햇다.
崔泰宇는 까시랍게 따지는데 좋이 못하게
生覺이 든다.

---

5 처음에 '알아 보왓다'라고 적었다가 '다'를 지우고
   '알아보기로 햇다'로 정정한 듯하다.

<1987년 4월 13일 월요일>
崔泰宇하고 同伴해 郡農協에 갓다. 마참
成曉가 郡에서 나왔다.
一金 一一,二四四,九〇〇원을 引出햇다.
泰宇 三七四,〇〇〇원을 주워 보내고 新平
農協에 四六八萬 원을 整햇다.
館村 堂叔도 八六一,七〇〇원을 주엇다.
第三次 宗錢을 結算[決算]햇다.
四月 十五日 泰宇하고 桂壽里에 土地 購
入次 가기로 햇다.
計算 誤算으로 四七〇,〇〇〇원 殘金 되
엿다.
酒店에서 泰宇가 말하기를 次金[此金]은
할 수 없으니 半分하자기에 生覺다 못해
應은 햇지만 마음이 不安하야 于先 兩人이
保管 形式으로 一時 가지자고 햇다. 그려
나 언젠가는 宗員들에 發設[發說]하려 하
고 잇다.

<1987년 4월 14일 화요일>
昌宇를 오래다 開墾地代 七四一,〇〇〇원
을 준바 백삼십만 원을 주지 안코 이걸 준
다고 抗議햇다.
昌坪里 近方에다 논을 四斗只이 사기로 結
義[決議]했으니 논을 購入해 보라 햇다.
宗中 結算을 맞이고 殘金 條는 一時 泰宇
하고 半分하야 一時 保管키로 했으니[했으
나] 今日 집 메누리가 昨年 一〇月에 借用
金 拾萬 원을 달아하니 宗中決算 時 漏落
되엿고 丁基善에서 貳拾萬 원 借用金도 빠
젓다. 이제 生覺하니 어굴한 點이 만타. 泰
宇라는 者가 不良한 듯십다.

<1987년 4월 15일 수요일>
全州 泰宇하고 同伴하야 桂壽里에 宗畓

購入次 갓다.
時期을 눗첫다.
今秋로 미루고 왔다.
二十三日 祖父 山所 修工키로 하고 왔다.

<1987년 4월 16일 목요일>
殘金 七三,〇〇〇원는 成東에 引繼햇다.
新平農協에 갓다.
成東 名儀로 營農資金 貳百萬 원을 貸出
하야 一般資金 一八〇萬 원을 淸算코 四
拾萬으로 更新햇다.
外上肥料 八五袋을 契約 三十五萬에 締結
햇다.
驛前에서 丁基善이가 酒席에서 우리는 貧
宗이{기} 때문에 宗中之事 모든 經費는 自
己自身 自財로 支出한다고 하드라. 理由인
즉 自己는 宗財는 없고 私財(丁基善)가 多
財이라고 宗員들에서 의심 받이[받기] 좋
아고 햇다.6

<1987년 4월 17일 금요일>
海印寺 旅行日이다.
二二名이 無事이 단여왔다.

<1987년 4월 18일 토요일>
館村 堂叔 回甲日이다.
손님은 別로 없드라. 泰宇하고 二四日 相
面코자 햇다.
墓所가 一〇墓分이 通報되엿는데 異常하다.

<1987년 4월 19일 일요일>
成東 內外는 同婿契에서 外遊 旅行간다고

---

6 원문에서는 "(宗)員들에서 의심 받이[받기] 좋아
　고 햇다." 부분을 붉은색으로 기록하였다.

午後에 떠낫다.
成曉 母는 病이 나서 알코 잇는데 來日 二〇日에는 病院으로 가보자고 햇다.
午後에 成傑하고 親舊하고 왓다. 무슨 일이냐 햇든니 黃化榮 招介로 五樹里 處女 觀選을 하고 오는 길인데 다음 再面會키로 햇다고 하드라. 될 수 잇으면 盛婚[成婚]케 하라 햇다.
밤에 水原서 電話가 왓는데 成愼이가 집에 왓야고. 오지 안 햇는데 異常햇다.

<1987년 4월 20일 월요일>
成曉 母을 中央病院에 入院시켯다. 院長 文炳烈은 飮食이 체인 것 갓다고 햇다. 二, 三日 間 入院햇다가 가시요 햇다.
成東 內外도 旅行을 가서 오지도 안코 집을 벨 수도 없고 病院에 寢具는 보내야 하는데 難處햇다.
任實 成曉 집에 連洛[連絡] 햇든니 相範 母도 旅行하야 不在中엿다.
羅硏이에 할머니하고 갖이 자라 햇다.
夕食은 참새집에서 付託하야 보내라고 햇다.

<1987년 4월 21일 화요일>
終日 비가 래렷다.
全州에 崔二範가 昌宇에 齒牙代을 바드려 왓다. 昌宇 不在中이다.
其 車便으로 任實 中央病院에 갓다. 退院하려 햇든니 明日 하라고 햇다.
相範 父母는 只今도 旅行 中이라고 不在中. 其 어린 兒들만 두고 몇일을 잇다니 寒心之事이다.

<1987년 4월 22일 수요일>
祖考 爲先次 桂壽里에 갓다.

人夫 一〇餘 名 耕耘機 日工 一〇〇,七八〇〇〇7원을 欽宇에 주고 왓다.
炳基 氏가 參加했다.
來日 人夫 五, 六名을 待機하라 하고 왓다.

<1987년 4월 23일 목요일>
祖考 墓所 改修(石築)을 한바 一五萬餘 원이 들엇다.
炳基 氏가 왓다.
夕陽에 바로 갖이 오고 明日 다시 하야 끝을 내기로 하고 왓다.

<1987년 4월 24일 금요일>
아침에 뻐스로 하야 五樹에 下車 택시로 現場에 갓다.
客들도 오고 人夫 動員되엿다.
夕陽에 會計해니 拾餘萬 원이 들엇드라.

<1987년 4월 25일 토요일>
朝起하야 고비[호주머니] 돈을 창기니 現金 四〇萬 원이 行方을 몰앗다. 二二日 字 고비에 넛고 간바 이제 生覺이 낫다.
全身이 떨이기 始作 舍郞 全部을 뒤저도 行方不明이다.
그려니 三日 지{났}쓰니 알 도리가 없다.
情神는 빠저버렷다.

<1987년 4월 26일 일요일>
그려치만 炳列 氏 女息 結婚이다. 成康 母하고 同行하야 裡里에 갓다.

---

7 원문에 표기된 바를 그대로 따라 입력하였으나, 이를 1,007,800원으로 볼 경우 24일 자에 기록되어 있는 회계내용("拾餘萬 원이 들엇드라")과 어긋난다. 따라서 이 액수는 10만 7, 8천 원을 의미하는 것으로 봄이 합당할 것으로 보인다.

終日 心情이 괴로왓다.
바[밤]에는 잠이 드리지 안코 해서 술만 飮
酒하니 속이 졸 이[좋을 리] 없다.

<1987년 4월 27일 월요일>
昌宇하고 同伴해서 墓地 申告次 新平面
을 단여 軍隊을 단여 大里 金哲浩을 相面
委任狀에 捺印한바 金東安가 不在中이라.

<1987년 4월 28일 화요일>
또 昌宇하고 同行 郡廳을 단여 登記所을
거처 봉고차로(成國) 車로 面을 단여 部隊
을 단여서 왔다. 今日 書類는 未備되엿다.
來日 또 가기로 햇다.

<1987년 4월 29일 수요일>
成俊 車便으로 新平에 갓다.
所有證明을 밧고 軍部隊에 갓다. 宗中{墓}
所 地上物은 契約을 締結하고 昌宇도 墓
所 契約은 햇지만 나는 못햇다.
明日로 未류엇다.
泰宇는 道峰 位土를 사자고. 櫃格[價格]은
二斗只에 白米 五〇叺인바 七七,〇〇〇식
三八五萬인바 끝錢 五萬 원 除하고 契約
하자고. 來日 相面키로 하고 作別.
夕陽에 館村 炳基 氏을 訪問하고 來日 道
峰을 갖이 가자고 햇든니 밥아서 못 가겟다
고 햇다.

<1987년 4월 30일 목요일>
館村驛前에 간니 泰宇 道峰 重宇가 帶機
[待機]하고 잇드라. 택시로 道峰 宗畓 二
斗只을 求景한바 普通畓은 되겟드라.
任實로 三人이 同伴해서 農協에서 二,三
〇萬 원 出金하고 郡 民願室로 갓다. 등記

滕本[登記謄本]을 떠보니 四七五坪이엿
다. 名儀는 李石斗 엿다.
全州로 三人이 同伴하야 地主하고 四人이
募여 相議 끝테 三百七十五萬 원에 契約
햇다.
任實農協에서 出金은 泰宇에 四〇〇萬 원
을 주면서 宗畓代을 주고 移轉도 하고 重
宇 五萬을 治下金으로 주라 햇다. 내게 保
菅金으로 百萬을 入金하고 千八白萬 원을
全北投資金融會社에 六 個月 豫算으로 豫
託햇든니 利子만 九十一萬 원을 찻게 된다
고 햇다.

<1987년 5월 1일 금요일>
金昌根 條 關係로 成奎에서 五〇萬 원 내
가 三〇萬 원 합해서 八〇萬 원을 昌根 氏
에 傳해 주라고 成奎에 주웟다.
墓地 申告도 今日 끝냇다.
家屋 壹棟도 끝냇는데 費用 그리고 日품도
五日이 經過되엿다.

<1987년 5월 2일 토요일>
靑云堤에을 가보왓다.
貯水池가 많이 주려젓다. 責任者 朴 課長
을 相對한바 以上 더 파내주겟다고 햇다.
그러나 밋지는 못하겟다.
물도 빼주마 햇다.
田畓을 둘여보니 麥 作況을 良護[良好]
햇다.
밤에 養老會員 臨時會議을 召集하야 서울
觀光 節次을 打合한바 結論이 못낫다.
人員을 減할아 한니 安承均부터 弟수을 帶
同한다니 心理가 不良하드라. 공겄으로 알
고 그려 행위을 하드라.

<1987년 5월 3일 일요일>
江景邑 薛仁洙 宅에서 同窓會議가 있어 參席했다.
會員는 八名이 募엿다. 酒飯床을 차려 왓는데 眞實로 홀융했다.
三時 半에 出發하야 집에 着했든니 夕食하는 데 알마잣다.

<1987년 5월 4일 월요일>
집안에서 일했다.
韓相俊은 婦人이 病이 나서 예수病院에 갔다.
밤에 婦人 몇 분이 왔다. 來 飯饍[飯饌]을 장만하겟다고 왔다. 韓계錫 呼出햇든니 六日 觀光도 抛棄하겟다고 햇다. 할 수 없다고 햇다. 旅費나 引계하라 했다.

<1987년 5월 5일 화요일>
전주 大韓觀光에 갓다.
明 六時 正각 時間 嚴守 倒着해 주시요 付託했다.
韓相俊은 明日 못가지만 附食[副食]감은 사려 왓드라. 五〇,八五〇원을 주고 삿다고 햇다.

<1987년 5월 6일 수요일>
아침 正각 六時에 大韓觀光 뻐스가 왔다.
나가보니 滿員이엿다. 崔南連가 不參했다. 不安했다. 못 가면 어제밤에 말했으면 外人을 募侍 술 잇는데 不安했다. 人當 貳萬 원을 받을 수 있엇는데.

<1987년 5월 7일 목요일>
서을을 단연오는데 收入支出 決算報告을 하게 되엿다.

收入支出을 決算하는데 會員 人當 二仟원을로 決定했다. 全部 떠난 之後에 그려 收入支出을 따지고 보니 앞뒤가 맞이 안트라. 돈이 남드라.

<1987년 5월 8일 금요일>
멋 사람을 相對하야 旣히 決定된 以上 밧고 보자 하야 받는데 靑云洞 鄭圭太 金在玉에서 각 〃 四仟식 받앗다.
張泰燁도 壹仟 원 殘金 내주고 맥주을 崔松吉 집에서 마섯다. 代價은 鄭圭太가 會計하드라.

<1987년 5월 9일 토요일>
서울 단여온 사진을 빼로 갓다. 二, 三日 後에 오시라 햇다.
바로 上泉里에 갓다.
로강을 보니 마음에 들지 안트라.

<1987년 5월 10일 일요일>
終日 비가 내렷다.
家族 人夫 五名은 고초밭에 비니루을 치로 간바 午前에는 겨우 했지만 午後에는 비가 내려 作業 中止했다.
비는 밤에까지 내랫다. 大端이 不安했다.

<1987년 5월 11일 월요일>
安承均 氏 生日이라고 招侍[招待]했다. 朝食을 갖이 했다.
成曉 母는 생강 사려 任實市場에 갓다.
山西에서 丁陳根이가 왔다. 丁基善이가 도적이라고 하드라.
丁基善이도 不行之事가 生긴 것으로 안다.

<1987년 5월 12일 화요일>
嚴俊祥 金長映 韓相俊 丁俊浩 林澤俊 崔
南連 具判洙 崔乃宇가 同行하야 북골 軍
部隊에 求景次 갓다.
中途에서 못 간다고 하야 館驛으로 뻐스
便에 갓다.
嚴俊祥 氏가 接侍[接待]해서 中食을 하고
봉고뻐스로 왔다.
서울觀光에 산진[사진]을 나누워 주윗다.
丁辰根 丁柱永 兄弟가 왔다. 丁基善 件으
로 왔는데 一口無言 햇다.

<1987년 5월 13일 수요일>
全州 泰宇하고 道峰 位土 二斗只 移轉登
記手續을 맞엇다.
태우 말인즉 屛嚴里 基宇 私山을 두 兄弟
끼리 私宗山으로 만들고 兄弟之間 一金 壹
百萬 원을 줄 터이니 印鑑證을 내주기로
하고 言約햇든바 二, 三日새 변햇으니 不
安하다고 하고 大里분네가 아마도 부레키
를 건 것 십다고 햇다.
日後에 如意치가 못하면 다시 옴기겟다고
하드라.
不良한 놈으로 본다. 제 산은 四百萬 원
운 〃 하고 基宇 山은 百萬 원만 주마고. 前
後가 맞이 안트라.

<1987년 5월 14일 목요일>
◎ 禁酒하기로 結定햇다.
五月 十七日부터 機械移秧을 着手키로 햇
다. 技士들도 하나식 作業키로 햇다.
몸이 熱이 生起고 食事도 뜻이 없드라. 終
日 舍廊에 누엇으니 丁柱永(東根)가 왔다.
軍部隊에 가서 宗中財産을 調査햇다고. 그
리고 基善에 와서 따젓다고 하고 東洙 名

儀로 林野가 있는데 {(}(柱永)養父 七二年
度에 亡{)} 鄭鉉一이가 特措法으로 移轉을
해다가 白成基에 賣渡했으니 其의 山을 法
에 막겨 찻겠다고 하드라.
잘 生覺해서 하고 나는 말 못하겟네 해서
보냇다.

<1987년 5월 15일 금요일>
二日채 禁酒.
田畓을 둘여보고 成奎 집도 드려다 보왔다.
十六日 小祥인데 딸들은 全員이 왔드라.
後田에 山所을 가보니 雜草 盛長[成長] 하
야 볼 꼴이 안니다.
호무[호미]를 들고 上下 墓所를 뽀밧다.

<1987년 5월 16일 토요일>
三日채 禁酒.
兄수 小祥日엿다.
外處客은 別로 없고 洞內 손님이 만햇다.
밤에는 한 소금도 못 이루엇다.
오늘 三日채 禁酒햇다. 밥마시이 조금 도라
왔다. 檵續[繼續] 禁酒할 計劃이다.

<1987년 5월 17일 일요일>
四日채 禁酒.
새벽 祭祀을 모시고 보니 아침 五時엿다.
讀祝을 하고 正式으로 慕侍엿다.
朝食을 맞이고 大小家族 全員을 募이게 하
고 成奎을 서울 慕侍라 햇다. 딸들이 八月
十二日 十三日 경이 좋아고 햇다.
金哲浩 子 結婚式에 參席햇다. 客들이 多
수 募엇드라.
電話機 一臺 三三,○○○원에 買入햇다.
成東이는 오늘 첫 苗내기를 햇다.
電話機 購入 商店은 全州市 中央洞 郵替

局 엽 寶光堂 앞.
金相建 氏을 相面코자 간 바 休業日이드라.

<1987년 5월 18일 월요일>
五日채 禁酒.
昌宇 丁壽福 內外 主人 四人이 動員되여
終日 移秧畓 整理했다.
四足이 애라고[애리고(아리고)] 生病 날 것
갓다. 벼[몇] 달 만에 苦役을 격겻다.

<1987년 5월 19일 화요일>
六日채 禁酒다.
메누리하고 終日 노[논] 고루기 햇다.
二日채 重苦役이였다.
온몸이 不安하다.
農工團地 就業者 募集을 한다고 通報가
왔다. 成樂이는 申請해 밧다.

<1987년 5월 20일 수요일>
七日채 禁酒햇다.
午前 中 自家移秧. 五斗只을 移植햇다.
相子[箱子]도 洗水하고 모든 附品[部品]
을 運搬 後屬을 整理햇다.
못텡이들을 가보니 移水는 滿足하드라.
全州 成傑 事業 所得稅 自進申告日인바
書類 求備[具備]해서 提出한바 父母를 혜
택 除外해서 一四萬 원 控除해 주드라고
햇다.

<1987년 5월 21일 목요일>
八日채 禁酒.
郵替局에 四月分 電話稅 八四,一七〇 五
月分 保險料 二三,九〇〇원을 拂入해 주
고 取扱所 設施 當時 加入金 貳萬 利 傔算
[兼算]해서 주겟다고 햇다.

全州에 갓다 受聲用 手下機[受話器] 一臺
一五,〇〇〇 주고 購入햇다.
舘村面事務所 不動産 減額申請햇다.
집에 온니 메누리는 모를 못 때윗다고 하기
에 不安感이 들드라.
午後에는 메누리하고 못텡이논을 고르는데
不快햇다. 金判植 소를 엇고 金鎭玉이가
마참 왓기에 手苦를 끼첫다.

<1987년 5월 22일 금요일>
九日채 禁酒.
아침 七時쯤 朴日成이가 서울 전화를 걸다
밧이를 안타고 하며 담배를 사려 안마루로
간바 메누리하고 손 때리는데 熱이 낫다.
必後에 恥사한 일이나 當할지 念慮가 多分
하다.
그려케 되면 異心이 알 갈 수 잇나.
婦人 午前에는 二名 午{後} 五名을 動員
해서 고초심기 햇다. 雨中인데 移植하기는
適合햇다.
右足이 督種[毒腫]이 나서 不安햇다.

<1987년 5월 23일 토요일>
一〇日채 禁酒.
今日부터 試驗 開通을 着手햇다.
試驗 삼마서 水原 成奉에 아침에 전화햇든
니 바로 나오드라.
모텡들 오늘도 논을 고르는데 愛勞[隘路]
가 만햇다.
近間에 苦役이엿다.

<1987년 5월 24일 일요일>
十一日채 禁酒.
機械移秧 뒤수바라지 해주엇다.
東洋機械 附品을 任實에서 購入해다 주

윗다.

一金 八仟 원 代納해 주웟다.

夕陽에 고초에 楊水機[揚水機]로 물을 주
윗다.

十一日채 禁酒해오다 夕陽에 崔南連 氏을
路上에서 對面하자 꼭 한 잔만 하자고 私
情[事情]하는 바람에 할 수 없이 한 잔 한
바 여려 말이 만코 한 소리를 一〇餘 次 再
言하니 딱하기 限이 없드라.

<1987년 5월 25일 월요일>
內食口 그리고 外人 婦{人} 三名을 起用해
서 참깨를 再播種햇다.
消毒을 햇다고 해야 不發牙[不發芽].
고초밭에 거심이라는 게 마구 잘아먹고 잇
어 殺蟲濟[殺蟲劑] 紛製[粉劑]을 뿌렷다.
連日 苦役之事였다.

<1987년 5월 26일 화요일>
午前 中에는 방아 찟고 午後부터는 移秧
햇다.
內食口는 고초 때우다 苗 때우엇다.
案內狀을 印刷하려 全州에 갓다.
電話 開通 案內狀 四〇枚 同窓會 召集 案
內狀 四〇枚 계 八〇枚을 印刷해 왔다.

<1987년 5월 27일 수요일>
電話 開通 案內狀 四〇餘 枚을 一家親志
[一家親知]들에 發送햇다. 各 機關에도 보
냈다.
오늘도 苦役이엿다.
日課는 成東이는 機械移秧하려 가고 메누
리는 모 따우려 가고 內食口는 참깨 심으로
가고.
나는 고초에 藥 뿌리고 고초밭에 도구 치고

록강을 빼다 경운기로 운반하야 고초밭에
옴기고 耕云機[耕耘機]로 집[짚]을 運搬
햇다.
日課는 大端이 多樣햇다.

<1987년 5월 28일 목요일>
除草濟[除草劑] 水畓에 뿌렷다.
除草濟 十二封 아비노산 一박스을 里長에
서 外上으로 가저왔다.
乾燥場을 撤据[撤去]해다 庭園 乾燥場 上
板에 둘여씨웟다.
오늘도 쉴 사이 없이 終日 活動햇다. 性格
이 가마니 잇기 실고 하다 못하면 풀이라도
맨다든가 或이면 新聞 雜紙라도 보아야 하
며 싸이카라도 타고 田畓이라도 가보와야
한다.
요즘은 싸이카가 故章이 生起여 오{토}바
이쎈타에 倭屬[委囑]한지 三, 四日이 되였
어도 附品이 없어 修理 不加能[不可能]하
다고 한다.

<1987년 5월 29일 금요일>
밤 〇.時를 期하야 電話가 開通 開始하며
料金도 〇.時부터 加算된다고 햇다. 그러
나 實地는 二十八日 午後부터 開通이 되
엿다.
任實 電話局에서 試驗電話가 걸여왔다. 電
話는 只今까지 異常 없이 淸明하게 잘 들
이드라.
電話料金도 二十八日부터 加算이 된다고
本局에서는 말 하드라.
싸이카를 三日 만에 차자왔다. 附品이 없다
고 햇다.
율무밭 耕耘햇고 草지도 햇다.

<1987년 5월 30일 토요일>
崔南連 氏는 朝食 後 오셨다.
約束대로 오는[오늘] 全州 運動場에 求景
하려 가자고 왔다.
對答함은 勿論이나 炳基 氏하고 對面 約
束이 있어 加不間[可否間] 가자 햇다.
驛前에 간바 堂叔은 기드리고 있어 딱햇다.
할 수 었이 南連 氏을 抛棄하고 갖이 南原
으로 行次햇다.
成樂이에서 一金 壹拾萬 원을 둘어서 南原
郡廳에다 側量[測量] 申請햇다.
오늘 經費는 約 七萬 원이 支出햇다.

<1987년 5월 31일 일요일>
崔南連 氏 勸告하야 三日 만에 公設運動
場에 갓다.
처음에는 南連 딸 今禮 집에 간바 조흔 술
과 酒饌이 좋으라.
親이 待接을 밧고 婿의 車便으로 써커스場
에 入場햇다. 볼만 하드라. 두루 둘여보고
中食은 南門 옆 解放菅[解放館]에서 햇다.
오늘은 崔南連 돈만 利用햇다.
大端 未安하게 生覺햇다.

<1987년 6월 1일 월요일>
崔南連 氏 內外 우리 內外 同伴해서 全州
公設運動楊[公設運動場]에 參席 햇다. 人
波는 約 一〇萬 名이 招過[超過]되엿다고
選言[宣言]하드라.
南連 氏 從兄 八龍 氏가 別世햇다고.
午後 二時쯤 出發하야 歸家햇다.
電話機를 손보왔으나 異常이 있다. 다음
機會에 再修{理}하겟다.
夕陽부터 비는 내렷다.

<1987년 6월 2일 화요일>
비는 끚이 안코 아침까지 連續 내렷다. 終
日 내렷다.
田畓에 보리는 全部 쓰려젓다. 不遠이면
베게 되였는데 失農햇다.
午後에 비가 개이는 틈을 타서 大里 故 八
龍 弔問을 갓다.
夕陽에 昌宇 完宇가 왓는데 市內電話을
하겟다고 보당[버튼]을 누르는데 信號가
오지 안트라. 그려면 열쇠는 잘 듯는 것으
로 알앗다. 그려나 쇳대장치 햇다고는 못하
고 있으나 自己들끼리 開通이 안되엿다고
하드라.
南原 桂壽 崔欽宇에 電話로 六月 一〇日
薦宇 氏에 外出하지 말고 宅에 待機하라고
專햇다. 宗山 側量[測量]로.

<1987년 6월 3일 수요일>
昌宇는 今日 移秧한다면서 先金을 주기 위
하야 一金 拾萬 원만 달아기에 아침에 주
윗다.
새기 치기 追肥을 十五日 만에 뿌렷다.
가래8 藥 아비노산도 뿌렷다.
夕陽에 靑云洞 鄭圭太 氏을 同伴해서 小
留池을 둘여보고 朴 課長이란 者을 相對하
고 누구의 許諾을 밧고 貯水池을 메구웟나
햇다. 當初 設計가 그렷타고 하기에 不良
한 盜賊놈이라고 하고 此後에 不遠 事件을
이룰 터이니 그즘 알아고 햇다.

<1987년 6월 4일 목요일>
아침에 面長에 전화로 本件을 對話하고 오

____

8 논이나 늪에서 자라는 가랫과의 여러해살이풀로,
  곡식에 해를 끼친다. 민간에서는 포기 전체를 해
  독제로 쓰기도 한다.

늘 中으로 貯水池 現況을 살펴보고 責任者
對面하야 行政關廳[行政官廳]에서 協助
해 달아고 햇다.
後田에 排水構[排水口]를 첫다.
땅콩을 三번채 播種햇다. 까지떼[까치떼]
가 播種한면 害 주엇다. 이번에는 播種 卽
後[直後]에 殺蟲濟 泣濟[粒濟]을 上部에
뿌렷든니 아즉을 까치가 해는 주지 안트라.

<1987년 6월 5일 금요일>
오도바이 修理하라 햇든니 約 四萬 五仟 원
쯤 들겟다고 햇다. 그래도 修理해라 햇든니
二日 만에 간바 壹萬 四仟 원 들엇다고 하
드라. 알고 보니 云巖 者가 誤珍[誤診]하야
삐스통이 作動이 잘 안되고 오히루가 수냉
이 안되여 脫力[彈力]이 없섯다고 햇다.
깨밭 고초밭 一部 고랑에 雜草가 茂成[茂
盛]하야 除草濟 五통을 散布햇드니 몸이
고되엿다.

<1987년 6월 6일 토요일>
家用으로 새기 꼬기 햇다.
보리논에 가보니 보리는 베기가 臨迫햇다.

<1987년 6월 7일 일요일>
뉴예는 四잠을 자고 蠶室로 옴기엿다. 비는
終日 내렷다.
正午가 되니 水原에서 成奉이가 電話햇는
데 勞務員 一人 講해 달아니 이곳도 軍事
基地가 있어 講하기 어렷다고 햇다.
午前 十一時頃에 病院에서 滕男[得男]햇
다고 햇다. 作名을 해서 보내겟다고 해다.
範 字 돌임{이}다.
夕陽에 水原서 成康이가 왓다. 日役이 多
樣하야 人夫가 꼭 必要하다고 햇다. 그려

치만 여기도 不足現況이다.

<1987년 6월 8일 월요일>
終日 비가 내리는데 心思가 푀롭드라[괴롭
드라]. 보리 베기가 밥은데 날時[날씨]만
구저 大端 不安햇다.
郡廳 成曉는 南原 成樂이에 電話로 連洛
[連絡]해서 郡廳으로 전화하라고 햇다. 南
原에 전화햇든니 不通이엿다. 그러나 後에
다시 한바 連結은 되엿는데 어든 之事인지
는 모르겟다.
새기 꼬기 햇다.

<1987년 6월 9일 화요일>
午後부터 보리 베기 始作. 役軍는 六名이
起用햇다.
못텡들 새기 肥料 뿌리고 農藥 除草濟도
뿌렷다.
포푸라 때문에 丁基善하고 論難. 氣分이
消햇다.

<1987년 6월 10일 수요일>
館村 堂叔하고 同伴하야 七時에 出發 南
原에 着하고 技士 三人을 同伴하야 桂壽
里 山所에서 側量은 햇다. 約 一週 後에 通
報해 주기로 하고 迫家햇다.
旅費는 約 一四,○○○원쯤 支出햇다.

<19987년 6월 11일 목요일>
家族 四人는 東奔西走하고 있다.
누예 뽕 나기[따기] 해다 밥 주기 또 보리
손치기 하다 또 뉴예 上簇 마부치[마부시
(まぶし, 누에섶)] 洗水하다 아주 일과가
大端 多量이다.
回轉簇 組立하다 보니 日暮가 되엿다.

몇일이면 多少 주려들 듯십다.
이제는 最高로 밥을[바쁠] 때다. 移秧 五斗
只 일하고 뉴예 上簇할 일 그리고 麥 脫穀
之事가 重要之事이다.

<1987년 6월 12일 금요일>
外人 家族 全員 約 一○餘 名이 動員되엿다.
日氣가 不順하다고 豫報을 듯고는 男女 勞
務員을 動員하야 보리를 무그면서 一部에
서 脫穀하면서 脫穀 보리를 工場에 운반하
고 보리대도 後田에 옴기고 畓에 堆肥도
깔고 肥料 散布하고 노두력[논두렁]도 베
고 해서 今日 日課는 每週 多難 完了 햇다.
이제는 비가 오드래도 念餘 없고 아침 八時
半에 農協에서 布장을 사왔다.

<1987년 6월 13일 토요일>
夫婦 間에 고초밭에 追肥을 넛다.
午後가 되니 뉴예가 올아간다고 햇다. 밥이
와서 協力햇다.
듯아하니 來日 十四日 日曜日인데 成曉
妻弟 結婚日인데 이웃집 安正柱 婦人 便
에 相範 母가 말을 傳하면서 오게 되면 其
날 館村으로 오라고 햇다고 들엇다. 그려면
場所와 時間은 말하지 안니 하고 그려케
말하드라고 듯고 집 메뉴리도 日前에 전화
로 왔는데 場所와 日時間도 없이 日字만
전화로 傳하드라고 햇다.
大端이 분개햇다. 멀지도 안코 任實인데 內
外間에 하나라도 올 수 잇고 相範을 보내
서 傳할 수도 잇고 正當하게 전화로 아버지
게 卽接 對話로 할 수도 잇는데도 그려한
行爲는 잇을 수 없고 不請客이 간다는 것
도 不行之事라 生覺하고 모두를 不快心으
로 生覺햇다. 後로는 長子에 페를 끼치지

않을 決心햇다.
只今 時期는 보리 베고 脫穀하고 移秧하고
뉴예 기르고 또 올이고 不철晝夜 틈이 없는
데 그려케도 來往도 없고 親庭에만 단이니
마음 괴롭다.
今日 十三日도 뉴예을 家族기리 올이다 보
니 밤 十二時가 되엿다. 놉도 없이 家族 四
人이 苦役을 햇다. 갯심 子息 成曉가 不安
心이다. 全州에 移居한다고 들엇다.
父子之間에 섭 〃 있는 {듯}십다고는 하나
그럴 수는 없지 안다. 日前에 館村 炳基 氏
을 南原서 中食 中에 말을 하는데 全州 朴
東哲에서 付託하야 家屋을 建築하는데 約
貳仟萬원쯤 잇다고 하는데 남이 좋은가 父
子나 家族이 좋은가 生覺할수록 不快心이
深하다.
두고 보자.
나도 할 말이 많다. 네 이놈 잘 生覺해보
라. 父 乃字는 너를 生하고 기른 父가 된다.
他人도 耳目이 보이지 안는야.
父母 내도 將來의 覺悟가 잇다.

<1987년 6월 14일 일요일>
고초에 尿素肥料를 작{대}기로 뚫고 投入
햇다.
任實驛前 李 氏 木商을 訪問하고 포푸라
를 處分하라 햇다.

<1987년 6월 15일 월요일>
來日 모내기 對備코저 노타라[노타리] 하
고 장보기도 햇다.
마음이 괴롭다.
面長 産業係長 同伴 大林工事場에 갓다.
小留池 件인데 심통치[신통치] 안타.

<1987년 6월 16일 화요일>
배답 五斗只 보리글[보리를] 人夫 一〇名
을 대고 일즉 移秧이 끝이 낫다.
多幸 日氣는 請明[淸明]하야 作業하는 데
는 適當햇다.
우리 집 棺木[灌木]을 가저갈 줄 안바 포푸
라만니 가저가고 松木은 明日로 미루는데
아마도 不信感이 든다.
夕陽에 任實高校 正門 앞에 보리가 잘 되엿
드라. 바로 가보니 것보리드라. 主人는 邑內
金萬基 氏 舊市場에서 사는 분이드라.
明年에는 껏보리(大麥)을 播種해볼가 한다.

<1987년 6월 17일 수요일>
昌宇는 胃腸病이 再發한 듯십다. 寫眞을
찍{어} 보니 胃가 허렷다고 한다고 햇다.
面에서 成奎에서 一金 一六,〇〇〇원 取貸
하야 財産稅을 拂入해 주윗다.
成康 財産稅는 減額하야 二八〇원을 代貸
納해 주윗다.
道에서 民政班이 來臨하야 本人는 靑云堤
에 對한 被害現況을 存細이 말해 주윗다.
人員이 約 六名인데 中食은 成奎가 接侍
햇다.
午後에는 家蔟기리 後田 보리 베여 옴기
엿다.
그려다 夕陽에는 폭雨가 내려 約 日時間
程度 作業率이 주려것다.
午前 中 不在中에 木商 李 氏가 와서 棺木
을 실어가고 十二萬 원 주고 갓다.

<1987년 6월 18일 목요일>
누예고초 따기 作業이다.
아침에 劉貞子 酒店에 丁基善을 對面하고
借用金 元利 合算 二二二,〇〇〇원 五.五

個月 二分利로 完拂해 주윗다.
婦人 二人 家蔟 四人 계 六人이 動員하야
콩 심기 하고 율무 苗種을 햇다. 율무는 試
驗 삼아서 移植을 해보왓다.
昌宇는 病院에 가서 胃 寫眞을 影영[撮影]
햇다고. 두 군데 다 갖이 珍斷[診斷]는 똑
갓다고.

<1987년 6월 19일 금요일>
夏期 中 六月 末日 收入豫算案을 짜 보왓다.
一. 春蠶 二枚 買上 　　　　約 四〇萬 원
二. 成東 機械移秧 日工 　 〃 二〇萬 원
三. 夏穀 買上 二〇叺 　　 〃 六〇萬 원
四. 其他 收入 　　　　　　一〇萬 원
　　　　　　　　　　계　　壹百參拾
萬 원 1,300,000
五. 栗木代 　　　　　　　三〇〇,〇〇〇
　　　　총계 四,三〇〇,〇〇〇 程度

뉴예 共販日이다.
二枚에 三三六,〇〇〇원 收入해 왓드라.
農藥代 成東 洋服代 모내기人夫賃 婦人
男子 脫穀 人夫賃 人夫 饌代 酒代 其他 계
二〇萬 원을 주고 支拂. 一金 拾萬 원만 내
계 保管 中이다.
農協債務 利子만도 十八萬 원데 八萬 원
이 不足 現狀이다.

<1987년 6월 20일 토요일>
오늘도 多事多難햇다.
고초밭에 고랑에 풀베기 成東이는 殺蟲濟
散布 안食口는 율무 移植 참깨밭에 풀 매
기 分散햇다.
任實서 成曉 內外가 단여갓다.
成奉 子 作名을 하려 南原郡 寶{節}面 黃

茂里[黃筏里] 李得香 氏을 訪問코 作名하고 四柱까지 뽀밨다[뽑았다].
作名은 崔善範으로 作名한바 將來 性格이 혹득하다며 師大에 入學케 하라 햇다.

<1987년 6월 21일 일요일>
成東는 農藥 散布하고 나는 田畓 畦畔[밭둑]을 풀 벳다.
大端 苦役이다.
六月 中 作業 日移程[日程]을 짜보면 一日도 빼놀 수 없는 日程이엿다.
水原서 成允이가 作業을 中止하고 래려왓다.
七月 六日 (軍) 入隊을 準備키 爲한 之事다.

<1987년 6월 22일 월요일>
館村 堂叔하고 桂壽 崔薦宇 氏하고 同伴하야 南原郡廳 民願室에 分割側量[分割測量] 申請하고 代書所에 들여 移轉登記 打合하고 稅務所[稅務署]에 들여 稅法을 打合하고 三人이 中食을 맞이고 任實에 왓다. 登記所에 들여 畓 林野 登記簿謄本[登記簿謄本] 各 〃 떼여보고 面事務{所}에 들여 戶籍謄本[戶籍謄本]도 떼여 왓다.

<1987년 6월 23일 화요일>
南原稅務署에 갓다.
다시 林野臺帳 謄本[謄本] 土地臺帳 등본을 떠오라 해서 오는 길에 郡廳에 들이여 成曉를 시켜서 뗏다.

<1987년 6월 24일 수요일>
面에서 儒道會議가 있어 尹鎬錫 氏 丁基善 氏을 帶同하고 參席햇다. 面內에서 約 四〇餘 名이 參席햇드라. 面支部長을 選出하는데 金敎成 氏을 選任하고 副支部長 乃宇 哲浩을 呼出햇다.
南原稅{務}署에 갓다. 書類는 一旦 가추워 주웟다.

<1987년 6월 25일 목요일>
四仙臺 崔基宇에서 宗中規約書에 捺印하고 虎巖里 炳列 氏도 捺印코 昌坪里 宗員 全員이 捺印햇다.
炳基 泰宇만 未結[未決]햇다.
水畓에 殺蟲濟 殺菌濟[殺菌劑]를 混合하야 散布햇다.
全州 燃炭[煉炭] 五〇〇個를 農協을 通하야 外上으로 入庫햇고 養老堂 條도 五〇〇個를 引受햇다.

<1987년 6월 26일 금요일>
成東이는 任實市場에 牛 時勢을 보고 왓는데 滿취가 되여 왓드라.
崔善眞 麥 脫穀하려 가서 또 滿취가 되여 왓드라.
館村 金鍾泰는 牛舍 암소 三頭을 買受한바 一二六萬 원 結定햇다.
夕食床에서 成東이는 취중이지만 상소리를 하면서 빗은 만하는데 一年 來 〃 苦役해도 도래 밋천이라는 뜻에서 살임사리를 뒤집겟다고 兄도 누구도 도적놈이라며 농사 지여 노으면 손만 벌인다고 이제는 일저 소용업느니 하고 宗山 栗木代도 全州 집 사는 {데} 보태겟다고 달안다고 하드라면서 不만이 잇는데 아마도 分家하야지 同居는 못할 것 갓다. 時日이 가면 成東에서 무슨 봉변이라도 당할 것 갓다. 兄弟間는 만해도 何等의 내게 父母를 매긴다는 뜻도 되고 債務도 제게 미룬다는 뜻도 된다. 生

覺할 必要다.

<1987년 6월 27일 토요일>
成康 母하고 同行하야 鄭九福 氏 女息 結婚에 參席했다.
場所는 서울 城南市엿다.
一行은 約 五〇餘 名이 貸切車로 단여왓다.

<1987년 6월 28일 일요일>
婦人 七人을 動員해서 율무밭에 除草하고 尿素도 뿌렷다.
成曉하고 同行하야 全州 泰宇를 訪問코 成樂이 관계를 約束하고 來日 갗이 서울放送局 金承漢을 面會키로 約束하고 아침 八時에 乘車키로 햇다.
平和洞 成曉 집 新築現場을 갗이 둘여보왓다. 너무 훌융하드라.

<1987년 6월 29일 월요일>
全州에서 八時 四〇分 高束[高速]으로 서울을 向하야 放送局을 訪問코 金承漢을 相面햇다.
中食도 侍接[待接]을 밧고 繕物[膳物]도 받앗다.
成樂 關係을 設明[說明]햇다. 일〃히 記載하야 于先 本局에서 알아보고 南原에 전화하야 바로 全州 泰宇에 傳하겟다고 約束하고 南原放送局에서만 서울 本局으로 內申하면 서울서는 承漢이가 서들겟다고 햇다.
안될지라도 고맙드라.

<1987년 6월 30일 화요일>
율무밭에 肥料를 散布하고 十二時 三〇分에 崔伏範 停年退任式에 參席코자 驛前에 갓다. 마참 全州에서 崔二範이를 相面코

갗이 益山郡廳에 갓다.
式이 끝이 나고 바로 와서 다시 율무에 肥料를 뿌렷다.
夕陽에 張泰燁하고 任驛前 李 氏을 相面키 위해서[위해서] 갓다. 立木代는 미루드라.
成東이 內外는 觀光을 갓는데 來日 오겟다고 전화가 왔다. 江原道에서 밤에 왔다.
館村 崔炳基 氏을 相面하고 來日 南原에서 宗山 移轉手續하려 가자고 햇다.

<1987년 7월 1일 수요일>
서울 金承漢에 電話로 南原放送局 崔成樂 關係를 무르니 조금만 기드리면 放送局長이 成樂이를 불어 書類 提出하라 하 터이니 其時 提出하고 바로 人事次 局長을 相面하라 햇다. 答禮를 하라는 뜻이다.
南原 成樂에 알엿다. 그게 元側[原則]이라고 햇다.
館村 堂叔하고 갗이 南原郡廳에서 薦宇 氏을 相面 移轉手續은 했으니 書類가 未備되여 此日로 미루엇다.

<1987년 7월 2일 목요일>
移秧契總會日다.
全員이 募엿다. 契을 解散키로 햇지만 連續키로 햇다.

<1987년 7월 3일 금요일>
보리 공판日이다.
成東에 二〇叺을 실여 보내고 싸이카로 面農協에 간바 途中에서 싸이카가 故章이 生起엿다. 할 수 없이 驛前 李 氏에 付託하야 보링을 하라 햇다.
밤 十一時에 成康 母하고 同伴해서 水原을 갓다.

<1987년 7월 4일 토요일>
아침에 孫子를 相面하니 男子답게 生겻드라.
朝食은 成康 집에서 하고 中食은 成奉 집
에서 햇다.
旅비는 成康이가 二萬 成奉이가 三萬 원을
주는데 往復旅비 其他 支出하고 보니 別
殘高가 없드라.
三時 三〇分 列車로 집에 온니 七時 五〇
分이드라.

<1987년 7월 5일 일요일>
夏穀 買上하야 五二萬 원 또 移秧 日工 二
〇萬 원 게 七二萬 원인 바 一般資金 四一
萬 貳仟 원을 償還하고 殘 三〇八,〇〇〇
인데 송아지 二頭 程度 사보겟다고. 生覺
해서 하라 햇다.
成東이는 農藥 散布하고 本人은 고초밭 매
고 고랑에 尿素 三袋을 뿌리고 또 고초 고
랑에 풀이 있어 除草濟를 뿌리고.
오늘도 日課는 苦役이엿다.
完宇에서 移秧契 收入支出 {결산}하고 十
一萬 원을 받앗다.

<1987년 7월 6일 월요일>
成允이는 全州 三五師團으로 入營햇다.
斗流里 炳列 氏를 訪問한바 不在中. 서울
祭祀에 갓다고.
全州 泰宇를 訪問하고 宗規約書에 捺印해
왓다.
오도바이 五〇자리를 무루니 五九六,〇〇
〇원을 달고 하고 八〇자리는 七〇萬 원
을 달고. 보링집에 가서 무르니 一年박게
못탄다고 햇다.
들머리 事業者를 路上에서 相面한 바 直江
工事라도 하야 골재을 파내겟다고 하고 嚴

俊峰이 願한대로 하야겟다기에 잘 해보시
요 햇다.

<1987년 7월 7일 화요일>
아침 새벽에 館村 堂叔이 電話로 驛前에서
面會 要請햇다. 事由는 承宇 營業 關係로
基宇와 是非 條엿다.
基宇 內外 炳基 兄弟 承宇 갖이 同席코 對
話한바 兩家에서 同一하게 잘못이 잇드라.
是非 끝에 基宇 內外間에는 承宇를 내보래
는 뜻이드라. 此後에 다시 相議하자 햇든니
基宇는 이대로 끝이자고 햇다. 婦人이 壹
仟만을 가저와서 承宇에 주드라. 館村 炳
基 氏는 萬諾에 營業을 못하게 하면 問題
는 크고 機物[器物]을 破機[破棄]하면 엇
더케 할 테야 햇다. 나는 말하기를 그려 말
삼이 말이 아니고 타합으로 하라 햇다.

<1987년 7월 8일 수요일>
成東이는 婦人 五名을 引率하야 水畓 除
草하고 나는 南原 宗山 移轉手續切次 完
了해 주고 왓다.
成樂 집에서 中食을 햇다. 成樂 件는 잘 된
겟드라고 햇다.

<1987년 7월 9일 목요일>
洞後 山所 筏草[伐草]를 햇다.
成東이는 고초에 殺蟲제 散布.
오도바이 修理費 三三,〇〇〇원을 引受해
왓다.
斗流里 金教成 氏가 來臨하야 明 十日 鄉
校 總會議에 參席해 달고.

<1987년 7월 10일 금요일>
鄉校에서 各面 支部長 副支部長 連續會議

[連席會議]가 있어 參席하야 郡支部 副支
會長 三人 其他 九名을 選任했다.
나는 監察部長이라고 했으나 別 뜻이 없다.
任實老人會에 參席하야 晉相鎬 會長 其他
任員을 相面했다.
오든 卽時 父母 墓所 筏草를 끝냇다.

<1987년 7월 11일 토요일>
雨中인데 아침에 일즉 黃牛 一頭을 市場에
보내고 六一萬 원을 밧고 암소 三마리에
八四萬 원을 주고 買入해 왔다.
宗中文書 整理했다. 마참 비가 오니 조용
해서 適合했다.

<1987년 7월 12일 일요일>
비는 조금 갯다.
틈을 타서 田畓을 둘여보고 안食口들은 들
깨를 移植했다.
靑云洞 鄭圭太 氏를 訪問하고 鄕校에 入
會하라고 勤留[勸誘]했다. 入會費 五仟 원
印章도 가저왔다.

<1987년 7월 13일 월요일>
成植 母 生辰日이라고. 朝食 갖이 햇다. 딸
壻도 왔다고 햇다.
終日 비가 내렷다. 宗中書類를 整理하고
請算書[淸算書]도 作成 햇다.
電話料金 拂入 通知書가 왔다. 今年 五月
二十八日 開通을 보왓는데 第一回分으로
써 月報는 七月分이라 해서 通報되엿다.

<1987년 7월 14일 화요일>
館村 堂叔 炳基 氏가 왔다. 用務는 市基 承
宇 基宇之間 是非 件이엿다. 中食을 갖이
하고 午後에 成奎 完宇를 帶同하고 基宇

집에 갓다. 意見을 드려보니 承宇의 잘못이
多分했다.
承宇를 찾아서 意見을 들으니 잘못은 是認
하지만 兄의 位置에서 그려한 不良行爲을
햇기에 그랫다. 是非는 以上 論議할 必要
는 없다. 食堂도 他人에 二仟萬 원에 契約
이 締結되였으니 但 四寸之間인데 作別할
時는 遺憾을 풀고 惜別하라고 당부했다.
雨中인데 館村에 들이여 炳基 氏에 事實을
傳했다.

<1987년 7월 15일 수요일>
終日 비가 내렷다.
舍郞에서 讀書만 햇다.

<1987년 7월 16일 목요일>
夕陽에 金三浩 氏 宅을 訪問한바 全州에
서 들머리 河川 骨材事業者들이 왓드라.
반가히 하면서 다시 事業을 着手하는 데
協助해 달아고 햇다. 第一次 案에는 同意
해 주엇지만 今般 第二 案는 同意 못하겟
다고 햇다. 小數는 多數에 複從[服從]하는
것이 道理인데 一 개人 嚴俊峰에 말여 드
려가 設計 變更한다는 것은 있을 수 없고
婦人는 放送을 通해서 工事 防害[妨害] 中
止하려 하니가 戶當 婦人 一人식만 募여
주라면서 朝夕으로 洗濯을 하는데 흑탕물
이 내려오 터이니 할 수 없고 現金 貳百萬
원을 밧기로 햇다니 우리 婦人들이 戶當
二萬식 据出하 터이{니} 工事는 모[못] 하
겟다 했으니 謝過放送을 하며는 同意하겟
다고 햇다.

<1987년 7월 17일 금요일>
배답 방천에 풀베기 햇다.

成曉 內外가 任實서 왔다. 八月 四日 全州 新自宅으로 移住한다고 햇다.

<1987년 7월 18일 토요일>
고초 줄 매기 햇다.
장마로 作物이 被害가 만타.
丁基善을 相面하고 嚴俊峰 內外의 處事를 말해 주고 나는 同意 못 하게다고 햇다. 基善이도 不應할 뜻이드라.
成奎 完宇도 왔다.
骨材工事는 朴日成도 不應하겟고 河川 作人들 不應하면 아무리 하고 싶어도 工事는 못 한다 햇다.

<1987년 7월 19일 일요일>
논두럭 밭두럭 終日 벳다.
날시는 每週 무더웟다.
完宇 말에 依하면 嚴俊峰은 骨材工事를 하면 河川은 里 共同所有로 하겟다고 햇다 하니 現 作人은 應할 택이 없어 開發委員 會議는 流會되고 말앗다고 傳햇다.

<1987년 7월 20일 월요일>
오늘은 初伏日이다. 老人들을 慕侍고 닭죽을 끄려서 接待햇다.
尹用文 집에서 手苦해 주웟다.
食後에 養老院에서 臨時會議이를 住催[主催]하고 非會員는 大韓老人會에 加入하라 햇고 相助會도 加入하야 惠澤 보라 햇다. 말하는 途中에 嚴俊祥 者는 말하기를 고암을 지르며 鄕校에 對한 말이야고 햇다. 鄕校에 對 말하면 엇더야 햇고 건방진 놈이라며 호통을 첫든니 말없이 자리를 뜨드라. 제 놈이 돈은 많다지만 사람으로는 내가 不足할 게 무엇 잇느야 하고 一字無識者라

햇다. 募인 사람 中에서 嚴俊祥에 잘 알고 나 하라고 하드라. 面目이 없게 되엿드라.

<1987년 7월 21일 화요일>
嚴俊峰이가 왔다. 要는 特條[特措, 즉 特別措置法]로 貯水池를 農林部로 移菅[移管] 햇다는 件이엿다.
特條로 넘긴 것은 確實햇지 안느야 햇다.
任實에 갓다. 成曉을 郡廳에서 相面하고 貯水池 件을 附託[付託]코 왔다.
面에 갓다. 面長 成奎 갗이 三人이 對話햇다. 貯水池 件도 말햇다. 陳情書을 提出하겟다고 햇다. 面長은 不安케 生覺하드라.
夕陽에 메누리는 育兒院에서 女兒 三세자리를 데려왔다. 人物은 普通인데 住民들이 多數가 參禮하야 우슴고개를 이루웟다.
메누리보고 잘 키워라 햇다. 將來에는 넘보다는 낫다고 햇다.

<1987년 7월 22일 수요일>
아침부터 마을 婦女子들이 아해 구경차 수 拾餘 名이 募여왔다. 메누리에 付託코 술도 밧고 국수도 사다 接待하라 햇다.
具判洙 招請으로 갓다. 安承均 外 五, 六名이 募엿다.
嚴俊祥이 왔다. 말이즉 사둔은 미워요 햇다. 한두 번 아니엿다.
간다고 간 사람이 다시 오드라. 오면서 헛가[헛간] 옆에서 小便 본다는 者가 자지를 내놋코 있으니 會洙 婦人이 性質을 내며 不平햇다.
방으로 드려오드라. 嚴俊祥 무엇이야고 하고 네가 돈이나 나본는[나보다는] 많아지만 人格的으로 내가 人物이 不足하나 氣力이 不足하나 말을 모 하나 네에는 내가 不

足할 것이 없다고 面박을 주웟다.

<1987년 7월 23일 목요일>
아침에 成奎가 왓다. 小留池는 嚴俊峰 外
二人이 特措法으로 農林部에 移管함이 確
實하며 寫本을 떼왓다고 햇다.
嚴俊祥이가 왓다. 오늘 任實 좀 갑시다 햇
다. 犬湯을 먹읍시다. 借用金 五萬 원을 두
렷다고 햇다. 간다고 對答은 햇지만 가고
십지 안햇다. 아마도 사귀여볼 뜻인 듯십다.
面에 가서 孫女 作名 崔範順이라고 해서
出生申告를 햇다.

<1987년 7월 24일 금요일>
工場에 里民 二〇餘 名이 募여와서 윷노리
를 終日 하고 밤에까지 햇다. 아마도 損害
본 사람은 機萬[幾萬] 원 이상이 된 것으로
안다.
終日 休息햇다.
吳泰天이 우리 명석을 물에 너는 것을 보고
가서 목아지를 잡아 당장에 건저오라 하고
볼통을 때렷다.
不安한 놈인데 괴롭다.

<1987년 7월 25일 토요일>
오늘도 終日 비는 래렷다.
舍郞{에서} 讀書 및 新聞만 보앗다.
丁基善 氏가 來臨하야 여려 가지로 對話를
論議햇다.
江景에 親友 薛仁洙 氏가 電話햇다.
成允이가 三週日을 强訓鍊[强訓練]을 맞
이고 歸家햇다. 오는 月曜日부터(七月 二
十七日) 大里 옆 軍部隊에서 一個年 八月
동안 勤務을 하고 其地에서 除隊키로 햇다
고 햇다.

서울 許鉉子에 전화햇다.

<1987년 7월 26일 일요일>
오늘도 終日 비가 래렷다.
一日 終日 舍郞에서 讀書만 하며 日課를
마첫다.
夕陽에 金三浩 氏가 來臨햇다. 말인즉 野
頭野 骨材事業을 全州人이 抛棄棄狀能
[抛棄狀態]인 듯 한바 다시 着手한다 하며
河川 使用者들에 坪當 所有權 權利金을
參仟 원을 주고 買受하야 不遠 着手하겟다
고 말햇다. 그러나 嚴俊峰은 무슨 條件을
달고 나슬넌지 모르겟다고 하드라.

<1987년 7월 27일 월요일>
成東하고 새보들 방천을 고치는데 매우 苦
役이엿다. (苦役)9
成奉 成愼 兄弟가 왓다. 雨天으로 餘暇가
있어 왓다고 햇다. 白米 壹叺 八萬 원에 買
收하고 成允 自轉車 壹臺 購入해주라고
一金 壹拾萬 원을 주고 갓다. 다음은 秋夕
에나 오겠{다}고 햇다.
夕陽에 南原에서 成樂 食口가 왓다. 장마
후고 家兒들이 迖10 放學이고 해서 단녀려
왓다.
成樂之事은 局 課長이 休暇 中여 八月 初
에 서울로 內申키로 햇다고 들엇다.
밤에 水原 成奉이는 無事이 到着햇다고 電

---

9 문장 안에 쓴 '苦役'의 '苦'가 바르지 않게 되어 있
는 것을 보고 문장 말미에 올바른 표기를 해두었
다. 본 입력본에서는 존재하지 않는 글자의 경우
가장 유사한 글자로 대신 입력하므로 원본에서의
오기가 그대로 드러나지 않는다.
10 '放學'을 쓰기 위해 '迖'을 썼다가 잘못된 한자임
을 깨닫고 뒤에 바른 한자로 새로 적은 흔적인 듯
하다.

話로 왔다.

<1987년 7월 28일 화요일>
丁基善 崔完宇 三人이 同伴하야 任實郡農
協에 갓다.
墓地 移葬費 一,〇八〇,〇〇〇 家屋代 一
一三,〇〇〇 合計 一,一九三,〇〇〇을 引
出햇다. 其中 高祖 墓는 昌宇 二三〇,〇〇
〇 除. 家屋代 一一三,〇〇〇원 除하고 移
葬 時 祭需代 二〇四,四〇〇 除 金利 二
八,〇〇〇원 除하고 殘 六二〇,〇〇〇원을
預金햇다.
六二〇,〇〇〇원 預金 內澤[內譯]은
先考 三位
顯考 一位
계 六二〇,〇〇〇
祖考 合嘖[合墳] 二三〇,〇〇〇. 計 八五
萬 원
私錢 一,四〇〇원을 보태서
六二〇,〇〇〇〇[六二〇,〇〇〇]을 預置
햇다.
八五〇,〇〇{〇} 中에서 祭需代 및 金利을
二三二,四〇〇원을 除하고 實地金은 六一
八,六〇〇원이다.

<1987년 7월 29일 수요일>
九時 二〇分 列車로 姜信洐하고 同伴해서
南原 稅務署 置稅課에 갓다.
新平 擔當 趙泰雲 氏 相面하고 課稅 調定
[調整]을 問議햇다.
答辯 車旦日 今年度分에서는 減額은 못하
고 八八年度 一月에 新平 豫算 始[時]에
提議하시요 햇다.
驛前에서 基善을 相面하고 同伴햇다.
成康가 못 不平햇다.

<1987년 7월 30일 목요일>
朔崔[朔寧 崔氏] 同和會議가 新里 川邊에서
開催되엿다. 參席햇든니 多數가 參加햇다.
오늘 募臨에 처음 人事 招介者[紹介者]는
崔宗範 崔順範 崔東宇(◇宇 弟) 崔寅瑞(炳
字) 者가 初面人事가 되엿다.
成康 母가 몸이 不安하야 大里에서 保藥
[補藥] 半첩을 짓고 現金을 다 주고 五仟
원만 外上으로 하고 炳基 氏 집을 訪問하
고 成曉 契쌀을 달아 하고 八月 四日 成曉
가 全州로 移居하니 꼭 參席코 계쌀도 卽
接 會計하라 햇다.

<1987년 7월 31일 금요일>
水原에 成奉이가 送風機 二臺을 人便으로
보냇다.
一臺는 내의 舍郞用이고 一臺는 成奉 母
用으로 指目하고 用錢 五萬 원 中 參萬 원
은 제의 母用이고 貳萬 원는 父의 目으로
하야 傳해 왔다. 人便은 任實 朴在完 氏 次
子엿다.
祖考 墓 移葬費 二三萬 원인데 昌宇에 五
萬 원을 주고 殘은 全州 崔二範 齒牙代로
一八萬 원을 保菅 中이다.
任實 嚴炳圭 大學生 等 四仁이 來臨하야
法律相談을 하고 갓다.

<1987년 8월 1일 토요일>
筆洞 家屋 一棟代 一〇萬 원을 成東에 주
면서 소 사라 햇다.
成東이는 市場에 畜牛 一頭 二六六,〇〇
〇에 암소을 購買해 왔다.
成允이하고 同伴해서 全州 보광당에 갓다.
時計 參萬 원에 購買햇다.
自轉車도 一臺 五六,〇〇〇원에 싸이클로

一臺 購買해 왔다.
夕陽에 宋成龍이가 왔다. 自己의 子息이
他人에서 맞앗다고 집으로 가자하기에 갓
다. 가보니 自己 子息이 他人을 때려 이가
나갓다고 하고 警察署에 旣히 告所[告訴]
를 햇다고 하기에 잘 따지라고 햇다.

<1987년 8월 2일 일요일>
水原 成奉이가 보내준 돈 拾萬 원 自轉車
購入 時計 購入 其他 用錢으로 利用코 殘
金 八仟 원을 成允에 주고 利用하라 햇다.
成東 內外는 南原 同婚 집에 契加理한다
고 갓다.

<1987년 8월 3일 월요일>
全州 泰宇하고 任實서 對面코 宗中之事
宗錢 引出하는데 六百五拾萬 원을 豫算한
成奎 完宇에서 捺印해서 간바 理由을 걸
엇다.
館村 炳基 氏하고 相議하야 한다기에 大里
로 전화를 건바 못 오겟다고 햇다.
할 수 없이 五五〇萬 원을 引出하야 里 山
林契 條 六〇萬 원을 入金시키고 내의 債
務 二一七萬 원을 갑고 現金 四百萬 원을
雙 名儀로 入金하고 作別햇다.
夕陽에 全州에 갓다. 內外 갗이 投宿하는
데 베개도 없고 寢具가 없어 苦生햇다.

<1987년 8월 4일 화요일>
아침 一〇時 三〇경에 成傑 車로 짐이 왓다.
짐을 全部 푸고 난 後 큰비가 내렷다.
夕陽에 全州 二範에 전화하고 成曉 집으로
오라 햇다.
昌宇 齒牙代 一八萬 원을 傳해 주웟다.
박동철하고 二範하고 갗이 술자리가 되여

잠시 잇다가 보니 成曉 妻簇[妻族] 同婚가
募엿는데 全員이들아.
雨中인데 바로 人事 없이 二範 車便으로
殿洞에 왔다.
車中에서 잠이 드렷다. 깨고 보니 新平이드
라. 다시 車를 갈아타고 왔다.
夕陽[夕食]도 못하고 잘다.

<1987년 8월 5일 수요일>
아침에 驛前 李用辰에서 전화가 왔다. 成
曉을 찾아 電話를 대라 하야 보강당으로 案
內햇다.
들에를 가보니 大洪水로 田畓이 全部 浸
{水}가 되엿다.
正午에 全州에서 相範 母가 전화햇는데 午
前 전화 設置햇는데 飮食을 장만하다 손을
칼로 베여 約 一週日 되여야 한다고 範順
母는 당분간 못 보내겟다고 햇다.
韓相俊하고 中食을 갗이 하고 黃義善 포푸
라代 三九,〇〇〇원을 주면서 末伏에 쓰고
남겨라 햇다.
大宗書類 整理하는데 골치가 앞으다.

<1987년 8월 6일 목요일>
새벽 二時頃 南原 成樂이 전화가 걸어왓
다. 放送局 청경職이 生日이 七個月 오바
되여 書類를 내려다 中止되엿다고 傳해 왔
다. 아침 六時 三〇分쯤 서울 金承漢에 電
話로 連絡하야 南原局에 傳해보고 午前 中
에 내게로 電話連絡하라 햇다.
서울放送局으로 電話햇든니 休暇 中라기
에 舍宅으로 다시 전화햇든니 밫이를 안트
라. 아마도 家簇기리 野遊 나간 듯십다.
집에 메누리는 全州에서 三日 만에 왔다.
큰메누리가 다첫다고 하야.

<1987년 8월 7일 금요일>
아침에 서울 金承漢에서 電話가 왔다. 南原放送局長에 連絡한바 年令 關係는 生覺지 안코 自信 잇게 한 것이 大端이 未安하다고 하면{서} 注選[周旋]는 해보지만 自信이 없는 것으로 말한다고 햇다. 成樂에 다시 連絡해서 서울으 뜻을 말하고 달이 하라 햇다.
答辯은 軍部隊나 農工團地을 말해보라 햇다. 宗山 地上物代 昌宇 四〇萬 원을 支拂해 주고 殘金 四萬 원는 宗員總會 時 打合나는 대로 주겟다고 햇다.
成奎을 面談하고 宗山 地上物代 中 交際費 關係를 무르니 金昌根을 相面하야 前에 約束대로 締結했으니 念餘[念慮]할 것 없음니다 햇다.

<1987년 8월 8일 토요일>
昌宇가 와서 午前 中 여러 가지로 對話하고 八月 十五日 獨立記念館[獨立紀念館](果川[果川]11) 開放하는데 求景하려 가자고 햇다.
成奎을 訪問하고 五拾萬 원을 주면서 前條 三〇萬 원 計 八拾萬 원에 끝이 낫다고 햇다.
다음은 成奎이 成苑 夫婦 關係을 是非 條을 알으시야 햇다. 모르겟다고 햇든니 澤俊이가 本署 交換女을 건드려 社會耳目이 잇어 澤俊이는 新德支署로 보내고 交換女는 도망을 첫다고. 成苑은 處女 집을 찻아가서 내가 李澤俊하고 이혼을 해주겟으니 其의 女子을 차자오라고 햇든니 오히려 成苑에

慰勞하면서 絶對로 우리 딸은 못 주겟으니 諒解해 달아고 安慰을 하드라고 햇다고.

<1987년 8월 9일 일요일>
末伏日 이다.
男女 老人들 各〃 分이[分離] 해서 닥죽을 끄려 주고 술 주웟다.
午後에는 工場에서 윳노리 한바 밤에까지 斷續[繼續]되엿다.

<1987년 8월 10일 월요일>
成允이는 今日부터 約 一個月 間 夜間勤務케 되엿다고 햇다.
終日 硏究 끝데 宗中 收入支出書類을 整理하고 決算報告에 對備햇다.
任實을 단여 館村 成苑 집을 들려 왔다.

<1987년 8월 11일 화요일>
水原서 成愼이가 왔다.
目病이 生起[생겨] 왔다.
舍郞에서 讀書만 햇다.

<1987년 8월 12일 수요일>
全州에서 相範이가 왔다. 강아지를 가지려 왔다고.
南原 成樂 件는 抛棄상태다. 年令이 七個月 오바 되엿다고.
農藥 散布. 고초에다.

<1987년 8월 13일 목요일>
全州市로 內外를 退居하자고 成曉가 알여 왔다. 生覺한 끝에 承諾햇다.
一生에 書面이라도 移住해 보고 십다. 이곳에서 六〇餘 年을 살다 보니 老年期가 當하야 마음도 괴롭다.

---

11 실제 독립기념관이 있는 곳은 충남 천안시 목천이다.

家簇기리 大里 河川에서 대사리[다슬기]를 잡아다.

館村驛에서 五人分 半割자리 特急列車票를 삿다. 明日 大田 가기 위하야.

<1987년 8월 14일 금요일>
家簇기리 고자[곡자](누룩)을 造製하야 入庫했다.

午後 四時 二〇分 列車로 우리 內外 昌宇 內外 五名 大田을 當한바 五時 三〇分이 엿다.

點禮 집에서 一泊한바 十五日에는 獨立記念官은 入景 못한다고 했다. 할 수 없이 大田市內 求景만 하고 一日을 보냇다.

<1987년 8월 15일 토요일>
市內을 走步[徒步]로 단닌바 市內뻐스 快行으로 別 人員이 없드라. 宋 서방은 茂朱 求景 간다고 旅行에 갓다.

하루를 집에서 보내는데 不平하고 點禮에도 페가 만하야 未安感 만트라.

<1987년 8월 16일 일요일>
豫히 專世[專貰]뻐스를 契約했다고 하야 雨中인데도 一〇時 三〇分에 出發하야 記念官에 가는데 約 五時間이 消耗되엿다.
約 五k 程度까지 自動車가 連結되여 가지 못햇다.

할 수 없이 車中에서 中食을 맞이고 다시 走行한바 午後 三時 三〇分에 到着한바 時間이 餘有[餘裕]가 없어 대충만 구경하고 밤 一〇時에 大田에 왓다.

日後에 가게 되면 天安으로 가면 市內뻐스가 來往한다니 그계 便宜하겟다고.

<1987년 8월 17일 월요일>
大田서 中食을 맞이고 四時 高束으로 왔다.
집에 온니 大洪水가 나려가 田畓에 被害가 만타고 했다.

重宇 母親이 重病을 알는다 듯고 바로 內外가 問病하고 完宇 母親도 病中이라기에 간바 子女 侄[姪]이 와잇드라.

<1987년 8월 18일 화요일>
田畓을 두루 돌아보왔다.
午後에는 家簇기리 참깨을 벼[베어] 운반하야 後田에 묵어 連立[聯立]해 노왔다.

<1987년 8월 19일 수요일>
行方不明한 成國之事로 本署 수사과에 갓다. 昌宇가 出頭함이 原側[原則]나 一泊 二日로 旅行을 간바 代理로 出頭하야 聽取해 주엇다.
전화料金을 拂入해 주고 전화取扱所 初창期[草創期] 定期預金 壹萬을 十二年 만에 引出하려 任實郵替局에 간바 農協으로 가라해서 郡農協에 간바 新平農協으로 미루워 다시 新平農協으로 간바 根据[根據]를 개리자면 時間이 要하다면서 미루웟다. 證書는 가저온바 某人이 引出한 듯십다 했다.
韓相俊에서 一金 壹萬 貳仟을 웃노리 하는데 取했으나 오늘 豫備軍 二四時間 勤務하는데 夜食用金으로 募종[茅亭]에서 鄭泰植 小隊長에 傳해 주엇다.
白康俊 氏에서 取한 돈을 바다 보태서 주웟다.

<1987년 8월 20일 목요일>
館村 炳基 宅을 訪問햇든니 생고초를 購入해다 乾燥하드라.

돈이 없다고 한 사람이 五, 六百萬 원을 投資햇다는데 婦人는 눈치가 不安케 보이드라.
要는 成曉 契米 關係인 듯십드라. 一切 無言하고 밥이 出發햇다.
家蔟기리 고초을 땃다.
成樂이가 南原서 왓다. 妻祖母가 別世하야 大里에 왓다고.
서울 金承漢에 전화하야 南原放送局 就職 자리 하나 알아보라고 付託햇다.
父母 墓所 벌초을 햇다.

<1987년 8월 21일 금요일>
秋蠶만 飼育하고는 蠶室을 破棟하겟다. 養蠶을 家蔟들이 外面코자 한다.
大里 李宗南 母喪 弔問햇다.
宗土 宗畓 稅務署 自進申告次 書類는 一. 五個{月} 前에 南原稅무署 提出하면서 내의 住所을 昌坪里로 적어주면서 알여라 햇든니 全州 태우 집으로 보냇다. 稅務員이 잘못이라고 보고 氣分이 不安햇다.
獨立記念館 募金은 一四八,○○○원원[원]이 收金되엿다.

<1987년 8월 22일 토요일>
丁基善 하고 同伴하야 예수病院 完宇 玆堂[慈堂] 問病햇다.
基善 招請으로 中食 兼하야 飮酒까지 잘 侍接을 받앗다.
고초를 約 十八袋쯤 땃다.

<1987년 8월 23일 일요일>
任實鄕校 役員會議에 參席햇다. 多數가 募엿다.
入會員 丁基善 尹鎬錫 鄭圭太 崔乃宇 四

人分 一二,○○○원을 金敎成에 주고 領收證을 바닷다.

<1987년 8월 24일 월요일>
고초밭에 農藥을 뿌렷다.
采疏[菜蔬]밭에 비니루를 씨웟다.

<1987년 8월 25일 화요일>
成東이는 방{아} 찟고 下水道 整備햇다.

<1987년 8월 26일 수요일>
任實을 据處서 南原稅務署에 自進申告햇다.
宗山 宗土 契約사본을 떼주웟다.
直行뻐스로 全州에 갓다.
成玉이 成曉 집 移事하는 데 보려갓다.

<1987년 8월 27일 목요일>
李基永 밤에 別世햇다고 二, 三{日} 前에 새 보려 단이든 사람이 갑작이 죽다니 햇다.
郡 山林課 吳在儒 氏가 郡有林 植栽 關係로 出張을 왓다. 住民들도 六八年度에 리 가다 나무를 植栽하고 郡職員이 落葉松 一部 植栽한 것으로 陳述해 주고 捺印햇다.
十三町쯤 되는데 約 七百萬 원 程度는 保償[補償]을 받을 것이라고 吳 係長은 말햇다.

<1987년 8월 28일 금요일>
終日 비는 끝지 안햇다.
故 李起榮 出喪에 參加햇다.
問喪象[問喪衆]들이 工場에 募여들어 웃노리를 밤에까지 하고 갈엿다.

<1987년 8월 29일 토요일>
加工組合費 八五,○○○원을 宗中돈에서

代拂해 주웟다. 姜信洐 成東이는 面會議에 가고 나는 終日 舍郞에서 讀書만 하면서 一日을 보냇다.
全州 泰宇에서 전화가 왓다. 防衛稅는 二八○,○○○원 나왓다고 햇다.

<1987년 8월 30일 일요일>
四仙臺注油所 崔基宇 車便을 利用해서 完州 九耳面 石九里 金宗熙 母喪 弔問을 햇다. 서울서 別世햇지만 弔客도 相當햇다. 炳基 炳列 氏와 同行햇다.
鄭太炯이가 새벽 二時에 死亡햇다고 들엇다.

<1987년 8월 31일 월요일>
獨立記念館 觀光 갈 사람 三十七名×四,○○○仟[4천] 원식을 加算하야 一四八,○○○원을 運轉打士[運轉技士]에 引계해주고 잘들 단여오라 햇다.
終日 喪家에서 노랏다.
田畓에 가보니 被害가 相當하드라.

<1987년 9월 1일 화요일>
鄭 喪家 出喪하는데 銘전을 써주웟다.
出喪은 早起하야 出發케 햇다.
南原에 納稅 拂入하려 햇지만 술이 取[醉]하야 못 갓다.
鄭圭太는 工場에서 놀이 하다 돈을 일은 듯싶드라. 一金 五萬 원을 取해갓다.
白康俊이는 六仟 원을 가저갓다.

<1987년 9월 2일 수요일>
成曉 母 崔南連 氏 婦人 三人이 同伴하야 예수病院 完宇 母 問病을 갓다 왓다.
테레비가 異常이 있어 任實에서 修理해 오고 家族들은 他人 2名과 갖이 終日 고초 따기 햇다.

<1987년 9월 3일 목요일>
水稻畓 農藥 措布[撒布]하라 指示햇다. 稻作況은 首穗 稻熱病 葉 乾燥病[乾燥病] 其他 合病증[合倂症]이 生起여 이처럼 말햇다.
每月 末 支拂(支出) 統計를 매여 보니 最下 三○萬이고 其 다음은 五○萬 一五○萬 三百萬 원까지 增算이니 收入支出이 맞이 안하야 農村에서는 못 살겟다.

<1987년 9월 4일 금요일>
獨立記念館 觀光旅行者 中 形便上 못 간 분은 尹鎬錫 氏 朴京洙 一人 計 三人分 一二,○○○원을 返還해 주웟다.
靑云洞 金長錫 母도 三仟 원을 殘金을 支拂해 주고 昌坪 靑云 間 電話線을 撤收햇다. 現物은 本人이 使用코자 한다.

<1987년 9월 5일 토요일>
市場에 고초를 出荷한바 價格 下落하다고 되가지고 왓다.
또 비는 午前부터 내리{기} 始作햇다.

<1987년 9월 6일 일요일>
成康 溫突 修理햇다. 金判植 보이라 修工者 成東 成允 四人이 起員[起用]되엿다.
十一時頃에 昌宇하고 同伴하야 서울에 갓다.
範 집에 當하니 成奎는 미리 와 잇고 時는 五時 半쯤이엿다. 德順이도 와있드라.
밤에 祖考 祭祠[祭祀]을 慕侍고 對話 中 合同祭祠 問題가 論議되엿다.

此後로 未決했다.

<1987년 9월 7일 월요일>
中食을 맞이고 完鎬가 經營하는 복덕방으
로 행햇다.
三父子가 活動하는데 東分西走[東奔西
走]하며 住宅 賣買하려 온 사람이 相當하
드라.
드르니 一日 四, 五〇萬 원 收入할 時도 月
中 一〇日이라고 햇다.
夕陽에 成奎하고 完鎬 舍宅에 갓다.
新形[新型] 住宅으로 模形[模型]이 잘 되
엿드라. 一棟에 參仟五百萬 원이라고 햇다.

<1987년 9월 8일 화요일>
昌宇는 異常한 사람이드라. 成植 집에서
온다고 하는 사람이 오지도 안코 전화 一通
도 하지 안코 가볏럿다[가버렸다].
아마도 大田에 간 것이오니 나하고 一行이
면 難한 點도 잇는 듯싶어 그랜지도 모른다.
成赫이도 왓드라. 成奎는 來日 온다고 하
는데 아마도 男妹間에 生活居點[生活據
點]을 相議하려는 눈치드라.
德順 집에서 一泊한바 幣가 만햇다. 德順
가 萬 원 成赫이가 萬 원을 旅비로 주드라.
安養 郭炳鉉 집을 禮訪코저 市內버스를 乘
車한바 가는 途中에 生覺이 달아젓다.
가면는 페도 마흘[많을] 것이고 事業소 支
章이라도 있을가 싶{어} 抛棄하고 왔다.

<1987년 9월 9일 수요일>
任實에 갓다. 宗山 宗畓 登記附滕本[登記
簿謄本] 各 〃 一通식을 때서 서울 강서 목
동 四 稅務署로 보냇다.
郡農協에 알고 보니 宗中 條 一部 入金되

엿드라.
南原 宗山 防衛稅(태우 條) 二八四,八〇〇
원을 任實郵替局에 拂入햇다.
南原 宗山 取得稅 四九,五五〇을 巳梅農
協에다 拂入햇다.

<1987년 9월 10일 목요일>
乾고초 四二〇斤×三一〇=一,三〇二,〇〇
〇원을 今日 收入햇다.[12]

<1987년 9월 11일 금요일>
成東 便에 農協資金 一部를 償還햇다.
一金 壹百參拾萬 원 程度다.
들머리 骨材 采取者[採取者]하고 郡 建設
課長하고 是非을 햇다.
課長은 業者 便益的으로 말하기에 一 個人
는 밎이 못하고 郡守가 事後 責任하다면
承諾할 勇意[用意]가 잇다고 햇다.

<1987년 9월 12일 토요일>
全州에 갓다.
金반지 五푼자리 三萬 원에 外上으로 가저
왓다.
家蔟은 고초 따기 햇다.
田畓을 둘여보니 秋夕 안에 秋穫을 하겟드라.
밤 十一時 特急列車로 水原에 當하니 새
벽 三時엿다. 成康 집에서 잠시 三人이 멈
추고 食前에 成奉 집에 갓다.
妻兄들 全員이 오고 公州에서 妻男 親庭

---

12 합계액을 기준으로 하면 고추가 4,200근이거나
근당 가격이 3,100원이어야 한다. 경제기획원 조
사(월간 품목별 소비지출)에 의하면 1988년 고추
파동이 시작되기 직전 고추 가격이 근당 약
2,500원 정도였던 것을 감안하면, 여기 적힌 가
격 310은 3,100의 오기로 볼 수 있을 것이다. 또
한 그래야만 뒤의 계산액과도 일치하게 된다.

父母가 參席햇드라.

<1987년 9월 13일 일요일>
午後 三時 三四分 列車로 出發하고 查頓
들은 서울로 간다면서 作別햇다.
孫子는 百日 만인데 患實[充實]하여 健兒
드라.
듯자니 또 再人[再姙娠] 대햇다고 들엇다.
집에 到着해서 보니 成奉이가 旅비 四萬
원을 고비에 넛드라.
成東 母도 二〇,〇〇〇원을 주드라고. 成
東 母는 成康이가 旅비 二만 원을 주드라
고 햇다.
成康 母도 成奉이가 約 四萬 원 程度는 바
든 것으로 안다.

<1987년 9월 14일 월요일>
아침에 水原 成奉이가 電話햇드라. 어제
잘 到着햇느야 햇다. 밤늦게까지 親友 物
品 据來人[去來人]들이 金바지[금반지]
一五個가 드려왓다고 햇다.
嚴俊峰을 路上에서 對面하고 들머리 工事
에 對한 相談을 햇다.
夕陽에 丁基善 崔完宇 崔南連을 相面하고
우리 집에서 모두를 들머리 工事에 對한
一切의 論議 一旦落[一段落] 짓다고 다짐
햇다.

<1987년 9월 15일 화요일>
집안 掃除도 하고 庭園 除草도 햇다.
書藝을 공부한바 잘 안 되드라.
嚴俊祥 氏 住催[主催]로 봉고車 一臺를 單
獨 부려 大田 韓正石 氏 問病코 天安 獨立
記念館[獨立紀念館] 觀光次 同伴하자고
해서 應햇다. 日字는 九月 十九日 字라고

햇다. 會員은 十二名이라고 햇다.

<1987년 9월 16일 수요일>
骨材 采取者들 四人이 來訪햇다. 工事하
는 데 協助를 要求하는데 不應햇다.
住民 全員이 贊意하는데 崔乃宇 本人만
反對한다고 햇는데 協助 못한다.
듯자하니 完宇에서 그이들이 今日 午後에
面長을 相面하고 住民 全員이 贊成하는데
乃宇만 反對하다고 하고 成俊 말을 드르니
建設課 職員하고 事業者하고 中食을 갖
{이} 하는 자리에서 住民과 嚴俊峰이도 贊
成하는데 崔乃宇 한 사람만이 反對하나 그
도 술을 마시고 취중에 反對하니 그것을 누
가 認證하겟나 하드라고 드렷다.
來日 嚴俊峰 同伴해서 郡에 가보기로 햇다.

<1987년 9월 17일 목요일>
아침에 朝食을 里長하고 갖이 하고 오늘
三人이 同伴해서 郡守를 面談하자고 햇다.
午後에 俊峰 完宇와 三人이 同伴해서 建
設課長을 訪問하고 事業에 關한 討論을
햇다. 우리의 代表는 要求條件을 提示한바
一. 第{一} 難點은 上水道가 있고
一. 다음 新洑가 있어 骨材을 深이 파내면 洑
    自體가 乾洑가 되며 破洑가 된다는 點.
다음을 直江工事을 하면 堤防을 高上으로
하고 川幅도 橫川[廣川]이 되게 하[할] 터
매 其堤 上土를 어데서 가저다 하며 作業
中 수개월이 갈 터매 農路에 交通難이 잇
겟고 自己의 所有地가 잇고 河川이 一部
있는데 自己의 所有地만 파고 整理도 못하
고 떠나면 우리의 住民들만 許事[虛事]가
되는 게 안이야 햇다. 그려나 結論은 住民
이 마다하면 許可 내주지 못하겟다고 햇다.

<1987년 9월 18일 금요일>
事業{者}을 相面한바 여러 가지 大規模로
要求을 한다면 骨材事業은 抛棄하겠으며
所有만은 田換畓으로 하야 親戚을 데려다
農事를 짓켓다 하겠으니 集水井을 파내라
햇다.
그것은 우리가 첫 번재로 地主에서 承諾을
밧고 施工을 햇으며 土地代도 畿萬[幾萬]
원을 주고 買入햇는데 理由는 달지 말아
햇다.
林澤俊 安承均 金興源 外 멋 名을 募臨을
갓고 業者와의 行爲와 工事 着工에 對한
課長과의 討議事項을 設明[說明]해다.
日後에 業者가 面會를 要求하면 答辯에
應할 수 있는 資料를 마련하라 햇다.

<1987년 9월 19일 토요일>
十二名이 同伴하야 아침 七時 二〇分에 出
發해서 獨立記念{館} 觀光을 맞이고 大田
韓正石 問病을 햇다.
바로 出發하야 유성에 잇는 國軍墓地을 參
拜하고 芳名錄에 署名을 햇다. 崔乃宇 外
十一人.
全州에 着하야 夕食을 맞이고 왔다. 時間
은 八時 三〇分이엿다.

<1987년 9월 20일 일요일>
七時 三〇分 車로 南原 芳洞에 當한바 十
一時 三〇分이엿다.
査頓宅을 弔問하고 江石里로 갓다. 道路가
없어 不便햇다.
二時頃에 出發하야 집에는 五時엿다.
밤에는 里民總會인데 參席햇다. 骨材業者
가 要求해서 募인 것이드라. 끝가지 나는
不應햇다. 初志一貫 反對하면서 理由를 발

켜 주엇다.

<1987년 9월 21일 월요일>
成東이는 館村 成苑 移住하는 데 갓고 家
簇들은 뉴예고초 따기 햇다.
午後에는 고초共販에 回付[回附]한바 十
五六,〇〇〇원을 買入햇다.
成奎가 왔다. 叔父게서는 開墾事業에 對하
야 反對하시고 業主에 對하야 비방하는 것
은 잘햇고 그래야 橾心[操心] 있게 作業할
주[수] 잇다고 한바 나는 끝가지 不應하겟
다고 햇다.
關係계치는 못하고 이제 다시 護應[呼應]
한다면 非人間이 되고 만다. 내가 妨害만
하지 안트래도 業者는 多幸으로 알래라
햇다.
밤에는 安承均 氏가 왔다. 今般事를 着手
할 模樣이라고 하기에 條件을 다 드려주면
反對 못한다고 햇다.
英姬에서 전화가 왔다. 오늘밤에 募여 달
{라}고 成奎에서 전화가 왔다고 하기에 잘
生覺해서 하라 햇다.

<1987년 9월 22일 화요일>
昌宇는 成國 防衛기피 罰金 拾五萬 원이
나왓는데 期日 促迫하다며 一金 十五萬을
貸借해 달아기에 崔南連 氏을 訪問하고 貳
拾萬 원을 어더서 五萬은 내가 쓰고 拾五
萬 원을 주웠다.
텃밭에 采蔬에 물肥料 뿌렷다.
九月分 電話料金을 拂入하면서 따저 보니
七月 二十一日부터 八月 二十一日까지가
九月分이드라.
宗畓 七〇坪자리 追加金 一〇〇萬 원을
預託햇다.

新平郵替局에 私錢을 數年間 募인 積金을 引出하고 子息들 親志[親知]이 주신 돈을 오늘 郡農協에 七〇萬 원을 預託햇다.

밤에 事業者들이 住催로 募臨을 갓고 嚴俊峰하고 내가 許諾함으로써 作業은 着手하게 되엿다.

結局 最終에 우리 둘이 쇠대를 끌여준 푹이 되엿다.

<1987년 9월 23일 수요일>

뒤들 骨材事業에 着手하라고 署面名13[署名] 捺印해 주엇다.

南原行 中 路上에서 業者을 對햇다. 圖面을 보이면서 設明해 주드라.

露儒濟에 當하니 多數가 募엿다. 觀坪[看坪]은 햇는데 昨年보다 減量을 보엿다.

夕食을 맞이고 집에 오니 밤 一〇時엿다.

成允이는 四日채 部隊에서 오지 안코 잇다. 알고 보니 武器를 도난 當해서 全員이 歸家치 못하고 잇다고 햇다.

<1987년 9월 24일 목요일>

大里國校 運動會日이다.

鄭九福 氏하고 同行이 되엿다.

養老堂 條로 一金 壹萬 원을 別封하여 鄭(九福 氏 보는데 舍郞에서) 學校 從事員 韓正玉에 傳해 주엇다.

面事務所에서 面長을 對面하고 小溜池[小留池]에 對한 相談도 햇다.

農協에 들이여 郵替局에 預託金 條를 말햇다. 原帳이 없서 難杭[難航]이라 햇다.

---

13 '署面'이라고 쓴 다음에 '面' 옆에 '名'을 병기하였다. '署名'을 쓰려다 잘못 쓴 줄을 알고 바른 한자를 덧붙인 것으로 보인다.

<1987년 9월 25일 금요일>

田畓을 둘여보니 不遠이면 秋事가 着手되겟드라.

成奎 便에 鐵條網을 所長에 付託해보라 햇든니 주겟다고 承諾하드라고 햇다.

<1987년 9월 26일 토요일>

面長이 住催가 되여 大里 崔宗仁 氏 宅에서 招請하여 參席햇다.

滿壽陳饌[珍羞盛饌]이엿다. 參席者는 各 機關長 全員이고 民政堂[民政黨]의 面 菅理長[管理長] 金炯順 金炯根 崔乃宇가 參席한{바} 機關 外人는 三名뿐이엿다.

一〇月 十二日 旅行키로 하고 十四日은 내의 生日에 招請한바 面長에게 이 人員이면 適合하다고 햇다.

<1987년 9월 27일 일요일>

光州行을 目的으로 驛前에서 뻐스를 기드리고 잇는데 봉고차 一臺가 멈추든니 成翰 氏가 下車코 乘車를 要하기에 할 수 없이 石物도 觀光 兼 乘車햇다. 훌융하게 設備되엿드라.

午前 個別的으로 作別햇다.

<1987년 9월 28일 월요일>

十一時經 任實 加工協會議에 參席햇다.

理事 全員이 募여 八七年度 歲入歲出 決算報告에 異議 없이 通過하고 八八年度 收入支出 豫算額을 通過시켯다.

中食은 五柳里 川邊집에서 秋魚[鰍魚]탕으로 잘 햇다.

집에 오니 食口는 말하기를 成允이가 憲兵하고 갖이 와서 十九日 字 成允이 行動과 日課를 調査해 갓다고 햇다.

農工團地 營業課長 崔昌錫 氏을 面會코자
간바 不在中이여 來日로 미루고 왔다.

<1987년 9월 29일 화요일>
工場 附品을 購入하려 光州에 갓다. 旅費
는 約 五仟 원 程度 낫지만 交通 上 便宜
[便宜]하고 品代도 底廉[低廉]하드라.
午後 일즉 當하야 脫穀機 修繕도 햇다.
全州에서 成曉 食口들이 왔다. 來日이 아
마 제 母의 生日 듯십다.

<1987년 9월 30일 수요일>
全州에서 脫穀機 附品 購入 및 一部 修理
햇다. 밤에까지 組立하다 未決햇다.
工場 精米機 新品으로 組立햇다.
範順이는 어개뼈[어깨뼈]가 切骨[折骨]되
엿다고 全州에 病院에서 산진을 찍어서 알
게 되엿다고. 于先 五萬이 드럿다고 傳해
왔다.

<1987년 10월 1일 목요일>
今日도 餘暇 없이 終日 東분西走햇다.
館村에서 오히루 一초롱 購入해 왔고 工場
에서 終日 原動機 組立 施行 始運轉[試運
轉]햇다. 脫穀機도 完全 組立햇다.
正午에는 昌宇하고 갖이 間井[管井] 파는
데 갓다. 模樣이 水質은 졸 수 없겟드라. 짚
이는 파고 잇이만 물이 生水가 없고 뻘흑이
나와 마음에 들지 안트라.

<1987년 10월 2일 금요일>
早起하야 工場에서 組立을 맞이고 搗精 試
運轉햇다.
任實 文化禮式場에 加工組合 定期總會에
參席햇다.

八七年度 歲入歲出 決算에 依하야 八八年
度 歲入歲出 豫算案 演議 通過시켯다. 豫
算額은 一三,五〇〇14.
任實에서 崔萬鎬을 相面햇다. 相面하자마
자 成奎가 서울로 移住한다면서요 햇다. 나
는 모르고 처음 듯는다고 한바 그럴 이가
있요 햇다. 第一 머저[먼저] 알아야 할실
兄任이 모르다니 하드라. 氣分이 少햇다.
移地는 議政府라 하며 住宅은 二仟萬
원이고 旅館이라고 햇다.

<1987년 10월 3일 토요일>
人夫 二名을 帶同하고 家族하고 벼 베기
햇다. 요즘 日氣가 溫和해서 벼 베기 適期
이다.
範順이를 데리고 全州 病院에 단여왔다.

<1987년 10월 4일 일요일>
軍部隊에 正門을 갓다. 成允 內衣을 傳해
주고 왔다.
館村 炳基 氏 집을 禮訪햇든니 서울 갓다
고 不在中.

<1987년 10월 5일 월요일>
成康 母하고 館村 成苑 집을 갓다. 移居 後
처음이엿다. 아파트인데 淸決[淸潔]하드라.
成允 양발 內衣 그리고 떡을 조금 購해서
第二次로 軍部隊을 訪問하고 立초 軍人에
傳햇다.
面長계서 설탕 一封이 繕物로 드려왔다.
感謝하기 限 없다. 나는 報答도 못햇다.

---

14 한 해 예산으로는 너무 적은 액수이나 확인할 길
이 없으므로 원문 그대로 입력하였다.

<1987년 10월 6일 화요일>
菜蔬에 물肥을 주엇다. 連日 旱害가 深해
서엇다.
家族들은 벼 묵그려 갓다.
來日은 秋夕인{바} 準備 要.
客地에 잇는 子息이 올런지 궁금하다.
新平面長은 雪糖[설탕] 一封을 보내왓고
後野 金鍾哲 社長은 洋酒 一박스를 繕物
로 보내왓다. 밧고 보니 未安千萬이고 後
事가 難處하다.
水原서 成康 成奉 軍部隊서 成允이가 二
○餘 日 만에 歸家했다.

<1987년 10월 7일 수요일>
大里 斗流里 昌坪里 兒該[兒孩]들 帶同하
야 大里를 첫 省慕[省墓]하고 南原 桂壽里
省慕 맞이고 왓다. 成傑 車便을 利用햇다.
館村驛舍에 들이여 菊花 두 포기를 購入해
花檀[花壇]에 移植햇다.
家族들은 午後에 벼 묵기 햇다.

<1987년 10월 8일 목요일>
成康 成奉 家族은 今日 午後 四時에 모두
떠낫다. 成樂 食口도 떠낫다. 그러나 連休
가 계속해서인지 큰메누리도 오고 成樂이
도 오고 해서 終日 율무도 베고 벼도 묵고
햇다.
水原 메누리가 父母 用金으로 貳萬 원을
고비에 너주드라. 마음 고맙드라.
古物을 全部 실여 보냇다.

<1987년 10월 9일 금요일>
成樂이도 어제 오늘 熱心이 돌바주윗다. 夕
陽에 南原으로 간다기에 고초 約斤하고 白
米 二斗쯤 주고 대수리도 조금 주워 보냇

다. 協力해주면 주위도 고마우지만 不協力
하고 要求만 하면 不安하다.
오늘도 全 家族이 總動員해서 벼 묵고 一
部는 들깨 털고 多事햇다.
鄭泰植 機械에 脫穀하려 햇든니 順序 박기
여 不安햇다. 丁基善을 相面한바 鄭泰植
機械만은 밋들 수 없고 不遠이면 外 機械
가 온다고 햇다. 白康俊 氏도 他 機械을 利
用키로 햇다고 듯고 鄭圭太도 말 하드라.
養老會金 梁海童에서 元利 七八四,○○○
원 收入햇다.

<1987년 10월 10일 토요일>
家族이 全 動員해서 村前 五.五斗只 脫穀
을 햇다.
全州 成曉 畓은 一七叺 生産이고 成愼 畓
은 十一叺엿다.
稻稁까지 完全 運搬해서 整理햇다.
後野 工事場 業者가 왓다. 來日 上水道 始
水式을 한다고 왓다. 里長에 말해래 햇든니
不在中이라고 하드라.
水道물은 주지 안코 잇는데 里長으로써는
故意로 물을 주지 안는 것으로 生覺된다.
아마도 陰成的[陰性的] 行爲 든십다.

<1987년 10월 11일 일요일>
율무 脫穀하려 하야 人員을 計劃햇든니 全
州메누리도 가버리고 成愼이도 豫算햇든
니 成傑이 助手로 利用코자 데려가고 보니
計劃에 異常이 生것다. 할 수 없이 四人이
從事하다 보니 心意가 不安햇다. 夕陽까지
目的은 履行햇다.
夕陽에 成東 內外가 妻祖母 小祥에 간다
고 갓다.
後野 業者가 招請해서 갓다. 上水道 및 工

事場 無事을 빌며 祭儒[祭需]을 갓추고 靑
少{年} 女子도 參席햇드라. 住民 一部 參
禮코 작주 일 배식 난우고 治下햇다.

<1987년 10월 12일 월요일>
成東 內外는 妻祖母 小祥에 參禮하려 갓
고 나는 집에서 율무 乾燥하고 논에 脫穀
뒤 개를 실여왓다.
담배 買入해 왓다.
서울에서 朱正鈺 氏가 來訪햇다. 用務는
軍部에 不動産 賣渡의 件인데 없는 地上
物代도 通報가 왓는데 契約하라는 通知書
을 보니까 昌坪里 二五番地는 맛는데 加德
里 六五番地에 一八年生 리기다 七,七〇
〇株에 三,一五九,〇〇〇원이라 햇는데 正
玉 氏는 大端이 異心하면서 林野 土代는
엇지 되였으며 全然이 내의 所有만은 안니
데 내의 名儀를 빌여 사기다 하지 안나 하
드라.

<1987년 10월 13일 화요일>
五柳里에서 姪 成順이가 왓다. 省墓도 하
고 成奎가 언제쯤 서울로 移居하느야고 알
고자 왓다고 햇다. 初聞이라 햇다.
南原稅務署에 稅金 拂入 關係로 단여
왓다.

<1987년 10월 14일 수요일>
生日이다. 新友會 住催로 旅行하는데 抛棄
햇다.
아침 大小家 養老會員 約 四〇餘 名을 慕
侍고 朝食을 갖이 햇다.
五斗只 脫穀한바 昨年에 比하면 約 七, 八
叺가 不足이엿다.

<1987년 10월 15일 목요일>
어제 生辰日에 機關長을 招待하려 햇지만
무두[모두] 旅行으로 依하야 十五日로 延
期하야 十二時 三〇分 正刻 募엿다.
參席者는 中學校長 新平校長 大里校長 面
長 支署長 大里 崔宗仁 代議員 金炯順 新
平老人會長 金炯根 新友會 代表 金勝權
淨化委員長 大里 農工團地 社長 代理 外
二 名 一〇餘 名이 募여 願滿[圓滿]이 酒
飯을 兼하야 約 二時間이 經過하고 對話
도 論議하고 作別햇다.
未安感은 本里 丁基善이가 參席코자 한데
두고 보자 하고 不應햇다.
路上에서 金哲浩을 相面햇지만 오늘 내 집
에 오라 소리를 못햇다. 事由는 招請人이
面長이기 때문에 말 못햇이만 未安감은 들
드라.

<1987년 10월 16일 금요일>
軍部 工事場 所長(의성)에 付託하야 鐵條
網 切品을 要求한바 今日 一部 드리겟다고
해서 感謝하게 밧고 現品을 가저다 牛舍
前後 門에 대고 組立햇다.
家族들은 莫後 고초 따기 한바 約 五袋 以
上을 收穫해왓다. 벼 말이기 하고.
成英이는 夕陽에 媤家로 三日 만에 갓다.

<1987년 10월 17일 토요일>
後田에 콩 매가[매기] 作業이다.
牛舍 內部를 撤据[撤去]하고 鐵條網을 各
門에 組立하야 放牧을 햇다. 牛象[牛衆. 소
떼]들은 解放을 당한 듯이 날뛰드라. 自由
스럽게 물을 먹고 飼料 마음대로 먹드라.

<1987년 10월 18일 일요일>
못텡이 벼 脫穀 作業이다.
脫穀 作業 中 비가 내려 中止햇다.
連日 日氣는 溫和햇는데 何等의 今日 같
은 日字를 定햇는데 道路邊에 벼를 수십
袋 늘여 말이다 비 젓엇고 마음 不安햇다.
온몸에 비에 저저 午後에는 舍郞에서 누워
버렷다.
夕陽에 全州에서 成愼이가 왓다. 來日 農
工團地에 履歷書 提出하라 햇다.

<1987년 10월 19일 월요일>
아침부터 비가 내리는데 不安햇다.
成東이는 방아 찌엿다.
나는 鐵條網 組立하다 보니 또 비가 왓다.
韓상준하고 同伴해서 崔末女 집을 禮訪하
고 술 한 잔 들고 왓다.
술이 不足해서 崔南連 氏을 禮訪햇다.
驛前에서 成愼이를 對面하고 履歷書 提出
하라 햇다. 正門 立초에 주원다고[주었다
고] 햇다.
밤 十一時 三〇分에 新德 李澤俊에서 전
화가 왓다. 李永植이가 잇나 하는데 업다고
햇다. 알고 보니 李道植 子인데 칼에 마자
숨젓다고 한다.

<1987년 10월 20일 화요일>
丁基善 氏와 同伴하야 李道植 氏의 參子
殺死 件에 慰勞次 예수病院에 갓다. 李道
植 氏을 相面하고 慰勞하고 飮食店에 招
待하고 慰勞햇다.
本署에서 오신 수사課長을 人事하고 死體
處理을 相議햇다. 來日 午後 二時에 檢死
[檢屍]하야 處理키로 햇다.
館村支署長이 왓다. 住民 協力을 要求햇다.

丁壽福 氏 宅에서 酒飯 겸해서 接待을 받
앗다.
韓相俊 氏가 要求해서 七八四,〇〇〇원을
주윗다. 養老會 돈이다. 엄준영에 즈고[주
고] 殘은 預託하라고 햇다.

<1987년 10월 21일 수요일> 홍 명
新平面에 갓다. 農協에서 免稅油代를 拂入
하고(別紙와 如함) 郵替局에 가서 保險料
金을 拂入하고 朴鴻燮 氏을 相面하고 다방
으로 招侍[招待]하야 폐를 끼첫다.
丁壽福 金長映 氏이와 同行 館驛前에서
丁壽福 氏가 招侍하야 막걸{리}을 마시고
任實에 갓다.
任實郵替局에서 南原稅金 전화料金을 拂
入햇고 大韓老人會에 가서 個別的으로 金
炯順 氏을 相面하야 入會原書 提出햇다.
農協에서 五萬 원을 積{金} 入金햇다.
支署에 가서 嚴大현을 面會하려 한바 不應
하드라.
成玉이는 七日 만에 全州 언니 집에 갓다.

<1987년 10월 22일 목요일>
沈參茂 집에서 朝食을 햇다.
崔英姬가 왓다. 嚴俊映 莫同[막둥이] 鉉太
이가 李道植 子를 殺害햇다고 어제밤에야
是認햇다고 햇다. 오늘 現場檢證을 한다기
에 驛前에 參加해 보왓다.
刑事隊가 왓지만 또 許以[虛僞]엿다.
屛巖里 鄭東洙 氏 趙治鎬와 相面하고 왓다.
郡 財務課長 面長 一行이 來訪햇다. 成曉
도 왓다 간바 晉相鎬 氏 同行햇다고 들엇다.

<1987년 10월 23일 금요일>
本署 刑事 멋 분이 와서 成允 正範 外 멋

名을 相對로 殺人事件에 對한 調査을 着
手하더니 밤에 또다시 우리 집에 와서 二次
로 調査한 것으로 안다.
밤에 嚴俊峰이가 왔다. 成奎之事에 對하야
말을 낸다. 林野代 五仟四百萬 원을 밧고
成奎 壹仟萬 원을 주고 完宇 八百萬 원을
주고 林野代 移轉費 서울 往復비 一,八〇
〇萬 원을 주고 보니 一,八〇〇萬 원이 本
人 차지고 成奎는 地上物代 一,六五〇萬
원인데 말없이 引出해서 갓다고 햇다.
地上物代보다도 軍部隊에서 成奎 夕儀[名
義]로 出金額이 수 件인데 成奎 所有物은
없는데 아마도 不正이 介在된 것으로 알고
法에 依賴하겟다고 하드라. 地上物代만 解
結[解決]하면 其他에 말하고 십지 안타고
햇다.

<1987년 10월 24일 토요일>
뒤밭에서 作業 中인데 崔英姬가 왔다. 嚴
大絃 件을 말하면서 아침에 컬[칼]을 차잣
다고 하드라. 집에 와서 전화로 破確[把握]
해보니 밎지 못한 칼이라고 햇다.
英姬는 또 어제밤 俊峰이가 成奎에 對한
말 그대로 하며 日後에 成奎에 傳하고 促
求하시요 햇다.
村前畓 벼집을 運搬해다 野積햇다.
오늘도 刑事들이 단여가고 驛前에서 칼을
發見햇다든니 許脫[虛說]이라고 햇다.

<1987년 10월 25일 일요일> 진
晉州에 가기로 崔南連 氏에서 一金 拾五
萬 원을 둘엿다.
午前 九時頃 工場에서 作業 中 全州 成傑
會社에서 連絡이 왔다고. 교통事故로 成傑
이가 晉州 病院에 入院 中이라고. 押作히

熱이 낫다. 全州로 다시 連結해서 무르니
確實햇다.
常務 河根鎬 外 二名하고 成傑 母하고 五
人이 同行 晉州에 갓다. 事故地 慶南 宜寧
이엿다. 現場에 간니 車가 前面이 全破되
여 으심햇다. 成愼이가 生起여 마음은 노엿
다. 現場檢證 끝내고 常務 外는 警察署로
가서(宜寧) 書類을 마처주고 晉州 高麗病
院 應急室에 當한니 成傑이가 잇드라. 成
傑 母는 保護者로 두고 成愼하고 一行 四
人이 會社車로 歸家햇다. 不幸 中 多幸이
엿다. 사람이 살아잇기에.
밤에 成奎가 서울서 왔다. 할 말 있으나 來
日로 未流고 보냇다.

<1987년 10월 26일 월요일>
全州 三晶運輸社에서 成愼 便에 電話가
왔다. 扶安에 貨主에 가야 한다고 햇다.
바로 東山村 會社에 到着햇다. 社長하고
對話하는데 河根鎬 氏는 손 떼고 自己가
責任者라 햇다. 扶安에 貨主을 맛{나}는데
할 말은 엽고[없고] 會社職員 相談한바 三
九〇萬 원을 要求한다고 햇다. 物品代 元
價[原價]는 一차에 六百八五萬이고 其中
쓸모가 잇는 品은 約 一五〇萬 원 程度뿐
이라고 햇다.
成奎가 왔다. 嚴俊峰 內外가 하는 말을 全
部 傳해주웟다. 그러나 成奎는 오히려 俊峰
에 對한 非訪[誹謗]을 하드라. 제 말 한 마
디면 社會 顔形을 내놀 수 없다고 하드라.

<1987년 10월 27일 화요일>
家簇 全員이 起動해서 새보들 秋麥 播種
에 나섯다.
午後에는 全州로 投票하려 갓다.

메누리가 留宿하실아기에 할 수 없이 投宿
했다.
內外에 택시로 예수病院에 嚴俊映 妻 問病
을 한바 死境에 이르럿다.

<1987년 10월 28일 수요일>
朝食을 맞이고 바로 晉州로 行햇다. 十二
時 着햇다.
成傑 母子를 相面하고 物見[物件]代는 네
가 負擔[負擔]해야 한다고 햇다. 預金이 조
금 잇는 줄 알앗든니 없는 것 같으며 他人
의 債務를 要하드라.
이제가지 募集金은 어데 利用햇나 햇다.

<1987년 10월 29일 목요일>
後田에 地上物을 成允이하고 갖이 撤据
햇다.
柳正進가 招請하야 中食을 햇다.
午後에 비가 내려 一切으 일손을 노왓다.

<1987년 10월 30일 금요일>
全州 會社에서 電話가 왓는데 物品代를 要
求하드라. 三, 四日 後로 미루웟다.
崔南連 氏을 相面하고 日前에 三五萬 원
借用 條하고 壹百拾五萬 원을 加算해서
一金 壹百五拾萬 원으로 합해달아 햇다.
三九〇萬 원을 集合하려 하니 苦間[若
干]15 어려움이 만타.

<1987년 10월 31일 토요일>
成傑 事故 收集金
一. 崔南連 氏 一金 百五拾萬 원

二. 宗中錢 一金 百六〇萬 원(私宗 六〇萬
　　원 大宗錢 百萬 원)
三. 七拾五萬 원(他人 私錢)
四. 大宗錢 保菅金 拾壹萬 원
　　　計 三,九六萬 원 借入
右記와 如히 借入計劃을 짜고 推進 中이다.
成傑 事故 時 貨物品代를 貨主 側에서 促
하는데 本人은 晉州에서 入院 中인{바} 父
母 立場에서 準備 않을 수 없어였다.
崔南連 氏에서는 今日 一一五萬 원을 全
州 딸에서 借入해 왓다. 要는 三次에 걸처
合 一五〇萬 원을 借入햇다. 딸 今順 氏 집
에서 酒饌을 接待 밧고 삼화修理工場을 단
여 新驛에 南連 氏와 同伴 參席한바 벌서
時間은 二時間 以上 잇는데 많은 사람이
募엿는데 約 百萬 名 이상이고 全州 生起
後 첨 多募임으로 말들 하드라.

<1987년 11월 1일 일요일>
丁基善 子 結婚式에 參席햇다. 貴빈을 相
面햇다.
金暻浩가 別世햇다고 아침에 參浩을 通해
들엇다.
丁基善 子 結婚式 參席者 면[몇] 분에 말한
바 別 贊이 없고 해서 六名만 弔爲金[弔意
金]을 据出햇지만 住所不明이여 抛棄햇다.
오늘 日氣 不順해서 비가 내린 形便이엿다.
夕陽에 韓相俊을 불려다 金暻浩 出喪하는
데 路祭 酒杲[酒果]포를 準備하라고 指示
햇다.

<1987년 11월 2일 월요일>
金暻浩 別世 村 後麓에 出喪. 養老會員 一
同을 起動員하야 路祭에 參禮햇다. 葬地에
까지 參觀하고.

---

15 원문에 적힌 글자의 음을 따를 때 바른 한자는
　　 '若干'이 맞을 것이나, 문장의 내용상으로 볼 때
　　 는 '如干'의 의미 정도가 더 적합할 것이다.

任實農協에서 一金 百六拾萬 원을 引出하야(宗中錢) 崔南連 借金 合해서 三百拾五萬을 揮帶[携帶]코 全州 三晶運輸社 所長 崔貴相 氏을 相面코 成傑 件을 打合하고 物品 返償(辨償金)代 一金 參百萬 원을 一部 拂入해 주웟다.

成傑이의 行爲에 對하야 技士들하고 엽 商人의 말을 들으니 車代가 끝나고 또 結婚觀選을 하다 보니 마음이 변하야 술을 먹기 始作하드라고 하드라.

車代 떠러지기 前에는 술도 안 먹고 착실하며 돈만 아드니 이제 異常햇다고.

<1987년 11월 3일 화요일>
成曉 母하고 同伴 晉州에 成傑 面會하려 갓다.

退院手續을 하려 한바 勞動廳에서 通報가 오지 안해서 退院할 수 없다고 햇다.

夕陽에 집에 온니 嚴俊映 婦人이 病院에서 退院한바 집에 着하면서 숨을 젓다고 듯고 바로 喪家에 갓다. 養老會員 몃 분이 왓드라. 嚴俊映에 慰勞하고 왓다.

成奎가 오늘 서울로 떳다고.

<1987년 11월 4일 수요일>
全州 河根鎬 會社長을 禮訪코 成傑 退院問題을 論議햇다. 勞動部로 連結해서 打令[打合]하고 明 五日 다시 相面키로 햇다.

工場을 둘여 成愼이를 對面햇다.

喪家에 들여보고 왓다. 面長도 단여갓다고 햇다.

<1987년 11월 5일 목요일>
韓日運輸社 崔 技士을 同伴해서 全州서부터 晉州에 成傑을 退院하려 갓다.

會社 成傑 親友가 車를 가지고 왓다. 各〃 分乘해서 全州 高外課病院[高外科病院]에다 入院시키고 成傑 母하고 갖이 집에 왓다.

成傑 退院까지 費用은 七四,〇〇〇원이 旅費 食代가 들엇고 物品辨償代 三百萬 원해서 今日現在로 三,〇七四,〇〇〇원 消耗되엿다.

<1987년 11월 6일 금요일>
成東이는 어제 벼 共販 햇다고. 四二袋 買上代金은 一,一〇四,〇〇〇원 收入.

加工組合費 代納 條 八五,〇〇〇 新聞代 二二,〇〇〇 崔南連 借用金 五二,〇〇〇 用錢 二〇,〇〇〇 계 一八〇,〇〇〇원을 받앗다.

驛前 李相燮 子에 新聞代 二五,〇〇〇원을 十二月 末까지 完拂해 주엇다.

成東 昌宇 脫穀.

<1987년 11월 7일 토요일>
고초밭에서 作業 中 비가 내려 中止. 多事가 밀여 復雜[複雜] 中인데 午後에 다시 成曉 母하고 作業한바 日暮 後까지 熱心이 햇다.

밤에는 꽁〃 알앗다. 勞動하면 昨年 보다 달은 데가 만타.

成東이는 終日 精米햇다.

<1987년 11월 8일 일요일>
牟潤植 氏 女息 結婚式場에 參席햇다. 住民이 多數가 參禮햇드라.

中食면서 全州 寶光堂에 가서 水原 善範 반지代(〇〇日品) 參萬 원 주고 왓다.

바로 高外課醫院에 成傑을 對面하려 간바

養老會員 全員이 問病하려 왔고 飲料까지
도 사가지고 왔드라. 未安하드라.

<1987년 11월 9일 월요일>
家族이 總動員되여 後田에 大麥 小麥 等
을 播種했다. (立冬日)
成東이는 방아 찟다 耕耘機 運轉하다 大端
이 日課가 多樣했다.
夕陽에 成康 집에 간바 成傑이는 拾五年
程度을 運轉臺에 안젓지만 于今 餘財는 없
고 車 修理하는 데 百五拾萬 원을 要하니
熱이 낫다. 成康 母에 호통을 치고 過居[過
去]을 말햇다.

<1987년 11월 10일 화요일>
水原으로 白米 參叺을 成奉에 보냇다. 物
票도 封入하야 보냇다.
面農協에 參事에 依賴하야 一金 壹百五拾
萬 원을 貸出 付託했다.
成奎에 말해서 來日 面談하자고 햇다.

<1987년 11월 11일 수요일>
舍郞 방고래를 뚜럿는데 재 많이 나왔다.
午後 市場에 간바 洋靴 一足에 一八,○○
○원에 購入했다.
듯자니 李道植 婦人은 精神異常이 生起여
入院햇다고. 여論은 加被害者 兩家가 移
居 他地로 떠나야 하고 道植 子 亞人[惡
人]이 알고서 加害가 念餘된다고 말이 傳
하고 있다.

<1987년 11월 12일 목요일>
新平農協에 갓다. 參事하고 相議하야 一金
壹百五拾萬 원을 一四.五% 利로 하야 貸
出을 밧고 十二月 末日까지 先利子 二九,

九○○원을 控除하고 一,四七○,○○○원
가서왔다[가져왔다]. 用途는 成傑 車 修理
하려 貸出햇다.
面長室에서 里政을 相論한바 養老堂 建立
및 뻐스 運行을 打合했다.
午後에 郡 財務課長 面長 一行이 里에 오
셧다. 養老堂 建立 關係는 不遠이면 着手
키로 하고 뻐스 運行 問題는 不遠 面長하
고 同伴해서 全州 會社에 가서 付託키로
햇다.
論山 薛仁洙 女 結婚 以謀[移牒]이 와서
同窓會에게 通報햇다.
全州에서 住民 傳적[轉籍]을 햇든니 면장
이 選擧人 受諾을 要하기에 受諾햇다.

<1987년 11월 13일 금요일>
에제 農協에서 成傑 條 百五拾萬 원 貸出
한 돈 先利子 三萬 원 除한 百四七萬 원을
가지고 成傑 母하고 同伴해서 病院에서 成
傑에 傳햇다.
成傑이는 다시 一金 九拾萬 원을 주면서
반지락 被害品을 淸算하라기에 會社에 崔
相圭 荷主 三人이 相議하야 五百萬 원에
決定고 計算을 끝냇다.
成傑이는 會社에서 三十四萬 원 닫으면
[받으면] 되고 成傑 債務는 私債가 三百萬
원이고 農協債가 14.5% 利로 百五拾萬 원
계 四百五拾萬 원인데 不遠 銀行에서 底
利[低利]로 융자을 받으면 完全 淸算하겟
다고 햇다.
개원하다.

<1987년 11월 14일 토요일>
午後 三時 出發해서 全州 同和會 事務室
崔萬宇 氏 宅을 訪問햇다. 五時 五○分 開

會 選言[宣言]에 依여 八七年度 經過報告
에 이여 宗員 中 謝禮 發表도 햇다.
오는 十一月 二二日 大宗墓祀에는 大形뻐
스를 利用해서 가는데 館村驛前에서 아침
八時까지 相乘키로 햇다.
人當 三仟 원.

<1987년 11월 15일 일요일>
間夜에 夢常[夢想]이 좇이 못해 外出을 止
하고 里長 집을 단여 白康俊 嚴俊映 집을
訪問햇다.
田畓을 둘여보니 麥 播種 것은 잘 發牙[發
芽]되엿드라.
成東이는 二泊 三日 豫定으로 任實에 集
合 全州을 据處서 釜山을 中心으로 하야
旅行길에 올앗다. 大統領도 相面한다고 들
엇다.

<1987년 11월 16일 월요일>
今日 日課 日定은 館村 任實 聖壽面 五柳
里을 단여 올 豫定이다.
聖壽 月坪里 尹奉浩 집을 訪問하고 마늘
六접을 二,五〇〇원식에 購入하고 新平郵
替局에 保險料를 拂入하고 왓다.

<1987년 11월 17일 화요일>
鄭氏 爲先次 具 立石을 建立한다고 招請
하야 參席햇다.
養老院에서 몃 사람에 말한바 뜻이 없는 것
으로 보왓는데 人品들이 先塋에 關心이 없
는 無識者로 取扱햇다.
成東이는 밤에 釜山에서 二泊三日 旅程을
맞이고 왓다.
成康 집 養犬이 五마리 새기를 生産햇다.

<1987년 11월 18일 화요일>
成東이는 釜山에 단여온바 많은 繕物을 받
어 왓드라.
後田에서 堆肥을 耕耘機로 運搬. 밤에는
알앗다.
成曉가 단여갓다. 마늘 播種을 擴大한다고
約 一〇餘 葉[접]을 더 購入하자고 햇다.

<1987년 11월 19일 수요일>
全州 成傑 貨車는 修理를 끝내여 오늘보터
成愼하고 技士을 두워 運行한다고 햇다.
聖壽 月平里[月坪里]에서 마늘 種子 二次
로 一〇접 三萬 원어치를 購入햇다.
新平에서 加工組合 月會議 參席햇다. 機
會에 面長에게 電話햇든니 上加里에 出張
햇다고. 會員 말을 들으니 金丁里[金亭里]
金 氏 別世한데 知事가 弔問 온다고 해서
職員들이 手苦가 만타고 하고 新平 共和堂
[共和黨] 李某 氏는 住民들에서 욕을 만이
먹는다고 햇다.
관촌에서 고초種子 二合에 拾萬 원을 주고
上肥 二封을 抱合[包含]해 八八年 月曆도
주드라.

<1987년 11월 20일 목요일>
家族기리 마늘 十三접을 後田에 播種햇다.
韓相俊을 相面하고 술자리가 되엿다.
柳正子 술집에서 基善 不動産 賣買에 對
하야 發議하엿고 基善이 參席한 中 成奎에
對한 山林契 立木 軍部 賣渡代에 對한 論
議가 있어다.

<1987년 11월 21일 금요일>
農協에 客土資金 二四二,〇〇〇원 拂入해
주고 面長에 전화로 昌坪里 뻐스 投入에 對

하야 不遠 全州 會社에 가자고 約束했다.
某人에 들으면 嚴俊峰도 金大中을 지지한
다고 들었다.
밤에 白康俊 韓相俊 氏가 來臨했다. 今般
大統領 選擧에 對한 打合. 嚴俊峰 丁基善
人身에 對하야 訂論[討論]도 했다.
成東이는 任實에 後繼者 條 貸出金 利子
拂入하고 成允 食糧 一叺 보내주윗다.

<1987년 11월 22일 토요일>
大宗中 墓祠日이다.
驛前에서 承宇 炳基 元{宇} 外 一人 四人
이 全州서 내려온 貸切뻐스 便으로 桂壽
墓所에 參禮했다.
墓祠는 通禮公 다음 子 그리고 木川公 四
兄弟分을 慕侍엿다.
欽宇을 相面하고 陰 十月 十八日 高祖 墓
祠을 祭儒는 南原市場에서 購入해주겠으
니 手苦해달아고 했다.
炳敏 氏을 相面한바 宗畓 購入에 對하야
打合. 斗漢[斗落]當 白米 二〇叺는 주위야
하는 것으로 알고 잇다.
昌坪里 來往 뻐스 運行에 對하야 全州 洪
範 氏에 付託하야 來 十一日 二十四日 十
時에 만나기로 했다. 面長에 電話하야 其
뜻을 傳하야 갖이 同伴키로 했다.

<1987년 11월 23일 일요일>
墓祠日에 새로 相面 宗員는
群山市廳 앞 漢藥芳[漢藥房] 崔樂範 별고
[벌교] 光範 石工業 全州 崔成夏 谷城 옥
갓 崔炳文 氏.
成東이하고 갖이 終日 堆肥 運搬 및 貯藏
하는데 苦役을 했다.
夕陽에는 몸이 괴로왓다.

듯자니 全州 泰宇는 道峰里에서 全州로 祖
父母 父母 移葬 四位을 移 옴겻다고 들엇다.
生覺하니 其者는 不良心者로 稱햇다.
位土까지 道峰에다 장만햇는데 또 말 한
마디 없이 不良行爲者로 担定[斷定]햇다.

<1987년 11월 24일 월요일>
面長任을 同伴해서 全州 뻐스會社에 갓다.
會社 正門에 當하니 洪範 氏 待機하고 잇
드라.
配車室 기옥課長[기획과장]과 人事을 난
누고 運行之事에 對하야 親切이 代[對]하
여 주시드라. 約束은 不遠 運行케 드리지
요 햇다.
다시 面長하고 道廳 運輸課에 課長을 相
面하고 人事코 뜻을 말햇든니 保安[補完]
條件을 말하는데 첫재로 河川堤防은 단일
수 없으니 建設課長의 使用承諾書을 提出
하고 두 번채 電柱 柱을 移動해주고 砂理
[砂利] 敷設을 해주고 路面도 까끝이 닥아
주시라고 四개 項을 實行한 後 連洛[連絡]
해 주시면 播16심事[審査]하야 即時 運行
켓다고 햇다.
바로 郡廳으로 行햇다. 郡 建設課長과 打合
코 承諾햇고 運輸係長을 相面하야 承諾을
바고 財務課長을 相面하야 打合하고 바로
찝車로 뻐스路에 即接 視察하고 作別햇다.

<1987년 11월 25일 수요일>
館村 炳基 氏하고 同伴하야 屯德里 十代
祖 墓祠에 參禮햇다.
밤에 집에 온니 손님들이 몇 분 왓드라.

---

16 한자어 표기가 잘못 되었다고 생각했던지 옆에
한글로 '심' 자를 써놓았다.

班常會日다.
參席하야 뻐스路線 關係 養老堂 建築 關係를 設明해 주웟다.
韓相俊하고 酒席이 되여 對話하다 보니 밤 새벽 二時엿다.

<1987년 11월 26일 목요일>
炳基 氏하고 九代祖 墓祠에 參禮햇다. 從前보다는 宗員이 少수엿다.
오늘로 大宗 墓祠는 끝이 나고 다음 陰 一〇月 十四日부터 私宗 墓祠에 든다.

<1987년 11월 27일 금요일>
郡廳에서 담부추력 二臺 코크링[포클레인] 一臺가 動員 뻐스路線 砂理 敷設作業을 着手하야 終日 끝냇다.
面長을 相面하려 面에 갓다. 昌坪里 方面 道路 票示板[標示板]도 옴기고 電柱는 어려운 形便이라고 햇다. 그러나 다시 交섭키로 하고 왓다.
트럭 運轉技士에 手苦費 條로 人當 二萬 원식은 주라 햇다.

<1987년 11월 28일 토요일>
郡 建設課 住宅係에서 養老堂 建立 關係로 設計 調定[調整]次 왓다. 暇設計圖[假設計圖]을 그려준바 五柳里하고 對照하든니 是定[是正]하자고 해서 部分的으로 訂正햇다.
代價는 約 千萬 원 程度 豫算이고 便所는 分이[분리]해서 別途 設計 依하기로 햇다.
金長映 外孫女 結婚式에 參席(裡里). 尹鎬錫 外 五名이 參席햇다.
回路에 고外課에 成傑을 보려 간바 會社에 갓다. 전화로 對話한바 技士가 없어 車를

休息하고 잇다고.
養老堂에 嚴俊峰이가 왓다. 養老堂을 建立하는데 이와 같이 設計를 냇다고 햇다. 그려나 俊峰이는 里 山林契 地上物 保償金[補償金]에 對하야 말햇다. 理由는 里長이 여기에 있어 말하겟지만 契 立木代가 드려오면 수시로 中間報告함이 오른데 그게 안이다. 筆地別로 契約書를 軍部에 依賴하야 寫本을 떼서 對照하자 햇다.

<1987년 11월 29일 일요일>
里長하고 鄭泰植을 집으로 불어 養老堂 設計를 말하고 뻐스 路線 로관 準備 및 作業 實施를 付託햇다.
養老堂에 가서 設計를 보이고 養老員에 設明해 주웟다. 嚴俊峰도 왓드라.
十二時를 期하야 靑云洞 金在玉 回甲宴에 參席햇다.
韓相俊에 韓正玉을 相面하고 敷地 確保를 付託햇다.

<1987년 11월 30일 월요일>
成康 母하고 同伴하야 順天 光陽에 갓다. 日本에서 金商文 氏 同婿가 왓다고 連絡이 왓다가에[왓다기에] 갓다.
特別한 事由는 없고 餘暇가 있어 墓祠에 參席하려 왓다고 햇다.
中食을 맞이고 消息을 對話로 나누고 四時쯤 出發하야 順天에 왓다.
列車는 밤 八時 四〇分에 있어 할 수 없이 旅館으로 갓서 一泊햇다.
메누리는 貸切車로 獨立記念館에 旅行햇다.

<1987년 12월 1일 화요일>
朝食을 하고 八. 四〇分 列車로 出發하야

館村 着하야 바로 任實로 行햇다.

市場에서 安承均 氏를 相面하고 韓正玉이를 對面하야 垈地을 팔아 햇다. 代價는 三〇萬 원 定度[程度]로 하자 햇다. 妻母하고 相議하겟다고 햇다.

驛前에서 電柱 炳烈 氏를 맛나고 自己의 土地를 位土로 사라 하니 難處햇다.

成曉도 맛난바 後田 側量[測量]을 하고 왓다고 햇다.

不遠 相面키로 하야 相別햇다.

<1987년 12월 2일 수요일>
金炯順 金善權 氏가 단여갓다. 要件는 大韓 老人{會} 加入 動勵[督勵]하려 오고 意見은 今般 選擧에 對한 要指[要旨]도 말햇다.
終日 舍郞에서 讀書만 햇다.

<1987년 12월 3일 목요일>
館村 堂叔 桂壽 欽宇와 同伴해서 南原市場에 갓다. 高祖 祭物을 約 拾萬 四仟 원을 들여 해 보냇다. 그래도 不足할 듯햇다.
全州 泰宇 電話로 明日 八代祖 墓祠에 가자 햇든니 못 간다고. 모레는 햇든니 其日도 못 가겟다고. 基宇도 마찬가지다.

<1987년 12월 4일 금요일>
館村 炳基 兄弟 내외 兄弟 四人 同伴하야 八代祖 墓祠에 參禮햇다.
桂壽里에서 炳根 氏 成宇가 參席햇다.
墓祠을 慕侍고 飮福床은 十床을 차렷다.
位土稅는 五斗×七,五〇〇=三七,〇〇〇원을 山直에서 收入햇다.
來日 十五日 墓祠는(六代祖) 參席 宗員은 炳列 昌宇 乃宇 三人으로 言約햇다.
山直 집에 當하니 靈位을 設置하엿기에 무

르니 父親喪을 當햇다고. 小祥 日字을 무르니 八八年 陰 六月 初八日이라고 하드라. 問喪을 할겟다고 햇다.

<1987년 12월 5일 토요일>
斗流里 炳列 氏하고 同伴해서 六代祖 墓祠에 參席 햇다. 三顯官[三獻官]은 가야 하는데 二人만 가고 보니 每遇 不安햇다.
桂壽 族孫[族孫] 몃 분이 參加하야 慕侍엿다.
밤에는 養老院에 갓다. 選擧에 對한 몃 마디 햇다.
丁壽福 宅 招請으로 養老院員 全員이 參加하야 丁氏 墓祠 飮福床을 밧고 丁基善 慈堂 問病도 햇다.

<1987년 12월 6일 일요일>
斗流里 崔承宇하고 同伴하야 谷城 南陽里 五代祖 墓祠에 갓다.
三人는 參祠[參祀]하야 하는데 宗員들이 오지를 안은다.
墓地에 通路도 不便한 點이다.

<1987년 12월 7일 월요일>
住民이 總動員되여 驛前에{서} 靑云洞까지 路面 整理하고 耕耘機도 全員 動員 砂理을 運搬햇다.
田畓 堤防 쥐불을 질엇다.

<1987년 12월 8일 화요일>
南原 高祖 墓祠日인바 全州 泰宇에 電話햇든니 水旨面 崔相善이가 예수病院에 入院햇다고 하고 成奎는 正範이가 軍隊에 入隊한다고. 基宇는 밥으다고 하야 館村 堂叔 兄弟 乃宇 兄弟가 參席햇다. 桂壽里 族

宗員[族宗元]이 五, 六人이 同參하야 慕侍엿다. 飮福床도 갖이 分給했다.
今日로 大宗 私宗 墓祠는 끝이 낫다.
宗畓 購入하는데 三雙이 생겨 立場이 難處하게 되엿다. 全州 炳烈이가 말하고 炳敏이가 말하고 炳文 氏가 말하는데 세 雙立이 있어 此後로 미루엇다.
正範이가 入隊햇다. 旅費 五仟 원을 주웟다.

<1987년 12월 9일 수요일>
國家安保擴大報告會議가 있어 館村面事務所 會議室에 갓다.
新平 館村 雲嚴 新德 四個面에서 募엿다.
郡守 講演會에 依여 北韓 實情을 스라이드로 演出했다.
中食을 接侍 밧고 왔다.
間夜에 大夢을 어더서 館村郵替局에서 福卷[福券] 二枚을 購入했다. 多幸 추첨되면 出生의 成功을 빛이 나겟는데 機侍[期待]가 크다.
밤에 里長 韓相俊을 帶同하야 驛前 韓正玉을 訪問하고 養老院 敷地을 四拾萬 원에 護價[呼價]하야 于先 契約金으로 拾萬 원을 拂入했다.

<1987년 12월 10일 목요일>
成東하고 桑木을 掘取한바 勞役이드라.
骨材採取場 總務에 付託하야 코크링을 利用하자 햇든니 時間當 五, 四萬 원을 要求하드라. 抛棄할가 햇다.
日本서 온 金商文 氏 來日 온다고 大田서 電話가 왔다.

<1987년 12월 11일 금요일>
南原에 盧泰遇[盧泰愚] 遊設場[遊說場]

에 갓다. 一行은 三〇餘 名인데 貨車로 任驛에 갓다. 氣分이 少해서 途中에서 下車 館村驛에 下車하니 新平서 觀光뻐스 三臺가 오면서 停車하야 乘車을 勤[勸]하드라.
할 수 없이 韓相俊 뻐스에 乘東[乘車]했다.
車中에서 生覺하니 개씸하드라. 昌坪 住民을 무시한 것으로 生覺했다.
日本에서 成康 姨叔이 왔다.

<1987년 12월 12일 토요일>
養老堂에서 終日 休息햇다.
郡 職員이 終日 舍郎에서 休息하고 밤에 떠낫다.
嚴俊峰을 相面하고 選擧에 對한 討論을 해보니 이번에는 꼭 가라보와야 한다고 햇다. 아마도 새마을指導役도 떠려지니까 反行爲로 보왓다.
尹鎬錫 便에 郡守에서 一金 貳萬 원을 養老院에 보내왔다.

<1987년 12월 13일 일요일>
11時경 丁壽福 子 結婚式場에 參席햇다.
裡里에서 擧行되엿다.
華客[賀客] 約 50餘 名이엿다.

<1987년 12월 14일 월요일>
新平面長을 相面햇다.

<1987년 12월 15일 화요일>
面事務所에서 選擧委員會議가 있어 參席햇다.
桑木 屆取[掘取]作業.

<1987년 12월 16일 수요일>
아침 七時부터 杸票[投票]가 着手하야 午

後 六時까지 조요이 끝냈다. 九五%17
水原서 成奉 成愼이가 車를 가지고 妻 그
리고 아기까지 全員이 왔다.
夕陽에 가면서 用途金 拾萬 원을 주고 가드라.

<1987년 12월 17일 목요일>
養老院에서 談笑하고 終日 休息했다.
盧泰遇 氏가 當選이 確定的이드라.

<1987년 12월 18일 금요일>
養老契日이다.
年中 收入支出을 計算하고 決算해 주윗다.
收入額 約 一,九七三,〇〇〇원 支出이 五
三三,〇〇〇원쯤이엿다.
白米는 五叺을 分給해 주고 八八 春季 外
遊米 條로 三叺을 殘有시키고 現札이 七
九五,〇〇〇원을 韓相俊에 引樻[引繼]해
주윗다.
成東 桑木 屈取作業 着手했다.

<1987년 12월 19일 토요일>
常務 姜信泂이 來訪했다. 今日 面 分會日
인{바} 왔다. 會費만 九萬 원을 주고 못 가
겟다고 해서 보냇다.
桑木 屈取作業 하는데 午前 中에는 不加
能[不可能]했다.

<1987년 12월 20일 일요일>
皮巖 金炯根 氏 三女 結婚式場에 參席했
다. 華客[賀客]은 多數이 募엿드라. 禮式
場은 不入하고 食堂으로 行했다. 基善하고
同行햇는데 미리 食事 中이드라.

途中 行路가 不實해서 現場事무실에 드려
道路 修理을 要求했다.

<1987년 12월 21일 월요일>
全州 運輸會社에서 昌坪里 路線 踏査次
來臨한다기에 機待[待機]햇든니 不參.
바로 서울에 간바 밤이엿다. 範 집을 차자
가는데 難担[難航]도 격겻다. 가보니 只沙
崔鎭鎬 內外 德順이 內外 南禮 內外 範 男
妹 完宇 子도 參席하야 祭祠는 願滿했다.
萬諾에 내가 不參햇드라면 첫재 外來人에
서 不面하게 될 번햇다.

<1987년 12월 22일 화요일>
朝食을 끝내고 바로 出發했다. 地下電鐵을
타고 水原에 왔다. 成康에 電話하야 安否
을 못고[묻고] 直行뻐스로 全州에 왔다.
不在中 各處에서 전화가 多數 왓다고 햇다.
다음 서울 範 집을 가게 되면 고속뻐스장에
서 地下道를 건너서 二一二번 신월동行을
타고 목동에서 내려 택시로 왕실아파트에
서 하차하면 約 七〇〇원이 나온다.
신월동에서 오게 되면 자석[좌석] 六二번
을 타고 光化門에서 내려 一七번 타면 고
속장에서 내린다.

<1987년 12월 23일 수요일>
宗會議에 對備코저 收支決算書類 作成했다.
途中 里民 多數 왓다 갓다 한니 支章은 있
어스나 밤에까지 完備했다.
宗員이 多數가 募일지 念餘된다.

<1987년 12월 24일 목요일>
全北運輸會社에서 企劃課長 洪範 氏 萬宇
三人이 來訪했다.

---

17 일기장 좌측에 적혀 있는 내용으로, 당일 신평면
　　의 투표율을 기록한 것으로 추정된다.

棵長[課長]에 付託 말음[말씀]은 一〇時 頃 任實卷[任實圈]으로 一臺 追加로 運行케 해달아고 햇다.
手巾 五〇枚 장갑 五〇개을 繕謝[膳賜]하면서 面長 組合{長}을 帶同하야 四仙臺注油所로 慕侍여 中食을 侍接하야 보냇다.

<1987년 12월 25일 금요일>
舍郎에서 讀書만 햇다.
夕陽에 里長이 왔다. 어제 崔容女 氏가 보냇다고 繕物인데 燒酒 呆實[果實] 其他 골구루 보내왔다고. 모두 慕여 感謝이 먹엇다.

<1987년 12월 26일 토요일>
梁奉俊 回甲宴에서 一日을 보냇다. 午前 中 잠시 市場에 드려 왔다.
炳基 炳列을 相面하고 三〇日 宗中會議에 參席하라 햇다.

<1987년 12월 29일 화요일>
故 郭宗燁 氏 집에서 束錦契會議을 開會하고 契곡 八斗 八升을 無稅해 주윗다.
全州 高相厚 子 結婚式에 參席햇다. 主로 靑云洞 사람이 많으드라.
집에 온니 骨材現場에서 金 社長이 招請한다기에 갓다.
店방에서 술 한 잔 만니고[마시고] 梁奉俊 집에 갓다.
오늘 길에 基善을 訪問햇든니 며칠 못 가겟드라.
略식을 準備을 가추라고 햇다.

<1987년 12월 30일 수요일>
宗中會議日 이다.
參席 宗員는 炳基 炳列 承宇 乃宇 重宇 成

奎 昌宇 태宇 계 八名이 募엿다.
宗山 地上物代 收入支出 宗購財 收入支出 모두 決算 通過시켯다.
全州 태우가 再計算하면서 따지는데 不安햇지만 異議 없이 끝냇다.
位土 購入으로 因하야 昌宇 태우하고 言設[言說]이 있어 生覺해 보니 昌宇가 잘못이 있드라. 또 태우하고 炳列 氏하고 私少[些少]한 言爭이 있어 태우만니 당한 셈이 되엿다.
農協에 預託한 四百萬은 태우하고 갖이 引出키로 하고 其中 二,〇五五,七〇〇원는 有司 乃宇 條이고 殘 一,九五四,三〇〇원은 宗錢이고 宗中財 二〇,六七五,七〇〇원 中에 包合된 金額이다. 그래서 殘金 一,九五四,三〇〇원에 딴 돈을 보태서 南原 位土 契約金을 대기로 햇다.

<1987년 12월 31일 목요일>
八七年 三六五日도 今日 磨勘이 되엿다.
舍郎에서 家事에 對한 經過之事을 구석〃〃 生覺해 보고 八八年度도 設計 硏究해 보왓다.
年〃이 지내고 보면 前後가 맞이를 안는다.
收入支出도 맞이 안코 今年에도 債務도 未整{理}되고 다시 債務가 저야 八八年度 農事에 着手해야 한다.
언제나 自力으로 自負擔으로 모두를 進行해 볼까 寒心之事다.
日記帳도 오늘로 三六五日을 記載햇다.

$$收入 \quad\quad 支出$$
$$11,934,971 - 14,102,732 = 2,167,761 \ 赤字[18]$$

---

[18] 수지결산 적자 금액을 붉은색으로 기록하였다.

1988년

<내지1>

崔乃宇 總責職別

一. 家政 財政 經理 總責 總豫算 一四,○○○,○○○ 年中

一. 任實 南原 大宗代表 責任 總財 八七○,○○○

一. 高祖 以下 大宗代表 責任 總財 三四,五○○,○○○

一. 祖父 以下 私宗財 責任 總財 六二○,○○○

一. 舘村 十五回 同窓會長 責任

一. 養老會 收入支出 整理 總務 責任

一. 昌坪 大里 束錦[束金]契長 兼 財政 責任

一. 昌坪里 爲親契 財務整理 責任

　　以上 六個項에 經理 및 財政管理責[財政管理責]을 擔當하고 있다.

一九七八年 − 一九八八年度 現在.

<내지2>

參考

二月 二十五日 里長總會에서 里 山林契 立木代를 五○%로 徵收했으나 他 山主는 五○%로 旣定하고 本里居住 山主만은 三○% 引下해서 殘 二○%는 山主에 되돌여 주기로 했다.

三月 三十一日

朔崔 文洞골 宗山 立木代 九九七,四一○에 對 二○%代 二○萬 원을 成奎 便에 밧고 乃宇 代表가 一時 保菅[保管] 中이다.

　　　　一九八八年 四月 一日

　　　　宗中代表 崔乃宇 書 (印)

<내지3>

1988. 3. 1.

　　　　特急列車 時間表

任實發	서울 着
0. 51분	5. 38분
8. 51	12. 51

12. 47	16. 54
16. 26	20. 32
22. 55	3. 50
23. 29	4. 08

서울發	任實着
10. 20	2. 17
1. 20	5. 21
3. 05	7. 05
9. 45	2. 18
10. 15	3. 21
11. 50	4. 31

戊辰年

<1988년 1월 1일 금요일>
昌坪 親睦契 會議日이다.
우리가 有司이다. 男女 二〇餘 名이 募엿다. 또 집 大小家에서도 一部 왓다. 約 三〇餘 人이 動員되엿다.
契文書을 整理한바 實穀은 四叺 程度엿다.
春季에 外遊 보노리 가자고 一人 萬 원식을 据出[醵出]햇다.
飮食은 普通으로 準備되고 適當히들 四時쯤 散會햇다.

<1988년 1월 2일 토요일>
金判童 氏 有司 宅을 訪問하고 十五回 同窓 定期總會가 開催되엿다. 九名 會名이 募엿고 五名이 不參햇다.
人當 會費 五,〇〇〇원식 据出하야 四五,〇〇〇원 金判童에 專[傳]햇다.
夏季 有司는 崔宗彦으로 定하고 極早期을 澤[擇]하야 華嚴寺골로 休養하자고 言約햇다.
車中에서 炳基 氏하고 宗事之事을 討論하면서 왓다.

<1988년 1월 3일 일요일>
參考
一. 南原 任實 大宗代表로써 書類하고 金錢 取扱 預託通帳 잇지만 本 帳簿에 依하야 執行한다.
一. 高祖 以下 宗財도 右記[19] 맛안가지다. 一切 帳簿에만 以存[依存]한다.
一. 館村學校 十五回 同窓會長도 맛고 잇고
一. 養老會 總務債[總務責]을 執行하고 잇다.

---

[19] 본래 가로쓰기로 인쇄되어 있는 지면에 오른쪽에 서부터 세로쓰기로 내용을 기록하고 있기 때문에 앞서 기록한 내용이 '右記'가 된다.

一. 昌坪 大里 束錦契長 責任도 맛고 잇다.
一. 祖父 應 字 九 字 私宗責도 맛고 잇다.
  宗財가 約 六拾貳萬 원 留置하고 農協
  에 預託하고 잇다.
一. 家政 財政 菅理[管理] 및 經理責을 擔
  當하고 있다. 右記 七項 財政經理 整理
  하는데 筆記道具가 쉴 새가 없다.
正午 十二時쯤 丁基善 慈堂이 別世. 바로
가서 돌봐주고 새벽 二時頃에 집에 왓다.
護喪을 바달이기에 할 수 없엇다.

<1988년 1월 4일 월요일>
終日 喪家에 收入支出을 整理햇다. 問喪
客은 많은 客은 안니드라.
收入額은 今日 現在로 約 一, 二〇萬 원 程
度이고 支出額은 六〇萬 원이 넘드라.
來日 早起[早期]에 出喪코 決算해 주고 내
볼 일을 보겟다. 日程이 汾走[奔走]하겟다.

<1988년 1월 5일 화요일>
丁基善 慈堂 出喪하는 데 協力햇다.
出喪之後 午後에 韓相俊하고 喪主하고 決
算을 햇다.
收入支出을 마추워 보니 收入 一,七九五,
〇〇〇원데 一,一五五,〇〇〇 殘金 六四〇
〇,〇〇〇[六四〇,〇〇〇]원을 주고 六萬
원이 殘이드라. 異常이 生覺하다가 事務
差誤[錯誤] 듯시펴 喪主에 너겨주웟다[넘
겨주었다].

<1988년 1월 6일 수요일>
一. 早食 後 大宗書類을 揮帶[携帶]하고
  館村面事務所 成苑에 依賴하야 証聘
  書類[證憑書類] 謄寫하고 農協에 가
  서 積金을 計算한바 利子가 約 九萬

원쯤 되엿다.
一. 總 歲入歲出을 請算[淸算]. 實地 殘金
  九九九,七〇七을 決算햇다.
一. 有司 崔炳列 氏인바 飮食은 盛饌이고
  맘먹고 장만햇는데 宗員이 半도 안 되
  니 未安하기 限 없드라.
一. 全州 태우는 日前에 炳列 昌宇 三人이
  是非을 하드니 炳列 昌宇 미워서 不參
  한 듯십다.
一. 基宇도 몃 번 電話해도 온다고만 하지
  아마도 태우 보기 시려 不參한 듯십다.
  宗員들이 不和로 지내면 졸 일은 안니
  다. 全部가 利害關係인 듯십다.

<1988년 1월 7일 목요일>
丁基善 喪家에서 三慕[三虞]日인데 招待
[招待]하야 參席햇다. 朝食 後에 喪主을
對面하고 弔議金[弔意金] 收入累計를 再
算햇나 하고 別紙을 내면서 보이고
尹用文에서 六,〇〇〇 白康俊 三,〇〇〇
崔南連에 三,〇〇〇 金진옥에서 一,〇〇〇
林德善 一,〇〇〇 계 一四,〇〇〇원이 弔
議金에 싸여 갓다고 햇다.
그래야고 하면서 別紙를 넛는데 달아는 것
은 안니고 그런 줄이나 알고 너머가자 햇다.
爲親契會일이다. 契員은 約 一五名 程度
募엿다. 收入支出을 計算出한니 三六一,
〇〇〇원 程度. 白米로는 四叺 五斗 二升
인바 一五斗은 宋成龍이가 年 一割 五分
利로 借用하고 殘金 三叺 二升代는 契冊
하고 合서 今年 八八年度 有司 梁奉俊에
게 倭任[委任]하고 왓다.

<1988년 1월 8일 금요일>
新東亞誌에서 發見.

姜昌晟 小將의 말.
清日戰爭 一八九四年 只今부터 九四年 前
露日戰爭 一九〇四年 　　　〃　　八四年 前
滿洲事變 一九三一年 　　　〃　　五七年 前
支那事變 一九三七年 　　　〃　　五一年 前
太平洋戰爭 一九四一年 〃　　四七年 前
日本은 此 戰爭에서 中華民 六〇〇萬 名
死殺[射殺]하고 韓國人 一五〇萬 美英人
一〇〇萬 蘇露國人 一〇〇萬 自國人 六〇
〇萬 名 以上 갖이 殺傷을 햇다고 햇다.
郡農協에서 一金 四百萬 원 引出햇다. 宗
錢으로써 二百五萬 七,五八〇원는 내 條이
고 一,九四二,四二〇원 宗錢으로 位土 購
入 契約金에 使用키로 햇다.
全州 崔泰宇 집을 찾고 地上物代 四百 條
을 다 確印을 바닷다. 位土 購入은 反對하
드라.
基宇을 相面하고 태우 女息 結婚에 가자고
해서 제 차로 가기로 햇다.

<1988년 1월 9일 토요일>
成奎을 오라 해서 宗事에 對하야 打合하고
栗木代 一部 五拾萬 원을 주면서 私的으
로 利用하라 햇고 宗山 墓地代 四三二,〇
〇〇을 用途할 것을 相議한바 叔父게서 其
間 宗中之事에 勞苦도 하시고 失物도 했으
니 私錢으로 利用하시요 햇다.
昌宇 뽕나무代 殘金 四萬 七〇〇원을 會
計해 주엇다.
親睦契 冊하고 現金 殘 一七,〇〇〇원하고
今秋 有司 張基洙 氏에 넘겨주웟다.
宗中 殘金 收入支出은 會計가 今日로 完了.
押作히 全州 李在洙 氏을 相面햇다. 田畓
十二斗只을 賣買하겟다고 햇다. 價格은 斗
當 白米 二〇叺식이라고 햇다. 韓相俊을

맛낫다. 사고 싶은 뜻을 가지고 있드라. 來
日 十一時경에 全州市廳 後에서 在洙 氏
을 相面코자 전화로 約束햇다.

<1988년 1월 10일 일요일>
全州 李在洙 畓을 韓相俊에 招介한바 自
己는 못 산다고 하고 韓吉錫에 넘기여 하
드라. 할 수 없으나 仲介하라 햇다. 韓吉錫
에 連絡하야 同伴해서 現地를 踏査하고 뜻
을 두는 것 갓드라. 바로 全州로 갓다. 畓
主人을 맛나고 來日로 未流고 二四〇叺에
約束을 햇다.
집에 온니 大里 韓吉錫에서 傳하다면서 作
破하라고 한다고.
밤에 韓相俊하고 同行해서 林玉東에 갓다.
사라고 勤[勸]햇든니 不應햇다.
養老堂에 갓다. 公開的으로 말햇든니 모두
뜻이 없는 듯하드라. 別수 없다.

<1988년 1월 11일 월요일>
館村 堂叔하고 同伴해서 桂壽里로 宗員總
會에 參席햇다. 坊沙亭 九代祖 宗財 收入
支出 決算이엿다.
欽宇 炳文 炳根 氏하고 同行하야 位土 購
入次 田畓을 求景해 보왓다. 全州 炳烈 氏
의 土地인바 全州 興{字} 畓하고 競爭이
되엿는데 炳烈分의 답은 八四叺을 要求했
으나 不應햇다. 八〇叺을 말한바 來日 地
主을 말여 전화로 連絡하겟다고 햇다. 萬一
에 合議가 되지 안으면 興字 畓이라도 買
受하겟다고 햇다. 來日 一時쯤 炳基 氏하
고 全州 泰宇을 訪問키로 햇다.

<1988년 1월 12일 화요일>
全州 李在洙 氏 畓 賣買는 이루지 못햇다.

安正柱도 崔元喆의 논을 사기로 햇다고.
午後 一時에 舘村 堂叔하고 태우 집을 訪問햇다. 宗畓 購入에 對핸 打合코 成康 畓을 六八呎에 決定하고 南原 位土도 八〇 呎에 買受키로 햇다. 一月 十四日 宗土 契約키로 하고 왓다.
밤에는 우리 舍郞[舍廊]에서 里 改發委員會[開發委員會]가 開催한바 案件는 成奎 用金 參百萬 원 引出의 件이다. 承諾해 주웟다.

<1988년 1월 13일 수요일>
舘村 炳基 氏 成奎 三人이 同伴해서 基宇 車便으로 井邑 木花禮式場에 갓다. 태우 七女 結婚日인바 不安感도 잇드라. 基宇 男妹는 全員이 不參하고 炳列 昌宇 完宇 重宇까지도 不參하야 朔崔 집안이 不和一路에 잇다. 解結策[解決策]은 없다. 태우가 不滿이다.

<1988년 1월 14일 목요일>
南原서 欽宇 奎宇 全州서 태우 炳烈 氏 父子 炳基 乃宇가 一席하야 宗土 賣買契約을 締結햇다. 南原 位土는 六百拾六萬 원 昌坪里 位土 五百四拾四萬 원에 決定코 各 百萬 원을 契約金으로 支拂햇다.

<1988년 1월 15일 금요일>
宗錢 引出코저 郵替局[郵遞局]에 간바 印章을 失物하야 執行을 못하고 왓다.
夕陽에는 丁基善 自宅을 訪問하고 酒席이 이루워젓다.
成康 母는 光陽에 祭祠[祭祀]次 出行햇다.
밤에 水原에서 成康가 전화로 來日 歸家하겟다고 傳해 왓다.

<1988년 1월 16일 토요일>
全州 同和會議에 參席햇다. 半數 程度 募엿는데 任員 改編을 한바 從前대로 留任햇다. 中食만을 하고 人事 없이 갈엿다.

<1988년 1월 17일 일요일>
住民 멋 분이 舍郞에 오시엿다. 全州人 農地 買賣에 對한 論議도 햇다.
養老院에 갓다. 院內 老員 둘 노는데도 筆洞人 本村人 區分이 보이드라.

<1988년 1월 18일 월요일>
移秧機械 定期會議이가 韓相俊 집에서 開催되엿다. 移秧契는 今日로 破契되엿다. 會議席에는 鶴巖里에세 黃義善 氏가 參禮햇다.
全州人 畓 十二斗只 賣買에 對하야 학암리 黃 氏가 意思를 갓는데 金進映 者가 無識한 놈이 압찌르며 黃 氏에 여려 말을 건네는데 꼴이 좋이 못햇다. 黃 氏는 旣히 내하고 完決되엿는데 進映의 能度[態度]가 꼴 보기 십드라.
里長 基善 집에서 相面하고 里 財政을 따저 보왓다. 里長도 不遠이면 사퇴하겟다고 햇다.

<1988년 1월 19일 화요일>
任實 大{同}工業社에서 移秧機를 問議하니 一,四五三,五〇〇원이며 一年 据置 六年 償還이라고 햇다.
舘村郵替局에 稅金을 拂入하고 十一月 三十日 字 서울 稅金 拂入 如否[與否]을 무르니 送金햇다고. 그러나 督促壯[督促狀]이 왓다고 한바 調會[照會]해 보겟다고 햇다.
오늘은 先考의 祭祠日이다. 全州서 成曉

家族[家族]이 왔다.

<1988년 1월 20일 수요일>
아침에는 大小家을 招請하고 朝食을 갖이
햇다.
食後는 丁基善이가 왔다.
養老院에서 休息한바 祭物을 要求하기에
多少 待接했다.
私宗材 預託金 一六一,九六〇원이 孫夏柱
便에 引受한바 二,三八〇원이 稅金으로 除
해젓드라.

<1988년 1월 21일 목요일>
爲親契財 預託金 一三八,〇〇〇원 手票
를 里長에 주면서 面農協에서 引出해 오
라 햇다.
成東 便에 大同工業社에 들이여 移秧機를
見物하고 오라 햇다.
오늘은 曾祖父母 祭祠日이다(宗員 總會日
이다). 宗中文書 經理帳簿을 整理햇다.
只沙 崔鎭鎬 娶婿가 八七年 二月 中 男妹
契 組織을 提議하야 一人當 萬 원식을 据
出하야 拾六萬 원이 契 基金으로 所持 中
인바 年令的[年齡的]으로 適合치 못한다
고 鎭鎬가 反對 뜻을 提議한바 妻族[妻族]
側에서는 其의 基本金은 返還할 수 없고
하야 私宗 炳 字 欽 字 金海金氏 順天金氏
慕先金으로 使用키로 하야 成曉 名儀[名
義]로 八八年 一月 二〇日 字로 農協에 整
히 預託햇다.
館村 炳基 집에 祭祠 慕侍로 간바 宗員이
없서 炳基 炳列 三人이 慕侍엿다.

<1988년 1월 22일 금요일>
全州에 갓다.

태우는 祭祀에 고의로 不參햇다.
서울 信範 結婚 請牒狀[請牒狀]을 바다 昌
坪里 五, 六名만 돌이엿다. 請諜[請牒]도
푸마신데 돌일 수 없드라.

<1988년 1월 23일 토요일>
成東 契員(同窓生)들이 募엿다. 눈도 왔지
만 車便으로 왔다.
丁基善이가 왔다. 嚴俊峰이가 農協長에 出
馬하겟다고. 其 不良心者가 萬諾[萬若]에
當選이 되면 其 人象[印象]이 무엇일고.
基善이 耳目을 살펴보니 俊峰이는 不應하
겟고 金興源이는 廉東根의 뜻이겟드라고
햇다.

<1988년 1월 24일 일요일>
養老堂 앞에서 丁基善 氏 崔南連 氏 丁奉
來 金判植 멋 분이 募엿다. 尹在成이도 父
을 對面코저 왔다. 嚴順相 土地에 對하야
賣買 言이엿다. 斗當 三三叺라고. 金進映
이는 招介[紹介]만 하는 사람이지 目的은
自己 招介費만 生覺者라 햇다.
鶴巖里 黃義善이가 남의 招介한다고 햇는
는데 그 놈 맛나면 그대로 두지 안켓다고
햇다고. 賣渡者 뜻에 따을 일이지 不良者
로 支的[指摘]되엿다.
里長이 뻐스 交際費 條로 四萬 원을 주기
에 바닷다.

<1988년 1월 25일 월요일>
成東이는 今日부터 成傑이와 갖이 貨車 運
行코저 出發햇다. 約 一週間 豫定으로 서
울 釜山을 運行한다고 햇다.
終日 舍郞에서 讀書만 하고 一日을 보냇다.

<1988년 1월 26일 화요일>
新平面에서 宗中 畓 移轉 手續切次[手續
節次]을 발아쓰나[밟았으나] 全州 태우 條
는 未結[未決]햇다.
農協에 들여 一金 百拾壹{萬} 四仟 원을
引出해서 任實 國民銀行에 一六四,〇〇〇
을 預託하고 畜協에다 九九九,〇〇〇을 預
託하고 二四〇,〇〇〇원 白米 三叺代 위친
계금인바 尹用文에 傳해 주면서 年 一割
五分로 해서 今 冬期에 갑으라 햇다. 別紙
契約書와 如함.
新汰坪 文書을 整理하고 作人 負擔金 斗
落當 一仟 원식을 割當햇다.

<1988년 1월 27일 수요일>
全州 成傑 債務 計算書
一〇月 二十五日 三百萬 원 約 三 개월[개
월]이 되엿다. 三〇〇萬×二=六〇,〇〇〇
원×三=一八〇,〇〇〇. 논갑 五,四四萬 원
-元利 三一六萬 원=殘 二,二六萬 원. 成東
便에 八〇萬 원 보내고 一,四六萬 원이 殘
高다.
全州 태우하고 新平面에서 書類을 갖우고
任實 嚴秉圭代書所에 갓다. 急하면 二, 三
日 內에 登記 完畢해 주겟다고 햇다. 갖이
酒店에서 酒席이 되엿다. 來日 切次上 또
上面키로 하야 태우도 作別햇다. 來日 南
原까지 가기로 햇다.

<1988년 1월 28일 목요일>
宗土 移轉手續次 新平을 据處서[거처서] 任
實 嚴炳圭代書所에 接受하고 南原에 갓다.
欽宇는 切次가 未備되여 不信者로 指的
[指摘]하고 왓다.

<1988년 1월 29일 금요일>
新平面에서 崔乃宇 外 四名을 南原 巳梅
面에 移退居[移退去]을 接受햇다.
南原 代書所에 事件을 마겼다.

<1988년 1월 30일 토요일>
前 共和堂[共和黨] 重役 金滿斗 氏의 招
請으로 新平에 갓다. 滿斗 氏는 今般 公薦
에서 自信 잇는 것으로 말하드라.
募臨의 資格은 有志級으로 各里 一人 케
스로 募엿드라.
裡里에서 信範 結婚日인데 時間이 맞이 안
해서 不參하고 全州 成曉 집에 갓다. 休息
코 밤늦게 歸家햇다.

<1988년 1월 31일 일요일>
孫周喆 子 結婚日이다.
山西 白雪里 裵正錫 父 別世 通報. 어제
三〇日 字로.
全州 禮式場을 들이여 中食은 除幣[除弊]
하고 代錢으로 參仟 원식을 封入하야 논누
어[나누어] 주드라.
바로 一時 四〇分 뻐스로 白雪里 裵正植
喪家에 갓다. 弔問하고 바로 택시로 寧川
崔鎭鎬 집을 訪問하고 술 한 잔 들고 바로
택시로 오수를 거처 왓다.

<1988년 2월 1일 월요일>
朝食 中 成康 母가 왓다. 成傑에 단여왓는
야 하기에 熱이 낫다. 成傑 關係는 말 말고
그 놈 不良者라고 햇다.
南原에서 全州 炳烈 氏을 相面하고 代書
所에 移轉手續을 하라 한바 印鑑이 틀이여
兩人이 全州로 갓다. 다시 印鑑을 낸바 마
참 松川洞에 간니 嚴順相이를 맛나고 보니

일이 잘 되엿다. 태우에 럴락해서 全州 投資銀行에서 相面하야 宗錢 壹仟萬 원을 引出햇다.
炳烈 氏에 土地代 五百拾六萬 원 주고 舊登記代 三萬 원을 控除햇다. 途中에 崔今禮 집을 들이여 成傑 債務 元利 一,五九四,〇〇〇원 會計햇다.
밤에 養老院에 갓다. 金進映을 맛나니 不安하야 不良者라면서 是非을 햇다. 이놈하고 햇든니 잘못햇다고 謝過하기에 용서해 주웟다.

<1988년 2월 2일 화요일>
私宗 炳 字 欽 字 以下 孫 慕先金으로 今日 現在로 七六萬 원을 郡農協에 預託햇다. 마음이 후룬하다.
元泉里 金炳順가 招請하야 參席햇다. 機關長會議나 다름없다. 滿飯 陳儒盛饌[珍羞盛饌]이엿다.
午後에는 養老院에 갓다. 老作者에 政事 里之事 等을 設得[說得]해서 解明해 주웟다. 養老堂에서는 安承均 金興源 尹鎬錫이가 非人間으로 取扱햇다.

<1988년 2월 3일 수요일>
밤에 全州에서 成傑이가 왓다. 논갑 五,四四〇,〇〇〇원을 밧고 他人 債務 全部 請算(三,一八〇,〇〇〇원{)} 完拂하고 成東이 便에 八〇〇,〇〇〇원 보내고 殘 一,四六〇,〇〇〇원 成傑에 주웟다.
成傑이는 全州에서 융자 申請하야 畿百[幾百]을 引出하야 貨車 一臺을 購入하겟다고 내의 印鑑을 要求한데 巳梅로 退居[退去]하야 丁基善에 依賴해서 明日 同伴 面에 가기로 밤 言約햇다.

成傑에 논갑을 請算{해} 주웟든니 用錢으로 一金 五萬 원을 주드라. 마지못해 밧고 보니 生覺이 달앗다. 精神 차려서 이때 財産을 募여라 햇다.

<1988년 2월 4일 목요일>
成傑 基善 氏 三人이 同伴해서 택시로 新平面에 갓다. 書類 一切 求備[具備]하야 成傑에 주고 館驛前에서 作別햇다.
南原으로 行次하야 代書所에 갓다. 書類가 未備되여 不安햇다. 任實하고 南原하고 此異[差異]가 잇는데 텃세 하느야 햇다. 할 수 없이 오다 巳梅에 面에 들이엿다. 路上에서 興宇를 相面햇다. 某人이 興宇하고 同窓生이라고 햇다. 알고 보니 태우 妻外叔이엿다. 故 黃海周 氏의 從弟라고 햇다.

<1988년 2월 5일 금요일>
嚴俊祥 氏가 招請해서 丁基善 氏하고 갓다. 두리만 中食을 始作한니 尹鎬錫 氏도 參席햇다. 그러나 俊祥 氏 生日인 듯십드라. 食事 中인데 어서 자시고 가라고 한는데 다시 또 가시라니 농담도 갓이만 丁基善 氏는 엇지 그려케 가라 함니까 햇다. 끝이 나면서 바로 出發햇다.
林澤俊 問病을 基善이 갖이 갓다.
午前 午後 結局은 舍郎에서 終日 讀書햇다.

<1988년 2월 6일 토요일>
養老堂 갓다. 多數가 募엿드라. 金進映이도 있드라. 農協 總代라고 하는 者가 歲入 歲出도 따지도 못하며 人格도 不實하는데 꼴물見者로 보인다. 日前 是非 後로 同席하고 십지가 안트라.

崔容安 議員이 보내온 벌꿀 一人當 一통식 주고 殘在는 一八개 保管해 두엇다.
丁基善 집에 韓相俊하고 同行하야 金進映의 非訪[誹謗]을 햇다.
崔德喆에도 全州로 移居하고 安正柱도 그 집으로 간바 이웃이 또 一家가 空屋이 생겻다.

<1988년 2월 7일 일요일>
從前에는 里 戶數가 九九戶인데 只今 現在 三〇餘 戶가 떠날 豫定이고 떠낫다. 殘戶는 六九戶이나 其中에도 떠나려 하는 戶數가 잇다.
이웃 安正柱는 崔德喆 집을 移居하는데 이웃집에서 家具들을 運搬 協助해 주드라.
夕陽에 六時쯤 牛舍 앞 堆肥에 某者가 불을 질엇다. 이웃사람이 傳하기에 가보니 崔喆洙가 朴京洙 딸에 집에 잇드라. 애들은 없고 그 놈이 의심햇다. 불은 껏으나 이놈이 우리 집으로 왓다. 일후에 이곳에 불이 나면 네놈에 責任 있으니 그리 알아 햇다.
今日 終日 舍郎에서 讀書만 하고 日課을 보냇다.

<1988년 2월 8일 월요일>
全州 崔炳辰 氏가 別世햇다고 電傳이 왓다. 午後 二. 一〇分 車로 全州 淸水町 自宅을 禮訪햇다. 同和會員 全員이 왓다. 서로 相面코 來日 出喪은 桂壽里 運柩한다고 햇다. 館村驛에서 同乘키로 하고 作別. 途中에 成曉 집을 들여서 殿洞에서 六時 四〇分 뻐스로 宅에 無事이 왓다. 八時 半쯤이엿다.

<1988년 2월 9일 화요일>
館村驛前에서 葬衣車[葬儀車]로 桂壽里 葬地에 갓다. 집안間에서 多數 참예햇드라.
欽宇을 對面하고 退居를 付託햇다.
韓相俊을 對面하고 全州 李在洙 土地를 林玉東에 仲介한바 承諾하든니 手票 二百萬 원자리 二枚을 주웟 바닷다.

<1988년 2월 10일 수요일>
아침에 韓相俊이가 왓다. 土地賣買는 틀엿다고 햇다. 無識者라 할 수 없엇다.
改發委員會議[開發委員會議]가 있어 成奎 里長이 山林契 條 立木代 全額이 四七,〇〇〇,〇〇〇원이라고 收入金을 發表햇다.

<1988년 2월 11일 목요일>
高祖 山 立木代 總額 一,九九四,八一〇원인바 里 山林契에 拂入해야 할 全額이 20% 澤俊으로 三九八,九六〇원이고 보면 實收額은 一,五九五,八五〇원이 된다. 其中 決算 時에 九九七,四一〇원 控除하면 實地 收入은 五九八,四四〇원을 宗中에 入金해야 한다. 現金 三九七,四〇〇원이고 里에서 還收金이 二〇一,〇西〇 계 五九八,四四〇 實收入金이다. 以上과 갖이 計算햇다.
終日 舍郎에서 讀書하고 日課를 보냇다.

<1988년 2월 12일 금요일>
朝食 後에 養老院에 갓다. 金進映 者가 是非를 걸면서 내가 무슨 약者이며 술을 밧이 안하는야 햇다. 日前에 잘하고 못하고는 것은 不問코 打破해는데 다시 是非야 햇다. 그랫든니 약다는 條件는 뺏다고 하고 다시 問議한다고 햇다. 非人間之行爲라며 좆이

못한 놈이라고 햇다.

밤에는 里民總會가 된바 成奎는 會議 中인데 웃게[늦게] 入場하야 里 山林 條 立木代 收入支出 決算을 하고 난 後에 金進映 件을 發表하는데 本人은 눈치 채고 떠나고 없는데 滿場 中에 不快心을 갓고 成奎 앞에 金進映이는 무릅을 꾸려 大禮를 올이면 容恕할 망정 그려치가 못하면 그대로는 두지 못하겟다고 口頭나마 큰 우세엿다. 나는 큰 소리로 나예게 빌고 햇는데 그만 두라 햇다.

<1988년 2월 13일 토요일>

新平面에서 轉入申告을 하고 面長室에서 面長하고 對話햇다.

昌坪里長職 任期完了가 된바 面長은 내의 뜻을 뭇기에 現 里長이 무슨 하자라도 잇느야 햇든니 없다고 햇다. 그려면 再任도 언어야 햇든니 滿促[滿足]하게 生覺하드라.

昌坪里 公衆電話을 架設하자 햇드니 電話局으로 連絡하야 不遠 昌坪里 崔乃宇 氏를 訪問한다고 햇다.

下加 李龍宇 賢宇 被害者 父을 다방에 招待하야 相論햇다. 만히 協助해 주마 햇다.

<1988년 2월 14일 일요일>

韓相俊하고 同伴해서 全州 李在洙 畓主을 相面햇다. 二,四〇〇坪 畓을 一七,〇〇〇,〇〇〇원에 價 定하고 侄[姪] 石根하고 相議하야 專해 주마 햇다.

예수病院 被害者 加德人을 問病햇다. 病勢을 보니 完治 간으라. 그러나 或 誤害[誤解]할가바 退院하자고는 못햇다.

밤에 鄭圭太 집을 訪問하고 金昌圭를 불어 三人이 同席하고 全州 李在洙 畓은 韓相俊이 買受키로 햇으니 介在 말아 햇다.

<1988년 2월 15일 월요일>

아침에 昌宇에 전화로 被害者 父하고 患者을 各 訪問하고 慰安햇다고 햇다. 束[速]히 서드려 早退하도록 하라 햇다.

任實 電話局에 갓다. 業務課長을 禮訪하고 마을 公衆電話 架設에 對하야 相論하고 請約申請을 하라 하기에 來日로 미루고 왓다.

南原郡廳을 据處서 代書所에 갓다. 書類은 完備해 주고 不遠 送達해 주주기로[주기로] 하고 登記料도 完拂해 주윗다.

夕陽에 大里坪 田을 파혜친다고 해서 갓다. 도자를 不動케 하고 욕설을 햇다. 主人을 相面햇든니 成奎가 해라 햇다고 하면서 고초를 심는 데 坐를 주마 햇다. 밧다웃계[밭답게] 耕耘을 해달아 햇다. 논도 作畓하면 一部 賣渡하겟다기에 우리 밧 쪽그로 멋 마지기 팔아 햇다. 主務者는 徐 氏엿다.

<1988년 2월 16일 화요일>

全州 李在洙 畓 二,五〇〇坪 契約 締結하고 一金 一七,〇〇〇,〇〇〇에 約定. 仲介料는 二〇萬 원 밧기로 햇다. 期限은 二月 末日로 定햇다.

徐東辰 氏가 來訪햇다. 骨材는 作業 中止하라 햇다. 生覺한니 信任할 수 없고 本人의 心思을 알지 못한 셈이다.

金炯根 氏가 來臨햇다. 金滿斗 氏의 民俗 繕物[膳物]로 수제 가저왓다.

<1988년 2월 17일 수요일>

昌宇 基善 氏가 왓다. 成俊 車 件으로 館驛通運所長을 相面키로 햇는데 不在中.

任實郡農協에 一金 拾萬 원을 預託하고 嚴炳圭代書所에 갓다. 全州 李在洙 農地 賣買에 對한 書類을 作成햇다.

成曉 便에 郡 地積圖[地籍圖]도 떼밧다.
養老堂에 갓다. 里長 選出의 案이 金二柱
로로 因해서 나왓다. 今般에는 바구야 햇
다. 二月 二十五日 班常會에 結定[決定]
하자 햇다.

<1988년 2월 18일 목요일>
民俗의 날 正月 初一日일다. 客地에 잇는
子息들 孫子들이 全員이 왓다. 宗孫子들이
募{여} 歲慕[歲暮]의 次祀[茶祀]을 慕侍
엿다. 後山에 省墓하고 喪家 두어 집을 들
엇다.
夕陽에 辰根이 來訪한바 時間을 보내며 여
려 말을 하는데 每遇 難點이 있어 勞役을
적엿다[겪었다].

<1988년 2월 19일 금요일>
崔南連 氏가 來訪햇다. 繕物을 가저왓는데
洋酒엿다. 日前에도 洋酒 燒酒 豚肉까지도
보내온바 나는 一切 보내준 的이 없어 未
安 千萬이다. 只今도 瑛斗 氏하고 兄弟 間
에 義가 좋{지} 못하드라. 그려나 兄弟 間
에는 할 수 없고 他人의 體面이 잊이 안나
햇다.
서울서 嚴國喆이가 繕物을 가지고 歲拜하
려 왓다.
全州에서 張寅燮이가 家族끼리 歲拜次 온
다고 連絡이 왔다.
成奉 家族은 成傑 車便으로 公州 妻家을
단여 來日이나 水原을 드려 간다고 하고
作別햇{다}. 用金 五萬 원을 주고 갓다.
成奉이가 떠나는데 付託햇다. 今年 秋季
八八오림픽大會場 入場式에 參席코자 하
오니 入場卷[入場券] 二, 三枚만 購入하라
햇다.

全州 張寅燮 內外 三兄弟가 同伴 來訪햇
다. 南原까지 가는 길이라고 햇다.
夕陽에는 崔南連 氏가 招請 전역食事을
갖이 햇다.
成曉 食口 全員이 成傑 車便으로 九時에
出發햇다.

<1988년 2월 20일 토요일>
私宗 顯考 顯孺 宗財 經理 및 日誌을 새로
整備 整理햇다. 宗財는 總額은 七七五,六
○○원으로 計算을 마추윗다.
새벽에 丁宗燁 玆堂[慈堂]이 別世햇다고
들엇다.
韓相俊 氏을 오라 햇다. 全州 李在洙 不動
産 賣買에 對하야 打合하고 자네가 못하면
外人에 넘기라 햇다. 畓 二,五○○坪에 一
七,五○○,○○○에 決定해 주윗다.
養老院에 가서 몃을 相面하고 相議하야 同
伴해서 喪家에 갓다. 終日 喪家에서 慰勞
처럼 노랏다.
南原메누리가 전화로 成傑 觀選을 要求햇
다. 還迎[歡迎]하며 成傑을 맛낫든니 不應
햇다.

<1988년 2월 21일 일요일>
長水 山西面 白云里 裵京錫 子 成玉 結婚
日다고 햇다. 未安하지만 거리 과게[관계]
로 못 갓다.
喪家에 갓다.
全州 在洙 畓 賣渡에 對하야 張泰燁을 내
집으로 呼出햇다. 買受者는 李龍在라고 햇
다. 一七,五○○,○○○원에 合意햇다.
喪家에서 云巖[雲巖] 蘇正洙를 相面햇다.
正洙 氏의 말은 數年 前 全州에서 崔成吉
이는 종종 對面한바 自己의 親友 말을 드

르니 成吉의 말에 依하면 蘇正洙을 對面하고 십지 안는데 자조 對面케 된다고 하기에 其의 者는 소正洙을 맛나서 무슨 유감이 잇는야고 正洙에 무르니 人共 때 내가 그 사람은 죽일라면 죽이겟지만 그려지도 안햇는데 햇고 이 마을에 嚴俊祥 같은 사람이 원흉이라며 自首도 안햇다고 하며 여려 가지 말을 하기에 그럴 수도 잇다고 햇다.

<1988년 2월 22일 월요일>
張泰燁 李龍在 韓상俊을 同伴하야 全州에 갓다. 李在洙을 相逢하고 一七五〇萬 원 結定하고 六〇〇萬 원을 주고 다음 二月 二十六日 全額을 주고 書類하고 交替키로 햇다. 五〇萬 원은 余有[餘裕] 잇다. 李龍在는 九五〇萬 원을 챙겨야 한다.

<1988년 2월 23일 화요일>
親睦契 旅行基金 一九〇,〇〇〇원을 完宇便에 農協예 預託햇다.
炳基 氏하고 同伴해서 郡 山林組合에 갓다. 新田里 炳基 氏 私山 栗木 造林次엿다. 明年으로 마루고[미루고] 왓다.
嚴炳圭代書所에 들엿다 왓다. 듯자니 李鎭領이가 別世햇다고 해드렷다.

<1988년 2월 24일 수요일>
屯德里 李康厚 氏의 回甲日에 參席햇다. 마참 竹鷄里 金宗㳠하고 同行햇다.
午後에는 面長室에 任實鄕校 主催로 掌議 大募集案이엿다. 다방에서 丁基善 孝婦 推選을 해본바 本人의 自本[資本]이 들여야 한다고 햇다. 靑云洞 崔松吉 之事를 付託햇다.
夕陽에는 金哲浩 同伴해서 故 郭宗燁 小

祥에 弔問햇다.
丁壽福을 面에 오라 해서 移轉印鑑을 내주 윗다.

<1988년 2월 25일 목요일>
朝食을 丁壽福 氏가 招待하야 갓이 食事 햇다.
大統領 就任日이다.
金二柱 鄭圭太 氏가 왓다. 今日 夜 班常會에서 里長 選出하다면서야고 問議해 왓다. 그것은 事實이라고 하고 現 里長이 再任 뜻이 있으면 할 수 없이 二柱하고 競選할 수박게 없으며 無記名投票制로 選出하겟다고 말햇다. 아마도 金二柱는 里民의 意思을 들어 事前運動 中인 것으로 안다.
成傑이는 南原 成樂 집에서 處女 觀選하려 갓다 왓다. 아즉 結果[結果]는 못드럿다.

<1988년 2월 26일 금요일>
韓相俊 同伴해서 全州에 갓다. 李在洙가 전화 印鑑證을 내는 데 用途을 말해서엿다. 在洙 氏는 不在中여서 무르니 柯亭里에 갓다고 햇다. 바로 柯亭里에 간바 路店[露店] 에서 相面햇다. 來日로 未流고 惜別햇다.

<1988년 2월 27일 토요일>
韓相俊하고 同伴해서 全州 李在洙를 相面하고 土地代를 支拂한바 侄의 奭根이가 서울에 갓다고 二十九日로 미루기에 于先 三百五拾萬 원 주고 印鑑證을 要求하고 用途를 말한 韓相俊하고 契約했으니 韓相俊 앞으로 내주되 李龍在 앞으로는 못 내겟다고 햇다. 할 수 없지 하고 왓다.
李泰洙 李道植 結婚式에 參席햇다.
成東이는 移秧機 융자契約 締結햇다. 元金

이 一,四五三,五○○원 中 一五三,五○○
원을 拂入하고 殘 元金 一,三○○,○○○
원을 契約했다.

<1988년 2월 28일 일요일>
終日 舍郞에서 讀書만 하다 午後에는 田畓
을 둘여보고 쥐불을 노왔다.
夕陽에 專해 드르니 靑云洞 鄭圭太가 예수
病院에 入院한바 危險하다고 했다.
韓相俊이 夕陽에 왓는데 全州 李在洙 者가
印鑑을 不應한다기에 밤에 四仙臺 崔基宇
에 連絡하야 明日 갗이 同伴하자고 했다.

<1988년 2월 29일 월요일>
早起에 韓相俊하고 同伴하야 基宇 車로 同
乘해서 全州 金壽謙을 訪問하야 同席하고
李在洙에 連絡해서 參席케 했다. 모두 本人
에 設得[說得]해서 參拾萬 원을 주고 印鑑
을 내오게 했다. 其者에서 봉을 잡엿다.
回路에 예수病院을 찻고 鄭圭太 病院을 찻
고 보니 日 危險之境이드라. 張泰燁 婦人
도 自信을 못한다고 判童에서 專해 듯고
歸家 中 屛巖里長을 찻고 農地賣買 確認
捺印을 해왔다.
鄭敬錫을 車中에서 對面하고 大里坪 田을
承諾해나고 무르니 그려 事實이 업다고 했다.

<1988년 3월 1일 화요일>
參考
土地賣買 仲介한바 全州 在洙에서 四○萬
원을 收入햇다. 李龍在에서 約 三○萬을
豫想하고 잇다. 于先 二○萬 원을 收入햇
고 二○萬 원은 상준에 있다.
面事務所 總務係長에서 專해 온바 只今
現在는 現 里長이 資格 想失[喪失]이오니

改發委員長[開發委員長]게서 主菅[主管]
하야 三月 三日 大보름을 期해서 里民總會
에서 選出하야 面에 報告토록 해주시기 바
란다고 專해 왔다.
大里 李相云 子 結婚式場에 갓다 바로 中
食이 끝이 나기 前에 昌宇 基善하고 同伴
해서 예수病院에 갓다. 鄭圭太 病勢가 惡
化되엿다. 張泰燁의 婦人 入院室을 열고
갓다. 말은 하지만 本精神이 안니드라. 惜
別하고 집에 왔다. 約 二時間 後에 鄭圭太
가 別世해서 집에 왔다고 했다. 靑云 喪家
에 가 보왔다. 確實이 숨젓다. 上下 初염을
해주고 왔다.

<1988년 3월 2일 수요일>
丁壽福 氏을 帶同하고 移轉을 넘기기 위하
야 任實 嚴秉圭代書所에 갓다. 丁壽福 兒
前으로 移轉해야 하는데 裡里로 退居가 되
여 許事[虛事]로 왔다.
가는 짐에 李龍在 移轉늘 막기는데 書類
一切을 提出햇다. 登記費는 一二五,○○○
원쯤 된다고 햇다.
路上에서 新德 崔東煥을 相面하고 同伴해
서 鄭鍾和 喪家에 갓다.

<1988년 3월 3일 목요일>
아침에 面長하고 전화로 對話한바 昌坪里
長 任期 滿了하야 里 改發委員會에서 選
出하야 今日 中이라도 報告토록 해달고
햇다.
丁基善하고 同伴해서 靑云 鄭鍾和 父 出
喪에 參席 햇다.
成曉 母는 親家에 母祀 祭祠에 갓다. 成允
이는 一週間 休暇를 맡아 水原에 갓다.

<1988년 3월 4일 금요일>

成東하고 終日 보리밭에 물을 품어 주웠다. 來日 五日 里長 選出을 하려 한바 面에서 再促이 왔다. 夕陽에 放送을 通해서 住民 總會을 召集한바 四七名이 募여 過半수 者는 넘머깃에 會議이는 成立이 되엿다. 推薦制로 한바 完宇가 推薦 金二周 鄭太植 三人을 相對로 投票에 回付[回附]햇다. 崔完宇 二八票 鄭太植 九票 金二柱 八票로 完宇가 當選이 되엿다.

<1988년 3월 5일 토요일>

新平面 養老會 里責會議에 參席한바 新平面 老人會 副會長에 選任되고 兼職의로 郡 代議員까지 部署을 차지했다. 館驛에서 丁基善 金鎭玉을 相面하고 聖壽面에 갓다. 盧成根을 對面하고 金鎭玉 關係를 打合하고 月坪里長을 相面하고 前 里長 李永玉 氏을 對面하고 金鎭玉 先山의 件을 打合했다. 日後에 通報하겟다고 햇다. 아마도 돈은 차자 使用한 듯십다. 驛前 다방에서 郭道燁 金哲浩 韓昌煥.

<1988년 3월 6일 일요일>

日曜日라 별로 볼일이 없어 舍郞에서 日課를 보냇다. 日氣도 寒氣가 있어 來往하기도 不便했다. 丁基善가 와서 對話하다 惜別햇다. 重宇 姨從을 路上에서 수년 만에 相面햇다. 夕陽에 郡 山林組合 常務가 왔다. 加德里 團地 造林 軍部 篇入[編入] 保償金[補償金] 收入 結果 報告次 왓다. 支出하고 殘 七,八〇萬 원을 預託하고 此後 再造林하겟다고 햇다. 旅비 萬 원 주고 가드라.

<1988년 3월 7일 월요일>

成康 母하고 全州에 가서 浴湯에 갓다. 五個月 만에 하다 보니 때가 많이 밀여 낫다. 每週 氣分이 좋으라. 養老堂에 갓다. 金進映이 보고 總代인 만큼 付託을 많이 바지야 햇든니 別로 바든 바 없다고 햇다. 相當히 우멍하게 보이드라. 候補者들은 旣히 金錢이 뿌려젓다고 間諜的[間接的]으로 들어는데. 丁基善이로 相談해 보면 第一次 枚票[投票] 時에는 嚴俊峰에 投票하고 可能이 없으면 多點者에 미려 주겟다고 하고 他處에서 나를 꼬려 가려면 金錢이 多額으로 必要하다고 햇다. 농담인지 實談인지는 分間[分揀]할 수 없으니 以上과 갖이 말햇다.

<1988년 3월 8일 화요일>

丁壽福 氏와 同伴해서 新平面에 갓다. 印鑑證明書 내주웟다. 養老堂 建築設計書도 一通 가저왔다. 八百七拾萬 원 總工事費엿다. 屛巖里 丁南哲 氏에 連絡하야 設計書을 보라 햇다. 來日 郡 代議員大會日다.

<1988년 3월 9일 수요일>

大韓老人會 任實支部 定期總會에 新平代表로 參席햇다. 歲入歲出 決算報告와 八八年度 새 豫算 歲入歲出案을 瀋議[審議] 通過시켯다. 夕陽에 金鎭玉이는 月坪里을 가자고 해서 基善하고 同行하야 간바 主人이 外出하야 不面하고 守護者는 相面햇으나 다음으로 미루고 왔다. 李龍在 移轉 依賴의 件하고 丁壽福 移轉의 件는 今日 字로 完全히 書類 求備[具

備]{해} 주고 끝냇다. 未結之事[未決之事]
는 李龍在에서 仲介로만 未盡되엇다.

<1988년 3월 10일 목요일>
金鎭玉 丁基善하고 三人이 帶同하야 郡廳
民願室에 갓다. 臺帳謄本[臺帳謄本]을 떼
고 特措委員 名單을 떼여 보니 모두 잘 알
수 있엇다.
五樹[獒樹] 金綱會社 事務室로 갓다. 不
動産 保償金은 裡里 湖南國道建設局에서
取扱한다고 햇다.
基善이는 全州로 가고 鎭玉와 갗이 新平에
갓다. 戶籍을 보고 緣故을 대려 하니 나오
지 안햇다. 마참 上加에 金氏 高令者[高齡
者]을 對面한바 任實에 가서 緣故을 대보
라 햇다.

<1988년 3월 11일 금요일>
新平單協組合長 選擧日이다. 누가 될지 궁
금햇다.
金鎭玉하고 同伴해서 任實邑事務室에 갓
다. 戶籍을 閱覽한바 名字가 나타나지 안
햇다. 嚴秉圭代書所에 갓다. 相議 끝에 聖
壽面에 가서 閱覽해 보라 햇다. 나타낫는데
辰玉인바 本貫이 트럿다. 別수 없이 謄本
을 뗏다.
聖壽 酒店에서 新平農協에 전화로 組合長
當落을 무르니 嚴俊峰이 落選이고 韓昌煥
이가 當選되엿다고 햇다. 嚴俊峰은 面內
洞內에서 人格 常失[喪失]者가 되엿다. 人
心을 이럿다고 본다.

<1988년 3월 12일 토요일>
丁基善하고 同伴해서 加德 張勸一 子 結
婚式에 參席햇다. 面民 親友 多수를 相面

햇다. 嚴俊峰 者의 말이 나왓다.
基善하고 同行 成曉 집을 求景하고 基善
住宅을 求景햇다. 億臺 주웟다는 三층집이
엿다. 故家[古家]엿다. 現代는 맞이 안트
라.
밤에는 鎭玉을 불여 火曜日 서울 가기로
햇다.
崔善眞 婦人이 왓다. 總角 觀選을 來日 가
자고 햇다.

<1988년 3월 13일 일요일>
崔善眞 婦人하고 同伴해서 全州에 갓다.
新郞감을 觀選햇다. 姓名은 琴春在라며 全
州서 西鶴洞[棲鶴洞] 居住者이라 햇다. 普
通사람은 되겟드라.
큰子息 집에 간니 光州 가고 없고 成玉 잇
는 곳을 대라 햇든니 모르겟다고 햇다.
밤에 韓相俊이가 오고 崔善眞 婦人이 舍郞
으로 왓다. 韓相俊하고는 여려 가지 相論
하다 보니 十二時가 너멋다. 술을 한 잔식
들면서 對話햇다.

<1988년 3월 14일 월요일>
아침부터 비가 오는데 終日 내린 便이다.
마ㅎ은[많은] 비는 않이다.
舍郞에서 新聞 雜紙 等으로 讀書만 하고
日課을 보냇다.
夕陽에 丁基善이가 왓다. 自己의 집을 가
자 햇다. 술 한 잔 하고 왓다.
밤에 金鎭玉이가 왓다. 來日 서울을 가자
고 햇다.

<1988년 3월 15일 화요일>
昌坪里에서 六時 四〇分 뻐스로 全州로 해
서 서울에 갓다. 十一時쯤 되엿다.

月坪人 姜在俊 者을 전화로 呼出해 金鎭玉 先山에 對한 對話을 해본바 初面이고 根居[根據]가 없는데 條件 업이는 讓保[讓步] 못하겟다고 햇다. 根居는 加德里 居住 金淑奉 氏 八〇歲가 證人이라 햇지만 簇潜[族譜]라도 根居를 대라 하기에 抛棄하고 왓다. 그려나 鎭玉이 보고는 서울에 新簇潜가 잇다니 잘 살펴서 잘 生覺해 보라 햇다. 本事로 約 三, 四日 新平 民願室 任實面 聖壽面 屯南面 月坪里 二次을 단엿지만 許事[虛事]엿고 旅費만 五萬 원 以上 許費[虛費]한 듯십다. 無識者라 貧困햇고 早失父母햇고 그래서 墳墓을 못 찬는 {듯}십다.

<1988년 3월 16일 수요일>
食後에 金鎭玉이 왓다. 先山之事를 이대로 抛棄할 수는 없고 해서 서울 四寸兄에 傳하야 簇潜을 가지고 오라 햇고 加德리 金淑奉 氏도 來日 오시라 햇다고 하며 協助言 해달아 햇다.
終日 舍郎에 讀書햇다.
金三浩가 단여간바 成玉의 宮合을 빼보니 正合이라 햇다.
夕陽에 丁基善이도 단여갓다. 金鎭玉 之事도 相論해 보앗다.
成玉의 行方을 不知하야 마음 괴롭다. 大田 全州로 線을 댓으니 未詳이다.

<1988년 3월 17일 목요일>
嚴俊映 韓相俊 張判童과 同行하야 全州 學生會館에 흥보傳을 보려 갓다. 入場料는 人當 貳仟 원식엿다. 約 二時間 程度 求景햇다. 立場하고 보니 崔今福 成康 母하고 入場햇드라.
밤에 鎭玉이가 서울서 簇譜를 가지고 왓는

데 新譜인바 九年 前에 誦篇執[編輯]한 簇譜를 살펴보니 聖壽 山所는 發見치 못햇다. 調査하다 보니 밤 十二時가 너멋다. 할 수 없이 聖壽 件는 抛棄할 수박게 없다.
車中에서 成玉을 맛낫다. 來日쯤 집에 오다고 햇다.
成東이는 新平農協에서 百七拾萬 원 營農資金을 貸出해서 一部 整{理}햇다고 햇다.

<1988년 3월 18일 금요일>
終日 養老堂에서 日課를 보냇다.
昌宇가 왓다. 金錢 二〇萬 원을 取貸해 달아 햇다. 丁基善을 訪問하고 二〇萬 원을 要求햇다. 그려나 昌宇도 갖이 參席 中에 바다서 昌宇에 傳해 주웟다. 成國이 釜山 가는데 用金으로 쓴다고 햇다.

<1988년 3월 19일 토요일>
아침에 全州에서 成傑이가 왓다.
舍郎에서 新聞만 讀書하고 養老院에 갓다. 養老堂 新築에 對한 促求을 말햇든니 林玉相이는 不實하{다}고 햇다. 驛前에 고기집 사람이 正實하다 햇다.

<1988년 3월 20일 일요일>
炳基 重宇 同伴해서 全州 태우 回甲宴에 參席햇다. 募臨者들은 妻簇[妻族]들이고 男妹 簇束[族屬]이고 婿簇[婿族]들이 만트라. 外人는 專賣廳 退職者 同窓生이라고 한바 館村 其他 地域人은 차자볼 수 없다. 이곳에서 成奎 家 今福 家 昌宇 家 炳列 等이 不參햇다. 南原에서 正宇 從兄弟가 왓고 光州 成宇도 不參햇드라. 友愛家는 못된 것으로 生覺된다.
이번에 서울서 成奎가 올 줄 안데 康淑이

말에 依하면 못 온다고 한바 里 林木代를 고의로 갈取할 듯십고 大里坪田 干係[關係]도 우려되고 잇다.

<1988년 3월 21일 월요일>
成奎 印章이 必要한바 歸家치 안은데 保證人 變更을 要한바 退居하면 된다고 햇다.
養老堂에 간바 仟 원자리를 많이 놋코 盜賊[賭博]을 盛大히 하드라. 방석을 뒤집고 中止를 시켯다. 恥拾[恥事]한 行爲드라.

<1988년 3월 22일 화요일>
養老堂 建築設計 圖面을 가지고 全州 朴東喆을 찻진바 全 家簇이 不在中. 모려몰[물어볼] 데도 없어 歸家햇다.
館村에서 藥 一○첩에 參萬 원인데 五仟 원을 減해 주드라.
夕陽에 養老堂에 간바 五, 六名이 募여 賭博하는데 日前에도 賭博을 하기에 防害[妨害]를 한바 이번에는 自身이 退場을 하고 물어갓다.

<1988년 3월 23일 수요일>
鄕校 春季大祭에 參席햇다. 其前에 丁基善이가 付託한 母親의 烈女通文을 받아서 大祭 後에 公開的으로 發議하야 通文을 典校[典敎]에 提示햇다. 一部 人들은 雜費가 必要한다기에 그것찜이야 될 수 잇다고 햇다.
大祭에 參席햇든니 新入 掌議가 參席햇는데 任實驛前 韓玟錫 氏 개평리 金炳基 氏(前 面長) 斗月里 金時泳 氏 屯德里 李雄宰 氏한고 酒席이 되엿는데 全部가 社交 親友들이드라. 此後 鄕校에서 募臨이 잇으면 우리 七, 八名이 單合[團合]해서 左右

通過할 것을 言約햇다. 崔乃宇 나도 發言이 强하니가 席上에서 視線이 내게 오드라.

<1988년 3월 24일 목요일>
養老堂 建築設計圖을 가지고 全州 朴東喆을 訪問하고 成曉 집에서 相議한바 八百七拾萬 원에는 할 수 없다고 햇다. 本人는 約 一,二百萬 원이면 하겟다고 햇다.
成傑 車로 내려왓다.

<1988년 3월 25일 금요일>
郡農協에 成奎 成東하고 同行해서 長期資金(畜牛) 五年 据置 七年 償{還} 條件으로 延期햇다. 保證人은 嚴俊祥 韓相俊 嚴俊峰 崔成奎 乃宇엿다.
加工組合에 가서 精米機 附品[部品]을 外上으로 買入. 價格 一八,○○○원이다.

<1988년 3월 26일 토요일>
宋成龍 子 四星을 써주웟다.
基善 韓相俊이가 왓다. 昌宇도 왓다.
家簇[家族]하고 他 人夫 一人하고 고초苗을 第一次 暇植[假植]을 햇다. 約 一萬 八仟 本쯤 되드라.
午後에 山城으로 成曉 母 기침藥을 지여왓다.

<1988년 3월 27일 일요일>
家庭에서 掃地을 좀 햇다. 마늘밭도 菅理하고 殺蟲濟[殺蟲劑]도 뿌렷다.
고초苗 相當이 餘有[餘裕]가 잇다. 다시 옆에다 溫床을 擴長[擴張]햇다.
오늘은 完快히 봄철인 듯 溫和하고 作業하는 데 알맛다.
今日부터 無期限 禁止酒 計劃을 세웟다.[20]

每日 술 안 마신 日은 없다. 오늘은 腹部가 異常한 恫症[痛症]이 있어 每遇 不安햇다. 外出을 禁止하고 舍郞에서 日課를 보냇다.

<1988년 3월 28일 월요일>
昌宇가 왓는데 成奎에 對하야 不平感을 터놋코 崔英姬도 成奎에 對한 不良者라고 昌宇가 傳햇다.
種籾 三〇k을 浸種햇다. 機械移秧分만 浸하고(約 八斗只分) 麥畓用 二毛作은 다음으로 하고 家簇이 起用하야 고초苗을 移植햇다.
靑云 金二柱가 急死햇다고 어는 行人(商人)이 傳해 왓다(中食 後에 行人이 發見).
相土[床土]에 復肥을 混合하야 耕耘機로 터러서 積載해 노왓다.
計劃한 대로 禁酒 中에 崔瑛斗 氏가 와서 한 잔 하자는데 未安하지만 搬絶햇다.

<1988년 3월 29일 화요일>
新洑 大同作人役事日인데 終日 役軍과 갗이 作業을 햇다. 中食은 우리 집에서 侍接[待接]햇다.
夕陽에는 老人 몃 분하고 金二柱 弔問하려 갓다.
밤에 李龍在가 왓다. 不動産 買入 移轉 條 全州 李㟶根 印鑑 時效가 지냇다고 再發行을 要求햇다.
禁酒 三日째다. 控酒는 수없이 生起{는}바 基本計劃대로 据絶[拒絶]햇다.

<hr>

20 앞 문단과 구분하여 붉은색으로 겹선을 그려 구분해 놓았는데, 이어지는 금주 결심 내용을 강조하여 표시해두기 위한 것으로 보인다.

<1988년 3월 30일 수요일>
成東이는 에제부터 오늘까지 桑田을 運搬해 왓다.
花草 植穴을 팟다.
鷄舍도 修理햇다. 韓相俊이가 一雙을 준다기에 修理햇다.
新平 民政堂[民正黨] 面責 李光烈이가 왓다. 崔洛喆 氏 壁報을 부치려 왓다.
崔今福 氏가 왓다. 婦人들 국수를 조[좀] 주자 햇다.
民政堂으로 못 밧고 말하는데 떼자니 難處하야 할 수 없어 承諾햇든니 萬 원 程度가 드럿다고.

<1988년 3월 31일 목요일>
住民 全員이 合同으로 部落 內部를 淸掃햇다.
成奎에서 宗錢 山林 立木代 殘金 貳拾萬 원을 바닷다.
大里坪 밭을 徐 氏에 連絡해서 原常[原狀] 復舊해 노라 햇다. 不遠 落種을 하겟으니 꼭 傳하라 햇다.
大里 金哲浩을 相面次 간바 不在中이엿다.
丁基善이는 二, 三次 제의 母 通文을 反還[返還]해 달아더니 이제는 다시 付託한다며 典校을 相面코자 햇다. 來日 鄕校에 가자고 햇다.

<1988년 4월 1일 금요일>
오늘까지 六日채 禁酒햇다. 禁酒을 하고 보니 입맛이 좁으라. 그러나 生覺날 時가 잇고 親友가 권하는데 絶對 据絶햇다.
崔今福 氏하고 丁基善 金三浩 仲介로 墓地을 購入하려 간바 他人에 賣渡되엿다고 햇다. 丁基善하고 同行하야 鄕校에 간바

맛참 市場通에서 相面하고 다방에서 典校
에서 設明[說明]을 드렸으나 相當한 金錢
을 要하드라.
成奎을 불어서 大里坪 田을 五三二坪자리
만 瀀渡[讓渡]하겟다고 했다.
成允이를 데리고 午後 山所에 植樹 植穴
을 팟다.
금망케스 一組 一三,〇〇〇인데 外上으로
가저왓다. 外上 게 三一,〇〇〇원이다.

<1988년 4월 2일 토요일>
丁基善하고 同行해서 下加 李賢雨 回甲宴
에 參席했다. 周位[周圍]에서 술을 勤하지
만 据絶하다 보니 未安하드라.
南原 山城으로 行하야 成曉 母 기침藥을
다시 지여 왓다.
南原까지 徒步로 가서 直行을 탓다. 聖壽
月坪峙을 當하니 住民들이 造林을 하드라.
苗木 自體가 觀상樹처럼 좋으라.
任實에서 下車하야 다시 五柳里 姜信洐
常務를 相面코 苗木 몃 株를 購할가 해서
간바 不在中이여 歸家했다.

<1988년 4월 3일 일요일>
顯兄 祭祀. 서울 範 집에서 慕侍다. 全州에
九{時} 三〇分 뻐스로 서울에 간니 十二時
半 着. 木洞 良宇 집을 訪問했다.
夕陽에 範 집에 當했다.
밤에는 德順이 內外가 參席햇드라. 成赫이
도 왓드라.
完浩 떠나면서 旅費 萬 원을 주드라. 갈 때
마다 未安하고 子息보다 낫드라.

<1988년 4월 4일 월요일>
朝食을 끝지{기}가 밥으게 出發했다. 市廳

後便 李珍雨法律事務所에 들이여 珍雨 氏
을 相面했다. 法的으로 相議한바 地主가
所有權 主張하면 할 수 없다고 했다.
列車로 오는데 서울서 任實까지 立席해
왔다.

<1988년 4월 5일 화요일>
早朝에 驛前 택시로 聖壽面 月坪里에 갓
다. 姜信洐이가 三居里에서 機待하고 있드
라. 苗木은 二〇株를 付託햇든니 三〇株드
라. 代金 壹萬 五千 원을 주고 왔다.
連山 墓祀日이다. 全州 崔泰宇 昌宇 炳列
에 連絡한바 모두 못 가겟다고 했다. 할 수
없이 斗流 承宇라도 보내라 햇든니 炳基
{承}宇하고 三人이 墓祀에 參席했다.
墓祀가 끝이 나고 守護者하고 計算햇든니
昨年에 保菅金 祭床代 條로 二萬 원 今年
土稅 五斗代 四萬 원 하야 六萬 원이 收入
된바 祭器代 三五千 원을 除하고 二萬 五
千 원을 바다 왔다.

<1988년 4월 6일 수요일>
十一日 채 禁酒해왔다.
屛巖里 基宇 母가 新田里 寺校[寺刹]에서
落傷하야 足傷을 입고 手術까지 한바 約
六個月 治療하야 完快된다고 들엇다. 大學
病院 七層 一九號室에 잇다고.
韓相俊하고 同伴해서 全州 李在洙 氏을
訪問하고 李龍在의 不動産 買受 印鑑證
再發給을 要求했다.
刑務所에 嚴鉉太 面會을 했다. 四月 十二
日 公判한다고 했다.
뻐스로 新平에 卽通[直通]했다. 崔洛喆 氏
을 李東元 宅에서 七, 八名만이 一席을 마
련하고 座談을 하고 立酒 한 잔식 노누고

作別햇다.
韓相俊에서 鷄 一首 알 十二개을 가저왔다.
成允이는 成傑이가 오라 해서 午後에 全州
로 갓다.

<1988년 4월 7일 목요일>
大里 金哲浩에서 花木代 二〇本分 一四,
〇〇〇원에 가저왔다.
今福 눈님이 十四日 一日間 外遊하려 가
자고 햇다. 崔洛喆 氏가 보내준다고 햇다.
압들 原頭忠[元杜沖] 藥木을 約 五〇餘
株를 속가냇다.

<1988년 4월 8일 금요일>
種籾을 물에서 건지여 溫室에다 催芽햇다.
元頭忠 藥木을 속가내고 堆肥 複合肥料을
施肥햇다. 午後에는 비가 내려 日定[日程]
이 어긋낫다.
丁基善이가 왔다. 立碑의 자랑만 내노왓다.
四月 十四日 鎭海 꼿노리 가기로 하야 崔
今福 氏가 約 二八名을 募集햇고 親睦契
員은 十四名은 姜春順 氏가 有司이라기에
中食을 付託햇다.
水原 成康 妻가 왔다. 하도 궁금해서 왔다
고 하며 用돈 貳萬 원을 주고 가드라.

<1988년 4월 9일 토요일>
原頭忠 五〇餘 株을 後田 堤防에다 移植
을 햇다. 住民에서 或 말이나 잇이 안나 햇
다. 그려나 何人도 말 못한다.
午後에는 苗木 全體를 切定[剪定]햇다. 將
來盛[將來性]이 있는지도 모르고 덥어노
코 植樹만 햇다.
成奎의 動態를 보면 不遠 서울로 옴길 뜻
십다. 그려나 무려보지도 못하고 저도 말을

하지 안는데 그저 그렷타.

<1988년 4월 10일 일요일>
德巖里 崔辰錫 妹 結婚式에 參席햇다 뻐
스를 貸切하야 谷城邑에 갓다. 婚主가 婦
人이고 보니 萃客[賀客]도 全部 婦人들이
고 男子들 몃 분은 親척들이다.
夕陽에 苗木에 파고 물을 주웟다. 아마도
가물 듯십다.
全州메누리가 왔다 갓다.

<1988년 4월 11일 월요일>
午前 中에는 種籾을 入箱햇다.
午後에는 만을[마늘]에다 追肥도 주고 殺
蟲濟를 뿌럿다.
後田 똘을 치고 나니 苦役이다.
술을 禁酒한 지 十六日 채다. 그려나 술은
많이 生起엿다. 아마도 이대로 가면 永遠이
禁酒가 되는지 生覺 中이다.
밤에는 任實 嚴秉洙 氏 大里 崔宗仁 李光
烈이가 參席코 養老院에서 座談會을 갓고
崔洛喆 立候補의 躍歷[略歷]報告에 依하
야 經歷報告 事業公約을 署誓[宣誓]햇다.

<1988년 4월 12일 화요일>
午前 中은 비가 내려 作業이 不可能햇다.
安承均 張泰燁 丁基善이가 왔다. 新洑坪
中水門 修理 및 洑 整理을 코끄링으로 作
業한바 四〇,六五〇원 支出된바 人夫賃만
은 秋期 總會 時에 淸算키로 햇다.
後에 山所에서 茂草[伐草] 中인데 徐東辰
氏가 왔다. 其間에 不安해 왓는데 山所로
왔다. 自請해서 土地를 利用케 해달아기에
承諾햇 주고 今年 使用稅를 白米 三叺로
結定하야 不遠 先拂해 주겟다고 햇다.

<1988년 4월 13일 수요일>
昌宇는 位土를 이곳에다 사주지 안코 南原
에다 산다고 不平을 하며 이곳 二斗只을
산바 그런 논은 모래밭에다 써를 박고 죽는
限이 있어도 짓지 않켓다고 한 사람이 속없
이 모[묘] 자리를 하려 오니 꼴을 보니 人
生답지 안트라. 宗土고 他人의 位土 間에
耕作하다 形便上 賣渡하거나 位土 移動하
면 守護者는 其時부터서는 客觀的이 되는
건데 모든 惡意를 發意하는 것은 宗員이라
는 立場에 不行爲하는 것으로 生覺하나 其
行爲는 個人形便上 之事이다.
相子[箱子] 苗床 八斗只分 一六八개를 入
相[入箱]하야 苗板에 옴겨 設置했다.
오는도 餘暇가 있어 山所에 除草를 半日
했으나 그도 不足했다.
鷄舍을 製作했다. 尹在厚 집에서 혀[헌]
농작을 갓다 한바 今日도 食少事份[食少
事奔]했다. 奔.21
獒樹. 개 오.22

<1988년 4월 14일 목요일>
選擧 善心으로 鄭泰植을 相對로 專世[專
貰]뻐스 一臺을 보내주기로 했다고 하야
兩 契員 二十八名 外人 十四名을 合해서
四十二名을 崔今福 氏하고 짜는바 崔英姬

---

21 '食少事奔'의 뜻으로 쓰려 했으나 쓰고 보니 '份'
   을 잘못 썼다는 점을 자각하고 문장 말미에 바른
   한자인 '奔'을 적어둔 것으로 보인다. '食少事奔'
   은 '食少事煩'과 같은 의미의 말로, '먹을 것은 적
   은데 할 일이 많다'는 뜻의 한자성어이다.
22 임실군 오수면의 한자명으로, 이전까지 저자는
   이 지명을 '五樹'라는 한자로 표기하여 왔다. 여
   기에 적어 넣은 한자가 실제 지명의 바른 한자
   로, 이전까지 사용한 다섯 오(五) 자가 아니라 개
   오(獒) 자 임을 새로 알고 적어 놓은 것으로 보
   인다.

가 不平하야 못 가게 된다고. 其 女子는 모
두를 간섭하려 하는데 住民이 좋은 現象은
아니다. 때가 오면 고립을 하겟다고.
巳梅面에 宗畓 買受 取得稅 四二,〇〇〇
원 拂入한고 十一時 正刻 組合會議 參席
했다. 面長이 단여갓다.

<1988년 4월 15일 금요일>
全州 터미날에서 李在洙을 相面하야 㪍根
의 印鑑證書 건너밧고 作別하고 市內뻐스
로 新里 中林里[竹林里] 朴成洙을 訪問하
고 꼿苗木 五株를 繕物로 받아왔다.
任實에 갓다. 郡農協에서 債卷[債券] 拾四
萬 원을 買受하야 代書所에 倭任[委任]하
고 李龍在 登記을 付託하고 왔다.
꼿苗種을 하고 大麥田에다 尿{素肥料} 一
〇k을 撒布했다.
夕陽에는 靑云洞 崔松吉 喪家에 弔問하고
왔다.

<1988년 4월 16일 토요일>
松吉 母 出喪 時 參席했다.
成東이는 방{아} 찟고 耕耘機는 全州人 苗
木田에 楊水[揚水] 作業 했다.
午後에는 鄭 서방(成禮 男便) 차로 任實에
갓다.
立候補者 四名이 合同政見發表 하는데 約
二時間이 지낫다. 바로 全州로 行했다. 附
品을 購入하려엿다.
只沙 崔鎭鎬을 場所에서 相面했으나 存細
[仔細]한 말도 못했다.

<1988년 4월 17일 일요일>
朝食 後에 張泰燁 氏가 來往했다. 用務인
즉 今般 李龍在 不動産 買賣 仲介料(治下

金[致賀金]) 壹拾萬 원을 주고 갓다. 서운
한 感은 들어지만 할 수 없지 햇다.
全州 崔順範 女息 結婚式에 參席하고 宋成
龍은 成康 母 便에 祝儀金만 專해 주엣다.
뻐스터미널에서 成康 母을 맛나고 大學病
院 基宇 母 問渡[問病]을 햇다.
後田 主人 徐東辰 氏을 面談하고 上畓 五
○○坪 豫算으로 今年에는 先稅 白米 貳
叺 五斗 밧기로 하고 明年에도 先稅 貳叺
五斗을 받기로 決定. 二斗[二年]間만 耕作
키로 햇다.

<1988년 4월 18일 월요일>
搗精賃料 收支帳簿 耕耘機 作業日誌 畜
牛 飼育事業誌 敎育費 支出帳 四部를 弊
冊[廢冊] 處分햇다. 收支打算이 맞이 안해
서 記載하고 십지 안해서였다.
養老會館 起工式을 햇다. 面長 組合長 職
員 崔宗彦은 崔洛喆 代行으로 參席햇다.
封投[封套] 三枚가 드려왓다. 金額은 合計
五萬이엿다.
午後부터 作業은 着手햇다(林玉相).
韓相俊이 왓다. 張泰燁에서 壹拾萬 원이
드려왓는데 내의 單獨分인가 兩人분인가
알 수는 없지만 于先 五萬식 分配하새 햇
든니 그대로 두시요 其 程度는 못 밧겟다고
햇다. 그래도 貳拾萬 원은 바더야 하는데
그럴 수 잇나 햇다.

<1988년 4월 19일 화요일>
終日 氣候가 不順하야 作業에 支章[支障]
이 잇다.
舍郞에서 讀書 中인데 金三浩 氏가 來臨
해다. 崔今福 氏 位土 買賣 打合이다. 崔今
福 氏도 왓다. 本人는 이럴가 저럴가 兩論

이다.
山地을 보려 三浩하고 갖이 龍陰峙[龍隱
峙]에 갓다. 現地을 注視햇든니 그대로 慕
侍것드라.
夕陽에 只沙에 崔永喆 柳文京 金○○ 崔
鎭鎬 四人이 왓다. 用務는 選擧 關係다. 夕
食을 하자 하니 急事가 잇어 혹 떠낫다.

<1988년 4월 20일 수요일>
成植 母 生日라고 招請햇다. 朝食을 家族
全員이 가서 햇다.
방천둑 나무가지을 募엿다.
학바우밭에 原豆忠 苗木 植穴을 팟다. 호
박 植穴도 팟다.

<1988년 4월 21일 목요일>
丁基善하고 同行하야 市廳 앞에 갓다. 十
二時가 正刻 金大中 氏가 到着햇다. 講議
[講義]을 하는데 迫手[拍手]가 만햇다.
正刻 二時에 八福洞 國校에 갓다. 李哲承
孫柱恒이 演說이 끝이 나니 全員이 退場하
야 後者들은 민망하게 되엿다.

<1988년 4월 22일 금요일>
館村에서 招請하야 參席한바 館村 新平에
約 一○餘 名이엿다. 新平서 郭在燁 崔乃
宇엿다.
崔主鎬 氏을 初面人事 하고 보니 七五歲
의 年令으로 健康體身이드라. 次子하고 二
분이 왓는데 靑春屋에서 中食을 하면서 對
話{하}는데 敎育을 잘 바닷다.
포푸라 暇枝을 따다 河川邊에 植樹햇다.
夕陽에 全州 崔基宇하고 서울 崔贊鎬하고
男妹가 왓다.
斷續[繼續]해서 大里 崔宗仁이가 왓다. 前

日에 鄭泰植에 付託하야 男女을 募여 달아
햇든니 모르세 한니 氣分이 少하다고 햇다.
春耕은 끝냇다.

<1988년 4월 23일 토요일>
全州 徐東辰 氏로부터 田當 小作權하고
大里 九一一一 開畓用을 一金 四拾六萬을
正히 領收하고 成康 母 田代 貳拾萬 원은
今秋에 고초 사기로 하야 任實 畜産協同組
合에 預託했다.
公衆電話 設置次 電話局에서 打合한바 于
先은 市內전화를 柯設[架設]하고 九月쯤
가면 디디디電話로 交替해 주며 菅理費
[管理費]도 月 七仟 원을 주고 原金[元金]
에 對한 二〇%를 加算해 利得을 준다고 햇
다. 不遠 假設[架設]하라고 햇다. 그러나
保證金 六萬 원을 拂入하고 디디디로 交替
하면 返還해 준다고 햇다.
館村에서 近方 崔氏 總會에 參席했다.
里長을 오라 해서 왓다. 日前 養老堂 起工
式 時에 大里 宗仁이가 보내준 三萬 원을
내가 쓰겟다고 하고 밤에 韓相俊을 招置해
서 用金 不足을 말하고 婦人들 접대비 萬
원 其他 六, 七仟 원이 드럿다면서 내가 二
萬 원 쓰고 韓상준에 萬 원 주면서 今般 選
擧에 쓰라고 햇다. 龍在에 登記卷[登記券]
주고 仲介料도 말하라 햇다.

<1988년 4월 24일 일요일>
八八年度 農備品은 肥料 尿素 三〇袋 複
合肥 四〇袋 장기[쟁기] 一臺 고초用 비니
루 五통 고초말뚝 其他를 完備했으나 아즉
도 未備品은 移秧油類 耕耘油類 生康[生
薑] 種根 未{備}品이다.
聖壽面으로 고초 말을 하려 가기로 햇다.

終日 山에 勞力햇든니 몹시 뇌곤햇다.
安承均 父子 우리 父子 沈參茂하고 耕云
機[耕耘機] 三臺가 動員되엿다.
집에 온니 밤 八時여다.

<1988년 4월 25일 월요일>
◎ 川邊에서 昌宇에서 異常한 聽問[聽聞]
   을 드럿다. 判定하기 難햇다(軍部隊 사
   기). 根居[根據]가 있는지 의문이엿다.
昌宇하고 村前에서 沙草[莎草]用 떼를 떳
다. 後山所가 不實해서 二十七日 沙草키
로 햇다.
成東이는 生康 一〇〇k에 十二萬 원에 사
왓다.
午後에는 第一 投票區 選擧委員 指示會議
에 단여왔다.
드른 바에 依하면 어제 昌坪里로 一金 七
拾萬 원이 里長을 通하야 選擧資金으로 入
受된 것으로 傳해 왔다.
安正柱 鄭泰植 里長 婦人 몇이 募여 此後
뻐스 二臺를 利用해서 外遊觀光을 하기로
했으니 涼知[諒知]하시지요 하기에 不可
한 듯싶엇다. 上部에 問議한바 絶對로 그
려면 안되고 今夜에 現金을 消耗하라 햇
다. 安正柱 里長이 왓다. 再調定[再調整]
하라고 해서 施訂[是正]햇다.
成東이는 生康 購入햇다.

<1988년 4월 26일 화요일>
十三代 國會議員 總投票日 이다.
六時에 韓相俊하고 同伴해서 學校에 갓다.
七時부터 始作하야 午後 六時에 끝이 낫다.
三日分 日當 二四,〇〇〇원을 受領했다.
아침에 來日 沙草 祭需代 三萬 원을 메누
리에 주워 市場에 보냇다.

서울서 完宇가 內外에 왔드라. 人象[印象]
을 보니 不快햇다. 人事性이 없고 無心하
듯싶어 고개만 끄덕이고 말앗다. (거만한
子息)

<1988년 4월 27일 수요일>
後田 山所 莎草일이다.
人夫 二名 程度하고 家族끼리 할까 햇든니
養老堂員들이 十餘 名이 오셧다. 午前 中
끝나고 中食도 現地에서 하고 떠낫다. 費
用은 約 四萬 원 程度가 所要되엿다.
밤에는 韓相俊을 시켜서 會員을 召集하라
해서 밤에 參席하야 旅行事을 打合하고 五
月 二日 첫차로 麗水로 가기로 햇다. 有司
는 宋成龍인바 中食을 準備하라 햇다.

<1988년 4월 28일 목요일>
집안에 풀을 除草하고 除草藥을 뿌려 보
왔다.
山所에 封築에다 물을 주웟다.
成東이는 精米 中 玄米機가 古章[故障]이
生起여 全州로 移送햇다. 밤에까지 오지
안햇다.
成曉 母는 全州 成曉 內外 旅行간바 집 바
주려 갓다.
昌宇는 大田 딸에 집에 간다고. 成造하는
데 監督次라고.

<1988년 4월 29일 금요일>
束錦稧 會議가 大里 鄭龍澤 有司 宅에서
열엇다. 稧員는 全員이 募엿지만 婦人들은
不參햇다.
今春 旅行은 大里 外稧中하고 合資하야
五月 十六日 臨津江을 단여서 서울 前 大
統領 本家을 求景하고 오자 햇다.

全州 金判植 問病을 하고 왔다.
成東이는 玄米機 修理해 왔다.

<1988년 4월 30일 토요일>
任實전화국에 市內전화機 架設金 六萬 원
支拂.
屯南面 酒泉里 三溪祀에 望狀을 밧고 參
席햇다. 責任部署는 전자라고 해서 진설하
고 기타를 執行햇다. 書院는 郭氏 先祖들
이드라. 旅費도 初行員는 四仟신 주드라.
그려나 三溪書院에 加入하고 五仟 원을 拂
入햇다. 定日로 今日이다.
執事를 하는데 잘 하드라. 알고 보니 山西
오메 사는 勸氏인데 熙文 氏라고. 人事햇
다. 有識하드라. 酒客의드라.
三溪祠 春享祭日은 陰 三月 十五日로 定
日임.

<1988년 5월 1일 일요일>
成曉 母는 全州에서 三日 만에 왔다.
全州 朴東天이를 路上에서 相逢햇다.
來日 麗水 旅行 準備하는데 車票도 삿고
附食[副食]도 準備하엿다.
水原서 成奉이가 왔다. 親友 結婚式에 參
席햇다고. 用金으로 一金 五萬 원을 주고
갓다. 生覺지도 안은 돈이 生起이니 눈이
번쩍 떳다.
昌宇에 依하면 住民 一部가 里 山林稧 立
木代에 對하야 願聲[怨聲]이 藉〃하다고.
理由 즉 戶當 分配키로 한바 里長 手中에
서 녹아낫다고. 于先 崔乃宇부터도 全 額
수를 모루고 通帳도 求景 못햇고 하니 里
民는 疑心을 안 가질 수 없다고 햇다. 듯자
면 三人 合印으로 通帳을 作成햇다지만 本
人 捺印해준 的도 없고 里長으로써는 疑心

이 안 갈 수 없다.

<1988년 5월 2일 월요일>
養老人 四四名(內外)가 麗水로 旅行을 갓
다. 아침 五時 四八分 列車로 麗水驛에 當
到한바 九時 三〇分이엿다.
오동島을 들이여 船便으로 돌山을 단여 市
內로 왓다. 饌감을 사고 市中에서 合同으
로 안주에 술 한 잔 햇다.
安承均 氏하고 約束하고 故 文正배 母를 보
려 간바 異常하게도 一行이 全員이 왓고 商
店에 當하니 客하고 母하고 是非가 버려져
잇는데 人事 한 마디 못하고 지내 버렷다.
全員이 無事히 단여왓다.

<1988년 5월 3일 화요일>
成曉 母 成康 母는 二泊 三日 豫定으로 旅
行길에 떠낫다.
任實에 갓다. 農協에서 私宗錢 六萬 원을
引受 出햇다. 用途는 山所 周圍 苗木代하
고 沙草 祭需代 其他에 使用햇다.

<1988년 5월 4일 수요일>
任實에 갓다. 전화박스 一三,〇〇〇원에 引
受해 왓다.
麗水에서 찍은 사진는 全然히 못쓰게 되엿
다고 햇다. 日光이 드려가면는 못쓴다고.
諸 證明寫眞을 찍엇다.
夕陽에 서울서 왓다고 成奎가 來訪햇다.
職場을 購[求]했으나 建築工事場이라고
햇다.

<1988년 5월 5일 목요일>
고초밭에 約 六斗只쯤인데 複合肥料 二〇
袋 尿素 五袋를 混合해야 뿌렷다.

移植 移郎은 朴日成 機械로 한바 堆肥가
거치러서 不便햇다.
家庭 집안 淸掃를 햇다.
全州메누리가 단여갓다.

<1988년 5월 6일 금요일>
家蔟은 生康 播種을 햇다. 나는 終日 고초
말을 까갓다.
成曉가 三泊 四日 만에 鄕家햇다.
李錫在 氏가 왓다. 裡里에서 서울로 移居
햇는데 꼭 一次 來訪해달아 햇다.

<1988년 5월 7일 토요일>
새벽부터 내리는 비는 正午까지 내렷다. 여
수를 단여온 決算 整理를 햇다.
尹龍文이가 술 한 잔 합시다 하기에 韓相
俊하고 龍文 집에 간니 방에서 서울 崔貞
禮가 방에서 나오는데 多情치 않고 이웃
집 사람 보듯이 대구만 하고 본동 만동 햇
다. 人衆23[印象]이 不快시려운 模樣이으
로 보이고 아무 뜻이 없드라. 거만한 作者
이다. 나도 自尊心이 存在인데 그것이 무
슨 人生이라고 보기 거북햇다.

<1988년 5월 8일 일요일>
成傑이가 全州에서 왓다.
家蔟 四名 外人 二名 計 六名이 終日 고초
비니루를 씨윗다. 나도 協助해 주웟다. 비
니루는 三통이 드렷다.
劉貞子 집에서 酒席이 되엿는데 里長의 非
理가 나왓다. 參席人는 崔瑛斗 氏 張判童
이엿다. 理由는 里 山林契 軍部 篇入[編

---

23 본래 '人象[印象]'을 쓰려고 했으나 '象'을 '衆'으
로 잘못 쓴 것으로 보인다.

入] 立木代의 件이엇다. 只今까지 住民 分給을 해주지 않은 것은 무슨 理由야 햇고 通帳 額수가 얼마야 햇다. 통장을 못 보고 印章도 준 사실이 없으니 모르겟다고 햇다. 事實은 里長을 不信한 條엿다.

<1988년 5월 9일 월요일>
宋成龍 爲先하는 데 參席해 보앗다. 中老 以上들만 一○餘 人이 募엿다.
午前 中에 끝내고 回路에 丁基善 立石하는 데 들여 보왓다. 家族들이 하고 잇고 石工들이 와서 協助하드라.

<1988년 5월 10일 화요일>
家族하고 外人 女子 四名이 첫 고초苗을 本畓에 正植[定植]햇다.
듯자하니 完宇 里長을 不信者로 指的[指摘]하고 잇드라. 要는 立木 關係이드라.
山西面에서 온 丁柱永이가 왓다. 오늘 丁氏들 立石을 하는데 丁柱永 앞으로 祝은 後孫이라고 하고 丁基善은 ○○代孫 基善이라고 讀祝을 합디다 햇다. 後孫는 宗員 全部가 後孫인바 丁柱永은 代를 못 대게 되니 그런 귓으로 안다.

<1988년 5월 11일 수요일>
昌坪里는 今日부터 첫 못내기 하드라. 고초도 한참 正植 中인데 苗木이 地方的으로 不足 狀況이드라. 付託은 받으나 確答은 못햇다.
今日로 婦人 四名을 起用햇다.
任實 – 新平을 단여왓다.

<1988년 5월 12일 목요일>
成曉 母하고 다투윗다. 행위가 不況 無識者이지만 言語가 不順하야 쌍것이라 햇다. 하지만 나도 양심이 있지. 그 속에서 生産한 子女妹 孫이 있는데 마음 괴롭다고는 본다. 언제든지 말하면 根本 無識者이고 상식 不足이라 言語習慣이 항상 맞안가지다. 고치고자 해도 안 되고 습성이 그려니 할 수 없다. 엊어면 조흘지 只今이 安定이 못 되고 잇다. 갗잔타고 햇지만 只今이라도 헤여졌으면 兩者 平安할지.

<1988년 5월 13일 금요일>
家簇기리 二毛作 보리걸 種籾을 箱子에 投入하야 苗床에 옴겼다. 五斗只用 一二○개 엿다. 完宇에서 一○개 取貸햇다.
養老院 上樑을 올엿다.
里長이 말하기를 丁基善하고 갗이 同席 中里長을 내놋켓다고 햇다. 理由는 成八의 件도 잇고 里 立木代 關係로 말성이 잇는 것 갓다며 里長職을 辭退한다기에 勤은 안 햇다. 그러나 山林契 立木代를 淸算하고 물여나라 햇다.
移秧用 揮發油 經由을 搬入하고 外上代도 完拂해 주윗다.

<1988년 5월 14일 토요일>
終日 구름이 많이 끼다가 午後부터는 비가 조금 내럿다.
田畓을 둘여보고 終日 고추 말을 깍갓다.
成東이는 우리 畓 노타리 白康俊의 노타리을 하고 家族들은 大豆 播種하고 고추도 一部 移植햇다.

<1988년 5월 15일 일요일>
집에서 終日 고추 말을 깍다.

<1988년 5월 16일 월요일>
館村驛前에서 七時頃 觀光벼스로 서울 向
出發했다. 우리 契員 男女 一○名이다. 他
契員하고 合席했다.
臨津江閣 綜合競技場을 求景하고 飮食도
願滿[圓滿]했다.
밤 一○時頃 집에 着했다.

<1988년 5월 17일 화요일>
今日 家族기리 첫 모내기를 했다.

<1988년 5월 18일 수요일>
成東이는 白康俊 移秧 崔末女 移秧하고 大
{里} 韓吉錫 移秧 우리 것 五斗只을 했다.

<1988년 5월 19일 목요일>
移秧日課는 金學順 金在玉 林玉相 丁奉來
鄭宗和 것을 밤에까지 日課를 보냇다.
집에서 고초 말뚝을 깍는데 끝내고 中古物
도 選別해서 整理했다.
成允이는 終日 잠만 자는데 不安했다. 夕
陽에 잠이 깨이면서 깨묵을 돌통 찟는 것을
보니 아마도 낙시질 準備로 보왓다. 將來
餘地가 잇는 놈이 冊이나 보면서 將來의
希望도 生覺해볼 만한데.

<1988년 5월 20일 금요일>
成傑 事業 自進申告을 代理人으로 館村
酒場에 가서 申告했다. 一金 拾八萬 八仟
원의 告知書를 받앗다.
館村 農藥社에서 除草濟 9봉 그럼목손[그
라목손(Gramoxone)] 二병 六二,九○○원
에 外上을 引受해 왔다. 새보들 三斗只을
撒布하는데 設明書[說明書]도 못 보고 商
人도 設明을 해주지 안코 해서 從前과 如

히 撒布하는데 大里 韓吉錫 氏가 一○餘
日 經過 後 하라데요 {하더라}. 그때에 마
음이 달아서 中止했다.
成東이는 鄭宗和 移秧과 金學順 裵明善.
아침 七時頃부터 揚水機 作業을 着手했다.
밤에도.

<1988년 5월 21일 토요일>
成東이는 丁基善 移秧 金今童까지 約 一
○餘 斗只 하고 끝낸다.
全州 高相厚 回甲宴會 參席했다. 술 三잔
中食을 兼하야 했다. 勤한 사람도 없고 해
서 退席했다.
生覺하니 二○餘 日 만에 全州에 왔는데
殿洞에 당하니 냉면집이 맏으라[많더라].
드려갓다. 一,五○○원에 한 그릇 먹고 보
니 이제 量이 차드라.
아침에 메누리는 서울 結婚式에 가고 집은
終日 休家 狀能[狀態]다.

<1988년 5월 22일 일요일>
終日 비가 내렷다. 비는 가랑비로 作業 不
能했다.
방아를 찟자고 했다. 벼를 실어가려 햇드니
耕耘機가 古章이 낫다. 任實에서 附品을
사다 附着했다.
夕陽에 丁基善 氏을 相面코 來日 南原에
가자고 約束했다.

<1988년 5월 23일 월요일>
아침 六時 三○分 뻐스로 丁基善 氏와 同
伴해서 南原에 갓다. 成樂 집을 갓다. 朝食
을 했다.
人波는 수십萬 名이 募엿드라.
成樂이가 旅비 萬 원을 주드라.

基善하고 全州로 行햇다. 德津에서 休息코
왔다.

<1988년 5월 24일 화요일>
崔完宇 里長 辭退設[辭退說]이 나도는 中
完宇 不信任設[不信任說]도 뒤따랏다.
柳正進 말에 依하면 崔乃宇 兄 앞으로 農
協에 預託햇다는데 얼마나 되는야 물기에
三,三〇〇萬 원라 햇든니 말도 안 되며 昌
宇가 全部 記載햇다는데 支出을 全部 除
하고도 三仟八百만 원이 너는다고[넘는다
고] 햇다.
崔南連 氏을 相面한바 嚴俊峰이 말이 此後
에 立木代 關係가 이대로는 넘기 어려울 것
이고 언젠가는 有無가 가려질 것이라 햇다.
南原稅務署에 出頭하야 稅金惠澤을 보기
위하야 署名 捺印해 주고 今年 九月頃 一
〇餘萬 원이 나갈 것이라고 햇다.

<1988년 5월 25일 수요일>
水畓에 農藥을 撒布햇다.
成東이는 機械移秧한바 今日까지 一〇〇
餘 斗只 程度 移秧햇다고 햇다.

<1988년 5월 26일 목요일>
南原稅務署에 稅務惠澤에 必要한 宗中之
事로 住民登錄證 一通을 發送햇다.
大田에 단여왔다.

<1988년 5월 27일 금요일>
崔南連 氏의 招請으로 中食을 갖히 햇다.
午後 二時 一〇分 버스로 全州에 갈 一行
은 五名이엿다. 丁基善 嚴俊祥 崔南連 丁
俊浩엿다.

<1988년 5월 28일 토요일>
崔宗彦 有司者 招請으로 全州市廳 앞에
募인바 全部 八名이엿다.
提案는 江景 薛仁洙 退任式 時에 募여서
野外遊 行先地를 定하자고 打合햇다.

<1988년 5월 29일 일요일>
成東이는 龍山里로 移秧하려 가고 나는 耕
耘機로 벼를 시려다 搗精을 한바 其前과는
판이하게 行動이 달앗다.

<1988년 5월 30일 월요일>
終日 방{아} 찌엿다.
館村에서 崔基鎬가 二三吅代를 八六,〇〇
〇원 線에서 치루고 갓다.
成東이는 술이 취한 듯 허성구성 하는데 꼴
보기 실트라. 崔喆洙와 비슷하드라. 不安하
드라. 後向이 엇지 될는지 아숩다.

<1988년 5월 31일 화요일>
郡 建設課長에 電話로 昌坪里 骨材場 堤
防을 束히 해달아 햇다. 不遠 하는 대로 하
겠으나 萬諾의 經遇[境遇]이면 郡에서 單
獨 하겟다고 햇다.
工場 內部를 손보왔다.
成東이는 五樹 黃夏榮 移秧하려 추력에 機
械 실고 갓다.
驛前에 간바 싸이카가 故章을 이르켯다.
里民總會에서 立木代 現 居住者는 三一
八,〇〇〇식 分給키로 하고 他 轉出者는
一〇萬 五萬을 주기로 하야 계 二九,七二
二,九〇〇원을 分配햇다.

<1988년 6월 1일 수요일>
骨材現場에서 徐東辰 兄弟가 왔다. 用務

를 말햇다. 成奎 養魚場을 사라 햇다. 代價
가 비싸다고 햇다. 七仟萬 원을 要求한다
고 햇다. 그려케는 안되게 할 터이니 適當
이 사라 햇다. 徐 氏 招介[紹介]하겟다고
햇다. 大里坪 土地을 田換해드릴 터이니
讓保[讓步]해 달아고 햇다. 其時에 가보자
고 햇다. 驛前서 昌坪里까지 包場路[鋪裝
路]을 만들자 햇다. 자기는 세멘하고 混合
機만을 當하고 里에서 人力만 해주시요 햇
다. 還迎[歡迎]햇다.
里長 完宇에서 立木代 三一九,五〇〇원을
引受햇다.
家族하고 本錢은 二〇萬 원은 없는 듯이
預託하고 一一九,五〇〇원은 私錢으로 用
하겟다고 햇다.

<1988년 6월 2일 목요일>
보리가 全部 쓰려젓다.
家族기리 고추에 말로 뚤고 追肥 尿素를
四袋을 주윗다.
除草도 하고 終日 作業을 햇다.
成允이는 위가 납우다고 食事를 잘 못한다
고 햇다. 病院에 가보자고 햇든니 不應하고
部隊에 갓다.
全州에 噴霧機[噴霧器] 一臺 農藥 고추
끈을 사서 왓다.
고되다.

<1988년 6월 3일 금요일>
丁基善 搗精을 終日햇다. 數量은 三六叺
이라고 햇다. 稅는 九〇k로 換算.
全州에 갓다. 來日 水原에 갈 準備次 善範
의 衣服 一着을 삿다.
全州川邊에 갓다. 崔南連 婿 本家을 들엿
든니 護家[豪家]사리로 지내드라.

回路에 成曉 집을 南連 氏와 同伴 들엿다.
全州川邊에서 丁俊浩를 相面한바 收入이
잇는 듯 中食을 하자 하야 待接을 밧닷다.

<1988년 6월 4일 토요일>
驛前에서 一〇時 五五分 特急列車 票 半
票 五 온표 一을 買入햇다. 一行은 八名이
來日 善範 돌에 參席次 가게 되엿다.
全州 成曉는 來日 五日 첫車로 온다고.
任實驛에서 乘車하고 보니 老少 九名이
엿다.

<1988년 6월 5일 일요일>
三時 三〇分에 水原 到着햇다.
成康 집을 들여 成奉 집에 當햇다. 새벽 四
時엿다. 잠자리에 드럿다.
七時 三〇分 起床하야 市內 一部를 走步
[徒步]햇다.
朝食이 끝지자 善範 紀念寫眞을 {撮}影
햇다.
十二時가 된니 全州에서 成曉 內外가 왓다.
一行 十一名이엿다. 成苑 食口 四名 우리
食口 五名(銀姬 兄弟) 成曉 二名이엿다.
三時 三四分 列車로 出發하는데 成康 母
銀姬 兄弟 三人은 來日 오겟다고 처젓다.
旅費는 나만 五萬 원 주는데 한쪽에서 몰
애 주드라.

<1988년 6월 6일 월요일>
終日 舍郞에서 族譜[族譜]을 索引하고 舊
譜 新譜을 模論[莫論]하고 整理햇다. 舊譜
을 보기로 하고 新譜 戊{午}卷 一卷을 水
原으로 보내기로 햇다.
成東이는 고초밭에 殺蟲濟를 햇다.
成傑 車便으로 相範 母는 食糧을 一叺 가

지고 갓다.
夕陽 成康 母가 水原서 왓다.

<1988년 6월 7일 화요일>
日前에 里 山林契 財錢 三一九,五〇〇원
을 分給 밧고 其中 貳萬 원은 成曉 母 用金
으로 주고 壹萬 원 成允 用金으로 주고 今
日 任實 畜協에 貳拾萬 원을 預託한바 내
가 一部 用金으로 使用하고 五萬 원쯤 殘
金이 되곗다.
水原 成康에 簇譜[族譜] 容 字 之 字 直系
譜 一卷을 郵替局에 託送햇다.
昌坪里 養老堂 建立垈地 買收 手續을 하
야 韓正玉에 依接하고 不遠 印鑑을 내오라
햇다.
任實에서 金漢來 妻男을 相面햇다. 郡農
協도 들엿다.
듯자니 成奎는 不遠이면 서울로 떠날 것
같아며 成東 內外는 成奎 집에서 農藥 殘
量 雜肥 農具 一部를 引受해 왓다. 그러나
아즉도 아는 말 한 번 해보지 안햇다. 집도
裵明善에 柳正進을 中仲[仲介]로 二九〇
萬에 賣渡햇다고 드렷다.

<1988년 6월 8일 수요일>
家事道具 一部는 이곳저곳에 倭託[委託]
코 가는데 日字는 말하지 안는다고 햇다.24
裵明善에 成奎 집 二八八萬 원에 賣渡 契
約해 주웟다.

家事道具는 이고저곳에 分散해 주웟다. 아
마 日曜日쯔미면 떠나는 것으로 안다.
成東가 경운機로 우리 집으로 一部 옴겻다.

<1988년 6월 9일 목요일>
家事整理을 햇다.
成東이는 고추 말을 박고 殺草藥도 散布하
고 새기 치기 追肥을 二〇餘 日 만에 햇다.
金長錫이가 死亡햇다고. 弔問햇다.
山西에서 丁柱永이가 왓다. 술을 마시고
와서 여려 말을 하는데 괴로왓다.

<1988년 6월 10일 금요일>
後麓 山所 伐草하는데 苦役이엿다. 山所
伐木에 追肥을 주웟다.
家族 他人 婦人는 고추 적가지[곁가지]를
따주고 고추 줄도 매고 殺蟲濟도 뿌렷다.
飼料 二〇袋을 下車햇다.

<1988년 6월 11일 토요일>
成奎 집에 간바 廣範이가 除隊하야 왓다고
집안 整理를 하드라. 移事[移徙]는 十三日
몸만 가고 家事道具는 一切 賣渡하고 一部
는 親家에 保菅 形式으로 處理햇다.
어제 오늘까지 山所 伐草를 햇다.
宗中文書机가 五五年 만에 還家햇다. 五
五年 前(당시 내 나이 十一歲) 祖父게서 우
리 집에 게시고 慈堂게서 親이 孝婦와 精
盛[精誠]을 다 하시니 數拾餘 星霜을 보내
시면서 此 机가 우리 집에 있어고 접장(書
堂) 先生을 就任하시게 되자 大宅으로 옴
기게 되여 只今까지 成奎가 保菅하다가 今
般 서울로 떠나면서 其 机하고 수백 년 된
족보까지 引게를 바닷다.

---

24 6월 8일 일기장에 기록되어 있으나 7일자 일기에
　서 이어지고 있는 내용으로, 전날 일기를 쓰다 지
　면이 부족하여 다음 장에 이어 쓴 것으로 보인다.
　때문에 본 입력본에서는 일기가 기록된 일기장
　지면의 인쇄된 일자에 따라 날짜를 구분하고 내
　용을 배분하였지만, 실제 일기가 쓰인 날짜가 언
　제인지는 분명치 않다.

<1988년 6월 12일 일요일>
家族 二人하고 他 婦人 四人하고 六人이
보리 벳다. 中食은 해주고 上下 새거리도
드렷다.
成奎 家族을 데려다 中食을 해주고 宗中文書
机을 修繕햇다. 바르고 리스도 치르고 햇다.
族譜도 整理. 私譜는 成奎을 別途로 備置
햇고 戊午譜 大同譜는 마을 宗中文書机에
入備햇다.
簇譜의 區分은
戊午譜 九卷 - 宗中大譜
丙辰譜 五卷 - 成奎 條
丁酉譜 七卷 -   〃
辛酉譜 三卷 -   〃

<1988년 6월 13일 월요일>
仁範 母는 오늘 서울로 떠나려 한바 崔英
姬 氏가 電話로 是非를 한바 神經性이 發
生하야 떠나지 못하고 病院에 가서 治療를
밧고 廣範하고 光淑이만 成傑 車便으로 더
낫다. 듯자하니 崔英姬 崔完宇는 成奎를
相面코자 早期에 高束場에서 侍機[待機]
中이라고 들엇다. 對面要求 件은 債務 關
係인 것 갓다.
成東이는 終日 搗精햇다.
오늘도 山所 伐草를 햇다.
丁基善이는 成奎가 서울 떠난다면서 언제
가느야 햇다. 來日 간다고 햇든니 白米 二
叺 借用한 것이 一〇餘 年이 되여도 말없
이 떠나는 것은 良心이 그럴 수 있을가 햇
다. 몬난 사람으로 取햇다. 이제사 그려 소
리 하는가 햇다.

<1988년 6월 14일 화요일>
面長 招請으로 參席햇다. 各 機關長 및 外

人 五, 六名 參席햇다. 中食을 갗이 하고
作別햇다. 食床上에서 案件은 一泊 二日
豫定으로 觀光하겟다고 햇다.
多幸 日氣 淸明하야 보리 묵는 데 適合햇다.
來日 脫穀만 하면 不安은 덜겟다.

<1988년 6월 15일 수요일>
他 人夫 二人 家族 全員 五, 六名이 起用
하야 밤에까지 脫穀을 햇다. 脫穀機가 異
常이 있어 如意를 못햇다.
一部 脫作하면서 一袋式 운반하야 乾燥
[乾燥]을 시켯다.

<1988년 6월 16일 목요일>
보리를 乾燥시켯다. 多幸이도 日氣가 淸明
햇다.
親睦稧 婦人들이 招請해서 成康 집에 갓
다. 서울로 가는데 人當 三萬 원식 据出하
자고 햇다. 그러나 어려운 點 이는 듯십다.

<1988년 6월 17일 금요일>
靑云洞 鄭宗和 집에 갓다. 不遠이면 서울
로 旅行한다 햇든니 確實性이 없드라.
밤에 丁基善 집에 간바 還迎치 안트라.
할 일 없는 崔今福 氏는 旅行의 硏究나 하
고 잇드라.
理髮을 하고 오니 成東이는 畜牛를 四頭에
二,三〇萬 원에 賣渡햇다고. 당장에 氣分
少햇다. 不遠이면 市場日도 당하고 日前에
飼料도 二〇餘 袋 떼고 소금[소값]이 上昇
勢를 보고 잇는데. 그리고 金鎭玉이도 안저
소를 판바 機十萬[幾十萬] 원을 損害라고
소리도 햇지만 押作 팔 수 인나 햇다.

<1988년 6월 18일 토요일>
아침 早朝에 소를 가지로 왔다고. 내다보지
도 안햇다. 今日이 市場도 안인데 소를 실
로 와다기에 어제보다 더 氣分이 不安햇다.
成曉 母하고 同行하야 德津蓮池에 갓다.
五柳里 成玉이를 相逢햇다. 中食을 갖이
하고 綜合競走場에 간바 全州 基宇 山西
成漢을 對面하고 幣[弊]를 끼첫다.

<1988년 6월 19일 일요일>
原豆忠 藥木田에 伐草하고 玉肥도 뿌렷다.
他人 婦人 一名하고 家族끼리 苗를 때엿다.
午後에는 後麓에 茂草[伐草]하고 肥料도
뿌렷고 물도 주윗다. 苦役이엿다.

<1988년 6월 20일 월요일>
工場에 硯磨機[研磨機] 不實로 鐵網을 全
州에서 講入[購入]해다 組立햇다.
午後에야 搗精햇다.
夕陽에 後山所에 噴霧機로 물을 뿌렷다.
마참 嚴俊映 楊水機[揚水機]가 있어 多幸
뿌렷다.

<1988년 6월 21일 화요일>
아침에 六時에 出發해서 牛市場에 갓다.
程月里 章 氏를 相面하고 牛代 市勢를 무
르니 今年드러 最高市勢라고 햇다. 成東이
는 機萬[幾萬] 원 損害본 듯십다. 할 수 없
이 二頭를 買受햇다. 代는 八九五,〇〇〇
원이다.
任實農協 機械類代는 完拂하고 畜牛 利子
合計 八三二,四四八원을 拂入해 주고 午
後에는 新平農協에 가서 五〇一,一一九원
을 계ー,三三三,五六七원이 支出되엿다.
成允와 갖이 堆肥 운반햇다.

夕陽에 大里 李今哲 叔父 在日槁胞[在日
僑胞]가 와서 觀光뻐스 一臺를 週選[周
旋]해 주면서 不遠 가시자 햇다.

<1988년 6월 22일 수요일>
成東이하고 收入支出을 打珍[打診]한바
收入이 三,二三〇,〇〇〇 支出이 二,二三
〇,〇〇〇이고 殘金이 百萬 원쯤 되는데
메누리보고 말한바 不安케 보이드라. 돈은
만저보지 못하지만 計數는 알고 너머가겟
다고 나는 生覺이다.
大里에서 在日橋胞[在日僑胞] 李 氏가 왔
다. 觀光旅行卷[觀光旅行券]을 가지고 왔
다. 六月 二十六日쯤이 豫定이다.
율무 二〇袋代 一七萬 원 收入햇다고.

<1988년 6월 23일 목요일>
成東 內外는 一泊 二日 豫定으로 서울方
面으로 旅行길에 떳다.
아침부터 비가 내렷다.
丁基善이가 왔다. 에제밤에 林仁喆에서 봉
변을 당햇다고 願망하드라. 갖이 林仁喆에
갓다. 理由을 무르니 잘못햇다고 하야 왔다.
어제 율무 賣渡代 一七萬원 殘金 百萬 게
一一七萬원이 成東에 留保된 것으로 안다.
成允이하고 野에서 堆肥 운반햇다. 二輪.

<1988년 6월 24일 금요일>
鷄舍 修理를 二間用으로 햇다. 韓相俊이에
숫鷄[수탉] 一首를 合舍햇다.
二時 車로 韓相俊하고 同伴해서 全州 直
行뻐스會社에 갓다. 在日橋胞 李 氏으 契
約을 麗水인데 取消하고 서울方面으로 再
契約하고 貸切費는 十三萬 원에 結定햇다.

<1988년 6월 25일 토요일>
韓상俊 한실宅이 왔다. 二十七日 서울旅行
件는 定員 四五名席인데 四十一名만 定하
고 四名이 不足이다. 丁基善 嚴俊映 崔今福
金判植이를 選任해서 韓상俊에 倭任햇다.

<1988년 6월 26일 일요일>
마늘을 역고 家族들은 콩 심고 햇다.
全州 李垟根 子 結婚에 參席햇다. 同窓生
을 相面하고 夏期에 茂州[茂朱] 구천동에
一泊 二日로 豫定해서 外遊키로 言約햇다.
韓相俊에서 들은 말인데 鄭泰植이는 제의
母더려 館村에다 서방을 어덧다고 한다니
그게 사실인지 안닌지 모르나 萬諾에 事實
이라면 子息으 道理로서는 감싸주워야 올
치 안나 生覺이 든다.

<1988년 6월 27일 월요일>
七時에 觀光뼈스에 乘車고 서울에 十一時
三〇分 着햇다. 終日 公園 民俗村을 단여
無事히 歸家햇다. 人員은 四五名이엿다.
明年부터서는 女子는 除하고 男子만이 가겟
다고 햇다. 不平者도 잇이만 莫 몰고 갓다.

<1988년 6월 28일 화요일>
尹龍文 韓相俊 梁奉俊 집에 募서 어제 서
울旅行 收入支出 決算을 보왓다. 現在 韓
상俊 有保金은 七,五〇〇원을 殘高로 햇다.
養老堂에서 몃 분 崔南連 氏 外가 도박을
하는데 婦人 몃 분이 오시여 願情[原情]하
기에 바로 가서 호통을 첫다. 破起[破棄]는
되엿으나 실패者는 나를 원망할 것이다.

<1988년 6월 29일 수요일>
새벽부터 잔비가 내렷다. 終日 舍郞에서 讀
書만 햇다. 가랑비는 終日 내렷다. 解갈 免
한 듯십다.

<1988년 6월 30일 목요일>
新平支署長 送別宴에 參席햇다. 會費 萬
원식 据出하야 中食도 갖이 햇다.

<1988년 7월 1일 금요일>
任實 市場日이다. 成東이는 송아치 一頭
사려 간바 市槐[市價]가 내린 市勢라고 도
로 왓다.
耕耘機로 壁石을 河川으로 운반햇다.
氣溫는 泠上[零上] 三〇度엿다.
夕陽에 完宇 便에 靑云洞 崔松吉의 婦人
이 용운치에서 뻐스에 치여 숨젓다고 듯고
基善이하고 同行해 弔問햇다.

<1988년 7월 2일 토요일>
丁辰根이가 午後에 왔다.
벽담 기소 넛코 重役은 끝냇다.
成允 成東 나가지 四人이 午後에 總動員
이 되엿다.
靑云 崔松吉 妻喪은 交通事故인데 保險
側하고 合意에 依하야 明日 出喪은 하기로
햇다고 傳해 왔다.

<1988년 7월 3일 일요일>
崔松吉 妻喪 出喪하는데 參禮햇다. 어린
幼兒가 五歲라는데 마음 不安햇다. 바로
山淸에서 내려왔다.
鄭宗和 母는 갖이 술 한 잔 하고 不遠이면
全州로 가겟다고 하드라.
全州에서 成傑 成曉 內外가 왔다.

<1988년 7월 4일 월요일>
工場用 咸石 모욕간 資料를 購入하려 갓
다. 咸石은 品切이고 其他는 購入햇다. 代
金 二二七,八○○원이 支出되엿다.
林玉相하고 相議햇든니 제가 해드리겟다
고 햇다.

<1988년 7월 5일 화요일>
工場 밋 家屋 修理를 하려 小規模로 豫算
하고 物品을 購入하려 한바 其 豫算額이
大額으로 增이 되엿다. 안할 수 없고 하자
니 難點도 잇다. 現在 資材代만 三四○,○
○○원 支出되엿다.

<1988년 7월 6일 수요일>
成東이는 他人에서 貳拾萬 원을 借用하고
殘金하고 合해서 市場에서 小牛 一頭 四
八萬 원에 購해 왓다.

<1988년 7월 7일 목요일>
夏穀 收買用 麻袋 四三枚을 新平農協에서
購入햇다.
婦人 四名을 起用해서 午前 中만 除草햇다.
午後에는 쌀보리 것보리 改風하야 作石한
바 四○k드리로 四○袋를 作石햇다.

<1988년 7월 8일 금요일>
熱이 深하야(氣溫 三五度) 舍郞에서 新聞
만 讀書하고 日課를 보냇다.
成東이는 夏麥 共販하려 간바 等級을 多幸
一等으로 밧고 왓고 메누리는 鴨錄江[鴨綠
江]으로 七, 八人이 合同으로 대사리 잡으
려 갓다고.
共販代金 計 六七三,一八○ 收入支出 五
二四,九○○원 殘 一四九,○○○쯤 된다.

<1988년 7월 9일 토요일>
一身이 가래와[가려워] 任實 中央醫院에
갓다. 成曉{가} 醫療카드를 가지고 왓드라.
治料는 햇다. 料金 成曉가 내고 明日 서울
가는데 用金 一金 參萬 원을 주드라. 無言
하고 바다 넛다.
成東이는 新平農高 出身 全員會議 參席하
려 갓다.
來日은 長水 裵京錫 子 結婚式에 參席한다.

<1988년 7월 10일 일요일>
아침 六時 三○分 뻐스로 內外 갖이 全州
에 着햇다. 七時 三○分 高束[高速]으로
서울 着. 午前 十一時 三○分이여다.
電鐵으로 乘車하야 新設洞 電鐵에 下車하
고 目前에가 新宮殿예식장이드라. 禮式을
맞이고 中食도 맞이고 國鐵[뒤의 國喆과
동일인명] 車便으로 高束場에 왓다. 國喆
이 全州가지 賣票[買票]해 주드라.
成曉 母는 兄弟間에 相逢하고 갖이 二, 三
日 지내고 온다가에 承諾햇고 四時 半에
乘車하야 집에 오니 七時 四○分이엿다.

<1988년 7월 11일 월요일>
朝食 後에 싸이카로 任實病院에 갓다. 治
料를 밧고 또 싸이카로 新平農協에 成傑
條 利子만 一○九,○○○원을 淸算하고 面
長을 面會하고 昌坪里 老人亭 完築했으니
檢査케 하고 保助金[補助金]을 淸算해 달
아고 하고 竣工式에 機關長도 慕侍 것을
相議햇다.
全州로 向하야 沐浴湯 窓門을 鄭壽明에
付託하고 外上을 가저왓다.

<1988년 7월 12일 화요일>
韓相俊하고 同行하야 任實을 据處서 全州로
行하야 養老堂 備品 押板 等 購入해 왓다.
全州 鄭壽明 어제 外上代 一〇,〇〇〇원
을 妻에 返還 주엇다.
面에서 養老堂 建坪을 尺수로 재 갓다.
任實病院에서 治料햇다.

<1988년 7월 13일 수요일>
오늘은 比較的 氣溫 나잣고 구름이 끼여
作業하기에는 適合햇다.
終日 後山 除草를 햇지만 또 一日나 해야
겟다.

<1988년 7월 14일 목요일>
새벽부터 비가 내렷는데 해갈은 忠分[充
分]햇다.
尹鎬錫 氏하고 同行하야 元泉里 養老會
野遊場에 갓다. 住民만 募엿지 他人은 없
다. 鎬錫 氏하고 갖이 있다가 退場햇다.

<1988년 7월 15일 금요일>
韓相俊하고 同行하야 全州에 養老院 選板
[懸盤]을 가저다 달앗다.
面事務所에 連絡해서 養老院 完築을 傳
햇다.

<1988년 7월 16일 토요일>
養老院 條 韓相俊을 시켜서 郡農協에서
一金 貳拾萬 원을 引出해 오라 햇다.
後山所 墓邊 除草를 하는데 비가 藉 ″ 해서
支章 만앗다.

<1988년 7월 17일 일요일>
고초밭 菅理햇다.

舍郞에서 硏究한바 養老院 選板 序文을
準備한바 屛巖里도 大里도 단여왓다.

<1988년 7월 18일 월요일>
林玉相 金鎭玉이 井戶에 水道 製置[裝置]
을 햇다. 물은 잘 오르드라.
新平 酒場에 갓다. 南{原} 稅務署에 自進
申告한바 稅金이 빗사다고 理議[異議]을
걸엇든니 壹萬 五仟 원으로 減額은 햇지만
此後가 어절는지가 意心[疑心]하다.

<1988년 7월 19일 화요일>
林玉相가 沐浴湯 施設을 햇다.
安承均 氏에서 부로크 一五〇個을 가저왓다.
成東이에 一金 拾萬 원을 둘여다 주웟다.
鐵根[鐵筋]을 購하기 위해서.
終日 山所 除草를 햇다. 그래도 또 기려난다.

<1988년 7월 20일 수요일>
氣溫는 三〇度는 너멋다. 비는 오지 안해
多幸이엿다.
林玉相하고 沐浴湯 스라부를 짯다.
廉昌烈이가 正午에 왓다. 農穀 가구기 講
議[講義]를 햇다.

<1988년 7월 21일 목요일>
林玉相이는 午前 中만 屛巖里에서 鐵根
切同해 왓다.
十二時 뻐스로 大栗里 刑 氏 山直 山所에
弔問 갓다. 무더운데 不安하드라. 술만 한
잔 하고 바로 山所에 가서 省墓하고 南原
으로 行햇다. 中食을 南原서 하고 왓다.
夕陽에 耕云[耕耘] 作{業}하다 耕耘機가
故章을 이르켓다.

<1988년 7월 22일 금요일>
安永模 耕云機을 利用코 牟圭煥 耕云機도
한참 利用하야 오늘 作業은 그래도 끝낸다.
崔善眞 午後에 오고 成允도 協助. 金鎭玉
玉相 家族 全員이 起用되엿다.
作業 中인데 朴日成이는 메누리를 방아실
앞에서 오래 이야기를 하은데 눈골 시엿다.
내가 目見해도 如前이 對話를 하드라.
메느리는 안집으로 오길에 너 朴日成하고
무슨 이야기냐 햇다. 모욕탕 얼마나 든야고
하고 저도 짓게다고 한다기에 그러면 成東
이보고 뭇제 네에 말한 것이야 햇다. 그려
나 나는 認證이 가지 안햇다.

<1988년 7월 23일 토요일>
눈치는 未安한 듯싶으나 一家에 居住하면서
는 볼 수 없다. 女子라 하는 것은 一日이면
마음가짐이 몇 아이 변한다고 아는데 男子
말에 依存할 수 잇는 마음 변할 수도 있다.
昨年 冬期에도 以子가 담배 사로 왔을 時
에 마루 앞에 서로 손바닥을 치는데 소리가
나드라. 其時에 口發하려 햇지만 참앗다.
믿이 못할 女子이고 無子息인데도 미듬직
못하는데 理由가 있엇다.25
가랑비가 내려 舍郞에서 讀書하고 老人亭
新築 竣工式에 對備코저 序文 初案[草案]
도 書載해 보왓다. 그러나 終日 마음 不安
햇다.

<1988년 7월 24일 일요일>
仲伏[中伏]日이다.
全州에 新里 川邊에 夏季 定期 同和會議

____

25 이상의 내용은 7월 22일 자 일기에서 이어지는
   것으로, 지면이 부족하여 다음 날 일기장 지면
   에 이어 쓴 것으로 보인다.

이가 있서 參席햇다. 例年에 比하면 多數
가 募엿다.
一〇月에 晉州 祠堂 竣工式에 貸切하야
參席키로 決議하고 作別햇다.

<1988년 7월 25일 월요일>
農協에 借貸金 成傑 條 一五〇〇,〇〇〇
원을 還付해 주고 親睦契金 一九萬 원 預
託金도 引出해 왔다.
面長도 相面하고 養老院에 對한 相議도
햇다.
靑云洞이 今般에 軍 起地[基地]로 策定되
엿다고 들엇다.
싸이카로 오는 途中에 大里을 들여 郭在燁
氏 斗流里 金敎成 氏 金宗澤 氏을 相面하
고 店방에 相論하야 昌坪 養老院 選板 序
文을 付託하고 初案을 作成해 敎成 氏에
주웟다.

<1988년 7월 26일 화요일>
靑云洞 郭宗燁 집에 갓다. 鄭昌燮 泰燮 딸
들도 왓드라.
丁基善 집에서 놀고 崔南連 氏도 訪問하고
부로크 一〇〇개代 一六,〇〇〇원을 주웟다.

<1988년 7월 27일 수요일>
成東 內外는 觀光뻐스로 서울 靑瓦臺에 갓다.
집안일을 도왓다.
午後에는 南原 稅務署를 단여 任實鄕校에
갓다. 各面에 一人골이 募엿다.
打合之事는 鄕校 〃直 舍宅 建立 後事處
理 問題다. 各 面長 任實郡守 署長도 各
機關長의 協助를 求하야겟다고 햇다. 典校
에 丁基善 母 烈婦 件을 낸바 明日 同伴하
라 햇다. 그려나 費用은 一五〇만을 要求

햇다. 丁基善을 夕陽에 面談했으나 百五拾
萬 원 關係는 말하지 안햇다. 아마도 뜻이
不足한 듯싶고. 料金을 要求하면 座切[挫
折]할 뜻이다.

<1988년 7월 28일 목요일>
丁基善하고 同伴하야 鄕校에 갓다. 典校하
고 金敎成 三人이 同席하야 基善 母 孝婦
上申에 對 打合 決果[結果] 基善이는 좀
더 生覺해겟다고 햇다.

<1988년 7월 29일 금요일>
成東이는 고초밭에 肥料을 뿌리고 農藥도
뿌렷다.
全州에 단여왓다.

<1988년 7월 30일 토요일>
海南宅이 親睦稧 有司인데 飮饌을 가추고
中食도 하야 禪陰寺[禪雲寺]로 行햇다. 一
行은 二十五名이엿다. 車는 四五人乘인데
헤먹드라.
다음은 邊山으로 간바 一部에서는 노래자
랑 一部 옆에서는 씨름競走엿다.
오다가 두부집에서 夕食을 맞이고 왓다.
집에 온바 成允는 다리를 手術햇다고 하드라.

<1988년 7월 31일 일요일>
張泰燁 行爲를 보면 丁基善를 中心으로
行爲하는데 不滿햇다.
新沓 鐵網을 씨원운다고[씌운다고] 해서
가본바 마음에 안 들드라. 債任者[責任者]
을 보려 한바 不在中.
成允을 데리고 任實 中央病院에 入院하고
中食부터 해주는데 壹仟 원식 決定하고 왓
다. 珍단서 一通을 떼여 軍部에 提出햇다.

館驛前에서 金哲浩을 맛나고 보니 郭道燁
을 相面한바 中食을 갖이 하자 하야 待接
을 밧고 大洑에까지 강요하야 간바 큰 侍接
[待接]을 밧고 未安하기 限이 없드라.
在燁 氏도 相面햇다.

<1988년 8월 1일 월요일>
全州 成曉에 電話하야 任實 中央病院에
成允을 入院했으니 가보라 햇다.
新坪面[新平面] 機關長과 南部로 一泊 二
日 豫定으로 觀光길에 떳다. 旅費는 成東
에서 四萬 원을 밧고 내 돈 貳萬 計 六萬
원을 갓고 떳다.
全南 高興郡 小鹿島에 當햇다. 時은 十二
時엿다. 中食을 맞이고 장승을 거처 충무
지나서 거제島에서 一泊햇다.
朝食을 맞이고 船便으로 海金剛을 約 二時
間을 求景햇다.

<1988년 8월 2일 화요일>
오는 길에 南原 東面에서 비암새골[뱀사
골]을 올아 露高堂[老姑壇] 上峰을 올아갓
다. 아조 위험하고 어마 〃 〃 하드라. 山谷
은 老少 間에 野外客이 꽉 찻드라.
旅費는 五萬 원쯤 드렷다. 人員는 一九名
이엿다. 一泊 二日엿다.

<1988년 8월 3일 수요일>
張泰燁이가 왓다. 新沓 鐵網 作業場을 가
보자고 햇다. 가본바 不失工事[不實工事]
는 분명햇다. 現場 責任者하고 다투다가
設明을 듯고 理解햇다.

<1988년 8월 4일 목요일>
任實郡廳 建設課에 전화로 工場 現場에

좀 오라 햇다.
싸이카로 五柳里 加工組合 運營會議 參席
햇다.
中食 後에는 任實 醫院에 成允을 相面햇다.
新平 大里 軍部에 갓다. 成允 入院 關係를
打合햇다.

<1988년 8월 5일 금요일>
全州 館村을 단여왔다.
새보매기를 햇다.
新沃 工事 鐵網을 대는 安鉉模는 間接的
으로 防害을 한다고 들엇다. 할 수 없다고
햇다.

<1988년 8월 6일 토요일>
養老堂 予文[序文]을 製作次 韓상俊 丁基
善을 同伴해서 敖樹 韓大연을 訪問한바 丁
基善은 自己의 十世祖 南喜將軍의 名儀를
넛자고 햇다. 마음에 맞이 안햇으나 製作者
는 他의 書文을 是正할 수 없다기에 是非
가 되여 韓大연하고 大端이 言設[言說]이
있어다.

<1988년 8월 7일 일요일>
丁基善하고 同行하야 全州 大學病院 崔瑛
斗 氏 問病을 햇다.
成東이는 人夫 三名을 데리고 집 修理햇
다. 丁振根 林玉相 金鎭玉엿다.
婦人 三人 家族하고 終日 고초을 땃다.

<1988년 8월 8일 월요일>
오늘부터 禁酒 措置令을 내렷다.
새벽에 押作이 배가 異常햇다. 변소에 가서
大便을 보왓다. 아침에 고욕질[구역질]이
낫다. 고욕질은 藉 〃 햇다. 病院에를 갈가

漢藥방을 갈가 망서리는데 가슴이 또 異常
햇다. 人夫 둘이 作業 中이고 成東이는 방
아를 찟는데 빠저갈 수 없다. 朝飮도 中食
도 뜻이 없다.
全州로 相範 집에 連絡하야 全州 道廳 앞
에 李종현內課[內科]로 오라 하야 珍察[診
察]을 받은바 체인 듯십다 햇다.

<1988년 8월 9일 화요일>
아침에 자고 나니 마음 담담하다. 다시 病
院으로 가볼가 今日 一日 지내보고 가볼가
大病은 아닌가 십기도 하나 내 몸을 내가
믿이 못햇다.
에제부터 食事를 禁햇고 飮酒도 不飮햇다.
할 일은 將來 多事한 게 첫재 健康을 維指
[維持]가 第一인데.
朝食은 힌죽으로 조금 먹고 中食은 成康
집에서 닥죽을 조금 먹고 夕食은 밥으로 조
금 먹엇으나 마무[아무] 異常은 없다. 그려
나 異心이 간다. 不遠 病院에 珍察이나 재
해려 한다.
夕陽에 단비가 래렷다.

<1988년 8월 10일 수요일>
新平 淨化委員 主催로 지리山으로 修鍊次
出發한다.
林玉相 품삭 一〇六,五〇〇 준바 쎄멘 一
〇袋는 現品으로 要求햇고 방수제도 일後
會計하자 햇다.
집안 淸掃도 하고 作業 後 之事를 整頓
햇다.
人夫賃 세멘 其他 外上代를 整理하기 爲
하야 고초 一〇〇斤을 市場化. 一金 二四
萬 원을 收入.

<1988년 8월 11일 목요일>
身邊이 不便햇다. 食事도 뜻이 없고 해서
대사리를 要求햇든니 購入해 왓드라.
庭園에 乾燥場[乾燥場]을 撤居[撤去]햇다.
成東이는 沐욕湯 및 벽에 水情[水性] 페인
트를 塗色햇다.
相範이하고 公主가 왓다.
南原 芳洞서 사돈애가 왓다. 마음的으로
몸이 異常만 갓고 時″로 不安햇다.

<1988년 8월 12일 금요일>
決心하고 아침食事를 弊[廢]하고 六時 三
〇分 뻐스로 全州 朴一洲醫院에 갓다. 接
受를 해놋코 있으니 成曉가 왓다. 조금 잇다
九時쯤 珍察하고 있으니 메누리가 왓다. 血
檢査 엑쓰레이 影影[촬영(撮影)] 위시경을
끝내고 一時쯤 決果過[結果]가 나왓다. 위
에는 異常이 없으나 下部에 염증이 있으니
술하고 + 담배를 禁하고 二個月만 復藥[服
藥]하라 햇다. 其 程度만 드려도 마음 뇌이
드라. 萬諾에 암 初期라면 엇절가.
治料費는 一二,五〇〇원 메누리가 負擔하
고 相範 집에서 中食을 마잇게 먹고 바로
왓다. 不幸 中 多幸으로 마음 뇌인다.

<1988년 8월 13일 토요일>
成允이가 十三日 만에 退院햇다. 듯자하니
큰兄이 退院費 四五仟 원을 淸算햇다고 햇
다. 어제는 내의 珍察費 一四,〇〇〇원을
댓는데 近間에 만니 썻다.
大里 養老堂 會館 兼 新築 竣工式에 參席
햇다. 丁基善하고 同伴.
李泰洙 父 小祥이라고 參席. 弔問햇다.
成東이 內外는 井邑 同婚 집에 契理次 出
發햇다.

南原서 成樂 食口 全員이 왓다.

<1988년 8월 14일 일요일>
庭園에 整理할 게 만타. 成樂이하고 大畧
[大略] 치우고 成樂이는 全州 募臨이 있다
고 出發햇다.
耕耘機 荷置場을 設置햇다. 沐浴湯도 求
造[構造]가 맞이 안타. 門도 뜨더 고치고
湯內도 물이 박그로 나오니 改修를 햇다.
終日 餘叚[餘暇]이 없엇다.
成苑에서 電話가 왓는데 제 母 집에 電話
架設 申請햇다고.

<1988년 8월 15일 월요일>
里長에 依하면 徐 氏가 保菅 中인 喜捨金
貳拾萬 원 柳 氏가 拾萬 원 계 參拾萬 원을
가지고 體育大會에 보태 썻다고 햇다.
싸이카가 異常이 있서 修繕次 全州市廳 앞
에까지 싸이카로 急行햇다. 約 四〇分에
當햇다. 明日 오기로 하고 歸家햇다.
山西 白雲里에서 仁基 母 回甲에 參席次
왓다고. 우리 집에서 一泊햇다.

<1988년 8월 16일 화요일>
成康 집에 成苑이 發徒[發走]해서 老母를
生覺하고 電話를 架設햇다.
裵京錫 妻는 一泊 하고 今日 떠낫다.
二時 二〇分 뻐스로 全州에 갓다. 싸이카
는 完備되엿드라. 代金 五五,〇〇〇원을
주고 왓다.

<1988년 8월 17일 수요일>
沐浴湯 門을 改造하고 下水口[下水溝]도
손을 보왓다.
家族들 고초 따는데 約 一七, 八袋를 땃다.

夕陽에 斗流里 金敎成 氏을 相面하려 간
바 不在中이여 迫家[歸家]했다.

<1988년 8월 18일 목요일>
九時 列車로 鴨錄江邊에 七七稧에 參席햇
다. 約 五〇餘 名이 募엿드라.
碑石을 求景하고 여려 가지로 對話하며 終
日을 보냇다.

<1988년 8월 19일 금요일>
水原서 善範이가 왓다.26
家族들은 깨를 베 묵고 나는 집안 淸掃을
하고 工場 施設 檢査를 온다기에 工場도
掃地를 햇다. 水原서 成奉이가 善範이를
데리고 왓다. 제 할미에 막기로 왓는데 車
가 떠나니가 막우 울드라.
夕陽에 斗流 金敎成 氏를 禮訪하고 書文
을 問答하고 왓다.
金三浩을 데리고 成康 집 大門자리를 살펴
왓다.
骨材 采取業者[採取業者] 徐東辰을 相面
하고 우리 밭은 骨材는 못 파니 抛棄하라
햇든니 不安케 生覺하드라. 할 수 없지. 不
良者들로 본다.

<1988년 8월 20일 토요일>
全州 內課[內科]에 投藥[投藥]하려 갓다.
一週日分 진바 메누리{가} 代金은 냇다.
아침에 異常이 生起여 건괴욕질을 했다. 午
後부터 藥을 먹기 始作햇다.
大里 漢藥芳[漢藥房]에 갓다. 生覺하다 보
니 重病이 되면 宗事도 未決된 點 家事도

多事有之인데 할 수 없이 健康을 되찻기
위하야 藥을 지엇다.
돈을 生覺하면 復用[服用]을 할 수 없지만
내가 내를 위하엿다.

<1988년 8월 21일 일요일>
柳正進하고 成康 집 大門을 옴기려 한바
비가 내려 하다 中止했다.
門돌 조우를 만들여 싸이카로 가다 驛前 大路
에서 너머젓다. 大象[大衆] 前에 창피했다.
白采[白寀] 두력에 비니루를 첫다.
全州에서 큰메누리가 왓다.

<1988년 8월 22일 월요일>27
成康 大門 改造을 햇다. 柳正進하고 終日
햇다. 今日 支出은 驛前 못갑 八〇〇 正進
日工 一日 휘간 一개하고 柳 氏 코크린 使
用햇다.
丁壽福 스레트 大中古品 一枚 使用햇다.

<1988년 8월 23일 화요일>
家族기리 무 白采를 播種햇다.
成東이는 俊祥 票田[栗田] 草刈次 갓다.
집에서 집안일을 돌보고 마흔[많은] 일을
햇다.

<1988년 8월 24일 수요일>
朝食 後 모다를 修理하고 베루도 사고 木
메다루 뻥기 各가지 購入한바 約 五六,〇
〇〇원이 드렷다.
午後에 집에 와서 斜色[塗色]을 한바 이웃
집 劉 氏가 오시여 잘못한다며 方式을 알여
주는데 헛수고 하고 資料도 損害해 낫다. 할

---

26 일기 내용 중에 적혀있는 내용이나 온 날을 표시
　해두기 위해서인지 따로 일기장 윗면에 부기하
　였다.

27 본 일자의 내용은 붉은색으로 기록하였다.

수 없이 다시 成玉을 시켜 再手을 命햇다.
人夫 家蔟기리 고초 따기 햇다.
來日은 서울 갈 準備을 한다.

<1988년 8월 25일 목요일>
祖父母 兩位 祭祀日이다. 서울이 되고 보
니 宗員들도 祭祀코저 하지 않는다. 昌宇
도 重宇도 말햇지만 不應하고 昌宇는 大田
딸에 집은 藉〃히 來往하드라.
日前에 오{토}바이에 落傷하야 洋服이 破
가 낫다. 外人의 衣服을 빌이고저 햇지만
마음 不安해 말 못하겟다.
一〇時 二〇分 高束으로 서울 着. 電鐵로
富川 崔鉉宇 집을 찻고 問病한바 精神力
은 不足하나 食事하는 것으로 보와 오래
살겟드라. 鉉宇 婦人 付託은 古 어머니게
서 죽을 따[때] 利用키 위한 麻布契을 무든
바 三 사람이 타면 끝이 난다고 햇다고 한
실宅에 알아바 달아고 햇다. 旅비도 萬 원
을 주드라. 夕陽에 範 집에서 夕食을 하고
成奎가 와서 對話햇다.
祭需을 보니 기구망상하드라. 건시 밤도 없
드라.

<1988년 8월 26일 금요일>
朝食이 끝이 나기가 밥으게 出發햇다. 市
廳 앞에서 下車하고 安養에서 下車햇다.
郭炳鉉 집에 電化을 건바 밧이지를 안트라.
成康 집에 갓다. 大端이 多事多難하드라.
未安해서 中食은 햇다고 고이로 모[못] 가
저 오게 햇다.
成奉 집에 전화햇든니 자근메누리가 왓다.
잠시 對話하다 出發햇다. 成康이가 五萬
원 주고 成奉이가 三萬 鉉宇가 萬 원 範 萬
원 계 一〇萬 원이 드려왓다. 어제 出發 時

成東이가 二萬 원 주드라. 收入 計 十二萬
원이 手中 入金이엿다.

<1988년 8월 27일 토요일>
任實鄕校에 典校 李炳春 氏을 相面코저
간바 不在中이여서 金城里로 간바 不在中
이엿다.
郵替局에 南原 稅金을 拂入하고 郡農協에
가서 어제 成康 成奉가 준 돈 一部 六萬을
預託햇다.
崔仁成 洋服店을 訪問하고 一着에 十二萬
원에 締結하고 와이쌰쓰 한 볼[벌] 해주주
기로 햇다.
全州에 갓다. 沐浴湯用 先板을 사고 리스
도 五合 사왓다.
大里 故 金鍾熙 喪家 弔問햇다.
五柳에서 成順이가 왓다.

<1988년 8월 28일 일요일>
成玉하고 大門 페인트를 치리고 舍郞도 치
리는데 그래도 不足해서 세 번채 全州로
向行햇다. 舍宅 前後로 旣히 始作한지라
할 수 없이 着手한바 만은 돈이 드럿다.
成東이는 堆肥에 人糞類[人糞尿]을 퍼냇다.
비는 간옥 왓지만 作業을 하는 데는 支章
이 없다.
五柳里 成順이가 一泊 하고 午後에 떠낫다.
전주메누리가 腹藥을 九日分 지여가지고
왓다.

<1988년 8월 29일 월요일>
成玉하고 갗이 리스칠을 햇다. 하다 보니
不足하야 다시 全州로 가서 購入햇다.
崔今福 氏 手術을 한다기에 十一時쯤 갓
다. 서울서 딸들이 모두 왓드라. 治料費에

보태 쓰라고 一金 壹萬을 完宇에 주고 발로[바로] 왓다.

밤에는 成東 成允 金鎭玉을 動員하고 驛前에서 쎄멘트 돌을 실고 왓다.

任實에 갓다. 崔允成 洋服店에 갓다. 쓰봉 一着에 二五仟에 맛기고 古衣 우아기를 마기며 內衣를 너달{라}고 당부했다. 洋服代 總計는 一四五,○○○원이엿다.

<1988년 8월 30일 화요일>
館村市場에 갓다. 乾고초 多量으로 꽉 찻드라. 우리 고{추} 斤當 一九○○원식 三○萬 원 收入햇다.

成康 母 條 預金 二○四,三八○원 全額을 引出해다 주윗다. 成東이 고초갑 주기 위해서엿다.

今日 收入金은 成康 條 二○萬 원 우리 고초代 三○萬 원 泰植 條 六萬 원 合게 五拾六萬 원이다.

家屋 柱에 리스칠을 全部 塗色을 끝냇다.

牟潤植이가 招請해서 간바 新品 콤바이를 引渡해 와서 고사제처럼 行爲엿다.

밤에 鄭泰植가 왓다. 콤바이를 牟圭煥이가 買受해 왓으니 나는 古品은 債任이 없고 牟圭煥이가 全部 債任지여야 한다고 햇다.

<1988년 8월 31일 수요일>
成東 갖이 水性페인트를 白色 塗色을 햇다. 農協에 가서 免稅油類 二三드람을 떼 왓다.

館村 中央農藥社에 가서 外上代 八八,九○○원을 全額 完了 햇다.

今日도 如前이 餘暇가 조금도 없이 活動. 아주 몸이 勞苦하다.

<1988년 9월 1일 목요일>
丁基善 韓相俊 丁俊浩 柳正進 同伴하야 南原 李龍在 問病 갓다.

오는 길에 任實市場에 들여 왓다. 驛前에서 丁基善 氏가 中食을 接侍[接待]하야 待接을 받앗다.

<1988년 9월 2일 금요일>
成曉 母하고 예수病院에 問病햇다.

오는 길에 成曉 집에 갓다. 바로 떠낫다.

집에 온니 成玉이도 왓다.

成東 內外는 農藥햇다.

<1988년 9월 3일 토요일>
靑云洞 婦人들이 動員되여 戶當 白米 一升식을 거더 비손한다고 하야 우리도 방아실에서 주윗다.

방아는 任實서 찌여다 먹는 놈들이 속없이 왓다.

全州에서 崔辰成 氏을 相面하고 序文을 打合햇다.

任實에서 가서 洋服을 찻아다. 一金 一四萬 五仟 원인데 萬 원 깍고 今日 一一五,○○○원 주고 차잣다.

<1988년 9월 4일 일요일>
嚴洙燮 裵光燁 金鍾瑞 崔成國이가 募{여}들어 電氣架設을 시켰든니 잘들 하드라.

物品을 全州 館村驛前에서 購入해다 주고 夕陽에는 工場 뼈기를 塗色햇다.

서울서 成康 妻(메누리)가 왓고 成奎도 祭祀에 왓다.

밤 一○時쯤 해서 安養서 電話가 왓는데 只沙 金漢來가 大學病院에 入院한바 手術을 해도 죽고 안 해도 죽는데 只今 手術室

로 드러갓다고 答報가 왓다. 來日이다[내일이나] 가볼가 한다.

<1988년 9월 5일 월요일>
아침에 宋成龍 婦人게서 成奎를 面會次 왓는데 全州에 보라리 차즈럿다고 햇다. 아마도 볼 사람이 만은 것 갓다.
金漢來 手術햇다기에 大學病院에 成曉 母하고 入席햇다. 二, 三{일} 가야 可否가 날 것 갓다고.
日前에 成康가 준 돈 五萬 成奉가 준 돈을 預託하고 보니 一二,○○○원 不足의 四百{萬} 원이다. 他 組合에 預託한 것은 非話을 保官[保管]上 秘을 지켜주지 안{은} 點이다.

<1988년 9월 6일 화요일>
成曉 母하고 大學病院 金漢來 入院室에 가 보왓다. 異常하기는 하지만 별일 없겟드라.
땍시로 바로 집에 왓다.

<1988년 9월 7일 수요일>
싸아카로 五樹를 거{쳐}서 只沙을 지나서 山西에 갓다. 橫발[황벌(黃筏)] 李得行를 相逢하고 立碑 怠日 損日**28**햇다.
오는 길에 崔振鎬 집에 들여서 夕食을 하고 왓다.

<1988년 9월 8일 목요일>
金鎭玉 成東하고 工場 二曾[二層]을 거더 냇다.

---

28 '怠日'이라고 쓴 후 같은 위치에 나란히 병기한 내용이다. '좋은 날을 고르다'의 뜻인 '涓吉'의 의미로 쓰려 했던 것이 아닐까 추정된다.

養老堂은 거이 完 竣工[竣工]이 되엿다.
正午 一時 三○分쯤 昌宇가 왓다. 一金 拾萬 원만 丁基善에서 말해 달아 햇다. 用途는 말 안트라. 다시 왓다. 一金 貳拾萬을 要求햇다. 基善에서 拾萬 원 林玉相에서 拾萬 원을 둘여 주며 用途를 무르니 崔南連氏가 大損을 밧는데 그 者에 미려준다고 해서 氣分이 少햇다.
全州에 가 藥 九日分 사고 咸石 釘 三封을 삿다.
예수病院에 가 보왓다.
어제밤에 大總會한다는데 一○餘 募엿다기에 不參하고 말앗다.
서울 申東周가 別世햇다고 崔東煥에서 連絡이 왓다.

<1988년 9월 9일 금요일>
玉相 成東하고 工場 咸石을 이는데 돌보와 주윗다.
工場 內에 메다루 베야링까지 全部를 감정햇다.
鄭太植 방아 찟는데 돌보와 주고 雜事도 보와 주윗다.

<1988년 9월 10일 토요일>
金哲浩 李成根 金炯守 모두 弔問하려 간다고 한 사람이 한 분도 不參하야 氣分이 不安햇다. 代表會長만 갓다.
來日 柳正進이 作業하려 온다고 햇다.
終日 비기 내려 作業은 全部 棄權햇다.
뱀 능그리를 잡아서 술을 붓고 허청 땅에 무더 두윗다. 約 三年이면 效藥이라 햇다.

<1988년 9월 11일 일요일>
오늘도 終日 비가 내려 作業은 支章이 있

서 작파를 햇다.

終日 舍郎에서 讀書만 햇다.

夕陽에 韓相俊이가 왓다. 여려 가지로 相談하다 麥酒 한 잔식을 하자 하야 飮酒해 보왓다.

禁酒는 今日채 三四日채이다. 뜻은 없다.

<1988년 9월 12일 월요일>

柳正進하고 成康 大門을 改造한바 볼꼴이 안니다. 從前에는 잘 하든데 이번에는 통일을 해주지 안트라. 午後에는 成東이가 코크링을 불여와 大事를 햇다. 一金 壹萬 주고 約 二時間 作業햇다.

面에서 朴鴻燮 外 一人이 왓다. 現 里長이 辭表를 提出햇는데 不遠間 改發委員게서 選出해달아고 햇다. 느저도 一週日은 經過해야 한다고 해서 보냇다.

<1988년 9월 13일 화요일>

成東 柳正進하고 三人이 終日 모두 끝냇다. 그러나 손볼 게 만타.

싸이카가 故章을 이르켜서 使用 不能.

面長에서 전화가 왓는데 來日 大里 崔宗仁 生日 募臨이 있어 通報가 왓다.

五鷄[烏鷄]닭 十一개를 앙겻다. 二十三日 만이면 새기가 나온다. 一○月 五日頃에나 生産될 듯십다.

<1988년 9월 14일 수요일>

아침에 昌宇가 왓다. 黃茂里[黃筏里] 李得香 氏에 結婚 日定[日程]을 받으려 간바 不在中여 歸家햇다고. 日前에는 丁基善 林德善에서 各 ″ 拾萬 원식을 빌여 준바 갑지도 안코 成俊 結婚 字日[日字]이나면 {서} 一金 貳百萬 원을 要求햇다. 누굴를

相面하고 不安햇다.

大里 生日契에 參席햇다. 大里校長 面長 金炯順 金善權 金允圭 廉昌烈 崔宗仁 本人 게 崔乃宇 八名이엿다. 宗仁 집에서 中食을 하고 全州로 行하야 病院에 金漢來를 問病햇다.

物品도 사고 싸이카도 고첫다.

<1988년 9월 15일 목요일>

에제 金三浩을 通하야 全州 朴文九 氏의 전화번호를 確認하고 今日 事務室에서 相面하고 買賣을 要求한바 郡廳에서 決定하면 하겟다고 햇다.

아침에 成康 집을 전기 加設[架設] 페인트을 치라다 보니 一時엿다. 朴文九 氏하고 約束이 一時間이 너머쓰니 未安千萬이다. 相面은 햇지만 此後로 미루고 任實로 갓다. 農協에서 目的을 하고 加工{組合} 常務 姜信洐을 맛나서 또 한 잔 햇다. 韓大연 任期인데 어절아요 햇다. 다시 시키자 햇다.

郡에 전화햇든니 成曉는 全州 가고 李 係長에 시켜서 八九年 楳林用[造林用] 포푸라 一○○株를 申請햇다.

成康 집에서 嚴俊峰 崔完宇 韓相俊하고 事前 謀議햇다.

<1988년 9월 16일 금요일>

成康 집 大門을 午前 中 쉴 사이 없이 大門 塗色을 끝냇다.

소재비도 購하고 우와기도 그대로 가저오고 담배도 購入하야 終日 餘暇는 一分도 없엇다. 그려 놀고 십지는 안다. 全州에서 會員 宗植을 路上에서 문패장사를 하는데 모른 체 햇다. 商業에 支章이 있는 듯십어서엿다.

嚴俊峰은 今日도 任實에서 相面했지만 움뭉하게 보인다.

<1988년 9월 17일 토요일>
成康 집 大門을 整備하고 中食도 除幣[除弊]하고 任實 加工組合 分會 參席했다. 中食을 끝이고 全州로 行하야 崔辰成을 大陸 다방에서 相面하고 打合한바 조[좀] 無識한 듯십드라. 듯고는 왓지만 다음 火曜日 맛나기로 하고 南原에다 依賴하드라. 韓相俊하고 同行키로 한바 不便한 點이 있어 不參했다.

<1988년 9월 18일 일요일>
白康俊 氏가 왔다. 새보들 논 방천을 팔자고 하드라. 나는 못 팔겠다고 했다. 물을 장담 못한다고 했다. 白康俊 氏는 全部를 代價를 밧고 팔겟다고 하드라. 二 三次 里住民總會를 召集 放送을 해도 不參한데다 또 다시 完宇는 里民의 謹告[勸告]라는 뜻에서 다시 한 번 더 하고 잎은[싶은] 마음이 잇는 것 갓다고 某人이 햇고 住民 一人은 百萬 원에 팔자고 햇다는 말도 나오고 처음에는 過半수 以上이 募인바 全員이 退場해 버리고 不過 拾餘 名인데 加不[可否]도 못 짓고 말앗다. 老人 一部에서는 養老堂 願치 말자 하고 燃炭[煉炭] 떼고 문 바르면 每日 노름하가만 便利한다 하니 一切 舊舍는 손대지 말고 各者[各自] 집에서 볼 일 보자고 하느 사람도 잇다. 新豫算額은 約 百六拾萬 원 程度가 必要하다니 現金은 壹百參萬 원박게 없다 하니 殘金은 어터케 据出했으면 할는지 막연하다.
完宇 成奎는 里에서 不信者로 判名[判明]된바 利害는 不問하고 里事에서 손을 떼는

게 當然之事다.

<1988년 9월 19일 월요일>
今般 改發委員도 全員 가라치워야 한다.29 重宇 慈堂 生日이라고 招請했다. 俊峰 昌宇도 왓드라.
養老堂 問題가 나왔다. 俊峰 말品을 들으니 養老院에 對해서는 關聶[干涉]이엇고 放害者[妨害者] 갓드라. 제의 自由自資[自由自在]로 하지 못한니가 不平은 事實이지만 養老院에 對한 面長은 協助하지도 안코 오히려 昌坪里는 名儀조차도 빼버렷드라고. 그래서 嚴俊峰 自信이 넛다고 公會席上에서 말하드라. 그려 리가 없쓸 텐데 햇다.
夕陽에 舘村을 갓다. 炳基 氏을 相面한바 昌宇하고 茂草 關係로 是非햇다고 들엇다. 節事 後에 石碑 日字로 밧자고 했다.

<1988년 9월 20일 화요일>
成東 內外는 食器會社 主催로 서울 求景하려 간바나 아마도 嚴俊峰 照介[紹介]인 듯 싶으나 의지자는[의젓잖은] 것처럼 보인다. 싸이카가 正確치 못하야 驛前 修理의로 갓다. 마구라 밧킹을 납의로 만드려 再造햇든니 現在는 如一하다.
花檀[花壇]도 整理하고 田畓을 둘여 보니 參光벼는 걱정이 多份[多分]하다. 느저서 마음 괴롭다.

<1988년 9월 21일 수요일>
搗精業者 定期總會가 開催됏엇다.

---

29 전날 일기의 내용을 다음날 지면에까지 이어 적은 것으로 보인다.

밤 十一時경에 水原 成康에서 전화가 왓다. 十時경에 등남[득남]. 아들을 生産햇다고 전해 왓다.

韓大연 씨가 除外되였엇지만 多年生이 욕심이 만타. 아마도 組合에 무슨 심술이라도 부리지 안을까 한다.

約 二個月 만에 禁酒도 하고 朴一洲內科에서 復用햇다. 現在 異常이 없어 飮酒도 해보고 食飼[食事]도 그대로 하고 있다.

<1988년 9월 22일 목요일>
終日 집에서 宗中文書도 縱覽해 보고 立碑도 研究해 보고 햇다.

韓相俊 丁基善이가 왓다. 무슨 할 말이 잇는 듯십으나 별 말 못햇다. 韓相俊은 親히 하기는 하지만 嚴俊峰의 情報人으로 보고 있다. 樑心[操心]해야 할 사람이다. 安承均이도 비슷하니 말조심은 해야 한다.

<1988년 9월 23일 금요일>
田畓을 두려 보니 三光벼가 느저 大端이 不安햇다. 아즉도 꽃〃시 서잇는 벼도 만타. 물을 比交的[比較的] 만니 대 보왓다.

<1988년 9월 24일 토요일>
水原서 子息들이 全員이 왓다. 浮母[乳母]하고 浮兒[乳兒]만 不參하고. 浮母 一身는 健康하다고 햇다.

崔南連 氏는 每年 繕物[膳物]을 보내오고 面長도 每年 빠지〃 안코 보내온데 未安한 기限이 없다.

<1988년 9월 25일 일요일>
次祀[茶祀]을 잡수시고 車 二臺로 南原 山所에 省墓를 갓다.

崔成宇 및 炳文 氏를 訪問하고 宗事 關係도 打合햇다. 바로 大里에 省墓하고 오니 鄭桓承이가 別世햇다고. 中食을 炳基 宅에서 하고 喪家에 弔問햇다.

<1988년 9월 26일 월요일>
客地에서 온 子息들은 全部 가고 成奉 成愼이만 來日 간다.

丁壽福 招請으로 中食을 햇다.

成傑이가 運轉者가 되여 술이 過飮을 하고 있으니 每週 不安하다.

丁基善이를 相面하고 養老堂에 對한 討論을 햇다. 里長 處勢[處世]도 未弱[微弱]한 者다.

<1988년 9월 27일 화요일>
炳基 氏하고 一行 보절면 황벌이 李得香 氏을 禮訪하고 立石 涓日[涓吉]을 한바 一〇月 二〇日로 定햇다.

오늘[오는] 길에 任實 石工場에 들이여 立石代를 {비교해 보니} 茂橋[筏橋]하고 差異가 만타[많다].

<1988년 9월 28일 수요일>
桂壽里 大宗中 新穀 觀坪[看坪]日이다. 宗員들은 많이 왓다. 昨年 稅에다 一.五%을 加算키로 하야 締結햇다.

成五 氏을 任實서 맛나 立石 契約次 相逢키로 하고 館村 炳基 氏을 相面햇드니 來日 順天 崔光範을 마나자고 해야 成五 約束을 포기햇다.

<1988년 9월 29일 목요일>
館村 堂叔하고 同行하야 茂橋 崔光範 石工場을 訪問 碑石 床石 一切을 六九萬 원

에 決定하고 一五萬 원 契約金을 주고 왔다. 期日은 一〇月 十八日까지는 보내주기로 햇다.

<1988년 9월 30일 금요일>
群山 崔樂範 집에 訪問하고 群山高 崔辰成하고 對話해야 簇譜을 막기고 不遠 碑文을 지여 주겟다고 햇다.

<1988년 10월 1일 토요일>
宗員總會로 昭集[召集]햇든니 六名이 왔다. 歲入歲出 決算은 잘 햇다.
立石 豫算額은 百萬으로 豫想햇다.
昌宇가 結婚費가 모자란{다}고 몇일부터 말{하}기에 生覺하다가 貳百萬 원을 成東便에 보내주윗다. 約 一個月만 使用한다고 햇다.

<1988년 10월 2일 일요일>
家長이 生日이다. 아침 일즉부터 食事 準備을 하야 住民 老人들을 소리해서 朝食을 갖이 햇다.
十二時頃에 各 機關長 그리고 有志 몇 분이 十餘 名이 왔다. 남는 飮食은 接待햇다. 朝食 後에 安承均 氏 丁基善 金長映 氏 其他 外人 몇 분이 있어 舍郞에서 養老堂 問題가 나왔다. 여기에서 安承均 氏는 里民總會 時 崔乃宇 丁基善은 不參햇이만 서울서 온 成奎 말이 나는 서울도 갖이만 아즉 住民登錄을 옴기지 안햇으니가 只今 이 마을 주민다면서 從前에 五百 해주윗으면 되엿는데 追加 못한다면서 只今 部落 돈 百萬 원이지만 그 돈은 못준다고 햇고 里民이 추렴을 해야 한다고 주장하여 그것이 트려것다고 햇다.

<1988년 10월 3일 월요일>
家事나 돌보며 出入든 못햇다.
家蔟기리 못텡 벼 베기 햇다.
새보들 물을 떼버럿다.
개 새기 四마리 六一,〇〇〇에 팔앗다. 成康 개 새기도 二마리 三五,〇〇〇원에 팔앗다.
昌宇는 四星을 써가면서 全州에서 兩家가 募여서 보광당에서 패물을 準備키로 햇다.

<1988년 10월 4일 화요일>
昶範 出生申告次 新平面에 간바 出生住所가 不明으로 미루고 全州에 갓다. 崔辰成 氏를 電話로 碑文을 말햇든니 明 五日 午後 五時에 大陸다방에서 相面키로 하고 왔다.
水原에 電話로 出生地를 무르니 水原市 세루 三동 三五二-二號로 하시요 햇다.

<1988년 10월 5일 수요일>
館村 堂叔하고 同行 全州에서 태우를 相對로 大陸다방에서 四人이 相面한바 某 女人도 相面 合席햇다. 碑文하고 簇譜하고 對照하면서 碑文는 끝이 나고 夕食을 갖이 하고 碑文書役은 成五 氏의 子 鍾範에 依賴키로 決議. 宗中代表로 崔乃宇만 가라 햇다. 應햇다. 屯基里 成奎 氏에 전화로 말한바 來日 生覺해보겟다고 햇다.

<1988년 10월 6일 목요일>
어제는 立石 關係를 乃宇에 依賴하고 태우 병기 氏 못 간다기에 내가 倭任을 밧고 屯德里 崔成五에 相議햇든니 서울로 二次을 付託햇으나 ㅁㅏㅎ이[많이] 일이 累積되여 十五 以內는 못한다 하야 南原 松洞面에 趙光萬 氏을 訪問코 依賴햇다. 治下비 七

萬 원을 드렷다. 成五 氏가 未安해서 旅비
萬 원을 주고 中食도 接侍하고 作別햇다.

<1988년 10월 7일 금요일>
崔南連 氏가 人夫가 不足하야 대추를 털여
달아 하니 不故[不拘] 할 수 없이 終日 터
려준바 밤에 몸이 不便햇다. 日當 萬貳仟
을 보내주니 未安하야 可否을 決定 못하고
바다는 두웟지요.

<1988년 10월 8일 토요일>
南原 松洞에 趙 氏을 訪問하고 碑文을 차
자 慕侍고 茂橋 光範을 찾고 碑文을 傳하
려 한바 未毛[末尾]에 崔良宇가 빠젓드라.
할 수 없이 맛기고 잘 付託하고 왔다.

<1988년 10월 9일 일요일>
집에서 宗中文書을 整理하고 館村 炳基
氏에 決課[結果]을 傳햇든니 별 것은 없으
나 良宇을 너달아고 햇다. 그리고 서울 範
을 빼라 하기에 良心은 不로 알지만 그려마
하고 茂橋에 傳하고 付託햇다.

<1988년 10월 10일 월요일>
家蔟들은 婦人 一人하고 終日 고초를 땃다.
工場 原動機 水증機[水蒸氣]가 不實해서
全州에 가서 修繕해다 組立햇다. 精米機
光農 것이 안니고 보기에 異常이 있어 다
시 왔다.
成傑이가 왔다. 善範이가 아파서 成傑 車
便으로 全州 病院에 단여왔다. 二번채다.

<1988년 10월 11일 화요일>
館村 堂叔 全州 태우 三人이 同乘하야 南
原에서 桂壽里 欽宇까지 募여 床石 運搬

打合을 論議한바 十八日 人夫를 대서 運
搬路를 開設키로 하고 十九日에는 祭需을
南原서 흔우를 맛나 購入키로 하고 二〇日
은 全員이 床石을 山所로 立石키로 約束
하고 十六日에는 炳基 氏와 茂橋을 가보기
로 하고 十七日에는 全州에서 태우를 相面
키로 햇다.

<1988년 10월 12일 수요일>
콩 도매 주고 삿다.
面長 外 一人이 어제 단여갓다고 들엇다.
아마도 里長 關係인 듯십다. 里長은 養老
院 建築을 關係를 解結[解決]하고 물여남
이 當然하다고 본다. 이 모두를 處結[處決]
하기 難한니가 辭表을 提出한 듯십다.
메누리는 親家 父親 生辰日라고 갓다.

<1988년 10월 13일 목요일>
콤바이로 벼를 脫穀햇다. 午前 中에 끝이
난바 收穫量은 小袋로 一〇〇개가 收穫되
엿다.
脫穀하면서 乾燥場으로 옴겻다.

<1988년 10월 14일 금요일>
堂叔하고 同行하야 九時 列車로 順天 - 茂
橋 石物工場에 갓다. 石物을 보니 그대로
進度는 잘 되여가고 잇드라.
올 때는 直行으로 任實까지 왔다.

<1988년 10월 15일 토요일>
終日 벼 말이기만 햇다.
正午에 廉昌烈 指導所長이 왔다. 麥 播種
을 早束[早速]이 서드려 주시요 햇다.

<1988년 10월 16일 일요일>
三溪面 漁隱里 韓昌연 女息 結婚 鄭泰植
弟 結婚 金鉉珠 了 結婚 各 〃 三個所를 단
이는데 忿散했다.
夕陽에는 鄭泰植 집에서 招請하야 食事를
했다.
全州에서 泰宇를 相面하고 來日 相面키로
했다.

<1988년 10월 17일 월요일>
태우하고 同伴해서 信託銀行에서 利子 一,
〇九二,六〇〇을 引出해 왔다. 殘 九,〇〇
〇,〇〇〇은 再入金했다.
家族 全員 놉 三人은 終日 脫穀을 끝냇다.
成曉 畓은 二七袋 收穫하고 成東 條는 二
一袋 成康 條는 一四袋 收穫햇다.
成東에서 一金 拾貳萬 원 入金해 왔다. 宗
錢을 주원든바 드려왔다.

<1988년 10월 18일 화요일>
九時 列車로 桂壽里에 갓다. 人夫는 八名
欽宇 九名이 作業 中인데 人當 八仟 원식
으로 알고 酒代 食代 一切을 끝(立石)내고
會計하자 햇다.
갈 대 豚肉 三斤 五,一〇〇에 사가지고 갓다.
아마도
饌代
酒代
人夫賃
담배代 等인 듯십다.

<1988년 10월 19일 수요일>
欽宇하고 車中에서 同伴하야 南原市場에
서 祭需을 購入하야 택시로 桂壽里에 옴기
고 午後 二時쯤에 石物이 到着하야 人夫을

引솔해서 下車하고 南原으로 도라서 왔다.

<1988년 10월 20일 목요일>
高祖 立石日이다. 重宇 炳列 태우 炳基까
지 五名이 參席햇다. 一家에서 多수가 參
席해 協助해 주엇다.
會計하다 十三萬 원이 不足해서 欽宇에서
둘여 石代는 完拂했다.

<1988년 10월 21일 금요일>
九時 列車로 桂壽里에 갓다. 取貸金 拾參
{萬} 원을 欽宇 婦人에 傳해주고 왔다.
金三浩을 訪問. 成傑 宮合은 大吉라 햇다.

<1988년 10월 22일 토요일>
麥 播種하는데 肥料 種字를 뿌려 주윗다.
家族은 콩 脫作햇고 成東이는 경운作業 昌
宇는 메누{리} 집에서 寢具 一切을 잘 해왔
다고 傳햇다.

<1988년 10월 23일 일요일>
終日 방아 찟는 데 協力햇다.
基宇 {注}油所에서 모비루 一桶을 外上으
로 一九,〇〇〇원에 가저왔다.

<1988년 10월 24일 월요일>
除草濟 三封을 館村에서 購入해다 麥畓에
뿌렷다.
郡 간바 成曉가 出張으로 面會를 못하고
全州로 直行코 眼鏡을 購入햇다.
오토바이를 보링하라고 매겻다.
成東이는 終日 精米햇다.

<1988년 10월 25일 화요일>
任實郡廳에 들이여 成曉에서 捺印을 밧고

南原 加工協會에서 精米機 附品을 購入하
야 왔다.
新平面長을 相面하고 昌坪里長 件는 關係
말고 于先 里 養{老}堂부터 解結해야 한다
고 했다. 難處하니가 辭表를 提出한 것이
고 里長 自身이 責任이다고 했다.

<1988년 10월 26일 수요일>
집안일을 했다.
成東이는 방{아} 찌엇다.
안에서는 콩 脫作햇다.

<1988년 10월 27일 목요일>
押作이 몸 不平햇다. 食事도 뜻이 없다. 가
슴이 통징이 나고 夜中에 不安햇다. 괴로와
도 참고 新聞 雜紙만을 보다 새벽에 잠드
럿다.
아침에 全州로 전화하고 病院에 가겟다고
하고 朝食은 空食으로 朴一洲醫院 갓다.
엑쓰레이도 촬영하고 初音派機[超音波機]
로 珍察도 한바 結果는 異常 없다고 햇다.
복용藥은 一週分 가저왓다. 約 三, 四週間
復用하라 햇다.
複藥[服藥] 中이다.
오늘부터 禁酒令을 내렷다.30

<1988년 10월 28일 금요일>
成東 母는 觀光 가는데 新平서 三名인데
갗이 光州方面으로 간다고 갓다.
成東이 終日 精米햇다.
全州 태우고 成辰하고 大陸다방에서 相
面하고 曾祖 碑文도 付託하고 治下金 五
萬을 전햇다.

아침에 全州 成曉에 전화하야 病院에 간다
고 햇다.31
朴一洲醫院에 갓다. 엑쓰레이 찟고 初音派
機械로 珍察을 햇다.
綜合檢진 結果는 異常이 없다고 하고 三,
四週間 復藥하라 햇다.
來日 成曉 母더려 光州 求景하려 가라고
해서 許諾을 햇다.

<1988년 10월 29일 토요일>
昌宇 집에 가서 食事를 햇다. 館村 炳基 氏
가 왓다. 昌宇하고 섭〃이 잇는데 來日 結
婚도 잇고 하는데 서로 풀고 지내야 할 게
아니야 하면서 갖이 昌宇 집 갓다. 昌宇는
눈치를 보니 別 조흔 人象은 안니드라.
成植이도 왓는데 나의 生覺上 別 多情한
뜻은 없고 서먹〃 해지드라. 人事하는 處勢
도 名色이 伯父쯤 되는데 방에 드려가니
꾸구시 서서 고개만 끄덕하드라. 大田에
宋圭鉉이는 무릅을 꿀고 배운 듯이 人事하
드라.

<1988년 10월 30일 일요일>
朝食을 昌宇 집에서 하고 祝儀金 參萬 원
을 주엇다. 少額인 줄 알지만 成曉도 낼 것
이고 水原 成奉도 낼 것이고 南原 成樂이
도 낼 것이고 成苑도 낼 것이고 모두 내의
食口의 額수가 相當할 것으로 본다.
昌宇의 한는 處勢로는 약세이지만 내의 體
面으로 里長도 多數 갈 것 갓다. 昌宇의 良
心은 不快하다. 近方 大小間에는 請諜狀
[請牒狀]도 안 내고 他人에만 냇으니 不良

---

30 이상 두 문장은 붉은색으로 기록하였다.

31 이하 기록된 내용은 마지막 한 문장을 제외하고
  는 전날 기록한 것과 동일한데, 기록 후 크게 '✕'
  자를 그려 내용 삭제 표시를 하였다.

心者로 認證햇다. 내가 어제밤사 全州 태우 館村 善宇 基宇에 通報햇지만 올지 말지 한다.

禮式은 無事 치럿지만 兩家에서 同席하야 人事라도 交換함이 至當하는데 別 말이 업서 바로 뼈수로 내려왓다.

村前 앞에서 成奉 一行을 메누리까지 相面햇다. 用金으로 一金 參萬 원을 주드라. 善範이도 데려갓다. 明春에 다시 보내{기}로 햇다.

<1988년 10월 31일 월요일>

終日 보리논에 물을 뿌리고 午後에는 밭보리에 물주고 采疏[菜蔬]에도 물을 주엇다.

오늘도 빈틈없이 日課를 보냇다.

成曉 母는 어제 結婚式場에서 成曉 집으로 갓다. 몸 좃이 못해서 몃칠 病院에 단여볼가 해서.

<1988년 11월 1일 화요일>

成東이는 방아 찌엿다.

집안 掃除을 깨끝이 한데 半日이 걸엿다.

어제 보리밭에 물을 주윗든니 오늘 비가 내렷다.

面長에서 電話가 왓다. 十一月 四日 觀光 丹楓노리 가자고 하고 會費을 要햇다. 이여서 農地購入資이 나오면 依賴하자 햇든니 힘써보겠다고 햇다.

<1988년 11월 2일 수요일>

石拔機가 구멍이 나서 下部에 白米가 相當이 흘엇다. 듯자하니 柳正進이가 發見하고 全部 제 것으로 알고 퍼갓다 햇다. 당장에 뜻고 보니 사실이드라. 館村에서 卽時 修理햇다.

成東 母는 全州 病院에 갓다.

南原 壽洞 欽宇가 電話로 七百坪짜리인데 地方에서는 三斗只으로 行勢한다면서 白米 六〇叺을 要햇다. 約 四百八〇萬 원 程度이다.

故章이 藉 〃 한 오토바이를 交替하려 生覺하고 里長에 依賴하야 農協에 付託햇든니 一個月은 利子 업이 利用하되 利子는 一四.五%利로 拂入해야 하고 代價는 七〇萬이고 郡에 申告하야 番號板을 달아야 하고 免許證을 내야 하면 約 八〇萬 원이 든다기에 抛棄햇다.

<1988년 11월 3일 목요일>

全州에 一週分 藥을 購入하려 갓다. 昌宇 藥하고 내우 것하고 배것다. 바로 와서 交替햇다.

<1988년 11월 4일 금요일>

七時 三〇分頃에 嚴俊峰하고 面 機關長 有志 合同으로 禪陰寺[禪雲寺] 경포 金堤 拙甫[茁浦]를 거처 終日 觀光을 햇다.

집에 오니 밤 八時 半쯤이엿다. 旅費는 메누리가 參萬 원을 주드라.

<1988년 11월 5일 토요일>

九時 列車로 成東 母하고 同伴해서 南原 李연재醫院에 갓다. 治料하하는 方法이 全州 왓다고 햇다. 二, 三{日}間 단여보고 오라 햇다.

精米機가 異常이 잇다고 햇다.

생강 콩 쌀 참깨 팟을 市場貨 해서 六七萬 원을 收入햇다고 햇다.

右金32은 一部 油類代를 拾萬 원 程度를 주고는 殘金은 驛前 畜協에 預託햇다고 햇다.

<1988년 11월 6일 일요일>
白元基 弟 結婚式에 參席햇다. 面長으로써
내에게는 잘 對하여 주기에 今般에 結婚에
一金 貳萬 원을 祝儀金으로 너주웟다.
鄭仁浩 子 結婚式에도 參席햇다. 그러나
모두들 女子가 다 좃고 그런데 成傑은 뜻
도 없이 있으니 不安하기 限업다.

<1988년 11월 7일 월요일>
加工協會 新舊 이취임식이 事務所에서 擧
行되엿다.
中食을 맞이고 다방에서 請問會[聽聞會]
질의 테레비만 보고 夕陽에 왔다.

<1988년 11월 8일 화요일>
成東이는 방아 찟고 나는 오도{바}이가 不
實하야 全州로 갓다. 驛前에 修理햇지만
마음에 들지를 안트라. 오늘은 全州로 간바
마음 맛게 잘 해주면서 갑도 싸드라. 될 수
있으면 全州에서 修理함이 成功的이것드
라. 時間도 約 四〇分이면 全州 着하드라.

<1988년 11월 9일 수요일>
南原 欽宇 태우 館村 炳基하고 全州 某 茶
芳[茶房]에서 募臨을 갓고 桂壽 位土 購入
하는 데 打合을 한바 三斗只을 購入하려
한바 宗財가 不足하야 다음으로 미루고 갈
엿다.

<1988년 11월 10일 목요일>
집에서 집안일을 살폇다.
뒤밭에을 가보니 보리는 그대로 잇고 싹이

____
32 오른쪽에서부터 세로쓰기로 일기를 써 내려가고
　　있기 때문에 앞서 기록한 내용, 즉 생강 등을 판
　　돈 67만 원이 '右金'의 내역이 된다.

트지 안고 잇드라. 물을 주려 한바 耕耘機
故章으로 못햇다.
成東이는 고초 五〇斤을 農協으로 가서 販
賣햇다. 一金 壹拾萬 원을 바다 왔다.

<1988년 11월 11일 금요일>
耕耘機가 故章이 나서 終日 附品을 購해
다가 組立햇다.
成傑의 婚處가 生起여 宮合을 보라 해는데
成玉도 다음 日曜日 男便 될 분이 父를 面
會코자 한다니 그 날이 墓祀日인데 엇지
할고.

<1988년 11월 12일 토요일>
보리밭에 물을 뿌렷다. 播種이 一〇餘 日
이 되엿지만 發牙[發芽]가 되지 안햇다. 할
수 없이 물을 二次를 주엇다.

<1988년 11월 13일 일요일>
家族들은 共販用 벼 六三袋을 作石햇다.
나는 炳基 炳列 태우하고 四人이 南原 大
宗 墓祀에 參加햇다.
成玉이는 全州에 갓다. 請婚者가 面會코자
要求한바 父母도 相逢하고 십다는데 墓祀
및 位土 購入次 가들 못햇다.
位土는 七百餘 坪인데 土代를 四八〇萬
원에 完結하고 代書所에서 書類을 求備
[具備]해 오면 全州에서 不遠 契約 締結키
로 햇다.

<1988년 11월 14일 월요일>
食後에 버스 便으로 南原으로 돌아서 光州
光農商會에 갓다. 精米機 附屬品 一切을
購入해 왔다.
全州에서 成英 큰메누리가 왔다. 十三日

成玉하고 河 氏하고 成曉 內外와 다방에서
面談한바 確實이 內部는 몰아도 것트로는
普通사람은 되드라고 햇다.

<1988년 11월 15일 화요일>
八時 버스로 南原으로 光州에 着햇다. 附
品을 再購入해서 빨이 온바 午後 一時 半
쯤 到着햇다.
白米 八叺을 市場化 햇다고 햇다. 叺當 八
四,〇〇〇원식.
耕耘機가 異常해서 修理한다고.

<1988년 11월 16일 수요일>
館村 堂叔 兄弟하고 三人이 雙百堂 墓祀
에 參席 햇다.
來日은 從九代祖 書道驛前에서 參席키로
햇다.

<1988년 11월 17일 목요일>
에제 屯基 10代祖 墓祠[墓祀]에서 言約대
로 나는 오늘 소소리 從9代祖 墓祀 자근宅
代表로 參席 햇다.
炳基 兄弟는 涝沙亭 9代祖 墓祠로 보냇다.
그런데 旅費가 만이 낫다.
成東이는 벼 共販에 不實한데 2等을 마잣다
고 햇다. 里長은 제 욕심을 채려 120袋을 共
販햇다고 드럿다. 良心不良者로 取扱햇다.
그려나 外人은 모든다고[모른다고] 햇다.

<1988년 11월 18일 금요일>
아침에 昌宇는 借用金 十月 一日 字로 貳
百萬 원에 對하야 今日 現在로 壹百{萬}
원하고 一個月 半分 利子 二三,〇〇〇 計
一〇二三,〇〇〇원 가저오고 殘金 壹百萬
원은 十月 一日 字로 借用한 대로 延期해

주면 不遠이면 元利 十月 一日 字부로 償
還해겟다고 햇다.
完州郡 운주면사무소 民願室 가서 河昌洙
의 戶籍謄本[戶籍謄本] {一}通을 떼보니
事由는 없드라.
崔南連 氏 借用金도 그게 연결되여 淸算해
야 햇다. 一金 三〇八,〇〇〇원이다.
任實 酒造場 崔成熙 氏을 相面하고 宗事
에 對한 相議도 하고 갖이 자리를 떠서 술
도 한 잔 식 논누고 갈엿다.

<1988년 11월 19일 토요일>
立石 時에 利用코저
10月 6日 字로 崔南連 氏에서 20萬 원
10月 9日 字로 〃   10萬 원 게 30萬 원
을 借用한바 今日 字로 元利 合 308,000원
을 드린바 다시금 利子 八仟 원을 가저왓
기에 返還해도 막무가내며 갓다.
全州 태우를 相面코 預託金 500萬 원을 引
出하야 用金으로 貳拾萬 원을 내가 入金하
고 480萬 원은 來日 位土 購入金으로 태우
에 保管하고 왓다.
任實에서 代書所에서 成曉 印章을 保菅하
고 成曉에 連絡햇다.
面에 加工組合分會가 있어 參席햇다.

<1988년 11월 20일 일요일>
鄭龍澤 子 結婚式에 參席하고 丁基善 金
三浩하고 同行하야 南彎 집에 들여서 3時
半쯤 作別하고 터밀널에서 南原 斗行하고
태우하고 다방에서 位土 契約締結을 햇다.
480萬 원에 確定하고 契約金으로 330萬
원 支拂해 주윗다. 殘金으 150萬 원인데 登
記完畢 後 支拂키로 하고 作別햇다.

<1988년 11월 21일 월요일>
終日 방안에서 新聞 그리고 許文道 聽聞會
{로} 눈을 돌엿다.
家族은 白采을 뽀바내고 마늘을 播種했다.

<1988년 11월 22일 화요일>
八代祖 墓祀日
炳基 兄弟하고 三人이 墓祀에 參席했다.
宗員들이 餘暇가 없다고만 하며 昌宇는 感
情이 있어 不參하는데 非人間 行爲를 하고
있다.
祭需는 相當한데 宗員 三人만 分飮한바
多수 도라가드라.

<1988년 11월 23일 수요일>
同月 墓祀日
桂壽 六代祖 高祖 曾祖母 晉州 鄭氏
오늘 墓祀에는 全州 태우 炳基 兄弟 四人
이 慕侍엿다. 昌宇도 不應하고 重宇 便所
짓는다고 不參했다.
택시로 南原으로 直行으로 任實 全州行 旅
費가 多額이엿다.
來日 谷城 墓祀 參禮者을 定하려 한바 모
두 不應하야 炳基 氏하고 가기로.

<1988년 11월 24일 목요일>
谷城 南陽 墓祀日.
日氣는 不順. 첫눈인데도 만흔 눈이 내렷다.
驛前에서 炳基 氏을 맛나 同乘하야 南陽洞
에 當하니 十一時 三〇分이엿다.
多幸이도 그곳은 눈이 오지 안해 不便을
免하고 車便도 完萃되여 無事이 歸家했다.
陰 十月 十八日 大里 曾祖母 墓祀에 募이
기로 하고 作別했다.

<1988년 11월 25일 금요일>
日氣도 不順하고 書役할 之事가 있어 終日
舍郞에서 讀書도 하고 宗中文書도 닥으며
立石 時 諸 支出 文書를 整備하야 來日 大
門內 曾祖 墓祀 時 宗契員總會도 兼하기
위하야 모든 書類 統計를 整理했다.
重宇가 왔다. 來日 大門안 曾祖 墓祀에 가
자고 햇다. 간다고 했다.

<1988년 11월 26일 토요일>
大里 安吉豊에서 약 六첩 萬 貳仟 원 外上
으로 짓다.
宗中書類을 準備하고 昌宇에 전화로 大
門內 墓祀에 가자고 햇든니 못 가겟다고
햇다. 그려면 宗土 收稅는 어더케 할 터야
햇든니 누가 떼여먹나 하면서 주면 될 계
안니야 했다. 不良心者로 알고 전화를 끝
엇다.
大里에 갓다. 全州 태우 三父子가 왔다. 눈
이 만이 와서 墓庭은 못 가고 방에서 慕侍
엿다.
昌宇의 말이 낫다. 어제 舘村市場에서 昌
宇 內外를 炳基 氏가 對面햇는데 來日 大
里로 墓祀에 오라 햇든니 昌宇는 예 하는
데 昌宇 안에서는 우리가 머드려 가야고 하
기에 不安햇다면서 섭〃이 있으면 와서 말
하제 그려케 말할 수 잇는가 햇다고 했다.
오는[오늘] 立石 經費 收入支出을 決算하
려 햇든니 昌宇 重宇 成奎도 不參했으니
位土 移轉 後에 不遠 갖이 昌坪里에서 募
이기로 하고 散會했다.
昌宇는 土稅 一叺 以上은 못 주고 十五斗
을 달아면 舘村 炳基보고 지라고 햇다고
했다.

<1988년 11월 27일 일요일>
아침에 서울서 光範이가 왔다. 丁奉來 回
甲에 參席次라고 했다. 日前에 崔宗鎬 집
에서 제의 아바지가 자다 失物을 當함이 確
實하다고.
全州 崔興宇 參女 結婚式에 參席햇다. 桂
壽里에서 많이 왔드라.
丁奉來 回甲에 단여왔다.
水原서 成愼이가 김치를 실어 간다고.
成曉 母는 허리가 앞으다는데 藥을 지여
주워도 效力이 없다.

<1988년 11월 28일 월요일>
終日 舍郎에서 讀書만 하고 잇는데 舘村에
서 成苑이 전화로 成傑 生年月日을 말해서
알여준바 全州에 澤俊이하고 갖이 宮合을
가려본바 大吉이라고 했다. 成傑에서 맞암
전화가 왔는데 다음 月曜日경에 오겟다고
했다.

<1988년 11월 29일 화요일>
任實農協에 畜牛資金 利子만 三萬 壹九百
원을 拂入햇다.
舍郎에서 新聞만 보왔다.
任實驛前 李 氏에서 전화가 왔다. 成奎 집
銀行[銀杏]나무을 買受해 달아고 해서 전
화번호만 알여 주웟다.

<1988년 11월 30일 수요일>
終日 舍郎에서 讀書하다 테레비 五共非理
聽問會 視聽하다 보니 幕日[日暮]33 되엿
다. 밤에 또 視聽하다 보니 새벽 三時까지

---

33 '日暮', 곧 낱글자들을 해석한 그대로 '날이 저물었
   음'을 뜻하는 말로 사용한 것으로 보인다. 일기 전
   체에 걸쳐 이와 같은 표현을 종종 찾아볼 수 있다.

끝을 내드라. 잠이 오지 안트라. 또 여{러}
가지로 고민이 多生한 듯십다. 어전지 마음
이 異常心이 든다.

<1988년 12월 1일 목요일>
成曉 母을 데리고 全州 大南漢醫院에 갓
다. 針[鍼]을 맞고 藥 한 제를 지엇다. 代價
는 二七,〇〇〇원이엿다.

<1988년 12월 2일 금요일>
故 金鉉珠 死亡 問喪을 햇다.
虎巖里 金敎成 氏가 來訪해서 갖이 協助
해준바 鄕校 修理費 誠金으로 尹鎬錫 萬
원 丁基善 萬 원 韓상俊 二萬 乃宇 二萬
원 崔南連 壹萬 원 게 七萬 원을 計劃햇다.

<1988년 12월 3일 토요일>
桂壽里 欽宇 成栗 三人이 巳梅面에서 募
여 宗畓 移轉 手續切次을 打合하고 南原
柳 氏 代書所로 갓다. 一切으 書類는 全部
作成코 印鑑하고 面長 賣買證書만 未決
햇다.

<1988년 12월 4일 일요일>
元泉里 孫一國 子 結婚式에 參席햇다. 비
는 休息도 없이 連續되여 오토바이도 못
타고 뻐스로 道峰을 据處서 왔다.
成傑이하고 相範 母가 왔다. 오늘 全州에
서 成傑하고 아가씨하고 觀象[觀相]을 햇
는데 女子處에 希望한다면 盛事[成事]할
用意가 잇다고 했다.
成傑 母는 舘村에서 알아누웟 잇다고 傳해
왔다.

<1988년 12월 5일 월요일>
朝食은 鄭九福 氏 招請으로 其 宅에서 햇
고 中食은 金進映 氏 招請하야 拾餘 名이
갖이 햇고.
成東 母하고 午後에 뻐스로 全州 漢醫院에
가서 針을 맛고 藥 一〇葉[帖]을 지엿다.
成傑 母는 二日 만에 館村에서 왓는데 몸
좋이를 안해서 病院에 다니{느}라 밤늣게
[밤늦게] 왓다고 햇다.

<1988년 12월 6일 화요일>
成傑 母는 피勞해서 不動座勢[不動姿勢]
로 누워 잇다.
館村 成苑은 成傑에 連絡해서 處女 오바가
對面코자 한다니 알여달아고 햇다. 全州에
連絡을 한바 서울 가서 來日 온다고 햇다.
成玉이가 밤에 九時 너머서 집에 온데 언
제고 그런데 기분 납으다. 成玉이로 因하야
괴로움 點 多分하다. 갈수록 보기 실타.

<1988년 12월 7일 수요일>
成允은 十五日間 休暇을 맛고 午後에 水
原에 제의 兄에 집에 갓다.
成東 母하고 全州 漢方醫院에 갓다. 오늘
가보니 數者가 滿員이드라.
벼 共販日인데 우리 벼는 二等이지만 全部
合格햇다고. 多幸이다.
館村 成苑에서 밤에 電話로 오늘밤 全州에
서 成傑이가 왓는데 驛前 소리사에 갖이
가서 處女하고 오빠를 갖이 座席하야 對話
하고 저이들끼리 任實로 가서 約 一時間쯤
對話하고 왓으니 다시 한 번 다음 日曜日
全州서 맛나{기}로 햇{다}고 傳해 왓다.

<1988년 12월 8일 목요일>
오늘은 終日 비가 내렷으나 量은 不足햇다.
成東이는 耕耘機 보링을 햇는데 附品이 高
價이기 때문에 約 二〇萬 원이 들엿다고
햇다.

<1988년 12월 9일 금요일>
오늘은 눈이 내린다.
88年分 新聞代는 一月 – 十二月까지 四
二,〇〇〇원이 原側[原則]이 되여 農繁期
二個月分 七仟 원을 除外고 一〇個月分만
三五仟 원을 支拂햇다.
館村 成苑에서 전화로 全州 成傑에 對한
말을 햇다. 外處에서 전화가 왔는데 成傑
身分을 무려왔다고 햇다.

<1988년 12월 10일 토요일>
많은 積雪量이 내렷다.
全州 崔辰成 招請으로 炳基 태우와 갖이
全州에 募여 大門內 曾祖 碑文撰을 檢討
햇다. 檢討 끝에 訂正하야 完決하고 다음
또 碑文 作成할 게 만타며 治下金 五萬 원
을 건내주고 作別햇다.

<1988년 12월 11일 일요일>
오늘 成傑 觀選이 三次인바 全州에서 最終
으로 破婚되엿다. 女子 側에서는 우리 家
庭이 次妻生이라는 理由로 不婚햇다고. 뜻
이 없으면 진즉 말제 三次에 걸처 經費만
損害를 보이게 하고 成傑 마음만 흔들여
노왓다. 每遇 不安햇다.

<1988년 12월 12일 월요일>
文京 母가 서울서 四, 五個月 만에 왔다고
해서 가보왔다. 成奎 집도 가보왔다 하드라.

午後에 成東하고 全州 漢藥芳에 갓다. 患者는 每日 갓이 늘어나드라. 藥 一○첩을 지여 왓다.

<1988년 12월 13일 화요일>
終日 舍郞에서 테레비 聽聞會 視聽을 햇다. 丁基善 生日이라고 招請해서 朝食을 갖이 햇다.
全州 朴 氏가 面會 要請해서 相面한바 金三浩 不動産 代價를 淸算해야겟는데 協助을 要請햇다.

<1988년 12월 14일 수요일>
全州 漢藥芳에 가려 한데 崔南連 氏가 來臨햇다. 그럴 것 없이 棲학동 서울약국에 가면 注射을 마지면 그전 겼은자고 햇다. 이번에는 그리 가서 빼 주사을 맞고 成曉 집을 단여왓다.
成傑이가 전화로 말한바 今般 結婚 言約에 對한 自身의 모욕이라 하기에 참고 다음 기회를 보라고 당부햇다. 챙치하다기에 그럴 수도 있다고 햇다.
디디디 公衆電話를 午後 四時에 完設햇다. 養老院에다 設置하라는데 氣分이 少햇다. 건방구진 女子라 햇다.

<1988년 12월 15일 목요일>
全州 漢藥方[漢藥房]에 갓다. 七日채 針을 마잣다.
公衆전화를 工場에 논바 말성이 잇는 듯한데 내가 서들여서 내 {마}음다로 設備하는데 住民들은 何等의 理由가 업다. 건방진 놈들이지 무슨 말이야. 앞에 婦人이 加設하는데 養老堂에다 노자고 하기에 당신이 무엇을 알기에 건방구지게 간섭하는야고 말

하고 自己가 무엇이야 햇다. 里長도 와서 보고 대체로 맛당한 곳이 없다고 햇다.
밤에 成允이는 八日 만에 水原 兄의 집에서 왓다. 듯자 하니 成奉은 貨車 一臺를 또 買受햇다고 햇다. 그려면 三臺에다 技士도 三人이고 從事員도 三名에 每日 六名이 役割를 한다니 比較的 큰 事業者이며 食事도 每日 朝夕으로 메누리가 고역이라고 햇다.

<1988년 12월 16일 금요일>
鄭柱相 林玉相 兩人이 왓다. 用務인즉 連名捺印하려 왓는데 養老堂 入住 關係인데 養老堂에서 三二萬을 負擔 條로 된바 打合 決議事項이 안니기에 捺印 据否[拒否]햇다. 住民과 特히 養老員이 全部 捺印 後에 最終으로 捺印해겟다고 해서 보냇다.
昌宇는 二○餘 日 만에 왓드라. 또 무슨 말을 하려 왓는지 으심하드라. 勿論 아수면 온다. 이번에은 財政保證을 서달아고 햇다. 位土을 移轉하기 爲하야 南原 巳梅面으로 退居햇으니 印鑑은 낼 수 없다고 햇다.
水原 成奉이가 온다든니 오지 안햇다.

<1988년 12월 17일 토요일>
大楠漢醫院에 成曉 母 同伴해 갓다. 五日 分 藥을 짓고 다음은 十二月 二○日게 一次 오고 그만 오라 햇다.
夕陽에 丁基善이 內臨햇다. 갖이 술을 들면서 말인즉 基善이는 養老堂 入住에 對한 署名捺印을 받으려 왓는데 捺印을 하면서 里長으로써 保酬[報酬]을 바닷면 每事에 初志一貫 끝을 내며 今般 未受領한 造林代 五○○萬 원도 現 里長이 債任을 저야 하며 이번에 서울을 가서 成奎을 面談한바 五○○萬 원 條에 對한 里民의 陳情

書도 作成했으니 住民들에서 捺印하야 提
出함이 올타고 햇다고 基善 氏는 내게 傳
했다.

<1988년 12월 18일 일요일>
四仙臺 金在洙 氏 者 結婚式 擧行. 午後
一時 幸福禮식장에서.
館村 金在洙 子 結婚식장을 단여 全州 金
在洙 子 結婚장을 參席했다. 中食은 全州
에서 하고 바로 왔다.
서울 城南市에서 黃龍德 母가 來訪햇다.
金敎成에게 鄕校 修理費 參萬 원을 주웟다.

<1988년 12월 19일 월요일>
舍郞에서 讀書도 하고 聽問會를 테레비에
로 聽問햇다. 聽問會 制度는 國民들 異心
을 풀어주는 잘된 制度인데 證人들의 위증
이 있어 보이드라. 初志一貫 끝가지 不正
이 개려지지 못하면 民의 代辯人들은 爲身
[威信]이 不信 밧게 된다고 본다.

<1988년 12월 20일 화요일>
成東 母하고 全州 漢醫院에 가서 針을 맛
고 相範 집을 드럿다. 成玉 件을 相範 母에
서 들으니 每遇 不安햇다.
保險證을 携帶하고 三禮[參禮] 서울病院
에 갓다. 팔다리 앞은 데 骨針[骨鍼]을 맛
고 溫帶로 뜸질햇다.

<1988년 12월 19일 월요일>
舍郞에서 讀書도 하고 聽問會를 테레비에
로 聽問햇다. 聽問會 制度는 國民들 異心
을 풀어주는 잘된 制度인데 證人들의 위증
이 있어 보이드라. 初志一貫 끝가지 不正
이 개려지지 못하면 民의 代辯人들은 爲身

[威信]이 不信 밧게 된다고 본다.
問喪客은 少수인 듯십드라.

<1988년 12월 22일 목요일>
終日 舍郞에서 讀書만 햇다.
中食은 基善 招請으로 햇다.
全州 松川洞에 權浩基 慈堂이 別{世}햇다
고 傳해 왓다.
結婚式 喪家 宴會 參席한 데 五, 六萬 원을
使用햇다. 일 〃이 成東이보고 달아고 할 수
없고 生覺하면 창피한 마음 다분하다. 南連
氏에 付託코.

<1988년 12월 23일 금요일>
崔南連 氏에서 成東 母를 시켜서 一金 拾
萬 원을 貸付해 왓다. 出行할 時 用金을
藉 〃이 要求하기에는 難點이 잇다. 今般에
는 生覺다 못해서 親友에서 둘여왓다.
所陽面 松光寺[松廣寺] 部落 權正顔 喪家
弔問햇다. 一行은 完宇 今福 氏 家蔟들이
엿다.
메누리는 同生 結婚式에 參席次 서울에
갓다.

<1988년 12월 24일 토요일>
집안 掃除를 햇다.
舍郞에서 讀書도 하고 家 蔟譜를 先考 以
下를 整備햇다. 來年에라도 立石을 해볼가
하야 直系를 別紙에 整理햇다.

<1988년 12월 25일 일요일>
서울서 白康善 氏가 來訪햇다. 末年에 幸
福하다고 햇다. 女子 하나를 본 것이 孝로
써 待接한다고 햇다.
舍郞에서 終日 碑文을 複書해 보왓다.

<1988년 12월 26일 월요일>
巳梅에 崔松宇을 面談하고 移轉書類을 打
合했다. 二, 三日間에 完了하고 住民登錄
도 不遠 退居해 보내겟다고 約束하고 왔다.
巳梅 花亭에 張翼權 氏을 訪問한바 出他
하고 婦人는 全州 간다고 不在中이여서 回
路했다.
任實 中央病院에서 精力注射를 마잣다. 미
로뎁보인데 二週마다 한 번식 注射하라고
하고 몇 일간 단여가라 했다.

<1988년 12월 27일 화요일>
內外에 參禮 서울病院에 갓다. 다 갗이 注射
를 밧고 왔다. 確{實}히 홈[효험]을 보왔다.
成東이 內外 잇는데 每日 아버지가 出入하
는데 一日一日 用錢을 準備하라 하기는 每
週 不安感이 있어 崔南連 氏에서 네의 母
를 시켜서 一金 拾萬 원을 借入 햇다고 햇
다. 메누리는 其 金錢은 고초 賣上해서 償
還해드리겠으니 使用하시요 햇다. 多幸이
드라. 내 것을 두고 못 쓰단니.

<1988년 12월 28일 수요일>
成康 母 銀姬 兄弟하고 四人이 同行하야
水原 成奉 子 百日에 參席次 出發했다. 任
實驛에 八. 五○分 急行으로 水原에 十二
時 五○分에 到着했다.
中食은 成康 집에서 하고 夕陽[夕食]은 成
奉 집에서 했다.
成奉에 依하면 明年쯤이면 五, 六仟萬 원
만 全部 收金되면 多幸이게고 땅 一七○평
에 一二,三○萬에 買受햇고 貨車도 一,○
○○萬 원에 四百萬 원 주{고} 殘 六○○
萬 원는 月 貳拾萬 원식 月賦 償還金으로
處理된다고 했다.

成康이는 現妻의 結婚式을 擧行하라 했다.
當分間은 不利하고 住宅 一棟이라도 마련
해서 하겟다고 했다.
用金은 成康이가 約 六萬 원 成奉이 拾萬
원을 주드라.
日前에 成允 便 用金 拾餘萬 원을 보냇는
데 그것은 밫이 안햇다고 했다.

<1988년 12월 29일 목요일>
養老會 定期總會日이다.
全員이 募여다 歲入歲出을 맞이고 中食이
끝이 나고 散會했다.
아침에 水原서 전화로 對話을를 한바 一月
一日頃 에 成康 母가 온다고 했다.

<1988년 12월 30일 금요일>
面長을 相面코저 간바 不在中이여 卽行하
야 任實 中央病院에 갓다. 精力濟[精力
劑] 注射을 맞고 왔다. 二次채 맞았으나 別
無하드라.
午後에 다시 面에 가서 面長任을 相逢햇
다. 農地購入資金을 뭇고 相議햇다.
大里 農協長을 相逢 했다. 理由는 支出菅
[支出官]이기 때문에. 答 日 제가 決定權
이 업고 機關長하고 相議하겟다고 했다.
感謝합니다고 왔다.

<1988년 12월 31일 토요일>
아침에 里長을 面會하고 農村 農地購入資
金에 對하야 面長 組合長 指{導}所長을 對
面햇다는 設明을 해주고 里長으로써 住民
에서 申込을 밧다 面에 報告하면 機關長들
이 瀋査[審査]해서 點수 멕기게 되니 序列
이 成東이를 優位로 너라고 付託햇다.
李相勳이가 왔다. 四拾萬 원 保證을 要하

기에 承諾하야 捺印해 주윗다.
大里 李宗南 査頓 子 結婚에 參席햇다.
多幸 金哲浩 鄭龍澤 契員도 同行햇다.

再傳에 依하면34
「朝鮮朝의 官職表를 보면 品階가 정연하다.
永議政[領議政]과 左議政의 三정승은 正
一品이고 六曹의 判書(長官級)는 正二品
이다.
首都 漢城의 판윤(市長級) 判書 같은 것은
正二品이고 各道의 관찰사(道知事級) 六
曹의 참판(次官級)과 같은 從二品이다.」

<十二月 三十一日>
밤에 面長에게 전화하야 組合長 相面 指導
所長 相面을 設明햇든니 오늘 里長이 마참
終務식에 왓기에 付託햇다고 하기에 感謝
하다고 햇다.
成功이 되면
新平 菅內[管內] 慶事 時에 支出해야 함.
一. 八一五 時
二. 指導所菅[指導所管] 團合大會 時
三. 防衛協議會 贊助金

---

34 이하 내용들은 한 해 일기가 다 끝나고 남은 빈
   지면에 기록되어 있다.

1989년

<내지1>
謹賀新年
一九八九年 己巳
初日
崔乃宇 書 (印)

<내지>
88. 12. 23. 字
崔南連 氏 10萬 원 借入 89. 1. 20.
完拂함.[35]

<1989년 1월 1일 일요일>
에제[어제] 面長에서 再促을 받고 養老堂 入住을 마음的으로 結定[決定]코 住民 養老院員의 意見도 듯이 안코 成東이 安永模에 말하야 于先 燃炭[煉炭]부터 옴기자 햇든니 그 자리에 온 분은 할 수 없이 協力하야 방안 等物까지도 옴겨 入住햇다.
알고 보니 어제 嚴俊祥 子 結婚햇다고. 中食이나 갖이 하자고 招請해서 갓다.
水原서 成康이가 古物을 실코 野燒하려 왓다. 成愼이는 古物 積載하다 눈을 다첫다고 햇다.
夕陽에 成樂 食口가 왓다. 年初休日인 듯

---

35 차입금을 갚은 사실을 표시하기 위하여 '崔南連 氏 10萬 원 借入' 부분을 두 줄로 긋고 날인하였다.

싶다.

<1989년 1월 2일 월요일>
어제 成曉 母을 病院으로 治療次 가려 햇든니 病院에서 전화를 밫이 안해 休日로 알고 못 갓다.
耳가 애린다. 기침이 深한다. 고개 허리도 앞으다. 合傔증[合併症]이 생긴 듯싶다.
內課[內科]에 갓다. 診察하고 사진도 찍고 血液도 檢査하고 結果는 못 보고 이비인후課[이비인후科]에 갓든니 고막이 터젓다고. 治療하고 夕陽에 大便을 못 밧다고 해서 外課病院[外科病院]에 갓다. 藥을 주워서 가지고 成曉 집에서 夕食하고 왓다.
오는[오늘] 病院을 4개所를 단여왓다.

<1989년 1월 3일 화요일>
水原 人夫는 作業 끝내고 밤 臨時車로 夕食 後 떠낫다.
오늘도 방사선과에 갓다.
生覺하니 正初부터 氣分이 不安햇다. 一金 15,〇〇〇원을 주고 촬영하다 綜合診察을 하여 募왓다. 結果는 異常 없으나 위가 허렷다고 하고 복용약 1週分을 지여 成玉에 傳하고 왓다.
水原서 온 人夫는 일을 하는데 成康이 母으 눈치를 보니 異常이 보엿다. 어제도 氣分이 그리고 눈치가 안 좋으니 오늘도 맞찬

가지엿다. 개심한 成康 母로 보고 寢臺에
準備하다 말없이 와버렷다. 갯심한 년이다.

<1989년 1월 4일 수요일>
親睦稧會日이다.
아침에 전주에서 전화가 왔다. 綜合病院에
가자고. 7時에 出發하야 바로 病院에 당하
니 招滿員[超滿員]이엿다. 診察結果 異常
은 없으나 2日 만에 다시 와라 햇다.
12時에 張泰燁 氏에 간바 男子는 2名뿐이
엿다. 宗和 母는 脫穀契 시킨바 다시 왓다.
夕陽에 養老院에 간바 전화문제를 냇다.
南連 氏는 電話를 단데 방아실에서 崔乃宇
割分金을 받는다고 들엇다고 햇다. 黃基滿
이는 公衆전화를 집에 달제 햇다. 熱이 나
기에 개좃놈이라고 햇든니 年上에 그럿 술
잇나고 네가 무엇데인데 {라며} 사정없이
햇다.

<1989년 1월 5일 목요일>
婦人 8名이 古物 整理햇다.
水原서 가전온[가져온] 古物을 손보와 주고
養{老}院에 갓다. 多數가 募엿는데 말햇다.
一. 公衆電話의 件
二. 養老堂 建立의 件
三. 黃基滿의 是非의 件
以上과 같은 事項을 設明[說明]코 解明해
든니 비로소 理解 가든지 이제사 알앗{다}
고 認織[認識]을 하드라.

<1989년 1월 6일 금요일>
全州에 갓다.
成曉 母를 帶同하고 예수병원에 갓다. 耳
를 治料[治療]하고 寫直[寫眞]도 찍고 月
曜日에 오라 햇다.

任實로 直行햇다.
몸이 不便하야 주사를 맛고 왓다.

<1989년 1월 7일 토요일>
水原서 온 古物 3日채 選別作業을 햇다.
婦人 30餘 名이 起用햇다. 日工 約 15萬
원이 드럿다. 數量은 約 一屯[噸]쯤
(1,000k). 雨中이지만 終日 作業은 햇다.
親睦稧會日다. 全員이 募인바 收入支出을
만친바 故 韓正石 舊債가 元穀이 5斗인바
10餘 年이 經過하야 元利가 3叺 7斗쯤 되
는데 弟 韓상俊 한비[말한바] 氣分이 少한
듯 눈치가 보이드라.
全州 徐東振이가 와서 大里坪 田을 利用
하자는{데} 生覺해 보마 하고 成曉에 連絡
햇든니 据絶[拒絶]햇다.
水原서 成康이가 車를 가지고 왓다. 古鐵
은 全部 시려갓다.
成奎 밤에 서울서 왓다.

<1989년 1월 8일 일요일>
오늘 日課는 집안 掃除 工場 周邊을 掃除
햇다.
柳文京 母는 정계뜸 成奎 林野 3畝 程度인
데 買受케 해달아고 햇다. 成奎도 高下間
에 팔겟다고 햇다.
成曉는 5日부터 8日까지 郡에서 合宿하면
서 連續 勤務하는데 고추파동 때문에 그런
다고 햇다.
徐東辰에 아침에 전화로 土地 利用을 抛棄
하라 햇든니 쫓아왓다. 使用料 1,100,00{0}
원 주고 別途로 保證金으로 5百萬 원 주마
하드라. 그래도 据絶햇다. 다시 한 번 父子
間에 相論해서 꼭 許及[許給]해주시라고
햇지만 마구 떠려 버렷다. 不安햇다.

<1989년 1월 9일 월요일>
館村校 15回 同窓生 會議日이다.
今年에 처음으로 11名이 募여 遊快[愉快]
하게 놀고 3時쯤 作別해다.
飮食이 나마서 養老院에 술과 選[饌]을 보
내주웠다.
南原에 白康善 房{洞}[芳洞] 사돈하고 同
伴해서 오섯다.
아침에는 大小間만 朝食을 갖이 接待햇다.

<1989년 1월 10일 화요일>
館村驛前에 畜協에다 一金 70,000원을 預
託햇다. 同窓會 基金인데 7月 20日 限으로
預託햇다.
成東 母하고 예수病院에서 綜合檢診이 結
果가 낫는데 專門醫는 老人이고 하니 別道
理가 없으니 治料하고 藥이나 複用[服用]
한게 올타고 判定햇다.
白康俊 氏에서 招請하야 夕食을 갖이 햇다.

<1989년 1월 11일 수요일>
南原 方洞 査돈이 朝食이 끝이 나자 雨中
인데 歸家햇다.
새벽부터 비는 내리는데 終日 내린 듯십다.
宗中事로 巳梅面 崔松宇를 맛나려 갓다.
出張 中이라기에 約 1時間 程度 機侍[待
機]하다 多幸이 對面햇다. 移轉 件을 없데
케[어떻게] 할 테야 햇다. 하다 보니 未安
하게 되엿다고 하드라. 不遠이면 解決하겟
다고 햇다. 崔乃宇 名儀[名義]로 하겟다고
햇다.
夕陽에 路上에서 徐東辰을 相面하자 내의
밭을 利用하자고 다시 私情[事情]하는데
据絶햇다. 理由는 其者을 미들 수 없다고
生覺해서엿다.

<1989년 1월 12일 목요일>
郡守 主菅[主管]으로 各面 5, 6名식을 招
侍[招待] 邑事무실에서 會議를 한다고 通
報가 왓다.
束錦稧日이다. 場所는 驛前 八八飮食店이다.
10時 30分에 邑事무소에 當한바 10餘 名
이 募엿다. 郡的으로는 100餘 名이 되드라.
郡守은 有志들이라며 고추에 對하야 協助
을 당부하드라.
中食 後에 驛前에 束錦契會場에 參席햇
다. 收入支出 決算을 맞이고 3時쯤 契會議
는 끝낫다.
成奎는 5日 만에 서울로 歸家햇다.
驛前 食堂에서 鄭龍澤 哲浩 말에 依하면
徐東辰 骨材業者가 大里坪에서 個人에 坪
當 1,600원식 주고 골재 彩取[採取]햇다고.

<1989년 1월 13일 금요일>
德巖里 金炯根 招請해서 面長하고 同行햇다.
募臨者는 崔宗仁 面長 支署長 崔乃宇 申
相喆 五人이 募엿다. 飮食은 만는데 초조
하드라. 10餘 名 程度는 募여야 하는데 집
에 와서 面長에 전화로 人員이 너머[너무]
少수라 햇든니 本人이 其 程度만 招請한다
는데 別수 없다고 햇다. 그려면 무슨 뜻이
일가 궁금하드라.
崔今福 氏에서 成奎에 傳하라고 一全[一
金] 391,500원을 바닷다.

<1989년 1월 14일 토요일>
아침에 完宇 里長을 對面하고 農地 購入
資金 資格者 選定 報告하는데 第一次로
成東을 報告하라 햇다. 成東이는 첫채 農
高 卒{業}生이고 두채 農村에 이제까지 常
住하면서 農事 經營이 잇고 셋재 年令[年

齡]이 35歲이고 넷채 農漁村後계者이고 다섯재 營農敎育도 年〃이 修了하고 잇기에 昌坪에서는 第一켔으다고 본다. 面內에서도 成東이와 갖이 條件이 갖워진 人物도 없다고 본다. 以上과 갖이 說明하고 付託햇다.

<1989년 1월 15일 일요일>
故 嚴萬映 婦人 安銀順이는 나를 非방[誹謗]한 것으로 안다. 理由는 88年 秋期에 自己의 畓에 客土를 하겟다고 要求햇다 据絶햇다. 다음은 沈參茂를 시켜서 成東에 要請햇다 또 据絶햇다. 내의 田이 大里坪에 잇는데 上土를 가저가면 모래 잘갈만 남는데 非人間이라면 몰아도 사람치고는 흑을 파가라 할 수 잇나. 조차 못한 계집연이다.
成吉 女息 結婚이 裡里에서 있어 炳基 完宇 重宇 昌宇 五名이 同行햇다.
炳基는 昌坪里 土價을 무는데 白米 30叺면 산다고 햇다. 大里里는 洑 엽에는 斗落當 4萬인고 大里 앞에는 坪當 17,000이 가는데 잘 이루어지지 안는다고 햇다. 昌宇가 집는[짓는] 畓은 몇 坪이고 收학도 무는데 눈치는 大里坪 合坪하고 싶은 눈치드라.

<1989년 1월 16일 월요일>
成東 便에 崔南連 氏에서 一金 壹拾萬 원을 貸借金을 返還하려 간바 利子는 一切 밫이 않코 元金만을 밧기에 感謝하게 生覺하고 왓다고 햇다.
成東 內外에 依하면 진즉부터 完宇에 付託코 고초 一五〇斤만 受賣[收買]케 해달아고 햇든바 莫相 今日 各 農家에서 出荷하는데 우리는 二五斤 他人은 一〇斤 一五斤 順別로 하고 심참무는 五百斤을 配定해서

貨物車로 운반하다 住民들이 보고 非방을 하다가 成東이는 共販場에 가서 항의했으니 完宇라는 者는 無言햇다고. 不良한 자며 一日 束[速]히 里長職에서 물려나게 해야겟다.

<1989년 1월 17일 화요일>
成東 母 藥 購入하려 朴一洲內課에 갓다. 患者 多수 募여 終日 잇다 午後 四時에 藥을 購入하게 되엿다. 藥은 十二月分이엿다. 다음은 三〇日 또 購入하려 간다.
戊辰年도 저무려 가는데 子息들 못 成婚하야 마음이 不安하다. 남 보기도 밋망스럽다.

<1989년 1월 18일 수요일>
新平으로 自進申告하려 갓다. 南原 稅務署 擔任職員이 왔는데 관세과 양승윤 氏라고 햇다. 우리 마을 軍部隊 侵入으로 耕地面積이 減되엿다고 한바 厚이 侍[待]해 주드라.
大里 郭榮日이를 新坪[新平]서 맛낫든니 제 車를 타라하기에 탄바 집에까지 와주니 感謝 햇다.

<1989년 1월 19일 목요일>
成東이는 食床에서 今年 봄에 營農資金을 貸借해서 約 五拾萬 원을 通帳에 入金해 드릴 터이니 年中 使用하시요 햇다. 참으로 좋은 生覺이라고 햇다. 日日이 外出할 때마다 돈을 말하기는 不便하다고 햇다.
鄕友稧 會議에 參席한바 四人이 全員 募엿다. 八九年 冬期 有司는 崔乃宇로 定하고 稧穀 二叺參升 中 五斗 金鍾紆가 使用하고 一叺五斗參升는 乃宇 借用햇다(할 수 없서).

<1989년 1월 20일 금요일>
館村 炳基 全州 泰宇 本人 三人이 巳梅面
에 가기로 햇다. 五樹里[樊樹里]에서 三人
이 同伴하야 巳梅面에 갓다. 松宇는 不在
中여 斗行에만 付託하고 一週日 後에 相
面키로 하고 왓다.
全州 泰宇에서 土地代 殘金 一五〇萬 원
을 引受해 왓다.
어제 鄕友稧 米代 一五斗三升代 一三三,
〇〇〇원을 本日 驛前 畜協에 預託햇다.
밤에 完宇 里長을 오라 해서 農地購入資金
융자 對象者에 對한 成東이를 協助해 달아
고 햇다. 規約을 보면 成東이만 該當되니
念餘[念慮] 마시요 햇다.

<1989년 1월 21일 토요일>
아침 七時 三〇分에 出發하야 全州에 八時
三〇分 着하야 九時에 다시 서울을 向햇
다. 車는 二輪엿다. 約 一〇〇名이 募엿다.
結婚式이 끝나고 四時 三〇分에 出發해서
집에 一〇時쯤 着햇다.

<1989년 1월 22일 일요일>
許吉童 子 結婚式에 元泉里 申永喆 女 結
婚式場에 단여왓다.
夕陽에는 虎巖里 炳列 氏을 訪問햇다. 從
祖母 祭祀엿다. 서울서 良宇 母도 왓드라.
農漁村 農地購入資金 융자 對象者 選定하
는데 成東이로 內定되엿다고 햇다.

<1989년 1월 23일 월요일>
虎巖里에서 朝食을 맞이고 退祭儒[退祭
需]을 차려 大里 養老院에 보내주고 왓다.
昌坪 養老堂에도 燒酒 一병 두부을 쌀마서
하[한] 차례 주엇다. 그러나 술 주고 해도

큰 效果[效果]은 別 없다.
집에 온니 어제밤 會議過程을 드럿다. 술은
취햇지만 嚴俊祥 및 몃 사람이 農地購入資
金은 업는 사람을 주지 잇는 사람을 준야고
항변햇다고. 法則을 모른 놈들이라 햇다.

<1989년 1월 24일 일요일>
許吉童 子 結婚式에 元泉里 申永喆 女 結
婚式場에 단여왓다.
夕陽에는 虎巖里 炳列 氏을 訪問햇다. 從
祖母 祭祀엿다. 서울서 良宇 母도 왓드라.
農漁村 農地購入資金 융자 對象者 選定하
는데 成東이로 內定되엿다고 햇다.

<1989년 1월 25일 수요일>
成東이에서 一金 一三〇,〇〇〇원을 받앗
다. 用途는 加工組合비 九萬 원하고 二十
九日 全州 結婚禮式장 祝儀金으로 使用하
겟다.
農地購入資金으로 一日 早히 農地購入을
하라 再促한다고 햇다. 生覺하니 本村에서
는 賣渡者가 없다고 본다. 今年에는 一件
도 賣買가 成立이 못 되엿다.

<1989년 1월 26일 목요일>
昌宇에서 宗土稅 一叺代 八七,〇〇〇원
收入함.
全州 南宇 氏의 住所를 得宇를 通해서 알
앗다.
斗行이란 者는 말뿐이고 其者하고는 通하
고 십지를 안타.
加工組合에 들여 八九年分 協會비를 支拂
햇다.
大韓養老會院에 들럿다.
畜協에 들여 大宗財 預託金도 利 合해서

一,一〇七,二五〇원을 再入金했다.
아마도 今年 大宗總會는 流會{로} 본다.
哲宇가 有司인데 通報가 없다.
光州 成宇도 不良者로 指適[指摘]했다.36

<1989년 1월 27일 금요일>
成允이는 오늘 除隊했다. 그려면 來日부터
무엇을 할 것인가. 제의 兄들이 工夫를 못
했으니 네라도 잘 좀 해보라 햇든니 其놈도
同一者엿다.
終日 舍郞[舍廊]에서 宗中文書 整理하고
成東 農地購入資金 申請書을 作成했다.
館村 炳基에서 電話가 왓는데 大里 位土
名儀가 自己들 名儀이가 빠젓다고 하면서
다시 登記를 내겟{다}고 그러면서 昌坪里
位土를 賣渡하야 大里 位土에 包合[包含]
하자고 하기에 不應햇든니 昌宇가 桓時[恒
時] 안 지겟다고 한다면서 生覺하니 不良
氣가 든 것 갓으라. 昌宇가 안 지면 내가 지
여야 올치 自己는 位土만 질가고 하는 뜻
大端이 不良者로 알앗다.

<1989년 1월 28일 토요일>
里長하고 成東과 同伴해서 農地購入資金
을 申請하려 面을 經由 單位農協에 갓다.
어제는 嚴俊峰 丁基善 崔英姬 署名捺印을
받앗다(藩查委員[審査委員]).
夕陽에 成東이가 왓는데 再 書類을 作成해
야 한다고 했다.
南原 欽宇에 전화해서 位土 移轉을 말햇든
니 面에 松宇가 事件이 있어 不遠에는 안
된다고 했다.

---

36 27일 자 지면 상단에 적은 내용이나 26일에서 이
　어지는 내용이므로 26일 자 일기에 이어 입력하
　였다.

<1989년 1월 29일 일요일>
館村 炳基 氏 全州 태우 同伴해서 全州 南
宇 氏 問病을 했다. 듯는 대로 몸은 完全이
不具엿다.
韓昌煥 子 結婚式場을 단여 朴文圭 子 禮
式場을 据處서 嚴俊峰 女 結婚式場을 둘
어 왔다.
내의 子息은 못 예우고 他의 子息만 結婚
式에 간 것도 每週 不安했다.
南連 氏는 白康俊 畓을 招介[紹介]하겟다
고 하는데 아마도 밎이 못햇다. 白康俊 其
者가 아수운 者가 안니기 때문에.

<1989년 1월 30일 월요일>
아침에 電話로 得宇에 連絡하야 一〇時에
巳梅에서 面會하자고 言約했다.
得宇를 相面했다. 듯자니 松宇가 도박으로
不信者가 되고 一家妻家에서도 協助햇지
만 此後 제의 行動에 매엿다고 들엇다.
位土 移轉은 法的을로 해야지 別 手法이
없다고 본다.
오는 길에 館村에 들여 炳基 氏하고 相議
하고 왔다.

<1989년 1월 31일 화요일>
土地賣買를 日前에 崔南連 氏에 付託한바
白康俊 土地를 斗落當 白米 三五叺를 要
求한다기에 抛棄를 시켯다.
巳梅面에서 欽宇 成栗하고 相面. 位土 移
轉는 六個月 後 하기로 하고 賣渡者에서
誓約書를 받앗고 土地代 殘金 壹百五拾萬
원을 卽拂 完了했다.
道峰을 들려 重宇에 收稅를 要求하려 간바
不在中이엿다.

<1989년 2월 1일 수요일>
메누리가 煙草代가 不足하다기에 宗錢 八
萬 원을 貸借해 주윗다.
農地購入資金 申請者 今日 面에서 機關長
立會下에 審査를 한다고 했다.

<1989년 2월 2일 목요일>
終日 舍郞에서 讀書만 하고 日課를 보냇다.
成允이는 家出한 一週日 後인 오늘 전화로
來日쯤 가겟다고. 場所는 全州인 듯십다.

<1989년 2월 3일 금요일>
里長에서 連絡이 왓는데 고초 五〇斤만 五
斤식 包製하야 面에로 보내도록 했다.
終日 出入禁止하고 舍郞에서 讀書만 하고
지냇다.
夕陽에 里長이 왓는데 只今부터 購入資金
을 放出할 計劃이라고 移轉手續을 하라고
햇다.

<1989년 2월 4일 토요일>
食後에 任實 登記所에 갓다. 田畓 一切을
膽本을 떼여보왓다. 數年 만에 첨이엿다.
全部 二一筆을 떼본바 안골 田이 成曉 앞
으로 되엿드라. 其外는 以上 없드라.
大里로 行하야 藥方[藥房]에 外上代 一二,
〇〇〇원을 會計해 주윗다.

<1989년 2월 5일 일요일>
終日 舍郞에서 書役을 햇다.
面長에서 繕物[膳物]이 왓다. 나는 한 번도
待接 못햇는데 未安하{기}가 限없다.
南原서 成樂 食口가 다 오고 水原서 成奉
食口가 全員 왓다.

<1989년 2월 6일 월요일>
舊正 冥節[名節]이였다. 온 家族[家族]이
全員이 募엿다. 次禮[茶禮]는 順序에 依하
야 執行햇다. 後山에 家族길이[家族끼리]
省墓을 드리고 一家親戚 집을 단여서 哀家
[喪家]도 몃 집 단여왓다.
館村 成苑 便에 重宇 水稅 二九〇,〇〇〇
을 보내왓다.

<1989년 2월 7일 화요일>
成樂 成康이는 모두 歸家햇다. 成傑이도
떠낫다.

<1989년 2월 8일 수요일>
成奉는 오늘 떠낫다.
成康이가 參萬 원 成奉이가 五萬 원을 用
錢으로 주고 갓다.
農地購入資金 手續으로 간바 面長이 招請
하야 中食을 햇다.
大里 養老堂에 드렷다[들렀다].

<1989년 2월 9일 목요일>
任實 代書{所}에 들여 移轉手續을 햇다.
未備點 있어 新平農協 面事무소를 据處서
再 書類을 求備[具備]해 주윗다. 來日 다
시 相談키로 하고 왓다.

<1989년 2월 10일 금요일>
來日 宗員總會日로 定하고 宗員들에 電話
通報햇다.
장보기 하라고 二萬 원 주고 移轉費 一五
萬 원 計 十七萬 원을 宗錢에서 뺏다.
任實 嚴秉圭代書{所}에 移轉手續을 맞이
고 農地買賣 契約書를 正式으로 郡 民願
室에서 맞이고 四通을 作成하야 成東 一通

農協 一通 登記所 一通 全州 稅무소 一通 各 〃 나눠주엇다. 登記料는 一九〇,〇〇〇원을 支拂햇다.

<1989년 2월 11일 토요일>
私宗中 定期總會議日엿다.
宗財 決算하는데 誤算햇다. 宗員는 가고 보니 할 수 없고 다음 募臨에 再檢算하야겟다.
生覺하니 氣分이 不安햇다. 全州 태우 館村 炳基 兄弟까지 모두 전화로 決算 差異點을 말햇든니 다음 募臨에 말하자고 햇다.

<1989년 2월 12일 일요일>
養老堂에 갓다.
十五日 竣工式에 準備品을 말해 주원다.
請諜狀[請牒狀]은 四〇狀 냇다.

<1989년 2월 13일 월요일>
養老堂 竣工式에 必要한 食料品을 사려 보냇다.
尹鎬錫 분은 모듯 것을 간섭하려 하는데 마음에 맞이 안타. 金錢 取扱도 하려 한데 맞이 안타. 夕儀的[名義的]으로 있으면 되지 現金을 取扱하려 하는 것은 있을 수 없다.

<1989년 2월 14일 화요일>
成東이 農地購入資金 移轉登記卷[移轉登記券]을 차자왓다.
고초 販買場[販賣場](昌坪里)에서 農協職員에 登記卷을 보냇다. 代書之事는 끝이 낫다.
洞內 婦人들이 募여 來日 養老堂 竣工式에 對備코저 모든 飮食物을 準備햇다.

<1989년 2월 15일 수요일>
養老會 竣{工}式日이다.
外來客은 大里에서 五, 六명 新平서 五名 程度 오고 其外 機關長는 不參햇다. 如何튼 竣工식은 맞어 多幸이다.
몃 사람이 是非는 있었으나 別 창처는 없엇다.

<1989년 2월 16일 목요일>
養老堂에서 會員들을 募여놋코 어제 竣工式 行事 收入支出 決算을 마처주엇다.
收入 七二萬 원 支出 二五萬 원 約 四拾五萬쯩[쯤] 實收入으로 햇다.
서울서 成奎가 왓다.

<1989년 2월 17일 금요일>
故 鄭圭太 小祥日이다. 丁基善 氏와 同伴하야 弔問햇다.
成奎는 內古[內故]로 鄭相相[鄭柱相] 개 一首을 七萬 원에 사서 잡고 밤에는 내장을 쌀마 갖이 먹엇다.

<1989년 2월 18일 토요일>
成奎는 개를 包製하야 서울로 갓다.
終日 養老院에서 休息을 햇다.
夕食床에서 메누리는 成允이가 午後에 水原으로 갓다고 햇다. 고부[공부]도 뜻이 없다고 하고 成東에만 말하고 갓다고.

<1989년 2월 19일 일요일>
郡廳에서 成曉가 전화로 成允이 집에 잇는야고 햇다. 어제 水原 갓다고 햇든니 熱을 내며 不遠이면 公務員試驗이 닥처온데 가며 束[速]히 連絡해서 집에 오도록 하라 햇다.
바로 水原에 전화햇다. 成奉이는 바로 보내겟다고 하고 水原에 別일이 없다고 햇다.

밤에 水原에서 전화가 왔는데 來日에 成允이를 보내겟다고 했다.

<1989년 2월 20일 월요일>
새벽에 가슴이 異常햇다. 통증 잇고 마음이 달아젓다.
今日부터는 無期限 술을 禁止할 計劃이다.
新平中學校長이 停年退職한다고 招侍[招待]가 왔다. 參席햇는데 別수 없이 술을 들게 되엿다.
任實에 갓다. 助助協會費[相助協會費]을 대려간바 또 死亡者가 生겻다고 했다.
成東 母子는 祖母 祭祀에 갓다.

<1989년 2월 21일 화요일>
全州로 相範 집으로 電話하야 成允가 學院에 단닌다니 食事 좀 提供하라 햇든니 對答은 해놋코 도로 쪼차보냇다. 大端이 氣分이 不安햇다.
任實 老人會다 相助協會費 九萬 원을 拂入햇다. 今日 現在로 一四名이 別世햇다.

<1989년 2월 22일 수요일>
◎ 成允이는 今日부터 讀書室로 갓다.
館村에다 洗濯所에 洋服을 맡기고 終日 舍郎에서 讀書만 하고 日課를 보낸다.
私書도 整理하고 外出은 一切 禁햇다. 나가면 술만 마시게 되니 그도 不安한다.
오는 一酌도 안햇든니 小便이 正常이엿다. 술을 마시면 小便이 黃色이엿다. 絶對 不飮할 覺悟인데 엇이 될지.

<1989년 2월 23일 목요일>
終日 舍郎에서 讀書만 하고 잇는데 昌宇가 왔다. 成國 貨車를 購入하는 財政保證을

말햇다.
丁基善이가 왔다. 成康 債務를 말하드라. 氣分는 不安햇지만 할 수 없이 全額은 못 주지만 元額이라도 주되 上限線을 말해라 햇다.

<1989년 2월 24일 금요일>
오늘도 終日 舍郎에서 讀書만 하고 잇는데 崔南連 氏의 招請으로 간바 妻姪의 慕先한다고 蔟譜[族譜]을 보와달아고 했다.
終日 뷔[비]는 조금식이라도 終日 왔다.

<1989년 2월 25일 토요일>
눈비는 終日 내렷다.
舍郎에서 終日 讀書만 햇다.
昌宇가 왔다. 財政保證을 서다라고 햇다.
面에 알고 보니 財産稅 萬 원은 된다고 햇다. 그려나 昌宇는 오지를 안트라.

<1989년 2월 26일 일요일>
全州 崔基宇 女息 結婚式에 參席햇다. 南原서 光州서 一家들이 다 왓드라. 完宇하고 둘이만 參席하고 大里 - 屛巖도 不參햇드라.
大宗稧 日割은 三月 十一日로 豫定하고 哲宇에 付託햇다.
淳昌 四街里 솔다방에서 募이기로 햇다.

<1989년 2월 27일 월요일>
新平國校長이 道 敎育委員會 庶務係長으로 榮轉한다고 햇다. 送別宴會에 參席하고 中食도 갖이 햇다.
任實로 向하야 새마을金庫에서 一金 一六四,〇〇〇원 利子 一八,〇〇〇원을 引出하고 보태서 新平農協에 四八六,〇〇〇원

을 (宗錢)을 一年 期限付[期限附]로 預託
햇다.
不動産 取得稅 四九,八〇〇원을 拂入하고
領收證은 다음 里長 便에 보내주기{로} 햇다.

<1989년 2월 28일 화요일>
江景에서 薛仁洙 同志게서 書信이 왓다.
老年 終末에는 書藝가 適合하다며 裡里
又嚴書藝室에 오시면 何時든지 相面할 수
잇다고 햇다. 生覺하니 뜻이 잇다.

<1989년 3월 1일 수요일>
八時에 正式 出發하야 五樹로 (오도바이
로) 山西로 寶節 黃茂[黃筏] 李得行**37** 氏
에서 立石 胎日을 하고 德東面 신양리(창
말) 李後來 氏을 禮訪햇다.
中食은 잘 햇지만 後來의 回甲에 不參햇다
고 햇다. 나는 모른 일이다 햇다. 분명히 請
諜狀을 보냇다고 햇다. 生覺하니 덕우리 金
鉉行 安養 郭炳鉉 三人이 不平한 것으로
보와 分明히 내 집에 편지는 당햇지만 메
누리가 없에버린 것으로 안다. 돈이 要하
기 때무인 것으로 안다. 不良者로 生覺햇
다. 相對方에서는 日 편지를 못 바다닷고
해도 認證을 안니 하드라. 창피가 莫心[莫
甚]햇다.
歸家 途中에 任實 石工場에 들여 石代를
무르니 石代만 八五萬 원이라고 햇다.

<1989년 3월 2일 목요일>
舍郞에서 終日 讀書만 하고 外出 同禁.

---

37 본 문장의 李得行이라는 인물은 다른 곳에서 '李
得香'과 동일인물일 것으로 추정된다.

<1989년 3월 3일 금요일>
山林회복 菅理[管理] 委員會議가 있어 參
席한바 郡內 九名이다. 五名이 募여 靑雄
面에다 분수 造林을 하기로 決議햇다.
江津面 梨木里로 鄭寅明 氏을 訪問햇든니
靑云 鄭宗和 母가 前 從兄수가 된다고 하
며 不遠 一次 訪問하겟다고 하드라.

<1989년 3월 4일 토요일>
서울 美花 結婚이다. 아무도 가지 안코 아
마 나하고 聖壽 成順이가 同行하자고 햇다.
서울 禮式場에 參席하니 一時 三〇分에 當
햇다. 二時인데 適合햇다.
安養에 夕陽 六時에 郭炳鉉 氏을 訪問햇
다. 밤 三時까지 술 마시면{서} 對話햇다.

<1989년 3월 5일 일요일>
朝食을 安養서 마치고 水原에 왔다. 成康
집에 들엿다. 成奉 집에 전화햇든니 메누리
는 서울 갓다고 없어 面談도 못햇다. 旅費
는 成康가 주드라.
成奉이는 貨車가 三臺이{고} 自宅用 一臺
고 또 積載用 車(찍게車) 一臺 合해서 五臺
라고 햇다.

<1989년 3월 6일 월요일>
朝食을 맞이고 養老堂에 갓다. 相助協會費
을 내라 햇다. 安承均 金長映 林澤俊 尹鎬
錫 林德善 尹龍文이가 募엿는데 二口同聲
[異口同聲]으로 抛棄한다기에 올소 햇다.
집에서 通帳을 返還해 주면서 各者[各自]
알아서 하라 햇고 現在 抛棄하면 人當 二
四,〇〇〇원이 損害라 햇다.
牟潤植이도 通帳을 집에 보낸다. 沈參茂는
重宇 代行이지만 抛棄는 못하겟다고 하고

現金을 주는데 바닷다.
乃宇를 의심하는 것은 아마 韓상俊 尹鎬錫
의로 본다.

<1989년 3월 7일 화요일>
成東 農地購入資金은 八百萬 원으로 確定
햇다고 確認햇다.
德果面 李後來 氏에서 連絡이 왓는데 三
月 十二日 午前 十時에서 十一時 間 成傑
觀選키로 햇다.
崔成苑에 連絡해서 成傑에 傳하라 햇다.

<1989년 3월 8일 수요일>
任實鄉校 重修式에 參席햇다.
斗複里 李虔鎬 氏를 相面코 婚談을 한바
靑雄 韓 氏 딸이다고 하야 같은 濡林[儒
林]으로써 卽接[直接] 相面하고 다방으로
자리하고 相議한바 成傑 職場을 말해 주고
觀選 日定 [日程]을 알여 달아 햇다.

<1989년 3월 9일 목요일>
南原 崔欽宇에 祖父의 墓 座向[坐向]을
알이라고 햇다.
金三浩에 處女 宮合을 보니 三二歲도 三
一歲도 三○歲도 全部 吉合이라고 햇다.
그러나 三二歲는 大學病院 退入係에 잇다
는데 多令[多齡]에다 成傑하고는 適合치
를 안은 것으로 生覺 中이다.

<1989년 3월 10일 금요일>
住民이 總動員하야 車路를 修理햇다.
南原 崔哲宇가 電話로 大宗稧을 하자고
傳해왓다. 十九日로 定해 주고 任實 各 宗
員에 全員 傳해 주윗다.

<1989년 3월 11일 토요일>
뒤밭에 마늘 비니루를 뚜려 주엇다.
昌宇가 왓다. 債務를 整理하지 안코 郡에
成俊 成曉만 밋고 잇다.

<1989년 3월 12일 일요일>
全州 成傑 觀選日이다. 五樹에서 驛前에
서 一○時 四○分頃에 成苑 成傑하고 同
乘하야 五樹에 갓다. 德果 李厚來 內外가
왓다. 女子 處에서는 女子 外叔이 親母가
同行 全員 八名이 募엿다.
最終에는 女子 男子 間 日後 一次 다시 相
面키로 햇으니 女子의 性格이 異常햇다고
햇다. 여러 말이 만다고.
李厚來는 寶節 黃茂里[黃筏里]까지 데려
다 주윗다.

<1989년 3월 13일 월요일>
成東이는 農協에서 營農資金으로 五拾萬
원을 貸出햇다고. 三拾萬 원은 父의 年 用
金으로 使用하고 貳拾萬 원은 肥料 購入
하고 農資材를 購{入}하겟다고 하고 日後
에 全州 兄에 아버지用돈 貳拾萬 원만 주
시라고 할 게옥이라고 햇다.
終日 田畓에 作業 中 오도바이를 路上에
바처노코 作業 後 보니 쇳대를 빼가 벼럿
다. 不良者들.
鄭九福 問病을 하고 南原 朱川面에 가서
針을 마즈라 햇다.

<1989년 3월 14일 화요일>
田畓 드력에 雜草 除据[除去] 作{業}햇다.
午後에 江津面 藥木 加工業者 위 氏을 訪
問하고 元豆患木[元杜冲木] 가구기를 問
議하고 今年 當年 藥草 栽培도 打合햇다.

<1989년 3월 15일 수요일>
家族 三人는 他人의 作業을 햐려 갓고 本
人는 집에서 讀書만 하고 日課를 맞엇다.
밤에 南原서 李後來가 전화로 傳해왓는데
成傑이가 말을 잘 못해서 結婚이 不成이
되엿다고 햇다. 女子가 成傑에 職業을 무
르니 車 빵구나 때우고 잇다고 하야 仲介人
도 面目이 없게 되엿다고 햇다.

<1989년 3월 16일 목요일>
고초苗木을 第一次 暇植[假植]을 햇다. 人
夫는 五名이 動員되엿다.
原豆患[元杜冲] 藥木을 切枝[折枝]햇다.

<1989년 3월 17일 금요일>
昌坪 新洑坪 作人總會에 參席햇다. 作人
貧擔額[負擔額]은 斗當 二,一〇〇식으론
算出해 주웟다.
밤에 全州 徐東辰이라는 者는 또다시 電話
를 通하야 後野 田을 利用하자 햇다. 아마
各 方面으로 客土를 購하려 해도 없으니가
속없이 骨材는 파지 안코 居土[客土]만 利
用하자 햇다. 條件 없이 不應햇다.

<1989년 3월 18일 토요일>
後山所에 草茂[伐草]을 햇다.
午後에는 河川에 雜草를 除据하고 鄭九福
氏 宅을 問病하고 來日 成東 母를 갖이 同
行하라 햇다.

<1989년 3월 19일 일요일>
南原 崔哲宇가 大宗 定期總會 有司인데
光州 全州 任實 宗員이 墓는[모(募)]엿는
데] 八名이엿다. 決算은 一一〇萬 원 執行
으로 決算햇다. 館村 炳基 氏하고 全州 태

우하고 事前에 打合이 잇는 것으로 안바
今般 祖父 三兄分 立石는 宗錢 總額 四,四
〇萬 원 豫算으로 曾祖 立石 條 一二〇萬
원을 除한 殘金 三二〇萬 원을 三分 等割
하야 各位 慕先하자고 하고 不足金은 別
孫에서 各者 負擔키로 한자기에 生覺 中
應해주웟다.

<1989년 3월 20일 월요일>
今日 {日}定은 一〇時 - 十一時 間에 山
西面에서 寧川 點順이를 맛나기로 하고 午
後 二時에 館村驛前에서 炳基를 맛나고 三
時에서 全州 태우고 三人이 募여 立石
關係를 打合키로 하고 七時에 大陸다방에
서 崔辰成 氏을 相面키로 하야 日定 밥으
게 되엿다.
山西 - 任實 新平 全州를 단여 八時 五〇
分에 집에 왓다.
右記 用務는 그대로 맞엇다.

<1989년 3월 21일 화요일>
舍郞에서 宗中文書를 닥앗다.
昌宇 重宇를 募여 놋코 碑文 建立을 打合
한바 昌宇는 不平條[不平調]로 나오는데
不安햇다. 못텡이 宗畓 條만 하드래도 稅
十五斗이면 못 짓켓다고 하기에 좇이 못한
사람이라고 致意하고 當然이 宗員募臨席
上에 따지제 後聲만 느랴놋다고[늘어놓는
다고] 말햇다.
따지고 보면 不良者로 본다.

<1989년 3월 22일 수요일>
大里 韓昌煥 生日 招請으로 參席햇다.
機關長 全員이 募엿다.
德峙 望月里 崔福洙를 相面하고 成傑 婚

事를 付託햇다.
來日 서울行 特急 車票를 삿다.

<1989년 3월 23일 목요일>
八時 五十分 列車로 서울驛 着 十二時 五
〇分 地下鐵로 議政府驛 二時 五〇分 着
하야 成奎 집에 三. 三〇分에 當햇다.
五柳里 成順도 있드라. 그곳에서 一泊햇다.

<1989년 3월 24일 금요일>
成英 成奎 三人이 同伴하야 範 집에 당햇다.
밤에 完宇에 通話로 오라 햇다.
祭祀日인데 參禮者는 乃宇 成奎 範 成赫
完宇엿는데 祖父의 立石에 對한 設明[說
明]을 해주고 建立키로 決議하고 宗員當
五萬식 不遠 보내기로 햇다.

<1989년 3월 25일 토요일>
朝食 後에 成英이는 釜山으로 가고 成奎하
고 同行 水原에 왓다.
中食을 成康 집에서 하고 祖父의 立石을
한다면서 成康에 五萬식 成奉까지 一〇萬
원을 보내라 햇다.
다시 成奎는 집으로 가고 三時 三〇分 列
車로 歸家햇다.

<1989년 3월 26일 일요일>
日曜日다. 갈 데도 잊이만 休息.
宗中文書도 鑑定하고 田畓도 順回[巡廻]
해 보왓다.
種子도 浸種해야겟고 種子도 播種할 時期
가 되엿다.

<1989년 3월 27일 월요일>
任實郡廳에서 成曉를 相面하고 祖父 立石

에 對한 設明을 하고 五萬 원을 負擔하라고
하고 印章을 달아 가지고 全州 泰宇를 銀行
에서 相面하야 六〇萬 원을 빼고 殘 四〇萬
원은 私通에서 빼키로 하고 作別햇다.
바로 任實 宋 氏 石工所에 왓다. 石代 百七
萬 中 五〇萬 원을 契約金으로 貸고 왓다.
夕陽에 牟圭煥 집에서 불이 낫다. 放送을
하고 現場에 가보니 물이 없서 難햇다. 新
平支署에서 館村소방서 任實소방서에서
왓다.

<1989년 3월 28일 화요일>
南原에서 成五 氏하고 同伴하야 松洞 趙光
萬 氏를 禮訪코 碑文 謹書를 付託코 왓다.
成五 氏는 旅費 五仟 원을 드리고 中食을
接待햇다.
새보들 집[짚]을 운반 中인데 누리38를 하
는데 安鉉模를 시켯다. 成國이도 데려다
햇다.

<1989년 3월 29일 수요일>
成東이하고 포푸라를 植樹햇다.
午後에 金判石 집 위에다 포푸라를 심으려
河川에 불을 댄바 判石 行郞[行廊]이 失火
되엿다.

<1989년 3월 30일 목요일>
慰問次 여러 분들이 왓다.
午後에는 할 일도 없이 館村 成苑 집을 찻
고 낮잠을 자고 왓다. 마음이 不安하다.
劉貞子 집에 몃 분이 募엿지만 判石의 변

---

38 짚을 쌓아놓은 더미를 가리키는 방언으로 '짚벼
  눌'이라는 말이 사용되는 것으로 볼 때 '누리를
  한다'라는 표현은 곧 볏가리 쌓는 일을 말하는 것
  으로 볼 수 있다.

상問題는 打合이 안 되엿다.

<1989년 3월 31일 금요일>
南原 松洞 趙光萬 氏를 禮訪하고 碑文을
바다 任實 宋 氏에 주고 付託햇다.
成曉가 釜山서 왓다고 집에 왓다. 金判植
家屋 火焱[火焰] 事件에 對한 打合도 햇다.
恒時 不安感 잊이 못하고 잇다.
어제 不在中인데 林玉相이가 와서 成東에
부로크 一,五〇〇개가 要하고 세메이[시멘
트가] 八〇袋 要한다고 햇다고.
昌宇 便에 林玉相을 데리고 夕陽에 付託
햇든니 밤에까지 侍機[待機]하고 있어도
無消息이다. 昌宇도 協助의 뜻이 없다고
본다.
밤에 玉相이는 來日 오겟다고.
一〇時 三〇分쯤 水原에서 成奉가 전화로
消息을 드럿다면서 過念[掛念]치 마시라
고 慰安전화가 왓다.

어제밤에 꿈에는 異常한 꿈이엿다.39
男女가 上下衣를 벗고 大廣場에서 씨름판
이 버려젓고 팔 업는 사람도 平人하고 맛잡
고 씨름을 하는데 팔 없는 사람이 지드라.
죽은 丁順奉이 嚴萬映도 參席 햇드라.
崔南連 氏는 飮食을 내의 집으로 가저오고
全州에서 메누리도 왓는데 떡과 술도 들엇
다. 허나 崔南連 氏는 돈을 百萬 원을 바다
야 하는데 씨름판 사람들이 주지 안코 갓
{다}며 平平[不平]도 햇다.

<1989년 4월 1일 토요일>40
四月中 日計簿
林玉相이는 아침에 일즉 오겟다고 自身이
自請한 사람이 오지 안는데 一便으로는 창
피한 生覺도 든다. 被害者하고 무슨 條件
으로 相論한 듯도 든다. 그려치 안니면 他
人의 請으로 무슨 條定[調停]도 밧는지 不
知中이다. 昌宇에 말하야 林玉相을 帶同하
고 오라 햇다. 三人이 同席 舍郞에서 갖이
相議햇다.
全額을 淸求[請求]식으로 할려 햇든니 玉
相이는 不應하기에 뜻을 무르니 見積書을
못내고 實地 드는 대로 支出을 잡겠으니
그려케 해달아기에 그러라 햇다. 他處人을
시켜도 맞안가지고 住民의 興論도 있을 테
고 해서 玉相에 委任햇다. 連字는 奉來나
重字에 있으니 講[購]하라 햇다. 昌宇는 幹
或[間或] 現場에 가보라고 햇다. 나는 一切
參席 못한다고 햇다.
成東이는 今日이 土曜日이니 一金 百萬
원을 引出하라 햇다.
玉相이는 今日이라도 百萬을 줄 터이니 四
月 三日부터 着手하라 햇다.
于先 急資材는 부로크 一,五〇〇개 세멘
八〇袋.

<1989년 4월 3일 월요일>
四月 一日 新平面 廉昌烈 送別宴에 參席
하고 왓다. 支署에 들여 人事도 드럿다.
四月 二日 安養 郭炳鉉 子 結婚日이다.
八. 五〇分 特急으로 安養 到着하니 一時

---

39 이하 내용은 3월 일기장 지면이 끝나고 월초마다
삽입되어 있는 월중 일정표 부분에 기록되어 있
는 내용으로, 기록한 날짜는 알 수 없다.

40 4월 2일 지면까지 내용이 이어지고 있다. 4월 2
일자 일기는 별도로 기록하지 않았으나, 3일 일
기에 안양에서 열린 결혼식에 참석하였다고 기
록되어 있다.

三〇分이엿다.

二時에 式을 맞이고 卽時 出發하야 집에 當한니 九時엿다.

四月 三日 金判植 妻는 新婦 方[房]도 벽이 뚜려졌으니 새로 잘 지여주면 좋엣다고 [좋겠다고] 한다니 不安했다. 萬諾[萬若]에 여러 가지로 條件을 提示하면 保償[補償] 및 返償[辨償]을 中止하고 法에 依賴할 計劃이다. 只今 本人은 誠意것 準備 中인데 조금이라도 損害를 주고 십지 안코 잇는데 少〃한 것까지도 要求하면 其時는 冷情한 行爲을 하겟다.

어제 쎄멘 모래 자갈 上樑감까지도 準備햇다고.

四月 四日.[41]

<1989년 4월 5일 수요일>

집에서 休息. 舍郞에 讀書만 햇다.

<1989년 4월 6일 목요일>

炳基 兄弟하고 三人이 同伴해서 連山 墓祀에 參席 햇다.

<1989년 4월 7일 금요일>

任實 石工場에 갓다.

碑石 前面 大字만 刻字 中이드라.

南原 桂壽里를 오토바이로 갓다. 欽宇를 맛나고 立石 日字를 알이고 人夫 四, 五名 購하라 햇다.

炳文 氏를 訪問하고 오는 길에 德果 李厚來를 訪問하고 오는 길에 芳溪 金漢來를 相面 問病하고 왓다.

---

41 일기장의 지면상으로는 4월 3일부터 4일까지 내용이 이어지고 있는데, 실제 기록한 날짜는 4일인 것으로 보인다.

<1989년 4월 8일 토요일>

食事를 뜻이 없다.

終日 藥木田에 除草濟[除草劑]을 부리고 成曉가 花木 五株를 가저와서 山所 周違[周圍]에 심엇다.

<1989년 4월 9일 일요일>

全州 崔東煥 子 結婚에 단여서 任實 工場에 들여서 磨하고 刻字하는데 둘여보고 왓다.

四月 十二日에 約束을 尊守[遵守]하시요 하고 단〃히 付託했다.

<1989년 4월 10일 월요일>

九時 列車로 南原 着. 欽宇를 同伴하야 南原 中央市場에 立石 祭需 一切을 購買하야 택{시}로 보낫다.

枸櫞酸[枸櫞酸] 藥 老人에 效力이 이다고 炳文 氏에서 듯고 法院 앞에{서} 購入햇다.

山西面 巖街里 權熙文 氏 筆者.

<1989년 4월 11일 화요일>

石工場에 들여 來日 時間 嚴守해달아고 端〃히 付託하고 新里에 가서 觀象樹[觀賞樹] 二株을 一五,〇〇〇원에 購入햇다.

墓所 前面에 觀象用으로 하려 햇다.

夕陽에 桂壽 행햇다.

<1989년 4월 12일 수요일>

立石하는데 一家를 男女 全員이 協助해 주서서 無事히 完工햇다.

家內에서 炳基 태우 炳列 成奎 重宇가 參席햇는데 親孫子로 昌宇만은 不參하야 大端 섭〃 햇다.

<1989년 4월 13일 목요일>
成奎는 朝食 後에 서울로 出發햇다.
十四日 來日 議政府에 가겟다고 하고 十五
日 德順 女息 結婚式에 參席키로 햇다.
畜協에서 一金 貳拾萬 원을 引出하야 殘
金하고 合해서 任實 石工場 石代 殘 五七
萬 원을 完拂해 주고 刻字 技術者 只沙人
에 其間 手苦햇다고 말로 人事하고 왓다.

<1989년 4월 14일 금요일>
崔完鎬 女息 結婚에 參席次 서울로 떠낫다.
議政府 成奎 집에 當到한니 午後 三時엿다.
夕食을 하고 一泊햇다.

<1989년 4월 15일 토요일>
아침 朝食을 맞이고 九時에 出發하야 禮式
場에 갓다.
仁範이는 福德芳[福德房]을 차럿드라.
只沙 崔鎭鎬 內外도 相面코 崔貞禮도 맛
낫다. 許俊晚을 相面하고 其 車로 高束[高
速]{버스정류}場까지 태워다 주며 旅비도
萬 원을 주드라. 車中에서 成赫이 말을 하
는데 成奎하고 兄弟間에 意異[誼]가 납부
다고 햇다. 理由는 成奎가 二百萬 원을 해
준비[해준바] 于今것 주지 안는 데 잇고
洛相에서도 約 二千만 원이 걸엇다고 햇
다. 그 놈 良心이 不良者로 恥사한 者로 알
드라.
四月 十六日 새벽 三時에 歸家 着햇다.

四月 十六日 金三浩 女息 結婚式에 參席
次 全南 珍島로 向햇다. 賀客은 老兒까지
六〇餘 名이 乘車하야 단여왓다.
光州 崔成宇도 맛낫다.

<1989년 4월 17일 월요일>
任實 洋藥方[洋藥房]을 단여왓다.
全州서 成傑이가 왓다. 마참 江津서 崔福
洙 氏도 왓다. 成傑 婚談이 나왓다. 金城里
薛氏라고 햇다. 그러나 運轉手라고 職業이
달아 꺼리고 小宅 子라고도 꺼린다.

<1989년 4월 18일 화요일>
昌宇가 왓다. 其間 서울서 一〇餘 日間 外
遊하고 왓다고 하고 祖父 立石 {收}單金 一
〇萬 원을 가저왓다. 多幸으로 生覺햇다.
全州를 단여왓다.
밤에 親睦稧員 五名이 募여 稧穀 二叺七
斗하고 本人負擔 萬 원식 合하해 外遊하고
稧는 全員 脫稧하기로 決議햇다. 理由는
婦人들이 꼴 보기 실어서엿다.

<1989년 4월 19일 수요일>
이 세상 괴롭다. 子息은 十一 男妹이지만 한
놈도 마음을 마차주는 놈 없고 마음 괴롭다.
來日부터 無錢旅行길에 나서기로 決心햇다.
行方도 定하지 못하고 밤에야 生覺햇다.
家族은 或 궁금하겟지만 本人의 立場은 据
處[居處] 없이 단여온 것도 一身上 護康할
듯십다.
家族들은 걱정 마시기 바람.
期限이 없다.

<1989년 4월 20일 목요일>
不安 中인데 家宅에 머루를[머무를] 수 없
어 後山所에 雜草만을 除草햇다.
成東이는 이제 논가리 햇다.

<1989년 4월 21일 금요일>
里民 면[몇] 분하고 개를 잡앗다. 終日 술

로 時間을 보냇다.

밤에 水原서 成康 成愼이가 왔다. 火災의
原因을 뭇고 一金 五拾萬 원 成愼이 二〇
萬 원을 주고 立石代 一〇萬 원도 주고 밤
에 다시 갓다.

<1989년 4월 22일 토요일>
原斗忠 藥木에 堆肥 複合을 뿌렷다. 大木
포푸라에도 肥料를 뿌렷다.
成東이는 金判植 家屋 修理해 주로 갓다.
今日이면 끝이 난다고 햇다.
金判植 者가 不良한 듯십다. 봉을 잡으려
한 模樣인데 深하면 極久[極口] 反對할 覺
悟이다.

<1989년 4월 23일 일요일>
早起에 崔南連 張泰燁 金三浩를 招來케
하고 今般 稧員 旅行은 貸切은 取消하고
稧穀으로 木浦에 單日칙으로 단여오자고
決議햇다. 어지 되엿건 本稧만은 破稧할
計劃이다.
夕陽에 崔南連 丁基善이가 왔다. 國民株
債卷[債券]이 發行되엿다고 하고 昌宇도
말 말하기에 나는 이제야 알앗다. 成俊 말
에 依하면 他人에 賣渡햇다고. 萬諾에 他
人에 里長이 賣渡햇다면 不良者로 봉변을
주겟다.

<1989년 4월 24일 월요일>
國民株卷[國民株券] 配當에 對한 申請을
韓相俊에 보냇든니 本人이 오라 햇다. 生
覺하면 農協에서든지 里長이든지 짜고 讓
渡를 期限 經過하면 着手하려다 住民이 알
고 밧작 再促하니가 本人이 와서 確認하라
는 一種의 求害[拘礙]를 주려는 뜻도 갓다.

午後에 農協에 갓다. 成東 條 내 것 해서
二件을 請約햇다.
밤에 金判植 件으로 因하야 崔南連 崔昌
宇 丁基善 林玉相 韓상俊 張泰燁 集合하
야 따졋다.

<1989년 4월 25일 화요일>
英姬하고 全州에 갓다. 金宗瑞 놈이 미리
와 있드라. 氣分이 少햇다. 母子가 왔다. 是
非가 버려젓다. 不良者라 햇다.
농을 交替한바 三五五,〇〇〇에 締結햇다.
日後 一切 付言[附言] 안키로 하고 莫設
[莫說]햇다.
夕陽에 成康 집에 갓다. 三泊 四日 豫定으
로 旅行을 가기로 하야 承諾햇다. 右記 事
件이 解結[解決]되엿기에 뜻을 表햇다.

<1989년 4월 26일 수요일>
任實老人會議 參席햇다. 昌坪里 代表로
參席 햇다.
成東이는 林玉相이가 其間 勞苦가 만해서
治下[致賀] 兼해서 二人이 同伴하야 麗水
에 外遊次 갓다 왔다. 南原에 成樂 집도 단
여왔다고 햇다.
밤에는 養老堂 會員總會에서 老人福祉 問
題도 打合하고 五月 六日 字 여수로 놀로
가기로 함.

<1989년 4월 27일 목요일>
崔英姬하고 成康 母하고 三人이 金判植에
갓다. 火災의 件은 只今부터 一切의 莫設
을 하자고 햇고 利害를 不問하고 判植이도
應하고 此後 如前 지내자고 햇다.
成東이는 火災事件에 對略的[大略的]으
로 損害金이 百七拾萬 원인데 物品 機

{資}材가 約 一〇萬 원 以上인데라고 햇다. 實地 損金은 一六〇萬이다.
收入은 一三〇萬 원인데 除하면 三〇萬 원 利害次 되고 約 四〇萬 원쯤은 預託기로 햇다.

<1989년 4월 28일 금요일>
四月 二十八日[42]
韓相俊 招請으로 崔南連 同伴하야 갓다.
海南宅이 來往해서 酒店으로 同行하야 待接을 잘 밧고 南連이도 同行햇다.

<1989년 4월 29일 토요일>
同窓會 定期總會이다. 十二名이 參席햇다.
七月 末日경 船遊하려 云巖[雲巖] 立石에 募이기로 햇다.
成愼이는 어제밤에 와서 訓練을 맞이고 午後 三時경에 水原으로 갓다.
成傑 代身 成東이 밤 八時에 本里에서 훈련을 따젓다.

<1989년 4월 30일 일요일>
丁基善 沈參茂 墓之間에 是非가 잇다.
月坪里 尹奉鎬 女 結婚式에 參席햇다.
中食을 맞이고 成曉 집에 갓다. 內外가 없드라.
驛前에 李 氏 오토바이쎈타에 들여 무르니 ◇◇◇◇[43] 七〇k 七三萬 원을 말하드라.

---

[42] 전날 일기가 28일 자 지면에까지 이어져 기록되어 있어 남은 지면에 날짜를 새로 적고 당일 일기를 기록하였다.
[43] 한글 자음 'ㄴ', 'ㅌ', 'ㅁ', 'ㅁ'과 유사한 형태의 문자가 적혀 있다. 당일 오토바이센터에서 본 신형 오토바이의 정확한 이름이 기억나지 않아 두음만을 기재해둔 것이 아닐까 추정되나 확인할 길이 없으므로 미해독 글자임을 표시하는 ◇ 기호로 입력하였다.

柯亭里 化莊品[化粧品] 女子 商人에 무르니 七三萬 원에 삿다고 하드라.

<1989년 5월 1일 월요일>
來日 三泊 四日 豫定으로 雪巖山[雪嶽山]을 据處 束初[束草]로 단여오기 위하여 今日 理髮도 하고 預託金도 五萬 원을 引出해왓고 衣服도 整頓햇다.
終日 방애도 찌엇다. 오도바이가 不實해서 驛前 쎈타에서 相議한바 七三萬 원을 要하드라. 生覺 中인데 貸付를 받아서 해볼가 하고 잇다.
오토바이가 不實하다고 舍郞에서 相議. 메누리는 三分의 一을 負擔[負擔]키로 햇다. 卽 二五萬 원만 내겟다는 말이다. 殘金은 子息들에서 保忠[補充]하게다.

<1989년 5월 2일 화요일>
◎ 三泊 四日 豫定으로 旅行길에 올앗다.
昌坪에서는 七時 二〇分 出發햇지만 全州에서는 九時쯤 正式 出行햇다. 中央線 十二時 三〇分에 淸平에서 中食을 햇다.
中食 後 昭陽뗌에서 求見하고 船便으로 楊口로 가고 뻐스는 陸地로 도라서 楊平 楊口에 가서 機侍[待機]키로 하야 時間은 一時間 二〇分이 널엇다.
楊口에서 乘車하야 雪巖山 入口에 旅館에서 夕食을 한바 九時가 너멋다. 氣分이 少한 點은 黙認햇다.

<1989년 5월 3일 수요일>
아침에 七時 三〇分에 朝食을 하고 八時에 出發하야 울산바우 高地을 登山하는데 四時間이 걸엇다. 안개가 찌여 遠望은 不見이나 最高地엿다. 下山하야 中食을 하고

速初[束草]에 왔다. 前望臺[展望臺]를 보
려 왔다.
二時 四〇分에 軍部 主催로 自動的으로
스라이드 영화를 보왓다. 題案[提案]은 反
共敎育이다. 約 一〇分間이다.
近處에 前望臺에 들으니 大形 테레비로 菅
理者[管理者]가 設明하면서 보여주드라.
그곳이 海金剛으로 事變 前에 以北地라고
햇다. 다시 歸家한바 어제 枝宿[投宿]햇든
宿舍드라.

<1989년 5월 4일 목요일>
宿所에서 七時 分에 出發하야 洛山寺을
단여 李栗谷 先生의 祠堂에 參拜코 束初
江陵을 다여 中食을 하고 고수동굴을 個人
的으로 求見景하고 民俗酒도 梁奉俊 氏가
내서 맛보고 從수가 사진을 찍자 하야 촬영
햇다. 三척 해수역장도 求景만 햇다.
午後 二時 五〇分 出發하야 白巖溫泉水에
서 一泊하는데 우리는 內外 獨방 購하야
藥키기에 願滿[圓滿]이 沐水[沐浴]해다.

<1989년 5월 5일 금요일>
白巖 沐水湯[沐浴湯] 旅館에서 七時 四〇
分에 出發하야 주왕산 國立公園에 九時 四
〇 着했다. 주왕산을 求景하고 十二時에
出發하야 조금 지나서 中食을 햇다.
安東에서 出發 後 車中에서 梁奉俊 內外
가 是非가 낫다. 말겨도 안되고 해서 途中
下車까지 햇다. 理由는 奉俊이가 崔日燮
母을 부텃다고 하고 奉遵이는 그려 테면 한
실텍 너는 崔乃宇도 어재 북고 유정진이도
북고 정주상도 부튼 년이라고 햇다. 문제는
擴大되엿다.

<1989년 5월 6일 토요일>
全州 李道植 氏 回甲宴에 參햇다. 里에서
約 十六名 程度엿다.
回路에 韓相俊하고 同行하야 李相云 回甲
宴 下 參席하고.
밤에 崔南連 氏가 오셔 〃 放送으로 親睦稧
員에 募여달아고 하야 婦人이 만이 왓는데
安銀順 崔今巖만이 不參했으나 人當 萬
원식 据出[醵出]하야 麗水에 가서 一日 外
遊하기로 하고 豫算은 約 四十三萬 원쯤
豫想햇다. 그리고 契는 破契키로 햇다.

<1989년 5월 7일 일요일>
이웃 林澤俊 子 結婚式에 參席햇다. 雲巖
金宗會 子 結婚式에도 參席.
中食을 끝내고 安承均 氏 尹鎬錫 張泰燁
四人이 택시로 德津公園에 갓다. 週圍[周
圍]를 둘여보니 一日은 놀 데드라.
오늘까지 六日 동안을 단엇다.

<1989년 5월 8일 월요일>
全州 徐東辰가 來訪 昌宇 三人이 同席하
야 大里坪 田 骨材를 採取하자고 하기에
坪當 貳仟五百 원으로 決定한바 來日 締
結하자고. 아침에 들으니 骨材가 없으니 抛
棄하겠다고.
밤에 崔南連 氏가 와서 親睦契 旅行을 抛
棄하겠다 햇다. 理由는 崔今福이가 트는데
戶別 一人식 가는 {게} 올체 夫婦同伴는
必要 없다{고 했다고}. 그려면 언제는 夫婦
同伴 안 햇든가 햇다.

<1989년 5월 9일 화요일>
金三浩 崔南連 氏가 왔다. 契錢 二三萬 원
은 十三人이 分配하고 契도 破契하고 旅行

도 一切 抛棄하기로 햇다고 傳言.
束錦契會日이다. 場所는 館村 별미食堂이
라고 햇다. 이번에는 男女 全員이 募이기
는 처음이다.
싸이카로 新平에 가 免税 類油[油類]을 購
入해왓다.
成玉 婚談이 잇는데 男子는 山西面 사람이
라고 햇다. 李氏인데 新平 郵替局長[郵遞
局長]의 四寸 弟氏라고 드럿다.

<1989년 5월 10일 수요일>
任實 {大}韓老人會 主催로 어버이날 兼 老
人學校 入學式을 兼하야 機關長 來빈 參
席 하에 擧行햇다. 五月 十七日 午後 二時
부터 正式으로 開學한다.
食口는 人夫 五名하고 고초 移植햇다.
비가 내린다.
밤에 張泰燁 崔南連 丁基善 四人이 募여
親睦稧는 파계로 決定하고 契財 一人當
二二,五〇〇원식 分配햇다.

<1989년 5월 11일 목요일>
아침에 成康 母하고 崔今福 氏가 왓다. 親
睦稧는 破稧햇고 稧財는 人當 22,500식 分
配햇다고 햇다. 成康 母는 成傑 婚事 關係
로 成苑 付託을 밧고 왓다기에 29 - 33歲
인데 普通이라고 햇다.
家族들은 2日 채 고초苗 移植햇다.
終日 舍郎에서 讀書만 햇다. 오래만에 단
비가 내려 田穀 苗種에는 알맞다.
◎ 正午 新坪農協[新平農協]에서 連絡이
   왓는데 農地購入資金이 配定되엿다 傳
   해 왓다. 15日에 가겟다고 햇다.

<1989년 5월 12일 금요일>
崔南連 氏하고 同伴해서 南原 廣寒樓에
간바 韓相俊 內外도 왓드라.
九時 列車로 간니 時間이 適合하야 學生들
의 市街行列行進이 每週 보니 좋으라. 終
日 잘 求景코 5時 40分 列車로 歸家햇다.
夕陽에 집에 온니 光陽서 李龍君이가 他人
을 同伴해서 완는데 玉谷 田畓을 賣渡하겟
다고. 14日쯤 갖이 가겟다고 햇다고 들엇다.

<1989년 5월 13일 토요일>
아침에 光陽 張南洙 氏에 電話로 14日 10
時頃에 가겟다고 傳햇다.
家族하고 人夫 2名을 데리고 참깨 두렁을
지엿다.
第二毛作 苗板을 設置하고 相子[箱子]도
넛다.
日誌을 보니 昨年보다는 約 3日이 느것다.
終日 藥을 다렷다.
丁基善 能度[態度]가 異常해 보엿다. 生覺
컨대 親睦稧를 破契한 데서 理由는 잇 듯
십다. 回甲도 지내지 안니 한 사람이 잔치
비를 바드려 한 양심이 불양햇다. 그러면
故 崔成吉이도 支拂해야 맛당하다. 自己가
經理을 본다고 意務[義務]로 6斗을 除地
한 點 不良하다고 판단하고 解體 契財 29
萬餘 원을 契員當 22,500식 分配햇다. 그
리고 契長이 不足한 點이 있어 내가 더러
代身해서 代辯하면 仁子 母 安銀順도 不
安케 生覺한다고 드럿다. 張泰燁 契 有司
時 行한 之事다. 丁基善은 不在中이엿다.
安銀順 者는 今初春에 내 土地 밭 흑을 利
用하자기에 不應햇든니 아마 그 점도 잇는
듯십다. 그려는데 무슨 親睦稧야 生覺코
解體 覺悟을 햇든 것이다. 安銀順이도 生

覺하면 崔乃宇 눈치를 알 것이다. 따지면 其間에 지냇든 것이 親睦이 안니고 不睦稧로 지냇든 것은 事實이엿다. 契 解體는 當然之事로 生覺한다. 理由 없다.

<1989년 5월 14일 일요일>
光陽 李龍昷이 之事로 玉谷에 갓다. 順天에서 金昌模 氏을 禮訪한바 不在中. 書字만 남기고 玉谷에 갓다. 張南洙 氏을 禮訪하야 5月 16日 다시 오기로 하고 河東에 妻侄[妻姪] 基永을 맛나고 너 任實로 오라 햇다. 主人 楊 氏을 맛나고 李基永 年給이 殘高額을 무르니 135萬 원 中 50萬 원을 가저가고 現在 85萬 원이 殘이고 不遠 入金해 주겟다고 햇다. 그려나 張南洙는 時가 바부게 데려가라 햇다.
館村驛에 당하니 6時 30分이엿다.

五月 十四日 光陽 玉谷面 李龍昷 子 基永의 事由[44]
玉谷에 張南洙 氏하고 一行하야 河東에 갓다.
主人는 楊 氏라고 酒造場도 부로크工場도 其外 여려 事業을 한다고 하고 代議員도 지내고 學校 理事長도 育成會長도 一〇餘 年을 留任햇다고 自己으 자랑만 느려놋코 잇드라.
基永 앞의로 年給金은 어는 程度 預託되엿는냐 햇든니 現在 八五萬은 五月 末日까{지} 預託 되엿다고 하면서 通帳을 내보이기에 바다보니 主人의 것이드라. 此의 通帳은 몇 千萬 원이 預託되엿서도 自己 것이

니 미들 수 없다고 햇다. 基永 잇는 工場에 가니 刑務所 囚{人} 罪人 갓드라. 人生이 못나고 제 年給額도 모르고 外出도 못하고 울안에서 먹고 일만 하고 잇으니 罪人하고 다를 바 없다. 나오라 햇다.

<1989년 5월 16일 월요일>
農地購入資金 書類 求備次[具備次] 任實에 갓다. 求備 書類을 全部 갖우고 新平農協에 提出햇다. 다음 機會 잇는 대로 現地踏査하고 形式이라도 卽時 現金을 支拂하겟다고 햇다.

<1989년 5월 16일 화요일>[45]
成康 母하고 同伴해서 5時 50分 列車로 順天 着. 다시 光陽郡廳을 단여 다시 順天 稅무署을 단여 光陽 着. 農校로 金昌模 先生을 訪問하고 打合하고 다시 玉谷에 갓다. 畓 賣渡代 3百萬 원에 締結하고 現金은 引受햇고 移轉登記 手續은 5月 19日 代書書[代書所]을 通하야 完結키로 햇다.
時間이 經過되여 順天驛前에서 內外 一泊 햇다.
收入은 畓 賣渡代 3,000,000 + 基永 年金 850,000 = 3,850,000
支出 - 畓 招介[紹介]비 50,000 - 先稅代 120,000 李淑子 用金 70,000 龍昷 用金 10,000 = 게 25萬 원.
3,850,000 - 250,000 = 3,600,000을 如히 引受햇다.

---

[44] 5월 14일 일기 위에 다른 종이에 기록하여 붙여 놓은 내용이다.

[45] 15일 자 일기를 적고 남은 지면에 "5月 16日"이라고 날짜를 쓰고 일기를 짧게 적은 다음 일기장의 16일 자 지면에 새로 일기를 기록하였다. 기록된 내용에 다소 차이가 있어 둘 다 날짜를 쓰고 내용을 입력하였다.

<1989년 5월 17일 수요일>

順天에서 朝起에 7時 10分 特急으로 任實에 8. 50分에 着햇다. 바로 任實 畜協에 가서 어제 引受金 3,600,000을 正式 預託햇다. 年 12%에 1年 滿期면 利子만 49萬 程度.

成東이는 學順 移秧하려 갓고 內食口는 人夫하고 참깨 심으려 갓다.

定刻 2時에 老人學校에 授業 받으려 갓다. 男女 50餘 名은 募엿으나 女子는 40名이 넘고 男學生은 不過 10餘 名이엿다. 討論을 通해서 男學生을 後期라도 募集해서 保忠해 달아고 햇든니 執行部에서 受諾햇고 學生代表로 選任하야 會長이 選布[宣布]햇다.

<1989년 5월 18일 목요일>

徐東辰을 아침에 맛나고 農路 고치라고 햇다. 南原 廣寒樓 七七稧會에 參席햇다. 三溪面 金炳基 月谷里 金石坤 68名이 募여 大盛況을 이루엇다.

任實에 들엿다. 사진을 찍고 서울病院에서 赤成檢査[適性檢査]를 맛고 本署에 提出햇든니 25日 試驗 보려 오라고 햇다. 老人에 무슨 試驗이야 하고 李澤俊이가 提出만 하라 해서 왓다고 하고 왓다.

<1989년 5월 19일 금요일>

5.時 50分 列車로 光陽 着 8時 50分이엿다. 買受者는 10時쯤 오는데 熱이 낫다. 農高校에 金昌模 先生을 相面한바 授業 中止하고 順天에 가서 印鑑을 냇다. 代書所에 接受한바 土地臺帳 1通 都市計劃書 1通을 郡에서 떼오라 햇다. 買受人 車를 利用해서 떼왓다. 다시 또 郡에 가서 土地課表確認書을 떼오라 하니 氣分이 少햇다. 農高

에 金 先生은 土地을 헐갑에 파랏다고 하면서 물일 수 업나고 햇다. 本人도 으심스럽게 生覺한 듯십다. 집에 온니 7時 30分이엿다. 手續은 完全히 끝냇다.

五樹 韓大연이가 死亡햇다고 傳해왓다.

<1989년 5월 20일 토요일>

成傑 稅金 關係로 南原稅務署 文 氏를 찾고 相議한바 稅額 即 課表는 全州 社會[會社]에서 보내고 南原에서는 人的關係만 取扱한다고 햇다. 成傑에 전화햇든니 淸州에 갓다고 햇다.

工場는 1月中에 自進申告期고 車는 5月中 自進申告月이다.

<1989년 5월 21일 일요일>

成允이하고 고초밭에 물을 주엇다.

家族은 苗을 띠여 운반햇고 못텡이 논도 고루고 햇다.

元泉里 廉昌烈 母이 別世햇다고.

<1989년 5월 22일 월요일>

丁基善 氏하고 同伴하야 廉昌烈 氏 慈堂 初喪에 問喪을 갓다.

農協에서 農地購入資金 八百萬 원을 引出해서 다시 入金한데 十一月 二二日까지 六個月 條件으로 한바 利가 約 三九萬 원 된다고 햇다.

못텡이 移秧햇다.

<1989년 5월 23일 화요일>

고초밭에 물을 준데 午前이 걸엿다.

午後에는 除草濟 울안에 뒤밭 두력에 뿌렷다.

成東이는 終日 늦게가지 日 모내기햇다.

沈參茂 張判童 金鎭玉 白康俊 4人分을 심 엇다.

<1989년 5월 24일 수요일>
朝旱[早朝]에 大里 李今八 氏가 內臨햇다.
事由는 배답 방천 및 田을 使用코자엿다.
使用料는 坪當 2,250원식 하고 藥木 40萬 원을 달아고 햇다. 同意書는 해주웟다.
任實 老人學校에 갓다. 崔今福 尹鎬錫 張 泰燁도 入學햇다.
夕陽에 李今八 外 2人이 왓다. 배답 田을 利用하자고 하야 坪當 2,250×717坪 160萬 원 藥木代 50萬 원 계 2,100,000에 決定하 고 契約金으로 100萬 원 바닷다.

<1989년 5월 25일 목요일>
15日 만에 아침부터 비가 래렷다. 해갈은 忠 分[充分]한 듯십다. 第{一} 急한 것이 고초 엿다. 새보들 5斗只 除草濟 4封을 뿌렷다.
後山所에 除草도 해 今日은 日氣가 氣溫 이 내려가 춥드라.
夕陽에는 苗床에 硫安을 살작 뿌렷다.
집안 掃地도 햇다.
餘暇는 別로 없다.

<1989년 5월 26일 금요일>
大里 李今八하고 電話로 對話하고 朴日成 하고 對話햇다. 坪 2,700원식 結定[決定] 하자고 햇다. 今八 氏는 大里 梁八龍 洪順 煥 氏는 田 使用料를 2,250에 結定하고 全 額이 支拂되엿으니 其 差額만은 秘密로 부 처주서야 自己의 身分이 세워지겟다고 付 託하드라. 그래서 約束을 지켜주마 하고 家 族도 秘로 부치고 210萬 원만을 引受햇다 고 하고 10萬 원은 내의 用金으로 除하고

200萬 원을 메누리에 주면서 驛前에다 6개 월 條件으로 預託하라 햇다. 實地 總額은 717坪×2,700=2,450,000원인바 35萬 원+ 오도바이 條 70萬=1,050,000원 임실에다 私的으로 預託햇다.
機械苗 移秧은 今日로 끝이 낫다.

<1989년 5월 27일 토요일>
메누리는 館村驛前 畜協 支出張所에 堤防 使用料金 210萬 원을 預託하고 왓다.
고초밭에 三次 물은 주웟다.
몃 年間 처음 中春[仲春]에 極深[極甚]한 旱害가 왓다. 보리도 日日히 黃色으로 변 하야 芒種 안에 베야겟다.
그런 것들 그렛는데 不安햇다. 아마도 外人 이 무슨 말이 이는 듯십다. 하지만 이제 70 줄인 이때 그럴 수 잇은가. 남의 家事에 七 ○歲 老人에게 무슨 말을 했은가. 兩家에 가서 子息의 相議함이 至當한데 無識한 女 가 異常하게 본다. 不良女子. 男便 하는 行 爲를 이제 시정하려 함은 인식부족자이면 {서} 社會에 비방자다. 오직하면 그런 女子 하고 동거했을가. 구법에 이해서 햇지만 본 인도 不足감을 인식해야 하는데 그도 안인 무식자가 되여 그것 갓다. 하지만 好年期에 허송세월 분하다.

<1989년 5월 29일 월요일>
骨材業者 金顯哲 氏 인후동 1가.
崔乃宇 權利 預託金 通帳 8項을 整理햇다.
全州에 冷面[冷麪] 한 그릇 먹으려 갓다.
1,800원인데 잘해 주드라.
톱도 修理햇고 山所 雜草 새로 나와서 1병 사다 바로 試驗해보왓다.

<1989년 5월 30일 화요일>
家族이 全 動員되여 고초에 구멍을 뚤고 물 주웟다. 오늘까지 四次을 주엇다.

<1989년 5월 31일 수요일>
人夫 5名이 보리 베기 햇다. 昨年에 比하면 12日 빠른 셈이 되겟다.
全州人 金顯洙 外 2人이 왓다. 金學順의 田畓을 사려 온바 一金 拾萬 원을 가지고 왓는데 全額을 달아고 보냇다.
花實[任實] 養老會 講議[講義] 바드려 갓다. 3人이 同參햇다. 講師가 없어 事務局長이 代行하고 飲酒하고 茶果會만 벌이고 音樂會가 버려젓는데 任實 江津 女子들이 잘하드라.

桓時[恒時] 生覺 中이다. 1家에서 成東이하고 마음이 不安하다. 무슨 말을 하면 툭 〃하며 不快感이 만타. 만이 忍 字만 지켯지만 이제는 할 수 없다. 別居코자 햇음면 십다. 無織[無識]하고 文見[聞見]이 없어 그럿지만 他人에 比하면 아주 非人間이다. 又 曰 無子息이기에 그럿지만지 한 마음도 든다.

<1989년 6월 1일 목요일>
新平農協에서 國民株 請約金 689,000원을 請約햇다. 成東 乃宇 名儀[名義]로.
鶴巖里 黃儀善 氏를 訪問하고 보리밭을 求景햇다. 金鍾會 氏도 相面햇다.
面事務所에 들여 포푸라 茂木[伐木] 申請햇다.
술이 취햇다. 多幸 집에 無事히 當햇다.
藥木을 求景하고 갓다고 햇다.

<1989년 6월 2일 금요일>
德峙面 望月里 漢藥種 栽培業者 韋 氏 全州에서 金顯哲 氏 外 1人이 왓다. 金學順이 田을 賣渡 契約한바 611坪에 8百萬에 決定코 全額을 支拂햇다. 契約書는 내가 代書해 주웟다.
夕陽에 靑云洞 鄭宗和 집에서 술을 마시고 취해서 밤에 방에서 자다 왓다.

<1989년 6월 3일 토요일>
德峙面에서 韋 氏가 왓다. 安正柱 裵永植을 시켜서 藥木을 茂木하야 二車分을 시려 보냇다. 骨材業者 金顯哲이 作業을 着手햇다.
昌宇 밭을 完宇 安正柱 成東이 立會下에 尺으로 쟀다. 83m엿다. 完宇도 적어갓다.
國民株 成東 條가 二重으라며 통보가 왓는데 이제 알고 보니 金今龍 條로 해명되엿다고 里長 전햇다.
藥木代 成東에 23萬 원 바다 保菅[保管] 中이다.

<1989년 6월 4일 일요일>
八時頃에 貸切뻐스로 炳文 氏 女息 結婚式에 參席햇다.
安養에 着해 보니 一時쯤 되엿다. 藥 五時間이 걸엿다.
식을 맞이고 집에 온니 九時엿다.
夕陽 비 오는데 집에 온니 보리 打作은 無事히 치럿다고.

<1989년 6월 5일 월요일>
어제밤에 꿈을 꾼바 工場에 불이 2번이나 낫다. 불꿈을 깨고 또 잠이 든바 방아가 넌기 소스며 完全이 탓다. 다시 잠이 든니 우리 舍宅에 불이 낫다. 동네사람이 모여든바

독개비가 뿔을 질어다면서 몽뎅이를 들고 때린바 장쪼각이들라.
다시 잠이 든바 시암에서 흑 속에서 사람이 빠저 넉을 일고 깻다. 아침에 生覺하니 異常햇다.
午後에 館村驛에 오토바이 商會에서 75萬 원에 引受해 왓다.

<1989년 6월 6일 화요일>
어제 成東이는 昌宇 집을 가서 밭을 엇절 計劃이야며 무른바 其 田 坪수가 八九坪이라고 하드라면서 뜻 인는 듯십다고 햇다.
崔陳範 長男 結婚式에 參席햇다. 同和會員들 全員 相面햇다.

<1989년 6월 7일 수요일>
아침에 大里 郭榮日 車로 新里 朴成洙 집에서 모를 가저왓다.
오는 길에 路上에서 徐東辰 氏를 相面하고 揚水機를 要求햇다. 처음에는 完强[頑强]히 据絶하다가 最後 不美스럽게 되자 順〃 應하야 一金 拾萬 원을 주기로 햇다.
午後에는 老人學校에 갓다.
郡廳에도 들엿다. 成曉도 맛낫다. 郡守 課長 係長이 단여갓고 現場.

<1989년 6월 8일 목요일>
郡守의 指示에 依하야 面에서 産業係長 外 2人이 와서 산진도 찍엇다.
午前에 成東이하고 雨中에 現場에 갓다. 技士에 付託하고 公託金도 積立하지 안코 所有權 침했다면서 당부햇다.

<1989년 6월 9일 금요일>
面長에 傳햇든니 作業만 하면 連絡해 주시요 햇다.
南原 桂壽里에서 人夫 3人을 同伴해서 모를 가저왓다. 모는 購入해 왓는데 畓이 整이가 안되 심들 못하게 되엿다. 熱은 나는데 本人을 相面틀 못햇다.
全州에 전화로 간신이 對話한바 서울 간다고. 金鎭玉 李龍在 裵永植.

<1989년 6월 10일 토요일>
麥畓 二毛作 機械移秧을 햇다. 畓이 不實하야 移秧을 할 수 없어 機械를 다야 하는데 主人者가 없어 終日 왓다갓다 햇다.
全州서 成玉이 왓다. 來日 約束다방에서 男子 便의 父母하고 女子 便하고 相面키로 햇다고 햇다.

<1989년 6월 11일 일요일>
男女 便 面談은 다음으로 未流엇다.
新畓을 徐東辰에 依賴해서 機械를 대서 整理햇다.
午後에 押作히 人夫 十一명을 起動해서 夕陽까지 알맛게 移種을 끝냇다.
徐東辰이 오든니 맥주 기타를 내서 人夫들 한 차레 먹엿다.
夕陽에 嚴俊峰 內外가 지내다 英姬가 내려 뽕밭을 발밧다고 是非를 거는데 成東만 보내고 갓안해서[같잖아서] 말 안햇다.

<1989년 6월 12일 월요일>
포푸라를 실로 왓다. 代金은 一六七,〇〇〇이라고 햇다.
金判植 嚴俊映 丁基善 韓相俊하고 四人이 어제 모심은 품싹으로 德律[德津]에 놀여 갓다. 住民들이 多수가 왓드라.
포푸라代 一六七,〇〇〇원은 오도바이 代

金에 보태기로 햇다.

<1989년 6월 13일 화요일>
鷄舍을 修繕햇다.
병아리 13首가 孵兒[孵化]햇다. 그래서 鷄舍를 손댓다. 免稅{油}類 澤俊이가 가저갓다. 80릿드.
콩을 家族기리 播種햇다.

<1989년 6월 14일 수요일>
새벽부터 래린 비는 終日 래렷다.
終日 舍郎에서 新聞만 讀書한바 女子契에서 招待하야 가보니 개를 잡앗다고 햇다.
成東이는 終日 방아 찌엿다.

<1989년 6월 15일 목요일>
終日 工場 橫面 下水道 파헤처 終日 從事햇다. 장마철이 닥치면 장해가 되겟기 손을 보왓다. 休息 사이 없이 勞力햇다.
柳正進 路강 1개 靑云洞에서 里 條 1개 계 2개를 무덧다.

<1989년 6월 16일 금요일>
成東을 시켜서 任實 牛市場에 牛 市勢을 살펴보고 오라 햇다. 市勢가 下落 現狀이라며 秋夕期에나 出荷하겟다고 햇다. 그려면 昌宇 田 代價는 엇지 하려 하나 햇다. 未流자고.
農藥을 散布햇다. 新畓 苗을 때우는데 苗 自體가 異常햇다. 根發이 되지 안햇다. 苗를 購하야겟다.

<1989년 6월 17일 토요일>
林玉相 女息 結婚日이라고 햇다. 禮式場에 參席해 보니 住民들뿐이드라.

中食을 맞이고 張判童 3人이 同伴해서 大學病院에 朴洪燮 問病하고 왓다.
家族든은 고초 줄 매고 마늘도 캐고 햇다.

<1989년 6월 18일 일요일>
家族키리 마늘을 역거 달고 整理햇다.

<1989년 6월 19일 월요일>
새보돌[새보들] 보매기햇다.
成東이는 고초밭에 殺蟲濟藥을 뿌리고 除草濟도 뿌렷다. 안골도 고초에 藥을 햇다.
成東 內外에 오는 市場에서 牛 1頭을 賣渡해서 叔父으 田代를 會計하라고 指示햇다.

<1989년 6월 20일 화요일>
테밭 마늘 收穫을 햇다. 全部 合해서 80여 접이엿다.
耕耘機가 異常이 生겨 任實을 二次에 걸처 附品을 사왔다.
下加 李相榮하고 오토바이로 同行 中 驛前에서 相榮이는 택시하고 충돌이 잇서 多幸이 몸은 異常 없으나 機物을 幣物[廢物]이 되여 6萬 원 損害金을 밧고 보냇다.

<1989년 6월 21일 수요일>
成東는 市場에 소 一頭를 賣却햇다. 昨年에 55萬 원에 買入한바 今般에 120萬 원을 밧고 보니 培가 過盆햇다(昌宇 田代 주기 위해서).
家族기리 新畓 苗를 때웟다.
午後에는 揚水를 햇다.

<1989년 6월 22일 목요일>46
新洑坪 昌宇 田 買受代 百坪 豫算으로 壹

百參拾萬을 成東 便에 보내 주웟다. 契約도 必要 없고 領受證[領收證]도 必要 없다고 하고 現金만을 주고 移轉등記도 乃宇 名儀로 잇기에 그랫다.

<1989년 6월 23일 금요일>
成俊 結婚 時 百萬 원 어더준바 今般에 田을 賣渡하야 元利 一,一三〇,〇〇〇을 會計했다.
終日 방아 찌엿다.
野草를 실려 가련바 耕耘機가 故章[故障]이 낫다고 했다.
成允이는 兄 집에서 全部 가지고 집으로 왔다.

<1989년 6월 24일 토요일>
銀香[銀杏]木 二株 五萬 원에 賣渡햇다.
終日 가랑비가 내렷다. 장마철로 든 듯십다.

<1989년 6월 25일 일요일>
8時 貸切뻐스로 丁俊浩 子 結婚式에 參席햇다. 서울 着 12時엿다.
中食 後에 錫宇를 맛낫다. 祖父 立石費을 要求했다. 이젓다며 日後에 보내겟다고 했다.
午後 7時 着. 無事히 歸家했다.
昌坪 住民이 서울에서 40餘 戶가 居住로 알앗다.

<1989년 6월 26일 월요일>
아침에 全州 徐東辰가 왔다. 食床이지만 잘 왔다고 하고 揚水機代 10萬 원을 要求했다. 不遠이면 주겟다고 했다.
靑云寺에 갓다. 보살에게 急하게 서들지 말

아 햇다.
집에 메누리는 全州에서 큰메누리가 전화햇는데 藥木代를 보내라 햇다고 햇다. 내게 미루지 엇터게 햇나 햇다. 주마고 햇다고 하기에 열을 냇다. 내게 미루지. 전주에 전화햇든니 저도 옹색하다 햇다. 조타 하고 주마 햇다. 앞으로 보자고 햇다. 其 拾萬 원을 그럴 수 잇나 햇다.

<1989년 6월 27일 화요일>
國民株代 699,000 中 12株代 156,000을 拂入하고 543,000원을 還收하야 農協 利子金 249,000 拂入햇고 郡 支部 畜牛 利子 30,000 拂入햇고 成曉 藥{木}代 100,000을 주고 殘金 164,000원 成東 保管 中이나 人夫賃을 줄 것이다.
館村驛長이 來臨하야 天安 獨立記念館[獨立紀念館]까지 無料 乘車卷[乘車券] 5枚를 드리겟으니 단여오라 햇다. 그레케 하겟다고 承諾햇다.

<1989년 6월 28일 수요일>
老人學校 登校日이다. 約 2週間은 放學을 마침이고 今日부터 登校하겟다.
丁柱完이 招請해서 갓다. 中食을 하고 왔다.
崔今福 氏는 女子 동무가 없어 抛棄하겟다고 햇다. 3人이 任實 老人學校에 갓다. 例와 如히 50餘 名이 募엿다.
講議는 約 2時間을 밧고 다음은 自治會議이 되엿다. 住[主]로 觀光에 打合이엿다.

<1989년 6월 29일 목요일>
任實 電話局에서 3人이 訪問하고 公衆전화를 養老堂으로 옴기겟다고 햇다. 理由는 무엇이냐 햇다. 시그려운니 옴기겟다{고}.

---

46 당일 일기 전문을 붉은색으로 기록하였다.

每日 방아를 지는 것도 안데[아닌데] 정 그
렷타면 오겨라 했다. 아마도 住民 中 某人
이 恒意[抗議]를 提起한 듯십다.
任實 崔允成 洋服店에 전화로 우와기까지
1着 해달아고 했다. 代金 12萬 원.

<1989년 6월 30일 금요일>
成東이는 新里로 徐東辰의 作業하려 갓다.
아침에 水原에 成康에 전화하야 耕耘機 代
金 四拾萬을 보내라 했다. 언제든지 對答
뿐이지 施行을 하지 안는다.

特集記47
嚴俊峰 身上關係
異常하게 其者하고 뜻이 맞이를 안코 지내
왔다.
하는 處勢를 보고 들으면 제가 제만 축겨올
이는 行爲 또 제만 무엇이건 안치[아는 체]
를 하고 造作發言을 行事한다. 住民는 고
지를 듯는다.
乃宇는 絶對로 認證[認定]을 하지 안는다.
住民 一部는 寒心者도 잇다.
昔부터 故 鄭鉉一하고도 對決햇고 成奎하
고도 對決햇고 丁基善하고도 于今 不親之
事 間이다. 그러나 近年에 成奎는 가까와
젓다가 다시 不親으로 作別했다.
崔乃宇와 不親 關係는 成奎하고 俊峰이하
고 里長選擧에 對決한바 九〇 對 二〇票
로 落選하야 成奎가 多點으로 當選된 後로
不親하게 되고 中年에 各 部落에 電話 取
扱所가 設置되엿는데 郵替局[郵遞局]에
{서} 내의 집이 適合하다고 해서 認可가 낫

는데 其後 俊峰 自己 집에다 設置하려 한
것이 失期해서 놏인바 心中 不安하게 지내
온 것 같핫다. 두고두고 보겟다고 했다.
몃 個月 몃 年 後에 此者가 전화 取扱所를
移設할 計劃으로 手旦[手段] 方法을 써 現
郵替局 李權亨 氏에 要求했다. 理由는 局
長에게 里長 집 안니면 새마을指導者에 집
에 노와야 한다면서 간곡히 要求햇으나 局
長은 말하기를 崔乃宇 氏가 무슨 失格事由
가 잇다면 移設도 좃이만 理由 없이 移動
못해겟다고 完强히 据絶햇다고 局長은 내
게 傳해왔다.
其後 住民總會席上에서 말하기를 전화 取
扱所는 새마을指導者에나 里長 집에 노와
야 한다면서 移動으 뜻을 가지고 말하기에
言爭을 했다.
그려면 乃宇 本人은 一般人이고 새말을指
導者나 里長은 生前을 해먹{으}려 그런 말
을 하느냐 햇다.
그려면 거리가 먼 네 집에다 노면 住民들은
不便할 게 안냐 하고 그려타면 局長은 새
마을者에 안주고 내게 認可햇다냐 햇든니
당신은 빽이 조와서 그런다고 했다.
不良心者 같은 놈.
다음은 新畓 移秧을 하려 現地를 踏査햇
다. 鄭宰澤 畓에서 우리 밭으로 대면 便利
하게기에 嚴俊峰 집에 갓다. 마참 韓상俊
도 잇는데 논을 利用 좀 하자 햇든니 단번
에 안됩니다 徐東辰이가 말해야 하는데 하
면서 徐東辰 논에 물 대는 것을 反對하려
하는데 利用하시요 하면 내의 體面이 멋
되며 우리끼리라면 그도 더한 것도 드릴 수
잇다고 하면서 韓相俊에 모든 것을 指示하
드라. 개심해서 無答으로 왔다. 決局[結局]
은 대는데.

嚴俊峰 關係 계續48

다음 우리 마을 뻐스 運行의 件.

뻐스 운행하는 交涉 中인데 不贊者가 있엇다. 理由인즉 運行 中 洞內에서 事故가 나면 某人이 責任진야 햇다. 養老院에서 교섭 中인{데} 住民 中에서 그런 말을 하면 必要 없는 道路 修理할 必要 없지 안나 햇다. 千萬 원 드려서.

그런 것도 不故[不拘]하고 新平面長하고 二人이 同伴하야 運輸會社 二次 道 運輸과 一次 郡廳 運輸係을 단여 겨우 交通을 보게 되엇는데 必後에는 嚴俊峰이 서드려서 運行하게 되엇다고 들엇다. 그래도 如何한 말 안햇다.

다음

몃 년 前 新平農協 理事 選出하는데 乃宇가 物望에 올아 舘村 炳基 氏가 大里 總代를 포섭하고 元泉里에서 金炯順 金允圭 氏가 서드려서 自身 있엇다. 그러나 投票가 着手 卽前에 炳基 氏는 嚴俊峰을 맛나서 今般 理事 選出에 있어 乃宇을 協해주소 햇든니 俊峰이는 안니요 成奎를 키워야 합니다 하기에 成奎을 對面하야 무르니 그게 무슨 말삼이요 자근아버지를 미려야지요 햇다고. 그려는데 추천同意者 下加 李某가 嚴俊峰을 추천하니가 取消 안코 수락함은 不良者가 아닐 수 없고 없에서[옆에서] 응원할 터이니 對決하라기에 生覺다 못해 포기햇다. 그런 음해者다.

금번 공중전화 옴기는데 메루리 말에 依하면 六月 二十七日 正午에 任實 전화국에서 왓다고 하면서 직원 한 분이 메모지를

내노면서 이 마을 엄준봉 씨가 잇지요 전화번화를 대면서 이 분이 말하기를 (배영식 부인 입회하에) 공중전화를 양료당으로 옴겨달아고 합니다. 메누리는 아버지가 안 계시니 나는 알 수 업다고 햇다.

六月 二十八日 二時 四○分쯤 三人이 왓다. 元側[原則]上 방아실에다 거는 게 안니다고 하기에 오기라[옮기라] 햇다.

엄준봉 其者는 내의 之事는 감정이 포함되여 방해만 한다. 이놈도 두고두고 보면서 복수를 안 할 수 없다.

<1989년 7월 1일 토요일>

새벽 五時 四○分 列車로 成康 母하고 同伴 光陽 玉谷 李用煮 집에 갓다. 張 氏 龍煮을 同行 四人이 河東 梁 氏 집을 찻고 時烈 兒 二次에 걸처 强制로 데리고 왓다.

<1989년 7월 2일 일요일>

집에서 여러 가지 整理하고 午後에는 任實 洋服店에서 暇服[假縫]을 하고 全州로 向햇다. 沐浴湯에서 沐浴하고 왓다.

夏穀 買上代 五一萬 원을 收入해서 今春 營農資金 五拾萬 원 貸借金을 全額 償還해 整理햇다. 그려면 今年 末에 利子만 二八萬 원쯤 準備하면 以上 없다.

<1989년 7월 3일 월요일>

오도바이값으로 100,000원을 成東에서 바닷다(預託햇다). 그려면 포푸라代 一六七,○○○+100,000=二六七,○○○을 入,햇{고} 殘金 其外 子들에서 받을 豫算이다.

夏穀 買上 二八叺代 五一八,一五○원을 收햇다.

任實 洋服代 十二萬 원 完拂햇다.

---

48 지면이 부족하여 다음 쪽으로 넘겨 7월 1일 자 지면에 앞의 내용을 이어 적고 있다.

館村 炳基 氏가 왔다. 郡에 간바 成俊이가
보고 아느 치를 안해서 自請해서 人事하고
보니 민망햇다고. 첫재는 昌宇가 非人間.
七月 四日이라고 햇다.
郡에서 成曉가 전화한바 이제 今日字로 係
長 進級햇다고 傳해왔다.
故 金成南(斗基人) 二男이 本署 査察係 잇
다면서 新平서 맛나고 人事하는데 李澤俊
崔善宇는 警察 同期라고 하고 成曉는 學
校 同窓이라고 햇다.

<1989년 7월 5일 수요일>
男女學生들은 任實변전소 大昌[泰昌]메
리야스工場 치스[치즈]工場 大里 롯데工
場을 視察하고 繕物도 만이 밭앗다.
成曉가 왔다. 어제 日字로 係長 保職[補
職]을 받앗다고 햇다.
署長도 個入[介入]하고 郡守도 個人[介
入] 全州 貞順이도 個人하야 予列[序列]
로 成曉가 該當되엿다고 하고 李 前 係長
은 館村面長으로 傳出[轉出]해다고.

<1989년 7월 6일 목요일>
老人 婦人해서 11명이 天安으로 出發한다.
8時 50分 列車로 出發하야 天安에 11時
30分 到着. 12時에 中食을 맞이고 記念館
에 갓다.
途中에서 牟潤植 氏는 車中에서 옷에 大便
을 싸서 그런 창피가 없엇다. 便所을 차자
서 洗濯케 하고 우리만 求景하고 올 시에
는 갖이 同乘해 왔다.
成東이는 오는[오늘] 3日 만에 移秧을 맞
이엿다.

<1989년 7월 7일 금요일>
防衛協議會가 있어 面에 갓다. 會議가 끝
이 나는데 要望事項이 있어 提議햇다. 館
村驛前에 四街道路인데 또한 4次線으로
近方 住民들의 通行이 不安하오니 효단步
徒[횡단보도(橫斷步道)]를 하나 設置해 주
십시요 햇다. 面長은 不應치는 안지만 平
범한 말을 하드라. 屯南서 山西 가는 길도
해 주윗는데 此에 比하면 于先權[優先權]
이 있다 봅니다.
里에 尹鎬錫 氏하고 是非를 햇다. 其者의
뜻은 養老堂에 每事를 제의 뜻대로 하고
십지만 崔乃宇가 其者에 맥겨주지 안는다.
其者는 嚴俊峰 者의 말을 잘 信用한다. 우
리 마을 멋 놈은 俊峰의 말이면 每事를 공
갈 또는 協作[挾雜]이라도 信任한다. 寒心
한 일이다. 오늘도 아마 嚴俊峰 具判洙 林
澤俊 尹鎬錫 丁俊浩가 募여 俊峰의 自己
자랑만 하는 것이다. 우리에게는 말을 아니
한다. 나는 其者를 口散[苟且] 言設[言說]
코자 하지 안코 바주지 아으니가 그려타.
其 자리에서 越冬用 燃炭을 떼자고 하니가
엇다 장이게 연탄을 떼야고 하기에 장일 데
가 없으면 안 떼야 하드라. 말을 곳다로 하
나고 면박을 주엇다. 不良者이다.

<1989년 7월 8일 토요일>
李時烈을 시켜서 논두럭 풀을 벼엿다.
午後부터 비가 내려 밤늦게까지 내렷다.
건너집에 간니 雨中에 成奉 食口 全員이
왔다.
방아도 찌엿다.
밤에 成奉 집에 갓다. 成奉이가 아버지 用
錢이라며 10萬 원을 주드라. 그러나 오도바
이代를 보충하니 效力이 없다.

<1989년 7월 9일 일요일>
午前 10時頃 水原 成奉이는 온 家族이 떠난바 館村 제의 눈아 집에서 中食을 하고 간바 3日 [時]頃에 出發하야 水原에 6時 30分쯤 到着햇다고 알여왔다.
光陽 玉谷에서 전화로 法的問題라고 하면서 말한바 成允이가 밧고 보니 알 수 없어 밤에 成康 집에 가서 玉谷으로 전화햇든니 모두가 잘 끝이 나고 鎔焄 妻 關係도 異議 없이 解結[解決]되였으며 時烈 退居 및 日當도 10萬 원 받앗다고 햇다. 時烈이를 成奉이가 同乘하야 데려간바 月當 適當이 積金이라도 너주라 햇다.

<1989년 7월 10일 월요일>
館村市場에 噴霧機[噴霧器] 修理를 햇다.
山所 週邊[周邊]에 除草濟를 뿌렷다.
成東이는 養老堂 燃炭庫를 林玉相하고 改築햇다.
成奎가 서울서 왔다.

<1989년 7월 11일 화요일>
6. 40分 뻐스로 瑞希와 갖이 3人이 예수병원에 갓다. 治料를 밧고 夏季放學 中에 눈을 手術키로 햇다.
成東이는 成奎 藥代 5萬을 준바 아버지 약이나 지여드리라고 하면서 返還해 주드라고 햇다. 未安햇지만 돈도 없어 5萬 원을 받아다.
成奎는 市場에서 마늘 6접을 삿다고 우리 마늘 2접을 주웟다고 햇다.

<1989년 7월 12일 수요일>
任實 老人會 講議 받으려 갓다. 尹鎬錫 張泰燁이가 꼭박 따라는 단여도 不安한 者가

내 動態를 보려 단인 듯십다. 잘 단이기는 하지만 注視해야 할 人間이다.

<1989년 7월 13일 목요일>
아침 첫車로 成康 母하고 同行하야 順天을 据處 玉谷에 갓다. 鎔焄이는 못보고 張 氏도 못보고 이웃 할마니를 맛낫다. 용훈 前妻가 法에 誥所[告訴]는 햇지만 별 之事는 안니다.
오라면 가고 가라면 가고 해서 몸으로 따지 제 何等으 돈은 쓸 必要가 없다고 당부하고 왔다.

<1989년 7월 14일 금요일>
마당에 물이 흘여 放水路를 設置하는 데 勞苦가 있엇다.
光陽에서 張 氏 鎔焄이가 왔다. 어제 못 뵈엿다고. 그러나 理由가 있어 왔다. 家屋을 賣渡하야 용훈이를 데려가라는 뜻이다. 此後로 미루고 家屋 所有權만은 得해라 햇다. 북골놈들끼리 旅行을 가는 模樣인데 이것은 韓상俊 注菅[主管]인 듯십다. 두고 보는 것이지 生覺 中이다.

<1989년 7월 15일 토요일>
中央病院에서 所見書 要求. 耳鼻厚課[耳鼻咽喉科] 診察을 要햇다.
장마철이라 今日도 終日 비만 내렷다. 비오니 별 할 일이 없다. 舍郞에서 讀書만 햇다. 南原 桂壽里에서 電諜이 왔다. 19日 宗會를 求禮 祭閣에서 開催한다고 햇다.

<1989년 7월 16일 일요일>
安正柱가 林秩洙에 家屋을 買賣하는데 契約을 書役해 주엇다.

오늘도 가끔 비가 내렷다.
成康 外叔이 아침에 갓다고. 가라고 해서
갓이 말 안니 하면 갈 택이 없다.
崔南連이가 왓다. 養老堂 運營에 對한 討
論을 햇다.

<1989년 7월 17일 월요일>
오늘도 간혹 비는 내럿다.
成東 內外는 農藥을 散布햇다.
나는 山所에 除草作業을 햇다. 田畓도 두
루 둘여보왓다.

<1989년 7월 18일 화요일>
오늘도 山所에서 除草作業햇다. 餘暇가 있
어 논으니 그리고 近處라 그럿다.
成東이는 終日 農藥 散布해는데 他人의
것을 注[主]로 햇다.
丁基善 氏 집에 갓다. 全州에서 孫子를 바
주고 왓다면서 술상이 왓다. 우연히 嚴俊峰
의 말이 나왓다. 嚴俊祥 妻가 어제 내 집에
왓는데 林玉相이 婦人에 술을 권한바 3잔
을 마시고 嚴俊峰의 해담을 말하는데 俊峰
의 妻 崔英姬가 전화로 全州 判俊에 말하기
를 來日 할아버지의 祭祀에 오지 말아고 하
면서 여려 말을 한다고 하고 한 동네 俊映
메누리 보고도 할아버지의 祭祀에 가지 말
아고 하야 결국은 俊峰의 內外가 속을 빼이
며 自己의 內外도 不參하야 俊祥의 妻는
俊峰의 內外 非방[誹謗]을 해다고 들엇다.

<1989년 7월 19일 수요일>
養人會에서 복다름 한다고 重宇 집에서 中
食을 햇다.
大里 李寬俊이가 政策的으로 고기 술 飮料
水를 보내 잘 먹엇다.

大韓老人會 任實 講議日이다. 男女 學生
50餘 名이 募엿는데 26日 字 旅行비 條로
人當 5仟 원을 据出해서 255,000원을 執行
에 넘겨주엇다.
夕陽에 養老堂에서 崔南連 兄弟가 言爭을
한다고 해서 가보니 大言戰을 하드라. 人員
은 七, 八名인데 其者들은 求景만 하고 잇
이 말기도 안코 있으며 될 수만 있으면 大戰
으로 擴對[擴大]되기만을 기드린 者이드라.
나는 理由 如何는 不問하고 兄弟間에 이럴
수 이느야 하고 여기예 募인 분들 얼마나
조화하겠으냐 하고 집에 가서 따지는 게 올
타며 瑛斗를 마구 그려냇다. 잘 타일여서
집으로 보내고 다시 南連에 또 呼通을 치
면서 兩者가 서로 非방을 하면 이 분들 조
화하고 욕도 할는지 누가 알겟나 하고 一切
無言하라 햇다.

<1989년 7월 20일 목요일>
아침 6時 40分 벼수[버스]로 예수病院에
갓다. 瑞希 눈을 珍察[診察]한바 5日分 藥
을 주고 25日에 再檢珍[再檢診]하야 手術
如否[與否]를 決定키로 하고 왓다.
途中에 養老堂에 들의니 술잔을 나누는데 嚴
俊祥이가 氣分 납부드라 하는데 마음이 괴롭
드라. 술을 권하는데 못 먹겟다고 返對[反
對]하고 왓다. 張泰燁이도 이는데 그 놈도 못
난 자식이 마음대로 되지는 안코 하니 내의
處勢를 못맛당하게 생각하고 잇 듯십다.

<1989년 7월 21일 금요일>
任實에 中央病院에 갓다. 注謝[注射]도 맛
고 예수병원에 珍察코자 院長의 所見書도
밧앗다.
논에 물을 댓다. 1週日 以上 뗏섯다.

<1989년 7월 22일 토요일>
尹鎬錫 氏 生辰日이라고 招侍[招待]하야
朝食을 했다.
白康俊 氏가 來訪하야 여러 가지로 對話했다.
大里 韓昌煥 子가 成東 移秧비 14萬 원을
보내왔다.
同窓會員 召集通報를 發言했다. 日字 7월
31日 字로.
大里長이 왔다. 驛前 흥단道路 信號燈 하
나 設置 要. 日後에나 東情書[陳情書] 내
기로 約束.

<1989년 7월 23일 일요일>
館村에 갓다.
炳基 氏 宅을 禮訪했다.
哲浩도 相面하고 7月 31日 雲巖湖에서 船
遊노리 하자고 傳하고 哲浩는 明 7月 24日
大里洑森에서 道燁 朴道洙 李勝龍을 데리
고 오라 했다.

<1989년 7월 24일 월요일>
大里 郭道燁 金哲浩 朴道洙 李勝龍 崔炳
基 氏를 招請하야 大里洑森에서 中食을
갖이 햇다. 마참 있으니 面長 支署長 農協
長이 募이게 되엿다.

<1989년 7월 25일 화요일>
아침 첫차로 예수병원에 갓다. 瑞希를 珍察
햇든니 手術은 못하고 이대로 두고 約 2주
後에 再珍하라 했다.
本人도 耳가 不實하야 耳鼻厚課에 接受하
야 聽力檢查를 한바 治料하야 完治할 수는
없고 保聽器[補聽器]를 다는 수박게 없다
고 했다.
成曉가 단여갓다. 事務上의 注意를 당부했다.

<1989년 7월 26일 수요일>
雨中인데 成東 內外 成東 母 兩人 4人이
茂朱로 觀光旅行에 떠낫다.
나는 任實에서 9. 30分 出發하야 群山으로
갓다. 群山 韓國유리工場을 見學하고 裡里
효주工場을 見學 全州 三養社에 求景했다.
집에는 6時경 適當히 당햇다.

<1989년 7월 27일 목요일>
오늘도 비는 내렷다.
舍郎에서 讀書만 했다.
夕陽에야 山所 草除[除草]햇다.

<1989년 7월 28일 금요일>
三年 滿期 保險料 百萬 원을 引出했다. 郵
替局長 다시 一件 加入을 要하야 할 수 없
이 五拾萬分 三年制를 加入했다. 月 一二,
二五〇. 百萬 원은 館村驛前 畜協에 六個
月 條件으로 預託햇다. 今日 現在로 農地
購入資金 八百 堤防 使用料 二〇〇百 今
日 保險金 預託金 百萬 計 壹仟百萬이라
고 確認하야 成東 內外間에 말해 주웟다.
不安햇든 포푸라를 둘어보니 雜草 및 칙넝
굴이 감고 있어 이를 除据햇다.
夕陽에 議政府에서 成奎 內子가 왔다.

<1989년 7월 29일 토요일>
비는 좀 온바 별 것은 없다.
家 庭園에 除草도 했다.
中伏이라고 해서 養老堂에서 닥죽도 먹엇
다(重宇 집에서).
養老堂에서 丁壽福 丁辰根하고 同寸기리
是非가 있엇다. 分석은 햇지만 他人은 말
못하드라. 陰暗者들이다.
成奎 妻는 아침 일즉 떠낫다.

<1989년 7월 30일 일요일>
水原서 어제 成康이가 단여갓다고 드럿다.
大端이 不安햇다. 父母를 뵈려 일부려 오
기도 하는데 집에 왓다면 對面이라도 하고
가는 게 禮儀인데 바로 갓다고. 제의 母가
無識하고 배움이 없다 할지라도 그려케 보
냇을가 不滿스럽다.
理髮도 햇다.

<1989년 7월 31일 월요일>
雲巖湖에서 同窓會員 11名이 參席하야 終
日 滿足하계 外遊를 잘햇다.
會費는 前番에 五仟 원을 旣託[寄託]햇고
이번에 再 五仟 원을 收金한바 4名이 不參
햇고 해서 收入支出을 하고 보니 35,800원
이 殘高여서 내계 保菅 中이다.

<1989년 8월 1일 화요일>
어제밤에 齒牙가 통증이 있어 不平햇다.
朝食을 하고 참다못해서 任實치과로 行햇
다. 醫師는 又 신경을 죽이고 보자 햇다. 治
療는 햇는데 2, 3次 단이라 햇다.

<1989년 8월 2일 수요일>
山所에 雜草를 除据햇다.
水畓에 물을 넛다.
任實 老人學校에 갓다. 22日 旅行키로 하
고 24日에 歸家키로 햇다. 行先地는 南道
近方으로 定햇다.

<1989년 8월 3일 목요일>
第二次로 齒課[齒科]에 治療하려 갓다. 來
日 다시 오라 햇다.
山所에 成東이를 시켜서 完全 伐草를 햇
다. 이제는 다시 伐草할 必要 없다.

成英이가 어제 왓다가 午後에 떠나면서 土
曜日에 서울로 完全 移居한다고 햇다. 用
錢 2萬 원을 주고 갓다.

<1989년 8월 4일 금요일>
第三次 齒牙 治療를 햇다. 몹시 不快하다.
家庭的으로 不快感이 多分. 無言之生活
忍耐耐로 生計 維持 他言.

<1989년 8월 5일 토요일>
明 6日 서울서 伯母 祭祀日 參席코자 豫定
이다.
서울 列車票 豫買하려 간바 8日까지 豫買
가 끝이 낫다고 햇다.
全州 南原으로 連絡해도 動切[根絶]이라고.

<1989년 8월 6일 일요일>
生覺다 못해서 아침 6時 40分 뻐스로 全州
에 갓다. 터밀에서 1般뻐스票를 탓다. 9時
50分이라 햇다. 時間이 當하니 大滿員이라
서 乘車할 道理가 없다. 포기하고 高速뻐
스場에 간바 全部 매진이라 햇다. 某人의
招介로 6仟에 觀光뻐스에 탓다.
서울에 當하니 1時 50分이엿다.
中食을 하고 德壽宮으로 갓다. 終日 午後
까지 5時까지 놀앗다.
6時쯤 해서 範이 집에 닷다. 밤에 제사는
慕侍엿다. 不安하계 生覺할 터이지만 參席
햇다.

<1989년 8월 7일 월요일>
아침에 늦잠은 드럿다.
朝食하고 바로 出發하야 서울市廳 앞에 下
車햇다. 電鐵로 水原 成康 집에 당햇다. 中
食을 햇다. 成奉 內外가 왓다. 잠시 잇다 바

로 出發했다. 全州에 당하니 嚴俊峰이가
入院햇다고 韓상준 外 4명이 갗이 왔다.
집에 왔다. 成東이의 妻 行爲 나는 目視가
不安햇다. 食事가 끝이 안 나고 물을 마시
려 하니 床을 除据한다. 日前에 4日 字 夕
食을 하는데 건너 엄마 죽을 갓다주라 햇든
니 항성을 퍼붓는데 나는 對苦[대꾸]를 하
지 안코 듯고만 잇엇다. 每週 不安햇다. 만
이 참앗다. 그런데 今日 夕床에서도 不安
感이 들엇다. 아마도 同居는 틀렷고 나도
뜻이 없고 別居가 농후하다. 엊엇든 財産은
生覺하려 햇지만 그럴 必要 없다. 將來에
成東이만 佛象[佛像]처럼 되지 안을가 한
다. 父母로서는 外 子息이 만으니 여기에
다 全的은 치중은 못하겟다.

<1989년 8월 8일 화요일>
아침 六時 四○分 뻐스로 全州 瑞希 祖母
갗이 예수병원에 三人이 갓다. 瑞希 治療
接受을 하고 嚴俊峰의 七층에 問病을 햇다.
瑞希는 다음週 다시 오라 햇다. 집에를 와
도 氣分은 如前햇다.

<1989년 8월 9일 수요일>
五柳里에서 加工組合 面別 運營委員會議
이 열엿다.
가는 길에 姜遇錫 집을 訪問햇다.
午後에는 任實 老人學校에서 講議를 밧고
齒課院을 단여왔다.

<1989년 8월 10일 목요일>
田畓을 둘여보고 任實에서 電話局에서 連
絡이 왔는데 成奎 전화료가 過入햇다면서
引受 要하야 갓다. 一金 6仟 원을 바다 왔다.
夕陽에는 斗流里 金敎鎭이 來訪햇다. 用

務는 鄕校 文集 作成次.

<1989년 8월 11일 금요일>
山西面에 裵正錫 招請으로 嚴國喆 車로
外出햇다.
아침에 昌宇가 왔다. 8月中에 서울 敬禮를
結婚을 맞어 주위{야}겟는데 百萬 원만 購
해 달아고 하기에 알아보마 햇다.

<1989년 8월 12일 토요일>
朝食 後 卽時 出發하야 오는 길에 寧川 崔
鎭浩 집을 들엿다. 갗이 乘車하야 館村驛
까지 同行햇다. 昌宇의 付託을 밧고 韓相
俊 崔瑛斗 氏 丁基善을 對面하고 借用金
을 말햇든니 없다고 햇다.

<1989년 8월 13일 일요일>
金進映가 아침에 왔다. 無職者. 發言도 제
대로 못한 者가 徐東辰 畓 干係[關係]을 말
하기에 안 존 자식으로 보{고} 里長에 對面
하야 反박을 햇다. 어리석은 子息으로 본다.
終日 舍郎에서 讀書만 햇다.
이웃에서 보기 시런 놈이 잇다.

<1989년 8월 14일 월요일>
任實 齒課에서 治療를 밧고 왔다.
館驛前에 오토바이쎈타에서 오토바이 修
理를 햇다.
南原서 成樂 食口가 全員이 왔다. 여름 休
暇次인데 來日 妻促[妻族]들하고 서울을
간다고 햇다.
비가 내린바 適期에 잘 온 것 갓다.
骨材業 金 氏 二名이 訪問햇다. 不遠이면
作業을 着手한다면서 郡에 正入金
12,180,000원 入金햇다고 햇다.

<1989년 8월 15일 화요일>
夕陽에 大里坪 水畓을 단여오는데 進映 者
를 맛낫지만 말없이 人事 없이 지내 왔다.
보기에 흉악한 자로 보이는데 나도 自尊心
이 이는데 그런 놈하고 먼저 말하고 십지 안
타. 똑똑한 놈이면 모르겟지만 그런 자 놈하
고 先人事는 하고 십지 안타. 알고 잇는 것
은 金進映 其者는 住民들에서 非行을 만
{이} 밧는 者이다. 욕심이 만코 논물 대는데
不良行動으로 因한 者다. 엣적에 屏嚴里
高玉奉 氏에서브터 봉변을 當하기 始作으
로 崔成奎 丁辰根 林澤俊 丁基善 崔乃宇
韓상준까지 非방을 밧고 지내왓든 者다.

<1989년 8월 16일 수요일>
大韓老人會에서 旅行비 575,000원을 据出
해서 康 局長에 引계햇다. 約 30名분을 收
入햇다.
昌宇 付託金 百萬 원을 引出햇다.
里 總會에 參席했다.

<1989년 8월 17일 목요일>
아침 뻐스로 예수병원에 갓다. 瑞希는 特珍
[特診]을 받은바 手術은 밧이 안 해도 되겟
다면서 將次 時日이 가면 完全이 제대로
도라신다고 햇다. 3個月 後에 1次 再珍하
겟다고 햇다.
참께 버는[베는] 데 協助해주윗다.
成東이는 農藥 散布햇다.
朝食을 崔末女 집에서 한바 嚴俊峰도 왓
다. 故 正烈 祭. 自己 子息은 서울서 筆記
試驗은 合格해도 두 번이나 口頭시엄서 不
合{格}이라고 하드라. 理由는 湖南사람이
다고. 말도 안 된 사람이라고 햇다.

<1989년 8월 18일 금요일>
昌宇에 一金 壹百萬 원을 借貸해주윗다.
서울서 完宇가 왔다. 제의 母 問病次.
成愼 付託으로 住民登錄滕本[住民登錄謄
本] 2통을 面에서 떼다주고 館村에 갓다.
씨름판에 간바 求景群이 少수라 헤벅드라.
바로 왔다.

<1989년 8월 19일 토요일>
家蔟기리 菜蔬밭을 整理햇다.
고초를 半乾榡品[半乾燥品]을 火熱場에
入초햇다.

<1989년 8월 20일 일요일>
白菜[白宷]만 播種햇다.
비는 午後 온바 相當이 내렷다.
舍郞에서 碑文 作成 草案을 着手해 보왓
다. 그러나 孫子 成字[成苑]까지 너려니까
壹仟 字가 넘는다.

<1989년 8월 21일 월요일>
成東에서 2泊 3日分 觀光費 50,000원 引
受햇다.
바르게살기운동회(그전 사회정화이원회)로
改稱햇다고.
바르게살기운동회 第一次 旅行길에 나섯다.
8月 24日 單日코스로. 館驛前 7時 出發.
무를 비 맛고 播種하고 午後에는 成康 母와
同伴해서 參禮 서울病院에 治療次 갓다.

<1989년 8월 22일 화요일>
오늘은 終日 비가 내렷다. 門박을 나가지
않아고 舍郞에서 讀書 그리고 書役만 하는
데 注로 碑文 碣文 草案을 作成해 보왓다.
그러나 碑文 碣字가 850字가 되는데 硏究

中이다. 800字 程度면 忠分[充分]한데.

<1989년 8월 23일 수요일>
終日 讀書만 햇다.
碑文 硏究만 하고 草案을 자밧다.

<1989년 8월 24일 목요일>
從前 社會淨化委員會가 今般에 改稱하야
바르게살기운동協議會로 改名햇다. 同時
에 今日 面內 會員이 貸切하야 馬山 等地
로 單日코스로 旅行 兼 觀光에 나섯다.
參加人員은 約 40名쯤 되엿다.
終日 馬山 뚝섬에서 船便으로 往復한바 1
日 程度는 단여올 만햇다.

<1989년 8월 25일 금요일>
先考 祭祠日[祭祀日]이다. 서울서 成奎도
왓다.
鄭九福 子가 오도바이로 死亡햇다고 五弓
里에서 崔東煥이가 왓다.
鄕校 主催로 新平서 講議가 있어 參加햇다.

<1989년 8월 26일 토요일>
朝食 後에 全州 相範 집으로 전화하야 相
範이를 보내달아 햇다. 午後에 相範 母하
고 왓다. 잘 타일엇다. 家出은 안키로 햇다.

<1989년 8월 27일 일요일>
田畓을 둘여보왓다.
成東이는 農藥을 햇다.
방아 찟는데 米價가 허려서 精米를 꺼린데
工場主人보고 債任[責任]을 지라{는} 作
者도 잇는데 安承均 者는 벼채 外處人에
팔앗다고 드럿다.

<1989년 8월 28일 월요일>
工場 後面 또랑을 치고 록강을 뭇는데 終
日이 걸엿다.

<1989년 8월 29일 화요일>
任實 老人會 學生 2泊 3日 觀光日이다. 45
명 全員이 乘車하야 館村驛前에서 8時에
出發햇다.
서울을 버서나자 故章이 낫다. 할 수 없이
代車로 갓다. 約 4時間이 經過햇다.
설악산중에서 1泊햇다.

<1989년 8월 30일 수요일>
朝食 後에 出發하는데 비가 내려 不安햇다.
成曉 母하고 外에 2人이 흔들바우에 갓다.
其外 人은 비가 내리니 全員이 포기햇다.
백암호텔에서 잣다.

<1989년 8월 31일 목요일>
周王山에 간바 처음이라 보기가 每遇 좋으
라. 周王庵에 들이엿다. 安東떰을 求景하고
卽行 南原 近處서 파티을 열고 잠시 休息.
집에 오니 밤 9時 30分이다.

<1989년 9월 1일 금요일>
朝食을 金長映 氏 집에서 햇다.
田畓을 두루 둘여 보왓다.
砂理[砂利] 采取場[採取場]에 求景次 들
엿다.
重宇 母 問病햇다. 不遠이면 別世하겟드라.
四仙臺注油所에 들인바 基宇 母도 不遠이
면 別世하겟다고. 病院에 入院 中이라고
햇다.

<1989년 9월 2일 토요일>
崔宗仁 招請으로 大里에 갓다. 機關長 및
有志 해서 10餘 名이 왓다. 잘 차렷드라.
오도바이로 오는데 조심이 들드라.
어제든지 成俊 母를 보면 不安感의 든다.
郡守 署長이 무두 移動햇다고 햇다.

<1989년 9월 3일 일요일>
新汰坪 115번지 田을 砂理 採取用으로 讓
渡햇든바 里長 中에서 妨害를 논다고 들엇
다. 妨害者는 ○○○인 십다. 徐東辰이도
말햇다. 現場을 가보니 리봉을 단 票示[標
示]를 해노왓는데 許可가 나고 안니 난 票
示인 듯십다.
밤에 成康이가 古物을 실코 왓다. 11時쯤
바로 下車하고 떠낫다.

<1989년 9월 4일 월요일>
婦人 8명을 購해서 古物을 整繕[精選]햇다.
成東이는 終日 방아 찟는데 協助해 주웟
다. 靑云洞 金泰圭 벼도 실여왓다.
金昌圭을 非防[誹謗]을 햇든니 在玉 婦人
는 護應[呼應]하드라.

<1989년 9월 5일 화요일>
古鐵 整繕 作業에 助力햇다. 人夫 13名이
動員되엇다.

<1989년 9월 6일 수요일>
婦人 13명이 起用 終日 作業.
成東이는 畜牛 市場 賣渡하려 간바 허려서
다시 왓다.
老人學校 受講하려 갓다. 講師는 文南基
氏엿다. 在鄕軍人會長이라고 햇다.

<1989년 9월 7일 목요일>
아침에 朝食 中인데 南原 康姬 母에서 전
화로 에제밤에 成樂이가 自轉車로 落傷을
해서 入院 中이라 햇다.
오늘 아침이 成曉 生日인데 食後에 南原에
綜合病院에 갓다. 龍宇를 맛나고 말을 드
르니 不幸 中 多幸이라 햇다. 來日 彦形
[顔形]을 手術한다고 햇다.
古物 整繕 作業은 今日 끝냇다.
成東이는 終日 방아 찌엇다.
成康이는 밤 10時 半에 古物을 실고 出發
햇다.

※ 九月 七日 字 追加誌[49]
밤 10時쯤 水原서 成康이가 왓다. 婦人 人
夫賃은 二十一名分×五,○○○=二○五,○
○○원을 주고 나도 用錢으로 三萬 원을
주드라. 以上은 未祥[未詳]임.
成康이는 서울 鄭基澤(昌宇 婿)가 昨年 選
擧 時에 參拾萬 원을 가저간바 주지 안다
고 햇다. 成奉에서도 百萬 원을 가저가는데
數次 再促햇든니 겨우 바닸으나 내 것은 안
준다고.
成康 母에 付託하야 成禮에 말해서 꼭 밧
게큼 하라 햇다. (乃宇 말임)

<1989년 9월 8일 금요일>
3內外가 同伴해서 南原 成樂 問病을 햇다.
10時 30分에 手術하는데 約 40分이 지나
서 끝냇다.
龍宇가 內科 科長인데 제의 所官[所管]은
안이지만 手苦가 만햇다.

---

49 별지에 기록하여 7일자 일기 위에 붙여 놓은 내
용이다.

<1989년 9월 9일 토요일>
어제밤에 成康 집에 간바 成愼이가 왔다.
애들 앞에서 나더러 가라고 하니 기분이 납
앗다. 또 가라 햇다. 옷을 입고 그럴 수 잇나
햇다.
아침 6時 40分 뻐스로 成康 母 希姬 同伴
해서 예수병원엔 갓다. 珍察햇든니 結論은
2개월 後에 다시 오라 햇다. 年이 가면 눈
은 完治로 본다.
成東이는 終日 방아 찌엿다.
어제부터 종일 온 비는 滿促[滿足]햇다.
새벽에 南原 病院에 成樂에 전화햇든니 異
常 없다고 햇다. 또 밤 11時경에 病院에 전
화를 넛든니 메누리가 받으면서 상태가 좋
아고 햇다.

<1989년 9월 10일 일요일>
어제밤에 成康 母하고 기분이 불안햇는데
今日 昌宇 딸 경예 結婚式에 參席하자 하
니 도저히 生覺이 不安햇다. 成康 母하고
갖이는 갈 수 없다고 판단하고 結婚식장에
不參할 뜻을 昌宇{에} 票[表]하고 張判童
집에 朝食을 하고 왔다. 不安感을 가지고
갖이 가면 둘이 不安하겟고 내가 안 가면
寶城宅이 平安이 갈 게 안니가 해다.
昌宇가 왔다. 갖이 갑시다 하기에 不應햇
다. 完宇가 왔다. 不應햇다. 最後에는 丁基
善 完宇가 同伴해서 外人도 가는데 그럴
수 잇나면서 가자고 勤[勸]햇다. 나를 시려
한 사람하고 갖이 못가겟다고 하고 오도바
이를 타고 들로 가버렷다.
들에서 生覺하니 成康 母도 가지 아는 게
올치 햇든니 自己는 異議 없이 가버려다.
生覺하면 生子가 있어 그럿지 事實은 언젠
가는 各居와 헤여저야 한다고 본다. 老年에

行爲와 行動이 不親해젓다. 不遠이면 于先
自己가 나를 시려한데 男子로써 旣히 그럴
必要가 없다고 보며 헤여지자고 하면 未安
感은 잊이만 本人의 意志에 應할 覺悟이다.
普通 하는 말이 가라고 하는 말이 한두 번
이 안니엿다. 그런가 하면 이제는 오지 말
아고까지 한다. 엊이 生覺하면 딴 男子가
秘密人이 陰居[隱居] 相對者가 있이[있
지] 안나 으심도 든다. 그리고 子息을 안처
놋코 공공연이 가버라라고 한니 男子 心情
으로는 暇面[假面]이 안니고 眞實的 듯십
어 이제는 完全이 夫婦間을 外面하고 십
다. 男女 子息도 만하고 나에게 아술 것 없
어 보이며 近間에까지도 나를 利用할 대로
利用하고 이제부터는 其者 쓸모없다 하는
生覺에서 나를 배반한 것 갓다. 40餘 年間
同居하면서 生男生女도 하면서 苦生은 해
지만 女子의 老年期에 男子를 보기 시려하
면 男子도 配反[背反]할 수박에 없다.
내가 自請으로 成康 母를 配反햇다면 他人
도 崔乃宇가 不良하다고 하겟지만 本人이
自請하는 데는 할 수 없다.
1989. 9월 10일 男子 乃宇 書.

<1989년 9월 11일 월요일>
昌宇가 왔다. 어제 서울을 단여왔다고 햇
다. 어제 내가 不參함은 昌宇도 알고 잇다.
每日 成康 집은 안 빠지고 단엿는데 2日 채
못 갓다. 나 自尊心은 勿論이고 오기도 잇다.

<1989년 9월 12일 화요일>
아침 통학車便에 學生을 시켜 成苑에 存細
[仔細]히 편지를 냇다. 他人들은 속도 모루
고 乃宇가 잘못이라 할가바 成苑에 편지로
보내면서 不遠 答辯을 해달아 햇다. 夕陽

에 마참 成康 母가 왔다. 成苑이 아버지에
잘못을 사과하라 해서 온 종 알앗든니 고추
좀 시려다 달아고 하기에 不應햇다가 시려
다 주고 따젓든니 눈물 흘이고 잘못햇다고
햇다.

<1989년 9월 13일 수요일>
조금식 終日 비가 내렷다. 全州서 相範 食
口가 왔다 햇다. 南原 成樂 食口는 못 온다
고 햇다. 入院 中이라서.
水原서 成康 成奉 內外 全 家族이 왔다. 午
前 11時에 出發한바 12時에 到着햇으니
14時間이 걸엇다.

<1989년 9월 14일 목요일>
秋夕 茶禮를 드리고 後山所에 省墓햇다.
成奉 車로 大里에 갓다. 曾祖母 省墓하고
從祖 또 省墓햇다.
中食 後는 大里 宗員 우리 宗員이 택시 四
臺로 桂壽 山所에 省墓하고 우리 家族은
南原 病院에 成樂 問病을 햇다.

<1989년 9월 15일 금요일>
終日 비가 내렷다.
成奉 車로 (未安하지만) 任實로 해서 全州
相範 食口까지 태워다 주윗다.
水原서 電話가 왔는데 成康 妻가 産後期
[産氣]가 있어 또 全州까지 태원다 주윗다.
終日 成奉 車는 餘有[餘裕] 없이 來往햇다.
田畓을 둘어보니 벼가 많이 쓰려젓다.

<1989년 9월 16일 토요일>
아침 8時頃에 水原서 電話가 왔는데 成康
妻는 勝男[得男] 生햇다고 連絡이 왔다.
多幸千萬이다.

따저보니 八月生이 만다. 家長 成曉 母 成
傑 相範 이번 생 孫子까지 5人이다.
成奉 食口는 食後에 出發한바 用錢 5萬 원
을 메누리가 주는데 좀 창피한 生覺이 드럿
다. 하지만 할 수 없지. 理由는 成奉 內外가
서로 다투면서 주는 것 갓는데 많이 주자는
겐가 덜 주자는 것인가 해서 창피햇다.

<1989년 9월 17일 일요일>
오늘도 비가 내려 作物 被害가 만앗다. 例
年에 比해 비가 많이 올 時期가 안닌데도
今年에는 異常햇다.
오토바이가 油通[油桶]이 터저 기름이 다
새벗다[새버렸다]. 내의 오토바이는 浦製
道路[鋪裝道路]만 便利하지 非浦裝道路
는 不利하다.

<1989년 9월 18일 월요일>
水原 昶範 돌날이 9月 21日인데 나의 生日
하고 한 날이라고 햇다. 나는 갈 수 없고 成
奉만 가라 햇다. 그려면서 金반지 小形으로
해라 하야 2萬 원을 成奉 母에 주윗다.
成奉 母는 20日 水原으로 떠나라면서 特急
車票도 今日 豫買해 주윗다. 20日 8. 46分.
采種畓用[採種畓用] 種籾을 베엿다.

<1989년 9월 19일 수요일>
마늘 播種을 抛棄하고 麥 播種으로 變更햇
다. 面에 契約栽培와 種字까지도 購入을
付託햇다.
重宇 慈堂이 別世햇다. 午前 10時쯤이엿다.
大里學校 運動會 招請을 받은바 不參코
生日이 21日인데 客을 招請하려 한바 모두
를 잡파[작파]시켯다.
喪家에서 終日 밤 3時까지 처래[철야]하다.

<1989년 9월 20일 목요일>
外來 問喪객들을 接待[接待]했다. 訃告는
發送을 폐했지만 近方에서 多數가 禮訪했
다. 모두가 (乃宇) 내의 體面도 잇고 俊峰
의 體面으로 알고 잇다. 重宇 兄弟로서는
오지 안을 게다.
夕陽에 서울 崔甲烈이가 서울 가면서 一金
五萬 원을 내면서 其間에 兄任에 失禮 만
타면서 냇다.

<1989년 9월 21일 목요일>
田畓을 둘어보왓다.
배채에 물肥料를 주웟다.
成康 母가 水原서 出發했다고. 1時 50分에
해서 任驛에 갓다. 갗이 왔다.

<1989년 9월 22일 금요일>
아침 일즉 重宇 집에 갓다. 三慕[三虞]日이
다. 山所에도 단여왔다.

<1989년 9월 23일 토요일>
崔重宇 慈堂 三慕祭日이다. 아침 일즉 가
보니 如以[如意]치 못했다. 再促해서 山所
에 단여왔다.
오토바이로 只沙 山西 보절을 단여온바 萬
鍇가 同行했다.
보절에 李得行 氏에서 成康 子 作名 次엿
다. 名은 鴻範이로 作名했다.
成奎는 5日 만에 서울로 떠낫다.

<1989년 9월 24일 일요일>
집안일을 도와주웟다. 脫穀도 햇다. 種子用
으로.
館村 成苑 집도 단여왔다. 술이 취해서.

<1989년 9월 25일 월요일>
新平面事務所 戶籍係에 가서 成康 長子
出生屆[出生屆]를 提出했다. 鴻範이로 作
名해서.
郡農協에다 一金 拾萬 원을 預託했다.
郡 民願室에서 成曉를 呼出하고 成傑 稅
金을 促求한바 用錢으로 參萬 원을 주드
라. 아마도 成範 母 몰래 준 것 갓드라.

<1989년 9월 26일 화요일>
아침에 完宇 집을 찻고 모래 采取場 金學
順 田을 사려 햇나고 뭇고 내가 뜻을 가지
고 있으니 포기하라 햇다.
郵替局에 갓다. 保險料를 拂入하고 館村
炳基 氏를 訪問하고 왔다.

<1989년 9월 27일 수요일>
雨中인데 老人會 講議를 받으려 갓다. 沈
參茂 內外가 同行했다. 喪助費 受領 次엿
다. 約 70萬 원 程度라고 햇다.

<1989년 9월 28일 목요일>
加工協會 理事會에 參席했다.
全員이 募엿는데 15,000,000원을 90年度
新豫算을 通過시켜주웟다.
沈參茂 喪助金을 受領해 주엇는데 南原
巳梅面事務所에 가서 重宇 印鑑을 냇다.
位土 移轉用도 1통 냇다.

<1989년 9월 29일 금요일>
加工協會 定期總會日이다. 10時 30分에
參席한바 會員은 不加[不過] 10餘 名이드
라. 成員未達은 分明하드라.
常務는 委任狀이 20狀이 왓다고 햇다. 流
會를 要求하려다 黙認하고 開會가 되엿다.

<1989년 9월 30일 토요일>
新平 新友會에서 觀光한바 光陽 製鐵工場
을 視察한바 처음이라서 그려지 廣大하면
女 案內員 잘 侍해주드라. 車中에서 會員
기리 是非는 있엇지만 終末에는 笑散햇다.
1行에서 들은바 斗流 炳列 氏가 病勢가 不
安하다고 들엇다.

<1989년 10월 1일 일요일>
어제 新平 廉東根 氏 慈堂이 別世햇다고.
放送을 里民에 傳햇다.
李龍在 子 結婚式에 參席하고 俊峰 丁基
善과 同行하야 元泉 廉東根 喪家에 弔問
하고 支署에 드여 署長과 對話햇다. 韓 支
署長 딴임을 9日 結婚하다고. 參席하겟다
고 햇다.
全州 相範 母 3兄弟가 고초 買入次 단여갓
다고 햇다.

<1989년 10월 2일 월요일>
南原 宗中會議 參席. 多數의 宗員이 募엿다.
觀坪은 햇는데 많이 벼가 죽엇드라.
오{토}바이로 간바 危險햇다.

<1989년 10월 3일 화요일>
新坪農協에 갓다. 館村 新平 云巖 新德 四
組合을 合幷[合倂]한다고 韓昌煥에서 說
明을 드렷다.
大里 金鍾甲 氏 妻喪에 弔問해다.
日本서 金商文 同婿가 왓다.

<1989년 10월 4일 수요일>
金商文 氏는 10時頃에 光陽으로 出發햇다.
老人學校에 가서 受講햇다. 講師는 署長이
엿다. 金炳敏 氏.

<1989년 10월 5일 목요일>
所長 廉昌烈 氏는 今年 秋季 麥 種字 찰보
리 10k을 주겟으니 갈아 보시요 햇다.
終日 舍郞에서 硏究한바 全州 金顯哲 骨
材田을 買受하겟다고 計算만 해 보왓다.
夕陽에 林玉相하고 道峰 精米工場을 視察
햇다. 왕겨間을 改造해볼가 해서다.

<1989년 10월 6일 금요일>
午後 3時에 南原 綜合病院에 갓다. 崔龍宇
을 訪問하고 成樂 病勢을 問議햇다. 맹장
이라면서 手術 準備 中이라 햇다.
成樂 病室에 갓다. 바로 手術室로 옴겨갓다.
手術이 끝이 나고 바로 成曉 母를 보냇다.
舍郞에 보이라 設置햇다.

<1989년 10월 7일 토요일>
全州 金顯哲 所有 田을 買賣 契約하려다
10日로 延期햇다.
南原 綜合病院에 갓다. 成樂는 가스가 나
오지 안코 잇드라.
館驛에서 水原 車票를 豫買햇다.

<1989년 10월 8일 일요일>
成康 母하고 水原에 갓다. 成康의 長男 兒
가 오늘로 21日채 3이레라고 해서 간바 잘
생겻드라. 父로서는 重要한 사람이니 잘 키
워달아 햇다.
成奉이가 차로 慕侍려 왓다. 成奉에 집에
서 1宿햇다.
今般 成允에 月餘 作業한바 30萬 원 주웟
다고 햇다.

<1989년 10월 9일 월요일>
아침에 成奉 事務室에 갓다. 貨車가 4臺이

고 自家 乘用車 해서 五臺엿다. 從業員은 技士 4名 雜夫 2名 成奉 內外 8名이 起用되고 잇드라. 大端이 多事多難 中이드라. 10時 半에 出發해서 성수驛에서 下車하야 禮式場에 當到하니 定時 20分 前에 着햇다. 李珍雨 변호사도 相面햇다. 집에는 其 車로 온바 7時 30分에 到着햇다.

<1989년 10월 10일 화요일>
林玉相하고 工場 修繕을 햇다(왕겨간).
新平農協에서 金炯中 外 1人이 왔다.
金二成 氏 全州人 骨材業者하고 沈福禮 田하고 金學順 田하고 都合으로 1,500萬 원 決締[締結]하야 契約햇다.
任實에서 參百萬 원 購入하고 全州 成傑의 돈 二百萬 원을 相範 母 가저와 5百萬 원을 準備햇다.

<1989년 10월 11일 수요일>
買受 田 側量[測量]을 한다. 契約金도 오늘 건네주기로 햇다.
崔喆洙 交通事故로 崔瑛斗 氏와 同行 任實 警察署을 訪問 李今豊 氏 警務係長을 禮訪하고 問議햇든니 잘 案內해 주드라.
全州에서 珍察卷[診察券](진단서)을 떼서 다시 任實경찰서 保安課에 提出코 事實證明을 맡아 病院에 보냇다.
全州人 金顯哲 氏에 (金二成의 子)에 土地 契約金으로 一金 五百萬 원을 引繼햇다.

<1989년 10월 12일 목요일>
朝무에 分割側量을 햇다.
成東 內外는 成樂 移住(아파트로) 하는 {데} 갓다.
金學順 媤母 白點順 氏를 택시로 面에 同

行코 印鑑 및 移轉手續을 마첫다. 地目 변경은 하지 안트래도 自然이 된다고 햇다.
崔喆洙 件이 未決되여 來日 다시 가라 햇다.

<1989년 10월 13일 금요일>
崔喆洙 交通事故 件으로 瑛斗 氏와 갗치 同行 全州 李정형외과 갓다.
院長하고 相議하고 韓國自動車保險會社에 갓다. 1件의 書類을 갓추어 提出하고 退院 時 다시 오라 햇다.

<1989년 10월 14일 토요일>
任實 電信電話局에 갓다. 42,000원 料金을 따지니 서울이 10次 햇고 水原이 11次 전주가 5次을 햇드라. 이계 모두 銀姬가 한 것 갓다. 氣分이 不安햇다. 銀姬가 서울 전화에서 16分을 해서 무려 5,000원 程度가 나왔으니 相對方에서도 對話을 바다주니 그도 不良者로 본다.
新畓 두력을 햇다. 德喆 大梁 승이하고 相議해서 現 謂置[位置]대로 하자고 해 決定 햇다.

<1989년 10월 15일 일요일>
成允로 因하야 不安햇다. 이제사 운전免許證을 딴다고 돈을 要求한니 기가 막혁다. 近方에서는 月 30萬 원을 밧고는 있을 수 없다 햇다. 응큼한 놈이드라. 학교 卒業하고 軍隊도 除隊하고는 學院에 단인다고 수 個月을 단니고 또 건너집에 독방을 창기고 공부한다고 하든니 水原에 가서 1個月 잇다가 요즘 오든니 舍郎에서 낮잠 자기 테레비 보기 라지오 손보기 아침 늦게까지 잠만 자니 차마 볼 수 없어서 近日 不安 中이엿 다. 그려던 中에 오늘밤에는 이제사 自動車

免許證을 따야겠으니 돈을 要求하기에 熱이 낫다. 네의 아버지가 70歲가 不遠인데 慰安은 못할망정 돈을 要求한다면서 아버지가 自殺하겠다고 하고 네가 父을 주기겟다면 衣服을 버서 줄 터이니 마구 칼로 찍어라 햇다.

<1989년 10월 16일 월요일>
南原 桂壽 應字 九字 位土 移轉하려 斗洐하고 同伴 巳梅面에서 書類 一切을 購備[具備]하야 南原 陳氏 代書所에 依賴햇다. 終日 걸엿다.
밤에 一〇時쯤 市外전화가 왓는데 밧고 보니 光陽에서 金商文 氏엿다. 李龍君 垈地 坪수를 確認햇다면서 移轉는 李淑子 名儀로 하자 햇다. 手續費를 約 五, 六拾萬 원을 準備하라 햇다.

<1989년 10월 17일 화요일>
朝食 後에 成康 母에 갓다. 金商文 氏가 金 五拾餘 萬 원을 準備하라 하니 預託金에서 出金하자 해라 한바 通帳이 流失되엿다. 問題엿다.
金商文 氏하고 10月 3日 밤에 酒席에서 成康 母하고 3人이 通帳을 밧는데 今日에야 없는 것을 알앗쓰니 바로 任實 畜協에 가서 알아보니 出金은 안 되엿드라. 元帳 紛失햇다고 票示하고 付託을 햇다.
郡에서 成曉가 왓다. 機官長[機關長]에 繕物한다고 고초 45斤을 3개로 난누워 運搬해 갓다.

<1989년 10월 18일 수요일>
보리種字 2袋을 新平서 오또바이로 2次에 운반햇다.

1般資金을 農協에 依賴한바 來日 오라 햇다.
老人學校에 尹鎬錫 氏하고 同行햇다.
鎬錫 氏 成東 印章을 가지고 新平農協에서 一金 六拾萬 원을 貸付 밧고 90年 5月 30日로 期限햇다. 日本서 온 金商文 氏의 付託으로 李龍君 家屋 移轉手續로 準備하라기에 貸付햇다.

<1989년 10월 19일 목요일>
家族기리 麥 播種을 햇다.
水原에 成康가 鴻範 退居을 付託하야 面에서 戶籍騰本을 1通 떼여 發送햇다.
麥 播種하는데 日氣가 暖和하고 바람도 없어 適合햇다.
除草濟까지도 泣濟[粒劑]를 뿌렷다.
昌宇는 心장이 不良한 者로 본다. 改畓[開畓]해 노니 不安感이 이는지 來臨도 없고 借用金이 要하고 保證이나 서 달아고 하게 되면 온 者다.

<1989년 10월 20일 금요일>
새벽 列車로 成康 母하고 同伴해서 光陽에 갓다. 金成模 宅을 訪問코 金商文을 對面햇다. 龍君이 왓다. 垈地 買受에 對하야 10年 前에 준 돈은 無效이고 다시 내계 되는데 約 100萬 원은 垈地代이고 分割側量비 移轉費 해서 10萬 원이 들겟드라.
문을 발앗다.
骨材田 河川을 側量햇다. 安承均 田에 包合[包含]. m는 20m엿다.

<1989년 10월 21일 토요일>
光陽에 갓다.
光陽 文化財 60號(粧刀). 最下價가 個當 5萬 원이 햇다.

遺品으로 (家傳用으로 買入하겟다) 사겟다
고 하고 왓다.

<1989년 10월 22일 일요일>
全州 同和會에 參席햇다. 會員는 40餘 名
인데 겨우 20名 程度엿다. 5仟 원 當日 會
費을 내고 11月 5日 墓祀 參拜 時 貸切車
를 부루기로 하야 五仟 원을 豫納햇다.
夕食 座席에서 成東이 하는 行動에 大端
이 不安햇다. 子息들치고는 全部가 禮儀가
不實해서 社會 내놀 것이 없다. 無識이 첫
재 父母에 不孝 모두가 不足하다.

<1989년 10월 23일 월요일>
崔瑛斗 同行하야 이정현外科病院에 갓다.
治料費는 150萬에 債定[策定]이 되엿다고
햇다. 앞으로 2週間는 治料해도 異常 없다
고 햇다.
郡에 갓다. 河川 點用[占用] 許可을 得하려
갓다. 里長 새마을指導者 改發委員[開發委
員]의 捺印이 要한다기에 俊峰에 간비[간
바] 捺印 거부하야 大端 氣分이 少햇다.

<1989년 10월 24일 화요일>
大里 金哲浩하고 同伴하야 예수病院에 郭
七奉을 問病하고 捺印은 哲浩에 倭任[委
任]하드라.
隣近 同意書가 있어야 許可를 낸다기에 洪
氏도 밧고 沈福禮 郭七奉까지 바닷다. 昌
宇 앞으로 申請키로 하야 昌宇 便에 보내
기로 햇다.

<1989년 10월 25일 수요일>
書類는 昌宇 便에 郡으로 보낸다.
觀光길에 尹鎬錫하고 同行하{여} 邑內에

가니 男女 學生이 全員이 募엿다.
求禮 華嚴寺을 거처서 배암시골을 지내서
七相寺[實相寺]를 단여 밤에 왓다.

<1989년 10월 26일 목요일>
民防衛用 전화機를에 返還해주고 郵替局
條로 갖{이} 引繼해 주웟다. 멋 해 도엿는
데 이제사 返還 要求햇다.
舍郞에 문을 바르고 改繕햇다.

<1989년 10월 27일 금요일>
任實 大同工業社에 問議해서 耕耘機 前 部
分 엔진만 융자를 하려 한바 1,395,000원인
데 其中 85萬 원은 융자하게 되며 約 60萬
원은 本人負擔이라고 햇다. 全部는 1,95萬
원이라고.
밤에 重宇 집에 간바 重宇 父子만 잇드라.
갖이 祭祀을 지내고 왓다.

<1989년 10월 28일 토요일>
8時에 館驛에서 趙命基 貸切車로 서울에
갓다. 結婚時刻이 2時라든니 執行部서는 3
時라기에 바로 영등포 良宇 結婚式場에 갓
다. 1家들이 만이 왓다.
式을 맞이고 말없이 永登浦驛에 왓다. 裡
里行 5時 30分 特急으로 왓다.
全州에 온니 밤 10時까지 막차가 있어 多
幸이 집에 온니 12時엿다.

<1989년 10월 29일 일요일>
成俊 子 100日이라고 朝食을 갖이 햇다.
韓相俊이가 왓다. 安承均 氏의 參子 結婚
式에 參席햇다. 任實邑內에.
中食을 맞이고 江津 望月里 崔福洙를 相
面하고 婚談 打論하고 韋豊官 氏를 禮訪

햇다. 香藥을 依賴한바 3藥을 兼하야 不遠
보내드리겟다고 햇다.
朝食床에서 昌宇더려 食後에 成俊를 내 집
으로 보내라 한바 온지를 않앳다.

<1989년 10월 30일 월요일>
崔瑛斗 氏 同行하야 李 外科病院에 갓다.
崔喆洙는 11月 4日에나 退院하겟다고 햇
다. 院長하고 打合하려 간바 院長은 무히
退院하시요 햇다. 不安하 能度[態度]인바
喆洙는 집에 단여온다고 하면서 一金 萬
원 要求하야 市內에 밤에 나가서 술을 마
시고 단이니 不快햇다.
巳梅面사무소에 갓다. 重宇 退居[退去]를
申請하고 왓다.
新平農協에 들여 債務 確認을 한바 誤此
[誤差]가 있엇나.
오늘도 日定이 꽉 차서 분주햇다.

<1989년 10월 31일 화요일>
光陽에서 金商文 氏가 來訪햇다. 갖이 中食
을 하고 午後에는 비가 내려 任實에 못가고
잠만 잣다. 夕食은 우리 집에서 接侍햇다.

<1989년 11월 1일 수요일>
金商文 成康 母 三人이 同伴해서 任實 畜
協組合에 갓다. 李龍焄 條 360萬 원 定期
預託金 中 130萬 원을 引出햇다. 殘金은
230萬 원 利子 49,500 計 2,349,500원을 再
契約하야 成康 母에 倭任햇다. 金商文 氏
는 130萬 원을 가지고 龍焄 垈地 買受次
가저갓다.
老人學校 講師는 權 校長이엿다. 前 新平
校長.
新平農協 債務 60萬 원을 償還햇다.

<1989년 11월 2일 목요일>
瑞希을 데리고 全州 예수病院에 눈 감정을
햇다. 異常 없으니 가라 햇다.
崔喆洙를 退院햇다. 病院費는 未決하고
12月 4日 請算[淸算]키로 햇다.

<1989년 11월 3일 금요일>
듯자하니 崔重宇 母 初喪 時에 喪費는 沈
參茂가 代고 嚴俊峰는 經理를 보며 各地
에 전화를 하는데 밥우드라. 나는 未安한
뜻에서 外事는 자네 보고 內事는 우리가
볼 터이니 벼로[별로] 相關 말소 햇다. 그
려지요 햇다.
이제 들으니 初喪 時에 相關 말아 햇다고
英姬가 不平한 募樣[模樣]인데 女子가 不
平할 必要가 무엇이며 子息이 없으면 사위
子息도 主關[主管]한다지만 重宇 子息도
잇고 1家親族도 잇는데 사위가 債任[責任]
이 없이 안나. 그리고 49祭는 生覺해 보지
도 안햇는데 重宇가 主張하기에 그럴 수 잇
나 하고 家族들 딸들을 募여 놋코 問議해보
니 모두 그려케 합시다 하는데 이제 乃宇 내
가 49祭를 主張햇다고 한다니 英姬가 무슨
뜻으로 더퍼씨우려 하는지 不良女로 본다.

<1989년 11월 4일 토요일>
終日 비가 내렸으나 많은 비 안니엿다.
終日 舍郞에서 讀書만 하고 지냇다.
夕陽에 서울서 成奎가 왓다. 어제 와서 全
州 成曉 집에서 잣다고 햇다.

<1989년 11월 5일 일요일>
大宗 通禮公 墓祀日이다.
비는 아침부터 내리는데 貸切뻐스로 露儒
濟[露儒齋]에 當到하는데 9時 30分 祭閣

에서 慕侍자고 陳設하다 비가 개이니 다시
墓所로 移動햇다.
宗員은 例年에 比해서 多數엿다.
大宅 從11代祖 立石을 今年 春季에 建立햇
다고 해서 살펴보니 훌융하게 햇드라. 撰은
成辰이가 하고 謹書者는 全州人인데 碑石
前面書는 度烈(康烈)이가 햇다고 햇다. 明
春에 우리도 하겠으니 잘 付託한다고 햇다.

<1989년 11월 6일 월요일>
重宇 母 49祭를 慕侍엿다. 其者들의 行爲
로 보와서는 不參코자 햇지만 他의 耳目이
두려워서 參禮해보왓다.
家族키리만 잇고 里民도 2, 3名 왓다고. 全
員이 不參햇다.
旣年 脫服도 서운한데 49祭라니 門內에 없
는 行爲로 본다.

<1989년 11월 7일 화요일>
終日 舍郎에서 讀書로 보냇다.
서울 完宇에서 今春 祖父 立石 負擔金 5萬
을 바닷다.
新田里에서 相範 母가 감을 成傑 車便에
보내왓다.

<1989년 11월 8일 수요일>
屯基里 10代祖 墓祀日이다. 例年에 比하
면 大多數 宗員이 募엿드라.
來日 芳沙亭인데 아마 1行이 없는 것 갓다.
할 수 없다고 본다. 全員이 不應한다. 多幸
이 炳基 氏가 今日 同行해 주원다.

<1989년 11월 9일 목요일>
9代祖 墓祀日이다. 나만 參禮햇다. 宗員이
잊이만 말도 하지 안햇다. 勿論 不參이 뻔

하는데 헛말 할 것이 업써엿다.

<1989년 11월 10일 금요일>
明 11日 國喆 結婚式에 參席{次} 內外가
同伴하야 미리 安養으로 떠낫다.
安養에 郭炳鉉 宅을 訪問하고 1泊햇다.
못처럼 內外가 간바 還迎[歡迎]하며 弊
[弊]를 끼첫다.
夕食 後에는 二子 집을 3人이 訪問햇다.
여려 가지 對話하다 보니 12時에야 잠자리
에 드럿다.

<1989년 11월 11일 토요일>
12時에 安養을 出發하야 冠악區廳 엽 陽知
禮式場에 當햇다. 昌坪里에서 10餘 名이
參席 햇드라. 나는 兩家에 祝儀金을 낸다.
中食 後에는 卽時 水原으로 行하야 直行
뻐스로 全州에 到着. 집에 온니 밤 10時즘
이엿다.

<1989년 11월 12일 일요일>
八代祖 墓祀日이다.
各 宗員에 連絡한바 不參者가 만햇다. 炳
基 昌宇 3人이 參祀햇다.
守護者는 13日로 日割 變更을 要請햇지만
大宗墓祀日로 依하야 변경할 수 없다고 햇다.
從前과 如히 10月 14日 못 박앗다.

<1989년 11월 13일 월요일>
桂壽里 六代祖 墓祀日인데 全州 태우 館
村 炳基 氏 3人 同伴하야 參禮햇다. 多幸
이도 炳敏 氏 炳根 氏 薦宇 參席햇다. 갖이
慕侍고 中食도 갖이 하고 終末에 飮福床은
16床이라고 하는데 不安하지만 할 수 없엇다.
作別 時 欽宇 고직은 말하는데 中食代를

내라기에 항의를 햇다. 主客 間에 不利한 條件이 生起엿다.

<1989년 11월 14일 화요일>
新品種 三光벼 35袋을 改風하야 作石햇다. 袋當 35,540×35袋=1,243,900원 豫算이다.

<1989년 11월 15일 수요일>
谷城 五代祖 墓祀日이다.
宗員들은 多數이지만 不參하야 炳基 氏 同行햇다.
거리는 멀고 交通도 不便하야 모두 不應한다. 此後에는 生覺하야 南原 近方으로 移葬할 生覺이다.

<1989년 11월 16일 목요일>
秋穀벼 共販日이다. 25袋를 買上한바 全部 1等級이엿다. 金額 888,000원이 收入으로 본다.
서울서 成英이가 전화로 讀書 冊을 보냇다고 하야 館村서 시려왔다.
새보들 堤防事業場을 둘여보니 滿足히 잘하며 中間 水門도 잘하고 잇드라.

<1989년 11월 17일 금요일>
大門內 墓祀日이다. 全州 泰宇 四仙臺에 基宇가 參席햇다.
墓祀를 慕侍고 태우와 同伴해서 屛巖里 基宇 母 問病을 갓다.

<1989년 11월 18일 토요일>
아침에 門前 할마니가 오라기에 간바 不遠이면 죽겟다면서 돈을 내노면서 保管을 要求하기에 金鎭玉 婦人을 立會下에

548,000원을 引受 바닷다. 또 裵영예(順龍 부인) 一金 拾萬 원을 바다야 한다고 햇다.
日本 金商文 氏가 왔다. 李龍君 之件으로 왓다고 햇다. 約 2百萬 원 程度 드렷다고 햇다.

<1989년 11월 19일 일요일>
金商文 氏는 아침 食後에 光陽으로 떠낫다.
12月 5日頃에 日本으로 出發한다고 햇다.
今日 成玉은 樊壽[樊樹]에서 觀選키로 言約햇든바 只今까지 서울서 오지를 안니 하오니 不安해서 熱만이 끌어 오르고 있다.
망신을 시켜도 程度가 잇지 전화도 안코 서울을 갈 일이 안니고 뜻이 없으면 當時 据絶할 {일}이지 이 무슨 꼴이냐.
裵明善 婦人에서 할마니 條 102,000원 利子까지 드려왔다. 合計 650,000.
12時가 당도하야 택시로 오수를 갓다. 新郞될 사람 萬浩를 相面하고 몸이 아푸니 火曜日 미루고 왔으나 不安하다.
오다가 任實에서 下車한바 任實邑事무소에 갓다. 마흔[많은] 老人會員이 募엿드라.
알고 보니 南原 國樂人이 와서 唱극을 하는데 잘 求景을 햇다.
成玉이는 밤에 왔다. 化김[홧김]에 억지말도 햇지만 全州 언니가 말 안코 몰앗다니 할 수 없게 되고 火曜日에 兩人이 相面할 테야 무럿다. 承諾하기에 多幸이다.
工場 分會인데 新平에 參席해보니 會員 洪 나 둘이 募엿으니 流會하고 말앗다.

<1989년 11월 21일 화요일>
成玉 觀選日이다. 그려나 態度가 異常하게 보인다.
農協에 갓다. 債務額 利子 其他金을 整理

햇다. 整理額 807,580을 12月 末까지 完決
햇다. 內譯는 別紙왓 如함. 殘金 102,420.
成東에 돌여주웟다.
成玉 觀選日인데 아침부터 氣分이 少햇다.
成事가 되드래도 마음은 不安하다.
正刻 12時에 오수에서 觀選을 마치고 各者
헤어젓다.

<1989년 11월 22일 수요일>
새벽에 전화가 왓다. 只沙 萬鎬에서엿다.
可否間 알겟다고 하야 全州에 傳하야 오늘
殿洞에서 10時 정도로 사시[다시] 相面기
로 햇다.
面長 招請으로 간바 面廳舍 敷地 確保 打
合次엿다.
時間이 없어 中食도 못하고 卽行하야 任實
老人會 學業에 갓다. 講師는 敎育長 韓 氏
엿다. 29日 卒業式에 對備 相議도 햇다.

<1989년 11월 23일 목요일>
土地 買收代 拂入日이다. 預託金 引受 期
日도 今日이다. 賣渡者가 오면 締理[處理]
하게다. 土地 主人을 기드리다 全州에 갓
다. 崔康烈 書예 액자을 引受 15,000원 주
고 왓다.
成玉 結婚을 아마도 成事될 줄 안나 나머
지는 男子의 職場이 으심하다. 萬浩도 不
認[否認]햇다. 밤에 萬鎬에서 傳해 왓는데
其 男子가 不正이 잇다고 傳해 왓다. 破婚
을 하라 햇다.
家內之事인데 其의 父母 自身도 不信者
다. 딴 데로 購婚[求婚]해 보라 햇다.

<1989년 11월 24일 금요일>
夕陽에 全州에서 崔英姬가 전화로 來日 서

울行 車票를 물이라고 햇다. 못하겟다고 햇
다. 제 놈의 심부름군으로 안다. 夕陽에 參
務하고 둘이 편하게 미리 전주에서 자고 갈
模樣이엿다. 參務도 제의 母가 가니 제 에
미 제가 모시고 가는 {게} 當然하지 저는
편이 가고 나더려 갖이 오라는 뜻이엿다.
重宇 兒 성용가 왓다. 車票를 물이겟다고
하기에 車票 全部를 주웟든니 물여는 왓지
만 갖이 同行은 하고 십지 안타. 고이로 全
州에서 乘車하야 水原서 下車하야 電鐵로
禮式場에 當할 豫定이다. 英姬 參務 行爲
는 不良心者이다.

<1989년 11월 25일 토요일>
서울 崔甲烈 女息 結婚이다. 어제 基本方
針대로 全州驛에서 乘車햇다. 萬諾 내가
同伴하지 안햇면 重宇 內外 參務 母는 結
婚場을 찾지 못할 번 햇다.
中食을 하고 5時 5分이라고 再促해도 不應
햇다. 서울驛에서 완우 重宇 兄弟를 헤여
지고 말앗다. 其者들이 고인가는 몰아도 行
方을 감추어 버렷다. 서울驛에 放送을 通
해도 不明이다. 할 수 없{이} 水原에서 1泊
햇다.
서울 간다고 햇든니 메누리가 3萬 원 주드라.

<1989년 11월 26일 일요일>
成奉 집에서 1泊하고 朝食 後에 10時에 出
발 全州에 2時 着햇다.
成奉이는 木浦에 技士 結婚式에 參席한다
고 出發햇다. 아침 6時에 成康이가 旅費 3
萬 成奉 5萬 원을 주드라.

<1989년 11월 27일 월요일>
骨材業者에서 連絡이 왓다. 今日 中으로

殘金을 引受하겟다고 햇다.

12時頃에 金顯哲 氏가 왔다. 갖이 同乘하야 新平農協에서 150萬 원을 引出하야 別紙 領收證과 如이 支拂햇다. 殘 8,50萬 원은 朴日成 條이다.

任實 債무도 整理햇다.

別紙와 如히 當日 收금 11,451,520-支出金 11,235,400 除하고 收入金 총額 8,856,040 - 支出金 8,500,000 除한 殘金 356,040인데 오도바이代 25萬 원을 除하고 實金 10萬 원을 成東에 주마하고 決算해주고 別紙 計算書도 作成하야 주고 나도 한 통 가지고 잇다.

今日은 新平 任實을 단여 整理하고 집에서 完結帳簿도 整理하야 日課가 多量도 햇다.

<1989년 11월 28일 화요일>

成東이는 10萬 원을 줄 게 안이라 加工組合비를 拂入하라고 하고 200萬 條 利子는 주시요. 飼料代를 주겟다고 하고 다음 100萬 원을 準備할 터이니 90年 1月中에 차즐 돈을 합해서 成傑 돈을 갑겟다고 햇다. 그려라 햇다.

<1989년 11월 29일 수요일>

任實 老人會 老人學校 第八會 卒業日이다.

卒業生은 全員 50名이 募엿고 各 機關長 全員 來賓 多수가 參席햇다. 式順에 依여서 進行한바 聯合會長의 賞狀을 밧고 記念品[紀念品]도 바앗다.

順序에 보니 學生代表 人事도 있어 考案 없이 檀上[壇上]에 오른바 人事말이 順 〃 하게 잘 나오드라.

至今 社會에는 메누리가 시부모를 시집사리를 시키는 社{會}이니 메누리 뜻을 잘 드라야 한다고 햇다. 卒業式이 끝나자 一金 參萬 원을 祝儀金으로 냇다.

<1989년 11월 30일 목요일>

舍郞에서 終日 整理하고 讀書나 하고 書藝나 하고 日課를 보냇다. 只沙 寧川 萬鎬에 電話가 왔다. 全州崔氏인데 32歲고 서울 某 會社에 經理士로 잇다면서 萬鎬의 妻 4寸 男妹라 햇다. 그런데 急하게도 來週 火曜日 全州서 觀選하자고 왔다.

<메모>

서울 동작 89. 11. 30. 字
행복은 성적순이 안니잖이요
중앙극장 776-8866-7004에서
만날 수 있기를 바랍니다.
쿠에이트박 전운 학생 이미연
허석 최수훈 김민종
황기성사단 감독 강우석
선생임 이덕화 최수지 최주봉
異常해서 記載햇다.
창평리 최은희 앞으로 사진 1장 요구햇다.

收入豫定金
一。現金 二一五、〇〇〇
二。手票金 六、六四〇、〇〇〇
三。預託金 驛前 二、〇〇〇、〇〇〇
　계 八、八五五、〇〇〇

支出豫定金
一。土地代 八、五〇〇、〇〇〇
二。加工組合비 一〇〇、〇〇〇
三。오토바이代 二五五、〇〇〇
　계 八、八五五、〇〇〇

差引 殘金 없음
以上과 갖이 計算을 짰다。

<1989년 12월 1일 금요일>
終日 舍郞에서 讀書만 햇다.
全州 成玉에 전화했든니 消息도 傳하지 않고 어제밤에 오지 안햇다고 하야 熱이 낫다.
館村 崔炳基 집을 갈가 말가 하다 전화를 건바 집에 있어 全州 成曉 契쌀갑을 請算하라 햇다. 今年은 안 네구겟다고[넘기겠다고] 햇다. 不良者는 確實하나 말을 한 번 傳해 밧다. 元利를 計算하니 85年에 끝이데 滿 4年을 利子 計算하야겟드라. 86-87-88 89年.
서울서 黃在文의 妻가 왓다.

<1989년 12월 2일 토요일>
田畓을 두루 도라 보왓다.
成康 外叔이 왓는데 垈地 移轉關係는 不知 中이드라. 不遠 내려가 보겟다고 햇다.
郡 成曉 職場의 係長 席次가 維持 難點이다고 間謀[奸謀]으로 드럿다. 學歷이 임문계[인문계] 出身이 노리고 잇다는데 現在 成曉는 農高 出身으로써 資格이 不足하다고 한다는데 序列로 바서 保職[補職]은 받아는데도 그럴 수 있을가. 只今 社會는 배경이 없으면 其 點이 難點이다.

<1989년 12월 3일 일요일>
大里國校長 聖壽 李根豊 子들 結婚이라고 請諜狀이 왓다. 할 수 없이 參席 햇으나 大里校長은 他者로써 菅內[管內] 學父兄 全員에 請諜狀을 냇다니 良心上 그럴 수 잇나 햇다. 그러나 大里 學父兄은 한 사람도 보지 못햇다. 그러면 父兄들이 不參하고 보니 未望[憫惘]하겟지.
1個月 만에 沐浴을 햇다.
成東 內外는 妻家宅에서 立石하는 데 參

加 次 南原에 出發햇다.

<1989년 12월 4일 월요일>
앞으로 所願이라면 皮靴(가죽구두) 1促[足] 購入하고 保廳器 1組하고 家傳品 粧刀 1株이 所願品目이다. 約 60萬 원이 要하다. 구두만은 消耗品이고 保廳器하고 粧刀는 永久 保存品이다. 家庭 遺物임.
新平郵替局에 保險料를 拂入하고 農協에 金末順 燃炭代 24,300원을 차자 왓다.
昌宇가 借用金 元利 1,050,000원 주기에 任實에 拂入햇다.
館村 炳基 氏에서 滿 4年 만에 쌀契 代金 元米 5叺 4斗 利 1叺 代金 580,000원에 締結하야 淸算햇다. 金錢이 問題가 안니라 親切味가 問題라 햇다.

<1989년 12월 5일 화요일>
午後 3時에 全州에서 觀選키로 햇다. 成玉이 觀選을 館村에서 午後 3時에 밧다. 男子 側에서 媤父母 內外하고 本人하고 萬鎬 內外 寧川 鎭浩 해서 6名이 參席하고 이족에는 成玉이 成苑 父가 參席 하이 3人 計 9名이 同席 햇다. 그러나 이제는 꼭 이루어지야 하겟다. 너무 개려도 안 조타고 본다.
職業이 잇단니가 해볼가 햇다. 맘[밤]에 萬鎬에서 전화로 뜻을 두고 父母들도 滿足해 한다고 햇다.

<1989년 12월 6일 수요일>
成玉이는 어제 觀選者는 마음에 들지 안는다고 햇다. 밥이[바삐] 서들 게 안니고 느추자는 뜻이다.
館村 炳基 氏 쌀계돈 6叺 4斗代 580,000원을 母 便에 보냇다. 단여오든니 별말이 없

다. 終日 不安 中이다.

結婚 觀選 結果 게집애가 別 뜻이 없는 것
갓다. 相範 母가 다시 말을 드려보고 回答
한다든니 別 말이 없으니 成玉가 뜻이 없는
듯십다. 萬鎬에 전하야 破婚하겟다.[50]

<1989년 12월 7일 목요일>
成玉 婚姻 件은 父로서는 1切의 居論[擧
論]은 하지 안키로 覺悟햇다. 제의 兄弟間
도 結婚 成事를 서둘여 줄 사람이 없어 보
이고 잇다. 萬諾 成事가 되면 제의 負擔[負
擔]도 있을 것은 뻔하다. 觀選者는 아마도
5, 6名인 것으로 안는데 社會的으로도 창
피하다. 內娟人[內緣人]이 잇는가 십다.[51]
朴日成 妻하고 同伴하야 任實農協에서
200萬 원을 引出해서 주면서 注意를 잘 시
켯다. 手票額이 6,640,000원에서 2,140,000
원 引出하면 4,500,000원는 確實하는데 집
에 當하야 殘金을 세보니 290,000이다. 그
려면 150,000원이 過拂인바 日後에 指適
[指摘]이 되면 返還해주고 말 없으면 自請
할 必要는 없이 안나 生覺이다. 많은 사람
을 取扱하는데 何等의 내에게 의심 살 必
要는 없이 안나 한 생각이다.
집 메누리는 全州 큰언니가 萬 원 준다면서
5萬을 보태서 구두 마치라고 햇다.

<1989년 12월 8일 금요일>
終日 舍郎에서 碑文 作成에 熱中햇다.
光州 崔炳龍에서 90年 1月 1日 大宗親
{會}을 開催하자고 傳해왓다.

<1989년 12월 9일 토요일>
※ 成東이는 行政主催로 2日間 産業視察
　　에 갓다.[52]
今日도 어제와 갖이 終日 舍郎에서 讀書만
햇다. 그러나 갑작기 배속이 不平햇다. 便
所에를 가도 別 新通치를 안햇다. 異常한
生覺이 낫다. 억지로 中食도 하고 夕食도
如前이 햇댓다. 그래서 禁酒를 覺悟햇다.
家事 整理할 게 泰山 같은데 죽는 게 問題
가 안니고 할 일을 못다 함니 本人으로서는
大問題다. 꼭 生覺을 尊守[遵守]하겟다.

<1989년 12월 10일 일요일>
鄭陳安이를 里에서 面談햇다.
李道植 女 結婚에 封枝[封套]만 李錫 便
에 보내고 興宇 回甲에 宴에 參席하고 中
食만 노누고 作別햇다.
裡里로 행햇다. 洋靴店에서 4萬 원을 주고
1促을 삿다.
列車로 오는데 노봉에서 온 崔康勳을 맛나
고 康연의 子를 初面人事햇다.

<1989년 12월 11일 월요일>
丁基善 집에서 朝食을 햇다. 간반[간밤]에
母의 祭祀로고 햇다.
終日 舍郎에서 宗中文書를 整{理}햇다. 不
遠 宗會를 압두고 歲入歲出을 整해야 한다.
鄭九福 子를 31日 字 結婚式을 한다고 主
禮를 서달아고 付託하드라. 해보지를 안해
서 장담을 못햇다.
鄭九福의 婦人이 基善에서 付託을 한다면
서 子의 主禮을 서달는데 해보지 안해 못하

---

50 이 문단의 내용은 붉은색으로 기록하였다.
51 딸 성옥의 혼인 관련 내용을 다루고 있는 본 문단
　 의 내용은 앞서 6일 자 일기 하단과 마찬가지로
　 붉은색으로 기록하였다.

---

52 이 문장을 제외한 나머지, 곧 '※' 표시를 포함한
　 나머지 내용 전체를 붉은색으로 기록하였다.

겟다고 햇든니 絶對로 밋겟다면서 再付託
햇다.

<1989년 12월 12일 화요일>
아침에 일즉 鄭九福 氏가 왓서 또 主禮를
付託한니 딱햇다. 할 수 없이 生覺해 보마
햇다. 丁基善에 말마 햇든니 마음이 없다고
하드라.
內外間에 南原 成樂 집에 갓다. 移住 後 처
음으로 갓다. 잘 해가지고 살드라. 康熙가 왓
다. 유치원서부터 3학년까지 現在로 그 班에
서 우등행이드라. 사기를 돗키 위{해}서 一
金 壹萬 원 주면서 더욱 더 잘해라 햇다.

<1989년 12월 13일 수요일>
終日 今日도 舍郞에서 宗中文書만 整理햇다.
養老堂도 別로 相對者가 없고 맞이 그런
者만 있으니 말도 통하지 안는다. 그래도
안 치는 하는데 꼴이 안니다. 可級的 [可及
的]이면 相面 안는 게 上策으로 본다.
成東 內外는 後계者會議가 있다고 갓다.
오늘도 日氣가 不順하야 外出을 禁하고 舍
郞에만 있엇다.

<1989년 12월 14일 목요일>
趙點禮하고 同伴하야 南原 全池面[金池面]
정송리 趙點順 집을 찾고 內外를 데리고 4人
이 택{시}로 面事무소 갓다. 印鑑을 내고 住
民登錄證을 떼여 代書所에 依賴햇다.
面에 갓다. 賣買證을 떼고 面長이 要求로
對面한바 沈參茂 關係로(墓所 移葬關{係}
로) 異議를 提起햇다고 丁基善을 相面햇
다고 햇다. 丁基善을 맛나게 해달아고 付託
을 하드라.

<1989년 12월 15일 금요일>
趙點順 南原 金池面 正松里 土地賣買 移轉
手續을 끝냇다. 印章도 보내다. 郵送으로.
大里 崔明德의 祖父 名儀로 잇는 土地는
未登{記}로서 只今은 書類 具備가 복잡하
드라. 그리{고} 名儀도 相違가 잇시 6個 項
으 條件付 [條件附]로써 難點이 만해 移轉
可能이 없다고 본다. 그리{고} 明德의 住所
도 不明하드라. 大里 郭道燁에 부탁하야
되도록 해달이 햇다.

<1989년 12월 16일 토요일>
趙點順 金池 전송리에 印章을 郵送햇다.
丁基善하고 沈參茂 垈地 및 墓 移葬 關係
를 基善하고 打合的으로 論議한바 基善이
는 우리 유제 安正柱 집價를 比例하고 沈
參模는 3百{만} 원을 主張한니 差異가 너
머 深하야 打決點 [妥結點]이 難햇다.
道峰 重宇를 訪問햇다. 不在中이기에 李奉
根 氏를 찾고 술을 待接 밧고 왓다.
밤에 道峰으로 전화햇든니 婦人이 받으니
15斗은 過하니 1叺만 바드라니 契日에 왓
서 따지라 햇다.

<1989년 12월 17일 일요일>
露儒濟 [露儒齋]에서 大宗中 歲入歲出 決
算일이다.
正刻 9時에 오토바이로 出發하야 五樹에
간니 발도 시렵고 手足도 시려서 할 수 없
이 酒幕에 들여 막걸{리}을 데서 한 잔 하
고 뇌겻다가 再出發하니 조금 풀이드라.
宗會議에 參席해보니 多수늘 參席 햇지만
全部 崔成八의 主張이드라. 비우에 맞이를
안트라. 멋 마디 하고 宗垈에서 유숙한바
夕食을 못햇다. 서운하지만 밥을 달앗 수도

없어 그대로 잣다.

<1989년 12월 18일 월요일>
私宗會議가 있엇다. 案件는 收入支出 決算이고 木川公 史蹟碑 建立의 件이고 宗畓 合畓의 件인데 모두 通過햇다. 宗穀價 樑定[調整]한는데 白米 80k入이 85,000원에 決議햇다.
우리 契곡은 흔우가 2叺代를 섬진베 쌀이라고 83,000원 처주는데 인색한 놈으{로} 안다. 할 수 없이 바닷다.
桂壽에서 집에 온바 約 50分이 걸엇다.

<1989년 12월 19일 화요일>
德峙 韋豊官 氏 宅을 禮訪햇다. 極히 侍接[待接]햇다. 舍郞에 必要한 香藥을 要한바 白玆라는 藥根을 주엇고 木香 花木을 주드라. 大端히 고맙드라. 人事나 後禮는 成曉에서 받으라 햇다.
崔福洙 氏 宅을 禮訪햇다. 通路 옆인데 過訪 안을 수 없다. 食酒를 내놋는데 맛이 좁으라.
大里 郭道燁 氏 宅을 訪問한바 不在中. 炳基 氏 宅을 禮訪하고 왓다.

<1989년 12월 20일 수요일>
豫定대로 私宗親會가 열엇다.
全州 태우부터 炳基 基宇 昌宇 重宇가 參席하야 收支決算을 한바 30餘萬 원 잡포가 낫다. 걱정이 만치만 할 수 업다.
벼.53

<1989년 12월 21일 목요일>
範順 母 便에 全州 成傑 借用金 貳百萬 원을 보내고 完拂해 주웟다.
舍郞에서 碑文 請書[正書]만 햇다. 宗中文書도 整理햇다.
門前을 나가지 안코 舍郞에만 지냇다.
養老堂도 가고 십지가 안타. 募인 사람치고는 어는 사람이고 心理가 付合者[符合者]가 없다.

<1989년 12월 22일 금요일>
只沙 崔萬鎬에서 전화가 왓는데 어짯든 婚姻을 成事시키려 勞力을 하고 잇다. 成玉이가 안되니가 成傑이라도 成事시키려 한다. 25歲가 된 處女가 잇다고 傳해 왓는데 兩家 形便을 말하고 이에 뜻이 있으면 서두{르}라 햇다.
終日 舍郞에서 碑文만 筆載하면서 硏究해다.
夕陽에 丁基善이가 왓다. 집으로 가자고 해서 술을 한잔 햇다. 自己도 심심한니까 그럴 테지. 養老堂은 뜻이 없다.

<1989년 12월 23일 토요일>
任實에서 鄕友禊會議인바 本人이 有司이기에 契錢을 會計한바 15斗3升 + 利子 1683合代 = 168,300원을 淸算햇다. 畜協에 預託햇지만 곡가 上乘[上昇]하고 利子가 잇서 約 3萬 원쯤 利害가 잇다. 斗福里 李虔鎬에 有司을 넘겨 引繼햇다.
屯基里 李康厚는 負傷하야 大學病院에 問病도 햇다. 3人이 갖이 갓다 왓다.
光陽 李龍杰이가 왓다. 오늘밤에 제의 先堂 祭祀인데 合同으로 成康 母가 지내 주겟다고 하야 오라고 해서 왓다고. 祭物도 갖으엇드라.

---

53 무엇인가를 쓰려고 했다가 그만 둔 것으로 보인다.

<1989년 12월 24일 일요일>
全州 崔成翊의 子 結婚에 參席하고 李鉉
宇에 子에 結婚에도 參席햇다. 同一禮式場
이엿다.
泰宇 炳基를 同伴하야 辰成 宅을 訪問햇다.
敬九 氏 碑文 鎭九 碑文 南原 晉州 鄭氏 單
碑로써 三位 碑 撰文을 依賴하고 왓다.

<1989년 12월 25일 월요일>
終日 舍郞에서 碑文綴을 整書[淨書]햇다.
讀書만 하면서 술 한잔시 들면서 조용이 기
냇다.
養老堂 가야 利得 볼 게 없다. 堂員들을 보
면 相對하고 십지를 안타.

<1989년 12월 26일 화요일>
工場 二층 뿌레를 購入하려 간반[간바] 品
切이엿다. 來日 오라 햇다.
任實에 갓다. 代書所에 간바 書類이 未備
되엿으니 再要求하야 來日쯤 다시 金池面
에 가야 한다.

<1989년 12월 27일 수요일>
周生면사무소에 갓다. 趙點順 住民登錄 事
由을 발키고자 간바 面에서는 발킬 수 없다
햇다. 周生면 전송리 梁海天 氏을 訪問하
고 依賴햇다. 不遠이면 訂正해서 보내주마
햇다.
全州로 卽 直行하야 뿌레를 무르니 내일
오라 햇다.

<1989년 12월 28일 목요일>
廉東根 子 結婚式에 參席햇다.
오는 길에 뿌레를 購入한바 46,000원을 주
윗다.

午後에 驛前 畜協에다 農地購入資金 4,500,000
만 [450만] 원 手票인데 元帳에다 入金햇다.
아마도 移轉이 까다루게 된 것 갓다.

<1989년 12월 29일 금요일>
成曉 不動産 讓渡稅가 全州 稅務署에서
195,000원이 附加[賦課]되여 왓다. 養老堂
契財 決算을 맞어주고 卽時로 全州 稅務署
에 가 相議한바 讓渡物件 및 取得物件 住
民登錄謄本을 各 1通式을 떼오라 하야 郡
民願室을 据處서 面 民願室을 通하야 집에
온니 해가 저무럿다.
感氣가 들어서 목이 쟁기고 不安하야 洋藥
房에 가서 藥을 사먹고 집에 오니 해가 저
무럿다.
全州 食口는 全員이 갓다.

<1989년 12월 30일 토요일>
全州 稅務署에 所得稅課에 金 氏를 相面
하고 成曉의 住民登錄證 1통 讓渡物件 土
地臺帳謄本 取得物件 各 〃 1통식을 求備
[具備]해서 提出햇다. 此後에 異議가 있음
면 通報하겟다고 하드라.
밤 10時에 成傑이가 成康 古物을 실고 왓
다. 人夫 3名 안에서 4名이 왓다.

<1989년 12월 31일 일요일>
丁壽福 子 結婚式에 參席햇다. 主禮를 보
라니 經險[經驗]도 없는데 딱햇고 丁基善
에 말하니 完强[頑强]이 据絶하드라. 할 수
없이 높은 자리에 스니 마음이 초조하드라.
道峰사람 昌坪里 多數가 募엿드라. 그려나
말을 시작하니 그런 대로 나오는데 입이 말
아서 司會를 시켜서 물을 마시면서 約 20
餘 分 걸엇다.

1989年에는 破란亂之事을 많이 격것다. 收入도 多수이지만 支出도 多額이엿고 火災 事件으로 또한 不安感이 있엇다. 오도바이도 79萬 원이 드려서 强買햇다. 田畓도 1,500萬 원에 삿고 其他 最高 支出을 하고 보니 때로는 마음 不安도 하고 때로는 幸福한 마음도 든다. 89年은 多事多難으 해로 삼앗다. 지긋지긋한 해엿다.

내의 性格이 急性으로써 함부로 말을 한다. 그려나 할 말 하는데 聽人들은 듯기를 시려 한다. 人間을 적혀보면[겪어보면] 남의 잘 됨을 시려한다. 于先 本人도 맛찬가지다. 그려나 限界는 있어야 하는데 마을에 嚴俊峰 같은 자는 行爲가 不良者로 點은 첫지만 其者의 추종者도 얄미운 點 또한 갓다. 事實은 里民 中 누구 한 사람 相對者가 別로 업다. 그쯤 수준이 알아는 것이 分明 確{實}하다.

4, 50歲만 되엿다고 보면 이 마을을 手中에 넛고 마음것 行事하겟지만 이제 老期가 되여 마음은 멀이 간 것 갓다.

昌坪里에서는 俊峰이만는 要視察人으로 보와야 한다. 其者는 無識者인데 金錢이 있어 金權을 行事하는데 그것이 몇 해가 갈른지 으심하다.

끝장이 날 때가 不遠인 듯십다. 그때는 里에서나 社會에서 무슨 顔으로 對할지가 異心스럽다.

죽일 놈이며 협박과 공갈이 심한 자이면 심술이 만은 者인데 其의 行動이 오래는 勿論 將來까지 支續[持續]되지는 못할 터다.

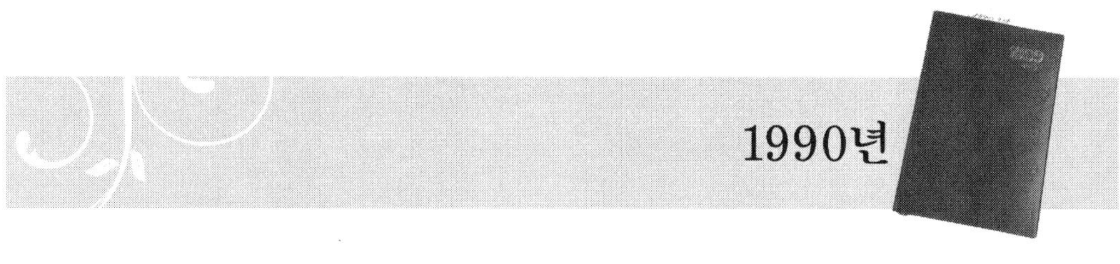

<내지>
謹賀新年
西紀 一九九〇
　　　　年 庚午年 舊送迎新 [送舊迎新]
檀紀 四三二三
月波 大雅 崔乃宇 謹書

<1990년 1월 1일 월요일>
送舊迎新에 庚午에는 意識을 새로 하야겟
다. 派亂滿場[波瀾萬丈]을 격흔 己巳年을
보내고 庚午年에는 希望찬 한 해가 되기를
祈願하면서 또 日誌에 붓을 들기 始作햇다.
오늘은 任實 – 南原 大宗親會日이다. 有司
는 光州 炳龍 氏 宅이엿다.
全州 태우도 炳基도 不參하야 氣分 不安
햇다. 重宇와 갖이 同行을 햇다.
南原서 哲宇 正宇 四寸이 왓고 光{州} 辰
宇가 參席한바 飮食은 高級으로 차렷는데
未安感 禁할 길이 없엇다. 全州 基宇가 危
急하다고 들엇다.

<1990년 1월 2일 화요일>
古物을 整備하야 午前에 水原으로 떠낫다.
成東이 갖이 떠낫다. 日氣는 不順햇다.
訪名錄[芳名錄]을 作成햇다.
一九八九年度 歲入 二三,三六二,七七〇원
同　　　　　歲　二七,六八〇,〇八三원
差引赤子額 一金 四,三一七,三一三원整[54]

<1990년 1월 3일 수요일>
重宇 同伴하야 大野 晉斗喆 집을 訪問하
고 印鑑을 要求하야 書類을 가춰 왓다.

<1990년 1월 4일 목요일>
成東는 2日 字 成傑 車로 水原에 간바 오
늘 歸家햇다. 成康이가 用錢으로 3萬 원 보
내오고 成康 條 農協 耕云{機}[耕耘機] 借
入金 利子로 9萬 원을 보내왓다.
午後에 新平農協에 갓다. 成康 條 耕耘機
융자금 40萬 원 條 利子를 整理하고 김점
순 燃炭[煉炭]代 63,500원을 引受햇다. 任
實로 嚴秉圭 代書所에 갓다. 養老堂 移轉
手續을 附託[付託]햇다.
成康 母하고 金三浩 婦人 사창宅하고 立會
下에 김점순의 연탄代 立會下 건네주웟다.

<1990년 1월 5일 금요일>
郡廳 財務課을 거처서 民願室에 갓다. 民

---

54 ‘一金 四,三一七,三一三원 整’은 붉은색으로 기록
되어 있다.

願室에서는 不親切하드라.
新平面長을 面에서 上面하고 相議햇든니
非課稅證을 떼서 養老堂 移轉키로 햇다.
丁壽福의 招請으로 간바 닭을 통으로 해
놋코 술을 잘 든바 梁奉俊 妻 하실宅이 잇
드라. 갗이 술을 드럿다. 엽집 鄭泰植의 內
外 말이 낫다. 現在 그 者들은 夫婦 是非가
3日 채인데 不和로 지낸다고 햇다.
過居[過去]에 鄭鉉一이가 春植의 총 事件
으로 4萬 원을 울의고 其後 崔成奎 집에 春
植이가 日工을 밧는데 그것조차도 2萬 원
을 가로채서 總 6萬 원을 울근 事實이 있어
梁海甲 氏을 찻고 鉉一의 行爲도 말햇는데
法的으로 하라 햇다고 터려 노왓다.

<1990년 1월 6일 토요일>
아침 八時 四五分 列車로 承均 氏와 同伴
하야 平澤에 갓다. 申宗鉉 案內로 徐大鍾
氏을 相面하고 問議한바 金 氏 할마니가 生
母는 確實하나 出生만 햇지 何等의 母의 行
爲는 못 하고 出生만 햇지 生養은 못 햇기
에 又는 法的으로도 關係없다 햇다. 그러나
안 모신다고 할 수도 업고 慕侍다고[모신다
고] 할 수도 없다면서 不遠 내려오겟다고
햇다. 申宗鉉 페만 많이[많이] 지엇다.

<1990년 1월 7일 일요일>
丁基善하고 同行하야 崔基山 子 結婚式에
參席 햇다. 廉昌烈을 相面하고 벼 種字를
付託햇다.
來日 崔辰成을 相面키 위하야 碑文을 熱
心이 文作하고 잇는데 돈 2仟 원을 取햇 갓
다고 嚴俊祥 妻가 왔으나 기역이 나지 안
하야 기분이 大端 납밧다. 常識 없는 者로
본다. 돈을 주니가 기분 납으다고 안 밧는

다고 햇다. 갓잔한 년이엿다. 그 女가 돈이
잇다고 相當이 괴가 만햇다. 꼴이 보기 시
른 者로 언제나 지적해 나왓다.

<1990년 1월 8일 월요일>
大里 李祥云 束綿契[束錦契] 有司 宅을
禮訪햇다. 全員이 募엿다. 그러나 郭宗燁
婦人하고 鄭鉉一 婦人는 脫契하리라고 본
다. 脫穀契함이 至當하다 生覺한다.
中食을 맞이고 바로 全州 崔辰成 氏를 相
面하고 先考 碑文 撰을 依賴하고 왓다.

<1990년 1월 9일 화요일>
館村 오토바이쎈타를 찻고 修理을 要하고
왓다.
밤에 成奎가 서울서 왓다.
쌀契次 왓다고 햇다.

<1990년 1월 10일 수요일>
丁基善 韓相俊 崔重宇가 舍郞[舍廊]에 왓
다. 對話하다 갈이고 斗流里 金二成에 鄕
校集 扁찰[編纂]을 하는 7名의 手當錢을
35仟 원을 보내 주웟다.
陽에는 成奎을 불여서 明春에 祖父 立碑에
建立金 募集에 서울 宗員은 네가 收集토록
하라고 付託햇다.

<1990년 1월 11일 목요일>
안골 從祖母 祭祀日이다.
새벽에 五山서 徐大鍾 氏가 전화해 왓는데
今日 中으로 本人의 母를 禮房하겟다고 傳
해 왓다.[55]

---

[55] 원문에서는 여기까지 가로쓰기로 기록한 다음부
터 세로쓰기로 내용을 기록하였다.

成奎는 明年부터 範이가 合同祭祀로 慕侍
겟다기에 그려라고 햇고 祭祀 日定[日程]
은 陰 月 十四日로 範이로써는 高祖인데
其의 日字를 擇하라 햇다.
烏山서 徐大鍾 氏가 왓다. 陰 十二月 末日
경에 慕侍 가겟고 其間에 死亡하면 本人이
왓서 치상하겟다고 하고 갓다.

<1990년 1월 12일 금요일>
斗流峰 炳列 宅에서 祭祀를 慕侍고 새벽
에 왓다.
大里 全州 李氏 十二月 十五日 祭祀
虎巖 淸州 韓氏 正月 二十七日 〃
午前 九時경에 任實 嚴秉圭 代書{所}를
据處서[거쳐서] 郡 民願室에 간바 氣分 大
端이 不安햇다.

<1990년 1월 13일 토요일> 陰 12. 17.
終日 舍郎에서 生活햇다.
郡에 成曉에 電話로 依賴하야 郡 民願室
에서 書類를 차자서 代書所 安在鉉 氏에
傳하라 햇다. 不平으 말은 하지 안햇다.

<1990년 1월 14일 일요일> {음력} 12. 18.
碑文 書設役[書役] 中인데 韓相俊이가 왓다.
金泰圭 母 死 問喪을 가자 햇다.
中食은 嚴俊祥 집에서 햇다. 生日이라고
招待햇기에 갓다.
共販벼 20袋를 改風햇다고.

<1990년 1월 15일 월요일> {음력} 12. 19.
銀錢 銅錢을 募인바 今日 現在로 ※ 總額
九萬九仟九百이 募金되엿다. 없는 것처럼
使用치 말고 募여 볼 生覺이다.
全州 高相厚 氏가 어제 金在玉 喪家에 弔

問하고 가는 길에 龍山里 前에서 高束[高
速]뻐스에 치여 危急하게 되엿다고 들엇
다. 예수病院을 찻고 患者 面會한바 全然
人形 不身이드라.
沐浴을 햇다.

<1990년 1월 16일 화요일> {음력} 12. 20.
任實 代書所에 갓다.
趙點順 條 田 移轉登記 畢證을 完畢햇다.
養老堂 移轉 手續하는데 韓正玉에 依賴하
야 舊正에 顯相의 印鑑證을 내오라 햇다.
爲親契 定期總會日이다. 書類를 整備해
주고 一金 五二二,八〇〇원을 尹用文에 年
一.五% 利로 주웟다.

<1990년 1월 17일 수요일> {음력} 12. 21
大里에서 1般벼 共販日다.
우리 것은 21袋 買上으로 안다.
買上代金은 766,500원인데 내의 用錢으로
6萬 원을 주드라.

<1990년 1월 18일 목요일> {음력} 12. 22.
元泉里 房在鉉 氏가 來訪햇다. 村前 全州
人 朴文圭 河川을 買受케 해 달아 햇다. 金
三浩에 附託코 한바 못 팔겟다고 햇다.
全州 相範 母가 왓다. 산자 製作하는데 가
질로 왓다.
成玉 結婚 問題를 말햇든니 두고 보자 햇
다. 나는 關係치 안는다고 햇다.

<1990년 1월 19일 금요일> {음력} 12. 23.
加工組合에서 전화로 募臨을 要請하야 參
加햇다.
任實 – 淳昌 民政堂[民政黨] 地區堂 委員
長이 왓서 面會하고 우리 組合 運營 形便

을 말{해} 주웠다. 成曉도 路上에서 맛낫다.
地區堂 委員長은 三溪面 居住者 申國茂.

<1990년 1월 20일 토요일> {음력} 12. 24.
全州 同和會議日 이다.
漢文에 起草[基礎]知識이 없어 後梅[後
悔]가 만타.
幼兒 時는 生活이 非參[悲慘]햇기에 學文
에는 居리[距離]가 멀게 되고 衣食을 解結
[解決]치 못하고 門前 걸식을 免하지 못한
形便에 冊을 볼 새가 잇겟는가.
同和會議에 參席햇다.
任員 選出하는데 會長은 再任되고 總務 副
會長이 改任되고 監査에는 내가 選任되엿다.

<1990년 1월 21일 일요일> {음력} 12. 25.
光州 崔炳龍 氏 女息의 結婚日.
光州에서 午後 2時라고 햇다. 10時쯤 出發
南原으로 돌아서 光州 着 12時경에 到着
햇다.
震宇도 江石里 許龍 氏도 參席햇드라.
3時 30分에 出發하야 南原에 4.30分.
成樂 집을 찻고 술도 한잔 하고 왓다.

<1990년 1월 22일 월요일> {음력} 12. 26.
終日 舍郎에서 讀書만 하고 日課를 보냇다.
用錢이 付足[不足]해서 問題가 잇다. 要求
하려 해도 마음이 不安하고 챙피感이 든다.
할 수 없다. 이려하다 돈줄이 떠려지면 出
入이 禁止된다. 그려면 其 時刻부터 埋葬
이 된다.

<1990년 1월 23일 화요일> {음력} 12. 27.
今年 들어 最高 零下 一〇度가 네려가 大
추위를 비첫다. 終日 舍郎에 書役만 熱心

記載햇다. 술이 生覺이 낫지만 말없이 있으
니 메누리는 夕陽에 一병을 바다 왓다. 없
으면 안마시지만 밥맛은 줏흐라.

<1990년 1월 24일 수요일> {음력} 12. 28.
다음에도 주면 먹고 안 주면 안 먹겟다. 술
은 마시여 조치는 안타.
館村 郵替局[郵遞局]에다 國稅 免許稅를
拂入햇다. 싸이카로 가는데 危險하드라.
水原서 成奉 家簇[家族]이 夕陽에 왓다.
成奉이는 다시 水原으로 간바 來日 成康이
와 갖이 온다고 햇다고.

<1990년 1월 25일 목요일> {음력} 12. 29.
炳基 태우와 三人이 全州 崔辰成 氏 宅에
서 曾祖 碑文 從祖 敬九 鎭九 三位 撰文을
檢討햇다.
歲後에 立石 擇日부터 定하자고 햇다. 撰
文 治下金[致賀金] 三位分 十五萬 원을
주엇다.
二月 十一日 辰成 女息 結婚日 라고 햇다.

<1990년 1월 26일 금요일> {음력} 12. 30.
客地에 居主[居住]한 子息들 孫子 全員이
鄕 歸家햇다.
善範 母는 媤母에 對한 걱정을 만이 햇다.
밤에 成康 집에서 家族기리 募여 相議한바
네의 母는 이곳에 居處케 하고 保藥[補藥]
이라도 지여 保身케 하라 햇다.

<1990년 1월 27일 토요일> {음력} 90. 1. 1
◎ 特記
全 家簇이 募여 歲次을 祭祀 慕侍고 山所
에 단여 大里 曾祖父 省墓하는데 昌宇는
不告하드라.

成曉하고 成傑에 運轉하야 炳基 宅을 訪問
코 屏巖里 基宇 母를 問病次 歲拜次 갓다.
밤에는 成曉를 通하야 今年 父母의 用錢을
計劃하야 月 約 二〇萬 원을 保充[補充]해
달아 햇다. 그려면 二〇萬 원 中 成曉 五萬
成康 五萬 아버지 一〇萬 원 予算[豫算]햇
다고 해다. 어제밤 館村 成苑 집에서 相議
햇다고 햇다. 成曉 成康 成奉가 갓이 자면
서 말이 난 것{이}다. 그려면 二月부터 每月
末日로 잡고 이곳에 送金해 주기로 햇다.

<1990년 1월 28일 일요일> {음력} 1. 2.
終日 舍郎에서 書役만 硏究햇다.
夕陽에 全州에서 成英 內外가 왓다. 成康
成樂이는 歸家햇다. 卽後에 丁基善 者가
왓다. 是非條[是非調]로 言討가 나오는데
不安햇다. 實은 成康이를 보려 온 것 같은
데 갓다고 하니가 不安할 터이지. 債務가
잇는데 아마 애탄 樣相인데 外來客 婿도 잇
는데 여려 말을 하는데 不安햇다. 왈갤 수도
업고 解明햇다. 그래도 가치도 업는 잔소리
만 느러논데 不安하야 한번 쏘아 댓다.
債務額은 多下間[多少 또는 高下간에]에
本人을 맛나고 밧겟다고 햇다. 그려면 簡短
[簡單]하다고 햇다. 行爲가 不良者로 본다.
法的 利子는 밧겟다고 하는데 異議을 말햇
다. 안 바다도 죨아고 햇다. 아마도 뜻이 죨
택은 업겟다고 본다.
밤새도{록} 氣分이 不安하야 마음 괴로왓다.
昔年 約 三十七年 前 茂朱[茂州]가 故鄕인
李彦禮 女子가 차자왓다. 반갑드르라. 人共
時에 避難 온 女子인데 實은 不逆行爲者엿
다. 林長煥하고 日時 同居햇고 子息도 生
産한바 약을 메겨 殺害햇다. 그래서 里長
當時인데 罰을 좀 주고 몃 번 때려 주고 갈

이게 햇다. 그런 사람이 잊지 안코 禮訪해
주시니 感謝햇다. 舍郎에서 讀書 工夫.

特報56
一月 二十八日 初 正月 二日 夕陽 七時경
앞집 할마니 子息 徐大鍾의 婦人이 電話로
傳해 왓다. 立會 丁基善.
徐大鍾 氏의 婦人이라면서 對話가 始作햇다.
아저씨 제가 徐大鍾의 妻임니다. 방아실 아
저씨지요. 네 햇다. 子息의 道理로 正初에
내려가서 慕侍려 했음니다. 그러나 男便은
生母가 母의 行爲를 못 햇는데 엇재서 慕
侍라고 하며 방도 단방에다 稅방[貰방]에
子息들은 學校에 가고 우리는 職場에 가면
누구가 病 保護한단 말이가 하고 男便도
每日 病院에 단이면서 本人 病도 감당하기
難합니다 햇다. 메누리님 고맙소 이산가족
을 生覺하십시오 햇다. 末年에 子息이 必
要합니다. 잘 生覺을 더 해 보시요 햇다.
할 수 없다 햇다. 强制로 데려다 줄 수도 없
고 그대로 보는 수 박게 없다. 그러나 安承
均이가 責任이 잇다고 보고 住民들 債任
[責任]은 없다고 본다.
오늘 들으니 住民 몃 분이 불상하다고 飮食
을 가저다 주면 安承均 집에서는 不平한다
고 들엇다. 里長의 말이엿다. 그럴 必要 없
다고 본다. 그러나 人情的으로는 또 달타.

<1990년 1월 29일 월요일> {음력} 1. 3.
特別記錄
歲慕次[歲暮次] 募엿든 子息들은 어제 오
늘로 제의 집 職場으로 떠낫다. 어제 成康

---

56 1월 27일 일기가 28일 면까지 가득 채워지자 1월
28일 자 일기는 따로 기재하여 붙였다.

이가 떠나면서 아버지 用錢은 月別로 二月부터 成康 成奉가 一〇萬 원을 보내기로 하고 成曉 成東 成樂이가 一〇萬식 合計 每月 二〇萬을 아버지에 보내기로 햇다고 떠나는 水原 成康 成奉이가 傳하고 갓다. 그려나 成曉 母 成康 母도 이 收入에 써주어야 한다고 햇다. 그려케 하기로 햇지만 言約대로 施行이 될지가 異問視[疑問視]이다. 밥으다고 또는 이것다고 할지 모르니 받으로는 못 가겠다. 아버지 書57(印)
範順 母에 依하면 每月 末로 拂入日을 定하고 成康 5萬 成奉 5萬 成曉 4萬 원 成東이가 4萬 원 成樂 2萬 원 合計 20萬 원으로 定하야 館村 郵替{局}에 依해서 온라인通帳을 만드려서 그 通帳番號만 水原으로 알여주면 自動的으로 入金된다고 햇다. 男女 子息들이 아마도 相議햇{다}고 본다.

<1990년 1월 30일 화요일> {음력} 1. 4.
安承均 氏 來訪하야 앞집 할마니가 子息이 못 데려간다는 消息을 듯고 딱한 말을 하면서 子息이 못 데려간다면 自己도 이제 밥도 못 주겟다고 하기에 그럴 수는 없지 안나 죽을 죄인도 먹여 죽인데 人生 치고는 못 할 일이다고 햇다. 重宇 집을 단여 牟潤植 집으로 해서 養老堂을 단여왓다.

<1990년 1월 31일 수요일> {음력} 1. 5.
間夜에 大雪이 내렷는데 近가다 最高로 多量 降이엿다.
成英이는 雪中에 서울로 가다고 出發했으니 苦生한 듯십다.
舍郎에서 終日 書役만 하고 日課를 넘겼다.

農協 理事 監査를 撰出[選出]하는데 皮巖 金炯根이가 付託하는데 韓相俊을 자바아 달아는데 嚴俊峰가 나온다는데 어름없다 햇다.

<1990년 2월 1일 목요일> {음력} 1. 6.
出行할 곳이 잊이만 大雪로 通行 不便하야 出入을 禁하고 있으니 답 〃하다. 今日도 舍郎에서 書藝 工夫만 한바 書藝가 늘들 안는다. 皮巖 金炯根에서 전화가 왓는데 農協 監査 選出하는데 嚴俊峰이는 4票을에서 落第하고 本人은 10票를 得햇다고. 理事는 金哲浩 孫柱喆이 選出되엿다고 햇다. 上中下로 相對的으로 되였으나 俊峰이만 未忘하계[민망하게] 됫다고 햇다.

<1990년 2월 2일 금요일> {음력} 1. 7.
任實畜協에서 大宗錢 1,231,380원 引出해서 再 1年 滿期로 1,129,000 預託하고 非常金으로 77,400원 除해 노왓다.
祭床을 마처볼가 하야 床 工場에 간바 工場이 안니고 떼다 판 小賣商이드라. 代金 5萬 원이라고 햇다.
洋藥局에서 精力制[精力劑] 藥을 주면서 3日間 복용해 보라고 하야 夕食 後부터 복용햇다. 1日 朝夕을 두 알만 복용하라 햇다.

<1990년 2월 3일 토요일> {음력} 1. 8.
全州 金相健 女息 結婚式場에 參禮햇다.
中食을 하고 昌宇와 同伴하세[同伴하여] 高相厚 問病을 햇다.
七代祖 祭床을 購하려 한바 업고 家庭에서 使用한 選通으로 하는 수박에 없다.

<1990년 2월 4일 일요일> {음력} 1. 9.
今日 四日채 禁酒를 하고 잇다. 앞으로 可級的[可及的] 飮酒를 禁하고 십다. 몸도 生覺하야지 他人의 侍接[待接]으로 依하여 飮酒한다는 것은 生覺 差誤[錯誤]이다.
全州 崔康烈을 訪問하고 大門에 虎龍 貳字를 記入해 왔다.
春祝으로 立春日이기에 大門에다 右白虎 左靑龍을 부치고 內室에도 立春大吉을 써 부첫다.
靑云寺에 갓다. 승님하고 갗이 불공을 했다.

<1990년 2월 5일 월요일> {음력} 1. 10.
어제밤에 耳 안이 통징이 생겨 잠을 제대로 이루지 못 했다. 할 수 없이 오는[오늘] 食後에 바로 任實 中央病院에서 讓渡證을 發行받아 全州 韓 耳鼻厚口課[耳鼻咽喉科]에 갓다. 珍察決課[診察結果]는 耳 內가 허럿다고 하고 몇일 단여보시요 했다.
去番에는 예수병원에서 檢珍[檢診]햇지만 아무 효과를 못 보고 말앗다. 崔二範 齒課[齒科]에 간바 不在中이여 回路햇다.
成東이를 시켜서 14%로 利로 一金 五百萬 원을 貸付해 왔다. 成傑이가 車를 交替한다기에. 그러나 心中은 不安햇다. 20餘 年을 運轉햇지만 募와논 돈이 업으니[없으니] 딱할 {일}이다.

<1990년 2월 6일 화요일> {음력} 1. 11.
今日로 六日채 禁酒 中이다.**58**
앞으로 몇일 또는 몃 個月을 갈 거신가. 永遠히 禁酒해 버릴가가 意問[疑問]이다.
全州 耳鼻咽厚課에 단여서 全州驛前에 崔

---

58 이 문장은 붉은색으로 기록되어 있다.

二範을 訪問하고 下齒를 빼자고 한바 귀가 앞아서 病院에서 오는 길이라 햇든니 耳病이 完治되면 빼자 햇다.
집에서 碑文 撰文을 正書하는데 夕陽에 押作이 가슴이 異常햇다. 便所에 가서 大便을 보왓지만 不安햇다. 來日은 每事를 除外하고 예수病院에 가서 綜合珍察을 할 計劃이다.

<1990년 2월 7일 수요일> {음력} 1. 12.
任實醫料院[任實醫療院]에서 綜合檢査를 한바 엑쓰레이 寫眞하고 小便檢査 조織檢査 一切을 血液檢査까지 하고 未檢査는 大便하고 胃檢査 胃視鏡만 未盡햇다. 耳鼻咽源課[耳鼻咽喉科] 治料[治療] 三人[三日]채다.
午前에는 異常이 없고 午後 三時 – 四時 사이에 가슴이 異常하야 통징 있다. 밤에 아무 異常이 없고 食事도 相當이 드는 便이다. 그려면서 大便이 나온다.

<1990년 2월 8일 목요일> {음력} 1. 13.
大便을 準備하고 任實醫料院에 갓다. 胃視鏡을 要求한바 機具가 不能이라고 하면서 全州 現代방사서[방사선]課로 가래 햇다.
一金 一五,〇〇〇을 주고 結果 設明[說明]을 하는데 아무런 異常이 없다고 하면서 安心하라 햇다. 그러나 胃에 염증이 잇는{가} 십다고 햇다. 來日 投藥次 가겟다.

<1990년 2월 9일 금요일> {음력} 1. 14.
胃가 異常이 生起여 綜合 珍察하고 耳가 異常해서 1週間 단{니}는 데는 相當이 原金이 支拂되여 預託金 6萬 원을 引出햇다.
◎ 舘村 郵替局에 들이여 온라이[온라인]

通帳을 만들고 番號는 400069-0018452
一金 壹萬 원을 預金했다. 以上의 番號를
대면 何處에서 送金하면 此 番號에 自然이
入金이 된다고 했다.
任實醫料院에 간지스토마[간디스토마] 檢珍
하려 간바 朝食을 했다고 來日로 미루엇다.

<1990년 2월 10일 토요일> {음력} 1. 15.
雨中인데 任實醫料院에 結果[結果]를 보
려 朝食을 禁하고 갓다. 多幸이 당뇨病은
없다고 機械로 監定[鑑定]했다. 간지스토
마는 只今 이 始點[時點]에는 藥을 復用
[服用] 못 한다고 했다. 10餘 日 後 와 보시
요 했다. 아마 大端치는 않은 것 갓다.
耳鼻咽후과도 今日로 病院에는 中止하겟
다. 費用이 相當이 드렷다.

<1990년 2월 11일 일요일> {음력} 1. 16.
술 마실 곳은 많{이} 잇는데 今日 十一日채
禁酒 中이다.59
89年度부터 桓時[恒時] 念頭에 綜合診察
을 願했엇다. 그려 中에 今般에 多幸이도
2, 3日이 居處서 끝을 낸바 암도 或 잊지 안
나 햇든니 異常 없고 간지스토마하고 糖療
증[糖尿증]도 念餘[念慮]햇지만 아무런
理由는 없다. 心中이 淸良[淸凉]하야 大端
樂觀的이다.
炳基 氏하고 同伴해서 辰成 女 結婚式에
參席하고 泰宇와 3人이 同伴해서 基宇 問
病을 단여왓다.

<1990년 2월 12일 월요일> {음력} 1. 17.
成康 母하고 예수病院 綜合檢診.

____

59 이 문장은 붉은색으로 기록되어 있다.

成康 母하고 同伴해서 예수病院에 들으니
수百 名이 募엿드라. 住民證이 없어 接受
를 못 햇다.
現代방사선과에 갓다. 사진을 찍고 보니 암
은 안니다고 判定하고 朴一洲內課[-內科]
에 갓다. 수십 명이 募여 우왕자왕하면서
初接受者는 밫이를 안 하기에 할 수 없이
歸家햇다. 來日로 미루고 왓다.

<1990년 2월 13일 화요일> {음력} 1. 18.
今日 예수病院으로 다시 가기로 했다.
成康 母하고 예수病院에 갓다. 첫車로 가
니 多幸 患者가 한가하드라. 일즉 接受하
야 內課 〃長[課長]을 面會하고 相議한바
異常이 없다고 하고 처방해서 藥만을 가지
고 왓다.
車中에서 某人을 相面하고 왓다.
어제 炳基에서 전화가 왓는데 大里 位土代
를 내라는데 据出[醵出]하려면 어렵다고
햇다.
어제 昌宇 말을 드르니 重宇는 大里에다 논
사면 우리는 짓도 못 하고 炳基 氏 自己의
논 사는 편인데 돈은 못 주겟다고 한다고 드
렷다. 그런 사람보고 돈만 달아고 햇다.

<1990년 2월 14일 수요일> {음력} 1. 19.
舍郎에서 書藝 鍊習[練習]만 햇다. 中食은
成康 집에서 契日이라고 햇다.
養老院에는 안 가게 버릇이 되니 가고 십지
를 안타. 그러고 가 보왓지야 對話者도 그
렷코 뜻이 없다.

<1990년 2월 15일 목요일> {음력} 1. 20.
鷄舍를 修理햇다.
깻긋이 修理햇든니 바로 닭들은 알을 낫다.

徐東辰이가 訪問하고 包裝道路[鋪裝道路]를 하는데 同意해 달아고 해서 異議 없이 捺印해 주웟다.

館村을 단여왓다.

<1990년 2월 16일 금요일> {음력} 1. 21.
새보들 堤防에 草種을 뿌렷다. 試驗 삼아 떼 代用으로 뿌려 보왓다.

重宇는 宗畓代를 가저온바 즈금 지난 지後 다시 달아아[달라 하여] 가저갓다. 理由는 昌宇가 주웟다고 하드라. 그러나 몇일 전에 昌宇를 맛난바 重宇가 말하는데 宗土를 사는 것도 炳基의 自己의 土地 사는 것이지 더 늘일 必要는 없다고 하드라고 햇다고.

<1990년 2월 17일 토요일> {음력} 1. 22.
養老會員들은 내 집에서 떡국을 끄려 男女가 논나 먹엇다.

中食이 끝나자마자 바로 約束한 대로 全州 崔辰聖 氏을 찻고 父母 碑文 撰文을 바다 왓다.

任實서 成曉가 完宇 便에 六萬 원을 보내 왓다.

堤防 草種을 다시 뿌려 끝냇다.

其判洙 養老堂 돈 一〇三,五〇〇원을 상준에 주웟다.

<1990년 2월 18일 일요일> {음력} 1. 23.
全州 崔辰聖 氏 碑文 撰을 바다온바 治下 金을 드려야 하는데 그랑[그냥] 왓다. 따지면 多過[多寡]가 없지만 七件을 해 왓는데 約 三〇萬 원이 現金으로 가고 其間 酒代도 五萬 원 程度가 드렷다.

江津 崔福洙 氏를 相面코저 갓다 아침에 結婚式에 간다고 서울로 內外分이 간다고

햇다. 來日 오마하고 歸家햇다.

<1990년 2월 19일 월요일> {음력} 1. 24.
雨水日에 비가 多量으로 내렷다.

成曉 母 同伴해서 任實 保健所에 가서 藥을 지엿다.

終日 舍郎에서 碑文撰을 正書하야 冊卷으로 整理햇다.

고초種子 發牙[發芽]시켜서 溫床에 暇植[假植] 播種햇다.

<1990년 2월 20일 화요일> {음력} 1. 25.
어제는 任實 保健所 藥을 먹고 利點이 없다고 判担[判斷]코 今日 萬 원을 주위 館村 漢藥局[韓藥局]으로 갓다. 한 제 六萬 원이라고 해서 付託하고 왓다고 햇다.

日氣 不順으로 終日 舍郎에서 書役工夫만 하고 日課를 넘겻다. 그러나 家政 義禮[儀禮] 永久 冊卷은 作成햇다.

<1990년 2월 21일 수요일> {음력} 1. 26.
家長의 今年 運수가 不吉한 것을 冊字에서 나왓다. 그러나 昨年에는 大吉 運수드라. 그러나 火焱[火災]가 發生하야 不運이엿다. 멋 놈들은 氣分이 조화서 춤추는 者도 만앗다고 生覺햇다.

丁基善는 成康에 돈을 받으려 水原을 간다고 갓다고 드렷다. 其者는 돈만 아는 者다. 本金{이}라도 주면 받는 게 올지 제대로 바드려 하는 心理 不良者로 본다. 其前에 제 母에 對한 내의 誠義[誠意]나 제의 子息 또한(죽엇지만) 제 妻에 對한 保護策 村前 土地 멋 평도 利害을 論하지 안코 잇는 明色의 親友라는 子息에.

<1990년 2월 22일 목요일> {음력} 1. 27.
金城 할머니 祭祠[祭祀]日이다.
曾祖父 位土 追加金 成曉 條 成東 條 五
二,〇〇〇하고 從祖父 晉州 鄭氏 碑文을
갖이 炳基 氏에 傳해 드렷다.
十二時에 祭祠을 慕侍고 三時경에 出發하
야 집에 왔다.

<1990년 2월 23일 금요일> {음력} 1. 28.
嚴俊祥 집에서 만은 사람이 募엿드라. 丁
基善이도 왓드라. 요새에 안 보이드라 햇
다. 全州에 連日 있다고 하드라. 조금 서
먹 〃 하기는 햇지만 말을 건네 보왓다. 任
實에 冊과 繕物[膳物]을 가저 왔다. 時計
倂風[屛風] 만이 안 왔다.

<1990년 2월 24일 토요일> {음력} 1. 29.
全州 崔明範 氏 女息 結婚에 參席햇다. 賀
客이 많트라.

<1990년 2월 25일 일요일> {음력} 2. 1.
黃基滿의 生日이라고 해서 朝食을 갖이 햇
다.
앞집 할마니는 2月 6日이 自己의 生日이니
子息에 보내 달아고 햇다. 安承均을 불어
서 意見을 드리니 錢別金[餞別金]으로 百
萬 원을 주겟지만 其後 責任을 지라기에
그것은 못 하겟다고 햇다.

<1990년 2월 26일 월요일> {음력} 2. 2.
南原 巳梅面事務所에 갓서 重宇 條로 位
土 取得稅를 拂入햇다. 途中에서 館村 炳
基를 相面햇든니 位土 追加分을 바드려 昌
宇 重宇를 보려 간다고 햇드라.

<1990년 2월 27일 화요일> {음력} 2. 3.
新洑坪 作人總會에 參席햇다. 收入支出을
따젓다.
三八線 旅行 募集햇다. 三九 名이엿다.
李道植 家屋을 仲介한바 意事[意思] 맞이
[만치] 안 하야 流札햇다.

<1990년 2월 28일 수요일> {음력} 2. 4.
館{村}驛에다 三九名分 三五一,〇〇〇원
을 拂入해 주웟다.
炳基 氏하고 寶節 李得香을 訪問하고 立
石 涓日[涓吉]을 햇다. 先考 立石 涓日을
付託만 하고 日後에 오겠다고 햇다. 南原
工場 任實 工場을 둘여 왓다. 任實 石工場
에서 하기로 햇다.

<1990년 3월 1일 목요일> {음력} 2. 5.
李書店 月部[月賦] 綜合쎈다 代表 林泰述.
第五共 秋錄[秘錄] 十四卷 第一次 月部
一金 一八,〇〇〇원을 주고 時計는 返還하
면서 四角形으로 交換해 오라 햇다.
돈이 없어 메누리에서 二萬 원 取貸해 주
엇다. 現品은 不遠 任實 崔允成 洋服店에
保菅[保管]키로 햇다.
李道植 家屋 賣買가 五日 만에 締結되엿
다. 四百拾萬 원에 決定햇다.
全州서 成曉가 왔다. 水原 成康 電話로 말
해 바라 햇다.

<1990년 3월 2일 금요일> {음력} 2. 6.
全州 泰宇 要求로 立石 打合次 炳基하고
同行 全州 태우 집을 갓다. 今年에는 白衣
喪해인니 不可하다 햇다. 一切을 明年으로
미루고 왔다.
집에 오니 메누리가 一金 百 원원을 金在

玉 氏가 주다고 해서 金흥원 氏에 傳해 주고 不遠 道植에 전화해서 手續해 달아면서 付託햇다.

<1990년 3월 3일 토요일> {음력} 2. 7.
崔完宇 金鍾西 兩이 里長 立후補 登錄을 마첫다. 鍾西는 丁基善이가 추薦하고 完宇는 俊峰이가 햇다.

<1990년 3월 4일 일요일> {음력} 2. 8.
夕食을 하고 會議場을 가보니 多數가 募{여} 드럿고 投票 準備 中인데 늣게사 鍾西가 와서 抛棄하겟다고 해서 無投票 當選되엿다.

<1990년 3월 5일 월요일> {음력} 2. 9.
全州 成傑 貨車 買入 手續切次[手續節次] 上 安承均 氏에 付託코 내 것을 包合[包含]해서 三人이 財政保證까지 스고 書類 一切을 가춰 주웟다.
밤에는 感氣가 再發하야 단단이 알앗다.

<1990년 3월 6일 화요일> {음력} 2. 10.
終日 몸이 不安하다.
成東이는 今年에 煙草 耕作을 하겟다고 營農教育을 舘村으로 간다.
李道植 氏가 단여간바 子의 印章을 不持한바 다음으로 미루고.
丁基善이 단여갓다.
成傑이가 단여갓다.

<1990년 3월 7일 수요일> {음력} 2. 11.
金在玉이 단여갓다.
昌宇 金進映이가 왓다. 全州 徐東辰의 付託으로 왓는데 大里坪田을 利用하잔다고.

昨年에 120萬 원을 달아고 햇는데 이제 와서 昌宇을 시켜서 70萬 원만 하자고. 不應하고 100萬 원을 주워도 上土는 除居[除去]하야 募積햇다가 中土을 利用 後에 上土는 本 土地에 깔고 水平 整理 作業을 해달아 햇다.
全州 예수病院에 成康 母 投藥次 간바 不진이일아[휴진일이라] 햇다. 其者가 良心이 있이를[있지를] 못한 者드라.

<1990년 3월 8일 목요일> {음력} 2. 12.
아침에 成東 母가 手足과 어개가 아푸니 舘村에서 藥方[藥房]에서 針[鍼]도 막고 藥을 질 터이니 할마니 保菅金 中에서 五萬 원만 代用해달아 햇다. 주웟다.[60]
成康 母하고 同行하야 예수병원에 갓다. 20日分 投藥을 해왓다.
李相勳을 맛나고 郡有林 土地 20坪을 讓渡햇다. 그러나 稅金만은 3分의 一 程度 내라 햇다.

<1990년 3월 9일 금요일> {음력} 2. 13.
金進映 氏가 面會하자기에 간바 國有林 공방거리가 누구의 所有地야 뭇기에 어데까지나 國有林{이}라 햇다. 죽은 鄭鉉一이가 自己의 所有權을 主張햇지만 그게 안니라 햇다.
화장품 9,500원에 外上으로 드려노왓다.

<1990년 3월 10일 토요일> {음력} 2. 14.
任實 代書所에 가서 金在玉 家屋 移轉을 막것다.

---

60 이 부분은 붉은색으로 기록되어 있다.

<1990년 3월 11일 일요일> {음력} 2. 15.
面에 갓다. 面長하고 앞 할미 件에 打合한
{후} 平澤으로 전화해서 調會[照會]해 보
고 如意하면 보내기로 햇다.
학바우밭에를 가보니 軍部隊에서 警告文
을 달아노왓는데 氣分이 不安햇다. 作畓으
로 形質變更을 하려 햇는데 1切의 出入까
지 渡江까지도 建築까지도 마해[막아] 노
왓드라.

<1990년 3월 12일 월요일> {음력} 2. 16.
重宇 子 結婚식에 參席 햇다.
南原서 正宇가 왓드라.
基宇 病勢가 惡化되어 서울 病院으로 옴겻
다고 햇다. 水原서 鴻範 母子가 왓다.

<1990년 3월 13일 화요일> {음력} 2. 17.
德峙에 韋豊官와 전화로 相議하야 백지藥
을 播種키로 햇다.
成曉 便에 說明書가 왓다. 아침에 일즉 갓
다. 用錢 10萬 원을 주고 갓다.
朴日成이는 서울 崔明德을 만나려 간바 전
화를 바지 안해서 되도라 왓{다}고 햇다.
移種 時는 移種을 成東이가 하고 收入支
出을 秋期에 整算[精算]키로 햇다.

<1990년 3월 14일 수요일> {음력} 2. 18.
李道植 金在玉 不動産 賣買代金이 今日
끝을 냇다. 昭介費[紹介費]로 一金 10萬
원을 주드라.
古物[故物]商人이 왓기에 오토바이를 2萬
원에 파랏다.
終日 舍郞에서 讀書만 하고 지냇다.

<1990년 3월 15일 목요일> {음력} 2. 19.
成東는 母 藥代 五萬 白芷[61] 種子代 8萬
원을 주위 밧고 藥代 5萬 원은 할마니 돈에
채윗다.
◎ 午前 中에 任實에 갓다. 郡農協에 一金
　　壹拾萬 원을 預託햇다. 收入이 조금 잇
　　는데 할 수 없이 預託은 햇지만 用金이
　　不足할가 念慮된다.
中途 路에서 들으니 嚴秉洙가 南關 감나무
집 없어서[옆에서] 交通事故로 卽死햇다
고 들엇다.
崔允成 氏 집에서 와이사쓰를 맞이엿다. 書
店 主人이 맡인[맡긴] 時계도 차잣다. 夕陽
에 丁基善이가 왓다. 水原 成康가 전화햇
다는데 내가 없어 말을 못 햇다고 햇다. 3月
15日 成康 母 生日이니 그때 보라 햇다.

<1990년 3월 16일 금요일> {음력} 2. 20.
光陽 李龍君 祖父母 顯考 顯妣 妻 合同祭
祠日이다.
成東이 內外는 新田里에서 담배 苗를 속아
서 振根 집에서 合同 育苗키로 하야 포드
에 넛다.
任實 代書所에 들여 秉圭 氏에 弟 秉洙 죽
음을 人事하고 金在玉 書類도 끝을 냇다.
館村驛長도 對話햇다.

<1990년 3월 17일 토요일> {음력} 2. 21.
今日도 日氣가 不順하야 外出하려 햇다가
取消햇다.
氣溫이 底下[低下]로 추윗고 午後에는 비

---

61 白芷(백지)는 구릿대의 뿌리를 이르는 말로, 감기
　　(感氣)로 인(因)한 두통(頭痛)·요통(腰痛)·비연
　　(鼻淵) 따위의 치료에 쓰이며 외과약(外科藥)으
　　로도 널리 쓰인다.

도 내렷다.
作物에 成長이 指章[支障]이 이겟다. 德崎
韋 氏를 相面코자 한바 못 갓다.
舍郞에서 讀書만 햇다.

<1990년 3월 18일 일요일> {음력} 2. 22.
德崎 韋豊官 氏 宅에서 白芷 種子 2斗 5升
를 引受햇다.
4尺{으}로 두덕[두둑]을 지여 播種함이 元
側[原則]이라 햇다.
밤에 닥 1首를 앙구엇다. 알은 12개.
全州에서 李道植이가 왓다.
白芷 藥 播種 두덕을 첫다.

<1990년 3월 19일 월요일> {음력} 2. 23.
大里坪 田에 百芷 藥 種을 一部 播種햇다.
勞動도 藉 〃이 하면 身體에도 健全하는데
못처럼 하다 보니 몸이 고되다. 終日 作業
에 勞力햇다.
大里 宗畓으로 依하야 炳基와 금이 가겟
다. 昌宇나 重宇 말에 依하면 炳基 氏으 논
이지 우리 宗員의 宗畓이 안니다{는} 게 理
由다.
追加分은 本人이 사는 게 올타고 햇다.

<1990년 3월 20일 화요일> {음력} 2. 24.
今日도 家族기리 百芷 種子를 播種한바
種子가 不足햇다. 다시 購入해야겟다.
德崎 望月里 韋 氏에서 三五,〇〇〇원치
種子를 購入햇다.
舘村驛長에서 전화가 왓다. 來日 잘 놀 수
있는 準備를 하라 햇다.

<1990년 3월 21일 수요일> {음력} 2. 25.
住民 男女 四十一 名이 起用하야 三八線

第二 땅굴을 求景햇다. 舘村驛 近民들은
約 一五〇 名이고 其他 民을 合하면 七五
〇 名 程度엿다. 會比 九仟 원 식으로 終日
列車로 觀光뻐스로 만은 車만 탓다.
事故읍이 無事이 단여와 多幸으로 生覺햇다.

<1990년 3월 22일 목요일> {음력} 2. 26.
앞집 할마니는 지난달 金鎭玉 便에 一金
拾萬 원을 가저간바 今日 다시 拾萬 원이
되도라왓다. 其 돈 아{니}라도 用돈이 잇
{다} 하여 도로 바다두웠다.62
마늘밭에 追肥 및 殺蟲濟[殺蟲劑]을 뿌럿다.
밤 十一時에 成傑이는 壹仟萬 원을 몸에
지니고 서울 떠낫다. 서울 到着 卽時 電話
를 해 주기로 햇다. 나제부터 술이 취햇다
고 잠을 자다 밤에 떠난 것이다. 내일 마침
九時까지 車를 引受받을 事務室까지 가면
된다고 햇다.

<1990년 3월 23일 금요일> {음력} 2. 27.
終日 기드려도 서울서 成傑의 전화는 오지
안 햇다. 밤이 되니 異心이 들기 시작햇다.
全州 事務室로 連絡햇든니 거기서도 牟昌
玉 氏가 궁금하다고 하면서 전화를 서울서
해주기로 햇다고. 可否間에 消息이 없으니
每遇[매우] 不安하다.
밤 十一時 頃에 新形[新型] 車를 가지고
驛前에서 맛나 갖이 同行햇다. 告辭는 來
日 五時경에 하기로 햇다.

<1990년 3월 24일 토요일> {음력} 2. 28.
成傑 新 貨車는 番號板까지 合算하야 二,
六〇〇萬 원 드럿다고 햇다. 夕陽에 成傑

---

62 이 문장은 붉은색으로 테두리를 해 두었다.

이 參席 新車를 前面에 바처놋코 告辭祭를
慕侍엿다. 雨中인데 住民 多수가 募여 飮
食을 논와 먹엇다.
靑年 成傑 親友들은 밤 十二時까지 豊物
[風物]을 두들면서 놀다 갈엿다.

<1990년 3월 25일 일요일> {음력} 2. 29.
大里 崔宗仁 子 結婚式에 參加했다.
中食 後 炳基 태우 三人 同席하야 大里 宗
土에 關한 打合을 한바 大宗錢에서 一部
利用하고 此後에 宗員에서 드려오는 대로
入金키로 햇다.
서울 成奎 水原 成奉 南原에 成樂에서 전
화로 不遠 宗土代 二六,〇〇〇원식 보내라
햇다.

<1990년 3월 26일 월요일> {음력} 2. 30.
館村驛前 畜協에서 預託金 八百四萬 원을
引出하야 崔南連 氏하고 同行하야 全北投
資會社에 七百五拾萬 원을 預託하고 六個
月마다 十四% 利子가 加算된다고 햇다.
南原 成樂에 白米 一叺을 託送하고 物票
를 가지고 갓다 왓다.
밤에 右 利子만은 메누리에 十五萬 원 주
면서 利用하라 햇다. 成樂에서 白米 一叺
代도 주웟다.

<1990년 3월 27일 화요일> {음력} 3. 1.
韓相俊에서 養老堂 錢 二十萬 원을 引受
하고 預託키로 햇다.
第二次 닥을 암것다.
昌宇가 宗穀代 四五,〇〇〇원 收入햇다. 新
平에서 炳基 氏에 三一一,二〇〇원을 주고
大宅 條로 代納햇지만 萬諾[萬若]에 不應
할 時에는 宗錢에서 空除[控除]키로 햇다.

養老會 연탄갑 및 운영비 八萬 원을 引受
하고 農協에 預託했다.

<1990년 3월 28일 수요일> {음력} 3. 2.
道峰里 崔重宇 宗穀 先子를 받으려 간바
重宇는 不在中이고 婦人에 付託을 햇지만
아마도 不應할 것 갓다.

<1990년 3월 29일 목요일> {음력} 3. 3.
終日 讀書만 하고 舍郞에 있어다.
全州 金二成 氏가 전화로 朴日成을 보내달
아고 햇다. 移轉 件으로. 나는 再促[催促]
하고 싶이도[싶지도] 안타.
六百五拾萬 원을 土地代를 못 주엇는데 事
實은 利子 利得만 못할 것 갓다.

<1990년 3월 30일 금요일> {음력} 3. 4.
種籾 浸種을 햇다.
三光벼하고 팔공단 于先 五五k를 침종햇다.

<1990년 3월 31일 토요일> {음력} 3. 5.
술이 過飮하야 二, 三日間은 手足과 飮食
맛을 일엇다. 오늘은 억지로 勞力을 햇다.
菓木도 移植하고 追肥도 하고 山所에 圓違
[周圍]에 花木에 肥料도 햇다. 一部나마 포
푸라에 追肥도 주고 今日 日課가 밥앗다.

<1990년 4월 1일 일요일> {음력} 3. 6.
오늘도 어제와 갖이 終日 家事에 協助햇
다. 오늘은 昨年에 심엇든 포푸라에 追肥을
넛다. 昨年에 포푸{라}로 依하야 金判植 行
郞[行廊]을 堯失[燒失]하야 二百餘 萬 원
을 辯償[辨償]해 주엇는데 只今도 生覺이
낫다. 하지만 旣히 심웟논 나무인데 말없이
혼자 追肥를 주는데 心장이 不安햇다. 풀

씨도 다 散布햇다.

<1990년 4월 2일 월요일> {음력} 3. 7.
鄭泰植 母가 成傑 結婚 仲介를 하겟다고 한
든니 今日은 한실宅이 와서 말하는데 德谷
金氏인데 雨澤으로 堂叔 女息이라고 햇다.
任實病院에 단{여} 오는 길에 驛前 雨澤
氏을 相面하고 成傑 婚談에 對한 內容을
거짓 없이 말해주고 職業은 運輸 事業을
하고 六채 子息이고 배가 달타고만 햇다.
새보들 堤防 풀種을 더퍼주웟다.
논갈이를 햇다.

<1990년 4월 3일 화요일> {음력} 3. 8.
全州 基宇가 四月 二日(陰 三月 七日) 別
世햇다고 傳해 왔다.
炳基 氏하고 同伴하야 全州에 問喪을 하고
炳基 孫子 問病도 햇다.
尹鎬錫 氏에서 一金 拾萬 원을 둘어서 全
州 基宇 弔問하는데 五萬 원 주고 殘金은
잇다.

<1990년 4월 4일 수요일> {음력} 3. 9.
大里坪 藥木田에 개가 害를 끼처서 夏至감
자에 쥐약 무치여 前面에 놋코 嚴俊峰 接
木하는 데 가서 英姬에 쥐약을 노왔으니 개
조심하라고 傳해 달아고 付託햇다.
尹鎬錫 氏에 藥木을 말햇든니 三萬 원을
달아기에 承諾햇다.

<1990년 4월 5일 목요일> {음력} 3. 10.
成傑 觀選을 八日 日曜{日}로 豫定햇다.
聖壽面 女子로써 中間에 成曉가 드럿다고
햇다.
苗 上土를 整理햇다.

<1990년 4월 6일 금요일> {음력} 3. 11.
日前에 全州에서 태우 炳基 乃宇 三人이
다방에서 打合하고 六日 連山 墓祀에 갗이
가자고 햇든니 태우는 不參해서 連山서 전
화햇든니 뻐스장으로 갓다고 햇다. 할 수
없이 二人이 慕侍고 왔다.

<1990년 4월 7일 토요일> {음력} 3. 12.
斗流 炳列 氏 回甲인데 參席햇다.
金炯根의 生日라고 招請하야 皮巖里에 갓
다. 朴敏永이 死亡햇다고 듯고 弔問도 햇
다. 日課가 多忙햇다.

<1990년 4월 8일 일요일> {음력} 3. 13.
日氣 不順으로 終日 舍郞에서 讀書만 郞
讀[朗讀]하면서 日課를 보냇다.
水原 鴻範 母가 電諜으로 來日 十二時頃
에 到着하겟다고 햇다. 成康 兄弟는 못 오
고 內食口만 온다고 햇다. 用錢을 가지고
오라 햇다. 丁基善 條도 解結[解決]하라
햇다.

<1990년 4월 9일 월요일> {음력} 3. 14.
어제밤에 水原 成康에서 電諜으로 丁基善
債務 關係는 百貳拾萬으로 決定코 月 貳
拾 萬 원식을 六個月 限程[限定]로 하야
보내 주시로 전화로 打合햇다고 햇다.
鴻範 母가 왔다. 三月分 用錢 一〇萬 大里
宗土代 二戶分 五萬 원을 가저왔다.

<1990년 4월 10일 화요일> {음력} 3. 15.
아침에 丁基善하고 갗{이} 成康 집에 朝食
을 갗{이} 햇다.
成康 집에서 中食을 하는데 驛前 鄭경식
任實 指導所 職員하고 갗{이} 中食을 햇

다. 婦人들도 二〇餘 名이 와서 갖이 햇다.
메누리는 鴻範하고 二時 三〇分 車로 水原
으로 떠낫는데 밤에 無事히 到着햇다고 전
화가 왔다.
任實 泰陽電業社를 訪問하고 農用水를 打
合한바 今年는 끝이다고 明年에 計劃하라
하고 一〇月에 申請하라 햇다.

<1990년 4월 11일 수요일> {음력} 3. 16.
成曉 母하고 南原 朱川面에 針을 마지려
갓다 오다가 成樂 집을 드르니 李宗南 內
外가 와 잇드라. 中食을 하고 바로 作別 山
城藥局에 드려 藥을 갓고 왔다.
市場에 들여 여水宅 을 相面하고 成傑 婚
談을 相議햇다.
밤에는 靑云 金永萬이가 술을 바더 와 不
遠이면 서울로 移居한다고.

<1990년 4월 12일 목요일> {음력} 3. 17.
新平農協 債務額(中長期 資金)이 五百拾
七萬 원(5,170)인바 今年부터서는 五年 間
無利子로 하고 五年 後부터 元利 兼算하야
年부制로 償還키로 한다고 通報가 왔다.
養老堂에 모처럼 간바 昌宇 外 一〇餘 名
이 도박을 하는데 熱이 낫다. 强力히 餘
止63[制止]햇드니 未安하기도 하드라.
終日 비가 내려 不安햇다.
앞집 할머니에서 一金 十七萬 원을 引受
햇다.

____

63 이 부분은 원문에서 '余止'라고 썼는데, 약자나
속자를 정자로 입력하기로 한 지침에 따라 '余'
대신 '餘'를 입력하였다. 아마도 '除止'로 쓰려 했
던 것이 아닐까 생각되는데, 이 역시 바른 한자
는 아니므로 괄호 안에 뜻에 맞는 바른 한자를
병기하였다.

<1990년 4월 13일 금요일> {음력} 3. 18.
崔今福 氏 立會下 引受하고 農協에 預託
키로 햇다.
아침에 里長 便에 할마니 돈 八拾貳萬 원
中 貳萬 원은 할마니에 돌여주고 八拾萬
원만은 長期預託하라고 里長에 주웟다. 여
려 사람 具判洙 安正柱 嚴俊祥 證人에 公
開로 引게해 주웟다.
苗板 相子[箱子]에 種籾을 投入햇다.
夕陽에 金米順 압집 女子에 八拾萬 원 預
託通帳을 專[傳]해 주웟다.

<1990년 4월 14일 토요일> {음력} 3. 19.
日前에 尹鎬錫 氏에서 一金 拾萬 원 取貸
金을 午前에 返還해 드럿다.

<1990년 4월 15일 일요일> {음력} 3. 20.
成傑이는 成曉 成苑 三人이 任實로 觀選
하려 갓다. 可否는 모루지만 二十七歲다.
桂月 宋氏 家門이라 햇다.
어제밤에 病이 나서 밤이 새도록 苦通[苦
痛]을 밧고 아침에는 藥을 지여다 먹고 終
日 舍郞에서 修養햇다. 成東 內外는 苗板
에 相子[箱子]를 넛다.

<1990년 4월 16일 월요일> {음력} 3. 21.
終日 집에 修養햇다.
몸 不平해서 健康치 못하다.
舍郞에서 書役만으로 日課를 보냇다.
夕陽에 張泰燁이가 왔다. 來日 五弓里에서
妻父 移葬을 하는데 山主가 生起여 是非
가 될 듯하오니 同席을 要하야 應햇다.

<1990년 4월 17일 화요일> {음력} 3. 22.
崔乃宇 外 三人이 同伴하야 봉고車로 五

弓里 山淸에 갓다. 아무도 是非한 者가 없고 地官이 菅掌[管掌]하드라. 午前 中만 지켜보고 異常이 없어 回路했다.
日本서 金商文 氏 來日 집에 오겠다고 電話連絡이 왓다.

<1990년 4월 18일 수요일> {음력} 3. 23.
鷄舍를 修繕했다. 母鷄 一部를 移動시켯다. 十一時경 金商文 氏가 來臨했다. 밤늦게까지 容熹 家事 및 先塋 移葬之事를 打合한바 不遠 日本 斗伊가 나오면 結定[決定]키로 했다.

<1990년 4월 19일 목요일> {음력} 3. 24.
金商文 氏는 朝食 後 光州로 떠낫다. 光陽 李容熹 垈地(林野)를 商文 氏는 館村 李澤俊 夕儀[名義]로 登記를 내왓다. 容熹 者를 못 밋기에 그려햇지만 元側[原則]은 안니다.

<1990년 4월 20일 금요일> {음력} 3. 25.
비는 終日 내렷다.
張泰燁 妻男이 招請하야 參禮했다. 日前에 爲先하는데 參禮햇다는 答禮로 感謝의 表情으로 招待했다.
찔류나무에 燒酒 三병을 부서 담과다.

<1990년 4월 21일 토요일> {음력} 3. 27[26].
求禮 外할머니 祭祀日이다.
基宇 子 成일 結婚式場에 參禮했다. 式이 끚이 나고 페백실에 갓다. 大小家 基宇 男妹가 募엿는데 新婦에 對한 人事 招介[紹介]를 存細[仔細]히 해 주웟다.
來日 炳基 氏 生日이라고 十二時경 오라고 햇다. 來日 嚴柱涉 子 結婚日인데 쌍입

[雙立]이다.

<1990년 4월 22일 일요일> {음력} 3. 28[27].
嚴俊映 結婚式에 參席햇다. 車內가 滿員이여 多少가 立席으로 가는데 올 때는 基善하고 個人的으로 直行뻐스로 왔다.
館村에 들여 炳基 生日이라고 해서 宗員이도 相面햇다.
南原 市內에서 成傑 結婚 四柱를 빼보니 晩婚 運으로 明年이 適合하다고 하고 二十六歲 二十七歲 三〇歲 處女가 宮合이 良護[良好]하다 햇다.

<1990년 4월 23일 월요일> 陰 三月 二十八日
日氣가 不順으로 外出도 못 하고 營農期에 大端이 不合利[不合理]하다.
終日 舍郞에서 讀書로 日課를 보냇다. 寒期[寒氣]가 심하다.
成傑이가 왔다. 貨車 二臺는 如前이 運行한다 햇다.

<1990년 4월 24일 화요일> {음력} 3. 29.
帶江面에 芳基柱 婦人 白粉順이가 日前에 家出햇다고 傳해 왔다. 그러나 以[이] 地方에는 없는 것으로 안다.
栢芷[白芷]田에 집(蒿)을 整理햇다.
廉昌烈 所長이 단여갓다.
完宇를 相面코 移葬 關係를 무르니 本人 先塋을 移葬을 못 하고 今福이만 하라 햇다고 햇다.

<1990년 4월 25일 수요일> {음력} 4. 1.
담배 捕田[圃田]에 人員 七, 八名이 參席햇다. 이제는 비가 내려도 異常 없다는 判定이다. 今年에 비가 藉해서 農物에 支章

[支障] 있{을} 거으로 본다.
메누리도 煙草 小賣人 商人資格으로 觀光
에 갓다.

<1990년 4월 26일 목요일> {음력} 4. 2.
任實農協에 갓다. 預託金 利子 計算을 햇다.
加工組合에 들여서 稅金關係 依賴하고 稅
務署에 가서 問議해 보라 햇다.

<1990년 4월 27일 금요일> {음력} 4. 3.
人夫 八名이 動員해서 담배를 심엇다.

<1990년 4월 28일 토요일> {음력} 4. 4.
家蔟[家族]기리 新田 돌을 주워냇다.
韋豊官 氏가 온다고 햇는데 오지 안앗다.
藥木을 求景하려 온다고 햇는데.

<1990년 4월 29일 일요일> {음력} 4. 5.
德峙面 韋豊官 氏는 어제 夕陽에 藥草 捕
田을 살펴보왓다고 전화가 왓다. 作況이 良
護하다며 蒿집[볏짚]을 벼겨주라 햇다.
全州 結婚式場 二 곳을 단여. 내의 子息
도 못 예우고[여의고] 他人에만 參席하니
不安하다.
午後에 藥 甫田[圃田]에 집을 거더냇다.
담배에 물도 주고 新畓에 돌도 주워내고 日
課 분주햇다.
相範 母가 四月分 用金을 四萬 원 가저왓다.

<1990년 4월 30일 월요일> {음력} 4. 6.
終日 藥 甫田 집을 것고 除草도 一部햇다.
그러나 地下 뒤제기[두더지]가 害를 주니
不安하다.

<1990년 4월 27일 분 별도기록>
一. 日前에 崔今福 氏 눈님이 왓다. 공달에
    父母 移葬을 해야겟는데 겨우 裵永植
    의 家族에서 承諾을 밧고 移葬을 하려
    한바 裵永植이가 嚴俊峰에 垈地移轉
    을 要求한바 俊峰이는 移轉는 해주되
    집 앞에 墓를 쓰면 집은 베린다고 햇다.
二. 그래서 裵永植의 家族이 마음이 변하
    야 承諾이 取消되겟다고 말햇다. 俊峰
    이 무슨 相官[相關]이야 햇다.

<1990년 5월 1일 화요일> {음력} 4. 7.
强風이 부려 날씨가 每우 추윗다.
婦人 3人을 起用 內外 五人이 藥 甫田을 除
草햇다.
午前에는 그대로 作業을 햇는데 午後에는
비가 내려서 作業 中止햇다.

<1990년 5월 2일 수요일> {음력} 4. 8.
終日 가랑비만 내렷다. 舍郎에 잇다 生覺
한니 雨傘을 받고 甫田 가서 除草를 햇다.

<1990년 5월 3일 목요일> {음력} 4. 9.
새벽부터 내린 비는 終日 내렷다. 最高 降
雨量은 三〇mm이엿다.
任實電業社에 文 氏에 問議한바 面에서 耕
作證明 二通만 떼오면 本人이 電氣會社에
接受하겟다고 햇다. 任實電業社 文洪植에
農用水 菅井事業[管井事業] 接受을 햇다.
밤에 生覺해 보니 大里사람하고 相對하고
십지 안 해서 農用水 連結을 抛棄햇다.
張泰燁 所任에 傳하며 洑水을 利用하겟다
고 햇다. 林澤俊 말에 依하면 斗當 三斗식
이라고 햇다.

<1990년 5월 4일 금요일> {음력} 4. 10.
新平 廉 所長이 成東이를 今日 農事相談
會議에 參席을 要求한데 依{하}여 多忙事
가 多數 累積되엿는{데} 難處했다.
고초 가는 機械 一臺를 買入햇다고. 얼마
주웟나 햇든니 一〇萬이라고. 조[좀] 不安
하지만 꾹 참앗다.
藥草圃에 쥐약을 노왓다.
문 노무[무슨 놈의] 개가 망첫고 또 뒤제기
도 망처노왔으니 할 수 업섯다.
新畓 石出 作業 中인데 成東이가 敎育을
밧고 왓다고 現場에 왓는데 술이 取[醉]하
야 大端이 不安햇이만 참고 창피가 莫心
[莫甚]햇다.

<1990년 5월 5일 토요일> {음력} 4. 11.
張判同 氏의 女息 結婚이라고 햇다. 내 子
息은 未婚 中인데 他의 結婚場에만 단이니
眞心으로 不安感 禁할 길 없다. 그려나 내
의 子息도 不足한 點이 만하기에 其 點도
利解[理解]는 간다.
◎ 全州에서 朴順龍 同窓生이 어제 大學病
    院에서 死亡 來日 靈安室에서 出喪한다
    고 通報가 왓다.
張判同 女息 結婚式 參席코 中食이 끝나
자 바로 왓다.
夕陽에 전화로 各 會員에 전화로 連絡해서
故 朴順龍 別世를 알엿다.

<1990년 5월 6일 일요일> {음력} 4. 12.
用金이 동이 낫다. 말하지 안해도 주는 게
道理와 言約인데 저의들은 맘대로 利用하
면서 말하야 用錢을 要求하드라까지 잇는
點 매우 챙피하기 짝이 없다. 水原서도 말
이 없으니 事實은 내의 資産을 두고 이게

무슨 짓이나 次쯤 生覺해 나가겟다.
朴順龍 死亡 弔問을 간바 會員 五名이 왓
드라 崔宗彦 집에서 茶 한 잔식 하고 徐東
辰 事무실에 갓다. 本人의 車로 慕侍다 주
두라.

<1990년 5월 7일 월요일> {음력} 4. 13.
家族기리 新畓 돌 주어냇다. 비가 相當이
내렷다. 내일까지 作業은 해야 한다. 苗種
할 비는 充分햇다.

<1990년 5월 8일 화요일> {음력} 4. 14.
宗山申告番號하고 忠南 論山 0461-33-
2893 계룡 出張所 세무계 김 선생.
終日 家族기리 新畓 돌 출이기[추리기] 作
業을 끝냇다.
밤 十一時경 上記 住所에서 전화가 왓는데
宗山 登錄을 하라 햇다. 밤에 南原 全州에 전
화로 正宇 태우 住所 주민번호를 파악햇다.

<1990년 5월 9일 수요일> {음력} 4. 15.
水原 成康에 전화로 用錢 成奉 條까지 4月
分 一金 拾萬 원을 送金햇다고 햇다.
宗山 宗土登錄 申告次 論山郡廳 民願室
에 갓다. 南原에서 하시면 이곳 論山郡 位
土 林野까지 抱合[包含]된다고 햇다. 헛탕
치고 왓다.

<1990년 5월 10일 목요일> {음력} 4. 16.
南原郡廳에 가서 相議햇든니 擔任職員이
없었으니 來日 오라 햇다.
오는 길에 只沙 寧川 崔鎭鎬 집을 訪問햇
다. 來日 서울로 移居한다기에 간 것. 中食
을 하고 오는데 旅비 萬萬[萬] 원을 주드라.
點順(鎭鎬 妻)에 依하면 陰 4月 18日이 成

奎 母 祭祀日인데 첫재 範 母도 不安하게
하고 成奎 妻도 예수를 信者로서 不安感을
갓는다고 成赫이가 父母 祭祀를 慕侍단고
日前 德順에서 전화로 傳햇다고 하드라.

<1990년 5월 11일 금요일> {음력} 4. 17.
南原郡廳에 갓다. 擔當職員은 宗土는 旣히
移轉登記가 되엿고 하는데 登錄할 수 없고
宗畓으로는 變更할 수 없으니 그대로 두고
林野는 連名으로 되여 있어 分散課稅가 되
면 稅金이 만으니 宗山으로 登錄하라 햇다.
私宗山을 끝내고 谷城 宗山도 來日 가기로
햇다. 拾四日에 論山에 가기로 햇다.

<1990년 5월 12일 토요일> {음력} 4. 18.
谷城을 단여 時間이 나면 光陽까지 갈가
한다.
오늘[오는] 길에 光陽에 들여 粧刀 한 자루
를 購入햇다. 文化人이라면 사치성 잇는
粧刀도 揮帶[携帶]함이 大伏夫[大丈夫]로
生覺햇다. 四萬 원을 주웟다.

<1990년 5월 13일 일요일> {음력} 4. 19.
外人 三人 全 家族이 動員하야 고초를 移
植햇다. 못다 햇다. 來日도 해야 한다.
宗山 登錄番號 附議 申請書 完了햇다.

<1990년 5월 14일 월요일> {음력} 4. 20.
特急列車로 論山에 着햇다. 택시로 郡廳에
들엇다.
論山郡에서는 土地 林野 民願이 豆磨面으
로 移官[移管]되엇다고 取扱을 앓으라. 豆
麻面事務所[豆磨面事務所]에 들여 宗山
申告를 맞고 裡里를 通過하야 全州를 지내
서 왓다.

于先 谷城 宗山 南原 私宗山 豆磨 宗山 番
號附議申告가 끝이 낫다.

<1990년 5월 15일 화요일> {음력} 4. 21.
婦人 八名이 動員되여 藥 圃田 除草作業
을 햇다.
農藥 殺虫濟[殺蟲劑] 및 크람복손 除草濟
[除草劑] 八병을 購入해 왔다. 面事務所에
서 티토마스 藥을 購入해 왔다. 藥代 不足
金 一三,○○○원을 代納햇다.

<1990년 5월 16일 수요일> {음력} 4. 22.
十五回 同窓會 定期總會가 全州에서 開催
되였다. 十六名을 案內햇지만 十一名이 募
엿다. 提議案件은 別紙와 如히 無事 通過
햇다.
午前에 面農協에 가서 債務額 五,一六○,
○○○원을 五年 無利子 据置하고 十年
二賦 償還의로 하고 利은 三%자리하고 無
利子로 再契約햇다. 事實上은 農協債무가
끝이 난 之事다.

<1990년 5월 17일 목요일> {음력} 4. 23.
任實郡農協에 畜牛資金 延期貸出 契約次
갓다. 書類가 未備되여 다음으로 未流엇다.
南原에 갓다. 移秧機 修理쎈타에 간바 附
品[部品]이 없서 다시 왓다. 全州로 행한바
거기도 없다고 햇다.
今日부터 禁酒을 開始하겟다.

<1990년 5월 18일 금요일> {음력} 4. 24.
서울 金鴻翼 子 金承玉 長子 金承福이 貳
男이 왔다.
終日 비개[비가] 내리다 午後 늦게 개이였다.
舍郞에서 讀書하다 夕陽에 田畓을 두려보

왔다. 보리가 相當이 쓰러젓다.

<1990년 5월 19일 토요일> {음력} 4. 25.
藥圃田에 殺虫濟를 培液으로 혼합해서 散
布햇다. 成東이는 機械로 移秧하다 땅이
굿지 안 해서 못 하겟다고 作破를 햇다. 麥
畓에 雜種을 가려 냇다.
元豆忠 藥木 그리고 포푸라 下茂[下伐] 除
草作業을 一時햇다. 고초받은 現在로서는
良護[良好]하다.

<1990년 5월 20일 일요일> {음력} 4. 26.
朔寧 崔氏 同和會議 參席 約 三○餘 名이
參席 햇다. 會 規定은 召集햇다면 五仟 원
인데 不參해도 五仟 원는 拂入해야 하고
年 六回를 召集하는데 當日 支出食代 四
人 有司가 負擔키로 하야 當日 會費는 全
額이 積金이 되는 것으로 햇다.
脫穀機를 손보왓다.

<1990년 5월 21일 월요일> {음력} 4. 27.
오늘은 多忙 햇다. 面事무소로부터 郵替局
– 任實郡農協 加工組合을 단여 全州 鐵工
所 – 移秧機械 附品 商會를 据處서 崔基
宇하고 同伴하야 屛楓[屛風] 製作 표구社
를 단여 最終으로 咸石 1枚를 購入하야 殿
洞에서 基宇하고 作別햇다. 병풍代는 11萬
원 中 3萬萬[3萬] 원을 주고 1月 15日경에
찻기로 하야 殘金 8萬 원을 남기엇고 왓다.
家蔟들 中 內食口는 담배 붓고 成東이는
金城里 李氏 崔善眞 同婿의 移항[이앙]하
려 갓다.

<1990년 5월 22일 화요일> {음력} 4. 28.
日氣 不溫하야 苗 成長이 조치 안타.

全州에 鐵工所을 단여 脫穀機 附品을 完
備햇다.
午後에는 脫穀機를 組立한바 못다 햇다.

<1990년 5월 23일 수요일> {음력} 4. 29.
苗板을 두려보니 狀態가 不良햇다.
成東이에 再板 設置를 指示하고 廉昌烈에
通하여 求景을 하고 鑑定하라 햇다.
全州에 갓다. 脫穀 附品을 購入해다가 午
後에는 2日 채 組立을 햇다. 機萬[幾萬] 원
드는데 10年 만에 修繕하지만 他에 依賴하
면 7, 8萬 원 要求할 것이다. 뜨더보니 全部
손을 대야 햇다.

<1990년 5월 24일 목요일> {음력} 5. 1.
오늘도 終日 脫穀機 修繕햇다.
農藥을 사오라면서 3萬 원을 주는데 農藥
社 吳永勳 집에 간바 48,000원(한 박수)인
데 外上이면 全部 外上하고 現金이면 그대
{로} 하시요 햇다. 3萬 원을 주지 안코 全額
外上으로 가저왓다.
몸이 고되다. 除草藥을 논에 뿌렷다.

<1990년 5월 25일 금요일> {음력} 5. 2.
脫穀機 附品만 總額 45,500원이 드럿다.
萬諾에 他人에 막기면 10萬 원 以上 要求
할 게다. 新形品[新型品]으로 購入하려면
45萬 원을 달아고.
南原稅務署 菅內[管內] 課稅 確定申告日
이다. 任實 酒場에 成傑 稅金 課表[課標]
確定申告을 햇다. 午後에 丁基善 成傑하
고 同伴하야 面에서 貸出用 基善 것하고
내 것을 냇다. 基善이가 未安해서 驛前에
서 한잔 侍接[待接]햇다.

<1990년 5월 26일 토요일> {음력} 5. 3.
보리 脫穀機는 오늘로 組立 完了 햇다.
成傑이는 書類 完備하야 水原으로 올아갓다.

<1990년 5월 27일 일요일> {음력} 5. 4.
第二次 苗板이 좇이를 안타. 不安하다. 藥
圃田도 두려보니 成長이 不良하다. 除草濟
農藥을 밭두력에 뿌리{고} 畓 노두력[논두
렁] 풀도 벳다.
夕陽에는 못텡이 苗를 운반하다.

<1990년 5월 28일 월요일> {음력} 5. 5.
水原 成康에서 電話가 왓다. 아버지 用錢
五月分 拾萬 원 六月分 拾萬 원(成奉 條
合해서) 계 貳拾萬 원하고 丁基善 債務 條
첫 달分 貳拾萬 원 계 四拾萬 원을 送金햇
다고 傳해 왓다.
모텡이野 三斗只 移秧한바 成東이는 오늘
十七斗只을 심드라.

<1990년 5월 29일 화요일> {음력} 5. 6.
水原 成康 丁基善 債務條 第一次分 一金
貳拾萬 원을 傳해 주엇다.
全州에서 카바이트를 購入해 왓다.
鄭柱相에 付託코 보리논에 設置해다라고
햇다.

<1990년 5월 30일 수요일> {음력} 5. 7.
本里 宋成龍 氏은 農藥을 마시고 世上을
뜻다고. 家庭的으로 不安해겠지. 그것이 내
의 뜻 갖다. 弔問도 햇다.

<1990년 5월 31일 목요일> {음력} 5. 8.
日本에서 金尙文 氏 內外가 왓다. 妻弟는
靑年다웁드라. 光陽 龍君이도 왓다. 분위

기는 좇이 못 햇다. 先祖 龍君이 祖考를 火
葬을 운운햇다.

<1990년 6월 1일 금요일> {음력} 5. 9.
새논 移秧햇다. 마음이 不安햇이만 할 수
없지. 成東 妻가 心思가 多分 마음에 맞이
안타. 過居 禮儀대로 家長 乃宇가 執行하
는데 不平이 잇다.

<1990년 6월 2일 토요일> {음력} 5. 10.
金尙文 內外는 任實邑에서 자고 아침에 왓
다. 龍君이하고 是非하다 必後에는 떠나고
말앗다. 그분들 하는 行爲를 보니 잘못이
만드라.
宋文玉 父 {死}亡 出喪하는데 參禮햇다.

<1990년 6월 3일 일요일> {음력} 5. 11.
光陽 李龍君이는 새벽 떠낫다.

<1990년 6월 4일 월요일> {음력} 5. 12.
約束대로 아침 五時 四〇分 列車로 光陽
에 갓다. 우리 內外 金尙文 內外를 同伴하
야 龍君이 祖母 父考妣 山所에 省墓햇다.
碑石이 있어 찾지 못 찻겟드라. 中食을 自
己 兄 집에서 {하고} 바로 作別햇다.
新畓 整理하는데 人夫 五人이라고.

<1990년 6월 5일 화요일> {음력} 5. 13.
耕耘機 移秧機가 드려가게 보리를 一部 베
엇다.
昌宇 모심는데 成東이는 노타리하려 간바
夕陽에 논에 왓는데 술이 만취가 되엿드라.
熱이 낫다.

<1990년 6월 6일 수요일> {음력} 5. 14.
成東이를 밋고는 農事를 못 짓겟드라. 牟
圭煥 安永模를 相面하야 移秧을 좀 해달아
햇든니 餘暇가 없다 햇다. 成東이는 느게야
일어나 作業은 그대로 햇다.
全州 成傑이가 왓다.

<1990년 6월 7일 목요일> {음력} 5. 15.
第二次 成傑 貨車 貸付 書類을 갖으어 印
鑑證 成東이 냇 것까지 完備해 주워 보냇다.
水原서 成奉 가족 全員이 왓다.

<1990년 6월 8일 금요일> {음력} 5. 16.
成奉이는 오늘 일즉 갓다. 用錢 五萬 원을
주고 갓다. 한여름에 休暇를 내서 父母와
갖이 釜山 울산 해수욕장 一泊 二日 豫定으
로 네의 車로 生前에 旅行하자고 約束햇다.

<1990년 6월 9일 토요일> {음력} 5. 17.
大里 洪 生員(順浩 父)게서 술 一병 담배 一
보루를 가지고 왓다. 未安하기 限이 없다.
子息들 보고 來日 보리 베기 計劃을 해라
한바 如意치 못한 눈치다. 두고 보는 게지
햇다.

<1990년 6월 10일 일요일> {음력} 5. 18.
大體로 맑겟든 日氣가 雨風이 深하게 부니
不安하다.
人夫 七명이 動員되엿다. 本人도 갖이 따
라하는데 苦担[고단]했다. 夕陽까지 겨우
보리는 全部 베었다. 우리 家族 四人 昌宇
重宇 崔末女엿다.

<1990년 6월 11일 월요일> {음력} 5. 19.
임실 농협에 갓다. 成奎가 준 手票는 3, 4日

後에 오라 햇다. 安養 것인데 安養에서 돈
이 오와야 出金하겟다고 해서 수령증만 밧
고 왓다.
全州로 卽行하야 새기 호수 고무 노라 1切
을 構入[購入]해 왓다.
成康 母는 3泊 4日 豫定으로 울능島로 떠
낫다.

<1990년 6월 12일 화요일> {음력} 5. 20.
人員 七名이 動員해서 畓麥 脫穀을 햇다.
多幸이 비가 오지 안 해서 일은 잘 맞엇다.
韓相俊이가 生覺하고 와서 協助해 주워 고
맙드라. 住民 一部는 장마나 저서 보리가
썩는 것을 希望햇다. 不良者이다.

<1990년 6월 13일 수요일> {음력} 5. 21.
多幸이 날시가 조화서 보리는 상하지 안케
되엿다. 보리를 널고 全州에서 屛風을 引
受해 왓다.
藥田에 비료를 뿌렷다.
夕陽에 보리를 담는데 家族이 協助도 해주
지 안키에 熱이 낫다. 내 보리도 안인데 개
심하야 신경질이 나서 舍郞에 누워 버렷다.

<1990년 6월 14일 목요일> {음력} 5. 22.
보리논 노타리를 해 노왓다.
來日은 移秧을 할 準備을 햇다.
夕陽에 成康 母을 울능島을 三泊 四日을
맞이고 왓다.
河川 관계로 아마도 是非가 될 듯하다. 大
里 梁勝基가 발동을 거는 莫樣[模樣]인데
나도 抛棄는 못 하겟다고 햇다.

<1990년 6월 15일 금요일> {음력} 5. 23.
一. 보리논 移秧 豫定인데 日氣가 不順햇다.

範順 母하고 意見이 不當하야 不安하다. 每
遇 不安함과 同時에 不安點이 多數이다.
實은 各居가 當然하지만 할 수는 없겠지만
每事에 合意點은 不加能[不可能]하다.
二. 午後에 보리논 機械로 移秧을 햇다. 機
械苗로서는 晚種이기에 屛巖里에서
50相子를 構[購]해 왔으나 全部 殘餘
가 되엿다. 一金 五萬 원이 損害 赤字
를 보왓다.

<1990년 6월 16일 토요일> {음력} 5. 24.
에제 심은 苗 때움 햇다.
任實을 단여왔다. 加工組合에 들이여 잠시
對話하고 왔다.
舍郞에서 終日 書藝工夫를 햇다. 萬諾에
筆을 노으면 더 以上 쓸 수 없{을}가 십어
서 꾸준이 筆를 놋치 안는다.
機械移秧이 보리논인데 昨年에 比하면 約
5日이 느젓다.

<1990년 6월 17일 일요일> {음력} 5. 25.
오토바이로 巳梅面 桂壽里 祭閣에 到着햇
다. 約 1時間이 걸엇다.
案件는 宗山에 林道事業案이엿다.
郡에서 林業係 職員 山林組合 職員 面에
서 産業係長이 臨席햇다. 滿場一致로 同
意해 주웟다. 그러나 崔成八 氏만 反對햇
다. 理由는 自己의 山이 林道가 該當치 안
해서 不平햇다.

<1990년 6월 18일 월요일> {음력} 5. 26.
成東 條 用金 5月分 6月分 計 10萬 원이
入金되엿다.
안食口는 婦人들 놉 6名을 데리고 藥田 除
草를 햇다. 成東이는 답田 고초田에 除草

藥도 뿌렷다. 논에도 藥을 햇다.
포루라[포플러] 下役作業하는데 愛苦勞
[隘路]가 만햇다. 밧두러도 베고 해서 終日
家族들은 多事엿고 午前 中에는 面事무소
任實邑에가지 단여왔다.

<1990년 6월 19일 화요일> {음력} 5. 27.
終日 비가 온다.
桂壽里에 갓다. 側量[測量]은 旣히 햇다고
햇다. 印章하고 印鑑證만 保菅[保管]하고
왔다.
五壽에서 비를 맛낫다.
밤부터 많은 비가 내렷다.

<1990년 6월 20일 수요일> {음력} 5. 28.
비는 終{日} 내렷는데 洪水 내려갓다.
新畓을 가보니 논바닥이 꺼저 大事가 生起
엿다. 大端이 不安感이 든다.
成玉 婚談이 있어 確巖宅[鶴巖宅]을 오라
해서 意事思[意思]을 드려 보왓다.

<1990년 6월 21일 목요일> {음력} 5. 29.
林澤俊 之{事}로 印鑑證 1통을 내주려 갓
다. 마참 參席하고 보니 個別 田畓 告市價
[告示價]를 束定[約定]하는 會議들이다.
韓相俊도 參席햇다.
農協에 갓다. 金分順 生保者 燃炭[煉炭]
代 82,810원을 受領햇다. 裵明善 垈地 55
坪 移轉하려 한바 田으로 되엿기에 農地
買賣 證明을 맏으려 한바 徐東辰이는 手續
切次를 기드{리}라는 것이다. 아마도 理由
가 잇는 듯십다.
엽집 할마니 燃炭代 82,810원을 丁基善 立
{會} 下 건너주웟다.

<1990년 6월 22일 금요일> {음력} 5. 30.
午後에 다시 林澤俊之事로 面에 또 갓다.
오수로 가서 夕食을 햇다. 丁基善 崔完宇
金鎭玉 林澤俊 父子가 6名이 合席햇다.64
오토바이 한도루[핸들]가 부려젓다.
고초 줄을 줄을 매고 말 박고 골에 肥料로
뿌렷다.
日前에 老人會 新平分會에서 里 運營費로
一金 三萬 원을 受領한{바} 今日 韓相俊에
引繼햇다.

<1990년 6월 23일 토요일> {음력} 閏 5. 1.
全州 成玉이 婚談이 잇는데 父母와 打合
도 없이 結婚日字만 定하라 한다니 常識
不足한 게집애다. 有財가 얼마나 잇느야 하
면 한 푼도 없다고 한단니 이젯것 무얼 햇
는지 모르겟다. 집 메누리는 몃 年 前에 百
萬 원 利用햇는데 利害를 가릴 것 없이 今
般에 約 三百萬 원는 내놋켓다고 햇다. 左
右間에 서로 만나서 討論도 해야지 제 혼
자만 結定한다는 것은 道理가 안다.
오토바이 修理해 왔다. 費用은 35,000원.
後 墓所에 除草作業햇다. 餘暇만 있으면
갈 데는 除草할 데 박게 없다.

<1990년 6월 24일 일요일>
비가 오는데 成東 內外는 觀光 旅行에 떠
낫다. 나는 今年 들어 觀光해지 안 햇다.
雨中이지만 山所에 풀 뽑고 元頭忠 藥木
枝除도 하고 풀 베다 닭[닭]도 주윗다. 할
일이 만는데 비가 와서 訪害[妨害]된다.
舍郞에 書藝工夫만 햇다.

____

64 이 문장은 22일 자 일기장에 기록되어 있으나 내
용으로 볼 때 21일 일기에 이어 다음 장에까지
적은 것으로 보인다.

成玉이가 왔다.
婚費도 計劃을 짜보는데 이곳에서는 3百萬
원을 보태줄 터이니 殘金은 네가 마련해라
햇다.

<1990년 6월 25일 월요일>
終日 비는 내렷다.
舍郞에서 讀書 書藝工夫만 햇다.
在日僑包[在日僑胞] 大里人 李 氏가 觀光
뻐스 一臺를 내주겟다기에 今般에는 婦人
들에 돌여주겟다고 하야 崔今福 氏에 倭任
[委任]햇다. 萬諾에 坐席이 비면 男子 乃
宇 相俊는 合席해라 햇다.
人當 五仟 원식 据出하라 햇다.

<1990년 6월 26일 화요일>
水原 成康 耕耘機 貸付 條 40萬 원에 對한
償還 要領이 變更되여 年 6萬 원식 5年 상
환하고 5萬식 2年 하야 合 七年 만에 끝내
기로 決定햇다.
全州서 鄭宗和 母가 단여갓다.
밤에 安養서 郭秉鉉 內外가 전화로 安否을
傳해 왔다.
오늘은 비는 오지 안 햇다.

<1990년 6월 27일 수요일>
任實 保健所에 위 사진을 촬영하려 갓다.
전신전화국에 갓다. 成康 전화料金이 우리
마을에서 最高額 26,000원이기에 알여 보
려 갓다. 서울 水原 장수 무주 진안 南原 전
주 合해서 94次례를 햇드라.
5月 31日 까지 여러 가지로 生覺 中 他人이
盜聽한 게 안이가 意心[疑心]이 多分햇다.
結局은 銀姬가 한 성 십어스나 보지 안 해
서 말은 못 해지만 틀임없다고 본다. 不良

女 같은 놈.

<1990년 6월 28일 목요일>
養老會員 募臨이 있어 1日 개도 잡고 해서
中食까지 하고 갈엇다.
他處 개가 車에 치였는{데} 崔善眞을 通해
서 大里에서 전화가 와서 成東하고 沈參무
가 가저다 分肉한바 外人들은 不平하는데
뜻은 自己에 천신을 못한 뜻으로 본다. 南
連이도 여려 소리를 하기에 그런한 소리는
하지 말아 햇다.

<1990년 6월 29일 금요일>
沈福女 先塋들 合同 墓 沙草[莎草]를 하
는데 參席햇다. 午前 일즉 끝이 낫다.

<1990년 6월 30일 토요일>
成傑 農協債무 500萬 원 中 300萬 원 상환
햇다.
林澤俊하고 同行하야 鎭安女高를 訪問코
崔辰聖 先生을 相面하야 立石 撰을 付託
하고 約 10餘 日 後에 오겟다고 言約햇다.
올 때는 全州로 돌아서 왔다.
오는[오늘]까지 成康이가 丁基善 條 20萬
원을 보내야 하는데 돈이 오지를 앓으니 말
은 안 해도 뜻을 가지고 내 집에 왔다.
할 수 없이 熱은 나지만 참고 即席에서 水
原으로 전화를 햇든니 돈이 없어 그렷다고.
화도 나고 性質을 참고 넘겻다.
林德善 取貸金 參萬을 路上에서 返還해
주웟다. 그제 取한 돈이엿다.
夏곡價 1等 22,91{0}원

<1990년 7월 1일 일요일>
成傑이가 왔다 갓다.

개 잡고 놀여 왔다. 崔今福 氏는 나보고 移
葬하는데 協助해 주지 안는다고 하지만 完
宇가 잇고 가갑고 그려는데 내가 越權行爲
는 할 수 없다.
丁基善에 가서 만은 相議하는 것 같은데
사람이 초조한 사람이며 방정한 자로 본다.
多幸히 보리를 乾操[乾燥]해 담마 드려은
후에 비가 왔다.
◎ 갑작기 신경이 不足것다. 異常하게 生覺
  이 든다.

<1990년 7월 2일 월요일>
비가 내려 作業 支章이 만타[많다].
後 山所에 雜草 除据[除去]을 햇다.
丁基善이가 왔다. 成康 關係 債무 水原서
連絡 없는야 햇다. 없다고는 햇지만 매우
不安感이 드렷다. 基善이 父子間인데 내의
立場도 좇이 못 하고 自己도 月別로 밧는
다는 點 未安하니가 내가 殘金 100萬 원을
代拂해 줄 터이니 不遠만 기드{리}라 햇다.
農協에서 貸付을 받{아}서 드리마 하고 作別
햇지만 其者도 相對者는 不足者다고 본다.

<1990년 7월 3일 화요일>
담배 乾操場도 設置햇다. 山所 雜草 除草
는 겨우 끝냇다.
비는 連日 繼續[繼續]되엿다. 많은 비는 안
니다.

<1990년 7월 4일 수요일>
夏穀 買上 作石. 來日 販賣 帶備[對備]次.
34袋쯤은 買上하겟다.
作石 中 崔喆洙가 協助해 주는데 미친 사
람이나 다름없드라.
任實에서 成康 條 丁基善 債務 整理하기

위하야 百萬 원을 購入해 왔다.

成曉는 夏節用 竹席을 購入해 왔다.

밤에는 全州 崔辰成 先生에서 전화로 來日 6時경 뵙시다 햇다. 林澤曄[林澤俊] 慕[墓] 先撰文 關係엿다.

<1990년 7월 5일 목요일>
夏麥 共販이다. 家族은 꾸매기 시작.

아침 7時 30分쯤 林呔曄 氏 宅을 訪問하고 오늘 5時경에 갗이 崔 先生 宅을 가자고 約束햇다. 治下金은 7, 8萬 원 準備하시요 햇다.

바로 丁基善 宅을 訪問한바 食前이드라. 其동안 成康 債務 關係로 未安하야 어제 貸付해 왓네 하고 때는 7時 40分 一金 壹百萬 원을 건너주면서 父子之間이지만 會計가 끝이 나기 전에는 秘로 하고 善玉이 母도 成만이 母도 말하지 말고 領收證만은 해 주소 햇든니 承諾햇다. 食後에 해 주마 해서 왓다.

全州 국제保聽器[補聽器]社 들여 맞우는데 65萬 원. 1部 契約金은 먹으나 殘金이 문제다. 술을 떼시라고 햇다. 難點도 잇다.

<1990년 7월 6일 금요일>
今日부터 술 안 마시기(禁酒令) 絶代 尊守[遵守]키로 決心해다[65]

林呔曄 先考 刻字하는데 任實로 갗이 石工場에 갓다. 碑石은 4尺 비로 하고 床石은 白石으로 4尺로 해서 再參[再三] 付託햇다. 바로 行直[直行]車로 南原을 거처 周生面에 갓다. 男子에 對한 身元을 발킨바 本人의 말과 差異가 없드라.

오늘부터 술 안 마시기 決心햇지만 어느 程

度를 實行될지 異問視된다.

술로 依하야 家族들에서 不安感이 生起다.

술을 갈아 바친데 不平 또 客이면 立場이 難하다.

<1990년 7월 7일 토요일>
全州에서 保聽器 受領日이다. 代金이 不足해서 難處하다.

어제부터 술 안 마시기 決心한바 오늘은 두 분이 한 잔 하자는데 쩔〃据絶[拒絶]햇다. 大端이 未安하드라. 保聽器 不足金 尹 生員게서 一金 拾萬 원을 取貸햇다. 60萬 원을 주고 保聽器를 受受[收受]햇다.

全北버스會社 崔洪範 氏를 路上에 相面한 바 尹仁鎬라는 사람을 身分을 알아바 달아고 付託햇다.

1般버스 技士가 데모를 한다고 空車가 集結해 놋코 票를 팔지 안트라.

家族은 담배 딴다고 햇다.

<1990년 7월 8일 일요일>
新畓에 물을 댓다. 5, 6日 程度를 말엿는데 成東이는 물댈 생각도 안코 논에 가지를 안는다. 氣分으로 보와서는 絶對로 關係치 하고 십지 않앳지만 生覺다 못 해서 물을 대주고 비{료}를 허치라고 햇다.

질겨 마시든 술을 惡히로 끈느니 寒心하다.

그러나 1坦[一旦] 結心[決心]한 以上 술잔을 들고 십지가 안타. 제들 속은 있으리라 한다.

술 가저오라 하는 것도 한두 번니지 生前 要求할 터이니 창피가 莫心[莫甚]하리라 生覺한다.

---

[65] 이 문장은 붉은색으로 기록되어 있다.

<1990년 7월 9일 월요일>
永遠히 끝고 십다.
오늘 4日채 禁酒햇다. 約 20-30日만 不飮하
면 完全히 끈을 수 잇겟다. 꼭 實行하야지.
1日 三食이면 조금 不足하다. 朝食을 하고
中食을 기드려면 시장하고 中食하고 夕食
을 기드리면 아주 시장하다. 間食을 하야지
그려치 못 하면 每日 서운하겟다.
家族들은 水稻畓에 고초에 農藥을 第一次
로 뿌렷다. 나는 논에 水通[水桶]을 사다
다시 設備 물을 넛다.

<1990년 7월 10일 화요일>
在日橋抱[在日僑胞]가 旅行卷[旅行券]을
韓相俊에 昌坪里 老人들 觀光하라고 뻐스
一臺 票 준바 于今것 相俊이가 진이고 잇
는데 무엇 따문 이제까지 가지고 잇는야 햇
든니 老人이 일간 온다기에 그랫다고. 無識
하 者로 보고 票을 가지고 會社에 간바 7月
16日 가겟다고 햇다.
任實郡에 建設課에 간바 河川 側量을 해
야 한다고 햇다.
新平農協에 가서 金 氏 할마니 預託金
813,000원을 引出해 왓다.
집에 온니 소 새기를 出産햇다.

<1990년 7월 11일 수요일>
몇일 만에 多量의 비가 내렷다.
崔今福 氏의 말에 依하면 來日 앞집 女子
를 꼿동내서 慕侍려 온다고 햇다.
觀光旅{行}卷을 今福 氏에 주려한바 不應
햇다. 日前에 가기로 하야 돈도 据出하고
滿潘[萬般] 準備를 한바 票가 없어 못 가
니 不平이 있어 不應한 듯십다.
里長에 넘겨주겟다.

오늘 6日채 不飮酒햇다. 身體에는 異常 없
지만 成東이가 過酒을 하며 暴言도 하두
번이 안니기에 于先 내부터 술을 참아버리
겟다는 決心이 其 元因[原因]이다.[66]
아즉까지는 生覺은 없다. 꼭 尊守[遵守]하
기로 再決 學悟[覺悟]이다.
新畓 갈개를 맷다. 林太曄 立石工場 該字
[刻字] 求見을 햇다.

<1990년 7월 12일 목요일>
앞집 金末順 할마니가 今日 忠淸道 修養
院으로 떠낫다. 군청 봉고車로 引受해 갓
다. 내게 保菅金 813,000원도 崔今福 氏 立
會下에 주웟고 本里 安承均 氏가 五拾萬
원을 준 것으로 안다.
◎ 12時 正刻에 全州 뻐스 終點다방에서 仁
鎬 總角을 相面햇다. 對話를 해보니 普
通사람은 되드라. 그러나 속은 알 수 업
드라. 不遠에 成婚토록 하라 햇다.

<1990년 7월 13일 금요일>
成玉 結婚 涓吉한바 7月 29日 陰 6月 8日
이다.
李得香 寶節面에 간바 不遠 死亡케 되여 危
急하다고 해서 沙巖里 姜泰洙에서 涓吉해
왓다. 涓吉紙는 成玉 便에 全州로 보냇다.
다음은 禮式場 契約하고 飯店 指定이다.
다음은 禮物 交換之事가 있다.
終日 家族 全員이 담배를 땃다. 그리고 다
랏다.
8日채 禁酒하고 잇다. 오늘 林澤俊 氏의 子
息 關係로 오수 保身湯[補身湯]집에 간바
술을 勤[勸]햇지만 据絶[拒絶]햇다. 이대

---

66 이 문단은 붉은색으로 기록되어 있다.

로만 간다면 或 禁酒 實行이 될지.[67]

<1990년 7월 14일 토요일>
새벽부터 많은 비가 내렷다.
아즉까지 田畓에 別 大害는 없다.
全州에서 메누리가 왓다. 成玉의 結婚事로
打合次 왓다. 豫算은 成東이가 參百萬 원
負擔하고 成東 母가 五拾萬 원 내고 立木
代 貳拾萬 원 계 參七〇萬 원을 計劃햇다.
幣物도 除폐하고 人事 옷도 代金으로 傳하
겟다고 햇다.
나더려 借入金을 해달{라}고 햇다.

<1990년 7월 15일 일요일>
오늘 10日 채 禁酒 中이다. 相違 없이 尊守
함.[68]
新洑坪 新畓에서 作業햇다. 間或 비는 내
렷다.
成東 內外는 契가리에 갓다고.

<1990년 7월 16일 월요일>
◎ 7日 字 尹鎬錫 氏에서 取貸金 오늘 返濟
  해 드렷다.
아침에 논에 가보니 또 터젓으니 不安햇다.
조금 삽을 대다가 와벼렷다.
任實에서 債務 200萬 원 館村 우체국에서
20萬 원 成東 母 條로 50萬 - 成東 預託金
40萬 計 3百拾萬 원을 메{누}리가 全州에
갓고 갓다.
11日 채 禁주日[69]

<1990년 7월 17일 화요일>

12번채 금주[70]
新平 新友會 主催로 40餘 名 會員이 서울
롯데얼트[롯데월드] 觀光을 햇다. 約 3時
間을 둘여 보왓다. 會費는 人當 17,000식
엿다.
서울 近接하니 비가 내렷으나 室內 求景이
여서 何等의 支章[支障]은 없엇다.
밤 10時쯤 着햇다.
全州 成曉 內外는 成姙 結婚 禮式場 食堂
을 指定햇다고 傳해 드렷다.
오늘은 外遊하는데 親友들 술을 勤하는데
難處햇다. 할 수 없이 冷情이 据絶햇다. 한
번 決心한 禁酒라서.[71]

<1990년 7월 18일 수요일>
13일채[72]
오늘은 成東 兩母 두 분과 同伴해서 서울
롯데월트 求景길에 나섯다.
間或 비가 래렷다.
틈타서 山所에 除草를 한바 多少 除草가
되엿다.

<1990년 7월 19일 목요일>
初伏.[73] 14日 채 禁酒令.
家事에 田畓에 담배 순까지 雜事를 햇다.
林玉東 慈堂 別世 弔問햇다.
成曉가 단여갓다. 不安한 點이 많다. 하지
만 할 수 없지. 成玉 婚需品은 完備하고 禮
式場 食堂까지도 全部 指定햇고 賀客에
請諜狀[請牒狀]만 未發送햇다.

---

67 이 문장은 붉은색으로 기록되어 있다.
68 이 문장은 붉은색으로 기록되어 있다.
69 이 구절은 붉은색으로 기록되어 있다.
70 이 구절은 붉은색으로 기록되어 있다.
71 이 문장은 붉은색으로 기록되어 있다.
72 이 부분은 붉은색으로 기록되어 있다.
73 이 부분은 붉은색으로 기록되어 있다.

<1990년 7월 20일 금요일>
오늘은 日課가 多事多難햇다.
喪家에 잠시 들이고는 바로 煙草田에 가서
담배 순을 따 주윗다. 午後에는 新畓 물코
을 고치고 벼가 黃色으로 보기 실어서 尿素
3袋 半을 뿔리고 다시 藥田에 配肥 3袋를
뿌렷다. 이려케 7袋라는 肥料 뿌리고 夕陽
新畓에 가보니 논이 꺼저 벼가 相當히 被
害가 만타. 그래도 成東이는 終日 잠만 자
고 있으니 熱化[熱火]가 안 날 수 었엇다.

<1990년 7월 21일 토요일>
成東 母는 只沙 金漢來 祖父母 葬事하는
데 보낸다. 釜山 漢昌이 왓다고 전해 왓다.
其 便 請諜狀 4枚을 전햇다.
이웃 林澤俊 爲先하는데 立石物하는데 參
席하는데 해 보왓다.

<1990년 7월 22일 일요일>
結婚 請諜狀 115枚를 發送햇다.
全州에서 成曉 內外가 왓다. 갖이 일을 햇다.
本里 住民에는 案內狀을 묷햇지만 多少
往臨할 것이고 서울 親척 近方 大小家는
案內狀은 못 낸다. 推算的으로 請牒人 100
名 大小家 親척 40名 住民 30名 其他 計
180名이 往來할 것으로 본다.

<1990년 7월 23일 월요일>
金鎭玉 成東 나 3人이 新畓 修工하는데 愛
勞[隘路]가 만햇다. 午後에는 抛棄햇다.
全州 同和會 事務室에 갓다. 晩宇 氏를 禮
訪하고 會員에 傳해주시라고 15狀을 傳하
고 왓다.
養老堂 會議한다는데 氣分이 少하기에 不
參하고 古依[故意]로 全州로 갓다. 갓잔하

고 于先 張基洙 韓계錫 1部 붖골놈들이 不
平하며 左右之行事를 하려한 點 그리고 嚴
俊峰 調定을 박고 行爲를 한다.

<1990년 7월 24일 화요일>
成玉이 禮物을 옴겨 주엇다.
成東 內外는 車便으로 1部를 실고 全州로
갓다. 成曉 집에서 합해 가지고 居住할 방
으로 오겨 주윗다. 新郎 便에서 이곳 新婦
의 父母 衣服代로 現金 貳拾萬 원을 보내
왓다고 햇다.
中伏이라고 해서 닥 몃 首 잡고 해서 中食
을 老人들끼리 햇다. 오늘 募臨에서는 個
人當 萬 원식하고 養老會에서 萬 원 貪擔
[負擔]키로 하야 45名 - 90萬 원 豫定으로
서울 롯데월드 室內 求景하기로 決議햇다.

<1990년 7월 25일 수요일>
家族 4人이 終日 담배 따서 뀌여달고 담배
순도 따주윗다.

<1990년 7월 26일 목요일>
아음에 全州에서 相範 母가 전화한바 어제
午前에 成玉이가 外出한바 于今까지 消息
이 없다고 傳해 왓다. 마음的으로 不安感
을 禁할 수 없다. 行方을 알이고 가든지 전
화 한 통이라도 함이 올지 않으가 婚事일이
不遠인데.
夕陽에 장기섭이가 왓다. 서울 觀光하려 全
州에 간바 人員만 確保해서 오면 8月 1日
에 車가 餘有[餘裕]가 잇다고 햇다.
밤에 養老堂 會員을 募여본바 1部가 단여
왓기예 人員이 不足해서 파탈첫다.

<1990년 7월 27일 금요일>
오를까지[오늘까지] 滿 23日채 禁酒를 햇다.
成東이하고 茂草[伐草]를 하려 햇든{니}
出他한다고.
어제도 술 마시고 잠자고 그럭저력 하든니
今日도 休養次 外出를 한단니 熱化가 안
날 수 없다.
終日 後山所에 茂草를 한바 겨우 父母 伯
母 三位만 끝냇다. 더하려도 비 내려 夕陽
에 徹場[撤場]햇다.
張泰燁 氏가 왔다.
오늘 서울 롯데월-드 觀光 決定하야 33名
이 定員인데 120,000원에 契約하고 8月 1
日 떠나기로 햇다.

<1990년 7월 28일 토요일>
아침 5時에 起床하야 後山所 벌초를 끝매
젓다. 풀도 6바작쯤 되드라.
夕陽에 水原서 成奉 家族이 來日 結婚 代
備[對備]次 미리 왔다.
南原 成樂 食口도 全員이 왔다.

<1990년 7월 29일 일요일>
오늘 成玉의 結婚日다. 10時 40分쯤 式場
에 당하니 大滿員이드라. 婚主로서는 느젓
다. 全 外來 賀客의 祝賀 封投[封套] 수字
가 205狀이고 祝賀金은 305萬이 收入이엿
다. 우리 집은 언제나 官婚喪祭[冠婚喪祭]
時에는 近處에서 뒤지지 안고 部落的으로
는 最盛況을 이루엇다.
1985年 3月 1日 成順 結婚 後 6年 만에 婚
禮를 치루는데 其間에 괴로움이 多樣햇다.
注로[주로] 本里 民이 多數가 參席 햇는데
65戶 中 10戶 빠지고 55戶가 參禮햇다. 食
堂이 비조바 難點이 있엇다. 大小家들 아

이들 食堂에 婦人들 하면 220名의 數字는
되것드라. 夫婦同伴이 만햇다. 祝賀金도 5仟
원이 45면이고 以上은 1萬 원 以上이엿다.
日氣는 每遇 暴署[暴暑]엿지만 式場 또는
食堂에 에야콘을 너주니 署凉햇다.
結婚을 맞이고 보니 마음 勳 〃 햇다.
祝賀金 收入 中에서 家長 내게 20萬 원 주
고 兩母에 10萬식 用錢으로 주게 하야 盛
意[誠意]와 情心으로 그려햇다.

<1990년 7월 30일 월요일>
任實 山{林}組合長 朴珍植를 相面하고 日
前 結婚式에 參席 賀客 人事狀을 代筆해
다 全州 腹寫板[複寫版]에다 100枚를 복
사해 왔다.

<1990년 7월 31일 화요일>
成玉 結婚에 賀客으로 오신 분에게 感謝狀
을 보낸바 1家親戚을 除外고 75枚의 人事
狀을 郵送햇다.
成康 母하고 南原 龍宇에서 珍察[診察]를
바다 보왔다. 주사도 링계類도 마잣다.
밤에 張泰燁이가 왔다. 來日 觀光之事를
相議코자 왔다. 農協에서 預託金을 찻지
못하야 成曉 母에서 10萬 원 成康 母에서
10萬 원 내도 7萬 원 韓상준에서 10萬 貳
仟원을 合하야 37萬 貳仟을 챙기고 13萬
원는 張泰燁에 付託해서 50萬 원을 準備
하야 지니기로 햇다.

<1990년 8월 1일 수요일>
養老者들하고 서울 롯데월드 求景하려 갓
다. 第一次 面內 人士들하고 갔었다. 2, 3
個所만 보왓는데 今般에는 5, 6間데를 보
고 乘車도 3次나 햇다. 잘한 폭이다.

오늘 經費는 養老堂 基金을 352,000원을 張泰燁에 넘겨주고 個人 萬 원식을 据出해서 支出햇다. 赤子는 내지 안는 것으로 본다. 할 말이 多少 있으나 엇전지 其者들에게 조흔 말을 주고 십지가 안 하기에 一言을 無言햇다.

집에 온니 成玉이 內外가 新婚旅行 갓다가 왔다. 夕食만 하고 밤에 떠낫다. 相範도 왓다 갗이 떠낫다.

<1990년 8월 2일 목요일>
몸이 괴로와서 舍郎에서 잠시 休息햇다. 에제 서울에 단여온 老人會員을 募여놋코 決算을 마친바 養老堂 돈은 372,000원을 便[使用]한 便이다.

<1990년 8월 3일 금요일>
新洑坪 役事次 午前 中만 勞役 負擔햇다. 家族들은 담배를 땃다.
午後에는 新平農協에서 養老院 預託金 27萬 원을 引出해서 代納 돈을 주고 張泰燁 條도 2萬 원 주윗다.
任實에서 中央病院長의 所見書를 받아다.

<1990년 8월 4일 토요일>
成東 內外는 서울 男妹契 募臨에 參席. 夕陽에 出發햇다.
李淑子하고 南原醫療院에 갓다. 2週分 藥만 짓고 木曜日 16日경에 胃視境[胃視鏡]하려 가기로 햇다.
논에 가보니 두럭을 다 벳드라.

<1990년 8월 5일 일요일>
오늘은 氣溫이 높이만 高熱 속에 耕耘機를 몰고 새보들 논두럭 풀을 운반하고 外의 풀도 무려 4경운機을 堆肥場으로 募와 運搬햇다.
近間 中 大役事를 햇다.
日前에 張泰燁에 2萬 원을 준다는 것이 못 주고 이제 村前 橋梁上에서 주윗다. 그래서 養老堂 條로는 372,000원을 使用한 것으로 되엿다고 당부햇다.

<1990년 8월 6일 월요일>
成東 內外는 서울서 어제밤에 왔다.
오늘 朝食하면서 大里坪 논에 물을 대라 햇지만 제 볼일 보려 가버리니 不安햇다. 良心이 좋이 못한 놈이다.
어제 못 가저온 草를 午前에 운반햇다. 그려나 成東이는 돈다[논다]. 무심코 집에 잇드라. 조금 있으니 박으로 나가 버렷다.
徐東辰 레미콘 工場 竣功式[竣工式]에 參席햇다. 多數가 募엿드라. 中食까지 맞이엿다.
夕陽에는 故 康治根 弔問을 햇다.
成東이는 終日 물을 품엇다.

<1990년 8월 7일 화요일>
庭園하고 工場 前後 橫面 全體를 雜草 除据[除去]햇다. 花檀[花壇]도 設計해 보왓다.
元泉里 權永洙 氏가 왓는데 大里坪 밭을 招价[紹介]해달아 햇다. 坪當 貳萬 원식 주마 햇다.
오늘 現在 銅錢 募金額 153,900원을 文机에 入庫햇다. 整理 統算[通算]을 마추어 보왓다.

<1990년 8월 8일 수요일>
오늘 34日 채 禁酒를 햇다.
家族 4명이 아침부터 動員되여 담배 따고 食後에는 연기[엽기] 시작해서 乾燥場에

메다랏다. 오늘도 氣溫은 30度도 넘은 暴署엿다. 34日 채 不飮酒한바 앞으로 禁酒의 覺悟는 尊守될는지 아마 決心은 깨지지 않을 것 갓다.
試驗 삼마 조금 마셔보니 大端이 不安點이 發動하야 속이 좇이 안트라. 매주[맥주]를 조금 마셔 보왓든니 그것은 괜찬트라. 或 매주 程度는 小量의로 마셔볼가 한다. 親友間에 同席에서 민망스럽드라.

<1990년 8월 9일 목요일>
大里 昌坪 束綿契 有司엿다.
春季 初春 有司인바 生覺틀 못해서 늦게나마 夏季에 치럿다. 2名이 不參하고 全員이 募엿다.
場所는 大里沇 樹林엿다.
終日 願滿[圓滿]하계 1日을 보냇다.

<1990년 8월 10일 금요일>
本 郡 〃守[郡守]가 新任 初道巡視[初度巡視]次 來臨한다고 招請이 왓다. 參席한바 面長이 座席을 別途로 取扱하는데 不安하야 終日 氣分이 少햇다. 嚴俊峰 者가 잇는데 또한 不安햇다. 其者는 어는 곳이고 어느 時고 間에 人象[印象]을 좋에는 안 본다. 잠시 잇다가 分圍氣[雰圍氣]가 안 조와 바로 全州로 向하야 丁基善 問病을 하고 夕食도 하고 집에 집에 온니 10時엿다.

<1990년 8월 11일 토요일>
後田 國有林 貸付契約을 成東 名儀 柳正進 梁奉俊 3人이 同意하야 署名捺印 締結햇다. 우리 것은 529坪으로 側量[測量]에 明細되엿다.
同窓會 召集通報를 오늘 發送햇다.

新畓 河川敷地 占領許可를 得코자 成曉하고 相議한바 그대{로} 耕作하다 此後에 當局에서 말이 나오면 當時에 하라 햇다.

<1990년 8월 12일 일요일>
아침 5時에 出動하야 新畓 두력을 베는데 普通으로 半나잘을 作業은 햇다. 朝食 後 다시 始作하야 相當量을 벳다.
來日 아침만 메면 그반 베겟드라.
館村 成苑 內外가 休家[休暇]를 맞이고 왓다고 햇다.

<1990년 8월 13일 월요일>
決心 覺悟다. 39日 채 不飮酒햇다.[74]
苦役을 해도 술은 뜻이 없다. 他人이 술을 자시고 여러 가지 말을 하면 不安感이 든다. 成東이도 술은 많이는 안듯[않는] 것 갓다. 그려나 일은 한다 해도 情이 없어 長期 同居가 意心[疑心]스럽다. 언제고 새벽 3時쯤이면 잠이 깬다. 生覺이 많이 난다. 成東이는 아주 불개쌍것 갓고 보고 배운 데는 없고 必然에는 各居 안 할 수는 없다.

<1990년 8월 14일 화요일>
오늘 終日 비가 내렷다.
그려치만 할 일은 해야 햇다. 牛舍 修理햇다. 올 계을에 밤은 긴데 소나 켜 볼가 한다.
健康한데 無古[無故]히 休養할 수는 없다.
소 살 돈은 없지만 莫樣 注繕[周旋]해서 約 30萬 원 見程[見積]하야 黃牛를 키워볼가 한다.
河川에 포푸라를 심어논바 雜草가 成하기에 今年에 二次 除草를 해주윗다.

---

74 이 부분은 붉은색으로 기록되어 있다.

<1990년 8월 15일 수요일>
間〃히 비가 내렷다. 포푸라 下役 作業이
끝치 못 낫다. 午後에 繼續 作業을 한바 또
비가 내려 未決햇다.
山西 裵京植 同婿가 왔다. 居番[去番]에 成
玉 結婚 時에 不參한바 未安해 온 것 갓다.
門前 金할머니 煙炭[煉炭] 燃炭을 養老堂
에서 抛棄한바 우리가 가저왔다. 約 100個
가 너멋다. 第一次로 고초 乾燥場에 썻다.
現時櫃[現時價]는 斤當 4,000원이 간다고
裵京植이가 오면서 오수 市場에서 보왔다
고 햇다.
成傑이가 왔다.

<1990년 8월 16일 목요일>
成康 母하고 南原 綜合病院에 珍察받으려
갓다. 龍宇를 맛나본바 內視鏡이 機械 自
體가 不能하다고 다음 新品 導入된니 其時
에 전화할 터이니 몇일 未流자 햇다.
午後에는 비가 내려 作業 支章[支障]이 招
來햇다.
成康 母는 全州 예수病院으로 가볼가 햇
다. 腹用藥[服用藥]이나 떠려지면 가볼가
햇다.

<1990년 8월 17일 금요일>
館村國敎 15回 同窓會員 避暑日로 茂朱
九泉洞[九千洞]으로 出發한다. 이곳은 初
行地區다. 全州에서 8時 30分까지 侍機
[待期]한바 겨우 5면이엿다. 5人이 結合해
서 茂朱 九泉洞에 당한니 約 3時間이 所要
되엿다.
中食을 마치고 徒步로 約 4k를 가다가 中
路에서 모욕도 하고 百蓮寺[白蓮寺]에 갓
다. 上峯까지는 어려웟다. 單日 코스로 밤

에 出發해서 집에 온니 11時엿다.

<1990년 8월 18일 토요일>
44日채 飮酒 禁止햇다.[75]
고추 딴 作業 人負은 5명이 起用되엿으나
終日 땃지만 3/1[1/3]쯤 남고 約 20餘 袋는
忠分[充分]이 땃다. 來日 또 繼續하겟다.
累年 고초農事 中 今年에 近間 最高 氣錄
[記錄]을 냇다.
건너 店芳[店房]에서 牟潤植 鄭九福이가
招待하야 据絶할 수 없어 갓다. 술을 勤하
는{데} 全然 不應햇다. 未安하게 되엿지만
할 수 없엇다.
劉貞子는 彦色[顔色]이 從前만은 못 하면
서 얼마나 산다고 좋아한 술을 끈으면 成東
으로 因해서 능정이 난다고 하드라. 그래서
할 수 없고 言定을 해 노코 實行치 못 하면
人生으로써 旨條[志操]가 없고 男子의 處
勢[處世]가 안이다.

<1990년 8월 19일 일요일>
오늘도 고초 15袋 땃다. 第一次 第二次 合
해서 50餘 袋엿다.
禁酒는 꼭 實行하야겟다. 술 生覺은 없다.
餘論[輿論]은 身體에는 以上이 없는데 故
意로 不飮함은 家政之事인 줄 알고 있드
라. 子息이라면 父母의 要求를 드려주는
게 子息의 道禮인데 只今 世上은 그려지를
안코 제멋대로 하고 于先 長子놈도 認識
不足感이 잇고 成東이는 아주 내놀 게 없
고 1家政에서 家長의 뜻을 不應할지면 將
來 滿老期에 엇던한 不幸이 있을지가 念餘
[念慮]된다. 父母로써 指示를 내려 하고 십

---

75 이 문장은 붉은색으로 기록되어 있다.

지을 하지 안코 십다. 人生 滿期는 不遠인
듯십는데 이 社會에서 生前에 내의 뜻대로
해보지 못 하고 子息들의 生産이 되면 한
사람도 빼놋이 안코 成功할 수 잇게 計劃
과 自信을 햇는데 其 意事[意思]이 되지
못 한 點 勞古[勞苦]만 햇지 이제는 意議
[意義]가 生起지 안타.
이제는 앞으로 10年 計劃으로 生計를 準備
해야 하겟다. 지내보니 10年이 暫時드라.

<1990년 8월 20일 월요일>
고초를 마당에 널고 成東이는 서울로 後繼
者大會 參席次 떠낫다.
保聽器 投藥次 全州에 간바 비가 내렷다.
집에 온니 光州에서 相範 外叔母가 왓다.
고초를 가지려 온바 130斤을 다라갓다.
代金 130×3,500=455,000이다.

<1990년 8월 21일 화요일>
牛市場을 求景하고 십다. 새벽에 갈가 햇
든바 새벽부터 비가 내려 午前 中 많은 비
로 洪{水}가 내렷다.
終日 집에서 그력저력 하고 新聞만 보고
田畓에 단엿다. 采蔬[菜蔬] 갈 때가 되엿
다. 풀을 맷다.
成東이는 오늘도 오지 안 햇다. 서울서 시
위[시위] 중이라고 햇다.
메누{리}더려 개 한 마리 잡아서 藥하겟다
고 햇다. 색기가 뱃으니 生後합시다고 햇다.

<1990년 8월 22일 수요일>
瑞希하고 祖母하고 갖이 3人이 예수病院
에 갓다. 珍察시켜 보니 눈이 변할 수도 있
으니 12月 初에 珍察을 한 번 더 해보고 放
學을 期해서 手術을 하자고 햇다.

<1990년 8월 23일 목요일>
배채田을 매고 갈앗다.
고초 말이기도 밥앗다.
農藥 散布햇다. 이것으로 끝내게다.

<1990년 8월 24일 금요일>
50日 채 禁酒햇다. 完全 絶酒할 듯십다.[76]
앞집을 뜨더냇다. 논물도 댓다. 金鎭玉하고
午前 中만 햇다.
舍郞을 수個月 만에 大淸掃를 햇다.
改良座便器 設計를 내보왓다.
本人은 便所에 가면 20分 以上은 經過하
는데 兩足이 제리고 起立 時은 헛드든 때
가 만타. 그려면 20分間에는 便所 內에서
新聞을 본다. 習性이 되엿다. 時로 朝食 後
면 갈 때 잇고 中食 後면 갈 때가 잇다. 不
安 時는 出他 時에 時間이 餘有가 없우면
不安하다.

<1990년 8월 25일 토요일>
崔南連 氏하고 同伴해서 大里 馬項章 竣
工式에 參席햇다. 各 機關長 및 面內 有志
多數가 參席햇다.
午後에는 白彩 무을 播種햇다.
成東이하고 成康 母하고 生고초를 市場으
로 買受하려 간바 乾고초는 斤當 3仟이고
生고초는 k當 800원 - 700원 下場에는 650
원까지 한바 그양 왓고 成東 고초를 주마
하고 왓다.

<1990년 8월 26일 일요일>
全州에서 朔崔 同和會議가 있엇다. 近間에

---

76 금주와 관련한 내용을 다루고 있는 이 두 문장은
붉은색으로 기록하였다.

第一 滿員이엿다.
人夫 4人이 第三次 고초를 땃다. 오늘도 約 20袋를 땃다.
7月 7夕日이다. 77契會議 鴨綠江邊에서 인는데 同和會議이에 參席次 그곳은 不參햇다.

<1990년 8월 27일 월요일>
朴日成이 要求한다고 驛前 畜協에서 一金 貳拾萬 원을 出金해 주윗다. 日成에 卽接[直接]주윗다.
오늘도 고초 따기 家族 外 2人이엿다.
加工協會員 代表 運營委員會議가 雲巖橋 옆에서 開催되엿다.
別 特別之事는 안니고 8月末 年度末 폐새가 단축되여 不遠 募이기로 햇다.
6時에 出發햇다.
鄕校 主催로 雲巖 貯水潭 被害 芳水里에 全州 食水 그리고 新德 골푸장 設施 關係를 政府에 呼詔[呼訴]코자 任實 工事의 被害를 陳情하고자 連名狀 닫아[받아] 달아고 햇다.

<1990년 8월 28일 화요일>
오를[오늘]은 新畓에 가서 피를 벳다. 山所에 雜草 除据햇다. 成東이는 고초에 殺蟲濟藥을 散布햇다. 休息은 全然이 없다.

<1990년 8월 29일 수요일>
담배 떼여드리고 고초 菅理햇다.
全州 成玉이 전화로 婚咽届하고 媤家에서 蔟譜[族譜]를 編集[編輯]한다고 수單을 해 보내라고. 面에서 戶籍沙本[戶籍抄本] 三通을 떼왓다.

<1990년 8월 30일 목요일>
尹鎬錫 氏하고 同伴해서 鄕校 主催 時局 講議에 參席햇다. 各 機關長 및 中學生이 多수 募엿다.
집에 와서 鷄舍 修理를 햇다. 채소에 물도 주윗다.
全州에서 成玉이 단여갓다. 婚姻届 關係 및 尹氏 蔟譜 編慕次 收單도 해 갓다. 반지도 주면서 寶光堂에서 改修해 보내라 햇다.

<1990년 8월 31일 금요일>
丁基善 保證을 面에서 同伴하야 印鑑證을 내고 文景培 母 條 麗水人 林野 軍部 賣渡도 내가 保證을 섯다.
成東이는 堆肥 貯藏을 햇다.
水原 成康에서 내의 用錢 拾萬 원 丁基善 條 三〇萬 원을 어제 日字로 送金햇다고 傳해 왓다. 成康 母 用金도 館村 金今成 便에 보냇다.

<1990년 9월 1일 토요일>
비가 오다 안 오다 햇다. 昌宇 집에 로강 3개를 3萬 원에 주고 工場 앞에 下水溝를 노왓다. 靑年 몃 사람이 協助해 주윗다.
家族에서 들으니 서울 崔完宇는 近間에 血壓으로 떠려저서 咸口無言[緘口無言]하고 집에 잇다니 제도 難點이 生起엿구나. 其者도 心理狀能[心理狀態]가 不良한 者이다. 其者도 客地에서 寒心하겟다.

<1990년 9월 2일 일요일>
陰 7月 14日 서울 祖父 忌祭祀. 午後 2時 特急列車로 出發日 豫定.
任實서 2時 5分 特急으로 서울 到着이 6時 四〇分이엿다. 해는 젓다. 市廳 앞 大漢門

옆에서 화곡동行 座席뻐스 62番을 乘車하
야 화곡동에 當하니 8時가 넘엇다. 밤이라
서 길을 모루고 範에 전화하야 나오게 햇다.
範이는 모르게 祖父의 祭祀를 慕侍갓다고
不平햇다. 合同祭祀는 파이하고 範의 曾祖
母 高祖 羅州 羅氏만 기내라고 햇다.

<1990년 9월 3일 월요일>
아침 朝食을 맞이고 오려 한바 成奎가 旅
비 萬 원 範 母가 萬 원을 너준데 못 이른
채로[못 이기는 체] 받앗다. 水原에 들이여
成康 집에서 中食을 햇다. 오려 한니 成康
이 參萬 원 成奉이가 3萬 원을 各 주드라.
約 8萬 원이 收이엿다.
全州에서 7時 車便으로 집에 온바 7時 4〇
分이엿다.
明年에는 祭祀에 不參코저 한다. 눈치가
不參을 조화한 듯십다. 不安이 만타.

<1990년 9월 4일 화요일>
水原 成康이가 丁基善 條 30萬 원 父 用錢
10萬 원 계 40萬 원을 8月 1日 字로 送金
해 온바 今日에야 引出해서 整理햇다.
全州에서 相範 母가 전화로 고초 370斤만
檢斤해서 두고 市價는 來日 舘村市場에
準하기로 햇다.

<1990년 9월 5일 수요일>
範順 母는 舘村市場에 고초 市勢를 알여보
기로 갇아온바 斤當 三,二〇〇원 程度 간
다고 햇다.
오늘도 後山所에 除草 作業을 햇다. 農藥
하는 데 協助햇다.
全州에서 相範 母가 고초를 가지려 온다든
이 오지 않은다.

<1990년 9월 6일 목요일>
새벽부터 비가 내리는데 終日 내렷다.
家族들하고 外人 三人하고 午前 中에 담배
를 빼 장엿다.

<1990년 9월 7일 금요일>
어제도 오늘도 終日 담배 개리기 作業햇다.
人員은 約 外人 5名 家族 5名 해서 10餘
名이 參加햇다.
全州에서 고초를 가지려 온다는데 오지 안
코 今般에 고초를 내면 任實 債務는 能이
償還하게다고 햇다.
그려면 이번에 고초갑이 들여오면 便器用
10萬 원을 달아 햇다. 그랫든니 눈치가 異
常햇다. 하지만 萬諾에 주지 안흐면 不安
이 생길 것이다.

<1990년 9월 8일 토요일>
今日로 꼭 65日 채 禁酒하고 있다.**77**
오늘로 3日 채 담배 개리기 作業이 着手되
엿다.
午後에는 外人 家族기리 고초 따기로 하고
모두 갓다.
고초 370斤을 全州 相範 母가 시려갓다.
370×3,200=1,184,000 收入 豫定이다.

<1990년 9월 9일 일요일>
黃牛 出産햇다. 몇애 처음 黃牛다.
엇어면 完全 禁酒가 加能[可能]하다. 술
生覺이 全然 없다. 그래도 親友나 客으로
依하야 술갑은 든다.
◎**78** 아침에 송아지 黃牛을 無事이 出産햇

---

77 이 문장은 붉은색으로 기록되어 있다.
78 이 기호는 붉은색으로 표시하였다.

다.
耕耘機로 흑을 시려다 길을 닥고 모래도 실
어다 까랏다.
배채도 속고 소독도 햇다.
午後에는 고초도 따주엇다. 이번에도 約
15袋는 되엿다.

<1990년 9월 10일 월요일>
오늘 舘村市場에서 고초갑이 下落勢엿다
고. 斤當 最高價 3仟원이라고 斤當 200원
이 떠려젓다고 햇다.
가금 비가 내려 作業에는 支章을 招來햇다.
동네 몃 놈들 간사한 者가 1部 잇다.

<1990년 9월 11일 화요일>
오늘도 終日 비는 내렷지만 大被害는 없다.
서울 近方은 大洪水로 人命 被害도 만코 田
畓 流失도 大端하다고 테레비에서 보왓다.
水原으로 電話해서 成奉에 알아보니 別것
은 없고 無事하다고 햇다. 메누리는 來日
債務를 償還하라고 햇다. 꼭 2個月 쯤이다.

<1990년 9월 12일 수요일> 陰 7月 24日
오늘이 先妣 忌祭日이다. 今年에 꼭 100歲
이고 27週 忌日이다.
成東 條 任實 債務를 今日 淸算햇{다}. 2
個月 2,060,000 整. 途中에 聖壽 五峰 貯水
池에 孫柱景 養魚場에 갓다. 한 마리는 5仟
원 주고 한 마리는 成曉하고 親友라고 空
의로 주드라.
家族이 全員 募엿다. 서울서 成奎 水原서
成康 妻 孫子하고 왓다. 全州서 成俊 內外
도 왓다.

<1990년 9월 13일 목요일> 陰 7月 25日
내가 水原 鴻範 돌 반지 0.5돈 1개를 주고
全州 成曉도　　〃　　〃　　1개를 2개를 갖이
해 왓다. 代價는 22,000원식이라고 햇다.
中食을 맞이고 鴻範 母는 水原으로 떠낫
다. 떠나면서 秋夕에도 못 오겟다면서 9月
分 用金 拾萬 원(成奉 條)까지 주고 갓다.
中食 時는 洞內 女媧들을 募臨케 하야 中
食을 待接햇다.

서울 송파구 석촌동 275-11-28/6
　　　최명덕
明德의 長侄[長姪] 수원 경찰서 대공과
　　　최한규

<1990년 9월 14일 금요일> 陰 7月 26日
萬諾에 우류과이國하고 農産物 輸入開放
에 協商이 이루워지면 韓國 農民은 將來
希望이 업고 失職者가 된다. 其 國 農産物
은 우리 國의 農物보다 價格이 싸고 질이
良護[良好]하기에 國民들이 그게 쏠인다.
앞으로 農民는 볼장은 없어지게 되며 政治
도 흔들일 것이다.
成奎가 招介[紹介]하야 劉貞子 國有林田
을 賣買키로 하야 約 50萬 원 結定코 崔今
福 氏 爲先케 하기로 햇다.
終日 비는 내렷다. 食口하고 外人 1人하고
午前 中에만 담배를 묵치엿다 끝낻다.
舍郞에서 終日 讀書로 日課를 맞엇다.

<1990년 9월 15일 토요일> 陰 7月 27日
全州에서 便器 構入[購入]해 왓다.
舘村에서 쎄멘트하고 타이루를 구입해 왓다.
成奎는 秋夕에 온다고 4日 만에 떠낫다.
其時에 고초도 가저간다고 25斤代 8萬 원

을 주고 갓다.

<1990년 9월 16일 일요일> 陰 7月 28日
農藥(메루)을 講入[購入]하려 全州로 간바
品切이엿다.
집에 있으니 任實에 홍농상회를 가보라 햇다.
10斗只分을 講入해 왔다.
고초 乾燥用 乾泊을 修理 고첫다.
成東이는 他人의 農藥 散布해 주려 갓다.
食口는 고초 따기. 1時가 餘暇는 없다.
들에 가보니 農藥散布 한창이엿다.

<1990년 9월 17일 월요일> 陰 7月 29日
新平서 免稅油類 1,000릿트(5드람分)을 떼
왔다.
中食을 마치고 韓相俊이가 要求한 自己의
子 身元保證을 印鑑 添付[添附]하야서 달
아고 해서 同行햇다. 面長도 맛낫다. 그려
나 마음的으로는 서먹 〃 햇다.
任實서 海南商會 金 氏가 來訪햇다.
鄭泰植 米色을 보려 왔다고 햇다. 술 한 잔
하자 하야 맥주 한 병을 飮食햇다.
成東이는 술이 過飮한 模樣이다. 꼴이 사
나웃고 창피하기 限이 없으며 이제 버룻을
갈칠 수도 없고 行動만을 보자 하니 마음만
不安하다. 全州놈들도 한속이 되어 나만을
注目하고 이는 듯싶다. 하지만 아즉은 家事
를 完全 抛棄할 수는 없다.

<1990년 9월 18일 화요일> {음력} 7月 30日
서울서 전보가 왔다. 成傑 車 割分金[割賦
金] 滯拂로 依하야 法的 手續하겟다고. 氣
分이 少햇다.
全州 相範 母에 連絡햇든니 自己가 每月
拂햇다고 햇다.

加工協會 運營會議가 있어 參席햇다.
林玉相이가 울타리 作業次 午後 오고 金鎭
玉이도 왔다.

<1990년 9월 19일 수요일> 陰 8月 1日
全州에서 鷄舍網 精米網 베루도 咸石을
사왔다. 約 7萬 원이 드럿다. 技術者는 林
玉相이다.
館村驛前을 5次 - 館村所在地 2번 계 7次
를 往來햇다. 便器 製作 - 계사를 完全이
作業을 끝냇다. 밤에가지 어제 玉相 0.5日
오늘 1日 계 1.5日에 끝냇다.
다음은 再沙하고가 나맛다.

<1990년 9월 20일 목요일> {음력} 8月 2日
林玉相이는 午後에 鷄舍 再沙를 끝냇다.
便所에 타이루를 點檢하고 다시 고첫다.
便器도 製置햇다. 裝置.
방아도 찐바 쌀을 낼 수가 없다.
櫃格[價格] 確定이 없으나 어제 釜山 居住
沈參茂 妹氏가 2袋 90k入에 95,000원에
가저 갓고 80k入은 85,000쯤 하는 듯십다.

<1990년 9월 21일 금요일> {음력} 8月 3日
加工組合 定期總會가 開會된바 成員 未達
인바 할 수 없이 成員을 만들어 成事를 시
켯다.
副會長으로 任命 받앗다.
집에 온니 農藥代를 利用햇다고 心境질[神
經質]을 내는 메누리 꼴 不安千萬이엿다.
任實에서 光州行을 하려다 時間이 餘有가
없어 抛棄하고 來日로 未流엇다.

<1990년 9월 22일 토요일> {음력} 8月 4日
精米機 原動機 附品을 講入하려 光州를

가는데 南原을 居處 갓다. 約 2時間이 所
要됫다. 朝陽發動機 代理店을 간니 移事
[移徙]하고 없다. 四街里를 간니 某人이
나 모르겟소 햇다. 모르겟다니가 金奉錄 氏
의 子라고 햇다. 여려 가지로 으심이 갓다.
보도시 며면햇다. 生覺하니 아슬〃햇다.
附品은 求햇지만 116,000원인데 5萬 원을
外上으로 맞이고 왓다.
震宇에 전화햇든니 받으라. 11月에 回甲이
라 햇다.

<1990년 9월 23일 일요일> 陰 8月 5日
日卽 五亭里 李光燃 氏를 訪問하고 白米
部 石발機 組立을 무렷다. 存細히는 모른
다 하드라. 石발器의 本 製作所 全州 孝子
洞으 가라 햇다.
五樹 申明圭 氏를 訪問하고 新米 賣渡處
分을 付託한바 80k入 쌤풀을 비치면서
87,000이라도 안 가저간다고 하고 在庫가
相當이 일으라.
全州 홍우 子 禮式場에 단여 中食을 하고
孝子洞 本社에 전화한바 日曜日라 不在中
이엿다.

<1990년 9월 24일 월요일> {음력} 8月 6日
全州 孝子洞 新盛機械工業社를 訪問햇다.
農光精米機도 製作하고 石발機도 製作하
드라. 分解 內部를 見學하려 햇지만 그게
안니고 製品을 가지고 오면 修理해 주겟다
고 햇다.
鄭泰植 米穀을 處分하려 햇지만 쉽지는 아
타. 作者가 없다. 驛前 金 工場人에 付託햇
든니 미루고만 잇다.

<1990년 9월 25일 화요일> {음력} 8月 7日
서울 떠나려 한바 重宇 生日이라고 朝食을
갖이 하자고 해서 간바 英姬는 오기는 왓는
데 꼴이 보이지 안타가 늦게사 방에 드려온
데 俊峰이도 왓드라. 엇전지 꼴이 안 조케
보이여 食事하다가 途中에 나오면서 重宇
보고 8時경에 出發할 터이니 驛前으로 오
라 햇다.
重宇하고 同行해서 서울을 간바 重宇 하는
行爲는 못난데기 해도 음큼하다. 돈을 쓰지
안코 내가 내는 것만 보고 잇다. 제의 兄弟
之事로 갓으니 사람이라면 택시갑도 내고
飮料水도 좀 사고 그려는 게가 안니고 통
모르세를 한니 꼴 보와지며 全州에 와서 뻐
스를 타려한바 430원을 내면서 票를 사라
햇든니 제 야 내 야 따로따로 사드라. 제기
하면 내가 사리다 하는 게 안니고 돈을 밧
는 품을 보니 버릇이 못 되엿드라. 이번만
그런 것이 아니엿다. 다시는 重宇하고 同行
할가 십다.

<1990년 9월 26일 수요일> {음력} 8月 8日
에제 全州 相範 母가 用金이라고 參萬 원
을 주고 갓다고 햇다. 아버지의 月 用錢 20
萬식 드리자고 主張한 놈이 龍頭가 巳毛
[蛇尾] 格으로 주다 말디 그것도 3만 원을
주니 창피하기 짝이 업다. 水原 成康 兄弟
만 꼬박〃 보내온데 成曉 兄弟만 不良하
다. 成東이도 그려코 成樂이는 要求할 수
도 없는데 그게 다 부담만 定하고 흐지부지
넘기겟다는 心甫가 不良한 心理이다.
韓相俊하고 同伴해서 韓正浩 氏 子 結婚
式에 단여 왓다.
午後에는 工場 修理를 햇다.
光州 柳鐵工所에 送金을 確認햇든니 受領

햇다고 社長이 卽接 전화를 받으라.

<1990년 9월 27일 목요일> 陰 8月 9日
오수에서 連絡이 온바 쌀이 좃나 어는 圍置
[位置]에 잇나 하다가 驛前에서 레미콘 工
場을 기내서 오는데 쌘풀을 찌여놀 터이니
와서 보라 햇다. 그러나 오지 안 햇다.
驛前 金海錫을 驛前에서 맛나고 袋當 87,000
원식 하고 내일 찌여서 모레 20袋만 해주시요
햇다.
夕陽에 쌤풀도 갓다 주웟다.

<1990년 9월 28일 금요일> {음력} 8月 10日
全州 李存燁 機工社에 갓다. 社長 이존엽
氏는 相面치 못하고 職工員만 相對로 乘降
機 上기리간이를 2萬 원에 講入해 왔다.
鄭柱相 방아를 지는데 35叺를 찌엇다.
館村驛前 金海錫에 袋當 87,000원식 結定하
고 25袋를 가저가기로 하야 約束하고 갓다.
新平 第六 彈藥廠 大領 李載植 燃炭 150
個 飮料水 1箱子 面長이 正宗酒 3병을 秋
夕 繕物로 보내왓다.

<1990년 9월 29일 토요일> {음력} 8月 11日
水原 成奉 藥으로 鄭柱相으 개를 拾萬 원
에 決定해서 不遠 引受키로 햇다.
保聽器 藥을 購入하려 갓다.
沐浴湯에서 2個月 만에 沐浴을 햇다.
벼 脫穀 成康 條 25袋 收穫햇다.

<1990년 9월 30일 일요일> {음력} 8月 12日
아침 일즉 新平面長이 秋夕 繕物로 雪糖 1
袋를 보내왓다. 해마당 名節이면 繕物을
보내오는데 每遇 未安感 多分하다.
서울서 範 信範 內外 제 母 順龍 孫女 3명

9명이 同行하야 왔다. 밥으다고 봉고車로
왓는데 山所에 단여 바로 갓다.
새보들 집[짚]을 묵엇드니 고개와 허리가
異常이 生起엿다.

水原 成康 再結婚을 成事시키는데 今年
秋期에 豫定인데 親近者 몃 분만 賀客으로
帶同하려 한다.
成苑 內外하고 우리 세 內外 昌宇 內外 炳
基 基宇 程度로 할 計劃이다.

成苑 內外	- 2	서울	成奎
	- 2		
세 內外	- 3	成英	
成東	- 2	全州 成 任	
昌宇	- 2		
炳基 - 基宇	- 2	計 11명	

서울에서는 特히 成赫 完宇만은 앞으로 哀
慶 官婚[冠婚] 關係는 1切의 相助는 除癈
하겟다.
其者의 行勢하는 之事가 不良者 또는 鄙
人間으로 取扱하지 않을 수 없다.
參照하겟다.

<1990년 10월 1일 월요일> {음력} 8月 13日
秋夕 名節이라 繕物이 드려왔다.
◎ 서울서 信範 兄弟가 化粧品 1셋트를
◎ 서울서 嚴國喆이가 飮料品 1셋트를
◎ 面長 白元基이가 雪糖 1袋
◎ 大里 洪順浩가 酒 1병 豚肉 2斤을 보내
 왔다.
◎ 加工組合 姜信洐 豚肉 1斤을 가지고 왔다.
南原서 成樂 家族 全州에서 成曉 內外만
水原서 成奉 家族 全員이 왔다.

沈福禮 田을 買受하기로 한바 1年이 넘어
도 移轉이 안 되고 土地도 갚이가 없어 買
受를 抛棄하겟다.
鄭柱相 白米 26袋×87,000=2,262,000원을
淸算해 주웟다.

<1990년 10월 2일 화요일> {음력} 8月 14日
水原서 成康 成愼 時烈가 밤에 왔다.
서울서 仁範이가 왔다. 成奎는 서울로 갓다
고 햇다.

<1990년 10월 3일 수요일> 陰 8月 15日 秋
夕 開天節
省墓는 必히 가야한다.
宗員 孫子는 後山所로 大里 山所에 省墓
하고 우리로 三臺가 大里 宗員가지 南原
山所에 省墓하고 왔다.

<1990년 10월 4일 목요일>
아침에 들의니 어제 屛巖里 基宇 母가 別
世햇다고 連絡이 왔다. 바로 건너 갓다.
成曉는 旣이 갓드라.
終日 弔客들을 接侍[接待]하는데 不安햇다.
밤에는 새벽 2時경에야 잠을 부치엿다.
4時쯤 되니 예배군이 찬송가 틈박에 깨엿다.

<1990년 10월 5일 금요일> 陰 8. 18.
出喪하는데 예수교 식으로 執行하는데 祭
需도 必要 업고 朝夕 喪亡[朔望]79도 必要
없이 찬송가로 式을 맞이고 出喪햇다.
서울서 成奎도 信範이도 왔드라.
中食이 끝나자 말없이 出發해 왔다.

---

79 '喪亡'은 삭망전(朔望奠)을 표기하려 한 것으로
보인다. 그러나 상중에 고인에게 조석으로 올리
는 음식은 조석전(朝夕奠)이라고 한다.

제사는 8月 14日이 小祥이다.
水原에 子息들 南原 子 成英 成玉도 全部
各者[各自] 집으로 떠낫다고 햇다.
나는 初喪 치로 갓다.

<1990년 10월 6일 토요일>
新安宅 問病을 간바 서울 載宇가 왔드라.
南原醫料院[南原醫療院]으로 옴겨 再珍
察을 해보겟다고 햇다.
入院을 시키라고 햇다. 昌宇 집도 들인바
昌宇 病도 信通[神通]치 안케 보인다.
새보들 5斗只 脫穀을 밤까지 햇다.
成傑이 親舊가 왔다. 닥을 4마리를 잡고 먹
고 갓다.
加德里 李鉉雨 招請으로(生日) 面長 外에
10餘 名이 갓다. 中食을 맞이고 왔는데 約
10名이 募엿다.

<1990년 10월 7일 일요일> 陰 8月 19日
들에다 벼를 너는데 氣分이 少햇다. 工場
앞에는 남에 讓步해 주고 脫곡도 밤에 하는
理由가 무엇이냐 채젓는데 不安도 햇지만
말 못햇다.
全州에서 相範 母(메누리)가 왔다. 엇전지
보면 不安感만 든다. 반갑지를 안코 서
먹〃한 마음만 든다.

<1990년 10월 8일 월요일> 陰 8月 20日
全北投資銀行에 갓다. 6個月 만에 利子 計
算하니 428,500원이엿다.
벼를 들에다 乾燥하는데 不安햇다.
門前자리는 넘[남] 주고.
몃 달 만에 成傑이가 全州에서 와 用錢 機
萬[幾萬] 원을 주고 가니 고마웟다.
이 돈이 生起엿으니 齒牙를 빼고 해널가

生覺이 난다.

<1990년 10월 9일 화요일>
今日로 꼭 97日間 禁酒햇다.[80]
이제는 아마도 永遠이 술은 禁酒할 것 갓다.
그리고 1般 住民들도 술을 들지 않은다고
잘 알고 잇다.
46日 만에 理髮을 햇다.
來日 내의 生日이라고 全州에서 南原에서
메누리가 왓다.
벼를 들에서 3日 만에 乾燥하야 끄려드럿다.
듯자하니 來日 내의 生日에 成傑이가 보태
라고 5萬 원을 주고 갓고 全州 相範 母 5萬
원을 주면서(범순 모에) 아버지의 용돈인바
주지 말고 生日 장보기하는 데 보태라고 햇
다니 어지 用錢이 달고 生日 장보기가 다
른데 고가지[고까짓] 해위를 하다니 두고
보겠으나 父子間이지만 相助하고 싶은 마
음은 머려것다. 능발에 이제 무슨 창피한
之事야.

<1990년 10월 10일 수요일> {음력} 8. 22.
내의 生日이다.
里 高令者[高齡者]들을 아침에 데리다 食
事를 侍接햇다.
中食은 面內 機關長 및 有志 멋 분을 慕侍
고 갖이 햇다. 面長 中學校長 國民校長 金
炯順 金炯根 金充圭 崔宗仁 廉東根 李鉉
雨 孫周喆 韓昌煥 11名이다. 交通이 不平
하야 驛前 李達表 봉고車를 利用한바 오
[올] 때 갈 때 便利햇다.
外人 하야 約 40餘 名이 慕臨햇다.
今年 1年은 幸福하계 넘것다.

終日 방아 찌엿다. 正模 것인바 全州 德喆
의 것으로 본다.

<1990년 10월 11일 목요일>
任實齒科에 前齒 3개를 除据.
齒科에 가서 齒牙 2개를 빼냇다.
終日 舍郞에서 休息을 取하고 잇엇다.
마음도 不安하고 마음먹는 대로 되지 안코
氣分 不安安[不安] 中이다.
夕食을 맞이고 잇으니 全州 메누리가 전화
로 全州投資 預託金을 利子도 내렸으니 引
出해서 自己가 쓰겟다고 하기에 据絶해 버
렷다.
논을 안 산다면서 달아고 하기 안 되겟다고
햇다.
주워 놋코 日後에 不安 不平이 生起면 그
것이 病이 될 수도 잇다.

<1990년 10월 12일 금요일> 陰 8月 24日
아침 食床에서 成東 內外 成東 母가 갖이
잇는데 어제밤에 全州 네의 언니가 預託金
을 利用하자 하니 네의 뜻은 어더하나 나는
못 주겟다고 했으나 自己의 돈도 안니면서
못 준다고 할가바 뭇는다고 햇든니 成東 內
外는 分明한 對答을 안트라. 뜻이 업는 것
으{로} 보왓다.
서울서 崔洛相 母子하고 五柳里 成順이
父母 山所에 省墓하려 왓다.
雨氣가 있서 집을 묵어 드럿다.

<1990년 10월 13일 토요일> 陰 8. 25.
崔成東 崔完宇 고초 비니루하우스 資金이
1年 滿期에 年 5% 利子로 成東 條 50萬 원
里長 完宇 條로 25萬 원 게 75萬 원이 配
定된바 新平農協에서 貸出을 밧고 郡農協

에다 預託햇다. 조금이라도 利益關係가 잇
기에 利 8% 豫定으로 預託햇다.
새보들 新改畓 벼 脫穀햇다.
돌보와 주고 싶은 마음 조금도 없다. 엇전
지 成東이 하는 行爲 마음에 들지 안타. 將
來에 그것이 他人에 봉감에 지나지 안타.

<1990년 10월 14일 일요일>
鄭圭和 子 結婚式에 參席하려 한바 맞암
成愼 車가 있어 其 便을 利用하려 한바 計
劃은 尹 生員 韓상俊하고 同行하려 하야
상俊에 전화해서 車便이 있으니 束[速]히
오라 햇든니 상俊이는 오지 안코 尹 生員
安承均 崔善眞가 乘車하니 내리라고 할 수
없고 5人은 못 타고 하는데 가 버렷다.
全州에서 상준이 相面하니 눈치가 異常이
보이드라. 男子 여석이 어리석드라. 제까지
것이 무엇인지 相當이 버티드라.

<1990년 10월 15일 월요일> 陰 8. 27.
綜合土地稅 告知書를 밧고 從覽하려 갓다.
崔乃宇 條를 從覽해 보니 15筆 中 1筆은
故 尹奉德 條 垈地이 包合되여고 崔成曉
條를 보니 道峰位土가 抱合되고 昌坪 沈
福禮 條 383坪짜리가 包合되여 심복예 條
는 本人 앞으로 떼여 보냇다.
全州 崔태우 條는 昌坪 位土가 포합되{어}
서 태우 傳해 주워야 햇다.
任實치과에 단여왔다.
面長이 단여갓다.

<1990년 10월 16일 화요일>
面 財務係를 단여서 綜合土地稅 告知書를
正訂[訂正]하고 郡廳 民願室에 가서 位土
申告하려 한바 복잡해서 用紙樣式을 가지

고 왔다.
來日 提出하기 위{해}서엿다.
夕陽에 館村面事務所에서 位土 申告書類
을 複寫해 왓다.

<1990년 10월 17일 수요일>
任實郡 民願室을 단여 南原郡 民願室을
단여 巳梅面에 가서 位土를 從覽햇다.
오는 길에 任實齒科에서 治療햇는데 齒牙
를 해 널아면 個當 4萬 원식 6개 24萬 원이
라고 햇다. 位土申告는 從前 連名으로 登
記된 것은 個人의 토지고 位土 못 박히 것
은 位土지만 外는 該當없다고 햇다.
大宗中位土라 하는 것은 1切 連名이라 該
當 없고 實地 位土는 高祖位土 昌坪位土
道峰位土가 實地 位土다.

<1990년 10월 18일 목요일>
巳梅面事무{소}에서 位土를 從覽햇다.
桂壽里 崔炳文 氏를 禮訪하고 德果面 李
後來 氏를 訪問햇든니 不在中. 다시 오는
길에 丁東根이를 訪問하고 또 다시 芳鷄里
崔萬鎬 玆堂[慈堂]을 禮訪하고 오는 길에
오수 黃夏榮 宅을 訪問하고 왔다.
저물엇다.
◎ 夕食 床에서 成東 內外에 預託金 750萬
　 원 中 200萬 원은 堤防 돈인바 此後에
　 成允 結婚 時 父母의 債任 下에 利用할
　 터이{니} 그쯤 알아고 일엿다.

<1990년 10월 19일 금요일> 陰 9月 1日
오늘은 外出을 하지 안코 舍郞에서 生活햇다.
이제 家簇들도 閑休할 時가 되엿다.
秋事도 끝이 나고 이제 나마 인는 之事는
藥草 캐고 買上하면 그리고 김장만니 나맛

다. 越冬 準備 時期 할 때다.

<1990년 10월 20일 토요일> 陰 9月 2日
개가 새기를 4마리 낫는데 두 마리가 한 울
안에서 갑작이 싸우는데 1時가 急햇다.
鐵條網을 사다 終日 莫舍[幕舍]를 만드럿다.
메누리는 親정 父親 生辰日이라고(來日)
떠낫다.

<1990년 10월 21일 일요일>
코아禮식場에 郭在燁 子 結婚식에 갓다.
바로 同和會議에 參석햇다.
午後에는 집에 와서 집을 묵엇다.

<1990년 10월 22일 월요일> {음력} 9月 3日
新平面에다 綜合土地稅 61,010원을 拂入
하고 忠◇ 條 南原 稅 條는 郵替局에 拂入
햇다.
成傑이가 消息이 없어 全州 金城注油所에
간바 成傑이는 어제 서울 가고 崔成俊이는
18日 字로 行方을 모른다고 햇다. 車는 놀
고 잇드라. 모든 書類을 成傑이에 專해 달
아고 技士에 주고 왓다. 成傑이를 結婚을
시키라고 하니 딱하드라.
驛前에 李鉉雨 氏를 相面햇다. 다방으로
가자 햇다. 今般 地{方}選擧에서 道議員이
任實서 9名이 出馬한다고 말햇고 自己도
郡議員에 出馬하겟다고 宣言하드라.

<1990년 10월 23일 화요일> 陰 9月 4日
家事에 돌바 주웟다.
朴日成이가 왓다. 자네의 장母 土地를 살 수
없으니 全州 金二成 氏를 相面하라 햇다.
賣買契約한 지는 꼭 一年이 되여도 移轉도
되지 안는데 살 수 없다고 햇다.

<1990년 10월 24일 수요일>
오늘도 家事를 돌바 주웟다.
콩 脫作도 햇다.
風庫[풍구]로 부치엿다. 昨年만은 못하다
고 햇다.

<1990년 10월 25일 목요일>
機械로 콩 脫作을 하는데 돌바 주웟다.
來日쯤 齒牙 해 너로 갈 計劃이다.
오늘 全州 基宇하고 同伴해서 尹 氏 宅을
찻고 齒牙 뽄지를 떳다. 12萬 원에 結定하
고 5萬 원 先金 주고 28日 10時까지 完決
키로 햇다.

<1990년 10월 26일 금요일>
家事를 助力해 주웟다.
콩 脫作하는데 結明子[決明子]를 거더주
고 成康 방아 찟는데 成東이는 벼로 13袋
中 今般에 8袋만 찟고 다음 春季에 5袋를
精米해 주기로 햇다.
이번에 벼 8袋에서 白米가 꼭 4叺가 낫다.
秋夕에 水原 成康이가 白米 1叺을 가저갓
다. 年中 統計 收穫은 白米로 7叺 半이 成
康 條이다.

<1990년 10월 27일 토요일> 陰 9月 8日
郡民의 날이라고 住民 男女가 求景次 가는
데 生覺하다 抛棄햇다. 前 齒牙도 빠저 말
조차 헛나고 보기도 시른데 뜻이 없엇다.
月餘가 하해[旱害]어서 蔬采[菜蔬]에 耕
耘機{로} 물을 주웟다.

<1990년 10월 28일 일요일> {음력 9월} 9{일}
오늘 日課도 大端햇다.
早束[早速]히 朝食 後 全州 齒{科}에 갓다.

未備되여 오는 31日 完齒해 주기로 햇다.
崔康烈 子 結婚式場 갓다. 2時쯤에 中食을
햇다. 말없이 바로 出發해서 約束대로 3時
半에 집 왔다. 尹鎬錫 張泰燁하고 同行하
야 康正煥 回甲宴에 參席햇다. 親友들을
맛낫다.

<1990년 10월 29일 월요일> {음력} 9. 10.
終日 舍郞에 있다 生覺하니 너무도 심심햇
다. 3時쯤 四仙臺를 찻고 가본바 人員 수자
도 몃 되지 안 햇다.
韓相俊을 맛낫고 崔南連 氏를 相面햇든니
술을 한잔 하자 하야 할 수 없이 햇다.
이곳에서 金甲喆 氏를 相逢하고 31日 단풍
노리 觀光하자고 해서 承諾햇다.

<1990년 10월 30 화요일> {음력} 10[9]. 11.
加工協會 道 代議員大會에 參席햇다. 姜
信行 商務 郡 支部長 李康燃 3人이 同席
햇다. 90年度 收入支出 決算하고 91年度
歲入歲出 豫算案을 元案[原案]대로 通過
햇다.
面에를 간바 軍部隊가 와서 醫料班인데 耳
가 不良하다고 비친바 異常이 없다면서 洋
藥만 2日分을 주드라.
밤에 水原 成康이예서 전화로 一金 四拾萬
원을 送金했으니 丁基善 條로 淸算하라 햇다.

<1990년 10월 31일 수요일> {음력} 9. 12.
水原서 成康이가 보내온 丁基善 條 40萬 원
을 館村 郵替{局}에서 引出해다 끝을 낸다.
全州 齒科에 가서 다시 해 넛고 完快햇다.

<1990년 11월 1일 목요일> {음력} 9. 14.
第五共和國 排里[非理] 冊字代 今月로 끝

이 나고 殘金 參萬 원을 拂入햇다. 館村中學
校에서 銀姬 成績表가 왔다. 中은 되드라.

<1990년 11월 2일 금요일> {음력} 9. 15.
메누리는 親정에 감을 따려 갓다. 어제 連
絡이 전화로 왔다.
計劃도 세워노코 잊이만 마음대로 되지를
안코 잇다.
裡里 金判童 氏에 書面을 냇다. 講求婚[求
婚]을 해보라고 햇다.

<1990년 11월 3일 토요일> 陰 9. 16.
메누리는 어제 친정에 가고 오지 안 햇고
성동이는 農漁村後繼者 競走大會에 갓고
나는 집에 新聞을 보다 耕耘機를 利用해서
旱害 深하야 무 배채에 물을 품엇다.
밤늦게 메누리는 왔다.

<1990년 11월 4일 일요일>[81]
藥根 屈取[掘取] 作{業} 百止[白紙化].
아즉은 身體에 不平한 占[點]은 없는데 갈
데도 많아나 無錢旅行할 수는 없이[없지]
안나. 한 집에 잇는 子息을 보고 隋時 用金
을 要求하기도 마음 不安하다.
長子도 月當 參萬 원식 주다 말다 하는데
달고 하고 십지 안타. 들으면 게나마도
못 준다니 末年에 力不足 時에 必要한 子
息인데 生覺하면 必要 無效子이다. 月末이
되면 或時 누가 用錢을 줄는지 機待하기도
쭉시럽다. 水原서 보내주든니 이제는 기드
리시요 하니 딱하다.

---

81 4일 자 일기와 5일 자 일기의 순서가 바뀌어 있는
데, 이를 표시하기 위해 저자는 수기로 4일 날짜
를 5일로 바꾸고 순서가 "뒤박이엿다"라고 기록
해 두었다.

오늘도 任實 - 館村에도 가고 십지만 갈 氣
分이 生起지를 안는다.
尹 生員에 3萬 원을 빌여왔다. 쓴든지 안
쓰드래도 돈은 가지고 있어{야} 하는 生覺
이다. 일전에 林澤俊에서 萬 원을 取한바
今日 尹 生員에서 빌이여 갑았다.

<1990년 11월 5일 월요일>
外人 婦人 2名하고 우리 食口 4名 耕耘機
까지 動員되여 藥뿌리를 캣다. 作業 中 비
가 내려 不便햇다.
成傑이가 오려만에[오랜만에] 단여갓다.
서울서 仁範 母가 왔다. 親家에 단여 가는
길이라고 햇다.
11月 11日 光州 震宇 回甲에 招請이 왓기
에 大小家 집에 알이엿다. 完宇 炳基 炳列
全州 태우 基宇까지 전화 通報해 주윗다.

<1990년 11월 6일 화요일> {음력} 11. 6.
藥根 屈取 作業을 한바 人夫 10名이 動員
되엿다. 그래도 未決햇다.
光陽서 전화가 왔는데 日本서 金尙文 氏
今月 12日게 온다고 햇다.
議政府에서 成奎 妻가 어제 왔는데 今日
中食하고 떠낫다.

<1990년 11월 7일 수요일>
日前에 尹鎬錫 氏에서 取貸金 3萬 원을 오
늘 드렷다.
藥草 栽培하야 韋 氏에 賣渡한바 完全이 赤
字가 낫다. 348,000원을 밧고 보니 人夫債
種子 代 其他를 計算하니 많은 損害엿다.
明年에는 毒割[獨活]를 심기로 햇다.
成東 內外에 독활藥 栽培를 하자고 햇든니
못 하겟다기에 그려면 내가 單獨 直營하겟

다고 햇다. 돈은 융자금으로 하겟다고 햇든
니 10萬 원을 주면서 5萬 원는 用錢하시고
五萬 원은 보태서 藥 재배하라 햇다. 좋아
고 하고 承諾햇다.

<1990년 11월 8일 목요일>
畜牛資金 利子를 郡農協에 拂入해 주고
全州에서 沐湯을 하고 裡里 金判童 氏를
相面하려 갓다. 不在中 面會를 못 하고 旅
비만 내고 왔다.
成東이는 終日 방아 찌엿다.
崔南連 氏하고 술 한잔 논우고저 한바 嚴
俊祥 丁柱完이가 酒席에 들여오니 不安햇
지만 할 수 없이 대접햇다. 꼴보기 시른 者
인데 할 수 없지 햇다.

<1990년 11월 9일 금요일>
成傑 婚事 일로 裡里에 金判童 氏를 相面
하고 打合햇다.
江景 薛仁洙 氏를 相面햇다. 갈 대나 올 대
도 列車를 利用햇다.
成傑이는 訓鍊[訓練]次 왔다는데 不對햇다.
昌宇는 成國이가 서울 水原서 交通違反의
로 免許取消 通報가 왔다고 通知書를 가지
고 왔다. 來日이나 本署에 가보겟다고 햇다.

<1990년 11월 10일 토요일>
듯자하니 大里 鄭龍澤 氏가 交通事故를
當하야 全州 大學病院에 入院한 지 5, 6日
채라는데 生命이 危險 狀態라고 드렷다.
問病次 가보겟다.
成國 交通違反으로 本署에 가서 李琴豊
警務係長을 相面하고 打合한바 免許證을
回受[回收]하라 해서 昌宇여 말해서 國國
[成國]이를 12日까지 오라 햇다.

全州 大學病院에 鄭龍澤 問病한바 生死 危急하드라.

<1990년 11월 11일 일요일> 陰 9月 24日
光州 崔辰宇 回甲인데 12時 30分에 터미날에서 對面키로 한 것이 1時 30分 되고 보니 마중 나온 사람이 없서 許行[虛行]코 歸家했다. 定時도 좋이만 機械로 가는데 조금 느질 수도 잇고 빠를 수도 이는데 約束 時間이 어겻다고 無心하게 再次 나오지 안는 點 大端 섭 〃 했다.
1時 30分 到着하야 3時 30分까지 或 某人 나올 터이지 하고 約 2時間을 기드리다 歸家하게 되니 不安했다. 곡성으로 해서 南原 - 任實로 해서 집에 오니 8時엿다.
밤에 夕食을 끝이고 바로 南原 正宇에 形便之事를 편지로 썻다. 來日 부치기로.

<1990년 11월 12일 월요일>
어제 光州를 단여온 지事를 存細이 편지로 南原 正宇에 보내면서 光州 震宇에 傳해 달아 했다.
日本서 金尙文 內外가 왔다.
말에 依하면 老年期에 될 수 있으면 갈 데도 가고 먹을 것도 먹자면서 藉 〃이 온다고 했다.
大里坪 밭을 콤바이로 터럿다.

<1990년 11월 13일 화요일>
日本서 金尙文 氏 內外가 全州에 中食이나 갖이 하자고 同行하자기에 4名이 同乘하야 택시로 全州터미날에 到着했다. 內장산으로 코스를 돌이였다. 約 1時間 20分 걸이드라. 終日 日課를 內장산에서 보내는데 1日은 놀 만하고 各地에서 募여든 觀光客

들이 多數가 募여 들엇드라.
交通이 便利하드라. 尙文 氏 內外間에 뜻이 좋이를 안트라. 不平한는데 괴로왓다.

<1990년 11월 14일 수요일>
金尙文 氏 內外는 떠나는데 全州驛까지 錢送[餞送]햇다. 明年에 다시 日本서 오는데 成康를 招請하겟다고. 其者들은 새마을호로 서울行 11時 17分 人當 9,500원식에 간바 雪악山에 2泊 3日 豫定으로 하고 28日경에 日本으로 간다고 했다.
大里 李東俊 回甲에 參席했다. 金哲浩 李相云을 對面햇다.

<1990년 11월 15일 목요일> 陰 9月 28日
朴日成은 今日 二日채 藥根 栽培 두덕을 지엿다.
豊農肥料 味元 30袋 複合肥料 4袋 田에다 投入 散布햇다.
밤에는 叔父 (祭祀)日다. 갖이 慕侍고 왓다.
德峙面 望月 韋豊官 氏에 전화한바 25日에 種根을 가저가시라고 했다.

<1990년 11월 16일 금요일>
終日 外出을 禁하고 집에 있엇다.
丁辰根이 담배 동이는 데 求見햇다. 中食은 重宇 집에서 老人들하고 갖이 햇다.
農穀을 찟는데 어는 程度를 찟는지 無言으로 行爲를 하니 無視를 當한 便이다.
全州警察署에서 通報가 왔는데 6月에 서울서 交通위반이라고 해서 三次에 왔다. 不安해서 三和운수社로 전화했다. 成傑이는 不在中이여서 職員에 付託햇다.

<1990년 11월 17일 토요일>
午前 九時에 德峙 望月里 崔福洙 氏(一家)
叔氏에서 電話가 왔다. 듯자하니 福洙 氏
同婿가 全州 큰아들 成曉에 전화번호를 차
자서 崔成用의 兄의 집이야고 뭇고 成傑의
婚姻 仲介를 하는 사람이라고 하니가 메누
리 말인즉 우선 키도 적고 미목도 볼 게 없
는데 仲매하려 하냐. 兄수로써 그려케 말할
수 있으야. 도대체 福洙 氏는 무슨 중신을
그레케 하느냐면서 父母라도 對面하야 밋
고 하겟다고 하면서 오늘 갖이 좀 全州로 가
서 내외 同婿를 맛나자 햇다. 무슨 유감이
잇는지는 모르되 父 내의 마음的으로 분 막
심하다. 이제까지 成傑를 것드로 仲賣[仲
媒]한다고 하는 것이 분명코 其間 방해만
한 것이다. 어젠가는 子息들에 말하겟고 오
늘도 면 崔福洙 氏의 同婿에 무려 보겟다.
福洙 氏와 同婿와 三人이 其 宅에 對面햇
다. 如前 其 分 말이 큰메누{리}가 스들여
주기는새려[서둘러주기는커녕] 그려케 말
하기에 어던 理由인지 崔 生員을 뵈려 햇
다고 햇다. 그러나 메누리에 말하면 自己도
立場과 崔 生員도 새이가 不安케 되니 말
마라 달아 햇다.
來日 大宗中墓祀에 同行하기 위해서 崔福
洙 氏하고 同行하야 내의 집에서 一歸82
[一泊]햇다.
里民 몇 분이 담배를 包裝해 주윗다.

<1990년 11월 18일 일요일>
大宗 墓祀日이다.
館村 炳基 氏하고 同伴해서 大宗 墓祀에

參席햇다. 同和會 貸切뻐스로 갓다. 近間
에 드문 多數의 宗員이 募엿다.

<1990년 11월 19일 월요일>
아침에 成康 집에 간바 어제밤에 왔다고 수
원서 成康이가 왔다. 不遠 結婚式을 올이
겟다고 햇다.
藥草밭에 비니루를 씨윗다.
午後에는 비가 래려 作業을 中繼[中斷]햇다.

<1990년 11월 20일 화요일>
德峙 韋豊官에 전화로 藥根을 말한바 來日
午後 五時경에 오라 햇다. 아침 朝食床에
서 來日 藥根을 운반할 것이니 돈을 챙기
라 햇다. 預託金을 메누리가 말하기에 너의
돈으로 하라 햇든{이} 人象이 좋이 안트라.
成東 內外는 不信者로 본다. 비가 와서 不
便하다.

<1990년 11월 21일 수요일> 陰 一〇月 初 四日
雙栢堂 十代祖 墓祀日이다.
藥種根 운반日이다. 午前 十一時에 大里
車를 오라 햇다.
炳基 炳列하고 三人이 同行하야 墓祀에
갓다. 例年에 比하야 多數가 募엿다.
成東이는 藥種根을 望月里에서 운반하고
種根代 五六,〇〇〇 中 三〇萬 원을 주고
운임 二萬 원을 주윗다고 햇다.

屯基里 旅費는 역전 酒代	一,〇〇〇
오는 길 역전 酒代	一,〇〇〇
오수 차비 三人	一,〇〇〇
우유	二五〇
屯基 택시	二,〇〇〇
계	五 ,二五〇

---

82 원문에서는 '歸'의 동자로 쓰이기도 하는 '敀' 자
　　로 표기하였다. 문맥상으로 볼 때 박(泊)을 쓰려
　　다 잘못 쓴 것으로 보인다.

<1990년 11월 22일 목요일>
모사정 墓祀日이다.
炳基 炳列 乃宇 三人이 갓다.

경비는 역전 술갑	一,〇〇〇원
버스비 三人 오수	一,〇〇〇
오수 모사정 택시비	三,五〇〇
오수에서 관촌 버스비	一,〇〇〇
관촌역작[관촌역전] 술갑 우유	一,〇〇〇
계	八,〇〇〇

藥根 播種한 人夫 九名이 動員햇다.
來日이면 다 끝이 난다.

<1990년 11월 23일 금요일>
家族기리 藥種根을 播種 끝냇다. 殘量은
成東이하고 갗이 返還해 주고 8萬 원을 控
除햇다. 그려면 운임까지 해서 50萬 원이
支出햇다.
洋服 洗濯.

<1990년 11월 24일 토요일> 陰 9月 8日
주사를 마잣다.
全州 成翰 子 結婚式에 參席햇다. 賀客은
多수가 募엿드라.
來日 求禮 墓祀에 車便으로 同行키로 하
고 왓다.
今日부터 油類가 1切 引上되엿다고 햇다.

<1990년 11월 25일 일요일>
아침 8時 30分에 全州 同和會員 10餘 名이
同行하야 自家用 택시로 求禮 宗家 墓祀에
參禮햇다. 終顯[終獻]을 주기에 바닷다.
中食을 하고 墓所에 省慕[省墓]하고 3時
를 期하야 택시로 冷泉利 外家 外從兄수
問病을 햇다. 半身이 不수이고 말도 더듬
드라.

6時경에 出發하야 집에 온니 7時 30分이엿다.

<1990년 11월 26일 월요일>
메누리는 親家 母 回甲인데 갓다.
成東이는 煙草 販賣하고 왓는데 술 많이
取해 가지고 왓는데 計算을 엇더케 햇는
{지}도 모른다. 보기 시려워 못 보겟다.
用錢 10萬 원 주드라.
全州 崔洪範 氏하고 뻐스 言約을 햇다. 30
萬 원에. 觀光뻐스는 日曜日에는 利用 不
加能하다. 1個月 前에 契約을 해야 한다고
햇다. 料金도 28萬 원.

<1990년 11월 27일 화요일> 陰 10月 11日
집에 讀書만 하고 있엇다.
館村에 牛 仲介人이 왓다. 牛舍에 소를 둘어
보고 賣買를 要求하야 90萬 원에 賣渡햇다.
成東이는 어제도 오늘도 술이 滿醉가 되엿
다. 보기에 大端이 언잔코 괴롭기 限이 없
다. 家事를 맥기엿든니 全部 제 것으로 알
고 大權을 갓는 양 氣勢를 부린 것 갓다. 內
外 同一하다. 마음 不安하는데 참을 길
막〃하다.

<1990년 11월 28일 수요일> 陰 10月 12日
南原 成樂 內外는 夕陽에 왓다. 무 白菜 糧
食 참깨 등 골구루 車에 실고 갓다.
全州 金二成 氏를 驛前다방에서 同座하고
新畓 耕作 및 賣買에 對하야 打合하고 沈
福女 條 122번지 385坪 條는 解約하고 金
學順 條條[條] 611坪하고 趙點順 條 165
坪 계 776坪만 賣買키로 하야 坪當 13,000
원식 계 10,088,000원인바 旣이 支拂金
850萬 원을 除하고 殘金 1,588,000원은 12
月 15日까지 拂入키로 햇다.

沈福女 條 解約田 386坪 - 鄭宰澤 條 田 294坪 680坪은 土稅를 定하야 耕作키로 한바 90年分 80k入으로 1.5叺 91年分은 3.0叺 80k入으로 定하고 契約書 二通을 作成코 各者 1通식 所持햇다.
成東이는 揚水機로 고기를 잡는다고 밤에까지 물을 품엇다. 고기는 없드라.
全州 메누리가 왓다. 用金 3萬 원을 주는데 밧이 안켓다고 할가 하야 生覺하다 밧기는 밧되 그계 우리 內外分 수당으로 주는 것 갓다. 밧이 안니 하면 必우에 뜻이 안니 조켓다고 보기에 바닷다.

<1990년 11월 29일 목요일>
뻐스 契約次 上全한다.
水原 成康이가 父母 衣服 해 입으라고 父 250,000 母 100,000 計 350,000원을 보내왓다. 客地에 있으면서 再婚까지 하면서 繕物代를 보내오니 父母로서는 未安하기 限이 없다.

<1990년 11월 30일 금요일> 陰 10月 14日
大栗里 八代祖 墓祀.
全州 태우 屛巖 基宇 昌坪 重宇 昌宇 完宇에 連絡한바 모두 墓祀에 不應햇다. 子孫 치고 그럴 수 있을가. 良心 不足者이다.
炳基 是[氏] 서울에 갓다고 不在中. 斗流 炳列 氏하고 同行한바 多幸이 桂洞 成宇 氏가 參禮해서 三還官[三獻官]은 免햇다.
南原 正宇는 墓所를 몰아서 못 왓다고. 來日은 參禮하라 햇다.[83]
成東의 妻된 사람하고는 진즉부터 내의 뜻

과 마음에 맞이 않은 지가 오래이다. 一年 二年 三年 지내 보왓지만 뜻이 맞이 안지만 默認코 지내왓이만 이제는 永遠이 餘地 없이 보이기만 하다.
家事의 收入支出을 막이고[맡기고] 보니 其의 自身이 커저 左右之行事를 하며 收入만 護澤하고 支出은 不快心을 갓고 잇다. 于先 問題는 經理를 마길 때 收入支出하는 데 父母에 알이기로 햇지만 對付分[大部分] 발키지 안는다. 제는 마음대로 쓰지만 大端이 不安하다. 用錢는 月 四萬 원 또는 五萬 원을 준다해도 其 金으로는 내 마음에 들지 안는다. 그러나 要求하면 人象이 좋이 안케 보이며 창피한 때가 藉〃하다. 따지면 제 것도 잊이만 大付分 내의 것을 利用(田畓)하면서. 그랫지만 必後에는 그려케 되지 안을 것이 분명하다.
生覺하면 成東의 將來가 不吉하다. 父母 生前에는 엇절 수 없이만 事後에는 무슨 行爲를 할늘지 異問[疑問]이다. 現在 내의 耳目 눈치를 잘 살피{는} 것으로 보나 各居하게 되면 제 自身 別居하야지 父母가 移居할 수는 없다. 나가라 할 수는 없어도 各居하겟다면 말이지 안켓다. 苦生시려도 차라리 內外에 同居함이 幸福하겟다.

<1990년 12월 1일 토요일> 陰 10. 15.
壽洞 六代祖 墓祀日이다.
成東 母는 芳鷄 親家 漢植 子 結婚式에 서울로 떠낫다.
五樹에서 正宇 태우을 맞나고 5人이 同行택시로 桂壽里에 갓다.
눈이 오고 비가 내려 宗垈에서 慕侍엿다.
六代祖 高祖 曾祖母 祖父 慕侍인데 獻官은 炳基이고 祝官은 乃宇 내가 맡아 擴聲

---

83 아래의 내용은 뒷장의 memo란에 세로쓰기로 기록해 두었다.

[擴聲] 讀祝햇다. 어제 八代祖 墓祀에서 祝官은 조금 서투럿지만 今日은 祭軍이 10餘 名 募엿는데 活發[活潑]햇다. 氣分이 조왓다.

<1990년 12월 2일 일요일> 陰 10.16日
終日 눈은 내렷다.
上加 張權一 子 結婚式에 參席햇다.
大里 李炳洙가 다방으로 갑시다 하기에 갓다. 다방에를 가고 보니 不安者 嚴俊峰이 안자 잇는데 眞實로 不安햇다. 郭在燁 金善權 白元基 韓昌煥이 잇드라.
바로 食堂으로 가서 中食을 하고 잇으니 大里에 韓福德이가 잇드라. 韓相俊을 무르기에 모르겟다고 한바 이[里]로 갑시다 하기에 갖이 왓다. 韓相俊은 嚴俊峰하고 갖이 간 模樣이다.
언제가는 그 者를 보겟다.

<1990년 12월 3일 월요일> 陰 10. 17. 곡성 谷城 五代祖 墓祀日이다. 日前에 南原 正宇가 參席 키로 約束한바 다리가 不便하다고 不參햇다. 炳基 氏하고 同伴하야 參禮햇다. 三顯官[三獻官]은 參禮하야 하는데 宗員들이 無心트라. 旅비는 往復 9,仟 원이 낫다.
90年度 秋곡 買上 68袋×34,500=243,5000[2,346,000]원을 收入햇다.

<1990년 12월 4일 화요일>
車 契約 上全.
全北버스會社에 崔洪範 氏을 相面하고 오는 9日 日曜日 相違 없이 뻐스 1臺을 8時까지 집으로 보내주기로 約束햇다. 代金은 25萬 원 中 10萬 원을 주고 殘金 15萬 원은

結婚 後 주겟다고 햇다. 屯南 屯基里 李康厚는 郵便으로 祝賀金을 보내 주웟다.

<1990년 12월 5일 수요일> 음 10月 19日
大里 墓祀.
曾祖考 墓祀日인데 全州 泰宇 炳基 兄弟 4人이 慕侍엿다. 重宇 昌宇는 墓祀하고는 넘인데 理由는 내의 意思이지만 宗錢 位土 畓 分割金을 내지 안 하야 未安 또 不彦[不顔]이기에 不參한 것으로 본다. 으지잔한 놈들이다.
水原 成康 結婚에 태우 관우 炳基 兄弟도 말햇다. 全州에서 市廳 後門에서 8時 30分 館村 驛前에서 8時로 말{해} 주웟다.

<1990년 12월 6일 목요일>
成康 母하고 메누리는 任實市場에 成康 婚需감을 사려 갓다. 듯자니 約 20萬 원이 드렷다고 햇다.
越冬用 水道 溫방 設置을 이곳 成康 집까지 햇다.
正午가 되여 昌宇 집을 訪問햇다. 弟수도 大田서 病療하고 왓다기에 問病次 갓다. 그리고 故 李相駿의 墓祀이다. 老人들에 술 한 잔이라도 드려야지 햇다. 못 주겟소 하드라. 耕作도 할지 말지 하는데 그럴 必要 없고 茂草[伐草]해 주고 祭祀를 방에서 지내면 되지 못 주겟소 하기에 그것은 本人의 事情이고 人事를 다 가야 한다고 햇든니 不平한 그런 사람보고 논을 지라고 하드라. 말업이 왓다.

<1990년 12월 7일 금요일>
加工組合員 順訪[巡房] 豫定이다.
商務 姜信洐하고 同伴하야 小貨物車를 利

用해서 雲巖 思良里 梁仁鎬 雲巖所在地
崔海晟 照月里 韓點龍 新德里 李完儀 新
德所在地 申 氏 新平 洪宗杓 北倉 金宗錫
館村 故 金孝根의 子 工場을 둘어 驛前 金
海錫 9個 工場을 또 成居里 金 氏을 合처
10個 所를 둘어서 會費는 白米로 6袋를 受
集햇다.
밤에 成苑에서 舟川里 귀스[규수]가 있으니
觀選하라 햇다. 年令은 29歲이라고 햇다.

<1990년 12월 8일 토요일>
2주일 만에 주사일.
今日 字로 公課金 農協債務 新聞代 加工
組合費 飼料代 畜牛資金 全額을 完拂햇
다. 參茂 外上代 約 60萬 원이 支出함.
이웃 婦人들이 成康 집에 와서 結婚에 協
助해 주드라.
60日 만에 理髮을 햇다.
밤에 成曉 母는 말하는데 서울 成英이가
全州 相範 母을 通해서 찹쌀 좀 하고 깨 좀
하고 白米 1叺만 주시라고 傳해 왔다. 그런
데 成東 母는 말하기 難하다고 햇다. 내가
말 하마 {햇다}. 其도 子息이고 生活難인
듯싶어 마음 괴로왔다.
밤[잠]이 들지 안 해 2時경에 잠이 드렷다.

<1990년 12월 9일 일요일>
水原 成康 結婚日이다. 約 30名 程度 豫定임.
아침에 成東 - 메누리에 말하야 서울 成英
이에 白米 1叺 주워라 하고 줄 만하고 또
달아고 할 만한니가 要求하오니 此 車便에
실이라고 햇다.
夏期에 成玉 結婚 時 賀客들에 未安해기
에 今般 成康이는 再婚이고 車便이 不便
할가 바 一切 請諜[請牒]을 내지 안 햇고

一村에서도 알이지 안 해든바 1部에서 알
게 된 듯십다. 1家親戚은 1部 알게 하고 그
것도 1部는 알이지 안 햇다.
成康 結婚식 아침 8時 30分에 出發하야 水
原에 11時에 到着햇다. 成奉 事務室에서 1
時間 멈추다가 禮式場에 當到햇다. 안은
客이 募엿고 祝賀金도 2,700,000 收入이라
햇다. 分韋氣[雰圍氣]는 좋에[좋게] 無事
이 단여 왔다.

<1990년 12월 10일 월요일>
成傑하고 同行하고 全北뻐스 崔洪範 氏
相面하려 갓다.
어제 水原서 成奉가 兄弟分 11月分 用錢
10萬 원을 주드라. 담배 한 보루를 繕事[膳
賜]햇다.
午後 成康 內外가 왓{서} 新婚旅行을 단여
오면서 들엿다. 바로 水原으로 갓다.

<1990년 12월 11일 화요일>
任實邑事무소에서 會議이가 있어 靑少年
善導敎育 指導者大會를 邑事무所에 開會
된바 多數가 募[募]엿다. 첫눈이 왔다.
成傑 觀選햇다.
水原서 成傑이 寫眞을 要求해 왔다.

<1990년 12월 12일 수요일>
全州 保聽器 藥도 사고 改造도 하고 해서
全州에 갓다.
金二成 氏를 相面한바 不遠 土地代 殘金
하고 90年度分 土稅 120k을 要求해서 언
제든지 오라 햇고 準備가 되앗다고 햇다.
밤에는 桂壽里에서 斗洐이가 전화로 宗山
林道 關係 및 曾祖妣 墓所 作業上 오라햇다.

<1990년 12월 13일 목요일>
12時경에 桂壽里에 當했다. 成俊 집에서
中食을 때우고 斗洐이를 對面했다. 山所
作業은 午後 4時에 하겟다고 했다. 薦宇 氏
를 慕侍고 山所를 둘여보고 宗山 境界線도
아라내고 했다. 作業은 5時경에 着手하는
데 時間當이 안니고 特別이 도모리[도급
(都給)]로 代金을 定하는데 10萬 원에 結
定하야 作業은 끝냈으나 峰축이 적고 볼품
이 없다.
薦宇 흔우 各者에 治下[致賀] 條로 萬 원
식을 주고 왔다.

<1990년 12월 14일 금요일>
來日 서울行 特急列車票를 付託했다.
全州에 金二成 氏가 쌀하고 土地 殘金을
가지려 11時에 온다고 했다. 成東이는 江
原道 視察하려 갓고 메누리는 昌宇 집 김
장하려 갓다. 쌀은 準備되고 돈은 通帳을
주면서 驛前에서 빼시요 햇다. 통장에는
3,491,000이 積金이 되여 잇드라. 土代
1,590,000원을 引出하면 通帳 殘高額은
1,901,000이다.
11時 正刻에 全州 金二成 氏의 子가 車로
왔다. 驛前에서 一金 1,588,000원 빼주고
白米 12kg을 실이여 보냇다. 金二成 氏와
는 完全히 90年度 會計가 끝이 낫다.
全州에서 成傑 水原서 成允가 午後에 왔다.

<1990년 12월 15일 토요일>
어제 水原서 成允이가 와서 오늘 갖이 同
行햇다. 水原까지 旅비는 다 섯다.
全州서 3時 15分 出發하야 水原 6時 着 約
3時間이 걸엇다. 夕食은 成康 집에서 하고
밤 9時경에 成奉 車로 出發하야 範이 집에

당하니 成康 成愼 갖이 同乘하야 11時엿
다. 잠시 이야기 좀 하고 보니 12時 成康 成
愼이는 보냇다. 範 집에서 成奎하고 갖이
同寢했다.

<1990년 12월 16일 일요일>
아침 早起에 6時 30分쯤 食事를 하고 8時
경에 貸切뻐스로 出發하야 서천에는 12時
경에 到着햇다. 1行은 崔鎭鎬 內外 完鎬
內外 成奎 三父子 範 內外 妹兄弟 3채 사
위만 南禮 兄弟만 不參햇다.
中食은 미리 하고 2時에 禮式을 하는데 中
間에 正彦이 新婦가 쓰려질아고 하는데 外
인이 부축하야 執行 中 사진을 촬영 무렵
休息을 하다 新婦를 의자에 休息을 시키고
잇다가 겨우 마치엿으나 不安햇다. 新婦 身
病 中이고 또 當日 食事도 못 하고 해서 精
神이 異常이 생긴 듯십드라. 完鎬에만 傳
하면서 作別하고 大田 票를 사서 天安으로
도라서 全州에서 집에 오니 9時엿다.

<1990년 12월 17일 월요일>
家庭에서 살펏다.
成東이는 방아 찌엇다. 終日.
어제 成傑 男女 觀選을 햇다는데 궁금햇다.
논이 좀 내렷다.

<1990년 12월 18일 화요일>
집에서 家事 政理[整理]했다.
工場에 공고노라를 設置햇다.
도란스를 달아야 된다고 햇다.

<1990년 12월 19일 수요일>
加工協會 月例會議이다. 加工協會費 12萬
원을 準備하고 갓다. 全員이 募엿다. 相助

會비 存續키로 햇다.
全州로 沐湯하려 갓다.
듯자니 嚴萬映 妻가 何等의 내더려 契가리
를 부치라고 햇다니 기분이 不安햇다. 전화
로 昌宇에 무르니 昨年에도 昌宇가 안 햇
다고. 元側은 昌宇가 不良者로 본다.

<1990년 12월 20일 목요일>
아침에 昌宇 집을 갓다. 七星契가리를 昨
年에도 안이 치루고 今年에 안 치루나 햇
다. 契 自體는 旣이 깨긋는데 契員 1部를
召集해서 契돈을 내노코 分配해 주고 破契
를 宣言해라 햇다. 何等 嚴仁子 母가 나보
고 契가리를 치루라고 間接的으로 傳해오
니 챙피하다고 햇고 그것들에서 창피당할
必要 없이 안나 햇다. 제수는 돈 없어 그럿
타고 하는데 갓잔트라. 무순 돈보다도 契돈
은 창기여 창피를 免해야 하는데 햇다. 죽
은 엄순경 妻가 나하고 유감이 잇는 듯싶은
데 其者하고 是非하면 재수 없어 말하지
안는다.

<1990년 12월 21일 금요일>
全州 徐東辰 社長을 相面키로 하야 出發함.
新畓 客土事業에 對한 打合 要指[要旨]
레미콘 工場 事務室에 對面햇다. 10餘 日
만 기드려주면 客土를 주마 햇다. 屛巖里
林永春의 土地를 利用한다 햇다.

<1990년 12월 22일 토요일>
1般벼 買上이 小量이고 나마도라 가겟으니
가 工場으로 多量이 募여 드럿다. 白米代
는 袋當 80k入이 9萬 程度이니까 買上價
만은 못하여도 할 수는 없겟지만 앞으로 米
價는 下落勢가 分明確하다.

年負狀이 왓다. 任實 - 李康燃 晉相鎬 南
原 崔正宇 全州 崔宗彦이엿다.
방아는 近間 多量을 찌엿다. 30叺 搗料햇다.

<1990년 12월 23일 일요일> 陰 11月 初 7日
成傑이 結婚 觀選日이다.
淳昌에 朴順愛(朴日成 妹)가 招介하는데
34歲 同甲이고 裵永植 妻가 招介하는 데
는 30歲로 宮合이 좇으라. 本日 兩側에 同
意 同日 觀選키로 하는데 午後가 된 듯십
다. 時間 成傑이가 와서 定해야 한다.
全州에서 同和會가 召集되여 參席햇다. 從
前 비슷햇다. 約 20餘 名이엿다. 다음 91年
度 1月에는 내가 有司라고 햇다.
成傑 觀選 件은 成傑이가 館村 妹의 집에
서 전화로 通話하야 全州에서 34歲자리는
3時에 30歲자리는 4時에 別途로 相{面}키
로 하야 全州로 떠낫다.

<1990년 12월 24일 월요일>
成傑이 어제 觀選은 34歲자리는 마음에 덜
들고 30歲자리는 오늘 다시 한 번 더 만나
기로 햇다고 드럿다. 大學卒生라고 드럿는
데 아마 중퇴나 하지 안 햇나 십다. 成傑이
만 盛婚[成婚]시키면 다음 兄弟 둘은 內연
으 貴수[閨秀] 잇는 듯십다고 드럿다.
單便[簡便]하게 되엿는데 成傑이가 大事
이다.
終日 舍郞에서 日課를 보냇다.

<1990년 12월 25일 화요일>
忠告하라.
일반벼 共販用 30袋를 作石햇다.
終日 舍郞에서 書役만을 하고 讀書만을 일
삼고 잇다. 書役은 死後 遺言書를 作成 秘

裝[秘藏]햇다. 生存 時는 發表를 못한다. 終身 時 發表할 計劃이다. 80歲은 넘겨야 할 計劃인데 其間 保身을 尊守하겟다.
養老堂은 뜻이 없다. 멋 분이 뜻이 맞이를 안는다. 其者들 對面 안니하면 되는데 마음 괴롭일 必要 없다고 본다.

<1990년 12월 26일 수요일>
今日은 日氣 不順으로 出入 禁하고 舍郎에서 年中 收入支出을 計算해 보왓다.
歲入은 16,083,850 - 14,808,438 = 1,293,412
成東이 內外 支出은 正確하지 못하다.
子息들이 年中 父母 用錢으로 준 돈을 區分해 보니 成曉가 26萬 원 成康 630,000 成奉 600,000 成東 525,000 成용 16萬 원을 드려왓다. 2,175,000이다.

<1990년 12월 27일 목요일>
終日 舍郎에서 讀書만 熱讀햇다. 柳正進이가 왓다. 七星契 募臨을 갓도록 하려고 햇다. 丁俊浩가 名色 契長이니 打合해서 自己 집으로 募臨을 갓도록 하라 햇다.
第二次 벼 共販이 大里에서 있엇는데 28叺를 가지고 한바 운봉벼이고 二毛作品이라 1等 半 2等 半을 밧고 一金 1,111,670원 밧고 왓다. 내게 用錢으로 10萬 원을 주면서 殘金은 預託하겟다고 햇다.
그려면 네의 殘財 預託金은 全州에 7,50萬 하고 驛前 投資畜協에 240萬 - 今日 벼代 100萬 원 게 10,90萬인바 其中 2百萬 원은 成允 條이 그리 알고 네의 條는 全部 3850萬 원 줄 알아라고 햇다. 驛前 畜協 條 340萬 預託金이다. 今日 字로 確認햇다.

<1990년 12월 28일 금요일>
任實 文芳具店[文房具]에 가서 筆記道具 1切을 購入해서 왓다.
집에 온니 山西 白云里에서 裵京植에서 왓다. 카터機를 5萬 원 오수에서 相逢하고 건너주웟다.
尹 生員 內宅이 왓다. 舍郎에서 단 둘이 잇는데 말하기를 지당양반이 애기가 없으니까 養老堂을 자자이 간는데 아마도 화토노리 하는 것 같으니 한번 가 보시오 햇다. 나는 그런 데는 못 가겟오. 남의 실어하는 데 갈 必要 없고 남의 일에 눈총 맞을 必要 없소 햇다.

<1990년 12월 29일 토요일>
成傑 結婚이 成事가 不能한 듯십다. 아마도 무슨 바람이 불어든 듯십다. 이 마을 人心이 不良한 者 잇는 듯십다. 멋 놈이 잇는 듯싶은데 今年 봄에도 改畓[開畓]하는데 郡에다 전화로 防害者[妨害者]가 있엇다.
成東이는 서울 結婚式에 갓고 나는 終日 舍郎에서 讀書하다 85年부터 現在까지 銀錢 銅錢을 募은 것이 全部 區分 整{理}해 보니 212,000원이 되드라. 外出하야 枝甲[紙匣]에 든 銀{錢} 銅錢는 机에 募왓든 것이다.

<1990년 12월 30일 일요일>
道峰 李奉根 子 結婚式에 參席햇다. 次子 參子을 한 禮式場에서 同日에 式을 擧行햇다. 中食이 끝이 나기 밥으게 왓다.
全州에서 成曉 內外가 왓다. 用錢 參萬 원 가저온 것 갓다. 주원도[주어도] 고맙게 生覺하고 바다도 不安하는 時가 잇다. 其中에 父는 不安하다.

年 日記帳을 사왔다.

꿩을 한 마리 가저왔다.

夕陽에 보니 成曉 內外는 驛前에서 麥酒 1 상자 보내 왔는데 生前 술을 바다 보내는 것은 처음 잇는 듯십다.

<1990년 12월 31일 월요일>

任實 農協 - 全州에 갓다. 成康 母하고 同行하야 全州 미신[미싱(재봉틀)] 쎈타에서 修理하고 왔다. 大宗契錢 全州 全北投資銀行에서 利子 計算햇다. 任實 條는 1월 3일 오라 햇다.

新平 農協에 갓다. 成東 條 完宇 條 75萬원 利子 今日 現在로 8,290원 整理햇다.

全州 - 任實 - 新平 - 3個所를 단엇다.

成傑이가 단여갓다. 觀選계{획} 이 해는 어그려젓다. 惡條件의 舊해 잘 너머갓다. 지긋 〃 하다.

1990年 庚午도 저무려간다. 한 가지 꼭 못 이룬 게 成傑이를 未婚으로 넘기게 되니 眞心으로 마음 괴롭다. 이래저래로 해 보와도 成立이 안 되고 相對方에 하자고 하면 이곳에서 마음이 안 들고 내가 마음 들면 그곳에서 不應하니 難抗[難航]이 만타. 그려나 내의 今年 運數가 每遇 不運이엿다. 12월 까지도 불운이엿다. 맛즌 點도 잇드라.

收入支出 狀況

歲入	歲出	殘金
24,183,850 -	20,140,855 =	3,942,950 黑字

子息의 收入　　　　　2,275,000

〃　〃 支出　　　　　2,151,020

殘 123,980원 殘 現在 使用하고 잇다.

<1990년 별지>

成東에 怨望하고 십다.

成東이는 子息들 中 財願[財源]은 相當하다. 財産은 分別的으로 말하면 그대로 제의 生前에는 넝넉하리라고 본다. 子息 없기에(딸 하나) 支出은 生活費 用錢을 除하고는 없겟다.

收入은 年 〃 擴大되며 多額이 될 것으로 본다. 收入의 原因은 첫재로 家屋 大建物하고 방아실에서 收入 田畓에서 收入 其他 收入을 올이는데 成東의 財産이라면 못텡畓 三斗只 後田 一,八〇〇坪뿐이다. 방아실 家宅 全體 새봇들 배답논 全部 八斗只 後野밭 一,二〇〇坪 뒤밭 그리고 터밭까지 全部가 父 財産이다. 이와 갖이 내의 財産을 使用하고 耕作하면서 月當 用錢 四萬원을 준다고 하니 말없이 받으나 그것도 제때 주지도 안는다. 한집에 同居하지만 마음 不安 時가 한두 번이 안니다. 나무 집 老婦夫가 달앙하게 生活 狀況을 보면 부려케 보인다.

親友 一家親戚 冠婚喪祭 參禮하는 데 빼놀 수 없이 단인다. 年 相當한 돈이 要한다. 그려면 서럽게 융통하고 또는 돈을 내라 하면서 只今까지 지내오다 내의 回甲 또는 妻의 回甲이 當하면 많은 賀客이 온다. 結局에 收入支出 結算한다면서 祝儀金을 가지고 需製品代 一切을 除하고 回甲을 當한 사람은 사진 一枚 차지한다.

父母의 回甲이면 子息들이 募여 相議하야 너는 무었을 當하고 너는 돈을 얼마 내고 너는 무엇을 責任지여 父母 回甲에 願滿[圓滿]히 해드리자 그게 道禮인데 成曉 長子라 한 者는 行위가 낫은 제가 내고((들역 놈이 짠 것은 먹고 山中 놈이 물 쓴 格)) 父

母를 팔아서 生覺한데기 한니 그계 子息의 禮儀인지 모르나 不行之事로 본다.

今年 七月 二十九日 成玉이 結婚 時 滿 七年 만에 成婚을 햇다. 그려면 六, 七年間 他人의 禮式에 參席하는데 祝儀金 其他 愛勞[隣路]가 많햇다. 禮問도(품마시 格이다) 將來를 위해서 訪問한다. 六, 七年間 其의 祝儀金도 多額이 支出되엿다. 그려데 今般 成玉의 婚事 時는 機侍[期待]를 가젓다.

그러나 祝儀金은 約 三百萬 원 以上이 收入햇는데 婚需品代 物品代 무엇〃〃 除하고 겨우 아버지 生覺한다며 用錢 쓰라고 돈 貳拾萬 원을 주니 마음 不安햇다. 他人의들으 말에 依하면 兄弟間 結婚 父母回甲이면 一切 子息들이 負擔하야 成事한다고 들엇는데 우리 집 子息들은 그것이 안니며 들여온 말에 依하면 全州 相範 母부터(큰 메누리) 子息之事는 婚事 時 父母가 責任저여 한다고 한다기에 熱이 낫다. 그려면 父母가 아무것도 없어도 {책임을} 지는지 不幸이 안닐 수 없다. 내의 財産을 가지고 두고 子息에 언저 살아야 하는지 이제부터는 子息이라고 情과 뜻이 머려저 가고 잇다. 用錢이 担時[恒時] 不足하고 支出處가 만타. 아즉 一身는 健康한니 出行이 만타. 첫채로 宗中 代表者 된니 宗事로도 私錢이 多少 든다. 큰돈은 宗中에서 支出하지만 말 내지 못한 돈도 든다. 둘채로 同窓會長의 責任 下에 있으니 빠질 수 없어 定期總會 或 觀光旅行 셋채 地方 束綿契長[束錦契長]의 責任이 된니 맞안가지로 多額이 든다. 鄕校도 出入하고 七七稧가 잇는데 年中 二回 募臨이 잇다. 場所는 鴨錄江[鴨綠江]이다. 養老會도 參禮 觀光도 간다. 冠婚喪祭에 간다. 子息에 거짓말도 못 하고

꼭 들 돈만 말한다. 딸 子息이지만 그려케 用錢 要求도 못할 立場이다. 이와 갖이 支出額 만은데 成玉 結婚 祝儀金에서 二〇萬 원을 주니 기막힐 形便이엿다. 다음에 품마시로 갚으라 하는데 이려는나 햇든니 그 돈은 주마 햇이만 더려워서 子息이지만 말 못햇다.

成曉 成東 둘 子息 많은 父母로서 좇이 못한 者들로 본다. 두 兄弟가 무슨 공작을 하는지 存細이[仔細히] 파악치 못햇지만 八月경 成東 母 또 메누리 말을 드리니 全州 相範 母가 夕陽에 와서 말하기를 나는 조금도 生覺지 안코 아버지하고 하번[한번] 따져 보겟다고 왓는데 어데 가시나 하면서 창평리만 생각한다며 아버지의 財産도 살아서 結定하야지 死後에는 큰 살판이 나다면서 목을 저야 한다며 相範 아버지도 등도 이제는 창평리 제수에 가서 문대달고 햇다고 내게 傳해 왓다. 그 소리를 듯고 熱이 낫다. 갖이 없어 보이기 始作햇다. 成曉는 財産 相當하는데 全州 家屋만 하드래도 機仟萬[幾千萬] 원이고 田畓도 수百 평인데 家族 食糧은 넉〃하는데 속담에 절의 중이 불공에는 不盛實[不誠實]하고 재밥에만 精神을 쓴다는 行爲와 갖이 全州메누리는 成東 內外도 갖이 父母의 財産에만 精神을 쓴 模樣인데 그려한 사람들에 몸을 依託하니 道理에 내가 어긋나지 안나 햇다. 잘 생각해서 精神 써야 할 내의 處地……

七月 五日 보리 共販해서 八二萬 五仟 원을 收入해 밤 成東이가 왓다. 舍郞에 淸算하는데 메누리는 用돈 얼마나 드리가요 햇다. 너이 알아서 도라 햇다. 實地는 拾萬 원 以上은 줄 터이지 生覺햇지만 메누리는 五萬 원을 드리지요 하기에 不安하고 잇는데

成東이는 말하기를 아버지 무슨 돈을 五萬 원 드리느냐 햇다. 熱이 生起는데 成東이는 술이 滿취가 된 者를 호통을 치면 이웃이 큰 굿을 보게 되여 참고 五萬 원은 받고 밤새도록 잠이 오지를 안 햇다.

來日 한번 말해 보겟다고 생각하고 夕食後 成東이는 또 술이 만취가 되엿다. 너이들 하는 行爲가 못 되엿다고 하고 갖이 한 집에서 同居하기는 어렵다고 하고 네의 재산이 따로 있으니 別居 나가라 햇다. 보리 買上해서 八拾여萬 원 以上을 收入하면서 돈 五萬 원이 用돈이라고 말이 되는야 햇다. 이제사 나가라 한다고 不平을 하는데 그것을 데리고(무식한 놈) 말하다 말았으나 後日에 메누리는 三〇萬 원이라고 내노의면서 쓰라 하지만 그 돈을 받아 쓰게 되면 차차로 不安感이 高調될 것은 事實이고 내로 因하야 온 家族이 不安하겟기에 참앗다. 그려나 成東이하고는 同居는 하지만 每事에 뜻이 없고 不平만 滿 〃 하다. 감정이 父子之間이지만 가시지를 안는다. 하도 갯심하기에. 제가 只今 내 재산 내의 것으로 제 멋대로 살면서 父母의 侍待이 아주 不良하다. 아무리 못 배웟지만 見文[見聞] 知識이 그려케도 모자라는가.

여려 가지로 생학하다가[생각하다가] 父子이 갖이 술을 들면 住民들이 최내우를 엊이 볼는지 몰아서 于先 그 조화하고 길겁게 때때로 드는 술을 單的[端的]으로 一時에 입을 때 버렷다. 每日 술 生覺은 間懇[懇切] 햇지만 男子가 한번 覺悟와 決心한 以上 입을 대면 子息들 속이 데려다 보이게 되고 술을 들면 每日 家政不和가 생길가바 떄는데 마음이 괴로왔다.

親舊들은 술을 끄는 데 理由가 무엇이냐 햇고 某人는 당신이 술을 끈으면 成東이에 對한 誤該[誤解]도 잇을 것 갇아고 햇다. 其者가 오해하고 능정이 나도 할 수 없다고 햇다. 實은 成東이로 因해서 끈는 것은 事實이니까. 用錢이 없고 用錢이 必要하는데 子息들에서 드려오지는 안코 하면 달알 수도 없고 창피가 莫心[莫甚]하면 이웃 尹鎬錫 氏에 가서 말문을 열고 拾萬 원을 빌여 쓰는 일이 한두 번이 아니다. 未安하기도 하는데 金錢 据來[去來]도 하는 데만 하지 딴 人에 새삼 말하기는 難한 것이다. 아즉 身體에 異常 없고 健康 中이니 其間에는 一切으 재산에 對한 擧論은 하지 안코 終身 무렵에 遺言으로 子息 全員 앞에 세워 노코 付託과 다짐하는데 個人的으로는 分財하지 안코 全 子息으 共同所有 財産으로 묵겟다. 子息들에 共同所有權 目錄은 다음과 같다.

一. 첫재로 방아실 崔乃宇 재산.[84]

---

[84] 공동소유권 목록은 한 가지만 쓰고 나머지는 쓰지 않았다.

1991년

<내지1>
一九九一年 辛未 家政日誌
一月 一日 正初 崔乃宇 謹書

<내지2>
謹賀新年
西紀 一九九一年 辛未 元旦
昌坪 崔乃宇 謹書 (印)

<내지3>
西紀 一九九○ 庚午年 業績
一. 送舊迎新年을 마지하야 九○年 한 해는 多事하고 多難해엿다.
一. 國家的으로도 世界的으로도 庚午年는 多事多難해엿음은 世界人들이 確認햇다.
一. 世界的으로는 于先 이라크와 구에이트 紛爭이 高度로 是非 中이고 蘇聯도 開放政束[開
    放政策]]을 한다고 해서 고루바초푸 大統領이 不安해 잇고 美國도 이라크國과 戰爭準備
    에 熱을 올이고 兼해서 우루과이라운드 關係로 골이[골치]를 알고 잇다. 英國도 그려타.
一. 國內的으로는 첫재로 學生들 데모와 勞使분규와 殺人强도 및 범죄와 戰爭 宣布 南北
    高位級 三次會談 蘇聯과 修交 成立 等 〃으로 多事多難해엿다.
一. 家庭的으로는 近年에 없든 多事多難해엿다. 첫재로 農土가 擴大되여 農事 大業이였다.
    둘채로 近間에 없는 多收穫에다 收入이 무려 二四,一八三,八五○원 – 支出이 二○,一
    四○,八五五 – 約 四,○○○,○○○원으 殘高를 냇다.
◎ 子息으로부터 個別的 用錢은 二,二七五,○○○이고 支出도 二,一五○,○○○원이 支出
    되엿다.
成傑이를 未婚으로 한 해를 보내니 아십다.

<1991년 1월 1일 화요일>[85]
辛未年 운수
<u>家長의 運수를 보니 大運이드라.</u>
<u>1990 庚午年 週事 – 新年 91辛未해 設計誌</u>
1990年度 庚午해를 보내면서 終日 生覺하
니 眞心으로 多事多難해엿다. 收入 多量이
지만 支出額도 巨額이엿다. 收入 巨額이라
支出도 巨額드라.
其中에서도 내의 個人的 支出이 約 200萬
원쯤 되니 想當額[相當額]이엿다. 理由는
90年度에 有得[惟獨]히 出入이 많앳다.
官婚喪祭費[冠婚喪祭費]가 <u>60萬 원</u> 耳 保
聽器[補聽器]代 <u>650,000</u> 治料[治療] 및
藥代 <u>370,000</u> 外出 時에 酒代 뻐스 택{시}
비 其他해서 <u>380,000</u>원이 되엿다. 子息들
이 其 錢은 메궈주엇지만 過拂됨은 確認하
고는 잇다. 明心[銘心]해서 今年에는 其
支出額을 50% 削減할 計劃이며 90年度와
如히 子息들이 用錢을 變함 없이 入金해
준다면 預託金을 올여볼 생각이다.
家政之事를 整理해 보니 <u>農協債務額은 約</u>
<u>壹仟萬 원 程度</u> 되는데 利子가 年 3%자리
最高 5% 利로 하야 3年 居置[据置] 5年 償
還 條가 잇고 5年 居置 5年 償還 條도 있서
加可捨하다. 成東이도 畿百[幾百]자리 預
託金 通帳도 마련되엿다. 例를 들면 畜協
에 240萬+벼 買上代 100萬 원 土地 買入
金 5百五拾萬 원이고 不遠이면 家畜 小牛
賣渡하면 約 百貳拾萬 원은 收入하야 계
<u>9,900,000원(10,100,000)</u> 無難하며 年次로
元利가 느려간다. 아즉은 巨金이 支出이
없다.

91年 辛未해를 設計도 해본바 農作도 變
함 없고 收穫은 比交的[比較的] 느려날 것
으로 生覺된다. 담배 坪수를 늘이고 고초
坪도 늘일 計劃이다. 다음 計劃은 位先[爲
先]인데 내의 生存에 先考 碑石은 立石할
豫想이다. 私宗中 位先事業해야 한다.
다음은 家屋 修理도 해야 한다. 成傑 結婚
도 成事해야 한다.

<1991년 1월 2일 수요일>
遺書 初案[草案]을 正書 中이다.
大里 李祥云 女息의 結婚에 參席햇다.
예수교 식으로 進行 中인데 長期間 을 要
하드라.
客도 比交的 多數가 募엿드라.
中食이 끝이 나가가[나기가] 밥으게 出發
햇다.
집에서 舍郞[舍廊]에서 遺書 初案을 正書
로 作成햇다.

<1991년 1월 3일 목요일>
昌宇 宗土稅 90k×1叺代 拾萬 원 入金햇다.
90年度 末 年賀狀을 보내주신 삼람은 다음
과 갖다.
서울　　　　－　　　　尹宗九
　〃　　　　　　　　　崔鎭鎬
　〃　　　　　　　　　鄭형식
國會議員　　　　　　　洪英基
서　울　　　　　　　　李鍾鳴
　〃　　　　　　　　　申國茂
館　村　　　　　　　　吳永雲
　　　　　　　　　　　孫周恒
서울 朔寧 崔氏 大家擇本部
南原　　　　崔康姬
　〃　　　　崔正宇

全州　　朴泰圭
以上 사람에 感謝를 드립니다.

舍郎에서 遺書 正書 12日채 햇다. 理由는
여러 가지다. 첫재로는 年令이 69歲로 眼
力도 不足해지고 두채로는 頭念도 不足하
고 셋재로 手力의 筆載할 수 있을 時에 作
成하려 한다. 90歲가 不遠인데 生命도 保
章[保障]할 수는 없다.

<1991년 1월 4일 금요일>
눈은 좀 내렸으나 대채로 맑음.
오날도 外出 안코 終日 舍郎에서 遺言書
正書만 하고 硏究햇다.
韓상俊가 왓다. 養老堂 總會 日定[日程]을
定햇다고 햇다. 1月 7日로 定하고 有司는
丁奉來라고.
韓相俊을 보면 嚴俊峰 사람으로 보고 俊峰
의 말은 1切 말하고 십지 안타. 나하고는 比
交的 相當 可態[可能] 없다.

<1991년 1월 5일 토요일>
通禮公 15代祖 以下 大宗中 定期總會日
이다.
任實 - 南原 宗中代表로 本人이 參席햇다.
日氣는 零下 10度인데 梧樹[獒樹]에서 택
시로 갓다. 募인 宗員들은 約 50餘 名이였
다. 決算報告 監査報告에 依하여 任員 改
選 討議 其他 끝이 낫다.
任員 改選에 會長 副會長 成萬 - 成五를
選出 顧問은 乃宇 外 3人 理事 10名로 構
成하야 13名이 宗員代表가 되{어} 決議權
을 付與[附與]햇다.
濟閣[祭閣]에서 1泊 햇다.

<1991년 1월 6일 일요일>
木川公 以下 族系 宗派 大宗會議이 있어
參席햇다. 案件는 歲入歲出 및 木川公 遺
蹟碑 建立의 件 宗垈 建立 決算案 等이다.
宗垈에서 會議가 되엿다. 族契宗員 20名
이 募엿다. 木川公 遺蹟碑 立石 委員을 選
出한바 崔成五 乃宇 炳日 聖宇 完宇 炳文
6名을 選任햇다.

<1991년 1월 7일 월요일>
養老堂 定期總會日이다.
눈을 조금식 終日 내렷다.
裵明善이는 今日 土地 賣渡用 印鑑証을
내왓다. 養老堂 收入支出 決算을 마처 주
윗다. 現金 849,000원 程[整]을 마럿다.
故 鄭太炯의 土地 現 養老堂 垈地 買入代
殘額이 參拾萬 원인데 里長게 保菅[保管]
中인데 回收해서 韓相俊 尹龍文을 帶同코
驛前 韓正玉 집에 갓다. 李孟任 故 太炯의
妻하고 鄭玉順 長女에게 垈地代 殘金 參
拾萬 원을 건너주면서 兩人 名儀[名義]로
領收證을 바닷다.
鄭玉順 말은 其의 印鑑을 서울서 鄭鉉相이
가 내는데 養老堂 會員 三人分의 앞으로
내왓는데 里 某人이 養老堂 會員도 안니면
서 自己의 名儀를 너서 印鑑을 내야하기에
其 印鑑이 必要 없게 되엿다면서 不平하드
라. 其者는 알고 보면 嚴俊峰이엿다. 其者
는 不良한 者로써 自請 위인이 되려한 者
이다. 언제고 두고 〃 보면서 其者가 꾀일
之事가 生起면 防害할 作定이다.
90年에 新平 新德 云巖[雲巖] 館村 四面
이 合병한 農協에 理事 選出하는데 金炯根
하고 對決하야 6, 7票 差異로 落選의 고비
를 본 者다. 組合長 一次 二次에 많은 票

差로 떨어진 者가 監査에도 落選者가 된 其者는 此後에는 무엇이고 圖人生이 된 者로 본다.

<1991년 1월 8일 화요일>
面 財務係에서 稅金徵收次 왔다.
昌坪 邊順禮 앞으로 昌坪 4번지 201坪 稅金 7,680원이고 大里 梁勝基 앞의로 3번지 82坪 稅金 3,140원인바 내가 生覺하니 내도 90年度에 1部 60坪 程度를 耕作한 事實이 잇는데 無菅[無關]할 之事가 안니드라. 그려나 大里 梁勝基 條는 稅金을 拂入햇다고 하드라. 邊順禮는(仁喆 母) 90年度에 耕作 抛棄한 者이다.
成奎가 全州에서 왔다. 成東이 保管 中인 40萬 원 拂入햇다고 햇다. 내의 用錢이라고 一金 貳萬 원을 주니 未安하기가 限없다. 그려나 餘恥[廉恥]없게 밧고 보니 未顔이엿다.
完宇가 왔다. 四星을 쓰로 왔다. 오래 사랑에서 놀다 갓다.
밤늦도록 來日 同窓會 書類을 作成햇다.

<1991년 1월 9일 수요일>
全州에서 同窓會議가 召集한바 10名이 募엿드라. 모두 오래만에 만나니 반갑드라.
經過報告 會則 郎讀[朗讀] 施正[是正]方案 等으로 進行햇다. 모두 異議없이 通過햇다.
事業計劃은 今春에 1日 코스로 夫婦同伴해서 대둔山이나 단여오기로 語約코[言約코] 作別.
大學病院 鄭用澤의 問病을 간바 除止[制止]하기에 창피해서 私情[事情]없이 왔다.
不遠이면 絶命 단계에 있다고 드렸다.

<1991년 1월 10일 목요일>
任實農協을 据處 畜協 단여 中央病院을 단여 代書所를 단여 嚴秉圭 氏를 相面하고 술을 들고 오는 길에 레미콘 工場에 徐東辰 社長을 맛나고 打合한바 裵明善 土地 賣買에 對한 手續費 土地代를 請算[淸算]햇다. 土代 60萬 원 登記費 5萬 원 내의 手工費 5萬 원 계 70萬 원을 받은바 大端 약은 者라 햇다.
夕陽에 屛巖里 林英春을 보려 간바 不在中. 韓云錫 宅을 訪問하고 또 술 한 잔 接待[接待]을 밧고 왔다.
집에는 成東 妻 古淑[姑叔]된 니가 왔다. 初面이엇다. 全州 산 者라 햇다.
徐東辰을 面談한바 泰植 田 18,000원 締結해 달아 햇다.

<1991년 1월 11일 금요일>
代書所 嚴秉圭 氏하고 相續 關係를 打合한바 現在 子息에 不動産 財政 相續해 주려면 稅金이 多額이고 客地에 잇는 子는 어려웁고 同居子는 可能하다 햇다. 그려나 父母가 마음가짐을 死後에는 權利 行事할 수 있는 遺書에 남기면 法的으로 保章[報障]된다 햇다. 그려면 客地에 있는 子息도 法的으로 保章이 된다 햇다.
舍郎에서 遺書 1部 整理햇다. 讀書만 終日 햇다. 養老堂 은 갈 데가 안다. 그려나 靑年들 놀 데가 없다고 하니 엽 방을 가로막고 貸與해면 될 게 안닌가 生覺한다.

<1991년 1월 12일 토요일>
徐東辰을 干연이[偶然히] 10日 字 相面한바 太植 田을 사달아 햇다.
아침에 鄭泰植에 電話을 걸어 大里坪 土地

를 팔겟냐고 무르니 팔겠다고 햇다. 慈堂에
相議햇나 햇든니 打合햇다고 햇다. 坪수는
約 6仟 坪쯤 된다고 햇다. 그려면 내가 仲
介를 할 터이니 他에 말 마라 햇다.
徐東辰 移轉 件으로 面에 간바 賣買證이
書式이 相違가 있서 用紙만 가지고 왓다.
成苑에서 複寫 10枚를 해 왓다.
來日 宗會에 回付[回附]할 書類을 作成햇다.
舍郞에 讀書만 하고 終日을 보낫다.

<1991년 1월 13일 일요일>
大宗中 總會에 參席할 會員는 10餘 名 豫
定이다. 豫定대로 10名은 未達해서 9名이
參席햇다. 宗會는 例年에 比해서 多數가
募여 九名이면 本會議는 始終 異議없시
願滿[圓滿]햇다.
밤 7時 半에 鄭泰植이 왓다. 本人의 土地
坪當 35仟 원을 要한는데 地方 市勢로는
最高價이기 때문에 말 못하겟다고 하고 保
安은 지키로되 他人이 或 오드래도 내게
미루워 달아 햇고 相對方이 生起이면 나에
게로 알이고 締結하라 햇다.

<1991년 1월 14일 월요일>
아침에 光州에 辰宇가 전화햇다. 要는 宗
員들 中 有特[惟獨] 完宇가 얄밉다 햇다.
自己의 回甲 때 못 왓으면 무슨 일로 못 왓
다면서 未安한 感도 없이 제의 子息만 結
婚하니 개심한다면서 明年부터는 宗會에
參席 안켓다고 햇다.
成東 母 藥 1제 내의 藥 5萬 犬 1首 燒주
내리는데 합해서 14萬 원이 要햇다. 成曉
母가 8萬 원 내고 내가 6萬 원 내 주웟다. 6
萬 원는 내가 代納햇다.
16日부터 戰時가 發生하면 油類價가 引上

될가바 3.5드람을 떼왓다.

<1991년 1월 15일 화요일>
金鎭玉을 同伴해서 徐東辰 레미{콘} 공장
警備員으로 就業시켰다. 條件는 月給으로
30萬 원 주고 뽀나스 年 4回를 주면 平均 5
拾萬餘 원이 드려시고 朝夕으로 食事도 工
場 內에 給食할 수 잇고 夜間勤務만 하는
데 밤이면 11時쯤까지만 巡察을 돌고 테리
비도 끄고 技士들 키(쇳대)를 整備하고 門
單束[門團束]하고 溫突방에서 4名이 갖이
자고 아침 8時면 집에 歸家하여 집안일을
볼 수 잇고 夕陽이면 5時 半에 가면 된다.
다음 大里에서 保藥材[補藥材]를 가저오
고 里長 捺印을 밧고 徐東辰에서 捺印을
밧고 新平에 廉昌烈 捺印 바드려 간바 不
在中. 來日 오기로 맛기고 郵替局[郵遞局]
에 保險料를 拂入하고 南原稅務署에서 稅
金 調定官에 自進申告한바 怜細[零細]工
場으로 指適[指摘] 되여 非課稅工場 思澤
[惠澤]을 보고 왓다.
夕陽에 丁俊浩 柳正進을 帶同하야 劉正子
집에 가서 七星契 書類을 본바 4年 前
124,000원 現在 元利 計算한바 22萬餘 원
이드라.
養老堂에서 韓相俊을 맛나고 죽은 里長
{正}石의 契곡을 會計하라 햇다. 不安感은
들지만 말햇다. 良心이 不良한 者드라.
終日 日課가 多事햇다.

<1991년 1월 16일 수요일>
先考 忌祭日이다.
新平에 諸 證明 내려 갓다.
廉東根이를 맛낫다. 地方議員에 出馬할 뜻
을 票言[表言]하면서 嚴俊峰의 意中을 뭇

드라. 나는 모르겠다 햇다.

昌宇보고 七星契 치르라 햇다. 性질을 내면서 日前에 計算해는 것을 서운하게 生覺하드라. 良心이 그러케 어긋난 사람이드라.

道峰 崔重宇에 갓다. 집에 잇는 것 같은데 없다고 하드라. 방금 경운기에 집[짚]을 시려다 놋코 牛舍에 틀임없이 잇는 것 가트라. 19日 契日이오니 꼭 參席 하라고 婦人에 말하고 왔다.

<1991년 1월 17일 목요일>
새벽 2時에 이라크 戰爭이 開始되였다.
午前 中에는 데레비전 觀視만 햇다.
午後에 徐東辰의 移轉登記次 任實代書所에 갓다. 李宗九에 付託코 오는 23日에 登記卷[登記券]을 찻겠다고 햇다.

<1991년 1월 18일 금요일>
오늘부터 藥 들기 開始했다.
里 爲親稧日이다. 放送으로 알이였다. 中食도 任實 백소[백송]會館에 付託햇다.
養老堂에서 爲親契 定期總會 開催. 全員이 募엿다.
收入 67萬 원 支出 債權 59萬 원 分給햇다.
中食은 任實 白松집에서 車便으로 운반해다 먹엇다.
죽은 韓正石 債務가 白{米} 6叺 4斗 加算出 햇다. 弟 相俊이가 不良한 者드라. 제의 兄 놋[논]은 제가 파라다 주면서 주지 안뜨라. 말햇든니 關係없다고 하고 다지면 兄의 논이 안니고 제 것이라고 햇다가 또는 契錢을 주면 外人것도 全部 주워야 하고 하드라.

<1991년 1월 19일 토요일>
이라크 구예트 戰爭 뉴스만을 보고 終日

舍郞에서 讀書 보다 日課를 보냇다.
成東이는 終日 방{아}을 찟고 햇다.
徐東辰은 裵明善 垈地를 코그링[포클레인]으로 地上 整理하고 가드라.
山西面 新亭里에 丁東根에 結婚 相談次 電話 連絡해본바 女子는 서울에 잇는데 只今 女子는 듯이 없는데 父母만 서든 것으로 안다.

<1991년 1월 20일 일요일>
오늘은 比交的 따듯햇다. 大寒인데도 아침에 裵明善을 訪問햇다. 日前에 徐東辰에서 土地代 60萬 원을 받은바 이제사 주웟다. 마참 裵明善이가 있서 多幸이드라. 手苦費로 3萬 원을 주는데 사양하다 結局 받앗다.
成康 집에 간바 成奉이가 왔드라. 어제 왔다고 햇다. 一金 拾萬 원을 用錢으로 준 것 갓다.
鄭東洙 氏 子 結婚에 단여왔다. 成傑 車便으로 간바 마음이 不安코 成奉 成傑 또 成奉 母도 엇전지 不安해지드라. 저의들길이만 言約한 듯십다.
必流에는 李叔子 成康 母는 分家해서 제의 子息 없[옆]으로 갈 것은 當然이나 于先은 내게 秘는 없어야 하는데 母子之間에 相當이 保安을 하는데 창피했다.
道峰 李鳳根 氏를 結婚式場에서 相面햇다. 崔重宇을 무르니 그 마을에서 不信者로 判定해서 金錢 윤통[융통]이 어렵다고 햇다.

<1991년 1월 21일 화요일>
새벽부터 비가 내렸다.
加工協會 面 分會日이다. 天雨 不順으로 無期延期했다.

終日 舍郞에서 宗中文書만 다루엇다. 書役
도 했지만 筆記力 筆體 樣相이 늘지를 안
는다.

<1991년 1월 22일 수요일>
一月 中 收金하야 할 金額
一. 徐東辰　　五〇,〇〇〇　土地 仲介料
一. 裵明善　　三〇,〇〇〇　 〃 〃
一. 成　金　　二〇,〇〇〇　交際費
一. 水原成康　一〇〇,〇〇〇　一月分 用金
一. 南原, 任實 大宗中　　　五〇,〇〇〇
　　宗中에서 宗中代表收用金
一. 其他收入 同窓會　　　　二〇,〇〇〇
　　年 收用金
　　　　　合計　二七〇,〇〇〇　　豫算임

新平面廳舍 新築推進委員會 召集이 있어
參席햇다. 約 40餘 名이 募엿다.
任員 選出에서 會長 副會長 監査 各 〃 選
出하는데 委員長이 所在地에서만 金允基
廉東根 1村人만 對決을 시켜 노니 기분이
少해서 兩쪽 다 손을 들이 안 햇다. 結局은
金允基가 選出은 되엿엿지만 元側[原則]
은 않이다.
嚴俊峰도 參席햇드라만 언제고 容貌는 좋
에[좋게] 안 보인다. 내가 所在地을 간혹
단이가 其者는 不安케 生覺할 터이지만 제
單獨 出入하면 공갈을 많이 칠 사람이다.
아주 응큼한 者이다.

<1991년 1월 23일 목요일>
任實代書所에 간다.
任實代書所에서 徐東辰 移轉登記卷[移轉
登記券]을 차자다 주고 登記料 殘 3,700원
을 차잣다.

村前 農路 捕製道路[鋪裝道路] 側量[測
量]을 하고 잇드라.
面長 直營事業인데 또 嚴俊峰이 낫은 내고
잇드라. 아마 里長이 外出하면서 俊峰에
付託한 模樣인데 제가 서든 것처럼 里民에
는 선전할 게다.
道峰里 李奉根 氏를 路上에서 相面햇다.
全州 간다면서 重宇가 來日 館村에서 벼
共販을 할 것 같은데 約 50餘 叺 한다는 말
이 잇는데 面에 督促하는 것을 보면 面에
서도 債務가 있는 듯싶다고 말하드라. 來日
꼭 가보겟다고 햇다.
全州 徐東辰을 骨材 砂石 關係로 두 번채
對面한바 最高로 貳萬 원을 말하드라. 그
래서 3萬 원 以上이라야 된다고 햇다. 겁만
내드라.

<1991년 1월 24일 금요일>
아침부터 비가 내렷다. 館村을 꼭 가려햇든
니 雨中라 못 갓다. 아침 전화로 道峰 重宇
에 土稅를 보내라 햇드니 婦人 말이 27日
보내겟다고 한니 미들 수는 없다.
山西 崔成天이가 단여갓다. 用務는 白米穀
商人이라 米價를 알아보고 米質도 알기 爲
한 듯십다.

<1991년 1월 25일 토요일>
아침에 面長에서 電諜으로 金炯順 氏의 生
日인데 招請이 왓다.
全州로 向했다. 電話가 故章[故障]이 나서
간바 三星 것은 三星社에서만 손을 보드라.
매겨놋코 보청사에서 藥을 構入[購入]코
바로 新平 金炯順 方[房]을 찾앗다.
中食이 끝이 난바 郭在燁가 다방으로 招致
코 對談을 햇다.

全州로 갓다. 宗親日이 來日인데 各 宗員
에 傳하고 내 집으로 오라 햇다.

<1991년 1월 26일 일요일>
私宗 高祖 以下 宗員은 炳基 炳列 重宇 昌
宇가 參席햇다. 歲入歲出은 原案대로 異議
없이 決算햇다.
中食을 맞이고 바로 떠나는데 택시를 부른
바 料金은 내가 주워 보냇다. 道峰 重宇 婦
人도 갗이 보냇다. 술이 나마서 養老堂에
보냇다.
過歲 後 正初에 碑石 立石 日字를 받기로
햇다. 從祖 鎭九 道峰 從祖는 今年에 立石
立碑가 어렵다고 햇다. 南原에 晉州 姜氏
大里 大門內 曾祖碑는 今年에 꼭 해야 한
다고 햇다.

<1991년 1월 27일 월요일>
今日은 本里 嚴俊峰 子 結婚 德巖里 金善
權 氏 女息 結婚 兩處인데 한쪽은 成東이
를 보내겟다.
아침에 鄭泰植을 전화로 徐 氏를 두번 對
面햇다고 햇다. 조금 더 기드리라 햇다.
金善權의 七女 結婚式에 參席햇다. 成東
이는 俊峰에 보내 주웟다. 禮식장에서 丁基
善을 相逢하야 택시로 自宅에 갓다. 잠시
對談하다 술 한 잔 하고 作別햇다.

<1991년 1월 28일 월요일>
全州에서 沐浴을 月만에 햇다.
집에 오니 桂壽里에서 成奉 完宇 谷城 炳
根 氏가 왔드라.
用務는 宗垈 竣工 및 木川公 遺蹟碑 除幕
식 經費 調達次였다.
炳列 炳基 全{州} 泰宇 基宇 完宇 重宇 乃

宇 連絡코 于先 現金으로 貳拾萬 원을 收
集해 주고 別紙와 如 領收證을 받앗다.

<1991년 1월 29일 화요일>
貴客들 3人하고 朝食을 맞이고 갖이 出發
하야 客들은 全州로 가고 나는 南原으로
卽行코 南原驛에서 炳文 氏을 相面하야
同伴해서 光州로 行햇다.
第一 訪 宅은 崔吉永 氏(成樂)을 相面하고
中食을 接待받고 自宅으로 갓다. 募金으
取旨[趣旨]을 말햇든니 一金 拾萬 원을 주
드라.
第二人者인 崔成植을 對面햇다. 印새業者엿
다. 此人은 贊助는 못 하고 旅費나 주겟다고
하고 約 貳만쯤 보터에[포켓에] 넛는 십다.
다음은 郵替局을 經營한다는 崔漢哲 者를
對面햇든니 1光州地區 朔寧 崔 同和會를
構[購]코자 해도 金錢이 없서 事務室을 準
備 못하며 此後로 未流드라.
다음은 崔明吉 前職 警察 者에 전화햇든니
바지 안트라.
다음 崔子俊 氏(亮宇)을 訪問햇다. 中食을
接待밧고 喜捨金으로 貳拾萬 원을 밧고 來
日 旅費로 貳萬 원을 받으니 大端이 感謝
하드라.

<1991년 1월 30일 수요일>
羅州에서 9時에 出發하야 10時경에 靈巖
에 當햇다. 바로 崔三星 氏를 訪問햇다. 이
웃집 婦人에 무르니 單 夫婦 살고 子息은
없고 딸만 둘인데 서울 갓다 햇다.
다시 出發하야 관선{으로} 行햇다. 崔준석
라는데 관선面에서 酒造場을 經營하는데
과수으 玆堂[慈堂]에 倭任[委任]하고 自
己는 光州에 있으면서 間或 來往하다면

{서} 無子息이고 女息만 둘이라 했다.
할 수 없이 樂安面에 成玹 氏 宅을 禮訪했
다. 來日이 莫童이 結婚이라고 온 家族이
募였드라. 侍接[待接]은 잘 받앗{으}나 喜
捨金에 對하야서는 父母는 幾拾萬[幾十
萬] 원 드려라 했지만 不應한 能度[態度]
이고 長子 말이 옛적에 10萬 원 주웟지만
所用없다고 하면서 전[저] 분을 주엇는데
(炳文) 하면서 絶〃 不應하고 日範이도 前
에 50萬을 냇다는데 그도 不應하면서 來日
뵙시다 했다.

<1991년 1월 31일 목요일>
아침 7. 30分에 朝食을 했다.
1泊 한 成玹 氏의 三男 結婚式場에(順天)
參席했다. 갖이 一金 萬 원식 祝儀金을 냇
다. 中食을 하고 다시 樂安 成玹 집에 왔다.
來{日} 日程을 짜보왔다.
밤늦게까지 새벽 3時까지 對話만 하는데
成玹 氏는 家族기리 對話하면서 술이 취한
듯십드라. 더 잇고 싶어도 約 6名이 새벽부
터 시크렵게 하는데 1時 1分이 새롭드라.

<1991년 2월 1일 금요일>
오늘는 如何間에 떠나자고 했다. 順天에서
10. 30分에 出發하야 釜山 着 1. 40分에이
엿다. 中食을 하고 海雲臺까지 오는데 1時
가 經過햇다.
梁山 기장에 밤 7時에 着하야 旅館에 投宿
햇다.
밤 8時겨에 珠宇가 旅館에 왔다. 대충 用務
을 맞엇다.

<1991년 2월 2일 토요일>
朝食을 珠宇 집에서 잘 侍接을 밧고 親友

車便으로 釜山까지 慕待여 주웟다.
釜山에 當한니 弟을 불어내고 喜捨金과 旅
費까지 厚儀 侍接을 받앗다. 車票을 끈어
주는데 未安하기 限이 없었다.
順天에서 中食을 하고 求禮을 거처 鴨錄
[鴨綠]에 왓다. 崔仁宇을 무르니 {不}在中
이여서 다시 谷城으로 向하야 南原에 밤 8
時쯤 下車했다.
成樂 집으로 갓다. 夕食을 시켜 먹고 잣다.

<1991년 2월 3일 일요일>
炳文 氏하고 收入支出 決算을 밧다. 決算
은 宗員들 준 旅費였다. 九萬 원이 收入인
데 支出이 四八,〇〇〇원이엿다. 겨우 赤
字는 며구었다. 朝食이 끝이 나자 바로 出
發코 炳文 氏하고 作{別}햇다.
집에 온니 無故하드라. 光州 羅州 靈巖 茂
橋[筏橋] 順天 釜山 南原을 居處 五泊 六
日 만에 歸鄕했지만 多幸하게 無事이 任務
를 맞엇다. 訪問 宗家가 多數 잇이만 終決
햇다. 南道 近方 贊助金은 別紙와 如히 五
二萬 원이였다.
補血注射를 마잣다. 二〇餘 日 만이엿다.

<1991년 2월 4일 월요일>
補藥 三첩 三六,〇〇〇원에 行商에서 買入
햇다. 目的 內外 分 成康 母 分이였다.
大里 養老堂에 갓다. 暫時 기드린바 술이
나왔다. 郭在燁 氏는 自己 집으로 가자 햇
다. 其의 집에서 술 몃 잔을 했다. 康敏根
氏를 맛나고 집으로 가자 햇다. 柳允煥이를
맛낫다. 머신가 不安心理드라. 李相云 집
에 간바 또 술이 나와 몃 잔 한바 醉햇다.
오토바이를 操心[操心]스럽게 타고 왔다.

<1991년 2월 5일 화요일>
任實 畜協에 갓다. 宗錢 一,一五五,〇〇〇
원을 預託하고 一年 滿期로 九五,三〇〇원
은 引受 此金은 年 會長 年 判公費[辦公
費] 除除金이고 宗員 豫{備}費로 除한 金
額이다.
李康燃 白露觀光 代表理事을 相面코 왔다.
補藥 三첩을 짓코 三 內外에 分配해 주고
此後에 다려 먹으라 햇다.

<1991년 2월 6일 수요일>
鄕校誌 編冊代를 斗流里 金二成에 보낸바
于今 冊字가 오지 않애 알고 보니 서울 病
院에 入院 中이라 햇다.
任實을 据處 舘村까지 단여왔다. 客土를 알
아보기 爲하야 甘城里에 가보니 不用하드라.

<1991년 2월 7일 목요일>
崔瑛斗 氏하고 嚴俊峰 同伴해서 舍郞에
왔다. 暫時 잇다가 地方議會委員을 出馬코
저 하오니 뜻이 如何인지요 햇다. 잘 生覺
해서 하되 各里 輿論을 듯고 잘 設計해 보
소 햇다. 廉東根이는 分明히 出馬 票言을
하며 嚴俊峰가 出馬하다는 말을 하드냐고
햇다. 郭道燁으는 俊峰 生覺으로 두려워
하지 안트라. 또 李鉉雨도 그려케 生覺하
드라. 그러나 昌坪里에서 雙立이 되면 被
此[彼此] 不利함은 뻔하다. 例年에는 組合
長을 立候補도 말 한 마디 없든 者가 今般
에는 내의 意中을 드려온 것은 其 底意를
모르겠드라. 四派戰이 되면 廉東根이가 有
希望함은 두 번 말 必要없다.

<1991년 2월 8일 금요일>
全州 泰宇을 터미날에서 對面하고 南原 宗

中 錢을 五萬 원 받아다.
舘村 炳基는 海南宅 便에 보내주마 햇다.
斗流 炳列 氏는 驛前 沈參茂 집으로 보내
마 햇다.
李今八이를 驛前에서 對面하고 콤쿠링[콘
크리트]으로 土力을 付託한바 舊 歲慕[歲
暮] 後에 해 주마 햇다.

<1991년 2월 9일 토요일>
舘村 斗流 炳基 兄弟分에서 一金 什萬 원
이 入金되었다.
南原서 來日 宗會에 參席해 달아고 電諜
이 왔다.
午後부터 비가 내리기 始作햇다. 고초苗
溫床을 設置햇다.
終日 舍郞에서 讀書만을 하고 日課를 보냈다.

<1991년 2월 10일 일요일>
九時 뻐스로 南原 九時 四〇分 着햇다. 市
內뻐스로 桂壽里에는 十一時에 當햇다. 宗
中 代議員들은 六名이 全員 募였다. 本人
의 債任[責任]額은 六拾七萬 원 全額을 拂
入했다. 除幕式 豫算額은 五百萬 원으로
豫想했다. 打合 募臨日은 正月 八日頃으
로 定하고 作別했다.

<1991년 2월 11일 월요일>
日氣 不順으로 舍郞에서 讀書만 햇다. 비
가 죵〃 내렸다.
닭을 세 배채 암것다. 닭은 二十四일 만이면
生鷄되는데 날時가 추면 느즐 수도 있다.

<1991년 2월 12일 화요일>
束錦稧 總會日이다.
屛巖里 林永春에 電話를 通하야 新畓 客

土를 要求한바 最善을 다하겠다고 햇다.
現地는 車가 빠지면 難하다면서 車體가 一
五屯[噸]級라고 하고 빠진다고 햇다.
正月 十餘 日 內에 해주마고 햇다.
束錦稧 定期總會日이다. 驛前 八八집 食
堂에서 募 中食을 맞이고 契穀 收入을 한
바 白米 六叺 現金이 四萬 參仟인데 金은
契長이 保管하고 今春 外遊 時에 使用키
로 햇다.

<1991년 2월 13일 수요일>
任實畜協에서 光陽 李龍勳 積金 元利 合
해서 元金 二,三四九,二三九원 利子 二五
八,四一六원 추가분 五九,四七一원 總合
計 二,六六七,一二六원을 引受해 왔다.
館村農協에 瑞市[瑞希] 敎課書[敎科書]
代 九,○七○ 육성會費 一五,○○○ 계 二
四,○七○ 영세학생 授業料 免稅 手續비
銀姬 印章代 里長 條 五,○○○ 주고 殘 九
三○원을 成康 母에 주윗다.
光陽 李龍君 條도 現金으로 成康 母을 주
면서 설날 龍君이가 오면 무려보고 주든지
그려치 안코 다시 이곳에 預託한다면 그대
로 가라 햇다.
館村 沐浴湯 처음으로 內外 갖이 갓다. 料
金은 올앗다고 八,○○○원라고 햇다.

<1991년 2월 14일 목요일>
崔今福 妹氏가 오시였다. 全州 堂叔 內外
移葬하고 床石을 올이는데 日字를 云字에
무르니 寒食 日字가 좋아고 하데 하드리라.
나는 其 日字가 連山 七代祖 墓祠[墓祀]
日이니 參席 못 하겠소 그러나 昌宇도 完
宇도 其의 孫으로써 全部 가야하는데 햇다.
그려나 金三浩 氏를 葬事日에 慕실테면 日

字를 무려보는 것도 좋이 안소 햇다. 昌宇
도 生覺하면 良心이 不良者로 안니 볼 수
었다. 全州堂叔 移葬에 모두 우리 大小家
에서 보살펴 드림이 至當하는데 寒食날만
빼고 其 오느날이고 좋으니 바다보시요 하
는 게 올코 淸明日도 年歷을 보니 졸으라.
그려데 寒食日이 七代祖 墓祠日인 줄 알면
서 그날로 定해 주는 것은 其者 마음이 올
치 못하다고 본다.
來日이면 설날인데 歲拜돈을 마련하려 館
村가지 단여 殘錢을 겨우 마련햇다. 孫子
가 十一名과 外孫 三人 侄孫[姪孫] 四名
計 十八名이드라.

<1991년 2월 15일 금요일>
설날 募인 直系 食口는 二五名 其外人 外
孫 一人 妻族 食口 二名 昌宇 食口 三人
合計 三十一名 募였다.
새벽부터 내린 비는 끝지 〃를 안는다. 아침
에 孫子들이 歲拜를 왔는데 二仟 원자리
一仟 원자리 합해서 萬 八仟 원이 支出햇
다. 年中 一次인데 꼭 주워야 했다.
祖孫子 稧募臨을 갓기로 年 四回로 하야
契 構成을 했다. 會費 每 募일 때마다 貳仟
원식을 据出[醵出]키로 하고 祖父母 病患
時 慰勞金으로 쓰고 初中高 成績이 六○點
以上이면 장勵金으로 償을 授與키로 했다.
南原서 成玉 內外가 밤에 왔다.

<1991년 2월 16일 토요일>
成奉 家族만 午前에 떠낫다. 四食口 外 一
人 二月分 用錢 拾萬 원을 주고 갓다. 成康
別途로 五萬 원을 用錢으로 주드라.
서울서 成英이 內外가 歲拜次 왔다.
中食이 끝나고는 南原 成樂 張仁燮 家族

이 全員 떠낫다. 尹仁鎬 內外 三 夕食 後
成傑 便에 떠낫다. 이제 成愼 成允 時烈이
만 나맛는데 來日 새벽에 떠난다고 햇다.

<1991년 2월 17일 일요일>
寶節面 沙郎里[書峙里]86에 擇吉次 出行
할 豫定이다.
새벽 四時頃에 起床하야 成愼 成允 時烈
이가 水原으로 떠낫다. 듯자면 公州를 据
處갈 豫定라고 햇다.
出行 計劃은 오토바이로 寶節面을 가려 出
發 行次 中 龍陰峙 注油所에 當到하야 生
覺하니 寒氣도 들고 많은 車輪列이기에 오
토바이를 그곳에 막기고 抛棄햇다. 大端 危
險하드라.
뻐스를 利用해서 南原을 도라서 沙峙里
[書峙里] 간바 康大周 氏는 出他코 不在
中. 許行[虛行]만 하고 왔다.
擇日次 간바 旅費만 三,四八〇원이 드렷다.

<1991년 2월 18일 월요일>
任實 畜協組合에 成康 外叔 돈 二,六六〇,
〇〇〇원을 年利 二%로 預託했다.
舘村中學校에 拂入金 六萬 參仟六百 원을
農協에 拂入 領收證을 提示하고 面長에
예세민[영세민] 確認證을 提出 했다.
午後에는 養老堂에 募여 歲酒 몇 평[병]
고기 果일이 드려와서 한차레 나누어 먹엇
다. 養老堂에 大里 郭道燁 氏가 단여갓다.
무엇시든 繕物[膳物]을 表示하고 싶어도
法的으로 그럴 수 없다고 하고 갓다.

---

86 본문 중의 '沙郎里', '沙峙里'는 전라북도 남원시
　　보절면에 있는 서치리(書峙里)를 가리키는 것으
　　로 보인다.

<1991년 2월 19일 화요일>
食後에 大里國校 三七回 卒業式에 參禮햇
다. 學父兄이 五, 六名에 不可[不過]하고
婦人 몃 분이 왓드라.
式이 끝이 나고 택시로 中食은 舘村에서
햇다.
郭在燁 氏가 自宅으로 가자 하야 同行햇다.
오는 길에 大里 養老堂에 들엇다.

<1991년 2월 20일 수요일>
延我實 姜 氏 宅을 禮訪코 立石 擇日을 한
바 二月 十一日 曾祖父 二月 十二日 先考
로 낫다.
가는데 오는데 皮巖 金炯根 宅을 들여든바
두 次레나 술을 먹게 되여 未安햇다.
養老堂에 간바 重宇가 다리가 앞으다고 해
서 집에 데려다 주윗다.

金海金氏 辛卯生　一〇一歲
順天金氏 丁丑生　一一四歲　　辛未年
先考　　辛巳生　　一一〇歲

<1991년 2월 21일 목요일>
今日로 大端이 취위 높다.
火災가 낫다고 해서 放送을 하고 가보니 沈
參茂 집이였다. 불은 잡앗지만 불은 崔喆洙
가 논 것으로 異心[疑心]을 사고 支署에서
오고 面長도 왔는데 喆洙는 連行해 갓다.
成東 母는 靑云寺에 단여왔다. 立石을 하
려면 山所에 被害 防止를 하라 햇다. 一金
五萬 원을 주고 付作[符籍]을 山所에 四方
에다 무덧다.

<1991년 2월 22일 금요일>
間夜에 내린 눈은 昨年 冬期부터 最高의

눈이였다. 오늘도 舍郞 生活 할 수박에 없다. 讀書와 書役이나 한다.
銀姬 學校 成績表가 왓는데 平均 點수가 五八點이니 中績이 못 되니 不安하다. 조금 熱心이 하면 되는데 그럴가 하다.
夕陽 六時경 日募[日暮]가 젓는데 成康 母가 舍郞門을 열며 水原서 손님이 왓다며 나오라 햇다. 水原에서 올 사람이 없는데 不安햇다. 나가보니 紳士 二분이 門前에 섯드라. 방으로 드려갑시다 햇든니 急한 일이 있어 成奉 母를 慕侍시려 왓는데 햇다. 異常心이 낫다. 用務를 말하라 햇든니 移轉 關係라 하면서 말하기에 방으로 모셧다. 두 분에 住所를 무르니 任實 樹亭里에 산다고 햇다. 名銘[名銜] 하나 주시요 햇든니 成奉이하고 同窓이라 햇다. 그려치만 이 밤에 무슨 일이 急하다고 女子를 밤에 보내며 오늘 가도 印鑑을 낼 수 없고 本人의 住所가 全州인데 水原만 가면 必要 없고 來日은 土曜日이고 모레는 日曜日이{니}까 꼭 必要하면 日曜日에 갖이 가겠다고 햇다. 그래도 急하다는 사람이 出發치도 안코 방에 있으니 더욱 不安햇다. 水原 成奉에 電話 좀 합시다 하기에 할 것 없소. 어서 밤이 집으니 가시요 그랫든니 큰방으로 가기에 따라가서 어서 출발하시요 해서 보냇다. 異常하기에 지서에 傳해 볼가 햇다.
간 之後에 成康 母 말을 드르니 舊正에 成奉하고 約束햇다고 하고 成苑도 알고 당신에 말한다는 것이 못 햇다고 하고 갑작이 其者들이 오게 되였{다}고 하드라. 그려면 水原 成奉이는 말 못햇든가 그러니 客을 박에 하고 보니 未安한 마음은 든나 父로서는 異心을 안니 살 수 없엇다.
그러나 不動産 家屋 連入住宅[聯立住宅]

一棟 買賣[賣買]하야 成康에 移轉하려 한다 하나 그것도 밎이 못한다. 수年을 居住해도 次順이 어려운데 近方 退居[退去]者가 該當되는 것은 밎이 못하며 앞으로 얼마든지 日程 잇데 急히 締結하려 하는 것은 또한 異心을 안히 할 수 없다.
或 憁作[挾雜] 또는 斯欺者[詐欺者]라도 안닌가 햇다. 成奉 母는 月曜日에 갖이 가자기에 그쯤 되면 成奉이가 父를 對할 時 不安하게 보는 데는 갈 必要 없다고 拒絶[拒絶]해 버럿다.
成樂이도 내더려 車로 모시고 오라면 언제든지 갈 건데 어제서 外人을 시켜서 밤에 아버지에 異心을 사게 하며 水原 成奉은 其者에 旅費도 주고 車도 빌여 주워 보내느야 햇다. 그러니 成傑보고 이제 내를 좀 데려다 도라 하니까 成傑이도 못 간다고 하드라. 生覺하면 成奉이 또 母도 成苑도 좇게 보지 못 하겟다. 舊正에 成事하야 水原으로 退居까지 하고 其間 며[몇] 차레를 成奉 母를 맛낫지만 秘로 부치고 있으니 婦夫間[夫婦間]에 不遠 水原으로 떠나려 하는 것 같으니 구태에 말기지 안 하겟다.

<1991년 2월 23일 토요일> 陰 1月 10日
成傑 車便으로 任實 成曉을 對面하고 病勢를 무르니 담소증[담석증]이라며 手術해야 한다고 햇다.
來日 水原을 가기로 햇다. 안 가려 햇지만 生覺하니 父子 人情으로 그럴 수는 없이 안나 햇다. 成傑 車를 利用하려 햇든니 不應하야 뻐스로 가기로 成康하고 相議햇다.
來日 契 同和會 有司이고 水原 成奉에 가기 위하야 돈이 不足해서 尹鎬錫 氏에서 一金 五萬 원을 貸借해 왔다.

夕陽에 南連 氏에서 對話하고 왔다.

<1991년 2월 24일 일요일> {음력} 1월 11日
全州 同和會를 맞이고 2時에 터미날에서
成康 母를 맛나서 3時 10分 直行으로 水原
에 갓다.
成康을 만낫다. 成奉 집에서 夕食을 하고
分讓住宅에 對하 相議하고 10時 30分에
旅菅[旅館]으로 가서 寢食을 햇다.

<1991년 2월 25일 월요일> {음력} 1월 12日
12時경에 成奉 親友 金完基하고 우리 內
外하고 富川에 갓다. 終日 부천 中區 중정
도 事務실을 단여 畜協에서 住宅銀行에서
署名捺印하고 1,200萬 원을 융자 밧기로
書類 1切을 完備해 주웟다. 成康 母 名儀
로 分讓 契約을 締結햇다. 中食을 5時경에
햇다.
서울에 밤 6時에 着하야 全州에 온니 11時
30分이엿다. 旅菅에 投宿햇다.

<1991년 2월 26일 화요일>
全州에서 朝食을 하고 九時 뻐스로 다시
水原에 갓다. 電話로 成奉에 어제 富川 단
여온 設明[說明]을 해 주웟다.
바로 卽行하야 成允 車便으로 水原에서 出
發 全州를 据處 집에 온니 六時였다.
求禮 金光洙 慈堂계서 別世햇다고 傳해
왔다고 한다.
出喪 後였다고 햇다.

<1991년 2월 27일 수요일>
二月 二十三日 字 尹鎬錫 氏에서 一金 五
萬 원 取貸한 돈을 今日 還拂햇다.
成允 便에 南原 稅務所[稅務署]에 갓다.

父子間에 不動産 賣買 移轉 件을 問議한
바 增與[贈與] 移轉하야 하며 稅金은 土地
臺帳謄本[土地臺帳謄本]하고 登記附謄本
[登記簿謄本]을 떼 오면 알 수 있{다}고 햇
다. 바로 面을 居處서 郡에서 대장등본을
떼다 다시 稅무서에 주니 移轉해도 稅金은
없겟다고 햇다.
面에서 成傑은 昌坪里 二一四番地로 轉籍
하고 六個月 後에 不動産을 移轉키로 햇다.
밤에 夕陽에 들으니 金堤 近方에서 車가
相對方과 부닥처 車 一部가 破損되였다고
傳해 왔다.

<1991년 2월 28일 목요일>
아침에 成傑 車 事件을 들으니 大端치는
앓아고[않다고] 해왔다.
成傑이는 早食을 하고 現場으로 갓다.
걸푸戰爭은 今日 午後 二時을 期하야 끝이
낫다.
重宇 집을 단여서 昌宇 집에 갓다. 昌宇더
려 爲先事도 말해주고 여러 가지로 당부햇
다. 老 者의 行爲는 不行者로 본다. 심술만
나문 者로 본다.

<1991년 3월 1일 금요일>
어제 왔다고 成奎 內子가 왔다. 完宇 子 結
婚次 參席키 위하야 왔다.
朝食 席上에서 姪婦에 말했다. 오는 二月
十二日 後山所 立石日이오니 꼭 參席하며
서울에 잇는 宗員 成奎 成赫 範 成植 成康
成奉 六人에 拾萬 원 以上식 居出[釀出]
해 오라고 付託햇다.
完宇 子 結婚式場에 갓다.
밤 一〇時에 成傑 車로 只沙面 實谷 金히
석 祖父母 祭祀에 參席햇다. 讀祝도 해주

윗다.

<1991년 3월 2일 토요일>
大里 柳允煥 女息 結婚式에 參席했다. 中食이 끝이 나고 있으니 嚴俊峰이가 茶 한 잔 하고 갑시다 햇다. 車部 正面 茶{房}에 간바 李鉉雨 廉東根 嚴俊峰 大里長 金次坤이 五人이 한 자리가 되엿다.
郭道燁가 對面코자 엽 茶방을 가니 不在中이어서 不面하고 왔다.

<1991년 3월 3일 일요일>
養老院에 갓다. 金在玉 氏가 老人들 中食을 햇다고 차려왔다.
舍郞에 讀書만 하고 日課를 보냇다.
夕陽에 全州에서 메누리가 와서 一金 五百萬 원을 要求햇다. 用途를 무르니 成傑이가 다시 車를 講入[購入]한{다} 하니 딱하다고 햇다. 二個月만 使用한다고 햇다. 承諾은 햇지만 秘로 부치자고 햇는데 其 內用도 모르겠다.

<1991년 3월 4일 월요일>
成曉 母를 帶同하고 任實保健所 醫料院에 갓다. 患者들이 大滿員이엿다. 午前 中에는 珍察[診察] 밧기가 大端이 어렷다. 只沙 崔萬鎬를 맛낫다. 醫料院에서 술을 팔드라.
郡으로 成曉이를 連絡햇든니 왔다. 血압이 一三五度로 高血압이라 햇다.
全州로 行햇다. 全北投資銀行에 갓다. 相範 母에 전화를 하니 밧이를 안트라. 抛棄를 하고 오다가 相範의 姨母를 맛낫다. 自己의 同生 집으로 가드라. 메누리하고 相議코 秘要로 할 게 안는[아니라] 合法的 公

開로 하자고 하고 왔다.

<1991년 3월 5일 화요일>
아침 食床에서 成傑을 對面하고 全州의 네의 兄수에 돈 말 한 적 있야 햇다. 말을 못 하든니 要求햇{다}고 햇다. 車를 산다는데 一年에 三번 三臺를 산다니 말 안 된다고 햇다. 몃十 年 運轉한 놈이 이제것 돈도 못 벌고 社會的으로 창피하지 안느야 햇다. 당장에 自家用 택시도 업세 버리고 外人 技士도 두지 말고 車를 卽接[直接] 運行한다면 돈을 주마 햇다. 거짓말 말고 正直해서 잘 生覺하라고 하고 나왔다.
館村 堂叔에 가서 立石案을 打合코 豫算額을 約 二,六○萬 원을 豫算하고 八日쯤 全州 태우를 맛나서 銀行에서 引出키로 햇다.

<1991년 3월 6일 수요일>
銀姬 住民登錄證을 떼로 面에 갓다. 郭在燁 氏를 民願室에서 相面햇다. 面長을 對面코 단여 가라 햇다.
面長室에 간바 모른 사람이 人事를 請하드라. 支署長이 갈이고 새로 온 者라며 李澤俊의 장인이라고 面長이 말하드라. 그래야고 하면서 澤俊의 잘못을 길게 始終을 말하는데 不安하드라. 거기에는 金善權 金炯根 郭在燁 面長 本人이 한 자리를 하고 이는데 누구 하나 조흔 人象[印象]은 안드라. 韓 支署長은 眞心으로 比交的 훌융한 良班[兩班]이다.[87]
李龍在의 妹氏가 왔다. 成傑의 婚事를 相談하는데 處女가 圓大[圓光大學校] 數學

課[數學科] 3年 卒이고 年齡이 29歲라 하니 成傑하고는 對象이 못 되여 보냇다.

<1991년 3월 7일 목요일>
山西 巖街里 權熙喆을 相面次 갓다. 出發은 九時에 出發하야 오수로 해서 只沙 山西 所在地을 居處서 오메라는 里을 차잣다. 마참 權히喆 氏 宅 正門에서 本人을 相面햇다. 實은 三位 碑文撰을 내고 一金 貳拾萬 원을 주웟다. 大里 曾祖 南原 曾祖母 先考 撰文이엿다.
今日 日氣가 每우 추엇다.
올 때는 오메村을 지나고 한치재를 너무니 성수면 五峰里이드라. 山西 市{場}日인데 丁東根이를 市場에서 相面햇다. 成傑 結婚 成事를 付託햇다. 元氏인데 32歲 成傑이도 32歲로 하야 동갑으로 하고 권해 보라 햇다.
成奎가 서울서 왓드라.

<1991년 3월 8일 금요일>
아침에 現 里長이 왓다. 어제 日字로 里長을 辭任했읍니다 햇다. 理由는 嚴俊峰 選擧運動을 안 할 수 없어 不得已 했읍니다 햇다. 現 支署長 名이 무엇이나 햇다. 金哲이고 只沙에서 왓다고 하드라.
바르게살자(정화이원회)에 參席 햇다. 會議는 끝이 나고 中食을 하고 作別하는데 支署長이 門前에 왓는데 人事해도 答辯이 시장스럽드라[시들하더라]. 其者가 마음에 不安者드라. 다방에 갓다. 全州에 꼭 볼{일}이 있어 人事말 없이 떠낫다.
全北投資銀行에서 一金 250萬 원을 從弟 태우하고 갖이 出金하고 日後에 열락하면 任實 터미날에서 相面하고 갖이 茂橋[筏橋]에 가자고 約束햇다.

<1991년 3월 9일 토요일>
終日 舍郎에서 立石에 對한 設計만 냇다. 可給的[可及的]이면 節約해야 하기 때문에 價格도 마추워 보고 左右으로 計算해 보왓다. 그러나 來日에는 任{實} 石工場에 가서 詳細히 알아볼 豫定이다.
新平面 財務係長하고 元泉 李順상 子 職員 두 분이 왓다. 圖面 보다리를 들고 舍郎으로 드려 왓다. 用務는 地番 177번지 175-4번지를 把確[把握]하려 왓다. 그런데 土地 名記帳을 보니 歸屬으로써 日人 小栗 名儀인데 裵明善이가 現在 耕作하고 잇고 近方을 살펴보니 前 地主 崔普永 土地는 現在 崔南連 氏가 耕作 中인데(벌초 祭祀을 차리데) 嚴俊峰 外 몇이라 해서 登記가 되여 잇드라. 生覺하면 嚴俊峰 外에 몃 사람으 土地 所有 박에 안 되지 안나 햇다. 차라리 嚴俊峰 外 全 住民 1同이라면 理解가 간다. 그런 行爲는 獨權 행위다. 自己가 特조委員長이라고 職權남용 行事는 있을 수 없다고 본다.
붙골[붓골(筆洞)] 嚴俊祥이가 他人의 林野를 菅理 中 宗員들이 省墓나 歲慕도 不參한 틈을 타서 嚴俊峰 兄 俊祥에 特措法으로 移轉케 하야 軍部隊에서 保償金[補償金]을 받은바 山主가 生起여 봉변을 당하고 返還한 事實도 住民이 직혀본[지켜보는] 中에 公開되엿다.

<1991년 3월 10일 일요일>
任實 石工場에 가서 170萬 원에 石物 一切을 契約하고 貳拾萬 원을 1部 貸고 왓다.
崔今福 付託으로 石物을 問議햇든니 全部

780,000원이면 된다 했다.

밤에 丁辰根이가 왔다. 妻姪이 서울 사는데 27歲라고 하면서 處女의 母가 제의 집에서 잔다고 했다. 只今 35歲인데 32歲로 변경해서 仲介하소 했다.

<1991년 3월 11일 월요일>

營農資金 3百萬 원을 成東이가 貸付해 왔다. 其中 一金 百萬 원은 成東에 農事用金 및 家用으로 使用하라고 하고 150萬 원은 預託하고 50萬 원은 27日 立石 時에 不足할 豫想으로 保管 中이다. 年 5% 利라 했다. 成東에서 듯자하니 成傑이가 오늘 職員의 召价[紹介]로 女子 하나를 觀選하려 갓다고 했다. 萬諾[萬若]에 今年에도 못 成事이면 難處한 立場이다. 其 밑에 同生들이 不遠 닥첫는데 엊얼고 心思가 不安다.

韓相俊 牟光浩 崔英姬 三人이 夕陽에 嚴俊峰 出馬 推천書 捺印次 왔드라. 署名 捺印하는 데는 何等의 關係없다고 본다. 直實[眞實]은 투표가 重要하다.

新平面長이 電話를 通하야 崔完宇는 里長을 辭退했으니 오늘밤에 住民總會를 부치여 選出토록 하라 했다. 從前 같으면 20日間 空席으로 둘 수도 잇이만 今般에는 選擧를 안우고[앞두고] 하루라도 空席이 되여서는 公務上 支章[支障]이 잇고 面長으로서 問債[問責]을 당한다 했다. 來日로 밤으로 未流엇다.

<1991년 3월 12일 화요일>

昌坪 有權者	130票	豫想
嚴俊峰 票	74票	〃
不動票	54票	〃

崔完宇(舊 里長)가 왔다. 里長 後任者에

對한 問議를 한바 本人의 意思는 不遠 選擧日이 15日 程度가 나마있으니 其間만 成東으로 選出해 주시고 任期가 明年 2月이니 其時에 그만두겠으니 住民에 意思을 무려 보와 주시기 바랍니다.

新沓坪 作人 定期總會인데 내의 新畓墾 300坪 金學順 買入 田 600坪 沈福女 田 168坪 合計 5.5斗只로 定하고 斗落當 30,000×5.5斗只=165,000으로 結定[決定]하고 沓 役事費 7,000원 合 172,000원을 주기로 했다.

鄕校集 6人分 冊 6卷 36,000원 配付해 주고 卷當 2卷에 千 원식 追加햇다.

崔今福의 石物 1切 85萬 원에 契約하고 于先 10萬 원을 拂入하고 4月 6日까지 운반해 달아 했다.

오늘도 日課는 如前 분망했다.

밤 7時 30分 放送을 通하야 住民 召集했으나 流會이다.

<1991년 3월 13일 수요일>

新沓坪 耕作面積 15斗 5升只으로 結定함. 郡農協에 1,500,000 預託햇다. 貸付 밧는 額. 殘額 五〇萬 원은 立石 時 不足할가 해서 保管 中이다.

成曉 母하{고} 갖이 保健所에 갓다. 나도 珍察한바 每日 溫水{로} 다리를 십부[습포(濕布)] 하라 햇다.

館村中學校에 銀姬 希姬[瑞希] 授業料를 拂入하럇다. 庶務課 女職員이 말하기를 授業料는 年 4/4分期別 拂入하고 此後에는 面事무소에서 引出해 쓸 수 있다고 하고 但 育成會費는 혜택을 못 본다고 햇다.

전역[저녁]에 面에서 職員을 派遣하야 里民總會를 갓는다고 했다.

職員 夕陽에 왔다. 養老堂으로 가보니 靑年
도 老人도 相當이 募인바 오늘밤에는 全員
募아주기로 約束하고 職員은 내려보냇다.
溫巾으로 십부를 해보왓다.

<1991년 3월 14일 목요일>
어제밤에 住民總會가 開催되바 成員은 못
되엿지{만} 倭任狀[委任狀]까지 짜고 最
終 決定하는{데} 自動 司會者가 내가 맞고
執行. 幹時[限時] 里長인데 누구 하나 뜻
을 가진 사람이 없서 成東이를 推迎[推仰]
했다.
成東이는 面長의 招請으로 오늘 面에 出頭
했다.
午後에 山西 五星里 撰文 代書物을 가지려
간다. 碑 撰文는 任實에 先考碑文을 宋工
場에 주윗다. 碑 床石 代金은 計算 此誤[錯
誤]로 150萬에서 140萬 원만 주기로 햇다.

<1991년 3월 15일 금요일>
全州 태우하고 同伴해서 全南 茂橋 崔光
範 家을 訪問하고 碑石 2벌 床席[床石] 1
벌 望柱 1벌 해서 200萬 원에 約定코 白萬
[百萬] 원만 于先 拂入하고 왔다. 立物 質
은 엇전지 몰아도 任實 石工場 價格하고는
20萬 원 此異[差異]가 生起드라.

茂橋 價格은 碑石 4.5 =　　　550,000
　　　　　　　　　　　　/ 1,100,000
　　　　　床石 4尺　　310,000
　　　　　望柱 2동　　160,000
　　　刻字 小 1,500字　375,000
　　　　大字　20家　　60,000
　　　　其他 附品代　　60,000
　　　겨[계]　2,066,000　끈을 데고

200萬 원에 締結햇다.

<1991년 3월 16일 토요일>
父母 成曉 內外가 任實保健所에 갓다.
驛長이 金炳煥 氏 再促을 하는데 老人이
라면서 半額 貧擔[負擔]하고 수울[서울]
방면는 8,800 경주 10,600이라 햇다. 外遊
觀光을 驛長에 取消하자고 햇다.
오늘 갑작히 小便이 더디 나온다. 그리고
養氣[陽氣]도 뚝 떠려젓다. 飮食도 減少가
되며 먹고 십지 안타. 다리도 앞으고 하다.
엇전지 異常한 마음이 든다.

<1991년 3월 17일 일요일>
大里에서 郭在燁 氏가 養老堂에 왔다. 말
은 黃義善의 土地을 買賣코저 왔다고 하지
만은 實은 選擧 動態을 살피려 왔다. 술 한
잔 接待해 보냇다.
下加 李鉉雨 文正植이 養老堂에 왔다. 말
인즉 嚴俊峰 第一 늣게사 立條補[立候補]
햇고 나섯다고 하드라.
成傑이가 제의 車로 嚴俊峰의 選專[宣傳]
하려 단인다고 館村 炳基 氏가 전해 왔다.
夕陽에 成傑 車에는 圭煥 永模 日成의 者
들이 또 어덴가 갈아고 하기에 成傑을 불어
萬諾에 車로 外出하면 좇이 못할 것이다라
고 당부햇다.

<1991년 3월 18일 월요일>
新平面 學校에서 候補者들의 合同 演設會
[演說會] 잇다고 햇다. 그려 가고 십지가
안다.
成傑이는 듯자하니 15日 字 前에 井邑이
故鄕인 女子를 接觸햇는데 年令은 34歲이
라고 하는데 男女에는 合意가 된 것 갓다

고 햇다. 그러나 父母들기리 相面도 하{고}
相議하야 不遠 正式 結婚式을 올여야 한다
고 햇다. 成용이는 우리 집안 還경을 조금
속인 것 갓다고 햇다.

<1991년 3월 19일 화요일>
成傑 女子의 宮合을 보니 大吉의 宮合이
드라. 35歲 火이고 34歲 土인드라.
注射을 마잣다.
館村 堂叔 집을 단여 曾祖山所에 省墓하
고 全州로 任實 石工場을 단여 왓다. 모처
럼 作業을 한바 오몸[온몸]이 고되엿다.

<1991년 3월 20일 수요일>
客土를 講入次 渴馬里 現場을 가본바 作
業을 中斷햇드라.
驛前에 黃土가 있어 무르니 1車에 3萬이라
고 햇다.
고초밭에 비누루 거더냇다.

<1991년 3월 21일 목요일>
立石 祭需 講入次 成康 母 메누리하고 同
行해서 任實에 市場에서 10萬萬[10萬] 원
程度 드럿다.
집에서 中食을 하고 바로 全州 大學病院에
崔喆洙 問病을 갓다. 大端이 重患者드라.

<1991년 3월 22일 금요일>
(四日 만{에} 注射을 맞앗다)
新沊畓 舊新畓 負擔金 一六五,〇〇〇하고
張泰燁에서 保菅金 三五,〇〇〇원 合計
二〇萬 원을 成東 便에 張泰燁에 보냇다.
成傑의 結婚 關係는 秋季로 延長하고 于
先 침寢室을 購해서 機[幾] 個月 지내고
同居하다가 成婚키로 햇다고 드럿다. 그려

면 兩家의 父母기리 對話라도 하고 同席햇
으면 하고 婚因届[婚姻届]라도 해논는 것
이 正禮라고 본다.
成康 母는 胃가 좃이 못하야 不遠 南原醫
料院에 갈 計劃이다.

<1991년 3월 23일 토요일>
南原 大宗中會議 宗垈에서 召請狀[招請
狀] 및 歲入歲出 決算書를 作成해서 當日
除幕式에 分明이 報告해라 햇다.
外地 遠据里[遠距離]에서 온 宗員이라면
收入支出이 마음的으로 궁금하리라 한다
고 햇다.
石工場에 가보니 石工은 着手햇는데 一字
가 틀였드라.
夕陽에 집에 오니 崔喆洙가 退院햇다기에 가
보니 다시 再入院한다고 車에 몸을 실트라.

<1991년 3월 24일 일요일>
全州 金相健 氏 子 結婚 圓佛敎堂.
家族 一行 成東 兩母 成苑 兒該[兒孩]들
六人이 結婚式場에 參席햇다.
中食이 끝이 나고 택시로 成玉 집에 갓다.
東部敎會 옆에드라.
잠시 休息하고 南原으로 行햇다. 南原 藥
酒집에 藥酒 一〇병 曲子 몃 斤하고 製酒
法을 알고 왓다.
夕陽에 집에 온니 大里 郭道燁이가 왓드라.
路上에서 맞난바 崔英姬가 大里에 와서 終
日 살고 있으니 나도 건너왓다고 하드라.

<1991년 3월 25일 월요일>
任實 石工場 踏査 및 立石 準備 要.
아침 일즉 嚴俊祥이가 舍郞에 왓다. 이불
속에서 이려나지도 안이 햇는데 드려왓다.

술이 조금 된 것 같으라. 사돈 나하고 갖이 도라단입시다 하는데 나는 말하기를 우리가 단인다고 되는 게 안니이 하고 据絶햇다.

金判植이가 元泉 金榮洙로 가요 하드라. 그리고 鄭泰植에 두 번 갓소 하고 金三浩도 보왓는니 李龍在 말을 꺼내고 英姬 말도 나왓다. 不安하지만 듯고 술 한 잔 侍接해서 보냇다.

午後에는 成東 母하고 醫料院에 갓다. 血압이 놉다고 하고 長期的으로 藥을 復用[服用]해야 한다고 햇다.

연아실 姜判述에 전화한바 不在中이바 婦人이 밧는데 바드다고 햇다.

徐東辰 社長에 페루다를 付託한바 來日 二時間 程度 利用케 해주마 햇다.

<1991년 3월 26일 화요일>
地方議員 投票 및 南原 行次 藥酒 購入次 그리고 石工場도 둘여볼 豫定이다.

아침 六時에 起床해서 徐東辰 工場에 갓다. 崔 技士을 引率하고 新畓에 갓다. 六時 三〇分에 着手하야 一〇時 三〇分까지 햇다. 約 四時間 治下金 三萬 원을 주웟든니 안 바겟다고 해서 놋코 왓다.

徐 社長도 情을 表한다는 듯에서 담배 一보루 繕事[膳賜]햇다.

投票하는 데 갓다. 裵明善이가 中食을 갖이 하자 하야 갖이 하는데 郭道燁이가 드려왓다. 形便을 뭇는데 알 수 잇나 햇다.

任實 石工場에 갓다. 來日 틀임없다고 하드라. 여려 가지로 付託하고 왓다. 十一時 안에 오라 햇다.

<1991년 3월 27일 수요일>
先考 配 順天金氏 配 金海金氏 三位 立石日 이다. 正午 正刻

任實 姜判述 氏 보살 두 분이 왓다. 보살은 영지로 行勢하고 姜 氏는 地官이다. 後山 所를 드려보고 立石할 山所가 안니다고 햇다. 멋 번 살펴보고는 絶對로 하면 當장에 害를 본다고 햇다. 마음 不安햇다. 그 소리를 듯고는 强行할 수 없다. 姜 氏와 보살을 成傑 車便으로 보내고 任實 石工場에 보내서 立石物을 運搬치 말아 햇다. 祭需는 墓祭祝을 지여 慕侍엿다. 家族들끼리 相議하야 今日은 作破을 하고 地官하고 보살 시키는 대로 河川 下에 體碑만 세우기로 하고 今秋에나 立石키 可結햇다. 서울서 子孫들이 왓는데 空行하고 作別햇다.

<1991년 3월 28일 목요일>
五月 十三日이 別世이면 四九祭日이다.

서울서 成奎가 四拾萬 원을 石物 條로 가저온바 立石을 못 올이게 되여 다시 四拾萬 원을 되돌여 보냇다.

어제 求禮에서 外從兄嫂가 別世햇다고 電話를 밧고 今日 出發햇다.

아침 六時頃에 任實工場 宋 社長에 전화로 石物을 立石 取消하는데 未安하야 來日 禮訪코 打合하자 햇다. 그러나 體碑는 引受하겟다고 햇다.

十二時경에 冷泉里 喪家집에 당햇다. 弔問하고 任正三 집에서 李正勳이하고 二〇餘 年 만에 相逢하고 相談하다 보니 二十九日 字로 三時엿다.

자다 깨보니 아침 八時 三〇分이엿다. 任正三 딸이 사는데 朝食을 해 왓다.

<1991년 3월 29일 금요일>
午前 十一時경에 出喪을 한바 山所에는 一

時경에 着햇다. 外할머니 墓所 外할아버지
墓所을 省墓햇다.
消息 없으니 山淸에서 빠저 水旨面 朴東基
하고 約束하고 喪家에 왓다. 中食을 잠간
하고 말없이 둘이 求禮邑에로 왓다. 南原
直行을 타고 南原에서 東基하고 作別햇다.
집에 온니 五時엿다. 外家宅하고는 이제부
터 멀어젓다.
正勳 동생에서 付託은 밧고 왓다. 李相勳
하고 집안間인 것 갓드라.

<1991년 3월 30일 토요일>
先考 立石 經費 計算햇다.
現金은 月曜日로 未流엇다.
聖壽面 鳳山里 前에 晉陽 河氏 孝烈 正門
을 視景햇다. 男便은 草計崔氏드라.
求景하고 任實 石工場에 들여 計算하니 立
石 契約額은 一,六〇萬 원인데 其中에서
體碑代 六四萬 원 除地하면 九六萬 원인
데 契約金 貳拾萬 원 除하니 實地 殘金은
七拾六萬 원이다.
고초苗 暇植[假植]을 二日채 꿋이 낫다.

<1991년 3월 31일 일요일>
昌坪里長 問題에 對하야 某〇〇이 말하는
데 成東이가 里長職을 辭表하든 其 職 在
職하든 間 數年 되는 崔完宇는 事務引계는
해노코 바야 한다고 햇다. 其間에 里政의
內外事를 모루고 지냇다는 것.
날시가 寒氣가 잇어 不安햇다. 農事철은
當햇는데 내가 即接 하지는 못 하지만 마음
초조햇다. 成東은 基本方針대로 地方議員
選擧가 끝이 낫으니 里長職을 辭任하겟다
는데 後任者가 맛당치 아는다고 햇다. 나는
말하기를 不遠 面長에 가서 相議하고 辭表

를 내라 햇다. 그러나 完宇는 既히 辭任햇
지만 面長으로써 再發會는 못 할 것으로
드럿다고 햇다.
昌宇가 못처럼 와서 舍郞에서 對話코 햇다.
成傑이는 水原 成奉이가 오라는 것 같은데
愛人하고 갖이 가서 同居하고 싶은 模樣이
데 女子가 不應하 듯십다. 그러나 成傑이
는 夕陽에 電話를 밧고 水原으로 떠낫다.

<1991년 4월 1일 월요일>
成東에 里長 辭表를 代書해 주면서 面長
에 提出하라 햇다. 夕陽에 들으니 返예[반
려(返戾)]하드라고 햇다.
任實農協 宋熙權 氏 訪問 全州投資銀行
金巖 保聽器 購入 館村 郵替局을 단여올
計劃으로 多事의 日定이엿다.
九一年度 新品種 昌坪 買上量(割當量)이
豫히 配定된바 五四〇袋가 되엿다는데 斗
落當 一〇袋를 暇想[假想]하면 五四斗只
이 分되는데 班長들에 四〇〇袋를 配定하
고 一四〇袋는 崔完宇 名儀로 面에 報告
가 되엿으니 非良{心}的인 行爲가 안니야
햇다.
任實郡農協에다 五〇萬 預託하고 先老[先
考] 立石 條 預託金 九三七,〇〇〇원을 成
曉 立會下에 郡農協에서 引出하고 石工場
宋 氏에 碑代 七六〇,〇〇〇원을 婦人에
주고 別紙와 如히 領收證을 바닷다. 全州를
行해서 成東 條 全北投資銀行에 利子 計算
햇다. 八,三五九,〇〇〇원을 計算햇다.
保聽器 購入하고 館村에 郵替局에 들여
送金을 무르니 不着햇다고 햇다.
郭道燁에 전화로 事務引繼하지 안코 辭表
를 내라 하니 사람 무시한{다}고 햇다.
金哲浩 李相勳 郭在燁 氏도 相面코 對話

햇다.

<1991년 4월 2일 화요일>
大里 李祥云 族譜[族譜] 家乘을 빌여서 來
日 求禮 李正勳에 보낼 豫想이다.
韓相俊 柳正進 崔昌宇 李龍在가 왔다. 이
자리에서 里長의 行爲 말이 나왔다. 崔成
奎는 서울로 갖이만 내의 말 한 마디면 嚴
俊峰이는 낫을 두루고 단일 수 없다고 하고
崔完宇 里長도 그런 말을 成奎와 갖{이}
해왔는데 嚴俊峰의 말을 드르면 其者도 내
의 말 한마디면 成奎 完宇도 낫을 낼 수 없
다는 말을 하니 其의 三人의 陰性的인 之
事가 잊이 안나 햇다.
前에 그려케 지낸 者이 近間에는 其의 非
訪[誹謗]이 없고 지잰[지난] 之事는 아마
도 새마을 事業 또는 軍部隊之事가 안닌가
하드라.
求禮 姨從 李正勳 집에 단여오는데 病이
낫다. 밤{새}도록 알앗다.

<1991년 4월 3일 수요일>
慕先事業을 推進 計劃을 三, 四年 前부터
硏究해오다 今年度 大吉運이 드렸다기에
着手하야 三月 二十七日 立石부터 執行하
려 하는데 地官이 不立地니 말겠다. 할 수
없이 作破을 햇는데 二〇餘萬 원이 不足하
는데 不安感이 든다.
四年間 宗中{計}座에 모은 돈(銅錢 銀錢)
外出 又는 旅行 時에 殘錢 받은 其 現金이
約 貳拾萬 원 以上 쯤 되는데 農協을 通해
서 交換코자 햇다.
어제 病이 生起는 것은 감기라 하지만 爲
先 關係로 몇일 고민을 한 것이 몸에 異常
이 온 것 갓다.

光陽 李鎔君가 父子 兩位 妻 合同祭祀次
왔다고 햇다. 紙방을 써갓다.
水原서 三日 만에 成傑이가 왔다. 舍郞에
오라고 하야 結婚 問題 居所地 選定에 對
한 意見을 뭇고 過酒도 말고 妻에 對한 말
도 조심하야 女子에서 속을 빼이지 안토록
하고 旣이 인연을 매젰으면 婚姻게라도 申
告하야 同居하라 햇다.

<1991년 4월 4일 목요일>
朝食을 成康 집에 햇다.
龍君이는 預託金 通帳을 보이는데 定期預
託金이 九拾萬 원이고 普通預金 一,一三
〇,〇〇〇원으로 約 二百萬 원쯤 되드라.
成康 집에 닥 한 배를 주엇다.
崔喆洙 事件으로 金三浩 婦人으 말로 三
月 二十六日 市場에 가다 車內에 버스 技
士가 말하기를 빨간 車이고 自家用이라고
한다기에 來日 派出所에 가서 申告해 보겟
다고 햇다.
벽돌 운바[운반]햇다.

<1991년 4월 5일 금요일>
寒食日이다. 來日 連山 七代祖 墓祀에 參
禮키 위하야 南原 正宇 館村 炳基 兄弟에
傳하고 全州 泰宇 전화를 밪이 안는다.
崔南連 氏하고 崔喆洙之事로 杜谷里 崔三
喆 食堂에 갓다. 崔三喆 意見을 들으니 正
確햇다. 派出所長을 相面햇듯은니 三喆과
同一하드라.
崔喆洙之事로 任驛 派{出所} 職員이 手苦
했으니 其의 功勞를 治下하라고 三喆에 말
햇다. 三喆이는 南連 氏에 말하야 一金 五
萬 원을 驛 派{出所}에 주니 所長이 不應
하기에 바다도 이것이 寸志이니 바드시요

햇다.
全州 崔陳範 子 結婚에 參加햇다.
李相云이도 全州에서 相面햇다.
崔完宇 집도 訪問햇다.
서울 成奎도 相面햇다.

<1991년 4월 6일 토요일>
寒食日이다.
論山 七代祖 墓祀日이다.
崔炳基 炳列 태우 乃宇 正宇 5人이 參禮한
바 近年 처음 宗員이 多數가 募人 일이다.
墓祀을 慕侍고 土稅 白米 5斗代 5萬 원을
收入코 旅費도 3萬 원 以上이 支出햇다.
전화로 面長에 里長問題을 말햇다. 成東이
가 里長職을 受諾했으니 事務引繼 要햇는
데 生覺한다면 面長 自身도 非良心이다.
崔完宇 嚴俊峰 面長 3人이 事前에 里長問
題에 協議이 잇는 듯십다.
里長을 任命했으면 3日 內에 事務引繼가
實行이 元側[原則]인데 崔完宇을 再任命
하려는 뜻으로 안니 볼 수 없다.
昌坪里에 91年度 新品種 540叺 割當에 對
한 公正을 期하라 햇다.

<1991년 4월 7일 일요일>
안침[아침] 成東이는 本里 新品種 申告 申
請하라고 放送한바 里民이 多數가 申請햇
다. 그런데 前 里長 崔完宇는 里長 班長 5
人만 申請햇듯 것은 不良한 非良心者의 行
爲라고 안니 볼 수 없다. 그런 者가 다시 里
長職을 再任命 바드려 하니 모두 生覺해
볼 {일}이다.
南原 桂壽里 木川公 體碑 除幕式에 參禮
햇다. 모든 것이 不快햇다. 主催칙이 執行
部를 異心 안니 할 수 잇다[없다]. 共産堂

[共産黨]도 그런 行위 안켓드라 햇다. 말을
못 하게 하니 不良者들로 보왓다.
家屋 修理를 오늘부터 햇다.

<1991년 4월 8일 월요일>
第二日채 家 修{理} 事을 햇다.
오늘은 林玉相 林德善 金鎭玉이가 作業햇다.
水原에 成傑이는 全稅[傳貰]집 1棟을 講
入한바 7,000,000萬 講入햇다고 햇다.
移住 日字는 3月 22日 陽 5月 6日로 잡아
주웟다.

<1991년 4월 9일 화요일>
成東이는 村前 捕糙道路[鋪裝道路]를 不遠
着手한다고 成東이를 불어 갓다(面長이).
午後에는 全州에서 崔瑛斗 氏가 喆洙 영
세민카드를 내기 위해서 同行햇다고 햇다.
全州에서 附品을 사다 주웟다.
館村 炳基 氏에 曾祖母 立石하기 위해서
祭需代로 一金 拾壹萬 원을 주고 왔다.
任實郡 指導所에서 女職員이 왔다. 住宅
改良하는데 監督次 오고 꽂나무도 가저와
서 賣渡햇다.
밤에 農路 捕莊道路[鋪裝道路] 着手에 對
한 里民 總會를 갓는다고 햇다.

<1991년 4월 10일 수요일>
立石關係로 茂橋 崔光範 石工場에 갓다.
石物이 未 準備되여 氣分이 少햇이만 할
수 없섯다.
그러나 終日 飮酒量이 燒酒 四合을 飮酒
量이드라. 이 程度는 마실 수 있다고 본다.
客地에 뻐스만 타는데.
成東이는 各 里長 中 靑年(年少者)로 본다.
終日 少量이지만 비는 꼭 내렷다.

家屋 修理는 三日 만에 作業 中止햇다. 오늘로 滿 二日 햇다.
담배집 崔今福 氏는 어제밤 成康 집에 와서 十四日 群山 사그라[벗꽃] 開發 祭曲[祭典]에 가자 햇다. 간다고 햇이만 人員이 드려 실가 으문이다.
全州 崔玉辰 病이 惡化되였다고 드럿다.

<1991년 4월 11일 목요일>
崔南連 內外가 十四日 갖이 外遊하기로 言約해 놋고 이제 못 가겟다 하니 人生이 그런 방정이 어데 잇나 햇다.
全州 成曉에 立石하는데 參席하라 햇다.
重宇에 말햇든니 볼 이[일] 잇다 햇다.
昌宇는 말하고 십지가 안다.
參禮 宗員은 炳基 炳列 成曉 乃宇만 參禮햇다.
茂橋 光範는 大里에 七時에 參加햇다. 午前 中 多幸이도 立石을 끝냇다. 光範 治下金으로 五萬 원을 祭需代 不足金 一五,〇〇〇원 計 六萬 원을 炳基에서 取貸하야 支出햇다.

<1991년 4월 12일 금요일>
立石은 後記와 如히 執行햇다.

<1991년 4월 13일 토요일>
大里 李今八에 客土를 付託햇든니 틀엿다.
屛巖里 林永春에 말햇든니 今月 30日로 未流드라. 20日 立石하는데 모두 準備하려 하는데 宗員은 많애도 協助者는 全然 없다. 떼도 購해야 하는데.

<1991년 4월 14일 일요일>
崔今福 外 6人이 貞禮 우리 內外 劉貞子 趙

順德 7人 群山으로 떠날 豫定이다. 봉고車로 가면 終日 願滿이 休息할 것으로 본다.
八名이 봉고車로 群山에 간바 求景은 할 것 없고 사람은 八道에서 多數가 왓드라.
公設運動場을 보고 自然農園에서 中食을 하고 大橋를 둘여보고 群山市內 公園을 보고 車中에서 술을 마시고 바로 왓다.

<1991년 4월 15일 월요일>
全州에 가서 附品을 사다 주윗다.
집에서 人夫들 일하는데 協助해 주윗다.
任實에도 단여왓다.

<1991년 4월 16일 화요일>
市場에 갓다. 成東 母 藥하려 海參[海蔘] 紅漁[洪魚]를 삿다.
館村 炳基 氏 집에 들이여 65,000원을 주고 왓다.
山所에 省墓도 햇다.

<1991년 4월 17일 수요일>
聖壽 尹奉鎬 女息 結婚日이다.
오수 尹奉鎬 女息 結婚式에 參席햇다.
비는 아침부터 終日 내럿다.
成東이 골 및 밭두럭 치는데 마음이 맞이 안트라.

<1991년 4월 18일 목요일>
南原 崔欽宇하고 市場에서 맛나고 立石祭需을 購入하고 人夫 其他를 打合햇다.
祭需는 全部 해서 87,000 장갑 其他는 13,000 계 100,000이 支出햇다.

<1991년 4월 19일 금요일>
떼 10坪을 실고 桂壽里에 下車햇다. 車車

[車便]는 牟成源이 장차를 利用햇다.
삼배[삼베] 입성 죽은 입성하려 시장에 갓다.

<1991년 4월 20일 토요일>
曾祖 晉州鄭氏 立石次 全州 태우 炳基 兄
弟 乃宇가 參祭하고 役軍은 6名이고 女子
도 二名을 使用해서 夕陽에 實地 立石 時
에는 欽宇라는 者가 不行햇기 때문에 氣分
이 少햇다.
立石 經비 233,000원을 會計해 주웟다.
끅판에는 山直이를 抛棄하겟다고 햇다.

<1991년 4월 21일 일요일>
집에서 家屋 修理하는데 協助해 주웟다.
全州에서 신크臺 組立하려 왓다.
해놋코 보니 美觀上도 좋으라.

<1991년 4월 22일 월요일>
家族 그리고 婦人들 하야 8名이 起用해서
담배를 移植햇고 全州에서 內室 되비 紙天
하려 왓는데 助力해 주웟다.
全州 태우는 南原 成樂 關係로 來日 全州
에서 金承漢을 相面하자 햇다.
夕陽에 來日 全州 承漢 泰宇를 맛나기 爲
하야 用錢 10萬 원을 尹鎬錫 氏에서 購햇
다. 約 10餘 日 後에 주마 햇다.

<1991년 4월 23일 화요일>
南原 曾祖母 立石 時 成東 妻에서 一金 50
萬 원을 貸滯한바 其 金은 新畓 整理事業
에 使用하시요 햇다. 11時에 全州 全北投
資銀行해서 正刻 相面키로 햇다.
11時에 태우를 銀行에서 相面하고 宗財에
對한 相面을 하고 打合코 于先 一金 55萬
을 빼고 其中 10萬 원은 曾祖母 墓所 前 修

理키로 하야 保菅기로 햇다.
12時 正刻에 放送局長 金承漢 再從 甥姪
[甥姪]을 몇 해 만에 相逢햇다. 承漢 便으
로 全州驛前 高級食堂으로 가서 接侍하고
南原放送局 成樂 件을 付託햇다.

<1991년 4월 24일 수요일>
全州 태우를 銀行에서 相面하고 55萬 원 出
金하고 계수리에서 取貸金 80,000을 주웟
다. 갖이 酒店에서 술 한 잔 하고 作別 大里
에 들이여 炳基 取貸金 萬 원을 주고 왓다.
藥苗木 移植햇다.

<1991년 4월 25일 목요일>
서울서 李正鎭이 死亡해서 오늘 葬禮하는
데 參席햇다. 靈柩車로 온바 9時경에 靑云
洞에 到着햇다.
家族들은 藥苗를 移植 끝냇다.
成東이는 里長會議에 參席코 첫 月給이라
고 108,000원을 받아 왓는데 用錢으로 3萬
원 주드라. 언제든지 成東의 行動을 보면
不行 無識者가 分明하야 相對하고 십지를
안타.

<1991년 4월 26일 금요일>
메누리는 全州에서 衣服농장을 55萬 원에
삿다고 깜작 놀앗다.
燃炭 1,000개 띠엿다.
四仙臺注油所 基宇 집에 갓다.
揮發油를 注入하고 宗中之事를 말해 주웟
다. 立石도 南原 曾祖母 大里 曾祖父 立石
도 말햇다. 다음에는 日前에 全州 태우가
付託한 山所 買入 및 移轉關係를 말하고
兩者 利害를 가리지 말고 打合해서 不遠
石物을 하게금 하라 햇다. 基宇는 잘 알겟

다면서 生覺하겠읍니다 하고 明年之事이이까 밥으지는 알아고 햇다.
태우에서 貳百萬 원은 念出[捻出]하겟고 兄弟 名儀로 登記하라 햇다.
燃炭이 入荷했다.

大里區域에 田 五三五坪이 잇는데 全州人 徐東辰 氏가 利用하고 代土로 옆에 其 坪수는 주고 耕作했으나(約 二年쯤) 今年 一九九一年 春期에 農반期[농번기]가 當햇는데 내의 所有權 土地는 말없이 建築을 目的으로 上土을 갓다 도두고 代土는 물이 갈 데 올 데 없이 집게[깊게] 만드럿기에 異議을 말햇든니 他의에 代土를 주마 하드라. 不應햇다. 사람음 無視했으니 안 된다고 햇다. 그려면 今年에는 耕作을 抛棄해 주시면 一斗只當 白米 一叺식 保傷해 주마 하기에 그도 不應햇다.
社長으로서는 不良者로 본다. 人生을 無視했으니 法으로 따지고 십다. 그러나 謝過하고 잘못을 是認하면 館村驛前 土地 市價을 밧고 讓渡할 用意는 잇다.
一九九一年 四月 二十六日
所有者 昌坪里 崔乃宇
午後 四時 三〇分경 레미콘 工場에서[88]

<1991년 4월 27일 토요일>
5月 2日 字로 同窓會 外遊日定을 確定하고 各地 會員에 電通으로 傳햇다. 全員 同意햇고 新德 申東鎬는 當日 五萬 원을 喜捨하겟다기에 感謝하다고 하고 봉고車를 貴宅으로 보내겟다고 햇다.
金哲浩는 봉고車를 알아{봐}서 28日 이곳으로 알이겠{다}고 햇다.
밤에 전화가 왓는데 全州 崔宗彦는 못 간다면서 1日 延期를 要하는데 그럴 수는 없다고 해버렷다.
午後에 種紐을 相子[箱子]에 入相[入箱]했다. 昨年에 比하면 16日 延長되엿다.

못텡이	600坪	桑畓	168坪
뒤들	500〃	全州人	480坪
橋樑[橋梁] 엽	400〃	全州人	300
成曉 畓	700		
배답	570		
〃	140		計 5,028坪
〃	330		500 相子는 되여야 함
〃	240		
買入畓 學順	600		

<1991년 4월 28일 일요일>
苗床에 相子를 移秧햇다. 投入함. 例年에 比하면 約 15日 延長되엿다.
마늘밭에 물을 주고 고초苗에도 水道물을 주웟다.
夕陽에 水原서 成傑 車便으로 成康 食口하고 成奉 食口하고 왓고 館村에서 成苑 食口도 全員이 왔다.
來日 成康 母 生日을 맞이하야 왔다.
大里坪野 밭에을 가보니 只今도 繼續해서 徐東辰이라는 者가 作業 中이니 所有者을 無視해도 程度가 잇이 그려 수 잇을가 햇다.
間夜에 이웃집 林判俊이 別世햇다고 해서 弔問도 햇다.

---

88 본 일자 일기 내용에서 한 줄을 떼어 입력되어 있는 이 내용은 4월 26일 자 일기의 하단에 별도의 종이에 써서 붙여 둔 것이다. 레미콘공장 사장과의 논의 내용을 특별히 기억해 두기 위해 별기한 것으로 보인다.

<1991년 4월 29일 월요일>
成康 母의 生日이다.
水原서 子息들이 全員 올는지 궁금하다.
成傑이는 오늘 제의 妻 될 사람을 데리고
갖이 집에 온다고 햇다.
成傑이는 單獨으로만 오고 妻는 5月 10日
水原에서 稅方[貰房]에서 살임을 着手한
다고 햇다.
成奉이는 7月 20日 全稅 家屋으로 移居키
로 하고 代金은 2,400萬 원에 月 20萬식 주
기로 햇다고 햇다.
成康 成奉 兩家에서 30萬 원을 주드라.
겨우 모두 預{金}를 메구웟다.
林 氏 出喪에 弔問하고 午後 3時쯤 成康
成奉 家族이 成傑이 車로 떠낫다.

<1991년 4월 30일 화요일>
後山所 앞에를 파고 토란도 심고 호박굴도
파 주웟다. 담배밭을 5,000株에 비니루 구
멍을 뚜려 주웟다.
驛前도 단여왔다.
林짐巖은 아침에 招請하기에 갓다. 朝食은
旣히 집에서 끛이 낫는데 食事를 侍接하겟
다고는 하는데 理由는 어제 本人의 父 出
喪을 하고 밤 12時경에 單日 脫服햇다면서
모두를 용서해 주시요 하드라. 答변은 他의
家政事를 外人이 말할 수 없다고 햇다.
日前에 貸借金 10萬 원 條 尹鎬錫 氏에 夕
陽에 拂出해 드렷다.

<1991년 5월 1일 수요일>
舍郞 中方[中房] 및이 美觀象 보기 시려서
마루를 뜨어내고 林玉相을 시켜서 쌋다.
成曉이가 郡에서 大里坪 地積圖面[地籍圖
面]을 떼왔다. 訴訟을 提起하겟다고 햇다.

밤에 屛巖里 黃昌龍은 來日 담부추력으로
新畓에 客土를 넛켓다고 햇다. 車當
17,000원에 決定햇다.
各 同窓會員들이 傳해온 전통을 보면 全員
이 募일 것 갓다.

<1991년 5월 2일 목요일>
同窓會議를 大屯山[大芚山]에다 부첫다.
募臨 會員는 11名이고 驛前 봉고車를 利
用한바 座席도 알맛드라.
中食은 全州 宗彦 氏가 마음먹고 12名分
을 選物[膳物]로 해주시여 고맙드라.
會費는 2萬 원식인데 決果[結果]는 2萬 원
이 殘高엿다.

<1991년 5월 3일 금요일>
新畓 客土 8臺를 投入하고 중단햇다. 來日
한다 햇다.
全州 金二成에 전화로 朴日成 條 畓에 客
土를 너면 엇더야 햇든니 넣이 말아 햇다.
朴日成에서 말이 업나 햇드라. 없다고 햇다.
移秧을 하나 햇든니 移{秧}은 하라 햇다.

<1991년 5월 4일 토요일>
아침 8時부터 新畓 客土 投入을 한바 全部
21車를 밧고 17,000×21=357,000원을 現場
에서 拂入하고 技士들은 別途로 5仟 원식
10,000을 주웟다.
大里 李金八 子 코구링을 使用하려 간바 技
士가 行方을 감추워 使用 不能이라 햇다.
除草濟[除草劑] 5통을 울안에 田畓 近方
에 햇다.

<1991년 5월 5일 일요일>
全州 崔點宇 子 結婚에 參加햇다.

담배 밭에 물을 주웟다.
大里에 李今八 氏의 子를 對面하고 日間 코크링을 좀 利用하자 햇다. 火曜日 – 水曜日에 해 드리마 햇다.

<1991년 5월 6일 월요일>
全州 태우하고 同行해서 桂壽里에 曾祖母 墓所 作業하는 데 參加햇다.
코크링을 利用한바 5萬 원을 주웟다.
崔炳文 氏는 今春에 全南 釜山 方面으로 宗事로 1週間 단여온비 其 旅費로 五萬 원을 주드라.

7, 8, 9, 10, 11까지는 餘有[餘裕]가 있다.
萬諾에서 旅費도 不사하겠다.

<1991년 5월 7일 화요일>
家族 및 外人夫 5人이 午前 中 담배 고초 移植 비니루를 씨엿다. 비니루도 1통 사다 주웟다.
林玉相을 시켜서 舍郞 마루를 노왓다.
大里 川邊에서 郡 코크링 技士를 相面하고 新畓 客土 고루기 作業을 要求햇든니 不遠 해주마 햇다. 전화번호도 알여 주웟다.
成東이는 칼아테레비 1臺를 가저다 노왓드라. 29萬에.
마음은 不安하지만 할 수 없지. 老勢가 된니 權利도 經濟權도 모두 破讓이다.

<1991년 5월 8일 수요일>
徐東辰을 對面하려 간바 不在中이여 되도라 왓다.
大里 李今八 子을 맛나기 위해서 간바 全州에 갓다고 婦人을 驛前에서 만나고 왓다.
不遠이면 作業을 해주겠다고 하드라.

夕陽에 城街里 裵炳春 氏를 相面하고 丁基善의 通文을 차자 달아고 付託코 왓다.

<1991년 5월 9일 목요일>
담배에 구멍을 키워 주엇다.
大里이 重宇을 맛나고 來日 作業을 付託한바 相違없이 着手하겟다고 햇다.
까스렌지를 新品으로 購入 設置햇다.
終日 방아 찟드라.
水原서 成傑이가 11日 字로 집에 온다고 햇다. 12日 移居한다고 햇다.

<1991년 5월 10일 금요일>
10時 10分에 大里 李重宇의 코쿠링 作業을 着手하야 夕陽 7時경에 끝이 낫다. 日當은 15萬에 結定하고 中食하{고} 새거{리}도 侍接하야 日課는 無事이 끝냇다. 南原 成樂하고 同期 同窓生이라고 하드라.
來日 水原서 成愼이가 왓다 간다고 傳해 왓다.

<1991년 5월 11일 토요일>
참깨밭에 비니루를 씨엿다.
45日 만에 理髮을 햇다.
成康에서 전화로 耕耘機 1臺를 購入해 달아고 햇다. 商會에 알아보니 約 195萬 원인데 自負擔[自負擔]이 100萬이고 100萬 원이 3年 据置. 來日 水原에 가면 말해 주겟다고 햇다.
오늘밤에 成傑 成愼 兄弟가 온다고 전해 왓다.

<1991년 5월 12일 일요일>
水原 成愼 車便으로 任實驛까지 慕侍여 8時 45分 列車로 서울에 간바 1時엿다. 市

廳 前에 電鐵로 가서 下車코 慶福宮[景福宮]에 갓다. 成康 母하고 同伴해서 約 2時間쯤 놀다 錫宇 子 禮式場에 當到한바 適時엿다. 서울 居住 昌坪人들은 빠짐없이 왓드라.

中食을 하고 許俊晩 車便으로 市廳驛까지 왓다. 바로 電鐵로 水原에 當하니 7時엿다. 成康 집에서 夕食을 하고 內外는 旅菅[旅館]으로 案內되엿다. 旅菅비는 15仟 원. 平安이 지냇다.

<1991년 5월 13일 월요일>
朝食을 成康 집에서 하고 있으니 成奉이가 왓다. 成傑이 妻 될 사람을 對面코자 하면 제 집으로 가자 햇다. 成康 妻가하고 3人이 갓다. 女子는 제 집이 뉘우치니[누추하니] 앞에 갓다고. 昶範 母 鴻範 母 우리 2人 孫子 2人 해서 가 보왓다.

어제 成愼 車便으로 完州郡 鳳洞邑에서 本家에서 女子의 짐을 실고 왓다고. 그대로 방 안 동물은 가췻드라. 멋 마디 당부하고 出發 12時 40分 뻐스로 全州 着 집에 온니 5. 50分. 崔南連 氏가 경솔하게 부른데 창피햇다.

<1991년 5월 14일 화요일>
全州에다 白靴 1足 마친데 3萬 원에 決定하고 契約金으로 萬 원을 拂入하고 왓다.

丁基善하고 同行해서 鄕校에 갓다. 한 자리에는 李炳春 曲校[典校] 裴炳春 總務 朴相洙 儒道會長 前 郭 曲校 우리 2 사람이 한자리가 마려[마련] 되엿다.

書예學生이라는 婦人들이 飮料水와 果日을 가저 왓는데 갖이 노누웟다.

丁基善 條 通文에 對한 問議한바 모른다고 햇다. 斗流 金敎成에 미루기에 斗流에 갓

다. 서울 敎成에 전한바 答은 現 曲校에 其 書類가 保菅되엿다고 答이 왓다.

<1991년 5월 15일 수요일>
全州에 丁基善에 通해서 今日 내려오라 햇다. 두리 任實에서 裴炳春 氏를 同伴해서 金城里 李炳春 氏 曲校 宅을 禮訪코 事因을 물으니 本人도 기역이 잘 나지 안으니 日間 手相을 뒤적거려 보겟다고 햇다. 其間 丁基善 件에 對하야 本人이 母의 孝烈撰을 하려할 때 100萬 원을 要求하면 주면 되는데 인색한 者가 주지 안이해서 于今 3, 4年 지낸 오늘에야 其 初案紙[草案紙]를 차지려한 基善 者도 責任 잇다고 햇다. 1部 責任은 잊이만 오늘로 끝을 맺고 이제 安心되나 其者도 제의 집안 또는 母의 자랑만 퍼트려 노니 마음이 가지 안트라.

<1991년 5월 16일 목요일>
八時 三〇분에 出發 南原에 갓다. 時間 餘有가 있어 成樂 집을 갓다. 잠時 休息코 택시로 昇月亭에 갓다. 約 五〇餘 契員이 募엿다. 會費는 四仟 원식 案件는 新入會員 加入 餘附[與否]엿고 其金調選[基金造成]이였다.

南原驛前 外國 觀光旅行 手續 節次을 問儀[問議]한바 別紙와 如히 要햇다.

<1991년 5월 17일 금요일>
今日은 外出을 하지 않고 家政에 從事햇다. 田畓도 둘여보왓다. 마늘에 물을 주고 보니 比交的 例年에 比해 豊作인 듯십다.

<1991년 5월 18일 토요일>
고초 正植[定植]하는데 人夫는 八名이 起

用되고 苗木은 一一,〇〇〇本 程度가 移植
되엿다.
全州 朔崔同和會議에 參席햇다. 約 二〇
餘 名이 參席햇드라. 다음 募臨은 六月 末
日로 豫定코 場所는 四仙臺로 定하는데 犬
一頭를 내가 責任하고 購入키로 햇다.
白靴 구두 한 걸에 마치여 受受[收受]해
왔다.

<1991년 5월 19일 일요일>
露儒濟[露儒齋]에서 大宗會議가 開催
一. 案件는 文淸公 十七代 祖 沙草[莎草]案
二. 和樹會[花樹會] 復割[復活]案
三. 山直 金南善이 退居案이엿다.

<1991년 5월 20일 월요일>
田畓을 둘여보고 館{村}驛에서 二十六日
字 永登浦 車票를 購入햇다. 一金 六仟 원.
割引이 없다.
館村 炳基 氏 宅을 訪問햇다. 全州 玉辰이
가 重病으로 와 잇드라.

<1991년 5월 21일 화요일>
新畓에 家族기리 돌을 주워내고 물을 넛다.
李根豊의 子 結婚式에 參席한바 몃 분을
相面했으나 于先 눈에 띠인 面長 白元基엿
다. 不安感이 드어 中食하지 안코 자리를
떳다.
집에 와서 丁基善을 相面햇다. 來日 立石
한다고.

<1991년 5월 22일 수요일>
에제 大里 예수敎에서 보내준 5萬 원을 오
늘 아침에 韓相俊에 건너주윗다. 崔重宇
보는데 正門 앞에서.

丁基善 위선 移葬한데 參席 햇다.
住民 不可[不過] 5名이고 石工場에서 8人
하고 장비가 일 셋도가 왔다. 基善이도 生
覺하니 別로 住民이 贊護할 분이 없는 것
으로 보고 잘 햇다고 햇다.
成東이는 金學順 移秧하려 갓다.

<1991년 5월 23일 목요일>
아침에 成康 母를 태우고 館村 成苑 집에
단여왔다.
듯자니 大里 韓昌煥 子가 들에서 콤바이
修理하다 숨것다고.
大里 鄭用澤 別世로 來日 洞內로 死體가
온다고 드럿다.

<1991년 5월 24일 금요일>
韓昌煥 집을 訪問코 慰安햇다. 鄭用澤은
오지를 안니 해서 弔儀金만 주고 왔다.
비는 상당이 왓서 해갈은 넉 〃 햇다.

<1991년 5월 25일 토요일>
成東는 龍山里 難民 移秧하려 갓다.
밤 12時 40分에 서울行 特急列車로 서울
에 到着하니 4時 40分이엿다. 電鐵로 부천
鉉宇 집에 가는데 비는 내리는데 전화로 鉉
宇을 驛前으로 呼出해서 同行햇다.
炳圭 氏는 病勢가 良護[良好]하야 오래 살
것드라.

<1991년 5월 26일 일요일>
成宇 子 禮式場에 온니 華客[賀客]이 만트
라. 舊式 兼해서 婚禮를 올이는데 求景도
할 만하드라. 女學生이 깽매기 징 북 장구
를 메고 노는데 멋지드라.
그곳에서 完鎬 內外를 맛나고 집으로 募侍

드라. 고마{워}서 갖이 갓다. 夕食에 좋은 안주에 侍接을 밧고 1泊 햇다.
水原서 成傑 內外가 단여갓고 全州서 成曉 內外가 단여갓다고 드럿는데 이 날은 서울 結婚식에 간 日이다.

<1991년 5월 27일 월요일>
(營養製[營養劑] 注射을 마잣다.)
아침 食事 後 許俊晚 집으로 전화하야 德順하고 同行 母 問病을 가게다고 한바 방이 좁고 病勢가 惡化하야 人事 不知하고 내음이 난니 未安하야 오시지 안니 함이 좃켓다고 해 抛棄햇다. 完鎬가 高束[高速] 버스場에까지 태워다 주워서 無事히 집에 왔다.
찻고 싶은 집도 잊이만 幣[弊]가 될가바 一切 黙認하고 왔다.
大里坪 레미콘 工場 康英勳 課長을 訪問하고 96-1번지 畓 532坪 貸借 契約을 成立햇다. 年 使用稅는 現金으로 60萬 원을 밧기로 하고 96-4버지 1部 使用은 側量[測量]을 한 지후에 追加로 計算키로 햇다.

<1991년 5월 28일 화요일>
新畓 및 耕畓 노타리는 成東이가 耕耘機 하기로 햇다. 그러면 利文이 만켓다고 햇다. 첫 모내기를 햇다.
成傑 車 稅金 自進申告로 南原 稅務署에 갓다. 任實에 가면 職員이 駐在하고 잇다 하야 任實에 와서 보니 第一酒類에 잇드라.
今般 申告는 90年分 確定申告인데 車가 二臺인가 100萬 원 程度라기에 保溜[保留]하고 왔다.
水原에 傳햇든니 成傑이가 내려 갓다고 햇다.

夕陽에 傳해 왔는데 成傑이가 와서 다 처결하고 갓다 햇다.

<1991년 5월 29일 수요일>
새보들 新畓 첫모내기 햇다.

<1991년 5월 30일 목요일>
朴日成 者하고 是非가 되엿다.
成東 말에 衣[依]하면 全州 金二成 關係條 大里 崔明福 者의 所有地에 對하야 今年에 耕作키로 하야 契約한바 本日 耕耘機로 完全히 準備 完了해 노니가 朴日成 者가 제가 移秧하겟다기에 不良者라며 熱을 낸바 잘못해다기에 용서해주고 今年에는 그대로 내가 耕作키로 해서 打合을 끝냇다.
斗基 崔宗洙가 危急해서 예수病院에 入院 中라 드럿다.

<1991년 5월 31일 금요일>
못텡野 他人의 耕畓에 물을 품어주엇다.
林玉相 丁辰根 金進映이도 要求하나 餘暇가 없엇고 午後에는 비가 내려 作業 中止 햇다.

<1991년 6월 1일 토요일>
아침 六時경 驛前 梁甲童 便에 移秧機 실코 全州에 갓다.
午前 中 工場 主人 父子 갖이 修理해 주는데 六萬 원을 받으라. 운임 萬 貳仟 해 七萬 貳仟이 드렷다.
밤에 成康 집을 간바 今福 氏도 왓드라. 對話하다 잠이 든바 病이 낫다. 全身이 앞으로 熱이 나고 寒축[寒縮] 든바 밤을 새우는데 苦力이엿다.

<1991년 6월 2일 일요일>
間밤에 病이 生起여 終日 成康에서 누웟다.
夕陽에 왓다.

<1991년 6월 3일 월요일>
오늘도 終日 舍郎에 누웟다. 어지렵고 活
動 難이엿다.
中食부터 죽을 좀 들고 햇다.
몸이 不便해서 가보지는 못 햇이만 배답 논
에 移秧햇다고.

<1991년 6월 4일 화요일>
移秧機가 異常이 있어 作動이 不能하야 다
시 全州工場으로 移送햇다. 車는 大里 梁
氏으 子엿다.
午後 늦게 와서 試 運轉해 본바 異常없드라.
고초 말 竹木을 準備햇다.

<1991년 6월 5일 수요일>
新舊畓 全部 移秧을 맞엇다. 今年에는 例年
에 比해서 農機械代가 多額이 支出되엿다.
3年間 銅錢을 募金한바 30萬 원 斤量은 約
白米로 2斗 무게드라. 新平農協에서 交換
햇다.
韓昌煥 氏을 禮訪하고 慰安하면서 酒店에
가서 한잔 하는데 金炯根 氏도 同席햇다.
斗流里 炳列 宅을 訪問하고 金敎成 氏가
退院햇다기에 訪問햇든니 不在中.
館村 炳基 氏 宅을 訪問햇든니 今般 廣域
委員 出馬 崔宗仁는 抛棄햇다고 하는데 승
산이 없으가 그랫다고 하기에 잘 한 지시라
고 하고 昌坪里 崔英姬부터 防害한다고 햇
다는데 마음 잘 먹엇다고 햇다.
洪順浩 집을 訪問하고 물을 대서 移秧하라
햇다.

<1991년 6월 6일 목요일>
徐東辰 畓에 移種하려 햇든니 成東이가 不
應햇다. 成康 條 畓 2斗只 상자가 餘有인
데 人力을 勞力하고 십지 안는 뜻이드라.
成康 母하고 同伴해서 大學病院 崔喆洙
問病을 햇다. 다음은 예수病院에 崔宗洙가
危急하다기에 問病한바 듯기와는 {달리}
良護하드라.
家族들은 어저 모내기를 끝내고 終日 모
때우기를 끝냇다.

<1991년 6월 7일 금요일>
任實을 단여서 館村驛長을 相面코 觀光者
11명分 99,000원을 豫納햇다.
新平農協에 가서 銀姬 瑞希 零細民 學生
預託金 中 5萬 원을 引出해서 成苑을 2萬
주고 왓다. 成苑 母에 參萬 원 주웟다.

<1991년 6월 8일 토요일>
집에서 고초 말을 깍고 結束해서 完全 整
理햇다.
南原 從弟 正宇가 電話로 順天에서 哲宇
慈堂(叔母)가 別世햇다고 大小家 宗員에
전화로 알엿으나 한 사람도 가계다고는 하
지 안트라.
南原하고 宗員之間은 3從之間으로 보로
大小家인데 그럴 스 있을가.
다음 宗會 時에 相面하면 面目이 없게 될
게 안닌가.

<1991년 6월 9일 일요일>
任實宗中을 代表해서 順天으로 出發햇다.
直行으로 가는데 3時間이 消모 되엿다. 弔
問한바 帶江 許 氏가 왓는데 朔崔하고 親
戚되는데 우리 家間[家門] 愛慶[哀慶]喪

問에 빠지지를 안는 사람이드라.
알고 보니 有識하면 山書도 익힌 사살[사
람]으로(實은 돈을 收入한 사람으로 알앗
다.{)}
바로 弔問이 끝나고 中食도 없어 시장하기
에 出發햇다.
列車로 오는데 旅비도 多額이 들고 할 수
없이 中食을 사먹고 왔다.

<1991년 6월 10일 월요일>
舘村校에서 廣域委員 合同演設會[合同演
說會]가 11時에 있어 參席해 보앗다.
多數가 募인바 公職者들이 多수드라.
全州로 行햇다.
耳藥 雜品도 購入햇다.
夕陽에 面長이 단여갓다. 수개月 만에 오
고 만난 것 갓드라. 5月 1日 本人의 生日이
라 햇다.
成苑이 五百萬 원 債務을 要求햇다.

<1991년 6월 11일 화요일>
男女 10餘 名이 水原 龍仁 自然農園觀光
길에 出發한다.
水原을 거처 自然農園에 간바 12時엿다.
中食을 맞이고 自由行動으로 한바 비는 왓
지만 願滿하게 잘 求景햇다.

<1991년 6월 12일 수요일>
成苑이 水原 成奉에서 집 사는데 500百
萬 원을 貸借한바 成奉도 집 사는데 不足
해서 返還 要求한바 내가 500萬 원을 貸借
해 준바 月 14% 利로 하고 보니 每月
59,450이 되드라. 바로 舘村面事무{소}에
가저 주웟다. 成傑 交通위반 벌가금 3萬 원
도 뗏다.

面長 生日이라고 해서 갓다. 모시 난방 사
쓰 15萬 원에 삿고 衣服 집에 마겻다.
싹은 35,000仟[3만 5천]라고 햇다.
老期에 衣服이나 깨끝이 하고 십고 돈도
必要하겟드라.

<1991년 6월 13일 목요일>
淸明햇다.
들오리 하고.
成東이는 全州 제 兄 집 되배하는데 갓다.

<1991년 6월 14일 금요일>
成曉가 왔다. 서울서 成奎도 왔다. 둘이
各 〃 麥酒를 한 箱子식 사 가지고 왔다.
田畓을 두루 둘어 보왓다.
고초 作況 담배 作況이 良護햇다.
成傑 車 稅金이 85,000원이 나왔다.

<1991년 6월 15일 토요일>
못처럼 作業을 終日 하다 보니 全身이 不
便하다.
고초밭에 도치로 말을 박고 보니 소[손]에
쥐가 나고 언잔햇다.
午後에는 고초에 줄을 매는데 그도 허리가
아퍼 그도 不安햇다.
崔南連 者는 來日 全州 端午節 求景 간다
고 자랑만 하드라.
우리 집에 두 차레 왓지만 만나들 못 햇다
고. 그런 者가하고는 갖이 同行하고 십지가
안타.

<1991년 6월 16일 일요일>
家族기리 直行뻐스로 가볼가 한다. 나는 家
事를 보살피{고} 家族 全員이 任實市場에
兼하야 廣域委員 選興[選擧] 合同演設會

場에 갓다.
草殺濟藥을 뒤밭우력[뒷밭두렁]에 散布한
바 온 몸에 통이 새서 언잔햇다.
沐浴도 좀 햇든니 氣分이 快活햇다.
건너집에 간바 澤俊이가 家族 全員을 데리
고 왓드라.

<1991년 6월 17일 월요일>
12時에 耳藥(保聽器)에 投入함.
成康 母 住宅이 不實하야 時急을 要햇다.
子息들은 客地에 있으면서 念頭에 生覺지
도 하지 안으며 事業 上 其 業만 治中[置
重]하고 잇다. 무슨 資金이든 끄려다 利用
하고 此後에 完工 後에나 子息들에 알이가
햇다.
成康 母하고 相議햇든니 絶對 反對햇다.
그러나 銀姬 兄弟는 工夫만은 이곳에서 맞
이고 職場에 갈 때까지는 살아야 할 立場
이다. 其間에 成康 母가 別世한다고 보면
其 家에서 兄弟가 自食하면서 學校에 단인
만한 年令도 되고 忠分[充分]이 擔當[堪
當]할 수 있으리라고 본다. 只今이라도 母
하고 銀姬 兄弟를 成康이가 대려간다면 家
屋 修理할 必要 업겟지만 成康의 形便이
如意치 못하다. 一金 百萬 원 豫算으로 前
後하고 燃炭 製置만이라도 할가 한다.
林玉相을 訪問하고 修繕案을 주면서 見積
을 내서 不遠 알여 주워야 資金을 準備해
겟다고 하고 곳바로 成東을 帶同하야 材料
購入하라 햇다.

<1991년 6월 18일 화요일>
고초에 탄저병 藥 散布.
牟光浩에 今般 工事를 맛겨볼가 해서 體面
上 말햇든니 他人의 作業을 請求햇다고 해

서 잘 되엿다고 햇다.
안골 成康 고초에 藥을 뿌려 주웟다.

<1991년 6월 19일 수요일>
保血注射을 마잣다. (今般에 20日 만에다.)
任實郡農協에서 80萬 원을 引出햇다.
昨年 10月에 고초資金 成東 條 50萬 完宇
條 25萬 계 75萬을 只今 償還하기 위{해}
서 利子 合해서 引出하고 畜牛資金 利子
18,000원을 其中에서 拂入하고 왓다.
成東에 引계金은 785,000이다.
農協債務 利子 元金 1部 867,136원 整理
햇다.
成東의 妻는 언제고 異心感[疑心感]이 浮
刻心이 든다. 行動이 그럿타. 一家庭에 사
는데 每事가 그럿는데 萬諾에 내의 夫婦
中 1人이 없다면 其 時刻부터는 제의 主張
대로 左右智[左之右之]할 것이다. 早失 母
없이 成長 女라 할 수 없지만 하는 行動은
볼 게 없다.
하루 이틀 안니고 1家政[家庭]에서 每日
不安心 禁할 길 업다. 꼴이 1時에 보기 거
북하다.

<1991년 6월 20일 목요일>
他의 집 夫婦間에 生活 狀況을 보면 多幸
福으로 千萬 보인다.
이제는 이도저도 못할 身勢이다. 將來에 不
吉한 刑便[形便]에 노인 것으로 生覺이 든
다. 衣食도 제대 對遇[待遇]은 글엇고 한니
生活 方法을 意識 안을 수 없다.
그러나 元行을 忙行하면 公開的으로 斷行
한다. 그가짓 子婦가 얼마나 大端者이길에
其者에 媤父母가 매여 살 수는 없다. 絶對
로 容恕 못할 之事다. 甥父母[媤父母]도 精

神이 잇는 以上에는 매여살고 십지 안타.
마음에 不利하면 제 自身이 別居해야 한다.
「今日 道議員 投票는 記號 1番 姜大容으로 決定하고 野堂[野黨]이사 記票 못하겟다. 或 落選이 된다 해도 할 수 없다. 家族에 指示 要.」
午後에 任實 崔容安의 事務장이 왓다. 安否 傳하려 왓다고 햇다.

<1991년 6월 21일 금요일>
終日 不安 中 있었다. 메누리의 發言에 對하야 아무리 生覺해도 不安해서 못 살겟드라. 할 수 없이 터트럿다.
成東 內外가 건너집으로 와서 잘못을 말하기 黙認는 햇지만 그래{도} 마음 과로왓다.

<1991년 6월 22일 토요일>
不安 中이여 집에 잇고 십지가 안다.
成康 母을 데리고 馬耳山으로 오토바이로 갓다. 夕陽에 왓다.
成苑 집에도 들이여 술 한 잔 먹고 왓다. 산진[사진]도 찍엇다.

<1991년 6월 23일 일요일>
서울 大宗會 本部에서 招請狀 나라왓다.
召集日字는 6月 30日 10時 30分이다. 定期總會인데 會비는 人當 10,000식이다.
中學生 以 朔寧 崔 子女 修硏大會[修鍊大會]도 謙[兼]하게 되엿다. 修硏大會비는 3泊 4日로 人當 3萬 원식인데 大人도 가볼 만하다. 不應이면 모르지만 應한다면 내 自身이 가보고 십다.
日定은 7月 26-29日 3泊 4日.

<1991년 6월 24일 월요일>
아침 7時에 保聽器 投入함.[89]
家族기리 마늘 캐고 개리고 역고 해서 메달고 全部 處理햇다.
成玉이가 어제 와서 오늘 가는데 닭 한 마리하고 마늘 한 접을 주워 보냇다.

<1991년 6월 25일 화요일>
田畓을 둘여보니 참깨는 護良[良好]하나 벼 일부는 黃色 現狀이여서 追肥을 하라 햇다.
午後에는 全州에 갓다. 夏服 남방사쓰를 차자왓다.
건너 成康 집 修理는 하기로 決定하고 1部 방안 等物을 整理에 着手햇다.
來日부터 담배 따기 첫 着手한다.

<1991년 6월 26일 수요일>
皮巖里 親友 金炯根 氏가 昌宇을 通해서 9時경에 驛前에서 相面코자 한다기에 나가본바 좋아하는 대사리[다슬기]를 相當이 손수에 가저 왓다. 理髮 中인데 조금 기드리라 햇드니 바로 가버리니 每遇 攝〃햇다.
46餘 日 만에 理髮을 햇다.
家族은 담배 따기. 初物이엿다.

<1991년 6월 27일 목요일>
新平 新友會員 觀光日이다.
成東가 旅費로 4萬 원을 주드라.
간 곳은 서울 議政府을 지나 抱川(포천) 山井湖 옛 金日成의 別莊 별장이엿다고 드럿다.
2時間쯤 놀고 中食을 하고 바로 出發햇지만 집에 온니 10時엿다.

---

89 이 부분은 지면 상단에 붉은색으로 기록해 두었다.

<1991년 6월 28일 금요일>
任實 加工組合 姜 商務으 連絡으로 오는 7月 4日에 5日까지 2泊 3日 豫定으로 釜山 東來溫泉으로 海雲臺 觀光에 同行하자 햇다. 旅費는 組合 負擔으{로} 한다 햇다. 承諾햇다. 集合 場所는 南原이라 햇다.
成東 母하고 館村齒科에 갓다. 醫師가 不在中이라면서 來日로 말햇다.
劉貞子 전방에 韓상俊 安承均이 募인데 參席 보왓다.
重量器가 있으니 使코 계서에 貳萬 원 支出하라 命햇다.

<1991년 6월 29일 토요일>
第二次 고초 줄을 맷다. 고초는 現在까지는 豊作이고 담배도 作況은 良護하드라.
담배도 今日 第一次 土葉은 따서 달앗다.
林玉相하고 成東이를 시켜서 成康 家宅을 修理하라 指示한바 約 3百萬 원은 豫算하라 햇다.
① 家屋 前面을 뜻고 ② 後面을 뜻고 ③ 부억을 뜻고 ④ 마루를 뜻고 ⑤ 石油 보이라로 하고 ⑥ 신크대를 놋고 ⑦ 前面 門을 밀窓으로 하고 ⑧ 되비하고 ⑨ 장판만 새로 깔면 된다.
家屋도 形便대로 하야지 高級으로 해도 此後에 斷續 後게자가 없다.

<1991년 6월 30일 일요일>
保聽器 投入. 8. 30分에.[90]
日前에 成康 成奉이가 왓는데 家屋을 修理하겠으니 協力해 달아 햇다.
家屋 修理하는 데 物資와 人件費 해서 總

300餘 萬 豫算하지만 成康 兄弟가 協助을 못 한다면 于先 農協 融資라도 해서 修理할 計劃이다.
오수에서 부로크 500장 모래 1車 運搬해 왓다. 오늘부터 着手한 셈이다.

<1991년 7월 1일 월요일>
成康 家屋 修理하기 위{해}서 3百萬 원 農協에서 貸付해 왓다.
10餘 日 만에 鎭安 馬耳山에서 記念 察影[撮影]을 한 것이 이제사 왓다. 成曉 母가 보면 氣分이 少할가 햇는데 多幸이 내가 卽接 받앗다.
成東이에 于先 100萬 원을 주면서 準備하라 햇다.

<1991년 7월 2일 화요일>
任實 保健所 및 全州藝術會館 參席. 入場料 2枚에 萬 원을 주고 購入코 食堂으로 갓다. 成東 母하고만 알고 살작이 간바 立場하고 있으니 바로 연동宅 安銀順이 李福順 成康 4人이 立場햇다.
約 2時間쯤 걸이엿는데 {任}實人 崔拂光氏가 감독者드라.
잘 하드라.

<1991년 7월 3일 수요일>
今日 釜山 觀光 計劃 通報 時間 調定.
來日 오수에서 九時까지 募여 南原驛 廣場에서 10時까지 集結하야 釜山으로 出發키로 傳해 왓다.
成奎는 아침을 들고 바로 서울로 가겟다고 햇다. 烏鷄를 한 마리 잡아주면서 갓고 가라 하며 주윗다.
배답 水門이 異常이 있어 改修하는데 고역

---

[90] 이 부분은 지면 상단에 붉은색으로 기록해 두었다.

을 햇다.

<1991년 7월 4일 목요일>
釜山 觀光旅行 豫定. 南原 集結.
任實驛前에서 姜 商務 支部長 李 양하고
四人이 募하야 9時 50分에 出發해서 雨中
에 南原에 着햇다.
南原驛前에 飮食物을 上車하야 各 郡 代
表 常무 女職員 合해서 約 40餘 名이 乘車
出發하야 晉州 촉석류에 下車코 잠시 觀光
코 다시 出發해서 山淸에서 中食을 햇다.
다시 出發 釜山 公園에 到着햇다. 비가 내
려 求景에는 支章이 잇엇다.
海雲臺 海水浴場 앞 대영장 旅館에 投宿
햇다.

<1991년 7월 5일 금요일>
釜山觀光豫定 1泊 2日
아침에 早紀하야 옆에 海水浴場을 두려보
고 8時에 朝食을 맞엇다. 9時에 出發하야
釜山 東元佛院에 갓다. 相當이 求見할 만
하드라.
다음은 馬山 近橋[近郊]에 着하야 新馬山
에 着하고 中食을 한바 12時엿다. 신마산
에서 돌섬에 船便으로 갓다. 島는 全部가
觀光地로 하야 잘 가췻드라.
馬山에서 3時 30分에 出發하야 집에 온니
約 8時였다. 觀光 旅비 貧擔金[負擔金]은
없엇다.

<1991년 7월 6일 토요일>
田畓을 둘여보니 담배는 如前하고 딸 時期
가 되엿다.
논에 가보니 두력에 풀이 무성해서 발을 드
들 데 없다.

벼는 군데군데 黃色이 짓더 보기 실트라.
바로 尿素 1袋을 실코 갓다.
뿌라다 보{니} 不足해서 半 袋쯤 또 뿌린바
너무 햇는가 십다.
아즉까지는 고초도 豊作으로 본다.
병아리도 合宿을 시켯다.

<1991년 7월 7일 일요일>
(保聽器 藥 投入 11時 낫)
새벽부터 내린 비는 箱當히(相當히) 내렷
다. 비로 依하야 今日 作業計劃이 어긋낫
다. 담배를 가 따는 時期이가 늦저것다.
水原서 成愼이가 단여갓다. 付託之事는 成
傑이 對한 婚姻申告해서 水原으로 退居하
고 車도 買入者에서 移轉하고 自家用 택시
도 李澤俊에 넘기고 醫料保險料[醫療保險
料]도 水原으로 넘겨 갈 것을 당부햇다. 그
리고 成康 母 富川서 이곳으로 退居할 것
等을 당부햇다.
終日 비가 내려다. 被害는 없다.

<1991년 7월 8일 월요일>
終日 가랑비는 끝이 안코 내렷다. 成東이는
玉相 德善을 同行하야 家屋 修理物品 購
入하려 全州로 갓다. 夕陽에 物品은 貨車
를 利用해 왔다.
成康 집 마루 其他를 1部 除据[除去]해 주
웟다.
喜消息은 水原 善範 母 電話 便으로 어제 成
愼이는 無事이 到着햇다 하며 成傑 妻가 任
身[姙娠]한 것 갓다고 傳해 왓다고 드럿다.

<1991년 7월 9일 화요일>
成傑이는 妻 될 사람을 처음 接見日이 3月
18日이드라. 今日로 4個月次다.

終日 비가 내려 舍宅에서 있엇다.
具判洙 집에 갓다. 斗基里 崔宗洙 病勢를
알아보기 위해서엿다. 마참 宗洙의 長子가
왓드라. 제의 父는 回報[回復]하기는 어렵
다고 하드라.

<1991년 7월 10일 수요일>
아침부터 비는 如前이 내렷다. 川邊에 가보
니 洪水가 내려가드라.
成曉 母하고 病院에 갈 期日인데 抛棄햇다.
家屋 修理 담배 따기 多事가 물여잇는데
時日이 延長되고 잇다.

<1991년 7월 11일 목요일>
成康 집에서 銀姬 日氣帳[日記帳]을 밧다.
90年度 8月 6日 字 銀姬 日記帳을 우연히
보게 되엿다. 흉칙하기 限없엇다. 終日 不
安햇다. 其의 日記帳을 또 보고 또 보왓다.
全 家族을 몰살하는데 이런 方法으로 죽이
는냐가 생각중이라고 하며 원수를 갑겠다
고 햇으니 理由를 모르겟다.

<1991년 7월 12일 금요일>
언제고 가보면 두 계집애가 늘근 할미만 부
려 먹드라. 하지만 父母가 한 집에 없어 말
못 햇다. 할미는 새벽에 일어나 밥 짓고 방
에서 이불 개고 방 씰고 닥고 마당 쓸고 그
래도 두 연들은 방에서 누웟고 있으니 언제
고 그려치만 오늘은 熱이 낫다. 조치 못한
년들이라 햇다.
어제 日記帳에도 보다십이 이것들이 大事
故을 낼 듯십어 成康 母에 당부하면서 操
心하라 하고 其 日記帳을 내 집으로 가서
[가저] 왓다.

<1991년 7월 13일 토요일>
家族이 動員하야 담배 따기 햇다.

<1991년 7월 14일 일요일>
家族들은 二日채 담배 따기 햇다.
오토바이로 桂壽里 露儒濟 大宗會 參席하
야 오는 7月 27日 서울 宗員들 還迎會[歡
迎會] 準備 件을 打合햇다. 오토바이로 1
時間이면 가드라.

<1991년 7월 15일 월요일>
終日 비만 내렷다. 多幸이 어제 담배는 第
二次로 잘 따서 다랏다.
대사리 生覺이 만은데 雨氣로 因하야 市場
에 없다고 햇다.

<1991년 7월 16일 화요일>
오늘은 多幸이 비가 근첫다.
家族들은 담배밭에다 들께 苗을 移植하드라.
終日 舍郞에서 讀書만 하고 지냇다.
成康 집에 갓든니 市場에서 대사리 우무를
사와서 잘 飮食햇다.

<1991년 7월 17일 수요일>
밤배[담배] 순을 따주는데 兩 手足이 쥐가
나서 1時 견딜 수 없엇다. 할 수 없이 집으
로 왔다.
全州서 相範 母가 왔다. 오랜 만에 왔다. 듯
자니 全州 成玉이가 不遠 애를 生産해서
이곳에서 養育하겟다기에 안 되겟다고 햇
다. 理由는 메누리가 于今 生産 하나도 못
햇는데 未安해서 못 한다고 햇다.

<1991년 7월 18일 목요일>
手足不能(保血注般[補血注射] 마잣다)

成康 家屋 修理 着手 計劃인데 成東에 依하면 지동[기둥]을 가라낼아면 에룹다고 [어렵다고] 하고 그래도 싸면 된다고 한다니 말하기 창피해서 그러나 그대로는 할 수 없어 山西 丁東根에 傳하야 空手로 와서 지동하나 가라달아 햇든니 2, 3日 內에는 안 되고 7月 22日에나 가겟다고 햇다.
成東이를 시켜서 林玉相을 데리고 와서 다시 집을 監正[鑑定]해서 지둥을 가는데 來日 作業한다면 今日 모든 準備을 해야 할게 안니냐 햇다.
마음이 맞이 안 해 하고 십지 안타.
成東 母하고 保健所에 갓다. 혈압은 良護하다 하고 齒牙를 빼도 된{다고} 하야 뺏다. 10餘 日 後에 또 빼라 햇다.
夕陽에 成曉가 베암장어를 사 가지고 왓다.

※ 7月 18日 字 附記
이날 아침에 韓相俊이가 왔다. 來日 19日 初伏인데 오늘 準備을 해야지요 햇다. 욕보와 주시소 햇다. 그런데 牟 生員은 닭고기를 못 먹게다고 합니다. 할 {수} 없지 해다. 그런데 某人은 末伏에나 하지 한다기에 그려케 하소 大象[大衆]이 하잔 대로 하소 햇다. 그래서 延期하라고 指示햇다.

<1991년 7월 19일 금요일>
成康 家屋 오늘부터 着手햇다. 從事者는 玉相 鎭玉 成東 3人 始作햇다. 작기를 이제 購入해 오라 하니 難햇다. 基宇을 시켜서 빵구집에서 貸與하고 2개라 하기에 館村 경운기쎈타에서 購하다 주웟다.

<1991년 7월 20일 토요일>
第二日채 成康 집 修理 作業.

玉相 鎭玉 成東 3人이 햇다.
아침이면 8時 着手하고 夕陽에는 7時면 끝진는다.
鷄舍을 改造햇다.
梁奉俊에서 古物 스레트 4枚을 가저온바 代櫃[代價]는 全然 밧이 아 햇다.

<1991년 7월 21일 일요일>
玉相 鎭玉 成東 3人이 作業햇다. 韓相俊 牟圭煥 3人이 同伴해서 大谷里에 犬을 사려 갓다.
館村 崔仁喆을 館村에서 相面하고 술을 한잔 하자 하야 幣을 끼첫다.

<1991년 7월 22일 월요일>
家族 外人하고 담배 따기 햇다.
第三次 따기다.
日氣는 每遇 良護햇다. 구름이 끼고 바람이 부려 作業하는데 異常없다.
茂朱에서 澤俊이는 大犬 안 마리를 건너집에 갓다 노왓다.

<1991년 7월 23일 화요일>
송아지 암소를 出産햇다.
家族기리 담배를 땃다. 正午쯤 되니 쏘나기가 相當 따러젓다.
밤에 몸이 근지려서 잠을 설자 今日은 病院에 갓다.
玉相 鎭玉 成東이는 作業을 日氣 不順으로 0.5日만 하고 午後에는 休業햇다.
담배는 如一 하게 따고 역거 다랏다.

<1991년 7월 24일 수요일>
玉相 鎭玉 成東 終日 作業햇다.
館村醫院에 治料 간바 다리가 통증이 잇다

하니 뜸질을 하시{요} 했다.

뜸질을 하는데 몹시 뜨거운데 뜨거우면 效果가 잇는 줄 알고 深이 참앗든니 結果는 불켜서 살이 이것다.

<1991년 7월 25일 목요일>

家屋 修理하는데 玉相이는 休息하고 成東 鎭玉이는 午前 中만 하고 午後에는 面에 간다고 作業 中止했다.

鷄舍하고 犬舍를 鐵條網으로 둘어 주윗다.

채양 水통도 修理했다.

이곳도 채양 水통을 손보왓다.

<1991년 7월 26일 금요일>

玉相 鎭玉 家屋 天장 하는데 보와 주윗다.

成東의는 館村에서 物品을 운반해 왓다.

午後에는 農藥을 散布했다.

終日 나도 놀지 안코 作業햇다.

<1991년 7월 27일 토요일>

아침에는 里 共同作業日.

玉相 鎭玉 成東이는 終日 家事 從事했다.

나는 全州로 電氣製品을 購入하려 간바 品名을 몰아서 다시 왓다.

任實로 가서 全部 購入했다. 3萬 원.

來日은 同和會日이라 休息키로 했다.

鎭玉 成東이는 來日 休息하면서 개를 잡고 수바라지해라 햇다.

玉相이도 契모임이라 햇다.

來日은 全員이 休日이다.

朔寧 崔氏 4泊 5日 先山 省墓旅行은 서울 地方 水害로 依하야 無期延期 되고 8月 初 旬경에 再發議키로 햇다.

<1991년 7월 28일 일요일>

全州地區 同和會員 臨時總會가 開會되엿다. 參席豫定員은 約20名 豫定이였으나 以外에도 30餘 名이 參加하야 大盛況을 이루윗다. 뻐스를 貸切하고 自家用도 數 臺이 集合되엿다. 飮食도 不足 現狀이엿다.

從事員은 金鎭玉 成東 內外 尹用文 妻 4人이 從事하고 午後 5時 30分경에야 出發 했다.

朔崔 會員들에서 治下를 만이 바닷다.

水原서 成傑이 內外가 단여갓다. 人身[姙娠] 中이라고 그럿다.

<1991년 7월 29일 월요일>

太風[颱風] 비들號[91]가 부려온다는데 作物에 被害는 勿論이고 注[主]로 담배 問題 엿다. 그려{나} 家族들은 生覺지도 안코 딴 전만 보는데 熱이 낫다. 담배 따야 한다면서 強要햇다. 結局은 내가 서들다 보니 終日 熱心하다 보니 몸이 고되엿다. 成康 母까지 5人 動員 되엿다.

太風은 慶南 쪽으로 갓다. 多幸이드라.

全州 東宇하고 相議한바 8月 初 先山 省墓 巡廻 旅行을 同伴하기로 約束햇다.

<1991년 7월 30일 화요일>

午前 中에는 相當한 비 내렷다.

어제 딴 담배는 家族기리 乾燥場[乾燥場] 內에서 역것다.

어제와 오늘은 多幸스럽게 作業이 잘 되엿다.

서울서 成植이가 어제 왓다고 오늘 담배 作業場으로 人事次 왓다. 그러나 엇전지 꺼

---

91 1991년 7월 29일에 한반도에 상륙한 태풍은 제9호 태풍 '캐틀린'이다. '비들'이라는 태풍명은 존재하지 않는다.

끄럽다. 인사는 해도 반갑지 안타. 차라리
오지 안은 게 無方[無妨]하다.

<1991년 7월 31일 수요일>
서울 朔寧 大宗會 事務室에 通報를 냇다.
八月 中 宗員 修練大會에 參席코자 하오
니 日定이 짜이면 參加하겠으며 會費는 當
日 持參하겟다고 崔康浩에 通報햇다.
例示 8月 10日 서울서 1泊 - 11日 7時 出發
12日 - 13 - 14日 - 15日 歸家이면 = 5日 6
泊이 된다.
① 洗面道具 ② 衣服 1着 準備 內衣 洋발
③ 日記帳 ④ 所持品 ⑤ 化莊紙[化粧紙]
旅行 가방 等이다.
行先地 晉州 - 花溪[花開] - 求禮 祭閣 -
桂壽 露儒濟 - 三溪 承旨公 祭閣 - 南原
廣寒樓 - 萬人塚 京畿 廣州 - 文請公 17
代祖 墓所 參拜 申師任堂 舍堂[祠堂] 李
栗谷 先生 臨진閣 觀光코 午後 5時 30分
에 解散 以上과 如이 計劃햇다.
宗員이라면 1次는 求景하야 道理라 본다.
오늘도 담배 일부를 따서 달앗다.
連 3日 채 담배를 만치엿다.

<1991년 8월 1일 목요일>
宗員 修練大會 參加는 서울가지 가는 것보
다 全州에서 高速뻐스로 晉州로 行次하야
그곳에서 宗員 1行을 相面하고 其 地區에
서부터 갖이 行動코자 한다.
成康 家屋 修理는 몇일 뗏다가 今日부터
着手햇다. 玉相 辰根 鎭玉 成東이 오늘은
四人이 合作하야 作業 能率이 만햇다.
몸이 어제부{터} 異常이 生起여 館村病
院에서 治料코 全州 保聽器 藥을 購入해
왓다.

午後에는 成東 母를 任實 醫料院으로 갖
이 가서 珍察하고 藥을 6,200원 치를 지여
왓다.

<1991년 8월 2일 금요일>
어제밤에 家屋修理 收入支出 1部 打算해
보니 收入 300萬 원인데 支出 豫算이 420
萬 원 豫相[豫想]하야 約 12萬이 不足現
狀이다.
오늘은 作業中止하는데 비도 오고 玉相이
가 팔이 異常하다 햇다.
비는 終日 내려 洪水가 나갓다.
朝食 後에 水原 成康이 왓다. 家屋 修理한
다는 말을 傳해 듯고 궁금해서 왓다고 햇다.
約 400萬 以上 들겟다고는 햇다.

<1991년 8월 3일 토요일>
메누리는 來日 同婿契에 參席次 鎭安으로
갓다.
館村醫院에서 治料하고 全州 保聽器 商會
에 갓다.
館{村} 成苑에서 택시 罪金[罰金] 條 3萬
원을 바닷다.
林玉相 鎭玉 成東 1日 着手햇다.
江律[江津] 林경원 氏가 와서 3人이 銀香
[銀杏]木 賣買 작청코 小木은 빼고 大木
二株만 35萬 원에 結結[締結]햇다.
契約 없이 茂木[伐木] 時 全額을 대고 가
저가마 햇다.
3人이 왓드라. 自己의 메누리 郡 公報室에
잇다고 햇다.
夕陽에 崔南連 氏는 6日 字 雲巖大橋에 求
景 가자고. 1人當 1萬식 据出이라기에 2萬
원 주워 보냇다.

<1991년 8월 4일 일요일>
生覺도 하지 않은 비가 終日 내렷다.
成東이는 鎭安으로 同婚契 會議에 갓다.
서울 尹宗九 氏가 來訪햇다. 大端이 感謝
하다 햇다.
오늘은 家屋 修理하는데 玉相 鎭玉이만 二
人이 햇는데 屋 內部 끝이 낫다. 다음은 바
닥 재사만 남앗다. 다음은 신크臺 및 보이
라 製置만 나맛다.
무슨 氣象 異變이 生起 듯십다.
라지오는 장마가 가시고 3-日부투[3日부
터] 무더위가 게속 된다는데 그도 맞이 않
이다.

<1991년 8월 5일 월요일>
언제고 밤 九時면 잠이 든다. 때로는 그 안
에 잠이 든 때도 있다. 밤 새로 1時면(좀 늦
거나 이르면) 10分 間격이다. 그제부터 잠
이 들지 안코 5時까지 讀書 또는 新聞 12面
을 보다 小設[小說] 雜紙를 본다. 때로는
朔崔 宗中誌 또는 族潛[族譜]도 펴본다.
異常하게 今年부터 달아진다.92

玉相 鎭玉 成東 3人이 家屋 修理 作業한
바 今日로 끝이 나고 殘事는 보이라 싱크
臺之事만 殘事이다.
成允이는 午後에 水原으로 떠낫다.
◎ 서울 大宗會 事무실로 전화 連絡하야(康
    鎬에) 八月 七日 晉州에서 四時에 相面
    키로 約束햇다.
館村 木工所에서 門을 달고 45萬 원을 주
워 보냇다.

<1991년 8월 6일 화요일>
每日 비가 내려 急한 之事는 多量인데 마
음 不安하다.
나는 外出이 만으나 家事는 만니 밀엇다.
첫재 고추 따기가 急하다.
두채 담배도 따기도 急하다.
아침에 韓相俊이 왔다. 오는 8日 末伏日에
休息의 打合을 하고자 왔다. 約 8萬 원 程
度를 豫算해 주고 今般 本里 募亭[茅亭]을
修理하는데 近方에서 茅耻拾亭이라 하야
保助[補助]도 해준다니 協助해 주소 햇다.
人員 5名이 動員되여 첫 고초를 땃다.
農村指導所 注催[主催]로 里 座談會가 開
會된바 人員이 못이지 안햇다. 完宇 牟圭
煥 外 1人 3人은 네거리에서 募여 무슨 이
야기를 하드라. 會議 中인데도 不良心者로
보앗다.

<1991년 8월 7일 수요일>
통장 - 太平洋戰爭冊 中에 있다.
全國 朔寧 崔氏 修練大會日이다. 晉州로
向해 그곳에서 1泊코 서울로 간다.
서울로 가지 안코 任實서 10時 30分 直行
으로 晉州로 向次 崇仁祠에 2時 30分에 到
着햇다. 서울서 온 1行을 約 70餘 名이 4時
경 着햇다.
先始祖 天老 中始祖 瑜賈 崇仁祠에 慕侍
신바 一濟[一齊]히 參拜햇다.
다음은 6時경에 晉州 市內 觀光코 촉석류
[촉석루]도 둘어 보왓다.
밤에는 서울人 崔鶴鄕 氏으 講議[講義]가
있엇다.
持平公 墓所 省墓햇다.
族譜 가지고는 모르고 實地 現地에 가보니
生覺이 달앗다.

<1991년 8월 8일 목요일>
아침 7時에 出發하야 晉州에서 約 30里 程
度을 乘車하고 持平公의 五子인데 失殿
[失傳]햇다고 碑石만 立石하야 祭檀[祭
壇]을 設置햇는데 參拜하고 第四子 墓所
에 省墓햇다.
그리고 9時경에 祭閣에서 食事을 햇다. 坦
[但] 食事는 木 변도엿다.
다음은 求禮口 옆 星망公 從12代祖 省墓
하고(성만공은 通禮公의 6代孫) 星만公의
子 오주공 省墓하고 二子이신 간호공 山所
를 省墓햇다. 設明은 辰成 氏가 햇다.
中食 後에 3時경에 出發하야 泉陰寺[泉隱
寺]을 거처 露古堂[老姑壇]으로 가서 求景
하고 南原을 据處서 桂壽里 祭閣에 當하
야 通禮公 山所 未能濟公 承旨公 墓所
{參}拜햇다.
8時에 夕食을 맞이고 歷史敎育햇다.

<1991년 8월 9일 금요일>
어제밤에 내린 비는 아침까지 계속 내렷다.
朝食을 맞이고 8時경에 出發하야 木川公
祭閣에 간바 술과 수박 飮料水가 準備되여
休息하고 乘車햇다. 南原市을 지나서 全州
로 行하는데 車中에서 全州人 相範이가
(事業家) 中食을 내겟다고 해서 雨中인데
市廳 옆에서 햇다.
다음은 다시 乘車하야 京畿道 廣州 退村面
에 文請公 17代祖 省墓하고 子 石甫公 配
朴氏 墓를 省墓하고 文請公 配 徐氏 祖母
山所를 省墓햇다.
이날 나는 夕食을 맞이고 서울 炳權 氏 求
禮 成萬하고 3人이 1家 집 舍宅에서 조용
이 잣다.

<1991년 8월 10일 토요일>
우리 1行은 朝食을 끝내고 坡州로 向햇다.
說明하고 案內 炳權 氏가 햇다.
坡州 金村에 着하야 贊成公 墓所 參拜코
忠正公 墓所 忠正公 靑白碑 參拜하고 朔
寧 崔氏 會館을 見學하고 其곳에서 中食
을 하고 繕物도 바닷다.
다음 自윤書院 申師任堂 墓所하고 李栗谷
先生의 墓所(母子間)를 參拜햇다.
臨律江[臨津江]에 갓다. 北向 望拜檀도 보
고 간는 中間 龍雲寺에 들여 미륵佛도.
서울로 向하야 6時경에 서울 德壽宮에 到
着하야 作別의 人事를 나누고 解散햇다.
서울에 吉宇을 맞나 제 집으로 가자기에 同
行햇다. 水原으로 가려 햇든니 잘 되엿다.
永登甫[永登浦] 近處드라.

<1991년 8월 11일 일요일>
成東 內外는 今日 서{울} 觀光하려 갓다고.
吉宇 집에서 朝食을 하고 永登甫驛으로 吉
宇와 同行코 吉宇은 仁川 方面으로 가고
나는 水原 成康 집으로 갓다.
成康이보고 네의 집 修理하는 데 450萬 원
들엇다고만 햇지 于先 修理金을 달아고 하
지는 못 햇다.
成奉 집으로 갓다. 成奉 內外보고도 其 程
度 말햇지 딴 말은 못 햇다.
成傑이는 村으로 休暇 갓다 햇다.
成康 5萬 成奉 10萬 원을 用金으로 주드라.
집에 온니 全州 相範 家族 館村 成苑 家族
이 왓 잇드라. 兩人에 닥 1首식을 잡아 주
윗다.
成曉는 20日경 日本으로 産業視察 및 敎
育 바드려 가는데 10餘 日 計劃이라 햇고
相範 나연이는 月 20萬 원에 個人指導한

다고.

<1991년 8월 12일 월요일>
今般 朔寧 崔氏 大宗 修練大會에 4泊 5日
만에 왔다.
雲巖大橋 求景하려 간다고 7, 8名이 짜여
젓다고 南連 氏가 서든드라.
大橋에 가보니 全部 9名이 募여젓드라.
成傑 內外하고 成苑하고 成康 母가 왓드
라. 갖이 行動할 수는 없고 술만 바다 주워
서 먹엇다.
中食을 맞이고 船費 35,000원을 주고 元波
자리까지 往復햇다.
올 대는 館 村 四仙臺로 向하야 夕食 兼해
서 麥酒 몃 병 마시엇다.

<1991년 8월 13일 화요일>
手足 不便 保血注般 마잣다.
서울서 完宇가 移事[移徙]를 왓다기에 가
보왓다. 村中 鄭泰植 집에도 왓는데 앞으
로 商店을 보려 한다고 들엇다.
成傑 母 成傑 內外 銀姬 兄弟 5人이 水原
으로 떠낫다.
銀姬 兄弟는 前母에 간다고 들엇다.
成康에 家宅 修理하는 데 約 500萬 원 쯤
드럿다고 傳하라 햇다.

<1991년 8월 14일 수요일>
桑田에 除草를 하는데 手足이 異常하야 할
수가 없게 되엿다. 오그려든데 1時도 不安
하다.
注般[注射]을 마자도 別 效力이 없다.
오토바이 修理한바 28,000원 中 1部
15,000원 주고 왔다.
참깨 1部 벗다.

<1991년 8월 15일 목요일>
8.15 解放記念 體育大會 行事. 靑少年들
이 出戰한다고.
采田[菜田] 오동나무를 茂木[伐木]햇다.
成東 內外는 8.15 光復記念 體育大會에
參席하려 車便으로 新平에 갓다.
나는 집을 지키는데 嚴仁淑이가 와서 어머
니 生日입니다 하고 招請해서 갓다. 서울서
仁子 仁淑 仁喆 鄭宰澤 母도 왓드라. 食床
을 채려 왓는데 滿飯 盡수盛饌[珍羞盛饌]
이드라.

<1991년 8월 16일 금요일>
七七稧日이다. 9時에 任實에서 乘車하고
南原에 當到하니 10餘 名이 募여 同行햇
다. 總員이면 150名이 募여야 하는데 겨우
40名. 當日 會비는 3仟 원식 据出햇다.
會議를 맞이고 3時경에 出發햇다. 全州 辰
成하고 同行햇다.
館驛에서 參茂에서 參萬 원 取貸하야 新平
에 갓다. 面長에 慰勞次 간바 全州 갓다고
햇다.
어제 事件의 合議次로 갓다고 햇다.
全州로 갓다. 竹扇 하나 삿다. 來日 서울 가
는데 허적해서 손에 쥐고 가려 삿다.

<1991년 8월 17일 토요일>
館驛前에서 8時에 觀光버스로 서울 禮式
場에 12時에 當햇다.
알고 보니 具翼朝의 孫女였다.
中食을 맞이고 3時에 出發햇다. 車中에서
술은 麥酒만 드럿다. 집에 온니 9時였다.
成康 집에 같은니 신크臺 장판을 사왓는데
마음에 全然 들지 안트라.
오늘 갑만 아라보고 오라 햇든니 그따위로

햇드라.

<1991년 8월 18일 일요일>
成康 家屋 木部에 塗色을 치럿다. 리스가
3통이 드럿다.
成東 里長職 後 처음으로 大出力[大出役]
이 되엿다. 앞 二間道路 흑 메구기 作業하
는데 耕耘機가 동원되엿다.
다{음} 陰 七月 17日 里 大洞會를 앞두고
住民에 指示事項 몃 가지를 基案[起案]해
서 元고[原稿]를 作成해서 成東에 주고 豫
히 硏究하라 햇다.
들깨에 肥料를 散布햇다.
金在玉 妻 回甲이라고 招請해서 갓다. 募
인 者을 살펴보니 맞이 안은 者들만 잇는데
술 한 잔 하고 바로 退進햇다.

<1991년 8월 19일 월요일>
成康 母 付託으로 任實에 돈을 빼로 갓다.
마참 成曉 母가 保健所 藥을 짓고 헤랍[혈
압]도 재겟다고 하야 同乘해서 보권소 갓
다. 時間은 8時 30分인데 接受所는 滿員이
엿다. 갓트[카드]를 넛코 닥藥[糖藥]도 지
고 해서 市內에 갓다.
9時 20分켱에 보권소에 왔다. 오토바이는
接受처 正門 앞에 바첫다. 珍察하고 藥도
짓코 出發하려 나온바 오토바이가 없다. 其
時는 11時엿다. 영 失物로 본다. 成曉 外
職員도 왓드라. 운파에 신고는 햇지만 市內
조[좀] 드라드는데 없드라.
未安하지만 할 수 없이 成康 家屋 修理 不
足金으로 200萬 원 借用해다. 人夫費 其他
1切을 會計 完了해 주고 成康에 35萬만 保
菅 中이다. 本人이 償還 時에 채워서 200
萬 원 만드려 주마 햇다.

전주 예수병원에 銀姬 眼과 보려 갓다.

<1991년 8월 20일 화요일>
成苑에 500萬 원 貸出해 주고 成苑 母에
新平農協에서 300萬 원 貸出해 주고 어제
任實서 200萬 원 合計 壹仟萬 원을 今年
中에 융자해 주웟다.
내의 負擔이 만다. 勿論 年末 內에는 請算
[淸算]이 내겟지.
成曉가 단여갓다. 今月 26日 日本에 간다
고 해서 金商文 名鑑[名銜]을 주면서 전화
또는 訪問해도 좋아고 햇다.
銀姬 希瑞[瑞希] 兄弟를 여수병원[예수병
원]에 데리고 갓다. 瑞希는 木曜日 眼을 手
術한다고 햇다.

<1991년 8월 21일 수요일>
桂壽里 曾祖母 山所를 가기로 炳基 氏와
約束 出發키로 햇다.
驛前에서 炳基 氏하고 同行하야 桂壽里
晉州鄭氏 曾祖母 山所에 갓다. 水害가 낫
는지 하고 간바 如前햇다.
午後에는 崔末女 付託으로 面에 가서 財政
保證을 서주고 왓다.

<1991년 8월 22일 목요일>
瑞希하고 成康 母하고 3人 同伴해서 예수
病院 眼課[眼科]에 갓다. 珍察해 보고 今
冬期 放學 時에 手術하자 햇다.

<1991년 8월 23일 금요일>
白元基 面長 交通事故로 姻[因]하야 慰安
의 뜻에서 一金 參萬 원을 完宇 便에 보내
주웟다.
日氣 雨中이이기에 成東 鎭玉을 시켜서 成康

집 되배를 햇고 장판도 깔이 주윗다.
午後에는 成東 完宇 俊峰이가 面長 件으로 來面한바 里錢 40萬 주려 갓다.

<1991년 8월 24일 토요일>
陰曆 七月 15日 百中[伯仲]日이다. 어제밤에는 應九 祖父 祭祠[祭祀]日이다.
서울 範이가 慕侍다는데 昨年에 가보니 合同祭祠 問題가 論議가 된바 今年에 가지 못햇다.
大同會日이다. 男女老少 多數가 募엿다. 歷代 일來[以來] 첨으로 많이 募인 것으로 안다.
밤 12時까지 놀다 갓다.

<1991년 8월 25일 일요일>
아침 七時에 出發 館村 炳基 氏와 同行해서 全州에 갓다.
京畿道 擴州[廣州]에서 文請公 17代祖 山所에 省墓하고 獨立記念館[獨立紀念館] 求景하고 왓다.
듯자니 全州 成曉가 日本을 떠나고 10日 豫定으로.
成玉이는 게집애를 낫다고 듯고 成東 母가 갓다고 드럿다.
成曉 日本 旅비 5萬 원을 주윗다.

<1991년 8월 26일 월요일>
오늘 終日 舍郞에서 노랏다. 南連 氏가 단여갓다.
每 日氣는 좋아.
成東이는 面 會議에 갓다고.

<1991년 8월 27일 화요일>
加工組合 運營委員會가 있엇다. 約 15名

이 募엿다. 봉고車를 利用해서 聖壽面 五奉里 貯水池로 갓다. 川魚을 사서 中食을 잘 햇다.
家族들은 무 배채 비니루를 씨윗다.
成東이는 募亭 修理햇다.

<1991년 8월 28일 수요일>
무 배채를 播種햇다.
成東이는 住民하고 韓云錫을 起用해서 募亭을 기와로 이엿다.
大里에 갓다. 金哲浩도 相面햇다. 安吉豊도 訪問햇다.
柳允煥이는 전화로 楔 有司를 치루라 햇다. 8月 31日로 定햇다.
夕食을 맞이고 메누리에 말햇다. 南原 成樂이가 日前에 內外에 왓다는데 마늘 좀 하고 고초를 要求햇다는데 주지 안 햇다면서 너이들이 누구 것을 가지고 살며 그것도 내의 子息인데 그려케 괄세할 수 잇나 하고 나무랫다.
父母 生前에는 내의 子息에 그러치 못할 것이며 어는 子息 치고 똑같은 내의 子息이다 햇다.

<1991년 8월 29일 목요일>
婦人 7名을 起用해서 終日 고초 땃다.
成康 집에서 材木을 運搬하고 募亭에서도 운반햇다.
成東이는 終日 방아 찌엿다.

<1991년 8월 30일 금요일>
來日 束錦楔員 內外가 麗水로 外遊하려 日 定햇는데 몃 분이 빠지게 되 無期延期햇다.
成東이는 어제 딴 고초를 생으로 市場에

出荷했다. 約 15袋.

43,000×15=645,000 程度 잡앗다.

館村市場에 고초를 내고 用金 10萬 원 주드라.

<1991년 8월 31일 토요일>

銀姬 瑞希 영세민 3期分 授業料를 館村農協에 拂入했다. 74,400 이 돈은 四期分 拂入 時 新平農協에서 차자 또 館村農協에 拂入하면 된다.

新平面事務所를 國民學校로 移舍했다. 理由는 本 廳舍를 비우고 옴기면 郡에서 于先權[優先權]이 있서 그런 것이라고 했다.

面長을 相面했든니 今般 面長 車 事故로 面民 喜捨金 推進하는 {데} 만은 도움 보고 第一 먼저 서든 분이 誠意人이라 하드라.

오늘 館村 - 新平農協 - 面事{務}所를 두루 두려왔다.

夕陽에 高相厚하고 愛人者 同伴해서 왔다. 本人이 病院에 入院 中 問病한 者만 招請해서 梁海童 집에서 개고기와 술을 持接[待接]했다.

<1991년 9월 1일 일요일>

成東하고 昌宇는 아침부터 後山所 茂草[伐草]했다.

成東 母는 8月 25日 全州 가서 8日 만에 왔다.

日本서 成曉는 3日경에 온다고 했다.

밤 11時頃에 日本 北海道라 하면{서} 成曉에서 전화가 왔다. 4日에나 집에 當하겟다고 햇다. 오늘밤에는 東京서 到着해계다고 햇다.

金商文 氏이라면서 東京都에 居住하니 禮訪해 보라 햇다.

<1991년 9월 2일 월요일>

(20日 만에 保血注般을 마잣다. 手足이 異常이 잇다. 쥐가 난다.)[93]

成康 母 말에 依하면 日本서 成曉가 館村 成苑에 전화로 連絡해 보라 햇든바 成苑은 바로 日本으로 전화햇든니 金商文 氏는 알지 못한다고 連絡이 왔다고 햇다.

本人의 兄弟가 光陽에 두 분이 살고 잇는데 金상文의 行方을 모를이 없다고 본다.

오늘은 眞情한 先妣(慈堂) 祭祠日이다. 別世 年度로는 64年인바 今年 91年으로 計算하면 28年 해가 되겟다.

서울서 成奎가 參祠햇다. 重宇 完宇 全州 成俊 參禮햇는데 昌宇만 不參햇다.

<1991년 9월 3일 화요일>

不遠이면 내의 生日도 當하겟기에 崔南連 崔瑛斗 氏 尹鎬錫 3人만 招侍[招待]햇다. 그리고는 大小家 食口엿다.

終日 舍郞에서 讀書하다 잠도 자다 日課를 보냇다.

<1991년 9월 4일 수요일>

아침 6. 40分 뻐스 便으로 은히 서히 成康 母하고 4人이 예수병원에 갓다. 眼課에 接受하고 나는 래려왔다.

成奎 銀香木代 35萬 원을 成東 母 便에 주워 보냇다.

四仙臺에서 祝祭가 잇다는데 家族 全員이 가고 나는 집 보왓다.

夕陽에 비가 내리는데 相當量이 내럿다. 水害가 날{까} 念餘[念慮]스럽다.

밤새 큰비가 내렷다.
벼도 많이 쓰려젓다.

<1991년 9월 5일 목요일>
先塋 慕先 祭服 購入하겟다.
祭服 着用 日定
一. 正月 初一日 舊正 名節
二. 七月 二十四日 金海金氏 先妣 祭祠日
三. 八月 十五日 秋夕 名節
四. 十二月 初一日 先考 祭祠日 年中 四禮
　　服임.
終日 舍郎에서 讀書 工夫만 햇다.
田畓에 가보니 벼가 많이 쓰려젓다. 우리도
쓰려젓이만 他人의 것은 말할 수 없이 너머
갓다. 廉昌烈 氏는 放送 通하야 밥이 휘여
매라 햇다.

<1991년 9월 6일 금요일>
오늘도 비는 如前이 내렷다.
成東 內外는 벼 무그려 갓는데 우리 내외
는 못[몸]이 안 죳코 허리가 앞아서 일할
수 없다.
집에서 休息만 햇다. 未安하지만 할 수 없지.
成東 母 기침이 너무 深하니 困難하다. 來
日은 山城 가서 藥을 지여다 주워야겟다.
벼을 終日 묵엇지만 未決하 來日도 終日
묵어야 한다.
日本서 成曉는 3日에 全州에 왔다는데 3日
채가 되여도 外國을 단여오 子息이 父母
보려 오지 않는 게 其도 子息인가 십다.

<1991년 9월 7일 토요일>
成東 母는 기침이 深해서 不安 中 其 기침
은 約 4年이 經過. 많은 藥도 햇지만 如意
치 못햇다. 今日은 藥을 지려 山城에 갓다.

20日分을 購入해 왔다.
오늘 길에 成樂 집을 찻고 中食을 햇다. 康
姬는 모든 學課가 成績이 우수하야 償狀
[賞狀]이 만드라. 治下해 주웟다.
任實 鄕校에 들여 曲校[典校]와 總務를 相
面하고 祭服에 對한 相議를 햇다.
旅行社에 들여 外國 旅行 비자를 打合한바
住民登錄 本位 가니 簡單하다 햇다.

<1991년 9월 8일 일요일>
듯자하니 日本서 成曉가 四日 새벽에 歸家
햇다고 드럿으나 于今 五日 채가 지나도 父
母을 禮訪치 않으니 大端이 攝〃한 心理
不安을 禁할 수 없다.
公職도 重要하지만 其 公職이 父母에 比
할 수야 없이 안나 햇다. 先 父母 禮訪하고
公私에 任하야 子息의 道禮인데 더구나 外
國에 10餘 日間 지내다 왔으니 禮儀에 어
긋나고 이제는 人事을 와도 마음 흡북할 수
는 없다.
午後에야 成曉 內外가 人事次 왓드라.
丁基善이가 訪問코 갓다.

<1991년 9월 9일 월요일>
全州에 祭服 마치로 갓다. 元財代 25,000+
針代 30,000=55,000에 마치엿다.
콩태를 달아아 햇다.
云巖 金宗會를 맛낫다.
삭대를 付託코 왔는데 6,000권을 달아고
해서 付託코 왔다.
婦人 2名 우리 食口 2名 4명이 終日 고초
땃다.

<1991년 9월 10일 화요일>
아침부터 氣分이 少햇다. 메누리 者로 人

象이 不快 보엿다. 朝食 床을 보니 寒心햇
다. 내가 잘 먹고 시퍼가 않이다. 김치찌거
기분이니 食事는 하고 싶은데 이러케도 먹
다보면 日後에는 아주 박대할가바 먹고 싶
어도 참고 退床햇다.
국물이라도 있어야 하며 더군다나 아침이
니 된장찌게라도 손쉽게 까스렌지 노면 될
것인데 그럴 수 있으가 햇다.
아프로 極老가 되면 其時가 難時이겟다.
侍遇[待遇]는 글엇고 勞苦스럽지만 婦夫
間에만 單獨生活狀을 보면 아주 幸福하게
보인다.
成康 家宅 支柱에 黃色 뻥키를 塗色해 주
웟다. 다음에는 白色에 塗色만 나마앗다.
成東이는 2泊 3日 豫定으로 行政 主催로
出發햇다. 江原道로 가는 것 갓다.

<1991년 9월 11일 수요일>
牛市場에 市勢 살피려 갓다. 5時 30分에
牛市場에 當到하니 벌서 買賣가 据來[去
來] 되고 잇으라.
우리 소는 새기가 뱃다면 240萬이고 안 배쓰
면 180萬 원에 不過하다고 햇다. 암송아치
쓸 만하면 130萬 원 주워야 하겟으다.
문조이[문종이] 장보기 해가지고 바로 왓다.
銀姬을 對同하고 成康하고 갖이 여수病院
에 갓다. 눈덕개[눈덮개, 즉 안대]를 해 넌바
덕개 7萬 원 藥 12,000 約 9萬 원 드렷다.

<1991년 9월 12일 목요일>
成東이는 2泊 3日 만에 敎育을 끝내고 왓다.
아침에 館村 炳基 氏는 전화로 昌宇가 벌
초를 하지 안는데 말 좀 해달아 햇다. 即판
에 昌宇에 전화로 별초하라 햇든니 벌초요
하면서 理由를 말하드라. 그려나 여러 말은

하지 안 햇다.
관촌에 가서 成康 時計를 修繕 주웟다.

<1991년 9월 13일 금요일>
館村 바보철{물}점에서 수성페인트 1통에
15,000원 購햇다.
어제 말한 바와 갗이 오늘이라도 大里 從祖
父 山所 벌초하라 햇다. 人象이 좋이 안트
라. 벌초를 꼭 하야 하며 선자 추고[94] 벌초
하는야 하드라. 이제 그게 무슨 소리나 햇
다. 그려면서 今年에는 선자도 1叺 못 주겟
다고 하기에 내가 동생을 생각해서 내의 논
을 파라서 昌宇가 짓게 햇고 선자도 15斗
인데 5斗를 餘外[制外]하고 10斗에 決定
한 것을 이제 와서 8斗만 주겟다고 하는 것
은 不足한 소{리}라 햇다. 그랫든니 서울
석우하고 자기하고 文書를 확 뒤집겟다고
하기에 백번이고 뒤집으라 하면서 문서는
내게 있으니 조금도 두려원하지 안켓다고
햇다.
今 冬節에 宗員 總會에 昌宇 봉우를 參席
시켜 公開的으로 文書를 보이며 따저보겟
으며 山直이도 가라치우겟다.
館村 바보鐵物店에서 水性페인트 - 노라
- 풀비 합해서 17,500원에 購入해 왓다.
成東이는 終日 방아 찌엿다.

<1991년 9월 14일 토요일>
成東이는 終日 방아 찌엿다.
數個月 만에 鷄舍을 처내는데 愛勞[隘路]
가 만햇다.
成康 집하고 이곳 舍郎채가 비가 새는데
他人을 시켜야 되는데 屛巖里 韓云錫에 付

---

94 '추다'는 '먼저 받다' 혹은 '챙기다'라는 뜻이다.

託햇든니 한참거리도 못 되는데 一金 四萬 원을 要求햇고 本里 丁辰根보고 해보라 햇든니 秋夕 內에는 못 한다 하니 창피하다. 日工費 關係인 듯십다.
하지 못하지만 兩家 집 울을 헐고 自力으로 기와집을 修理햇다.
암소 1頭 195萬에 팔엿다.

<1991년 9월 15일 일요일>
成曉 內가 왔다. 館村서 成苑 家族 全員이 왔다. 日曜日이라 온 것 갓다.
全州에 祭服을 차즈려 간바 未製되여 許탕하고 來日 가기로 햇다.
어제 今日 2日 채 담배를 개럿다.

<1991년 9월 16일 월요일>
成東 鎭玉이는 이 집 건너 집 塗色을 햇다.
家族 1部는 秋夕 祭儒[祭需] 장보기 하려 갓다.
全州에 祭服을 찾으려 간바 主人이 없어 오려한바 엽집 針士 女人이 전화기를 주면서 전화해 보시요 햇다. 고마와서 무루니 故 金先長의 二女엿다. 처마니 金學柱 妹엿다.
成康 집에 액자 하나 사윗다.

<1991년 9월 17일 화요일>
집에서 여려 가지 돌보앗다.
10時경에 張泰燁하고 同行하야 大里 新品種 平價[評價]大會에 參席햇다.
中食 後에 全州에 갓다.

<1991년 9월 18일 수요일>
新平面廳舍 健築[建築] 推進委員會가 있어 參席햇다.

本里 崔完宇는 旣히 里長職을 사임한 者인데 里長의 資格을 띠고 本會議 參席햇드라. 異常하게 여겼으나 大里 郭道燁이가 農協에서 相面코 成東이가 里長을 사임햇나 하고 뭇기에 그려지를 안타고 햇든이 郭道燁이도 내가 알아보겟다고 햇다.

<1991년 9월 19일 목요일>
加工組合 運營委員會議이다. 過半수 定足수 未達이지만 非公式으로 채워서 決算 및 92年度 豫算을 通過햇다.
全州 柳正進 入院햇는데 問病次 갓다.

<1991년 9월 20일 금요일>
담배를 개려준데 허리가 앞아 중지햇다.
昌宇 弟 病勢가 不安해서 갓다. 約 1時間 對話하고 왔다.
南原 용우에 전화로 昌宇 病勢을 무르니 手術은 못 하고 藥으로 治料[治療]하는 수 받게 엇다고[없다고].

<1991년 9월 21일 토요일>
집에서 家事을 돌보다 皮巖里 金炯根가 招請해서 간바 未安해서 오골계(닥) 한 쌍을) 가지고 갓다. 答報을 대사리을 만이 주워서 未安햇다. 술이 취하야 조심햇다.

<1991년 9월 22일 일요일>
水原서 成康 成傑 成奉 成允하고 內外가 自家用으로 全員이 왔다. 어제는 成康 집으로 昌宇 집으로 重宇 집을 단여 둘어 보왓다.
오늘은 基宇 母 小祥이라 햇다.
全州 태우에 말햇든니 못 오겟다고 햇다.
日坦[一旦] 大里 大門內 曾祖父 山所를

단여 相議하야 行事를 結定키로 햇다.

<1991년 9월 23일 월요일>
집에서 지냇다.
水原 子息들이 다 떠낫다.

<1991년 9월 24일 화요일>
全州에 갓다. 곡자 6仟 원 어치를 삿다.
四仙臺文化祭에 參席해 보니 唱극團들이
노래를 잘 하드라.
成奉이가 오늘 떠나면서 約 1億이 必要하
다 햇다.
用錢 5萬 원 주고 갓다.

<1991년 9월 25일 수요일>
家族기리 담배 개리{기} 햇다.
昌宇 病勢가 不利해서 南原醫料院에다 入
院을 시켯다. 龍宇 말에 依한바 콤피타로
위 사진을 찍은바 再手術은 可能 없고 藥
으로 治料해 보자 햇다.
그려나 페 사진을 찍고 血液檢査 便檢査을
하고 2, 3日 後에는 위 사진을 찍어보자 햇다.

<1991년 9월 26일 목요일>
宗畓 秋곡 鑑平[看坪]次 南原 露儒濟에
가기로 햇다.
大宗中 總會議에 雨中으로 依하야 不參햇다.
身便[身邊]이 不平해서 終日 舍郞에서 讀
書만 하고 日課를 보낸다.
家族들은 오늘도 담배 개렷다.
殘錢을 都 取合[聚合]해서 47,900 入金.

<1991년 9월 27일 금요일>
92年 末 大統領 出馬 豫定한 物望者
金大中 - 金泳三 - 李基澤 - 朴泰俊
金福東 - 李漢東 - 李鍾贊 - 金東吉
金鍾必 金潤煥[金潤煥] 朴哲彦 朴贊鍾

<1991년 9월 28일 토요일>
來日이 내의 生日이다. 해마등[해마다] 面
內 有志 및 機關長을 慕侍면 約 20餘 人이
다. 그러나 잊이 안코 每年 接侍한 분은 5,
6名에 不過하다. 또 몃 5, 6人은 生日에 參
席하다 안니 하다 그력저력 하드라. 또 本
面 機關長들도 이곳에 오면 3, 4年 잇다 가
는데 其中 한번이라도 中食 程度는 노늘
수 잇는데 黑殺[黙殺]해 버린다. 來日이 日
曜日이드라.
마음먹고 飮食을 장만해 노코 오지 안으면
不安할가 바 今日에는 本面 有志하고 機關
長 招請을 完全이 抛棄해 버리고 本里 老
人이나 招請해서 朝食이나 할 豫想이다.
新平農協에 갓다. 成康 부억改良 貸付金
120萬 원을 貸出받앗다. 利子는 3%이고 3
年 据置 7年 償還이라 햇다. 그래서 預託
하고 왓다.
午後에는 只沙 崔萬鎬 慈堂 別世 弔問한
바 서울 德順 崔鎭鎬도 成奎도 相面햇다.
實谷 金漢柱도 왓는데 나를 相面하자 소리
업이 가버리드라.

<1991년 9월 29일 일요일>
今日이 내의 生日이다.
養老員들 20餘 名 大小家들 40餘 名이 朝
食을 갖이 햇다.
서울서 成植이 왓드라. 生前 처음으로 用錢
을 주고 가드라. 生父 問病하려 왓드라.
只沙에서 成奎 鎭浩가 午後에 왓다. 夕食을
하고 밤 10時 30分에 택시로 서울로 보냇다.
水原서 成傑이가 內外에 단여갓다.

館村 炳基 氏가 단여갓다.
주산리(닥메) 薛東文 氏 回甲에 단여왓다.
全州에 갓다. 미꼬리網을 4組를 사왓다.
밤에 노려 햇든니 客이 오시{어} 못 노왓다.

<1991년 9월 30일 월요일>
家族기리 담배 뭉치엿다.
終日 집에서 休息했다.
成奎는 南原 昌宇 問病코 바로 議政府로
간다 햇다.
夕陽에 日暮가 되여 靑云谷에다 미꼬리網
을 設置햇다.

<1991년 10월 1일 화요일>
아침 일즉 靑云谷川 미꼬리 裝置 곳에 갓다.
미꼬리는 없고 양소래미하고 까재 멋 마리
가 드럿드라.

<1991년 10월 2일 수요일>
村川에 고기통발을 거드려 갓다. 피리 새기
멋 마리 드럿다.
다시 보토랑에다 너코 왓다.
成康 집 뒤 밤을 따주웟다.

<1991년 10월 3일 목요일>
裡里에서 完宇 女息 結婚式에 參席햇다.
男子 便에서는 多수엿지만 女子·便에서는
少수엿다. 中食도 普通도 못 되드라.
往復 車便은 列車를 利用햇다.

<1991년 10월 4일 금요일>
鄕校 秋季大祭에 參禮햇다. 例年에 比하
면 少수였다.
理髮도 하고 注射를 마잣다.
任實에 朴公濟 氏를 相面하고 約 五千萬

원을 융자하면 엇던 手續切次[手續節次]
가 要하는야 햇든니 土地 擔保하야 하며
期限이 지나면 延期할 수도 잇고 年利는
12% 利子라 햇다.
養老堂 預託金 하려 新平農協에 갓다. 今
日 現在로 563,632원이 殘高다.

<1991년 10월 5일 토요일>
德果面[德果面] 金鉉夏의 子 結婚식에 參
席햇다.
貸切車 二臺에 同乘하야 安養에 갓다.
술이 좀 취햇다.

<1991년 10월 6일 일요일>
午後에 內外間 外 5名 同行해서 全州公設
運動場에 體典 求景하려(모이練習) 갓다.
滿員이엿다. 學生이 募엿는데 잘 하드라.
7日 用 入場券이 成曉에서 專[傳]해 왓다.
來日 또 가보겟다.

<1991년 10월 7일 월요일>
秋穀 脫穀 始作햇다.
全北體典에 參加햇다. 午後 3時부터 開催
式이 擧行되엿다. 大統領도 參席햇드라.
體育部長官 朴哲彦도 同伴햇드라.
體典 還璟[環境]은 어제보다는 盛大했으
며 始終一貫 眞心으로 잘 하드라.
男女 學生들은 工夫에 差質[差跌]도 잇는
듯십드라.
車中에서 드른 바에 依하면 大統領이 지나
는 路邊 商店 門을 다드라는 데 不平不滿
이 있엇다고 드럿다.

<1991년 10월 8일 화요일>
南原醫料院에 入院 中인 昌宇 問病次 갓

다. 조금 낫다고 하는데 希望은 없는 것 갇
으라.
成樂 집을 갓다. 中食을 하고 왓다.
水原 成奉에 갈가 하는데 家事에 協助해
주고 10日 게나 갈가 한다.
生覺 中에 水原으로 成奉에 電話로 光陽
條나 이곳 土地도 底當[抵當]은 모[못] 하
겟다고 잘아 말햇다.

<1991년 10월 9일 수요일>
終日 벼을 저서 말엇다.
水原서 成允이가 休息하려 왓다.
成東이는 用錢으로 五萬 원을 주드라.

<1991년 10월 10일 목요일>
오늘도 벼를 終日 저서 말엇다. 夕陽에는
靑云洞 벼하고 이곳 벼하고 全部 담마 드
럿다.
못텡이 새보들 집데미를 乾燥[乾燥]햇다.

<1991년 10월 11일 금요일>
벼 말이엇다.
成允이는 午前에 水原으로 갓다.
面에서 沐浴湯 寫眞을 촬영해 갓다. 保助
[補助]事業으로 八〇萬 원은 밧기 위하
야다.
近年 처음으로 들깨 收入이 多量이다. 오
늘 턴 들깨가 꼭 3袋이고 다음도 3袋가 너
물 것 갇다. 담배밭에다 심은 것이 이처럼
多量이다.

<1991년 10월 12일 토요일>
終日 任實 南原 大宗中 位土 및 林野 土地
臺帳을 整理하고 綜合土地稅를 對照해 보
왓다.

昌宇는 午後에 南原醫料院에서 退院햇다.
17日 만인데 40萬 원 退院費를 주윗다고
하드라.

<1991년 10월 13일 일요일>
아침 9時에 出發하야 任實서 全州 – 高敬
[高敞]을 간바 11時 20分이드라. 婚主 李
康厚을 相面하고 12時에 禮式에 들엇다.
조용하고 정예에 예는 마첫다. 中食을 끝내
고 바로 出發햇다.
◎ 成東이는 서울 鄕友會에 旅行次 갓다.

<1991년 10월 14일 월요일>
館村面事務所에 갓다. 綜合土地稅 對照하
려 갓다.
어제 成康 母가 30萬 원 自己앞手票 3枚
(30萬卷)을 주기에 新平農協에 預託햇다.
合計 150萬 원이다.
村前 畓 脫穀을 햇다.

<1991년 10월 15일 화요일>
오늘 日課는 多樣햇다. 家族 全員이라 4人
인데 벼 말이기 들깨 털기 벼 다마 운반하
는데 어둠까지 햇다.
成康 母 말에 依하면 水原 成愼이도 愛人
이 있어 間或 만난다고 하기에 每週 반갑
드라.
꼭 成傑부터 結婚을 成立하야 하는데 喪中
이라 못 한다고 햇다. 新婦 칙에서 하는 말
이다.

<1991년 10월 16일 수요일>
오늘은 日課가 新泰仁에서 星망公波 立石
및 墓祀日이고 養老堂 代表로 全州에서
郡 全體가 募여 講習을 바는다는데 新泰仁

條를 抛棄햇다.
大韓老人會 中央會에서 두 분이 왓다. 場所은 市廳이엿다. 조흔 講議를 바닷다.
全州市長은 全州의 자랑만 하드라.
任實에서 고초아가씨를 뽑는데 昌坪에서 金鎭玉 女息이 參加한바 豫選에서 脫落햇다고 드럿다.
비가 좀 오는데 잘 마른 집[짚]이 아시웁다.

<1991년 10월 17일 목요일>
全州 崔태우를 相面코자 간바 不在中이엿다.
基善에 電話하야 市內버스로 간다.
中食도 잘 하고 술도 먹고 侍接을 잘 바닷다. 다음 서울서 成英이가 보내준 洋靴票를 가지고 基善이하고 同行하야 全州白花店[全州百貨店] 前에 金網洋靴店[金剛洋靴店]에서 五萬 원자{리}로 골아 삿다.

<1991년 10월 18일 금요일>
아침부터 서드려서 벼를 靑云洞 堤下에 자리 잡고(5斗只分) 널다보니 10時가 너멋다. 午後 正該[正刻] 2時에 新平郵체局 新築 竣工式에 參席햇다. 郡內 機關長들하고 체信廳 人들 各 部[落] 有志만 募이고 잇다.
新平市場인데 海南宅을 店浦[店鋪]에서 맛나고 來日 裵京完 子 結婚式에 參席해 주시요 勤[勸]하드라. 할 수 없이 應해 주웟다.

<1991년 10월 19일 토요일>
경기 五山[烏山]서 裵京完 子 結婚式에 參加次 出發햇다.
8時에 出發하야 五山에 當한니 12時엿다. 1時에 禮式을 擧行햇다. 式場은 會社에 庭園에서 勢行[執行]햇다. 成允이도 相面햇다.

元泉里 廉勳章이늘 其 會에서 相面한바 正門 앞에 守衛로 잇드라. 會社는 韓獨合資會社로 有望한 會社이고 會長이 任實 出身으로 任實 邑內人이드라. 總務課長도 任實人이드라.

<1991년 10월 20일 일요일>
食後에 昌宇 집에 갓다. 마참 韓相俊이가 同行이 되엿다. 午前 中에는 昌宇하고 對話만 햇다.
全州 金正基이 別世햇다고 드럿다.
昌宇 病勢가 不吉하니가 弟嫂가 점을 해본바 明堂정을 일거야 하다고 하니 不應을 안 햇다.
來日 市場에서 祭需品을 購入해서 10月 22日 執行한다 햇다. 約 20餘 萬 원 豫算해야 한다고 햇다.

<1991년 10월 21일 월요일>
家族끼리 벼집 묵고 운반햇다.
夕陽에 昌宇에 가보왓다. 來日 明堂정 하는데 祭需品을 삿다고 하드라.
成奎 집에 銀香[銀杏]을 터러 왓다. 肥料 푸袋로 하나가 못 되드라.
夜中 새벽 2時頃에 배가 아푸는데 難處햇다. 통증이 오든니 새벽 4時경에 갯다.

<1991년 10월 22일 화요일>
오늘 後山所에서 明堂정을 일것다. 約 2時間 程度엿다.
다음은 中食 後 집으로 가서 방에서 정을 일것다.
그런데 점쟁이의 말에 依하면 前母 順天 金氏 墓를 分墓하야 하며 下에 兄의 墓도 移葬하야지 其 子가 옆에 있을 수 업다고

햇다. 生覺하면 그럴 법도 하드라. 長兄의
墓는 移葬해도 올을 것이다. 生存에 우리
母親게 잘못이 잇고 父의 病關[병구완]도
無했으니 其도 당현히 옆에 있어서는 死後
까지 不孝 行爲이다.

<1991년 10월 23일 수요일>
家族기리 벼집을 묵엇다.
崔南連이는 학바우 밧 몃 평만 달아는데 難
處햇지만 할 수 없이 承諾은 햇다.
그런데 술을 1병 가저오더니 金錢을 四萬
원이라고 보냈으니 氣分이 少햇다. 金錢은
돌여주웟다. 그랫든니 방아 찟는 成東 外
몃 사람을 데려다 술을 주더니 夕陽에는 방
아실로 술을 바다와 成東 外 몃 사람을 주
니 못된 사람으로 취{급}햇다.
벼를 운반하는데 거드려 준다고 하니 추접
하게 보앗다.

<1991년 10월 24일 목요일>
아침에 海南宅이 왓다. 오늘 智異山에 求
景하려 가자 하니 못 가겟다고 한바 하도
勤하야 承諾햇다.
8時에 데려왓기에 가보니 꼭 12名이 乘車
한바 婦人이 9면 男子가 3名이엿다. 男子
는 重宇 完宇 나엿다.
終日 無事히 단여왓다.

<1991년 10월 25일 금요일>
아침에 大里川邊에서 고기통발을 뗀바 相
當이 드렷드라.
10時경에 任實서 姜信洐 常務하고 同行해
서 全州 道支會 定期總會에 參席햇다.
中食을 맞이고 집에 와 고기통발을 大里川
邊에 노왓다.

<1991년 10월 26일 토요일>
집에서 庭園 整理하고 11時 30分에 出發
해서 全州 朔崔氏 同和會에 參席햇다. 例
와는 달이 15名 程度 募엿드라.
卽時 任實에 李光燃 母喪 弔問하고 왓다.
上水道 設置 作業을 來 月曜日부터 着手
한다고. 用品 資材가 운반되고 役員 食事
는 崔善眞 집에서 하고 寢室은 養老堂에서
하기로.

<1991년 10월 27일 일요일>
배채에 물비료를 1個月 만에 주웟다.
昌宇 벼 베는 데 가 보왓다. 人夫 五名인데
午後에 重宇 丁壽福 內外를 三人을 어더
脫穀까지 끝내 주엇다.
듯자하니 昌宇 妻(제수)는 안골이 논을 抛
棄하고 平野에서 논을 어더 달아고 成東이
에 付託햇다니 其者의 心理가 不良한 者로
본다. 成東이를 부려먹기 위한 것으로 본다.

<1991년 10월 28일 월요일>
來日 館村 成苑이 全州로 移事한다고 들
엇다.
龍山里 前부터 上水道 工事를 오늘부터 着
手하드라.
崔善眞 집에서 人負 中食만 해주고 잠자리
는 各者[各自] 집으로 간{다} 하드라.

<1991년 10월 29일 화요일>
成苑 移事하는 데 가보니 짐은 上車해서 2
臺에 出發 中이드라. 잘 가라 하고 郵替局
에 들여 連山 綜土稅를 拂入해 주고 왔다.
斗流里 崔炳列 氏는 親舊의 招介[紹介]라
며 人參[人蔘] 栽培 田畓을 購入해 달아고
하기에 來日이라도 와 보라 햇다.

<1991년 10월 30일 수요일>
昌坪 上水道 工事場 作業하는 곳에 갓다.
役軍들에 手苦가 많아고 治下하고 잠시 役
景을 보고 왓다.
綜合土地稅를 拂入햇다.
炳列 氏와 親友라고 同行 왓드라. 現地踏
査를 시켯든니 別 뜻이 없는 것으로 보인다.
밤에 전화로 못텡이들 말하는데 畓에 對해
서는 仲介하고 십지 안햇다.

<1991년 10월 31일 목요일>
뒤밭에서 客土 1臺를 실어다 庭園 後面에
利用하고 工場 앞에도 整理햇다.
成東이는 終日 精米햇다.
成東 母 成康 母는 全州 成苑 집에 갓다.
來日 成苑의 職員들 招侍[招待]코 中食
接侍[接待]하기 위하야 미리 간 것 갓다.
夕陽에 개도 데려갓다.

<1991년 11월 1일 금요일>
오늘은 고초밭에서 줄을 것고 午後에는 말
둑을 除据하는데 終日 重役을 햇다.
成東이는 昌宇 방아 찌엿는데 約 10袋로
본다.
內妻들은 2日 채 全州에서 오지 안코 잇다.

<1991년 11월 2일 토요일>
고초 말을 다 뽑고 全部 收据[收去]해서
묵거 냇다.
가리나무도 글거 왓다.
大里川邊에 고기를 떳는데 相當이 잡앗다.
(3日 만에)

<1991년 11월 3일 일요일>
11月 17日 舘村 炳基 氏 子 結婚이라고 傳
해 왓다.

特記[95]

成東이는 全州 結婚式에 가고 成東 母는
메물[메밀] 脫作하고 메누리 者는 무엇을
하는지 모르겟다.
新聞을 보다 日氣는 淸明하고 溫和하는데
舍郞에서 讀書만 하기가 쑤시려서 안골 昌
宇 논에 갓다. 집을 묵것다. 집으 用途는 牛
舍에 너줄 수 잇고 田畓에 너서 害는 업으
라 生覺에서 勞力햇다.
中食 時가 되어 집에 온니 崔南連 氏가 왓
다. 內衣 한 벌을 가지고 왓기에 마참 洋酒
가 한 병 있어 갖이 논왓다.
中食 席床에서 메누리보고 너이들은 年中
收入이 多額인데 父母에 月 10萬식 주고 벼
共販 時에 機萬[幾萬] 주고 煙草 販賣 時
고초 賣渡 時 別途로 父母에 주고 父母도
預託 通帳이라도 갓고 지내고 십다 햇다.
메누리 말은 만은 子息인데 우리만 그럴 수
있소 하드라. 熱이 낫다. 너의들은 父母 死
後에 但 세 食口인데 多量의 財物이 必要
없다고 햇든니 無子息이면 財産이 만해야
한다고 햇다.
그려면 너이들은 父母 내의 財産을 가지고
生活하는데 用錢을 要求하면 不平이 잇는
듯한데 父母는 不安하다. 꼭 月 10萬 원을
正式으로 내게 주고 特 收入 時 卽 벼 共販
時 담배 販賣 時 고초 판매 時에는 別途로
주워서 生存이 얼마 남지 안 했으니 機萬
식을 도라 햇다.
메누리 눈치는 不安感을 가지고 잇고 月
拾萬 원식은 준다고는 하지만 特別金은 應
答하지 안드라.
누워서 生覺다 못해 마음을 가라 안치고자

---

95 '特記' 내용 전체가 붉은색으로 기록되어 있다.

午前도 午後에도 안골 벼집을 묵궛다. 벼집은 건성으로 묵고 生覺은 내의 生계만 머리에 떠오르드라.

老末에 내 것을 두고 내의 맘대로[맘대로] 使用치 못하니 寒心하다. 精神氣가 있을 대 遺書라도 作成해서 子息들에 後換[後患]이 업도{록} 하겟다.

◎ 成東 內外間에는 家屋도 搗精工場도 배답논도 其他 全部가 제 것으로 生覺한지 몰아도 父母 나는 千之差異[天地差異]이다.

世上에서 經濟的으로 내의 재산을 두고도 收入은 成東 內外가 하고 父의 用돈는 가금 五만 워 또는 삼만 원 最高로 10萬 원을 주니 누구를 밋고 崔乃宇가 行勢할가 기가 막히다. 良心이 不良子息이다. 볼애[본래] 無識하지만 行爲가 內外間에 갓다. 앞으로도 내의 用돈으로 依하야 不安 不平은 藉〃할 것이다.

父母는 財産에 對하야 旣得權이 잇는데도 老人으로 取扱하고 아주 無視한다.
① 農産物 벼에서 2,000,000
② 고초에서   2,000,000
③ 工場에서   5,000,000
④ 들개   1,000,000
5. 其他 牛(소)   500,000
約 年中 1千萬 원이 될 것이다. 그려나 父母 死後에는 판도가 변하며 遺書에다 明記하겟다. 그리고 내의 子息 兄弟 妹까지도 遺書를 作成하야 死경 3日 前에 複寫해서 돌이겟다.

<1991년 11월 4일 월요일>
家族은 新品種 벼 共販用으로 作石하고

나는 감도 따고 집안 掃除도 하고 午後에는 糧穀加工組合에 書類 가추기 위해서 임실사진관 館村 成苑에 新平面事무소로 단여 完備햇다.

今日도 多분햇다.

<1991년 11월 5일 화요일>[96]

<1991년 11월 6일 수요일>
成康 母하{고} 同伴해서 靑雄面 斗福里 李虔鎬 氏 宅을 訪問코 감 4.5半을 47,000원에 買入하야 태시로[택시로] 昌坪里까지 왓다.

<1991년 11월 7일 목요일>
三次에 걸처 東辰레미콘會社에 갓다. 成康 畓 貸借料 60萬 원원을 밧기어[받기 위해] 갓다. 그러나 社長 者는 相面을 못 하고 廉東云 總무에 付託코 왓다.

秋穀 買上 게 32袋을 買上햇다고.

<1991년 11월 8일 금요일>
새마을과 이수철[97]
徐東辰을 相面하려 4次채 갓다. 마참 事무室에서 相面하고 賃貸料를 要求하고 坪수 초과分을 더 달아햇다. 잘 되엿소 하고 郡 새마을과에 잇는 李洙喆 氏하고 갖이 成曉하고 잘 안다고 해서 잣대를 가지고 現場에 가서 재 본 結롯[結果] 約 60坪이 초과되여다고 한바 其 追加分을 못 주겟다기에

---

96 11월 3일 일기의 특기가 4일, 5일 자 지면까지 차지하여 4일과 5일 일기는 별도의 종이에 써서 붙였는데 5일 자 종이는 붙였던 것이 떨어져 소실된 것으로 보인다.

97 이 내용은 일기 지면 상단에 따로 기록되어 있다.

不良者라 햇고 10萬 원 加算해서 70萬 원을 내라 했은니 말 없{이} 나가볏다[나가버렸다].

<1991년 11월 9일 토요일>
大里 柳鉉煥 子 結婚式에 參席햇다. 貸切車는 滿願이엿다. 午後 3時에 擧行코 집에 온니 밤이 되엿다.

<1991년 11월 10일 일요일>
通禮公 15代祖 大宗 墓祀日이다. 炳基 炳列 3人이 同行하야 參禮햇다.
例年에 比하면 少數 宗員이엿다.
終日 墓祀 지내는데 안날 祭閣에서 宿迫[宿泊]하 者만니 祭官을 指定하는 것을 不平햇다.
炳日 氏에 勢行[執行] 過程을 말햇든니 炳基에 終顯[終獻]도 주고 내개 祝官도 맛기로 11袋祖[11代祖] 惡顯[亞獻]도 주드라.

<1991년 11월 11일 월요일>
三溪面 禧田里 三게공 14袋祖[14代祖] 墓祀에 參席햇다. 約 20餘 宗員이 募엿다.
中食을 끝내고 午後에 慕侍엿다. 飮福床을 받으라면 1泊을 해야 하는데 그것을 밧겟다고 그럴 必要 없이 말엇서 康鉉이하고 出發햇다.

<1991년 11월 12일 화요일>
數日間 不安하야 血압이 上昇햇다. 問題는 成康 條 大里坪 田畓 土稅로 依하야 레미콘 代表理事 徐東辰하고 是非 件이엿다.
그려나 오늘은 四次에 걸처서 會社에 갓다.
最高로 鬪爭할 覺悟엿는데 五萬 원 加算하야 65萬 원에 締結코 來日 맛나기로 하

고 왓다. 成東이는 면에 갓다.
今日은 終日 舍郞에서 讀書만 햇다. 昌宇는 午後에 다시 南原病院 再入院하려 갓다고 傳해 드렷다. 3日 前에 舍郞에 왓는데 病勢가 惡化된 듯십다. 回復하기는 어렵지만 견디다 못해 간 것 십다.

<1991년 11월 13일 수요일>
虎巖里 炳列 氏하고 同伴해서 屯南 屯基里 10代祖 雙百堂 墓祀에 參拜햇다. 宗員 수는 20餘 名이 參席햇다.
中食하고 飮福床을 밧고 택시로 오수에 왓다. 炳列이는 압서 보내고 나는 直行으로 南原醫料院에 龍宇를 찻고 昌宇 病勢에 對한 相論을 햇다.
용우는 今週 內에는 正確한 結果는 못 나고 于先 身邊을 保護하고 來週에 珍察하야 結論을 내리겠으며 이곳에서 技術的으로 못할 經遇[境遇]에는 예수病院으로 依賴해야 移送해 주겟다고 햇다.
집에 온바 9時인데 레미콘 工場에서 借地料 65萬 원 傳해 왓다.

<1991년 11월 14일 목요일>
虎巖 炳列 氏하고 同伴하야 茅沙亭 九代祖 墓祀에 參禮햇다. 山直는 없고 墓 前에서 中食만 하고 왓다.
驛前에서 炳列 氏하고 同乘하야 館村 炳基 氏 宅을 訪問햇다.
마참 宗仁 氏가 왓다. 갗이 술 한 잔 한 것이 취햇다.
보도시[바듯이] 오도바이로 집에 왓다.

<1991년 11월 15일 금요일>
成康 家屋 修理費 1部 淸算햇다.

農協에서 융자금 1,200,000(백이십만 원)하고 私的으로 成康 母가 20만 원하고 大里坪 土地 稅 60만 원하고 계 210만을은 가지고 任實 條 14% 利 元金 利子 合해서 2,072,000원 3개월가 計算해서 完了하고 이제 신평농협 일반자금 300만 원 殘 未淸算이다.

28,000원은 成康 母에 주고 別紙 計算을 주웠다.

大里 롯데會社에서 招請하야 봉고차로 10餘 名이 見學햇다. 中食도 侍接하고 繕物도 多量으로 주드라.

<1991년 11월 16일 토요일>
雲嚴 確嚴里[鶴嚴里] 金鍾會 子 結婚식에 參席햇다. 祝儀金만 주고 南原 昌宇 入院室에 갓다. 어제 오늘까지는 통증이 개고 조금 달아젓다고 햇다. 죽을 좀 사다 주고 왔다.

成樂 집에 들이려다 幣가 될가바 바로 왔다. 와보니 칼아텔레비전를 장치햇드라. 그러나 마음은 좇이 안 햇다. 30萬 원 주웟다고 하고 14인지라 햇다. 最下級品인 듯십다.

<1991년 11월 17일 일요일>
炳基의 子 結婚식에 參加햇다. 同窓生 全員이 왓드라.

서울서 仁範 母도 왓고 華客이 相當이 온 편이드라.

成苑 집도 둘어 보왔다.

<1991년 11월 18일 월요일>
成東 母하고 任實醫料院에 단여왔다.
新平農協에서 銀姬 授業料 預託金 11萬 원을 引出해서 館村農協에 拂入햇다.

午後 5時에 鳥院다방에서 全州 金二成 氏하고 相面하야 是非를 햇다.

<1991년 11월 19일 화요일>
巳梅面 大栗里 八代祖 墓祀엿다. 館村 堂叔 兄弟 乃宇 전주 태우 帶江 正宇 5人이 同伴해서 慕侍엿다. 祭需는 從前과 如意햇으나 明宇[明年]부터는 土稅가 없이기로 햇다. 今年까지만 3萬 원 收入해 왔다.

전주 태우 相面하면 제의 아들 자랑 사우 딸 妹弟 全體의 자랑만 하니 듯기 실고 炳基 兄弟도 不安케 生覺트라.

今般 結婚식에 태우가 炳基에 萬 원 넛다고 드렷다. 인색한 者로 본다.

<1991년 11월 20일 수요일>
아침 6時 40分게 出發하야 館村 두부집에 갓다. 約束대로 간바 숨두부를 한 그릇 들엇다. 代金은 얼만지 모르나 다음에 달아고 햇다.

桂壽里 六代祖 墓祀日이다.

南原 正宇 全州 태우 炳基 乃宇 四人이 祭官이엿다. 祝官은 언제고 내가 맛닷다.

山直 斗沆이가 稅를 減해달아 해서 明年에 減해 주겟다고 햇는데 앞으로 各者 旅비로 墓祀에 단여겟다고 햇다. 그러면 參禮 宗員이 줄 것으로 본다.

<1991년 11월 21일 목요일>
全州 金二成이 訟所狀[訟訴狀]을 냇다.
18日 字 館村 驛前다방에서 사기 친 자라고 햇다고 根居[根據]를 대라 햇다. 未安하다 해도 듯지 안트라. 그라 90年度에 122버지 386坪 土地를 賣買키로 하야 契約한바 移轉도 못할 것을 賣渡하야 解約이 되여서

사기者라 햇다.

<1991년 11월 22일 금요일>
谷城 南陽洞 五代祖 墓祀에 炳基 重宇 正
{宇} 乃宇 4人이 慕侍고 왓다.

<1991년 11월 23일 토요일>
任實 代書所 嚴秉圭 氏을 訪問하고 金二
成 關係를 相議햇든니 通報書는 아무라도
쓰는데 큰 것도 안니니 白米 二成에 {주}고
利害 要求하면 될 게다 햇다.
나신 짐에[나선 김에] 南原 昌宇 問病하고
龍宇을 相面코 打論한바 위視鏡을 해 보니
위가 아주 안니 주와 其 위가 허려서 통징
이 안니 올 수가 없{다}면서 멧칠 {지}내다
全州 예수病院으로 移送해 주겟다고 햇다.
이곳에서는 手術할 수 없다는 뜻이다.

<1991년 11월 24일 일요일>
大里 曾祖考 墓祀日이다.
祭官 炳基 炳列 태우 重宇 大宇 나엿다.
成東 成康 母는 金三浩 結婚式 갓다.
午後에는 從日[終日] 舍郞에서 時間을 보
냇다.

<1991년 11월 25일 월요일>
全州 金二成의 內容通知書을 金二成에 返
還해 주윗다.
成東 母을 同伴해서 任實 保健醫料院에
갓다. 목이 異常 있어 간바 結果는 血압藥
을 服用한 不作用[副作用]의로 判斷햇다.
3日分 4,000원을 주고 왓다.
집에 온니 담배가 乾燥가 되여 5, 6名이 募
여 協力하는데 집[짚]에 물을 취겨서[축여
서] 再積하드라.

任實서 成曉가 왓다. 카트를 가리려 왓다
고. 반갑{지} 안타.
牟圭相 車로 全州 金二成 氏 土稅 3叺을
실여다 주고 서로 터파햇다. 金二成 氏의
말은 朴日成 便이 되여 土稅를 주지 안을
가바 해서 섭 〃 햇다고 하드라.

<1991년 11월 26일 화요일>
館村中學校에서 영세민學生 授業料 入納
告知書을 닷고 新平面事{務}所에 職印을
바닷다.
全州 成曉는 치질 手術을 한다고 햇다.
오늘은 任實市場인데 짐장거리를 사려 간
다고 메누리가 하기에 저 건너 엄마 배채
멧 포기 드{리}려 햇든니 배채는 사서 짐장
한다고 합디다. 그려치만 이쪽 誠意表示로
주는 것이지 멧 千 포기 산들 무슨 所用야
햇다. 그려면 뽀바래요 하기 熱이 낫다.
내가 가꾼 채소인데 제가 무슨 權限이 있으
며 可級的[可及的]이면 家族들과 合意的
으로 行하려 한데 그따위로 행사하는 것 大
端이 不恥하 者로 본다. 萬諾 日後에 배채
한 포기라도 成康 母에 준다면 당장 퇴송께
하겟다. 되지 못{한} 행위다.

<1991년 11월 27일 수요일>
舍郞에서 族譜[族譜]의 先塋의 系代를 別
紙 作成해서 添付[添附]햇다.
家庭이 不安 中에 잇다.
메누리가 제 마음대로 經濟權을 쥐{고} 있
으니 분하다. 財産도 내 것인데 제 것인 양
처리하는데 기분이 납부며 用錢도 타다 利
用하니 老年期가 되니가 大端한 無視을 當
하고 있다.

<1991년 11월 28일 목요일>
每日 餘有 없이 出入하{는}데 돈이 없다.
年例에 依하야 鄕校 主催로 忠-孝의 思霜
[思想]을 仰養[昂揚]하고 國民儒理宣揚
[國民倫理宣揚]을 爲하야 講議을 始作으
로 내가 設言 햇다.
新平鄕校 支部長으로 첫 就任人事을 하는
데 準備 없이 당황햇다. 그러나 過居[過去]
經驗은 잇고 해서 그대로 就任 人事햇다.
夕陽에 劉光鉉(故 金正植 妻)하고 사위가
와서 成東가 負傷하야 館村병원에 갓다고
해서 바로 간바 술을 마시고 前面에 부상
상처가 나서 治料[治療]하드라.
노[뇌]가 異常이 잇는가 햇든이 多幸이 異
常 업서 왓다.

<1991년 11월 29일 금요일>
오늘도 不安햇다. 메누리하고는 對面하고
십지 안타. 本人도 그럴 게다. 보기 실어 1
時에도 不安하다.
새이서[사이에서] 시어머니가 立場이 難할
줄 안다. 이려케 되면 시어머니가 단적으로
메누리에 謝過하라 해야 하는데 그려케 말
줄도 모루고 잇고 나는 잘못이 없서 말하고
십이 안타. 이대로 長期的으 가면 必遇에
는 그이가 左右之事을 장악하면서 男便도
無視할 게다. 이쯤 되면 하루밥이 成東이는
떠나야 하고 範順 將來로 보와도 遠所로
가야 한다.
成曉가 退院 햇다기에 驛前에서 全州 가려
기드리다 서울 許俊晩을 맛나서 갖이 成曉
집에 갓다. 母가 危急하야 只沙에 葬禮 準
{備}하려 왓다고 햇다.

特記
成東 內外는 내의 內外를 完全히 無視하
고 幣人[廢人] 取扱을 하며 그려케 當하고
잇다. 시어미는 그럴지라도 시애비까지는
그럴 수 없지 안나 하고 生覺하면 분이 莫
心[莫甚]하다. 外人들은 메누리하고 1家에
同居하니 幸福하겟다고 하나 其게 비웃는
것으로 生覺이 든다. 옛적에는 媤父母를
慕侍면서 잘못하면 당장에 쪽겨나는 世代
에는 그려치만 只今의 世代는 正面으로 달
아 反對로 가는 世代에 現在 復囚[復讐]를
當한 셈이다.
90%는 父子間 各居하는데 엇저다 子息이
내게 매엿는지 後悔 莫心하다. 他人의 老
父母끼리 生活想[生活相]을 보면 眞心으
로 幸福스럽게 보인다.
첫내는[첫째는] 媤집에 온 者가 正實해야
되는데 이 者가 배움이 없고 해서 經濟權
을 쥐고 家政에 歲入을 해도 말이 없고 어
데 少하지만 繕物이 드려와도 말없이 處理
해 버리니 그게 쓸모가 없다 본다. 1時 보기
시르니 나가라 할 수도 없고 제의 自身이
알아서 締結[處決]함이 있어야 하는데 每
日 不安만 하다. 한집에서 사람 보기 실은
것이 참으로 以上 不安感이 없을 것이다.
배답논 배메기를 주든지 방아실 稅로 주든
지 안니면 묵어버리고 엇저든 간에 내 두
食口야 먹고 살 자신이 잇다. 덜 먹드래도
또한 몃 년을 살드래도 제일 마음이 편하야
하는데 그게 안니니 답 〃 하기만 하다.
두세 食口이고 아즉 靑春이고 하니 어서
배비[바삐] 他鄕으로 나가서야 成功한다.
食事도 消化도 잘 안 되니 數月間이라도
旅費만 마련 되면 風流客처럼 가고 십고
適當한 곳이 잇다면 그곳에서 終身코자

{하}며 每日 生覺만 달이진다. 人生이 人生을 시려하면 自身이 무老가 된다. 이 살기 조은 世代에 不安해서야 되는가. 좋은 方法이 많은데 엊이 풀지 못할가.

<1991년 11월 30일 토요일>
집에는 잇고 십지가 안다. 不安해서.
담배 販賣햇다고.
舍郞에서 終日 지내다 病院을 단여 오토바이를 차자 왔는데 修理비 21,000원이라 햇다. 집에 오면 보기 시려 不安하다. 그러나 成東 母가 食事하자고 권한데 할 수 없으나 外食을 하고 십다.

<1991년 12월 1일 일요일>
全州메누리가 왔다. 집 女子하고 내가 間에 不和로 산단 말을 들엇{는}지 夕陽에 和解하겟다고 하기에 그쪽 女子 말만 들으 게 안니라 내 말도 들으면서 全部를 말해 주웟다. 그러나 其 女子 相面하기에 창피하고 보기 시려서 夕食도 하지 안고 面 피해 버렷다. 1時 보기 실타는 마음 변함없다. 이번 機會에 其 女子 고백 바다야 한다.
成東 妻는 떠난다는데 千萬 원을 要求한다는데 제 것을 두고 要求함은 良心이 不良者다.
소도 팔면 잇고 담배 買上이면 잇고 벼 買上하면 잇고 고초 買上도 잇고 其他 多少 잇고 하는데 음뭉한 者다. 現金도 잇다. 募이면 千字가 招越[超越]하다. 秋期에 收入 季節임로 條件을 부치여 떠나겟다고 事前부터 計劃的이다.
千萬 원 要求한다고 내게 무슨 돈이 있으며 만은 돈 必要 없고 하루속이 멀이 떠난 게 올타고 본다. 範順의 將來도 그럿코 成

東이도 이곳에 있으면서 危險한 방아 찌면 술이나 만이 마시고 事故나 저지르면 工場 價直[價値]가 問題가 안다. 또 오도바이도 그럿고 해서 客地에 가야 精神이 도라올 게다.
以 世上에서 父子之間에 同居者 몃 잇는냐 하고 生覺해 보라.

<1991년 12월 2일 월요일>
日前에 테레비를 舍郞에 노왓기에 메누리 보고 얼마 주{고} 삿나 햇든{이} 30萬 주웟다고 하기에 눈에 들지 안해서 他人에 무르니 20萬 원이면 내려서 좋은 것 산다고 하기에 오늘 폭발하고 네 늘것다고 그려케 無視하나 하고 테레비에 三十萬 원자라고 써 부치고 不視햇다.
테레비 삿다는 請求書를 내라 햇든니 시어머니가 삿다는니 어영구영하는데 良心 不良者로 안 볼 수 없으며 배채도 뽀바가라 해 놋코 그려 소리 안 햇다고 팔〃 떠려 버리고 생떼를 썻다. (不良者)

<1991년 12월 3일 화요일>
終日 舍郞에서 모든 書類 作成하고 每事에 準備를 햇다. 不安한 中에도 할 짓은 해야지.
짐장한다고 배채를 뽑고 全州 相範도 와서 수바라지 하든라.
메누{리}를 보면 엇전지 보기 시려 1時라도 집에 잇고 십지를 안타 못해서 生覺 中이다.

<1991년 12월 4일 수요일>
舍郞에 生覺타 只沙에 許俊晩 母 出喪한데 參席코 成奎를 불어놋코 내의 形便을

다 말해 주웟다.

葬儀車 便으로 館驛에서 喪主와 作別하고 집에 왓다.

아무리 生覺해서 熱이 나서 집에 잇고 십이 안햇다. 夕陽에 衣服 內衣를 準備하고 나섯다. 成康 母 집에 갓다. 밤 7時경에 택시를 불엇다. 成樂 집에 온니 8時 50分이엿다.

成樂 內外는 任實에 갓다고 햇다. 할 수 없이 1泊 햇다.

行方을 定하지 못하고 잇다. 그러나 約 10餘 日은 客地에서 질낼 覺悟이다.

<1991년 12월 5일 목요일>

南原 成樂 집에서 9時에 出發하야 市內 求景을 하고 12時 20分 特急으로 麗水 着 3時 30分이엿다. 中食도 夕食도 아무 뜻이 업다.

여수 市內에 두루 둘어 求景코 船場에 갓다. 고기 競賣 부른데 좀 보고 다시 市內로 들엿다. 심심해서 술집에 들엿다. 海參[海蔘] 參仟 원엇치를 사서 막걸이 두 잔을 마시며 海參을 먹엇다. 乘船 賣票所에 갓다. 來日 票 釜山行 16,310에 豫賣햇다.

夕陽이 되어 旅人宿에 들엇다. 조용하게 누워 生覺하니 寒心하기 짝이 없다. 生計를 엇더케 해야지 마음 不安햇다. 그러치만 生命을 끈고 십지는 안타. 고생길로 접어 들엇다.

<1991년 12월 6일 금요일>98

計劃은 짯지만 旅費가 不足할가 念餘[念慮]

____

98 지면 상단에 여수-부산행 승선표가 부착되어 있다. 승선표 뒷면에는 '여수-부산행 9時 20分 2時 15分 2왕복'이라고 수기로 기재되어 있다.

다. 麗水로 釜山으로 서울로 갈가. 어제밤은 麗水서 자고 아침에 下宿집에서 나왔다.

市場에 가서 朝食을 한바 밥이 입에 들여지지 안 햇다. 徒步로 돌산大橋에 갓다. 時間 보내기 위하야 돌산公園에 올아갓다.

12時경에 船便으로 麗水市에 왔다. 市場에 가서 海參하고 술 한 잔을 들고 船乘[乘船]터미날로 왔다. 新聞을 사서 보며 時間을 보내다 2時 15分이 되어 釜山 船泊[船舶]에 올앗다. 釜山行인바 여수서 南海大橋에 정차하고 參川浦[三千浦] 쉬고 統營에서 쉬고 巨濟島에서 쉬고 釜山에 當하니 5時 40分 밤이 되엿다. 夕食을 하고 南原 旅館에서 投宿햇다.

生覺하니 내가 무슨 行爲인지 눈물이 날 지경이다. 來日은 집으로 가려 한다.

<1991년 12월 7일 토요일>

釜山서 下宿하고 8時에 出發하야 朝食 後 釜山 阜頭[埠頭]을 둘여본바 한번은 꼭 求景할 데드라. 大形船泊은 釜山에 잇다 日本도 가고 제주도도 가고 外國도 가는 곳이드라. 부산에 오면 배로 麗水 오면 3時 20分이 걸인데 부두에 오면 釜山驛이 其 옆에 잇드라. 順天으로 갈여면 완行뿐이고 直行列車는 없다. 任實 - 高束[高速]으로 오면 사상고속터{미}널이 잇고 이곳에서 부산역 또 부두을 갈아면 59-85 市內뻐스를 타면 아주 便利하다. 釜山서 全州行이 10時에 11時 8分 11時 50分이고 全州着은 午後 四時 30分 着이다. 實地 11時 50分 乘車한바 全州 着하고 보니 5時드라. 中食도 못하고 夕食은 잘 햇다.

여려 가지로 生覺하니 家內 궁금하고 旅비가 多出이고 해서 生覺 끝에 집에 왔다. 밤

10時쯤이다. 客地에 가서 生覺한바 苦生은
틀임없드라. 돈만 있으면 그려치도 안치만
그도 안니드라. 3泊 4日 만에 10餘萬 원이
所要되엿다. 가볼 만하드라.

<1991년 12월 8일 일요일>
崔成翰 子 結婚日라기에 간바 뻐수 가버렷
드라.
一切을 抛棄하고 南原 昌宇 問病을 갇은
니 서울서 成植 內外하고 아들 3人 妹弟가
病院에 왓드라.
간다고 하니가 成植이가 돈 萬 원을 빼주면
서 택시 타고 가시라 하드라.
※ 成東에서 眞實로(成康 母 집에서) 細詳
이 듯자하니 30萬 원자리 텔레비전은 全州
보광당의 古物 테레비인데 新品으로 하야
산 지 1個月쯤 된다고 해서 들깨 6斗
×13,000원에 = 78,000을 처서 가저왓다고
들엇다. 그러면 相範의 母 數作[酬酌]으로
햇고 늘근이가 무엇 안다고 하야 父母를 無
視한 마음 大端히 不良者이며 분이 낫다.
成曉 母를 조지든니 그려 줄 앗다고 하고
어젠가는 툭갈날 것으로 아랏 해다.99

<1991년 12월 9일 월요일>
成東하고 全州에 갓다. 테레비 1臺
280,000원을 주고 卽接 와서 製置해 주고
갓다.
黃基滿을 시켜서 藥木 根을 캐왓서 다렷
다. 昌宇에 주기 위해서.
群山 崔樂範 藥局에 갓다. 20첩 1제
60,000을 주고 내일 오기로 햇다.

---

99 '※' 표시 다음 내용 전체에 붉은색으로 테두리가
   되어 있다.

<1991년 12월 10일 화요일>
成東 母하고 同伴하야 南原病院 昌宇 問病
次 갓다. 藥根을 대려가지고 가서 주웟다.
龍宇를 相面하고 昌宇 病勢를 相議한바
폐장 사진을 찍고 싶{으}나 其 機械가 없으
니 예수병원에 依賴하야겟고 이곳에서 여
려 가지 方法을 햇이만 實效 없으니 難處
하다 햇다. 今日 中으로 예수病院에 무려
서 病室이 生起면 그곳으로 옴겨보겟다고
言約햇다.
成樂 집을 訪問하고 둘이 中食을 먹고 나
는 郡山[群山]으로 가고 成東 母는 집으
{로} 갓다. 郡山에서 藥을 가지고 와서 夕
食 後부터 復用[服用]햇다. 부자가 드렷지
만 조금식 마시며 시험하면서 마시라 햇는
데 異常은 없엇다.

<1991년 12월 11일 수요일>
아침부터 冬節 氣分이 낫다. 상당이 추엇다.
群山서 製藥 保약은 朝食 後 - 夕食 後 1
日 二回만 復用하되 입에 異常이 있으면
中止하되 차게만 復用하면 異常 없으리라
햇다. 理由는 부자 品이 드러서 한 말이다.
어제 夕陽부터 3첩재 藥을 復用한바 食事
에 입맛이 도라왓다. 確實이 營養力[影響
力]이 온 것은 事實이 나타낫다.
養老堂 開院햇다.
벼 作石을 햇다.
全州 丁基善이 來臨햇다. 갖이 宿泊햇다.

<1991년 12월 12일 목요일>
92年産 벼 共販日이다.
우리 것은 42袋가 共販인데 其中 6袋가 2
等이라 햇다.

面長 總務係長 尹在成 農協에서 왔다. 中
食을 接待하는데 닭 2首 잡아서 侍接햇다.
養老堂에서 住民總會가 있엇다. 上水道 設
置代金 戶當 114,400원식에 結議[決議]하
고 面長이 解明햇다. 15日까지 完拂하야
今年 末日까지는 멋게금 하겟다 햇다.
46袋 벼 공판해서 1,966,610원을 買入햇다.
用錢으로 12萬을 주드라.

<1991년 12월 13일 금요일>
男女 四十名이 貸切하야 釜谷溫泉에 沐湯
에 갓다. 12時에 着하야 中食을 끝내고 動
物園을 求景하고 植物園을 구경하고 沐욕
湯에 드려갓다. 約 1時間 程度를 햇다.
우리 內外 成康 母 家族 3人이 同參햇다.

<1991년 12월 14일 토요일>
終日 工場은 도라갓다.
全州 鄭泰燮이가 來往햇다.
林玉相 三人이 募亭을 修理하드라.
成康 집에서는 婦人들 契募臨이라 햇다.

<1991년 12월 15일 일요일>
崔德範 子 結婚式에 參席햇다.
午後에는 舍郞에서 기냇다.

<1991년 12월 16일 월요일>
成東 母하고 同伴해서 群山 崔樂範 藥局
에 갓다. 진맥하고 알마즌 藥을 처방하라
햇다. 來日 가질로 올 터이니 組立하라 햇
다. 藥代는 5萬 원이엿다.
成東이는 오늘 水道增設金 收入하야 一金 五
百餘萬 원을 收金해서 面에 拂入햇다고 햇다.
農協에서 月 貳拾萬식 주는 手苦料라면
12萬 원을 받앗는데 5萬 원을 父에 주면서

用錢으로 쓰라 햇다. 大端이 未安한 마음
이 든다.

<1991년 12월 17일 화요일>
藥 가지려 群山에 갓다.
全州에서 補聽器 藥代 2케스(8개) 꼭 2개
月用이다. 代金은 8,000원이다.
午後에는 비가 내려 通行 支章이 있엇다.
群山에 單身이 단여와도 萬 원이 넘는다.
昌宇에 단여온 지 7日 채다. 20日에나 南原
에 昌宇 入院室에 갈 計劃이다.
成東 母는 群山 藥代로 10萬 원을 바닷지
만 五萬 원을 남겨고 다음 또 지여 먹도
록 하라고 往復旅費 2日間 2萬餘 원 낫지
만 내가 負擔햇다.

<1991년 12월 18일 수요일>
10時 30分 白康俊 氏 崔南連 氏 三人이 募
인바 里에 不良者가 有한바 對略[大略] 짐
작은 간 걸로 안다고 햇다.
崔金石 집에서 預金通帳을 가저갓다. 鄭泰
植 집에서는 一金 貳拾萬 원을 가저간바
多幸이 되차잣다. 其他 몃 분이 잇다는데
이 모두 其者가 責任을 저야 하며 公開되
면 移居措置해야 한다고 햇다.
全部는 白康俊 氏에서 드렷다. 其者는 음
달뜸 사람으로 말햇다.
崔善眞을 맛나서 預金通帳을 집에서 이렷
다는데 事實이냐 무럿드니 말할 必要 없다
고 하고 술이나 잡부시요 해서 丁壽{福} 牟
潤{植} 갖이 4人이 드렷다. 유정자 집에서.
아마도 其인 듯십다.

<1991년 12월 19일 목요일>
崔南連이는 養老堂에서 指適[指摘] 人物

로 되엿드라. 自己 主張만 하니 그게 人生
이 안니드라.
아침에 가서 어제 之事을 말하고 그려 行爲
하지 말아 햇다.

<1991년 12월 20일 금요일>
昌宇 問病次 南{原}醫料院에 갓다. 龍宇
도 맛나고 昌宇는 病勢가 大端이 好傳[好
轉]되엿드라. 르름나무[느릅나무]를 먹고
그런지는 모르되 좋아젓다고 본다. 또 付託
을 밧고 왓다.

<1991년 12월 21일 토요일>
서울서 黃在文 氏 婦人이 왓다. 繕物도 사
가지고 왓는데 고맙드라.
舍郞에서 讀書만 하고 日課를 보냇다.
午後에는 大里 養老堂에 들엿다.

<1991년 12월 22일 일요일>
養老堂 定期總會日이다.
全員 參席 中 收入支出을 決算해 주윗다.
明年 春期에 外遊나 해볼가 해서 發議할아
다 作者들 模樣새를 보니 뜻이 없어 말 안
햇다.
내의 手筆로 收入支出을 全部 해주윗다.
夕陽에 全州 成曉 內外가 왓다. 用錢 五萬
원을 주고 갓다.

<1991년 12월 23일 월요일>
成曉가 付託한 崔容安 氏를 相面해 달아
하야 五樹 連絡所 任實을 相對로 電話햇
든니 모루겟다만 하드라.
다음 오수로 다시 전화햇든니 어제 서울 行次
라 하니 아마도 面會 射切[謝絶]한 듯십다.
래일 다시 알아보는데 現地로 가볼{까} 한다.

<1991년 12월 24일 화요일>
五亭里 民自堂[民自黨] 事務室에 崔 委員
長을 相談코자 갓다. 그저게 서울 가서 不
在中이라 햇다. 今日 夕陽에 온다 햇다.
警察署에서는 大形뻐스 三臺가 하고 其他
小形車가 募엿드라. 聖壽面 事件인 듯십드
라. 任實 驛前 三거里에서 택시끼리 바다 1
名이 現場에서 卽死햇다.
조금식 終日 비가 내렷다.
午後에 다시 任實에 崔容安 事務室에 전화
한바 서울서 未着라 햇다.
밤 9時경에 못처럼 求禮 李正勳 姨從이 전
화햇다. 不遠間 뵙겟다고만 햇다.

<1991년 12월 25일 수요일>
9時에 出發하야 任實을 거처 五樹로 갓다.
崔容安 氏 舍宅 事務宅[事務室]을 訪問햇
든니 마참 崔 議員이 게시드라. 郡廳 成曉
昇進事를 相議한바 그려치 않애도 成曉를
잘 알며 郡에서 信望이 높다고 하드라. 內
務課長하고 맛나면 成曉 말을 나누윗다고
하고 李光연이는 아즉 面長의 爲處는 못
된다고 하고 新德 副面長도 成曉 立場하고
갖아면서 副面長라도 이번 機會에 안 노치
겟다면서 來日 郡守를 맛나서 成曉 關係를
말하겟다고 햇다.

<1991년 12월 26일 목요일>
서울 崔完鎬 次子 結婚式에 參席한다. 아
침 6時 40分 뻐스 出發하야 任實로 行해서
直行으로 全州에 着햇다.
8時 40分 高束[高速]으로 서울에 着햇든
니 11時 30分이엇다. 地下鐵 車를 利用해
서 蠶室驛에 着하니 富川 鎭鎬 內外를 맛
낫다. 갖이 同行하야 禮式場에 갓다. 바로

잠실역 앞에드라. 成康 母하고 同行햇다.
中食을 맞이고 말업시 成康 母하고 뻐스
便으로 水原으로 向次햇다. 成康 집에서
夕食을 하고 旅館으로 갓다.

<1991년 12월 27일 금요일>
오늘은 눈비가 석어서 내렷다.
成康 집에서 朝食을 하려 햇든니 成傑이
車를 가지고 와서 成奉에 집 工場에 갓다.
工場 位置는 水原하고 華城郡하고 境界線
이라며 8k가 넘드라.
工場을 둘여보니 約 1,000坪이 넘는다고
햇다. 機械는 압축機하고 發電機(엥징) 貨
物車 八屯車[八噸車] 乘用車 찍게車 2臺
貨物 실은 車가 二臺 全部해서 10臺라고
햇다. 人員은 從業까지 15名이 從事하고
食糧이 約 月에 3叺가 든다고 햇다. 竣工費
는 二億 원이 드렷다고 하드라.
12月 22日에 開業式을 하는데 地方人 妻
族들 同婿들 多數가 募엿는데이고 우리 食
口는 한 사람도 參席치 안 햇다고 하면서
大端 섭 〃 하면서 外人들 面目이 없드라고
하드라.
알고 보니 全州 成曉에 전화로 알엿고 全州
成苑에 알엿는데 그럴 수 잇느냐 햇다이고
아버지는 전화를 밧이를 안트라고 하드라.
父母도 生覺해 보니 成曉나 成苑도 올치
못한 者로 본다. 이곳에 알든 모르든 간에
가시겟느냐고 무려라도 보왔으면 내라도
가볼 게 안니냐 햇다.
그러나 지나간 일이라 치고 朝食은 11時
成奉에 집에서 하는데 먹을 수가 없어 조금
뜨고 말앗다.
成奉에 말하기를 너의 母 집을 修理햇{는}
데 5百萬 원 中 2百萬 원은 논稅하고 農協

에 120萬 융자 바다 정산하고 300萬 원이
나맛는데 어더케 할 테냐 햇다. 成奉이는
나는 그것 精神이 업고 모르겟다고 하드라.
旅費 조금 善範 母에 주는데 안 바드면 메
누리 面目이 안고 해서 밧고는 말없이 와버
렷다.
成康 집에서 中食을 드렷는데 논 전답 다
팔아서 成奉에 주위 달아 햇다. 나는 必要
없다고 햇다. 明年에 四月 末日에 積金 5
百萬 원을 타게 되니 其 돈으로 집 修理費
를 請算[淸算]하겟으며 全稅[專貰]집이라
도 장만해서 銀姬 서希는 高校 試驗을 이
고[이곳] 水原에서 보이게 하고 제의 母도
水原으로 와서 잇다 갓다 하겟다고 햇다.
알아서 하겟지만 집도 장만도 안니하고 미
리서 그럴 것 없다고 햇다. 그려나 成康 母
가 가지도 안코 계집애가 그곳에 가서 견뎌
가들 못 거다. 애들이 고집이 만코 게울
여서 계모하고 갖이 살 形便이 못된다고 나
는 生覺코 잇다.

<1991년 12월 28일 토요일>
全州 成苑에 債務 淸算하라고 成苑 母를
시켜 再促햇다. 年末이 너무면 信用 問題
가 된다고 햇다.
첫눈으로서는 最高 많이 왔다.
五樹에 간니 容安 氏는 任實 갓다고 해서
전화로 對話햇다. 任實에서 成曉를 불어내
서 付託之事를 說明해 주웟다.

<1991년 12월 29일 일요일>
淸明햇다.
館村面事무소 갓다.
成苑에서 利子 一金 36萬 원을 바다 왔다.

<1991년 12월 30일 월요일>
任實農協에서 一金 貳百萬 원을 빼다 成
東에 주{고} 營農資金을 淸算하라 햇다.
新平農協 債務를 償還햇다.
館村 成苑 5百萬 원 貸借 條는 6月 12日
字로 借用케 해준바 12月 12日까지 6個月
分 利子만 36萬을 밧고 다시 12月 12日부
터 다시 借用한 것으로 햇다.

<1991년 12월 31일 화요일>
任實農協에 가려고 館村驛前에 있으니 서
울 成國이가 와서 人事를 하드라. 其 車便
으로 任實을 단여 南原病院에 들여 成樂이
하고 同行하야 제의 집으로 갓다.
밤이 되엿다. 집에 오니 9時엿다.
밤중에 자다 病이 낫다. 手足하고 全身이
떨이기 始作햇다.

<1992년 1월 1일 수요일(구)>
病이 더햇다.
全州에서 成康 母을 불어 우황포룡丸[우황
포룡환(牛黃抱龍丸)]100을 사오라 햇다.
食事는 全然이 못햇다. 大端이 不安햇다.
來日은 針[鍼]을 마즈려 갈가 한다.

<1992년 1월 2일 목요일(구)>
基宇 次子 結婚에 갓다.
3日 만에 中食을 햇다.

<1992년 1월 3일 금요일(구)>
떨이는 것은 조금 갯으나 手足이 쥐가 나서
못 견디엿다. 館村病院으로 갓다. 保血주

사 保血 링게루를 마잣다. 32,500원이엿다.
서울서 成奎가 왓다.

<1992년 1월 4일 토요일(구)>
메누리는 서울 結婚식에 갓다.
宗中 土稅를 받으려 桂壽里 崔흔우 집에
갓다. 土稅代 計算해 보라기에 2叺라고 햇
든니 그려치 안타고 위여[우겨] 할 수 없이
1叺 半代 141,000을 밧고 집에 보니 昨年
에 2叺 180,000원을 宗中에다 決算햇드라.
사람이 非良{心}者드라. 전화를 햇든니 업
다고 바지 안 햇다. 殘金은 47仟 원이다. 今
日 경비 8,310원이다.

<1992년 1월 5일 일요일(구)>
養老堂에서 爲親契 總會가 있어 62萬 원
을 마처 주웟다. 어제 鉉宇 妻父가 別世햇
다고 來日 成東이가 일즉 간다고 햇다. 오
늘 父 祭祀인데 成奎와 갓이 지냇다.
오늘부터 정식 上水道가 通水되엿다.

---

100 우황포룡환은 천남성, 천축황, 석웅황, 주사 따
위를 가루 내어 만든 알약으로, 어린이의 경풍
이나 담열 등의 치료에 사용된다.

1992년

<내지1>
1992年 壬申해를 마지하니 할 일이 多樣하다.
첫채로 成傑이 結婚 成事이고
두체로는 先考의 立石 建立이다.
셋채는 農事之事인데 담배도 三反步 以上을 耕作키로 하고 乾燥場置[乾燥裝置]도 設置해야 하다.
네채 庭園 修理는 꼭 하야 하고 장광도 修繕해야 한다.
다섯채는 工場도 修理해야 함.
1992. 1.月 元朝.

<내지2>
一九九二年 壬申 一月 元朝
崔乃宇 謹書 (印)

<1992년 1월 1일 수요일>
91年度 歲入歲出을 計算해 보니 歲入 21,550,000원 歲出은 20,000,000원으로 約 2,000,000餘 萬 원이 黑字로 본다. 其 理由는 農協債務가 年賦로 償還을 하여 拂入하기에 其 理由이다.
成曉 成苑은 水原 成康 成奉 開業하는 {데} 갓다고 햇다. 成康 母는 成苑 집을 보로 갓다.
어제밤에 夜中 病이 나서 아침에 大端이 몸이 不平햇다.
全州로 成苑 母를 불어 牛黃淸心丸을 사오라 呼通[호통]을 첫다.
食事도 못 하고 몸 全身이 떨고 中風으로 도라실카[돌아설까] 念餘[念慮]햇다.

<1992년 1월 2일 목요일>
屛巖里 基宇 子 結婚日이다.
몸은 不安한데 生覺다 못해서 늦게 式場에 가보왓다. 接受는 成曉가 보드라.
페백실에 갓다.
新婦에 對한 人事 招介[紹介]를 해 주웟다.

<1992년 1월 3일 금요일>
몸 떨이는 것은 개였으나 手足이 쥐가 나서 不安햇다. 할 수 없이 舘村病院에 갓다. 保血注射을 맞고 普通注射도 맞고 代金은 32,500원이라 햇다.

집에 와서 終日 寢室에서 지냇다.
서울서 成奎가 왔다. 契日이 당하고 祖父
祭祀도 당해서 미리 왔다고 햇다.

<1992년 1월 4일 토요일>
메누리는 아침 일즉 出發하는데 서울서 莫
同의 동생 結婚이 來日이라 미리 간다고
떠낫다.
宗中 土稅를 받으려 桂壽里 斗行 집에
갓다. 이불 속에서 이려나지도 안코 누워서
안지라 하는데 氣分이 少햇다. 妻는 病院에
잇다면서 방을 보니 더려서 볼 수 없드라.
土稅를 會計하는데 不安햇다. 2叺을 주지
안코 1.5叺 주어서 위기다[우기다] 할 수
없이 받아는 왓다.

<1992년 1월 5일 일요일>
養老堂에서 本里 爲親契가리를 하는데 書
役해서 收入支出을 맞이 주웟다.
오늘부터 正式으로 上水道가 通가 되엿다.
南原 帶江面 芳洞 鉉宇 妻父가 別世햇다
고 전화가 왔다.
밤에는 先考 祭祠[祭祀]를 慕侍는데[모시
는데] 成奎 成曉 成東 나하고 지냇다.

<1992년 1월 6일 월요일>
成東이는 南原 弔問 간다고 아침 일즉 떠
낫다.
成東이는 夕陽에 바로 왓드라.
鉉宇하고 同乘하야 鉉宇는 富川으로 가고
途中에서 내렷다고 햇다.
1年 만에 新聞代도 주웟다고.

<1992년 1월 7일 화요일>
감기 드려와서 못 견디엿다.

아침에 할 수 없이 成東을 시켜서 館村에
서 藥 2日分을 지여왔다.
午後에는 任實을 단여 全州로 行햇다. 筆
記道具 日記帳 其他 雜品을 購하야 왔다.
오늘까지 꼭 7日채 禁酒을 햇는데 生覺 中
이다. 다음에 다시 술을 입에 댈가 말가 아
주 完全히 떼버릴가 망상 中이다. 外地에
出入만 하지 안흐면 그대로 가겟는데.
食事는 如前이 잘 한 편이다.

<1992년 1월 8일 수요일>
昌宇는 今日 60餘 日 만에 南原醫料院에
서 退院햇다. 退院費는 60餘萬 원이 드럿
다고 햇다.
來日 벼 共販日이라 햇다. 30袋를 作石햇
다고.

<1992년 1월 9일 목요일>
成東이는 일즉부터 벼 共販벼 運搬하야 共
販場에 냇다.
大里 李元復 別世 問喪을 갓다. 오는 길에
炳基 氏를 路上에서 相面햇다.
瑞希 눈을 檢査하려 全州에 同伴해서 예서
病院[예수病院]에 갓다. 接受를 하니 保險
證을 再發給 바다 오라 햇다. 面에 간바 時
效가 너머쓰니 無效하다고 햇다.
道峰에 重宇를 보려 간바 不在中이다.

<1992년 1월 10일 금요일>
10時에서 11時 사이로 時間을 잡고 同窓會
員을 召集햇든니 不過 8名이엿다. 12時 50
分까지 기드려도 오지 안 해서 中食을 햇
다. 91年度 經過報告 및 決算까지 맞엇다.
今春 5月 7日 外遊키로 하고 解散햇다. 同
窓會長을 辭退코자 하고 會長 任期를 무르

니 말도 못 내게 햇다.

<1992년 1월 11일 토요일>
館村郵替局[館村郵遞局]을 단여 任實農
協을 둘여 市場을 둘여 올 計劃이다.
그려나 不足點이 있어 不行햇다.
昌宇 집에 간바 허리에 落傷햇다고 館村으
로 針[鍼] 맞{으}려 갓다고.
宗土稅를 準備하라 햇든니 바로 가저 왓드라.
1叺代 10萬 원.

<1992년 1월 12일 일요일>
昌宇 代理로 大宗親會를 南原驛前 食堂에
서 開催햇다. 參席 宗員는 全州서 태우 炳
基 炳列 重宇 乃宇 南原서는 哲宇 正宇가
參席해서 7名이엿다. 會議는 願滿[圓滿]
이 通過햇다.
내의 負擔金은 35,000 收入인데 中食代
61,500 - 35,000 = 26,500원을 내 貧擔[負
擔]햇다.

<1992년 1월 13일 월요일>
瑞希 祖母 3人이 同伴해서 任實保健所를
据處서 全州 예수病院에 갓다.
中食時間이라서 1時間을 機待[待機]햇다.
珍察[診察]하고서는 手術을 해야 하는데
入院室이 없서 困難하{다}면서 2月 5日까
지 入院室이 꽉 짜엿다고 햇다.
夏季 放學 時에 하자고 延期하고 왓다.

<1992년 1월 14일 화요일>
아침에 鄭泰植이가 왓다. 土地買賣 契約書
를 가져왓는데 1982年에 土地買賣 契約書
인데 내가 쓴 契約이 分明햇다. 確認을 주
웟다. 亡 鄭鉉一의 件인데 事件化가 되면

立證해 주마 햇다.
昌宇에 가본바 또 다시 痛증 온다면서 來
日 다시 南原醫料院에 가보겟다고 햇다.
예수병원을 願하드라.
終日 舍郞[舍廊]에서 新聞 讀見햇다.
養老堂도 마음에 들지 안는다.

<1992년 1월 15일 수요일>
부천시 중구 원종동 사무소에 轉入申告 李
淑子. 91. 2월경 成奉 親友 招介[紹介]로
連立[聯立]住宅 分讓次 退居.
道峰里 崔重宇에 今日 오겟는냐고 전화로
말햇다. 婦人이 못 가겟다고 해서 엇더케
하겟나 햇든니 館村 成苑에 土稅를 보냇다
고 햇다.
館村에 가서 成苑에서 돈을 찻고 新平을
간바 道燁이가 차를 타라 해서 탄바 任實
郡 車엿다.

<1992년 1월 16일 목요일>
昌宇는 다시 南原의료원으로 再珍察次 갓
다. 病勢는 좇이 안는 常態이다.
崔今福 者가 昌宇 집에 잇드라. 말은 養老
堂에 효주를 한 상자 드려주고 작연에 一金
拾萬 원도 주웟다고 말하드라. 其間 멋 번
한 말인데 나는 말하기를 子息도 엽으니가
[없으니까] 적선을 하야지요 햇다. 말끝마
다 子息 없는 소리를 한다고 하기에 子息
없는 것은 다 알고 잇고 養老堂에 술 통개
주고 돈도 拾萬 원 주는 것도 좇아고 하고
그려나 其者들이 먹을 적에는 좇아고 하지
만 그때뿐이라 햇다.
일가는 혈족이기 때문에 버릴 수 없소 햇
다. 막약[만약]에 집안에서 喪事가 잇다면
外人이 오면 조아도 오지 안 올 때는 우리

家族 親志[親知]가 能이 치려 나겟다고 장
담햇다. 집안간 조카 子息이 만은데 남에게
依賴할 必要 {없}다고 햇다. 남은 먹을 때
분이지[뿐이지] 도라시면[돌아서면] 소용
없다 햇다.

<1992년 1월 17일 금요일>
崔今福은 不良者 心이者다.
제가 木浦에서 와서 누의 德인지도 모루고
예수교에만 치중하고 더려운 인간이다. 뜻
이 버려진 것은 故 林天圭 佳亭里에 사는
世上 雜者하고 同居함에 뜻이 버려젓다.
其者가 同席하면 말을 낸다. 그러나 트적
[트집]을 잡으려 한다. 惡質者다. 나는 언
제고 조심하여 경계한다. 에데서고[어데서
고] 만나면 不安하다. 양료당에 술 주면 무
슨 효력이 올년지는 모르겟다. 간사하고 더
려운 者다.
私宗親會日이다.
募인 宗員은 炳基 兄弟 全州 준宇 重宇 乃
宇 五人이 募여 異議 없이 通過 決議햇다.
實地 宗財는 元金으로 1,808,968원으로 別
通帳과 如히 完決햇다.
九一年度 宗事는 今日로 끝냇다.

<1992년 1월 18일 토요일>
終日 舍郞에서 新聞에 讀書만 햇다.
잠시 昌宇 집에 갓다. 病勢이 好轉 狀況드라.
養老堂에 들럿다. 꼴 보기 시른 者 몃이 잇
는데 할 수 없지.
우리 집에도 老少 婦人들이 大滿員 募여
놀드라.
其中에도 不安者가 있엇다.

<1992년 1월 19일 일요일>
終日 舍郞에서 지냇다.
正午에는 嚴俊祥의 生日이라고 招侍[招
待]를 밧고 中食을 햇다.
鄭九福을 養老堂에 맛난바 鄭泰植가 訴訟
을 한바 骨材業者 姜 氏에 對한 裁判를 提
起햇다고 햇다.
證人의로 金進映 張判童 鄭九福 鄭의 婦
人으로 본다. 鄭泰植이가 不利할 것으로
본다.

<1992년 1월 20일 월요일>
成康 집 앞에부터 崔今福의 門前까지 補製
[鋪裝]을 하야 善眞 집 앞에서 丁壽福 집
앞에까지 連路를 하려 側量[測量]햇다고.
今春에 村前 農路事業도 連結된다고 햇다.
農漁村後繼者에 新平 繕物[膳物]로 卓上
日記帳이 傳해 왓다.
任實齒課[任實齒科]에 간바 滿員이여서
來日 오겟다고 하고 接受만 하고 왓다.
高祖 以下 宗錢 一金 268,000원을 新平農
協에 預託코 왓다.

<1992년 1월 21일 화요일>
어제 中央廳에서 昌坪里 119번지 畓 내의
土地를 指適[指摘]해서 地價 平櫃[評價]
를 依賴하엿기에 中央 坪價는 4,800이라면
잘 모른 之事고 現在 此 地方 現價는 骨材
業者가 買受하야 營業하는데 坪當 4萬 五
仟 원식 주고 事業 中이라고 意見 聽取[聽
取] 答報를 보냇다.
南原 宗山 92번지 平方m에 170원 平櫃해
왓다.
金在玉 집에서 招請하야 中食을 햇다.
齒課[齒科]에 治料[治療]햇다.

骨材業者 姜 氏 鄭太植하고 事業上 打合
을 못 하고 헤여진 든십다.
昌宇 집에 간니 病勢가 好轉 狀能[狀態]이
드라.

<1992년 1월 22일 수요일>
南原 木川公派 宗員總會日이다. 案件는
遺庄碑 件으로 되엿다.
今日 九仙으로 보임 宗親會에 參席햇다.
宗員이 多數가 募엿다.
'遺庄비' 追加金의 件
木川公派 沙草[莎草]의 件
決議하고 明春에 다시 募이기로 하고 散會
햇다.
南宇 둘채 동생 漢宇의 車로 驛前까지 왔다.

<1992년 1월 23일 목요일>
任實齒科에 治療하려 갓다.
嚴秉圭代書所서 秉圭 氏하고 長期間 對話
를 나누웠다.
任實邑長이 退任 後 23日채 空席이라고
하고 希望者는 山林課 吳在儒 聖壽 李康
然 靑雄 副面長 趙 氏인데 趙 氏는 副面長
으로 13年 勤務者라고 하드라.
成曉도 呼出해서 맞낫다. 別로 進級으 뜻
이 없는 것으로 말햇다. 用錢 5萬 원을 주
드라.
加工組合에 들엿다. 農協中央會에서 計劃
하기를 各 面別로 約 10億을 드려 精米加
工工場 設置한다고 計劃 中라고 햇다. 그
려면 現 旣存 業者는 末殺[抹殺]시키지 말
고 生計對策의 代案을 세워달아 햇다.

<1992년 1월 24일 금요일>
農協中央會에서 左記의 計劃을 해서 施設

을 홀융하게 하면 벼 脫穀부터 着手하야
運搬을 面 工場으로 移送해서 保菅[保管]
하고 搗精해서 自宅까지 운반해 준다 하니
生産者는 便利할 터이지만 國家가 將來에
는 亡할 징조다. 選擧로 國政을 다스리는
데 不足하나마 國民들은 團合해 興卷[與
圈]에는 1표도 줄 必要 없다고 生覺이다.
住民 居離[距離]가 멀어도 車를 대주며 各
里에서 따부루[더블]가 되여도 行爲를 하
며 人役이 不足한 農村에서 保充[補充]을
어터게 하며 轉轉技士[運轉技士]도 月
100萬 원을 주며 雜夫賃도 月 七, 八십여
만을 주원 收支가 맞을가 念餘이고 農協職
員도 2人는 配置하야 하는데 過多支出이
뻔하다.

<1992년 1월 25일 토요일>
成東 말에 依하면 徐東辰 레미콘 社長이
전화로 里長이 트러서 住民들 捺印 据不
[拒否]한다고 하고 住民代表 里長 지도자
農地委員長 婦女會長 捺印만 하면 成事된
다고 하드라그든 그것이 結論에는 里長을
危協[威脅] 行爲인 것으로 안다. 上記者들
은 수준이 높은 者인데 里長 말을 들을 者
이 안넌다.
나는 成東이에 指示햇다. 婦女會長 指導者
農地委長 等 〃이 捺印을 햇다면 其 書類
보고 住民들에게 以者들이 同意 捺印을 햇
는데 里長에 要求하오니 찍어주가요 거부
할가요 하고 무려 보고 처리하라 햇다.
朴泰珍 子 結婚式에 參席햇다.
李炳駿 宅을 禮訪한바 中風으로 苦生 中
이드라.

<1992년 1월 26일 일요일>
오늘은 집에서 從事했다.
富川 鉉宇 父親이 世上을 떳다고 通諜[通牒]이 왔다. 오실 것은 없고 28日 其곳에서 아침 7時에 出發하야 南原 帶江에 11時경에 當한다 햇다.
鷄舍을 修繕햇다.

<1992년 1월 27일 월요일>
德巖里 金善權 氏의 女息 結婚日이다.
館村驛前에서 全州行 뻐스를 기드린바 백로관광 뻐스가 쉬드라.
金善權 氏의 結婚車여서 갖치 同乘해서 갓다.

<1992년 1월 28일 화요일>
徐東辰 社長이 面談을 要求하기에 据絶[拒絶]햇다. 此後에 맛나자고 햇다.
8時 50分에 出發해서 南原에 9時 40分 着하야 10時 15分 뻐스로 江石에 간니 11時엿다.
12時쯤 되니 葬儀車가 當햇다. 埋葬하고 中食을 山淸에서 하고 3時에 出發하야 館村驛에 4時 半에 到着햇다.

<1992년 1월 29일 수요일>
아침 食床에서 成東의 말을 들으니 어제 徐東辰 工場 事務室에서 新平面長 立會하고 嚴俊峰 지도자 格으로 崔完宇 農地委員 資格으로 韓相俊 改發委員[開發委員]으로 里代表 里長 崔成東 社長 6人이 하지리[한자리]에서 社長 徐東辰은 協議覺書에 捺印을 要求하는 嚴俊峰이 捺印하고 다음 崔完宇가 捺印하고 面長도 捺印하고 承락해 준바 韓相俊하고 成東이는 据부햇다고 드럿다. 韓상준이도 捺印을 할 사람이지

만 事前에 里民들에 捺印 据付[拒否]하자고 豫言한 탓으로 미룬 것 갓다.
朝食 後 韓相俊이가 왔다. 어제 徐東辰의 對面 關係를 말하는데 絶對로 住民 輿論을 綜合해서 締結해야 한다고 햇다.
養老堂에서 住民 1部 募인바 말이 모두 엇갈이드라.

一九九二. 一. 二九. 特報 集記 午後 三時 三〇分[101]
徐東辰 工場 建立에 對하야 成東가 住民總會을 召集한바 約 三五名 程度 募엿는데 協議覺書에 署名捺{印} 關係와 其 覺書 條項을 成東이가(里長) 設明[說明]햇다. 捺印에 對하야서는 새마을指導者(俊峰)가 제일 먼저 찍고 다음은 崔完宇가 찍는데 다음 韓상준이가 찍어야 하는데 据付당하고 里長 成東이도 捺印 据付햇대고 한니 募人[모인] 사람 中 安承均 韓相俊 林澤俊 梁奉俊는 말하기를 돈 양이나 왔다 갓다 햇지 안나 하고 으심을 사고 말하드라. 근거는 없지만 그럴 이야 잇겟는가 햇다.
住民들은 女子도 몃 명 募엿지만 加付[可否]는 못 나고 先決問題는 行路가 設置되고 工場을 着手함이 順序라 햇다. 二口同聲[異口同聲]으로 總 同意햇지만 俊峰 完宇는 不信者로 비판햇다.
韓相俊이도 參席하고 잘 드럿고 어제 參席의 解明도 成東이와 갓드라.

<1992년 1월 30일 목요일>
舍郎에서 遺書을 訂正햇다.

---

[101] 이 내용은 29일 자 일기 지면 상단에 별지에 기재, 첨부되어 있다.

壬申年 새해 本人의 土亭秘訣을 뽀바 보왔다. 近年 中 壬申年 運數가 大通하야 氣分이 滿足햇다. 富貴로만 生起 家內 慶事도 잇고 훌융한 生兒도 낫고 천人이 貴人으변한다 햇다.
심심하기에 뽀바 보왔다.

<1992년 1월 31일 금요일>
오늘도 遺書를 솔질햇다[손질했다].
他人들 말에 依하면 70歲가 되면 死 衣服을 準備한다고 들엇다. 그것은 早束[早速]이 死忙[死亡]을 再促[재촉]하는 行爲로 본다.
나는 家事 整理가 目的으로 遺書를 作成함니 死者의 道理로 본다. 死後에 子女妹들이 하야 할 之事가 많은데 生存에 있을 時에 모두 書面으로 傳해 주는 것이 急先之事다.
午後에는 韓상俊 安承均 尹鎬錫 崔重宇 同行하야 五人이 沐浴을 햇다.

<1992년 2월 1일 토요일>
新平面長이 설 繕物로 雪糖 1封을 보내왔다. 해마당 보내온데 不安하다.
館村農協長이 化庄品[化粧品] 세드를 繕物로 보내왔다.
오는은 終日 舍郞에서 보냇다.

<1992년 2월 2일 일요일>
午前에는 舍郞에서 공부하고 午後에는 館村에 가서 사진 왁구[틀]을 구입해 왔다.
全州에서 孫子들이 왔다.
大里 安吉豊 氏가 化庄品을 설 繕物로 보내왔다. 아마도 里長職에 있으니 빼놀 수 없어서 그런 듯십다.

加工組合에서 豚肉을 보내왔다.

<1992년 2월 3일 월요일>
새벽부터 비가 내렷다.
밤에 왓다고 成康 食口 全員 成傑 食口 成愼 時烈이가 왔다.

<1992년 2월 4일 화요일>
舊正 설날이다.
水原 成奉 食口만 4名이 不參하고는 全 家族이 參祀햇다. 次祀[茶祀]을 慕侍는데 마음 흐뭇햇다.
成曉 말을 들으니 成曉는 새마을課 靑少年係長의로 轉職하고 보니 特需作課보다는 榮轉인 셈이라 햇다.
館村面長 李龍辰이는 다시 郡 田作係 成曉 자리고 먼첨 있엇든 자리라 外觀上으로는 左遷이라고 보며 그 前에 있엇던 梁正錫이가 다시 故鄕이라고 세 번채 또 온바 신통치 안타고 본다.
李光연은 德峙面長으로 가고 任實邑長은 云巖面長 林 氏가 왔다고 들엇다.
孫子들 歲拜돈이 2萬 원 以上이 나갓다.

<1992년 2월 5일 수요일>
成傑이는 妻가 産月이라 急히 제 집으로 떠낫다. 鳳東面으로.
客地에서 온 子息들 全員이 歸家햇는데 用錢 한 푼도 주지 안코 같아[갔다]. 만코 적고 間 無心한 놈들이다. 쓸 데 없는 놈들이다. 아무리 옴색해도[옹색해도] 用錢 要求는 못 하겟다.
新平面長도 10年 만에 他地로 떠낫다고 햇다. 잘 갓다고 본다.

<1992년 2월 6일 목요일>
南原 任實 大宗中 宗錢 1,132,000원을 畜
協에 預託했다.
養老堂에서 日課를 보냇다.
水原 子息 南原 成英 成玉까지 全員 歸家
했다. 子息들에서 用錢 150,000원이 收入
되엿다.
成奉 成康 成傑이는 1切 없엇다.

<1992년 2월 7일 금요일>
朝食을 하려 한데 뜻이 없엇다. 속이 좋이
못 해서 終日 舍郞에서 休息했다.
飮食이 먹고 십지가 안타.
牛黃淸心元[牛黃淸心丸]도 購入 먹어 보
왔다.

<1992년 2월 8일 토요일>
終日 舍郞에서 休息하고 正門 앞에 出入
禁止 했다.
金進映 氏가 招侍햇이만 對答뿐이고 不參
했다.
新聞만 讀書했다.
메누리는 親家에 歲拜次 갓다.
勿論 가게 되면 술과 고기도 購入할 것이
며 父의 用錢도 주겟지 한다.

<1992년 2월 9일 일요일>
昌坪 大里 束綿契[束錦契]日이다. 男女
全員이 募엿다. 有司는 柳鉉煥이엿다. 決
算은 끝냇다.
집에 온니 金進映이가 왔다. 鄭太植 田 條
에 對한 相議엿다. 金進映이는 듯자하니 本
人의 밭을 바는데 同意書 承諾書를 姜 氏
骨材業者에 해주고 又 鄭太植이가 訴訟하
려 同意書 承諾書을 해주었으니 重復[重

複]되여 兩者가 難處한 立場{인} 것 갓다.
捺印을 잘못한 듯십다고 해서 보냇다.

<1992년 2월 10일 월요일>
鄕友契 定期總會日이다.
金鍾紆는 不參하고 斗福里 李虔鎬 屯基里
李康熙 崔乃宇 3人이 參席했다. 92年度 有
司는 竹계里 金鍾紆로 定했다.
오늘은 鄕友契에 參席하고 郡農協에 加工
組合에 畜協에 大同工業社에 全州 保聽器
[補聽器] 藥 購入하고 館村郵替局에 들여
驛前 오토바이 쎈타에 들여서 生覺하니

鄕友契	定期總會
郡農協	預金
畜 協	印章 捺印
加工組合	陳情書 關係

大同工業社 乾燥機[乾燥機] 〃
全州 保聽所[補聽所] 耳藥 購入次
館村郵替局 束綿契 預託
驛前 오토바이 쎈타 修理次
八곳을 거쳐스니 多事엿다.

<1992년 2월 11일 화요일>
舍郞에서 日課를 보냇다.
養老堂에 좀 들엇다.
오토바이를 修繕했다.

<1992년 2월 12일 수요일>
館村에 단여 왔다.
成東 母 藥 지로.

<1992년 2월 13일 목요일>
朝食 後 南原에 갓다.
水旨面 홈실 朴東基 外從姪을 찾고 보니
正午가 되엿다. 내가 老期에 小일[消日]할

일이 없서 장기를 바우고자 한다고 하고 陰
正月 15日 南原 成樂 집으로 오라 햇다.

<1992년 2월 14일 금요일>
南原 成玉이 媤母 回甲이라고 해서 成東
內外 단여오라 햇다.
大里坪 밭에 불을 노왓다.
밤에는 柳正進 여수댁 담배댁하고 오래도
록 화토노리 햇다.

<1992년 2월 15일 토요일>
終日 舍郎에서 지냇다.
몸이 不平하다. 食事는 全然 못 한다. 술을
마시엿든가 십다.

<1992년 2월 16일 일요일>
오늘은 食事를 조금 떳다.
全州에서 同和會議인데 日氣 不順하고 몸
도 좃이 못해서 抛棄햇다.
終日 舍郎에 讀書만 하고 門前을 못 나갓다.
오늘도 成苑에서 消息이 없다.
藉 〃이 말하면 不安할가바.

<1992년 2월 17일 월요일>
終日 舍郎에서 書藝 공부하고 新聞만 終日
讀本으로 삼고 햇다. 終日 페바도 못다 본다.
서울新聞 全北日報 中央日報를 보는데
各 〃 普通 10面까지 있다.
成東 里長 任期가 不遠라고 햇는데 알고
보니 完宇 殘餘任期가 2月 末日이라고 해
서 住民總會에서 選出해야 한다고 道燁 議
員에서 드럿다.

<1992년 2월 18일 화요일>
正月大보름(15日)이다.

南原 成樂 집에서 約束者가 잇다. 成康 母
하고 任實에 갈 일이 잇는데 延期를 할가
生覺 中이다.
鄕校 喪망[朔望]인데 못 가고 南原 成樂
집에 갓다.
炳權 氏하고 水指 朴東基하고 三人이 募
여 장기 試驗을 햇다. 朴東基가 잘 뒤드라.
約束은 日間 몃칠 새 다시 맛나기로 하고
作別햇다.

<1992년 2월 19일 수요일>
李龍焄 定期積金 今日 引出햇다. 畜協에서

元金	2,665,000
利子	295,300
計	2,960,300
成康 母	130,000
계	3,090,000

新平農協에 一般資金 金成康 住宅 修理
貸付金 3,000,000 利子 73,912 計
3,073,972 清算하고 6,030원 殘金을 차잣
다.
此金 2百九拾五萬餘 원을 日後에 成康이
가 보내주면 龍焄 앞으로 積金해 주워야
한다. 기분이 不安햇다.
오늘[오는] 길에 大里坪 밭을 둘여보니 徐
東辰이가 側量을 햇다고 줄을 매노왓는데
우리 밭이 相當이 빼겻드라.

<1992년 2월 20일 목요일>
工場을 徐東辰이 建築하려 住民에 同意書
捺印을 要求하는데 嚴俊峰이가 捺印하고
完宇가 捺{印}한바 成東이가 捺印 据不
[拒否]햇고 韓상俊이가 据不한바 徐東辰
이의 弟를 보내서 成東에 捺印 要한바 不
應햇드니 大里坪 밭을 側量해서 相當이 아

사간바 其는 嚴俊峰의 수완과 某事[謀事]로 그려케 된 듯십다. 嚴俊峰이 崔完宇는 住民들에서 不信任을 밧는 者인데 完全이 徐東辰 俊峰 完宇하고 三人이 組作[造作]하야 복수한 셈이다.

예적에 鄭宰澤 嚴俊峰이가 合作으로 耕作 時에 1部 側量한바 조금 드려갓이만 양도한다고 들엇다.

<1992년 2월 21일 금요일>
成東 里長之事로 韓相俊이가 왔다.
面에서 里長 任期 滿了 今月 28日까지 추천해서 보내라 했다.
1担[一旦] 相俊이가 完宇를 맛나서 意見을 드려보라 했다.
다음 韓상俊가 왔는데 고수하드라 했다.
그려면 對決하라 햇다.

<1992년 2월 22일 토요일>
里長 選出에 있서 不安햇다.
昌宇를 맛낫든니 完宇를 불어다 말하겟다고 햇다. 萬諾에 꼭 成東하고 對決하겟다면 完宇 過居[過去]의 보로[비리]를 터트리겟다고 햇다.
姜 社長하고 金進映 梁海童 張判童 土地 据來[去來]에 對하야 3月 20日 土地 代金額을 完拂키로 言約한바 立會人은 金進映 張判童 梁海童 鄭福順 打 姜 사장 조카 이은우 崔乃宇 舍郞에 元滿[圓滿] 打合을 햇다.

<1992년 2월 23일 일요일>
成東이 里長 候補에 完宇가 對決을 꼭 한다면 내가 그대로 坐視하고 잇이 안켓다고 하고 里 住民 멋 사람하고 意見을 드려보니 完宇의 平[評]이 안 좋으라.

完宇는 其間 里長職에 있으면서 巨額을 버렷는데[벌었는데] 또 돈 벌기 위해 里長에 나온며 고초파동 時에 沈參茂에 車띠기로 미려주고 軍部隊 일을 바주고 畿百萬[幾百萬] 원을 밧고 徐東辰 工場 設立한데도 住民을 無視하고 同意書에 嚴俊峰 崔完宇 두 사람만 捺印한 것도 돈을 밧이나 안나 해서 住民들은 異心[疑心]을 새고 있으며 91年度 벼 新品種 播種 適合者 選定하는데 牟光浩 牟圭煥 安正柱 完宇(里長) 이者{들}만 面에 申請했으니 里長 自身이 正堂[正當]한 者야 했다.

서울서 成奎가 왔다. 알고 보니 嚴俊峰이가 成奎 전화하야 全州에 맛낫고 내 집에102 하루밤 자고 {내게} 成東에 里長 抛棄하라 햇다. 그려나 {나는} 成東이보고 누라고는 못 하겟다고 햇든니 成奎는 完宇를 데리고 와서 本人[신우]이 抛棄하겟다고 하고 成東에 協助하겟다고 햇다.

그려나 生覺하다 {내가} 成東에 말해서 成東이를 누라고 하겟다고 햇다.
住民들은 不平이 만햇다. 今般 選擧를 하게 되니 또 돈 벌여 온 것 아니냐 하드라.
夕陽에 某人에서 드리니 成東이가 꼭 포기할 바에는 朴日成을 對決하게 한다고 듯고 日成 本人이 能度[態度]가 된 것으로 안다.

<1992년 2월 25일 화요일>
昌宇가 왔다. 崔完宇 行爲에 對하야 非방[誹謗]만 많이 나왔다. 그려나 完宇가 里長을 하든 못 하든 良心 납분 者로 注目되고 있으니 執行上 良心은 가착[가책]을 밧기

---

102 원문 24일 자 란에 '하루밤' 이하의 내용이 기록되어 있고 24일분에 해당하는 기록은 빠져 있다.

마려이다.

午後에 養老堂에 갓다.

張判童을 相面한바 어제서 成東을 里長에 뉘잇나 하드라. 서울서 成奎가 와서 勤[勸]하고 나는 옌시[연세]도 만코 집안어른인데 그럴 수가 없서다고 햇다.

全州人이 와서 垈地 昌茂 집터 산바 契約書를 써준바 治下金[致賀金]으로 五萬 원을 주기에 2萬 원엇치 술 먹고 參萬 원은 내가 利用햇다.

<1992년 2월 26일 수요일>

昌宇 말만 드려도 完宇 말이 집에 와서 뜻이 없는데 韓상俊이가 完宇의 집에 왓는데 乃宇가 完宇 意見을 드려보라기 왔다고 해서 나는 抛棄하겟다고 햇든니 韓상俊 말이 그럴 게 안니라 긔드려 보자 햇든니 二重간사한 者이라고 햇다.

鄭泰植의 事件으로 姜 氏 社長 外 1人하고 鄭泰植 高文在 本里에서 張判童 梁判童[梁海童] 金進映이 合席해서 打合하기에 이른바 또 流會 打가 되였다.

任實電話局에서 전화가 왓는데 公中전화를 우리 집으로 옴기겟다고 하기에 承諾햇다.

<1992년 2월 27일 목요일>

朝食 後 徐東辰 氏의 弟가 車를 가지고 와서 工場 事무실까지 가자 햇다.

徐東辰 應接室에서 單獨會談을 나눈데 工場을 짓게 協助를 要求하는데 先決 問題는 住民들의 行路를 解結[解決]하고 지여라 햇다.

그러나 手票 3枚를 주는데 完全이 据絶햇다. 그러면 生覺하니 嚴俊峰 崔完宇는 틀임없시 돈을 밧고 捺印함이 追算的[推算的]으로 떠오르드라.

成東이가 포기하니 朴日成을 住民들이 對決者로 내세웟는데 嚴俊峰이가 强要하야 포기햇는데 그쯤 되니 嚴俊峰 完宇는 不信者가 되엿다. 그러케 하야 里長을 하면 良[養] 子孫을 못할 不良者로 본다.

<1992년 2월 28일 금요일>

洞里 여론은 아주 심각햇다.

嚴俊峰 崔完宇는 住民들이 不信者가 되여 앞으로는 里政을 하는 데 協助 못 하겟고 本人 乃宇도 覺悟가 섯다.

<1992년 2월 29일 토요일>

바르게살기운도 物價 10% 節約의 目的으로 館村面사무소에 大會가 되엿다. 新平 云巖 新德 館村 四개 면에서 多數가 參席햇다.

어제밤에 安養서 郭炳鉉이 同婿에서 전화가 왓는데 오늘밤에 덕울리 金鉉行 집에서 相面하자 햇다. 밤에 到着하야 家族[家族]끼리 새벽 3時까지 노랏다.

<1992년 3월 1일 일요일>

洞里 養老堂에서 잣다.

朝食 後 養老堂에서 老人들과치[老人들과 같이] 對話하면 지내다.

中食이 끝이 나자 서둘여 安養 郭鉉炳[郭炳鉉] 車로 집에까지 왔다.

郭秉鉉[郭炳鉉]이를 보내고 몸이 異常하드니 밤중에 한기가 들면서 알앗다.

약을 2次 레 지여 먹도 實效가 없다.

<1992년 3월 2일 월요일>

아침에는 漢藥을 지여오라 햇다.

終日 舍郞에서 漢藥을 대려 復涌[服用]하
고 取安했다.
夕食을 조금 했다.
술이 害롭드라.

<1992년 3월 3일 화요일>
아침에 完宇가 왔다. 徐東辰 工場 設置 同
意書 初案書[草案書] 가지고 왔다.
事由를 보니 日前에 個別的으로 打合한 現
堤防路를 工場 着手 時는 住民 通行路로
讓渡하고 工場의 車량은 河川으로 단인다
고 했다.
그려케 協助覺書를 提示하야 하는데 그런
條項이 없서 나는 同意 못 하겟다고 했다.
林澤俊 外 1人을 맛낫다. 3月 1日 字로 嚴
俊祥이가 술을 마시엿지만 安承均 氏에 말
하기로 嚴俊峰이가 徐東辰에서 1億 6仟만
원을 바다먹엇다고 햇다니 근거를 대라고
하니가 安承均 氏도 그 소리를 누구에서
들엇나고 또 건거를 대라니까 崔英姬에서
들엇다고 햇다니 其의 족속들기리 말이 오
고 가고 햇지 안나.
翌日 아침에 와서 嚴俊祥은 무릅을 꿀고
빌드라고.

<1992년 3월 4일 수요일>
特記錄
大里坪 洪 氏 呆樹園[果樹園] 婦人이 왔다.
用務는 大里坪野에 레미콘 工場이 드려서
住民들의 通行에 不平이 藉 〃 하는데도 今
般에 또다시 아스콘의 空害[公害]가 심한
工場이 드려선다니 昌坪里 住民는 勿論이
{고} 本人는 工場 옆에 사는데 毒害는 말
할 수 없아오기에 陳情書 捺印을 바드{러}
왔다고 했다.

잘 오셧소 하고 學父兄의 집부터 바다 보시
요 했다. 우리도 찍어주윗다. 韓계錫이도
嚴俊峰 崔종우 집은 가지 말아 했다.
洪 氏의 婦人 말에 依하면 집 앞에 나다株
式會社 社長이 嚴俊峰을 맛나서 다방 가서
對話 中 徐東辰의 아스콘 工場 建立에 對
하야 空害가 심하니 反對합시다 하고 勤하
니가 嚴俊峰의 말이 나는 部落之事에 아무
相菅[相關]이 업다고 걸절하드라고 하게
나는 그러면 상관업는 者가 先頭에 捺印한
는 것은 非人間이라 햇다.

<1992년 3월 5일 목요일>
姜南洙 氏의 婦人이 왔다. 住民들에서 陳
情書 捺印을 2日 채 80% 以上을 받앗다. 養
老堂에서 合法的으로 받은데 大成功햇다.
이제는 徐東辰이가 以上으로 끝이나제 다
시 理由는 못 걸 것이다.
成傑의 妻(메누리)가 産出기가 있서 全州
예수病院에 잇다고 해서 밤에 病院에 갓다.
맛나보고 成曉 집에 投宿햇다.

<1992년 3월 6일 금요일>
아침 朝食 後에 丁基善 집을 갓다. 갖이 對
談하고 갖이 李道植 氏 宅을 訪問코 中食
가지 接侍[接待]를 밧고 예수病院에 갓다.
메누리는 女息을 出産햇다. 陰 2月 3日 午
後 2時 30分이엿다.
來日 午後에 成傑 車便으로 乳兒하고 갖
이 이 집으로 오기로 해다.

<1992년 3월 7일 토요일>
大里坪 徐東辰이가 왔다.
아스콘 工場 設立하는데 住民이 反對하는
데 協助을 要하기에 내의 權利가 없다고

햇다.
그려나 住民의 行路를 내고 工場을 지여라 햇다. 徐는 말하기를 工場을 짓고 다음에 行路를 내주고 工場을 돌이겟다고 햇다.
안 된다고 햇다. 嚴俊峰이가 公席에서 잘못을 사과하면 몰아도 그려치 안이 하면 住民하고 섭〃이 끼여 안 된다고 햇다.

<1992년 3월 8일 일요일>
成傑이는 乳兒하고 內外가 갗이 집으로 病院에서 옴겻다.
밤에 成傑이는 水原으로 갓다.
밤중에 몸에서 한축이 나고 대단이 惡化되엿다.

<1992년 3월 9일 월요일>
약을을 먹고 조금 느궈젓다.
成東이는 營農資金 四百萬 원을 申請코 成康 母하고 갗이 와서 相議하기를 이 돈 成苑에 五百萬 원 條 갑기로 打合햇다.
殘金 1,180,000원 成苑이 창겨오기로 햇다.
不遠 成苑이 돈을 주면 預託키로 함.
終日 舍郎에서 橾理[調理][103]도 햇지만 아주 複雜햇다.

<1992년 3월 10일 화요일>
아침에는 韓相俊이가 왓다. 몸 어더야 하면서 中國製 三濟丸을 가저 왓다.
몸는 不平하지만 新平農協에 간은니 勤勞日이라고 써부치고 休務하드라.
大韓民國 休務日이 過多하드라.

103 본래 '操理'를 쓰려 한 것으로 보인다. 일기 전체에 걸쳐 乾橾[乾燥], 橾心[操心]과 같이 등의 '조(操, 燥)'를 대부분의 경우 '橾'로 오기하고 있다.

開途國에서 너무나 太平하려 한다.
加工組合에서 왓다. 農協에서 一般벼를 買入한다고.

<1992년 3월 11일 수요일>
新平農協에서 預託金 62,000 引出하고 現金 60,000원 하야 122,000 中 授業料 銀希하고 瑞希하고 114,900원 殘金 7,100원원 成康 母에 주웟다. 預託金 通帳 75,000원이 殘高로 나맛다.
任實에 갓다. 崔容安 選擧事務所 들엿다. 云巖 崔氏들만 10餘 名 募엿드라. 中食을 하고 다음 對面키로 햇다. 龍山里 康東云가 從事員으로 事務를 보고 館村 崔善眞이가 從業하드라.
家庭에서는 人員 7人이 動員이 되여 고초 第1次 暇植[假植]을 끝냇다.
成傑 妻男이 유아를 태원서 왓다. 初面인데 父親에 安否 傳하고 日後에 相面케 하라 햇다.

<1992년 3월 12일 목요일>
初丁日로 鄕校 春季 大祭日이다.
崔容安 選擧連絡事務所 內 崔相淳 氏가 來訪햇다. 新平面 崔氏 團合大會를 갓게 해달아고 付託이엿다. 힘것 해보겟다고 햇다.
新德 五弓里 崔東煥 宅에 갗이 同行햇 訪問햇다. 回路에 栗峙里에서 崔容安 候補를 相面햇다.
鄕校 大祭에 參席햇다. 例年에 比하면 1/3이 못 데여 쓸〃하드라. 曲校[典校]의 不法行爲에 不平한 듯십다고 하드라.

<1992년 3월 13일 금요일>
水原 成傑 子 名 惠榮이라 하야 面에 가서

出生申告을 햇다. 그리 退居도 同時에 付託햇다.
館村 炳基에 付託하야 崔容安에 對한 崔氏 募任에 參席하자 햇드니 絕〃 反對하드라.
本里 崔南連 兄弟보고 來日 任實 좀 가자 햇드니 절〃 反對햇다. 協助는 하계지만서도 參席만은 不應하는데 창피하드라.

<1992년 3월 14일 토요일>
全州 德津區 候補 合同演設會[合同演說會] 午後 2時 金巖國民學校에 開會 政見發表 崔康俊의 次子 炯宰 無所屬으로 出馬햇다.
任實 崔容安 事務所 崔相淳이가 崔氏 몃 분을 慕侍고 오라 해는데 据絕하고 全州로 行햇다.
正刻 2時가 되여도 有權者는 少수엇다. 그만큼 關心이 없다는 뜻이다.
첫 번에 林방현이 연설하고 두 번채 최형재가 하는데 民象堂[民衆黨]이라는데 야무치게 잘 하며 大象[大衆]들이 박수가 만트라.
바로 退場하야 丁基善을 맛나보고 왓다.

<1992년 3월 15일 일요일>
崔瑛斗 氏하고 同伴하야 大學病院에 金雨澤의 問病을 햇다.
오늘[오는] 길에 中國料理집에 들여 酒안 상을 차려 中食을 代用햇다.
成東이는 畜牛 大牛를 壹百九拾萬 원에 賣渡햇다고 햇다.
昨年 秋期에 畜牛 大牛도 百九拾萬에 賣渡한바 全州 兄수가 貸借해 간바 于今 返濟치 안는다고 햇다. 그리고 家政 收入金 五百萬 원을 畜協에 年 10% 利로 預託햇다고 햇다. 合計 880萬 원이 募金임.

<1992년 3월 16일 월요일>
親戚기리 兄弟기리는 金錢 据來를 禁함이 올타고 본다.
任實 - 淳昌 合同演設會가 잇다. 가볼가 햇다.
參席해 보니 異外[意外] 多數가 募엿드라. 그러나 듯지 못하고 듯고 십지 안해서 嚴俊祥 氏하고 酒店에서 지내다 왓다.

<1992년 3월 17일 화요일>
藥酒를 製造햇다.
崔完宇(里長) 꼴도 보기 실코 속이 없는 者로 본다. 日前에 두 번채 舍郞에 스피카를 때 가라 햇지만 返應[反應]이 없어 다시 또 때 가라 햇고 住民들이 시려한다고 햇다. 아랏다고 하는데 아침에 또 韓계錫이가 와서 放送을 하니 氣分이 少햇다. 韓계錫이도 日前에 放送하려 왓기에 스피카를 때 가라고 당부한 바 있엇다. 오늘 아침에는 嚴俊峰 放送을 代理人으로 와서 하는데 또 氣分이 少햇다.
成東이는 營農資金 引受하려 갓다.
大里 韓昌煥 生日라고 面長에서 電通이 왓다. 其외 者부터 보고 십지 안하야 對答은 햇지만 抛棄햇다.

<1992년 3월 18일 수요일>
間野에 눈비가 래렷다.
成東이는 어제 營農資金 貸借하려 간바 말이 없다.
日氣 不順으로 全州 投資銀行에 갈가 햇지만 못 가고 舍郞에서 讀書만 햇다.
嚴俊祥 氏가 단여갓다. 아침부터 술에 취한 듯십드라.
成東이는 成苑 借用金 償還하라고 一金

四百萬 원을 에제[어제] 貸付햇{다}고 주
드라.

<1992년 3월 19일 목요일>
館村 成苑은 今月 20日 字 月給을 受領하
면 合算해서 주마고 햇다고 傳해 왔다.
午前에 任實 崔相淳 氏가 車를 가지고 왔
다. 좀 出動하자 햇다. 딱해서 同乘해서 新
平다방으로 갓다. 그곳에서 무슨 말을 내려
하기에 館村으로 옴기엿다. 相淳 氏 內室
로 定하고 打合했다.
任實로 가서 容安 事務室에서 食事하고 後
에 紀念{品}도 주고 活動비도 좀 주겟다고
햇다.

<1992년 3월 20일 금요일>
今春에 村前 河川 工事를 한다고 發表햇
다. 우리 것도 155番地 半切쯤 浸犯[侵犯]
하고 못텡이 92번지 20餘 坪이 드려간다고
햇다.
밤에 只沙面 崔永植이가 崔相淳하고 同伴
하야 왔다.
來日 館村 四仙臺에서 容安 氏하고 相面
키로 하야 約束하고 作別햇다.

<1992년 3월 21일 토요일>
館村 四仙臺에서 相面햇이만 좋은 人象
[印象]이 안이드라.
金善權 金炯順 金哲浩 崔炳基 10餘 名이
募엿는데 容安하고는 別 對談 못 하고 가
버렷드라.
光陽 李龍君 祖父母 先考 顯壁 合同祭祀
라고 왔드라.

<1992년 3월 22일 일요일>
養老堂에서 終日 休息햇다.

<1992년 3월 23일 월요일>
비가 내렷다.
別 갈 곳도 없고 해서 養老堂에서 終日 보
냇다.
成苑은 約束을 어기고 돈을 보내지 안 해
서 不安 中이다.

<1992년 3월 24일 화요일>
投票하려 갓다. 한가하드라. 바로 집으로
行햇다.
全州 金二成 氏가 왔다 갓다는데 終日 養
老堂에 있엇는데 가버렷다.
밤 12時가 되니 當落이 나타나드라.
崔容安이가 떠려젓고 洪英基 다시 되엿다.

<1992년 3월 25일 수요일>
몸이 不安하야 終日 舍郞에 있엇다. 가슴
이 異常하다.
成苑 母가 成苑에서 1,200,000원을 가저
와서 來日이라도 償還하라 햇다.
밤에 全州 金二成 氏가 전화햇는데 今年
農事를 耕作하라 햇는데 못 한다고 햇든니
朴日成 意思를 드려 보라 햇다.

<1992년 3월 26일 목요일>
林澤俊는 本人의 子가 貨車를 構入[購入]
하는데 保證을 서달아기에 印鑑을 내서 保
證을 서 주윗다.
保健所에 가서 珍察를 한바 사진을 要求하
야 全州 現代방사선課[現代방사선科]를
가서 촬영을 하고 任實에다 주니 복용藥을
10餘 日分을 지여 왔다.

來日도 任實을 居處서 全州까지 가게 되엿다.

<1992년 3월 27일 금요일>
午前 八時 半쯤 朴日成을 路上에서 相面
하고 全州 金二成의 付託之事를 말햇다.
成奉는 移轉이 되드락 金二成 氏가 關係
하라고 말햇다.
朴日成을 對面 卽時 金二成 氏에 電話하
야 朴日成의 意思를 傳햇든니 나보고 今年
耕作을 하라기에 1.5袋나 해서 주면 子息
하고 相議해 보겟다고 햇다. 그러나 日間
通報 있어야 書面 捺印이라고 實行하겟다
고 햇다.
任實 – 全州를 단여오는 길에 驛前에서 서
울 許俊晩이를 相面햇다. 只沙에 저의 母
山所 前面 構築히려 단여온다고 햇다.
中食을 갗이 하고 作別햇다.

<1992년 3월 28일 토요일>
野地을 둘여보고 後山所 雜草를 除草햇다.
夕陽에는 養老堂人들하고 同行하야 姜南
洙 回甲宴에 參席햇다. 飮食은 그대로 장
만햇드라.
來日 成傑이가 와서 乳母를 水原으로 데례
간다고 들엇다.

<1992년 3월 29일 일요일>
어제밤에 왔다고 水原서 成傑 善範 昶範
갗이 왓드라. 來日 乳母 外 家族이 水原으
로 옴긴다고 햇다.
牟潤植 子 圭相이가 왔다. 알고 보니 1個月
前부터 成奉이가 多事多難한다고 私情[事
情]하야 水原 成奉 工場에 잇다고 햇다. 얼
마나 바부기에[바쁘기에] 사람하고 車까지
갔으니 費用 많은 건 뻔하다. 圭相의 便에

이곳 개하고 개舍를 실고 全州 成苑 개까
지 실고 水原으로 간다고 햇다.
成傑 內外는 來日 乳兒하고 갗이 간다고
햇다.
夕陽에 仁川 鄭宰澤이가 來訪햇다.

<1992년 3월 30일 월요일>
山所에 除草作業을 하는데 長兄의 山所가
不實하다.
成傑 家族은 全員이 떠낫다. 鳳東 親家를
단여 午後나 갈 것으로 본다.
午後에는 藥木에 追肥을 投入햇다.
終日 雜事를 햇다.
밤에 成康 집 보이라 修繕하려 왔다.

<1992년 3월 31일 화요일>
담배 고초 移植 準備가 한참이다. 堆肥 運
搬 肥料 準備 耕耘作業 等이다.
넘새밭 우타리를 햇다.
近方 오물을 收居[收去]해서 불을 노왓다.
梁奉俊 집에서 噴務機[噴霧器]은 빌여서
울안에 除草제 散布하고 山所에 1部를 散
布햇다.
驛前에서 林德善 金鎭玉을 맛나 酒 侍接
[待接]을 잘 받은바 未安햇다.

<1992년 4월 1일 수요일>
庭園 內에다 수박 植穴을 26穴을 팟다. 돌
이 있어 每週 不平햇다.
家族끼리 고초苗田 除草作業을 햇다. 그리
고 藥도 散布햇다.
수박종자 반봉에 100알 入 6,500원에 구입
햇다.
수박 植穴을 約 40餘 植穴을 팟다.
館村面事務所 成苑을 찾고 同窓會 案內狀

15枚를 複寫해 왔다.

<1992년 4월 2일 목요일>
수박 植穴에 堆肥를 相當이 投入햇다. 앞
으로 人糞을 널 計劃이다.
午後에는 고초밭에 煙草 植付地에 金肥를
約 40袋를 散布햇다. 三尿素를 混合에서
뿌렷다.
몸이 고되다.

<1992년 4월 3일 금요일>
15日 豫定인 同窓會 旅行 日定[日程]를
定해서 今日 11名에 正式으로 案內 通諜
[通牒]을 냇다.

<1992년 4월 4일 토요일>
水原에서 成奉 食口가 全員 왓다. 來日 제
의 母 生日라고 왓다.
南原서 正宇가 來日 連山 墓祠[墓祀]에
參席次 왓다. 饌은 없지만 갖이 돌고[들고]
갓다.
龍山 崔炳夏 子 結婚에 參席햇다.

<1992년 4월 5일 일요일>
大宇 車便으로 5人이 墓祠에 參席햇다. 往
復[往復]하는데 大端히 便利햇다.
同窓會員 旅行次 來日 元泉里 金光洙 婦
人하고 相議코자 맛나기로 햇다.

<1992년 4월 6일 월요일>
아침 일즉 成奉이는 水原으로 家族 全員이
떠낫다.
任實農協에서 내의 通帳 入金을 170,000
원 빼서 連山 七代祖 祭床代를 斗馬面 廣
石里 卜鍾菅 氏에 送金햇다. 此는 다음 決

算 時에 利子를 計算해야 한다. 14%利.
同窓會員 4. 15. 旅行하는데 봉고車를 新
平서 金光洙 婦人하고 契約한바 10萬 원
에 契約金 3萬 원을 주고 왓다.

<1992년 4월 7일 화요일>
3時경에 金二成 氏을 驛前다방에서 約束
대로 相面하고 昌坪里 122번지 沈禮福 女
條하고 112번지 鄭宰澤 條하고 當年 小作
權 賣買하는데 112번지 290坪만 所有權
行事키로 하고 122번지 383坪은 金二成
氏가 完全 抛棄해 버렷다.
理由는 朴日成하고 相議하라 그런데 언제
는 關係하고 이제는 抛棄함은 닺이[닿지]
안는 말이라 햇든니 本人 내가 안 하면 안
햇지 무슨 關係야 햇다.
할 수 없이 112번지 290坪에 小作料 50k
주기로 하고 今年만 耕作키로 契約햇다.

<1992년 4월 8일 수요일>
朴日成을 맛나 側量해서 떼 가라 하겟다.
別紙 契約에 準함.
아침에 朴日成을 찻고 어제 金二成 氏 맛
남을 말해 주웟다. 日成의 말은 이제까지
地主 行爲를 햇다면{서} 내가 對한 代價가
있어야 하고 1方的으로 地主權을 抛棄해
서는 안된다기에 전화라도 걸어서 알게 하
라 햇다. 側量을 해서 떼내야 하겟다는 말
이다.
終日 고초 말을 茂木[伐木]해서 作業이 고
되엿다.
成東 母는 病院에 갓다.

<1992년 4월 9일 목요일>
全州를 가든 任實 館村을 가든 간에 優待

卷[優待券]이 있서 普通 車비 免하는데 택
시비가 든다.
約 1個月쯤 保聽器 藥은 幣止[廢止]했엇
다. 그려나 오늘 再投入 햇다.
朴日成 車中에서 全州에 가는데 金二成에
相議햇나 햇든니(田畓 關係로) 그려 必要
없이 法的으로 따지며 金二成이가 아수면
올 터이지요 하기에 나는 말하기를 側量을
해서 때 가야 하지 안나 햇든니 日成의 말
은 其 坪수 程度를 묵거버리시요 햇다.
全州에 갓다. 金江坤 氏 三省印刷 社長을
相面하고 印刷를 付託하고 中食을 侍接
바닷다.

<1992년 4월 10일 금요일>
午前 中 全州 金二成에 전화로 朴日成 關
係를(田畓) 解結하라 햇다. 갈 것 엇다 햇
다. 그려면 其 畓은 묵는다고 햇다.
終日 비만 래럿다. 갈 곳이 없어 昌宇 집에
갓다. 다시 또 養老堂에 갓다. 取味[趣味]
는 없다.
舍郎에서 新聞 讀書만 햇다. 飮食이 먹고
싶은데 食口들이 없어 말 못하고 있엇다.

<1992년 4월 11일 토요일>
館村 基宇 便으로 炳基 炳列 乃宇 四人이
同伴해서 木川公 沙草 慕侍는 데 參禮햇
다. 南原 帶江에서 正宇 哲宇도 왓드라. 人
當 萬 원식 据出해서 賻儀햇다. 基宇도 未
安해서 油代로 萬 원 주웟다. 來日 또 가기
로 하고 바로 中食하고 省墓하고 基宇 車
로 바로 왓다. 祖父 碑石이 後面으로 숙여
전는데 明日 손을 보기로 햇다.

<1992년 4월 12일 일요일>
宗 八代祖 命基 健立[建立] 碑 立石하는
{데} 參席코 宗垈에서 決算 및 宗員 喜捨
金 健立하는데 大端이 不平이 만햇다.
祖父의 碑가 진드려저서 맞암 人夫 멋을
데리고 가서 바로잡앗다. 酒代로 萬 원을
주웟다. 南原으로 도라 오는데 旅費 相當
이 낫다. 할 수 없지.
梁奉俊 內外는 春根이 移事한데 水原 成
奉 집 보려 간다고 한다. 나는 南原之事로
못 간다 햇다.

<1992년 4월 13일 월요일>
全州 成曉가 보냇다고 一金 五萬 원하고
成東이가 用金으로 拾萬 원을 주드라.
後山所에 가보니 雜草 多量로 生起엿다.
고초苗가 今年에는 成績이 不幸하다. 많이
죽엇다.
田畓을 좀 둘여본바 沈福女 條 畓을 鄭宰
澤 土地에 比交[比較]해서 不遠 떼내 녹코
耕耘을 해겟다.

<1992년 4월 14일 화요일>
全州 任實 新平까지 단여오겟다.
全州는 톱을 차저 와야 하겟고 任實은 와
이샤쓰을 차자야 하겟고 新平은 金光洙 妻
를 좀 맛나야겟다. 言約한 봉고車를 다지기
위해서다.
男女 老人들이 高敞 藥水터하고 內藏山 두
코지로 觀光하려 간다기에 한 코스를 늘여
日募[日暮]도 긴이까 白洋寺도 단여오라
햇고 李光燃 社長 전화로 한 코스를 늘여
라 傳햇다.
任實 全州 新平을 단여왓다.

<1992년 4월 15일 수요일>
새벽부터 내린 비는 테레비를 드르니 終日
온다 햇다.
同窓會員 觀光을 가려 日定된바 아침에 各
會員에 전화를 작파하자고 全員에 전햇다.
元泉里 金光洙 妻가 항의햇다. 日氣 不順
으로 못 갖이만 비常費 10萬 원을 내{야}
한다고 햇다.
下도 不親切해게 女子에 언성을 높엇다.

<1992년 4월 16일 목요일>
大里 金哲浩하고 相議한바 元泉里 廉 氏의
車는 포기하고 딴 車를 利用하기로 햇다.
契約金 參萬 원은 포기하고 後車로 議常
[異常] 없엇다고 햇다.

<1992년 4월 17일 금요일>
몸이 不平하야 오수에 구탕집104에 가서
中食을 햇다.
館村 成苑에 가서 4.28.字로 全員에 通諜
[通牒]을 냇다. 媤母가 不遠 死亡 단계에
잇다고 햇다.
成苑 母를 全州에 보냇다.
理髮도 햇다.

<1992년 4월 18일 토요일>
求禮 任正三 宅을 찾앗다. 午前 九時頃에
出發하야 求禮 冷泉里에 到着하니 11時엿
다. 招請客은 몃 안 되드라. 客地에 있다 오
니 그럴 수박에 업다고. 2時 30分쯤 해서
人事없이 出發하야 집에 온니 5時 20{분}

---

104 여기서의 '구탕'이란 '狗湯', 즉 개로 만든 보신
    탕을 가리키는 것으로 보인다. 언급된 지명 오
    수에는 오래전부터 인근지역에 잘 알려진 보신
    탕집이 있다.

이엿다.
各處에 郵便物이 왔는데 全部가 招請狀이
엿다.

<1992년 4월 19일 일요일>
嚴俊峰의 꼴을 본니 허리를 60度 以上으로
꾸부리고 단이드라. 그런 者가 明年 農協
長에 出馬한다는 設[說]이 잇고 旣히 云巖
新德 館村人에게 돈을 쓴다고 大里 崔宗仁
에서 炳基 宅에서 들엇다. 良心을 고처야
지 天下에 不良者이다.
上加 劉三龍 子 結婚에 參加햇다.
全州 成苑 집을 訪問햇다. 成苑 媤母가 危
急하다고 南原 芳洞 사돈도 危急하{다}고
메누리가 단여왔다.

<1992년 4월 20일 월요일>
全州 耳비누課[耳鼻咽喉科]에 갈 豫定이다.
全州 이비누과에 간바 治料 方法이 없으며
多齡이기 대문에 保聽器를 달아 햇다.
할 수 없{다}고 하야 왔다.

<1992년 4월 21일 화요일>
山所에 雜草가 多數 나왔다. 보고는 바로
除地[制止]한바 日字가 걸일 것 갓다.
夕食 後에는 館村에 간바 연극을 보로 가
것은 안니고 藥代를 주기 위해서 갓다. 一
金 18萬을 주고 왔다. 今年 6月이 期限이
지만 미리 주웟다.

<1992년 4월 22일 수요일>
新平面廳舍 建立[建立]하는데 追進委員
[推進委員] 資格으로 參席 햇다. 約 20餘
名 募엿드라. 總豫算額은 48,000萬 원 程
度로 하고 잇드라. 住民 負擔도 3,500萬 원

豫算이드라.
집에 와서 苗板 準備 및 種籾 相投[묘판상
자에 투입]하는 데 協{助}해 주웟다.

<1992년 4월 23일 목요일>
어제 하다 밀친 苗 相子[箱子] 上土 넉키
하고 다음은 苗板 設置 田畓으로 옴겻다.
家族끼리 햇다.
後山所에 풀 除居하는데 苦役이다. 오만
雜草가 낫는데 除草 利用하고 싶어도 作物
에 被害가 잇{기}래 할 수 없다.

<1992년 4월 24일 금요일>
麗水로 觀光의 날이다. 突山 靈龜庵에 간
바 約 40分이 걸이드라. 1行 28名 小數엿
다. 麗水市內를 둘여서 집에 온니 8時엿다.
술은 맥주만 마시엿다.

<1992년 4월 25일 토요일>
金城里 全州 李氏 祭閣 竣工式에 參席하
고 中食을 햇다. 郡內 儒林들마[儒林들만]
募엿는데 점잔 人士들이엿다.
廉東根 回甲에 參席햇다. 4月 28日 字 同
窓會 旅行 件을 取消햇다. 總 12名 中인데
4, 5人이 不參한다 하오니 成事할 수 없어
엿다.

<1992년 4월 26일 일요일>
朔寧崔氏 서울 大宗會日인데 不參키로 抛
棄햇다. 參席時間이 適合치를 안는다. 宿
所 맛당치 안다. 子息은 水原에 잇고 서울
는 없어 不便하다.
館村 炳基 氏 生日이라고 해서 朝食을 갗
이 햇다.
집에 잇다 다시 大里에 가서 中食을 갗이 햇

다. 金哲浩에서 束綿契錢 五萬 원 받아다.
成東이는 서울 尹錫子 結婚에 갓다.

<1992년 4월 27일 월요일>
南海를 向하야 鄕校 主催로 1泊 2日 豫定
으로 出發한다. 任實서 8時에.
任實서 8. 30分에 出發한데 郡守게서 還迎
[歡迎]次 車部에 왓기에 人事햇다. 南海大
橋를 지내서 終點地인 金山寺에 간는데 往
復 3時 40分이 걸엿다. 中食은 四時쯤 하
고 出發하야 부곡온천에서 1泊 햇다. 아침
식사 후 8時에.

<1992년 4월 28일 화요일>
아침 7時 40分에 부곡서 出發하야 馬山으
로 行하야 돌섬에 船으로 갓다. 動物園을
求景하고 씨요[쇼]하는데 求景하고 海邊
가에서 中食을 햇다.
바로 出發해서 진양호로 밀양 嶺南樓[嶺南
樓]에서 사진을 찌고 出發 촉石樓에 단여
卽行하야 南原으로 해서 집에 당하니 8時
엿다.
館村 斗基里 崔宗洙 어제 別世햇다고 들
엇다.

<1992년 4월 29일 수요일>
朝食 後에 8時에 오토바이로 斗基里 問喪
을 갓다. 弔客 또 住民들도 別로 없드라. 問
喪하고 바로 오는데 九時에 出喪하드라.
사돈宅도 相面햇다.
成東이는 고초밭에 堆肥 내고 밭갈이하드라.

<1992년 4월 30일 목요일>
大事를 햇다.
뒤밭에 똘 치는데 애로 만앗다.

午後에는 매기 들고 藥木에 肥料를 넛코 뽀부木[포플러나무] 1部를 肥料를 넛다. 뿌푸라에 칙넝굴 除居 주엇다. 고초 말뚝 각글[깎을] 차비를 準備하야 終日 愛로[隘路]가 만햇다.

<1992년 5월 1일 금요일>
◎ 至急. 明心[銘心]하야겟다.
5月 1日부터 當分間 飮酒를 禁할 計劃이다. 食事를 하려면 飮食이 드려가면 食道가 異常하고 통증이 생긴다. 食後에는 異常은 없다.
新平農協 廳舍 新築 竣工式에 參席하고 십지 안타. 가면는 親友들을 맛나게 되면 술을 多量 飮酒가 豫想되기 대문이다. 집 예서 家事나 돌보고 십다.
午後 담배 구명 너펴 주웟다.
夕陽에 齒科에 가서 治料하고 오는 길에 館村郵便所에 束綿契錢 12萬 원을 引出해 왓다.

<1992년 5월 2일 토요일>
任實에 午後에 靑雄을 갈여고 뻐스를 기들인바 梁海童을 對面한바 엇이 왓나 햇든니 서울에서 오는 길이라 하드라. 金今童 子가 成奉 工場에서 傷治[상처]가 낫는데 兩足이 끈켯다고 햇다. 마음이 異常이 되엿다. 海童 者를 데리고 食堂에 가서 食事를 시켯다.
볼 일를 포기하고 집에 전화를 너서 成康 母에 夕陽에 서울을 가자고 전하고 왓다. 바로 水原을 가니 밤 9時엿다.

<1992년 5월 3일 일요일>
아침 食事가 바부게 7時에 出發하야 漢陽 大病院에 當햇다. 病室을 찾고 보니 마음이 不安햇다. 할 말은 있어도 말을 못하고 왓다. 그 자리에는 成允 裵順子 둘이 지켜보고 잇드라.
水原 成奉 집으로 갓다. 成傑 內外가 從事하고 있드라.
집에 온니 밤 8時 30分 食事가 드려가지도 안코 成康 母를 불으고 보니 昌宇 內外가 왓다. 家族 全員 同行하야 金今童 집을 訪問하고 慰勞햇다. 父母로서 不安할 터이지만 笑顔으로 對하면서 運이 不幸해서 그럿켓지요 하드라.

<1992년 5월 4일 월요일>
아침 7時에 驛前 봉고車가 왓다. 우리 內外 泰植 母 3人이 乘車하야 大里에 갓다.
相云 內外가 빠지{고} 哲浩 婦人이 鉉煥 婦人 崔正浩 婦人이 不參코 8名이 乘車하고 보니 不安하드라. 全員이 가면 13名인{데} 5人이 빠지니 不平하지만 할 수 없다.
大屯山[大芚山]을 거처 群山大橋를 求景하고 料理집에서 間食하고 오니 午後 7時엿다.

<1992년 5월 5일 화요일>
全州 女性會館에 崔康俊 子 結婚에 參席한바 主禮者가 主禮으로 주례사를 하는데 매우 귀가 설드라. 몇이 잇다가 退場햇다.
李垾根 郭 前校[典校]와 同行하야 琴洞 韓王錫 宅 弔問을 하고 왓다.

<1992년 5월 6일 수요일>
金今童 子 敏喆 貧償[負傷] 醫料保險[醫療保險] 確認하려 新平面事무소 갓다.
新平에 加入치 안 해서 大里工團으로 가서

욕고장에 알아보니 金今童을 卽接 相{面}
하고 물으니 新里工場에 가야한다 햇다.
任實에 齒科에서 治料를 밧고 바로 新里에
가서 알아보니 別途로 證明은 없고 醫料保
險카드를 가지고 가면 惠澤은 보니 重傷이
면 산재보험에 加入햇야 한다고 햇다.
비는 終日 내리는데 新里에서 오는 길에
新里驛에 들이니 全炳煥 驛長을 相面하고
왔다.

<1992년 5월 7일 목요일>
終日 비가 래럇다.
來日 成東이가 完宇 契員 서울 今童 兒 問
病 가는데 갖이 간다 햇다.
白米 1叺를 成奉에 託送한다기에 잘 햇다
고 햇다.
犬를 잡아서 今童 子에 보내기 위해서 鄭
福東 犬을 서둘어 잡아.

<1992년 5월 8일 금요일>
바르게살기운동 旅行日이다.
밤새 只今까지 비는 내럿다.
7時 40分에 出發해서 高敬[高敞]을 거처
禪陰寺[禪雲寺]에 着 12時경 中食을 하고
沐욕도 하고 왔다.

<1992년 5월 9일 토요일>
5. 19日 淸州 旅行 車비 17名분 310,590원
을 驛長에 주고 18名으로 無상 乘車키로
햇다.
成東이 서울 문병하고 밤에 왔다.
婦人 5名이 담배 붓햇다.[105]

---

[105] 수분(受粉)을 위해 붓으로 꽃술의 꽃가루를 털
어 옮겨주는 일을 의미하는 것으로 보인다.

<1992년 5월 10일 일요일>
全州에서 同和會議의 日이다.
懸板式을 擧行햇다. 崔相範 事務室에다 걸
엇다.
오는 길에 大里 故 鄭龍澤 小祥에 들엿다.
오는[오늘]도 婦 6, 7名이 담배 불[붓]을
했다.
來日은 고초 비니루를 씨워야 한다.

<1992년 5월 11일 월요일>
10時에 鄕校에 時到햇다.
53名 中 30名이 募여 겨우 過半수가 되엿다.
据手制[擧手制]로 하야 典校는 朴相洙로
通過시켝고 儒道會長은 前 典校 李炳春
氏를 시켯다. 그려나 後公論이 菲〃[藉藉]
하야 菲方[誹謗]이 多分햇다. 몇이 角本
[脚本]을 짜고 完全이 行爲가 아주 不行之
事로 보고 잇드라.
庭園에 수박 移植할 곳에 분소매 肥料 等
을 投入햇다.

<1992년 5월 12일 화요일>
고초 乾燥場[乾燥場] 設置場을 舍 後 牛
舍에 設置해라 햇다.
午前 中 場 物件을 完全 除据[除去]해 주
웟다.
沈參茂가 燒酒 30度자리 일 상자 가저왔다.

<1992년 5월 13일 수요일>
새벽부터 비가 내럿다.
고초苗에 물 주엇다.
苗板 비니루를 除据햇다.

<1992년 5월 14일 목요일>
任實齒科에 治料를 받앗다. 공구리를 하자

하니 또 延期하니 돈만 벌자는 것이인지 우심하다[의심쩍다].
人夫 婦人 八名이 動員 고초苗를 正植[定植]했다. 고초 말도 깍고 고초苗 옴기는데 물도 주고 했다.
乾燥場 設置場에 林玉相 金鎭玉하고 공구리 바닥을 했다.
오늘 日課는 多事했다.
來日은 成康 집 고초 옴기기로 했다.

<1992년 5월 15일 금요일>
成康의 고초를 옴겻다.
苗木은 딱 맞다.

<1992년 5월 16일 토요일>
南原 帶江 房洞 査{頓}家 問病 갓다. 4人이 募여 對話하고 中食이 끝이 나자 出發 南原까지 택시를 貸切해 주워 無事이 왔다. 途中에 成樂 집을 들엿다. 康熙 允히다 공부를 잘 하드라고 했다.

<1992년 5월 17일 일요일>
고초 말을 깍가다.

<1992년 5월 18일 월요일>
全州 任實을 단여 왔다.

<1992년 5월 19일 화요일>
6時 40分에 淸州를 觀光에 나섯다. 約 400名 程度라 드렷다. 까끗하고 景致가 每우 조트라.

<1992년 5월 20일 수요일>
家事에 從事한바 어제 車中에 過酒가 되여 終日 舍郞에서 지내고 食事 不食코 지냇다.

<1992년 5월 21일 목요일>
家族들은 참깨 비니루를 씨우고 두렷[두렁]을 지웟다.
田畓을 둘여 보왓다.
수박을 옴겻다.

<1992년 5월 22일 금요일>
全州 亞細亞 移秧機 代理店에 갓다.
附品[部品]을 購入하는 데 不足한 代理店이드라.

<1992년 5월 23일 토요일>
附品을 購入코자 다시 全州에 갓다. 또 없다고 해서 오다가 湖南商會 黃 社長을 相面하고 相議햇든니 裡里로 가라 했다. 바로 裡里에 간니 親切하며 附品이 各色으로 가추어 잇드라.
午後에 처음으로 첫 移秧 모내기를 햇다.

<1992년 5월 24일 일요일>
全州 崔晩宇 約婚式 日이다. 參席해 보니 多數 募엿다.
밥비 서들고 中食이 끝이 나자마자 래려왔다.
成東이는 機械가 고장 나서 全州로 실코 갓다고 했다.
龍山坪에 물 대려 갓다.
康東俊 氏가 사정적으로 26日 모내기하라며 마음대로 물 대라 했다.

<1992년 5월 25일 월요일>
移秧機가 古章[故障]이 生起여 貨車를 貸切하야 全州 代理店에 修理해 왔다.
고초 乾燥場 組立하려 온 자가 왔다. 現場을 보더니 엉터리라면서 다시 하라 하고 가버럿다.

못테이 논물을 댓다.

<1992년 5월 26일 화요일>
任實市場에 가겟다.
成東이는 終日 自家 移秧하고 노타리도 햇다.
새보들에 간니 牟圭相(成實의 子息)이 牟
光浩 놀[논]을 털드라.
우리 논 엽페 있으니 터려달이[털어달라
고] 햇다. 못 한다면서 不安케 하드라. 당장
에 창피하기 짝이 없다.
못텡에 나갓다. 安承均 氏를 맛나고 永模
더려 내 논 터려달아고 하고 牟의 子息 말
을 햇든니 그럴 것이라 햇다.

<1992년 5월 27일 수요일>
終日 모내기 햇다.
開畓地도 끝냇다.
오늘부터 몸이 不便하야 禁酒를 단행햇다.

<1992년 5월 28일 목요일>
아침에 서울서 왓다고 各姓 系潽[系譜]冊
을 製作하야 팔로 단니는데 우리의 先祖의
記錄도 있어 1卷 사주웟다. 代金은 于先 2
萬 원 주고 每月 2萬식 6개月만 내면 된다
햇다.
오늘 移秧은 못텡이 새보들 各 畓이 全部
끝낫다.

<1992년 5월 29일 금요일>
成東이는 丁辰根 畓 移秧하려 갓다.
牟圭煥이 하야 오른데 是非를 하고 成東에
私情[事情]하니 떼지 못하고 갓다.
못텡이 새보들 물 대고 水門도 논데 協力
해 주웟다.
移秧相子도 全部 整理해서 倉庫에 장이엿다.

<1992년 5월 30일 토요일>
4日 채 禁酒하고 있다.
겨우 飮食 맛을 알게 되엿다. 或 麥酒나 한
두 잔 식 하고 其他 酒는 1切 끈고 십다.
終日 고초 말을 깍갓다.
술을 禁하고 있으니 飮食은 甘味가 나고
間食을 해야 한다.
成東 內外는 除草濟[除草劑] 農 散布하고
苗도 때웟다.
水原 成奉에 전화하야 서울 患者 狀態을
무르니 6月 8日 字로 退院한다고 햇다.

<1992년 5월 31일 일요일>
5日 채 禁酒햇다.
全州 崔伏範 子 結婚式에 參席 햇다. 華客
[賀客]은 多數들이드라. 公職에 있어서 그
런지 만트라.
成玉이가 市外뻐스터밀랄로 移事한데 成
東 內外가 갓다.
水原 成奉이에 電話하야 金今童 子의 刑
便[形便]을 무르니 6月 8日 字로 退院한다
고 햇다. 其時나 가볼가 한다.

<1992년 6월 1일 월요일>
6日 채 禁酒햇다.
面長 白元基 請諜[請牒]이 있어 갓다.
各 機關長 및 地方人 몃 분이 募엿다. 中食
床과 酒飯을 兼해서 잘 차렷드라.
술을 勤하는데 할 수 없이 한 잔을 여려 차
레로 난누어 마섯다.
바로 집에 왓다.
낮잠은 꼭 잣지만 오늘 페하고 고초 乾燥
場 設置 敷地 整理를 整理하는데 땀을 흘
엿다.

<1992년 6월 2일 화요일>
7日채 禁酒엿다.
고초 말 박기 하려 햇든니 成東이는 永植
하고 술만 마시고 夕陽에사 어데서 왔으니
大端이 不安햇다.
1日 고초 乾燥場을 完全히 철거햇다.
오늘 고초 말 밧고 담배 고랑 除草除[除草
劑]하려 한바 모두 어긋나 버렷다.

<1992년 6월 3일 수요일>
8日채 禁酒日다.
夜中에 齒牙가 異常이 生起에 不安햇다.
오늘은 일즉이 任實齒科에 갓다. 첫 번채로
治料를 받앗다.
집에 와서 마늘밭에 물을 주엇다.
崔南連 氏가 모래 德津 놀오 가자고 햇다.
3萬 원을 3人분 주엇다.
骨材採取者 姜基石이 도야지하고 술을 주
웟서 잘 侍接을을 바닷다.

<1992년 6월 4일 목요일>
9日채 禁酒日이다.
비는 조금 왔다.
家事에 從事햇다. 田畓도 둘어보고 舍郞에
서 讀書를 햇다.
禁酒를 하다 보니 허기가 난다. 술도 요기
가 된 것 갓다. 그러나 今日로 9日채 禁酒
를 하고보니 飮食 맞이 제대로 난 것 갓고
1身이 健康하다. 앞으로 長期的으{로} 참
아볼가 한다.

<1992년 6월 5일 금요일>
10日채 술 안 마시기.
오늘은 全州 德津 물로리 가는 날이다. 約
12名이 貸切하야 가기로 짯다. 人當

10,000원 据出햇다. 今日 德津서 使用하고
돈이 5萬 원 以上 殘高로 1人當 4,000원식
돌여바닷다. 求景할 것도 없는데 日課만 넘
것다.

<1992년 6월 6일 토요일>
11日채 禁酒日이다.
언제든지 每日 習性이 되엿다. 禁酒가 始
作하면서 食味가 아조 護楪[好調]되여 消
化도 아주 잘 되며 朝食부터 中食을 한 後
午後 時間이 길어 間食을 해야 하고 如前
이 夕食도 그대로 든다.
이제 生覺하면 進卽[趁卽]에 禁酒햇드라
면 몸이 튼튼했을 것이 안니가 後梅[後悔]
햇다.

<1992년 6월 7일 일요일>
12日채 禁酒日이다.
아침에 金判植 生日이라고 招侍햇고 宋文
玉 前 父親 祭祀라고 招侍햇다. 할 수 없이
처음 招侍 집 金判植에 갓다. 宋文玉 집은
正午에나 차자 볼가 햇다.
成傑의 伏母[丈母] 小祥이라고 어제쯤 成
傑 內外는 왔을 것으로 알고 오늘은 成曉
하고 澤俊하{고} 問喪하려 간다고 어제 成
曉가 傳햇다. 用錢 五萬 원을 주고 가드라.
金今童 子는 來日 退院키로 한바 再手術
를 해야 한니 退院는 延期된다고 햇다. 退
院하면 갈 곳이 어덴가 未定이다.
齒科도 단여왔다.

<1992년 6월 8일 월요일>
13日채 금주日이다.
아침에 全州 成曉에 傳通으로 무르니 어제
鳳洞成 湧 妻母 小祥에 단여왔다고 햇다.

그런데 祭需도 잘 차리고 喪主와 장인도
人事하고 弔問하고 왔다고 했다.
몇일 前부터 책 궤 하나 사겟다고 마음먹었
으나 돈이 容納[容納]이 못된바 日曜日 成
曉 用錢으로 五萬 원을 주기에 바로 全州
에 가서 買受햇다.
家族은 콩 심고 午後에는 成康 고초밭에
協力해 주웟다.
舍郎芳[舍廊房]을 整理햇다.

<1992년 6월 9일 화요일>
14日 채 禁酒日이다.
술은 참아볼 대로 참마 보겟다.
술을 참으니 첫재로 밥맛이 좋아. 食事는
前에 比較하면 倍을 더 든 듯 십고 몃 時間
이 지나면 다시 食事하고 십고 午後에는
間食을 하야 한다.
이려케도 平安하는데 從前에 無心코 술만
때 없이 夜中에서 早食 前에도 맥주 효주
막걸이 닥치는 대로 마시니 腹中이 졸이 없
섯다. 只今은 14日 채 술을 禁햇이만 麥酒
는 間或 한 잔 식 든다.
담배에 黃色진 포기에 물비료를 試驗 삼마
서 주워 보왓다. 約 1週日이면 可否가 난다.

<1992년 6월 10일 수요일>
15日 채 금주햇다.
後山所에 풀을 뽀바주엇다. 그러나 成奎
父의 墓는 雜草가 往成[旺盛]하야 보기도
안 좋아.
任實 齒科에 가서 治料하고 한 치[齒]만
공굴을 햇다. 둘인데 다음 金曜日에 오라
한은 아마도 돈 벌기 위한 것 갓다. 오늘 다
공굴해도 하는데 延長함은 治料費도 3,100
원 하는데 그도 1,000원이 올앗다.

<1992년 6월 11일 목요일>
16채 금주.
林玉相을 시켜서 고초 基初[基礎] 공굴을
쌋다. 後山所에 험상한 成奎 父의 墓도 除
草를 해 주고 追肥도 뿌려 주웟다. 논물도
댓다.
金哲浩에 連絡하야 同窓會 募臨을 6月 19
日로 定햇다.
成康 母는 水原 成傑의 付託으로 住宅을
옴기는데 不足金으로 4百萬 원을 要한다
기에 承諾햇다.

<1992년 6월 12일 금요일>
{금주} 17日 채.
고초 乾燥場 바닥 세멘 공구리를 맞웟다.
논에 모를 때운데 마음이 不安햇다. 공간이
많아 氣分이 不安햇다.
後山所에 雜草를 除据.
齒科에 간바 의사가 없어 공구리를 못 햇
다. 良心이 좋이 못한 者드라.

<1992년 6월 13일 토요일>
{금주} 18채.
成東이는 담배밭에 追肥로 골에다 뿌렷다.
全州에 일즉 가서 成康 전화기을 찻고 椅
子를 사고 당판[장판]도 3尺를 삿다.
집에 舍郎에서 午後 쉴 사이 없이 整理하
고 幣品[廢品]은 모조리 除据햇다.
밤에 南原 康姬 母에서 전화도 異常하게
말을 하야 不安 中 來日 가겟다고 하고 끈
엇다.

<1992년 6월 14일 일요일>
{금주} 21채.
朝食 後에 바로 南原에 成樂 집을 찻고 보

니 各 方[房]에 各 〃 하나식 낫잠을 자드라.
中食이 끝이 나고 成樂이를 불어 따젓다.
듯자하니 네가 外方[外房] 居處를 한다니
事實냐고 뭇고 많은 돈을 募여 나고 하고
信子 者로써 不美스려운 行爲를 할 수 있으
며 어린애를 生覺한들 그럴 수 잇나 햇다.
그러나 成樂이는 無言을 하고 對答이 없
다. 다음에 任實 本家로 오너라고 왓다.
서울서 大韓老人會 本部에서 里 養老院 維
持 狀能[狀態]를 書面으로 答報하라 하야
尹鎬錫을 立會해 놋코 正書해서 보냇다.

<1992년 6월 15일 월요일>
22채 금주.
水原 成傑 妻는 住宅 옴기는데 一金 400萬
이 不足한다기에 成東이를 시켜서 農協에
서 1般資金을 貸出바다 成苑 便에 水原에
보내라 햇다.
내가 主善[周旋]해서 고초하고 담배에 試
驗 삼아서 終日 耕耘機로 물을 주엇다.
館村 주산里 李鍾善 母 別世. 夕陽에 弔問
하고 왓다.

<1992년 6월 16일 화요일>
23日 채 금주.
오늘도 終日 늦게까지 고초 담배에 물을 주
웟다. 우밭은 川邊을 끼고 있어 與件은 좋
아. 그러나 不遠間에 비가 오지 않이 하면
오히려 害가 될 수도 있다. 土質이 다저저
서 發根이 늣다는 뜻이다.
夕陽에 齒科에 가서 治料도 바고 間諜[間
接] 공굴을 햇다. 간호원은 다음에 또 오라
햇지만 일로 끝이겟다.
治料費로만 約 31,000원 支出햇다.

<1992년 6월 17일 수요일>
24채 금주.
全州에 갈가 하고 準備 中 全州에서 고초
乾燥場 組立하려 3人이 왓다. 할 수 없이
全州를 抛棄햇다.
終日 助力해 주고 後之事 整理하고 보니 6
時 30分이엿다. 그러나 試運轉을 해보니
異常이 잇다고 햇다.
來日 鑑定을 技術者가 來往해서 소보와
[손봐] 주겠다고 햇다.

<1992년 6월 18일 목요일>
本面 廳舍 新築 協議會이가 있어 參席햇
다. 約 20名이 參席햇다.
案件은 喜捨金 据出 件인데 本人은 發言
을 通해서 各里 推進委員이 잇는 만큼 其
者에 倭任[委任]할 것을 同意한바 贊成으
로 通過햇다.
中食을 하고 卽發하야 全州 예수病院에 갓
다. 銀姬의 眼藥을 講入[購入]해 왓다.

<1992년 6월 19일 금요일>
{금주} 26채.
15回 同窓會를 召集해 노코 보니 겨우 8名
이 參加햇다. 案內狀은 15名을 냇지만 이
쯤 되면 盛意[誠意]가 底下[低下]될 듯십
다. 1當 會費는 3萬 원식이엿다. 人員이 不
足하니 個人 負擔이 많다. 歸路에 上間面
[上關面] 金相鎬 집을 訪問하고 同行하야
館村에 와서 夕食을 하고 作別햇다.
成東이는 玉相하고 마루를 改修햇다.

<1992년 6월 20일 토요일>
{금주} 27日 채.
龍山洑 水路 助力次 參席햇다. 作業은 10

時頃에 끝을 냇다.
間食은 우동 및 술도 가저 왓드라.
午後에는 담배 上部 순을 집어 주윗다.
內族들 참깨가 發根을 못해서 再播種을 햇다.
마루를 뜻고 세멘공구리햇다.
앞으 보이라를 設置한{다}고 햇다.

<1992년 6월 21일 일요일>
{금주} 28日 채.
崔瑛斗 氏가 招請해서 朝食을 갖이 하는데
大田에서 子 永駿이 왓다. 담배 耕作 要領
을 대충 說明을 드렷다. 其의 要指[要旨]
는 農事日誌에 記入햇다.
裵炳春 氏 子 結婚式에 參席햇다.
全州에서 成曉 內外가 단니려 왓다.
成東에서 面 廳舍 新築 喜捨金 一金 拾萬
원을 引受햇다.
午後에는 집안일을 쉴 사이 없이 熱心이
時間간 줄 모루고 햇다.
成苑도 단여갓다.

<1992년 6월 22일 월요일>
{금주} 29日 채.
溫突 보이라를 마루에 設置하려 왓다. 施
設만 하고 가고 來日 玉相이가 바닥 공구
리 하려 온다고.
집안에 손을 볼 일이 多樣하야 終日햇다.
그려 左側 足이 異常이 잇다.
家族기리 마늘을 캣다. 昨年만은 못 하드라.
終日 쉴 사이 없이 活動햇다.

<1992년 6월 23일 화요일>
{금주} 30日 채.
家旅族기리 마늘을 역거달아다.
新畓 두럭 草刈 作業도 햇다.

담배 第二次 순을 집어 주윗다. 담배는 上
葉은 只今 따야 하는데 成東이는 꿈꾸지
안코 잇다. 熱이 난다.
마루 四角門 골을 全州에서 달여왓다.
비는 안니 오고 애가 터진다.
참깨는 비가 오지 안 하야 깨 그대로 잇드라.
담배에 물 주워야 하는데 고초에도 멋인가
差異가 날 것 갓다.

<1992년 6월 24일 수요일>
{금주} 31日 채.
大里 老人會하고 合席하야 觀光에 떠낫다.
行先地는 任實에서 7. 30分에 出發하야 淳
昌으로 光州를 据處서 木浦 着 11時 20分
이엿다. 木浦 儒達山에 오르고 내려와서
山下에서 中食을 햇다.
다시 出發해서 珍島大橋를 求景 건너보고
잠시 休息하고 休겨소에서 락지를 맛보고
出發해서 月出山을 求景하고 집에 온니 밤
11時엿다.
집에서는 玉相하고 마루 공굴 作業햇다.

<1992년 6월 25일 목요일>
32日 채 禁주.
成東 母를 同伴해서 全州 耳비후과에 갓
다. 김침[기침]을 하니 페가 나바젓다고 해
서 방사선과에 사진만 찌고 왓다. 來日 다
시 珍察키로 햇다.
成東 內外는 終日 챔깨 고초 담배에 물을
준바 來日모레까지 줄 計算이다.
全州 冊代 2萬 원 送金햇다.
물이 끝이 나면 바로 담배 土葉을 따야할
形便이다.
來日부터 장마가 온다니 담배야 農藥 追肥
를 뿌려야 하니 多事가 몰여 있다.

<1992년 6월 26일 금요일>
成東 內外는 2日 채 담배 밭에 물 주웟다.
館村 成苑에서 五萬 원을 둘여 銀姫 希姫
[瑞姫] 육성회비를 냇다. 그러나 음심[의
심]이 만이 간다. 육성회비를 두 번 준 것
갓다. 35,100원(2人分) 주고 館村農協에 가
서 調査하니 元帳이 없으니 할 수 없엇다.
成東 母 藥을 짓고 왔다.
夕陽에 生覺지 안는 비가 내렷다.
養老堂에서 營農敎育을 바고 後에 面廳舍
喜捨金을 募金 申請을 받앗다.

<1992년 6월 27일 토요일>
논에서 가래풀 其他 雜草를 뽑다 목매여
昌宇 집에 갓다. 飮料水를 들고 집에 家族
들은 집에 없어 담배 띄려 간 줄 알아든니
中食 때가 되여 알고 보니 담배는 따지 안
니 하고 成東이는 딴 일 보고 메누리는 全
州에 갓다고 햇다. 장판 사려 갓다고 하기
不安햇다. 담배 따야 한다고 몃 차례 말하
고 장마가 오니 담배 쩍으면[썩으면] 안 된
다고 햇섯다. 장판은 雨中에 사려 가도 하
는데 그럴 수 있으며 午後에 비가 내리데
肥料를 헛다가[흘다가] 不安한 心情으로
집으로 왔다.
內家 사치하고 보면 내게는 何等으 必要
不扱[不及]하다. 日後에 장마가 저서 담배
에 손이 못 가면 不安할 게다.

<1992년 6월 28일 일요일>
메누리는 내의 눈치를 보고 말은 않이만[않
지만] 알고 있는 듯십드라.
오늘은 全員이 일즉 耕耘機를 창이고[챙기
고] 담배 따로 가는 것 같으라.
朔寧 崔氏 全州地區 同和會議에 參席.

會議에 參席한바 裡里에서 初參者인데 自
水(自己의 所便[小便])를 마시면 身體가
健康하고 雜病이 없다고 햇다. 生覺해서
朝夕으로만 着手해 볼가 한다.
午後에는 논두력을 베엿다.

<1992년 6월 29일 월요일>
特報記
起床을 하고보니 12時 20分이엿다. 小便이
매려서 잠이 깨인 듯십다. 어제 同和會에서
들은 말이 生覺나서 沐浴湯으로 갓다. 麥
酒컵을 챙기여 生後 첫음으로 自水(소변)
中間 치를 마셔보와 試驗햇다. 此後 實行
은 日 2, 3回 程度로 飮水할 豫定이나 家內
에서나 마시고 外地에서는 禁할 豫定이다.
朝食 後 卽時 新畓 논두력 깍아다.
終日 苦役을 했다. 허리 앞으고 다리 不平
하다.
農協債務 3件만 利子 償還햇다. 66,405원.

<1992년 6월 30일 화요일>
成東 母하고 同伴해서 任實保健所에 갓다.
혜랍藥[혈압약]을 짓고 보내고 나는 邑內
로 가 全州 예수病院에 갓다. 接受를 하고
專務醫[專門醫]를 面談코 木曜日 病者 本
人을 데리고 오라 햇다. 目的은 入院室을
豫約코전 한 {것}이엿다.
집에 오니 昌宇가 왔다. 家屋 修理 融資金
保證을 서달아 하야 택시로 面에 가서 印
鑑을 내주고 農協에 가서 貸出해 주웟다.

<1992년 7월 1일 수요일>
오늘도 終日 논두력을 벳다. 오늘까지 3日
채 풀을 벤바 새보들은 끝이 낫다.
夕陽에는 大里 楊勝基 玆堂[慈堂] 別世

弔問햇다.
成東이는 昌宇 집 修理하는데 役事하려 갓다.
夕陽에 完宇하고 同伴하는데(大里 弔問次) 面廳舍 {新}築 喜捨金 拾萬 원을 우리 舍郞에서 건너주웟다.

<1992년 7월 2일 목요일>
任實驛前에서 10時경 乘車하야 南原 雲峰面 學生敎育院에 到着하니 11時엿다. 곳 入所式이 始作하야 12時에 끝냇다. 1時 30分에 講議[講義]가 始作하야 밤 9時에 끝내고 夜食을 주는{데} 麥酒 수박 편까지 豚肉까지도 주드라. 12時에야 宿所에서 잠이 두럿다.

<1992년 7월 3일 금요일>
아침 6時에 起床하야 洗水[洗手]하고 7時경에 朝食을 마치고 8時 30分부터 講議가 始作 12時 50分에 講議를 맞이고 1時에 中食을 하고 2時에 乘車 出發햇다.
講議의 題目은 現世代가 어지렵고 上下區別이 없고 人之殺人之世上이고 政府가 不幸을 막을 수 없어 國民 全體와 特別이 鄕校를 通해서 儒林들로부터 序至[秩序]를 잡아보겟다는 目的 下에 이루어저 全北 全儒林이 250名이 修練을 햇다.
食事는 滿足들 못해서 나는 꼭 〃 더 要求하야 드럿다.

<1992년 7월 4일 토요일>
成康 母에 依하니 水原 成康이는 3日 밤 〇時 30分(2日밤 12時 30分) 滕男[得男] (二男)햇{다}고 전화가 왓다고 햇다.
瑞希하고 成康 母하고 3人이 同伴해서 예수병원에 갓다. 科長이 없다고 하고 木曜日

에 오라고 해서 許湯햇다.
全州 三省印刷所에 갓다. 同窓會 카드 14枚를 매기고 20萬 원을 先拂햇다. 金江坤氏에 家族들은 農藥 散布햇다.

<1992년 7월 5일 일요일>
成國이가 繕物로 麥酒 한 相子하고 수박을 까지 보내왓다고.
成東 內外는 親家 親父게서 老患으로 南原에 와 잇다 하야 午後에 相面하려 갓다 왓다.
終日 담배 엽순을 따 주웟다. 아주 苦되다. 그려 半쯤 나맛다.
밤에 비가 좀 래렷다. 그러나 解渴은 못 되고 담배는 二次 물을 준바 大成過[大成果]를 보왓다. 늦게 成長하야 大端 良護[良好]하다.

<1992년 7월 6일 월요일>
河川 廣張[擴張]工事用 印鑑證 其他 書類을 面에서 作成하고 郡廳으로 갓다. 郡廳에서 書類을 求備[具備]해서 建設課에 提出햇다. 마음에 맞이 않은 梁海童이가 붓고 丁壽福이가 붙이 잇는데 成曉는 와서 中食을 갖이 하자고 해서 冷緬[冷麪]을 待接햇는데 其者들이 其時뿐이지 다음에 은혜를 모른 者들이다.
못텡이 成東 條 418,750 成康 條 2,800,000 계 3,218,750원이다. 다음 通知하면 오라 햇다.
家族은 담배에 물을 {주}웟다. 그러나 夕陽에 비가 내려 解渴은 忠分[充分]햇다. 多幸이다.

<1992년 7월 7일 화요일>
담배 순은 3日 만에 全部 따주웟다.

담배 其他 作物에 물 주기는 抛棄했다.
解渴비는 된 것 삿다.
家族들은 들깨를 옴기드라.
앞으로 計劃은 담배 따기 作業이고 水稻畓
에 追肥 주기 七月 中에 해야 할이 重點 役
事이다.
各 便所마다 크레솔 消毒藥濟[消毒藥劑]
를 뿌렷다.
담배 딸 時期가 너머서 削草가 된데도 담
배를 딸 마음을 먹지 안는다.

<1992년 7월 8일 수요일>
來日부테 南部地方에 장마철로 든다면서
濟州島[濟州道]는 오늘부터 잠마[장마]가
上陸한다고 테레비는 말하지만 담배는 關
心이 없는 듯십다.
家族 全員하고 外人 1名하야 五人이 終日
담배 따고 午前 中 午後에는 새기에 역것
다. 7時까지 作業을 했다.
들깨에 물도 주윗다.
담배는 來日까지 作業은 繼續하야 한다.

<1992년 7월 9일 목요일>
瑞希하고 同行 祖母 三人이 예수病院 眼
科에 갓다. 專問醫[專門醫]하고 相議 珍察
한바 手術키로 確定하고 7月 28日 入院하
고 29日 手術키로 切次[節次]를 끝내고 왓
다. 檢査室에서 피검사 소변검사까지 하고
7月 29日 수술키로 햇다.
집에서 中食을 맞이고 담배를 새기에 뀌여
주윗다.
日氣는 不順하는데 담배 處理는 잘 햇다.
서울 車票는 모레 11日 字로 舘驛에 付託
햇다. 永登浦驛으로 햇다.

<1992년 7월 10일 금요일>
全州를 떠나려 準備 中 오토바이를 내다노
고 衣服을 창기는데 누가 인정기가[인기척
이] 있어 보니 梁海童의 子였다. 담배를 주
고 오니 오토바이 짐간에 못 본 메모가 있
어 異常해서 보니 기분이 납부드라. 海童의
子만 단여 간 사이엿다.
全州 崔洪範 兄弟하고 다방에서 相面하고
成奉 事件에 對한 問議를 한바 産災保險
으로 處理하면 1切 加害者 側에서는 負擔
이 없고 遺資料[慰藉料]까지도 保險會社
에서 부담하나 道義的 耳面에서 社主가 多
少間에 同情하는 것은 이곳 盛義[誠意]에
매엿다고 하드라. 그러나 萬諾에 某人의 코
지[코치(coach)]를 밧고 無理한 生計費를
要求할 時는 民事法으로 提起할 수도 있으
나 刑事上의 責任은 없다고 하드라.
義足해서 勞力을 할 수 있다면 그대로 工
場에 있을 {수} 있으나 能力 不足이면 退
職해야 하며 退職을 하면 同情金을 준다고
햇다.
舘村 漢藥방에 가서 成東 母 針을 마자다.
頭上이 앞으다고.

<1992년 7월 11일 토요일>
午前 8時 40分 列車로 永登浦 着 12時 40
分이엿다. 電鐵로 漢陽病院에 到着 2時 30
分. 金民喆 患者를 보니 顔刑도 좋으라. 只
今은 異常이 없다고 하드라. 그러나 언제쯤
退院하겟냐고 뭇지는 못햇다.
成康 집에 當햇다. 아기를 보니 여려 이례
[이레]가 간 兒 갓드라. 忠實햇다.
夕食을 맞이고 成傑 內外가 車로 왓다. 同
行하야 成傑 집에 간바 11時엿다. 內外가
投宿했다.

<1992년 7월 12일 일요일>
아침에는 車便으로 成奉 집에 가서 朝食을 했다. 成傑이는 3食口 每日 成奉 집에서 食事코 每事를 돌보와 주는데 고맙게 生覺했다.
事務室에서 成奉을 안처놋고 民喆 關係를 設明해 주웟다. 11時경에 出發해서 집에 온니 5時 50分이엿다. 그려나 1便으로는 成傑 成康이가 專税[專貰]집이지만 新築家라 깨끝하고 마음에 들이드라. 成康이는 2仟萬 원 成傑이는 仟七百萬 원이라 했다. 成奉 件만 早束[早速]히 解結[解決]하면 每事 如一하드라.

<1992년 7월 13일 월요일>
今月 10日부터 大便所를 가지 안코 今日까지 4日 채 大便을 보지 못하고 있다. 그려나 몸에는 異常은 없으나 그래도 마음的으로 걱정이 된다. 小便은 如前이 보고 방구는 자조 나온다. 生覺컨대 自水(小便)를 飮水한 지가 10餘 日 되는데 其의 餘行인가 십다.
오늘도 가금 조금식 비는 오나 作業에는 支章[支障]이 없다.
담배 순도 집어주고 外家族은 他의 들깨모를 購入해다 옴기{기}도 했다.
中食 時에는 養老堂에서 닥죽을 伏다름 廉[兼]해서 햇다.

<1992년 7월 14일 화요일>
6日 채 大便 不射.
河川 工事 浸入[侵入]土地代 引出하라는 通{報} 있음.
6日 만에 대변을 보는데 힘이 드럿다.
任實郡農協에 河川敷地 浸入 保償金[補償金] 成康 條 2,800,000원 成東 條 418,750원 계 3,218,750원을 引{出}하고 成康 母에 2,800,000원 주고 成東에 400,000원 주고 殘 18,750원은 내가 利用햇다.
40萬 원 中 成東이는 나 五万 원 주고 더 엄마 五万 원 주고 殘金 參拾만은 乾燥場 전기 加設[架設]비 20萬 원 준다고 햇다.

<1992년 7월 15일 수요일>
全州 丁基善을 訪問하고 對話햇다. 中食을 갖이 하고 市內로 갓다. 市內 哲學院을 찾고 作名을 지엿다. 成康 次子 兒碩이라고 作名을 햇다.
全北投資銀行에 갓다. 河川敷地 浸入 土地代 280萬 원을 預託하고 此金은 成愼 目的으로 預託코 通帳에다 釘 박고 通帳은 成康 母에 保管햇다.
夕陽에 이웃집 尹在厚 喪家에 弔問햇다.

<1992년 7월 16일 목요일>
비는 아침부터 조금식 래렷다. 終日 래렷다.
家族들은 喪家집에 붐매엿다.
나는 못 갓다.
담배밭을 둘여보니 橫葉이 長葉의로 生長하야 日時가 急事이드라.
舍郞에서 蔟譜[族譜]을 떠들여 보니 日間 간 줄을 몰낫다.

<1992년 7월 17일 금요일>
에제밤부터 내린 비는 아침까지 相當量이 내려 完全 解渴은 免햇다.
예수병원에서 再檢을 要求해 왓다.
오늘도 終日 비가 내려 新畓은 浸水가 되엿다.
昌宇 집 成俊 母 生日 回甲이라고 서울서

사위들이 오고 딸들이 왓드라.
舍郞에서 家 族譜를 作成햇다.

<1992년 7월 18일 토요일>
4日 채 大便을 못 밧다.
예수病院에 갈 것을 月曜日로 延期햇다.
오늘부터 初中等校 放學한다고 햇다. 例年
에 比하면 빠른 듯십다.
담배 여순을 終日 땃다. 그래도 來日까지
해야 함.
多幸이 今日은 비기[비가] 오지 안 해서 作
業上 異常이 없엇다.
食事는 如前이 多量으로 햇지만 小便은
藉 〃 햇다. 그래도 腹部는 아무 異常 없고
대변만은 나오지 안는다. 그게 自水로 因한
듯십다.

<1992년 7월 19일 일요일>
아침 朝食을 崔南連의 집에서 招請하야 갖
이 햇다. 婦人의 回甲이라(生日) 햇다.
4日 만에 大便을 보는데 大端이 長期間이
걸엿다. 그려나 모든 것을 잘 消化가 잘 되
니 多幸하게 生覺한다.
田畓을 大雨 後에 둘여보니 참깨에 農藥
뿌려야 하고 新畓 웃거럼 追肥을 더 주워
야 하고 못테이 맛창가지[마찬가지]. 못텡
이는 後도 溝를 처야 하고 압들 2斗只 除草
도 해야 하드라. 이계 成東이가 못 하면 내
가 해야 하겠다.
舍郞에서 工夫만 終日 햇다.

<1992년 7월 20일 월요일>
銀姬 祖母 希瑞[瑞希]하고 三人이 同伴해
서 예수병원에 갓다. 內科에 接受하고 1週
日 後에 結果를 보겟다고 햇다. 빈혈기가

있음면 手術은 못할 게라 햇다.
中食을 맞이고 바로 담배를 꿔엿다. 어제
오늘까지 담배를 땃지만 또 1/3程度를 덜
따고 來日 또 따기로 햇다.

<1992년 7월 21일 화요일>
담배를 따려 밭에 있으니 崔今福이가 왓다.
家屋 修理 융자를 받으려 하니 保證을 서달
아기에 面에 갓다. 廳舍를 진 후 처음 갓다.
바로 全州 예수병원에 瑞希 대변을 檢査室
에 주고 成苑 집에 갓다. 群山 媤母가 世上
을 떳다고 해서 成康 母가 그곳에 있드라.
집에 와서 午後 입빠이 담배를 역거주웟다.
7時 半까지 作業을 햇다.
里長을 시켜서 出生申告햇다.

<1992년 7월 22일 수요일>
群山 査頓宅 弔問하려 갓다.
全州 成曉하고 同行하야 全州서 群山 喪
家에 갓다. 弔客들이 만히 募엿드라.
群山市內를 도라보왓다.
水原 成康이는 밤에 온다고 햇다.
집에 온니 8時엿다.

<1992년 7월 23일 목요일>
今年 夏季 中 最高熱日이엿다.
담배 순을 좀 따는{데} 熱이 나서 抛棄하고
왓다.
舍郞에 讀書를 하는{데} 열은 如前햇다.
全州에서 전화가 왓는데 에제밤에 水原서
成康 兄弟가 群山 問喪을 단여가는데 全州
成苑 집에서 자고 새벽 4時에 出發 水原으
로 行次햇다고 햇다.

<1992년 7월 24일 금요일>
어제밤중에 몸이 異常하는데 알고 보니 感氣{인} 듯십드라. 洋藥方[洋藥房]에 보내서 1日 분을 復用햇다.
더위[더위]는 어제 오늘이 最高 듯십다.
1切으 外出을 禁하고 舍郞에서 讀書에 熱中햇다.
或 養老堂에 가보와도 對話 對象者가 없고 心理가 맞은 者가 하나 없다. 無職者들하고 무슨 對話하겟는가. 차라리 집에서 讀書나 하는 게 배움이 利益이다. 먹을 것에만 눈독을 가지고 잇는 者들.

<1992년 7월 25일 토요일>
오늘도 繼續해서 暴暑엿다. 할 수 없이 家庭에서 舍郞에서 日課를 보내다 館村市場에 暫時 들렷다 왓다.
舍郞에서는 新聞이 第一이다. 新聞 오기만을 配達을 기드려진다.

<1992년 7월 26일 일요일>
全州地區 同和會員 會議日인데 所陽 川邊에서 募엿다. 會費는 萬 원식이엿다. 中食하는데 겨우 人員는 15名 程度엿다.

<1992년 7월 27일 월요일>
瑞希을 데리고 예수병원에 갓다. 營養失調로 因해서 目을 手術할 수 없다고 結論을 내렷다.
1, 2個月 營養을 保充[補充]하고 其時에 再珍단을 받으라 햇다.
全州 基宇 父 別世 弔問햇다.
水原 成康에서 전화가 왓는데 瑞希 關係를 設明해 주웟다.

<1992년 7월 28일 화요일>
아심[아침]에 成康 집으로 春根이를 와라 햇다. 成奉之事로 釜山을 단여 에제 왓다고. 첫재로 金民喆 관계를 무르니 不遠이면 退院하는데 民喆이는 退院하야 成奉 工場에 있으면 하고 父母는 古鄕[故鄕]으로 집으로 오라 하는 뜻인 것 갓다고 햇다.
付託함은 春根이가 兩間에 서서 順利로 打合해 주는데 或 被害者 側에서 無理한 要求를 하면 後事가 잘 풀이지 못하면 攝만[섭섭함만] 남무며 事件는 民事로 訟訴할 수 있으나 수年이 가면 被害者만 損害가 될 것이라 햇다. 가면 兩者 意見을 聽取하야 解結토록 勞力해 달아 햇다.
이웃집 尹 生員이 招請해서 갓다. 개고기와 술을 잘 侍接 바닷다.

<1992년 7월 29일 수요일>
오늘도 從前과치 불볏더위 극성하야 外出을 못하겟다.
終日 舍郞에서 讀書하다 테레비 視聽도 하다 日課를 보냇다.
成東이는 終日 방아 찟고 夕陽에 涼陰을 타서 田畓을 둘여보니 몰아보게 벼가 자랏다.
그려{나} 담배는 失農으로 보고 잇다.
불이 들어 1時가 急하다.

<1992년 7월 30일 목요일>
家族 및 外人 및 6人이 起用 담배를 땄다.
量은 近間 回收로 볼 때 最高量이엿다.
장마는 갓으나 暴署[暴暑] 困욕이엿다.

<1992년 7월 31일 금요일>
오늘은 家族끼리만 담배 따고 역고 暴署를 不拘하고 終日 作業을 햇다.

乾燥場이 不足해서 다는 것은 未決첫다.
來日은 電氣機械 乾燥場에 投入코 乾燥
[乾燥]할 것이라 햇다.
처음이라 異心도 많이 간다.

<1992년 8월 1일 토요일>
9가지 品目으로 製造한 藥酒를 조금식 들
기 始作햇다.106
田畓을 두루 둘여보왓다.
담배 1部는 機械 乾燥室로 옴겻다.
成康 고초밭을 가보니 가금 古死[枯死]하
드라. 그게 異常하다.
暴署이지만 養老堂이나 募亭[茅亭]에는 1
時도 가고 십지를 알아. 비우[비위] 맞이
안은 人들이 잇는데 其者들은 내가 무슨 말
을 하면 듯다가 제가 考案한 듯이 버복하는
者가 있서 꼴도 보기 실다.
中食 中인데 水原서 成允이가 當햇다. 繕
物도 사가지고 왓다.

<1992년 8월 2일 일요일>
電氣乾燥機 오는[오늘] 담배를 入庫해서
처음으로 可動시켯다.
乾草 1部를 뺏다.
午後에 오래만에 비가 조금 래렸으나 解渴
은 못 되고 꼭 비를 기드리고 있다.
範順 母는 親家에 올케 問病하려 단여온바
올케 病은 步行도 하는데 오는 土曜日 우
리 집에서 男妹禊加理 日定을 하고 왓다고
햇다.

<1992년 8월 3일 월요일>
家族키리 舊 蠶室에서 담배를 包製 지엿

다. 土葉만을 지엿다.
午後에는 담배를 1部 따고 역겻다.

<1992년 8월 4일 화요일>
家族 總 動員(4名) 午前 中에는 담배 따고
역어 메달앗다. 더 딸 수 있으나 메달 操場
[乾燥場]이 없어 抛棄햇다.
午後에는 처음 첫물고초를 땃다. 1部만 땃
다. 來日부터 본격的으로 딸 豫想이다.
夕陽에 振根이가 왓다. 여려 말을 하는데
마음이 맞이 않으나 할 수 없고 丁基善 父
子 關係 東根 關係 鄭太碩이 關係엿다.

八月四日 午後 三時 三十分107
本里 丁辰根 者이 訪問하고 酒氣는 잇드
라마는 첫마디에 돈이 잇는데 自己앞手票
까지 하면 約 現金이 一,八〇〇萬이고 소
까지 合하면 約 二仟萬 원 된바 鄭大石 논
을 직고 잇는데 不遠이면 팔게드라. 팔면
노치지 안니고 사겟다. 다음은 洞內 도박판
이 떠려지지 안코 잇는데 白康俊이 只今
四〇餘萬 원을 損害낫다고 하고 丁東根는
山西面에 살지만 自己의 말 한 마디면 그
곳에서 못 살고 丁基善에서 宗錢을 多額을
어더먹고 基善을 옹호한다며 基善의 子 明
燮이는 共産堂[共産黨]으로 몰이여 韓國
第二人者債이고 基善이도 人共 時에 入山
하야 思想이 달터니[다르더니] 子息도 父
專子專[父傳子傳] 格으로 自己으 말 하
[한] 마디면 身勢[身世]가 못 쓰게 되며 상
이군이지만 돈으로 상이군이라며 터트리겟
다고. 그려면 基善이는 子息 南燮부터 모

---

106 이 문장은 붉은색으로 기록하였다.

107 이 부분은 8월 3일 자 면 하단에 별도의 종이에
기록하여 붙여 놓았다.

가지가 나가며 年金 타먹든 것도 전부 내노
와야 하니 萬諾 要求條件을 드려주지 안니
하면 後事가 不安할 게다. 其 要求條件는
智長里 先山 道峰里 先山은 다음 特別措
置法에 依하야 自己 私財로 넘겨주원 합니
다 햇다.
實은 宗畓을 짓타가 내노코 代人으로 田畓
을 짓는 것은 理由가 잇고 條件을 달기 위
해서 宗畓을 抛棄햇다고 하며 今秋 墓祀
時 큰소리가 날 것이요 햇다. 잘 듯고 生覺
하니 振根 者 不良한 協作人[挾雜人]으로
보이드라.

<1992년 8월 5일 수요일>
七夕日이다. 鴨錄[鴨綠]江邊에서 七七稧.
9時에 出發해서 現地에는 11時 30分이엿
다. 參席契員은 겨우 30餘 名. 가는 길은
館村驛에 任實에서 가라타고 南原에서 갈
아타고 谷城에서 갈아타고 鴨綠川邊에 當
到햇다.
會議를 마치고 歸路에는 全州서 온 봉고車
로 館村驛까지 直行 便宜 왓다.
成允이는 말없이 水原로 가고 없드라.
고초는 初物 全部 땅이만 昨年만은 못 하
드라.

<1992년 8월 6일 목요일>
오토바이가 異常이 있어 센타로 간바 바테
리를 가랏다.
田畓을 둘여보니 못텡이는 물이 없어 難處
햇다.
담배가 急한데 달 곳이 없어 難關이다.

<1992년 8월 7일 금요일>
집안 庭園 掃地도 後園에 草刈도 햇다.

午後에는 家族끼리 담배 따고 역거 메달앗다.
막 달고 나니가 비가 조금 내렷다.

<1992년 8월 8일 토요일>
全州에 別 볼인는[볼일은] 없{데} 갓다.
全州 간 理由는 오늘 成東 同婿契日인데
約 20餘 名이 募人다는데 전문[젊은] 사람
들일 텐데 이무렵지[임의롭지] 안을가 해
서 고의로 갓다.
全州에서 趙命基 氏를 對面햇다. 中食이
갖이 하자 하야 幣[弊]를 끼첫다. 집에 오
니 夕陽에 온다고 햇다. 夕陽이 되니 多數
한 차가 왓다. 人事하는데 八男妹 同婿이
드라. 男女 20餘 名이 合宿햇다.
夕陽에 쏘나기비가 相當이 왓다.

<1992년 8월 9일 일요일>
아침에 담배밭에 가보니 急햇다.
路上에서 安承均 氏를 相面코 담배 말을
햇든니 담배포기를 갱이로 밋뿌리를 파고
60度 角度로 넘기면 太陽이 시든다고 햇다.
成東 同婿들은 中食까지 하고 午後 3時경에
떠낫다. 南原 李는 內外 오토바이로 갓다.
丁壽福 生日이라고 해서 朝食 後에 간바
麥酒로 나만 대접 未安하드라.
全州에서 成曉 內外가 왓다.
　　〃　　外孫女들도 왓다.
成東 同婿契 費用이 約 20萬 원 支出된 것
으로 안다.

<1992년 8월 10일 월요일>
朝食이 끝이 나기가 바부게 담배밭에 갓다.
담배는 어제 달고 오늘이 달앗다. 時急햇
다. 成康 母까지 오라 해서 終日 4名이 從
事하고 成東이는 夕陽에야 協助햇다. 래일

또 따고 역겟다.
成東이는 明年에는 담배農事를 못 하겟다
고. 방정者다.

<1992년 8월 11일 화요일>
새벽부터 비가 조금 래렷다. 담배 따는 데
支章을 招來햇다. 多幸이 日光이 비처 作
業한는 데 支章은 없다.
外人이 술을 勤하면 絶對 据絶하고 집에서
家用酒 兼해서 취기 없이 眞實로 藥酒로 든
다. 或 酒席이 되면 麥酒는 든다고 햇다. 그
려나 酒席이 되면 燒酒는 外人에 勤한다.
서울서 祖考 祭祀에 꼭 參席하라고 成奎에
당부햇다.
仁範 母는 午前에 미리 갓다고 햇다.
나는 가고 십퍼도 範 者가 合同 祭祀 운운
하니 내가 不{參}席을 바라는 말 같다. 不
參 不安함.

<1992년 8월 12일 수요일>
3, 4日間 담배 따고 역고 苦役을 햇든바 어
제 押作히 夕陽에 左側 手足이 어둡다고
햇다. 날이 새면 回複[回復]될 터이지 햇
다. 날이 새고 보니 더 惡化되여 靈神丸을
臨時 사다 먹엇다. 中食 後에는 南原 針術
者[鍼術者]에 데리고 가겟다.
새벽부터 온 비는 개엿다.
南原 朱川面 朱 氏 宅을 訪問코 침을 마젓
다. 約 5日間 마저 보자 햇다.
夕陽에 成樂 집에 갓다. 成樂이는 不在中
이고 家政이 不安 中인 듯 눈치이드라. 成
樂이가 小室을 데리고 잇다 하야 마음 不
快하드라.
成東 母를 당분간 있으라 하고 왓다.
夕陽에 오토바이센타에 가서 驛前 오토바

이를 修理하는 것보다 新品으로 交替할 生
覺이다.

<1992년 8월 13일 목요일>
고초는 乾燥器[乾燥機]에서 내고 담배를
乾燥機에 入場시켯다.
아침에 嚴俊峰이 왓다. 오는 8月 15日 서울
서 女息 結婚式을 하는데 參席해 달아고
왓다.
家族끼리 담배 따고 역거 다랏다.
서울 許鉉子가 兒該[兒孩]들을 데리고 先
母 省墓次 가는 길에 드려왓다.
南原서 成東 母는 便所 길에 떠려젓다고
햇다.

<1992년 8월 14일 금요일>
全州 큰메누리는 母를 全州 漢房病院[韓
方病院]에 入院하자고 전해 왓다. 日但[一
旦] 오늘 南原에서 맛나기로 햇다.
昌宇하고 同伴해서 南原 成樂 집에 갓다.
成樂 親友 車便으로 周川面 朱 氏 針{術}
者에 갓다. 滿員이라 午後 四時頃에 침을
마잣다. 左手足이 마비되 流動을 못 햇다.
다음 8月 16日에나 한 번 더 針을 맞고 보
자 햇다. 그래도 不利하면 全州 漢方藥課
病院으로 옴기기로 햇다.

<1992년 8월 15일 토요일>
嚴俊峰 子 結婚式에 參席햇다.
7時 30分에 里에서 出發하야 서울에 12時
着햇다.
中食을 맞이고 3時 30分에 서울 出發 집에
오니 10時 30分이엿다. 차가 매켜서 느젓
다. 갈 때 올 때 車中에서 崔南連 金進映
者만 쓸 데 없은 큰소리만 종일 입을 놀 새

없이 여려 논는데 于先 昌宇 錫宇 龍文 그리고 나도 不安했다. 남이 좋아한지 不快한지 自己만 氣分 족타고 그려니 大端이 안 좃트라.

<1992년 8월 16일 일요일>
아침에 南原에 連絡해 보왓든니 日課가 지날수록 效果는 없고 惡化된다고 햇다. 全州 成曉가 단여갓다고. 來日은 全州 漢方課로 옴겨보겠다.
全州 相範 母는 今日 午後에 全州 漢方科로 應急室로 옴기여야 하고 南原서 直行한다 햇다. 서울 範 姨母가 其 病院 看護員으로 잇다 햇다.
서울서 成英이도 왔다 햇다.
午後에 南原에서 患者 成英 成樂 車는 成俊 車로 全州 漢方科로 移送하면 成東이는 쌀 1叭을 실코 驛前 까지 실어주로 갓다. 갗이 가려한바 車가 비조바서 抛棄햇다. 내일이나 가볼가 한다.
南田里 金在浩 死亡 養老堂 代表로 訃告가 왓다.

<1992년 8월 17일 월요일>
入院.
어제 漢房科에 入院키로 한바 日曜日이고 切次[節次]上 오늘로 未流고 成曉 집에서 1泊 햇다.
全州 漢방科에 갓다. 메누리 成英이가 있드라. 手續해서 6층에 601號室에 入院햇다.
患者는 中食부터 들엇다. 그려나 組織檢查만 하고 藥과 針 治料는 못 햇다.
郭在燁이가 왔다. 崔德喆이도 왔다. 保護者는 내가 해야 하계 되엿드라.
오는[오늘] 밤은 成曉가 한다기에 衣服을

가추기 위해 내려왔다.
成曉가 入院料 10萬 원 댓다.
오토바이를 新品 舊品 交換하야 우리 負擔이 889,000에 結議[決議]하고 引繼 引受해 왔다.
德津 近橋[近郊]에는 漢房病院 엽에 食事할 곳이 없다.
信範이 姨母에 患者와 갗이 參食을 보내라 햇든니 {原}側[原則]上 못 한다 하기에 今日 中食은 뗏다.

<1992년 8월 18일 화요일>
아침 6時 成東하고 同乘하야 舘村에 갓다.
6時 20分 뻐스로 全州에 病院에 着하니 7時 20分이엿다. 成曉는 가고 相範이가 잇드라.
8時가 지나니 의사 先生이 2, 3名이 왔다. 뇌 사진을 찍어야 綜合檢珍察[綜合檢診]이 나오니 15萬이면 된다 햇다. 바로 相範 母에 전화하야 15萬 원 求해 오라 햇다. 寶光堂에서 구해 가지고 가겟다고 하야 기드리니 消息이 없다. 다시 전화햇든니 孫子가 바드면서 가[간] 지가 10分이 넘는다고 햇다. 그런데 病院 칙에서 돈이 되엿나 하기에 – 예 곳바로 올 것이요 그랫든니 운전技士 範 姨母 와서 下층에 가서 車에 慕侍자고 하야 부축해서 車에 실고 있으니 約 30分을 기드려도 오지 안 하기에 다시 車에서 患者를 내려 6층에 내려노니 열이 낫다.
돈 없으면 없다고 할 일이지 이럴 수 있으며 갗이 잇는 患者들 보기도 未安하드라. 그려니 成東 母는 집에 내의 돈이 40萬 원 있으니 집에 전화해서 가저오라기에 바도[바로] 소이[소희] 母에 전화하야 20萬 원이 왔다. 相範 母도 왔다. 네가 돈이 업는데 무리하기에 집에서 가저왔으니 네 돈은 다시 가저가라 햇다. 그러나 사지[사진] 찍는데 手續하고 잇는데 無言하고 말앗다. 제도 내의 눈치보고 기분은 졸 택이 없을 것이다.

夕陽에 水原서 成允이가 왔다. 제가 간호하겠으니 집으로 가시라기에 其車로 왔다.

<1992년 8월 19일 수요일>
墓所에 除草해 주고 同窓生 募臨 通知書도 11이[일일이] 自筆로 썻다.
고초밭에 農藥햇다.

<1992년 8월 20일 목요일>
아침에 病院에 當하니 9. 30분이엿다. 成允이보고 食事햇나 햇든니 食堂에서 사먹엇다고 햇다.
뉘수집에서 밥 안 가저왔나 햇든니 가저오지 말아 햇다고 햇다. 理由는 가저와도 쉬여버리니까 相範에 말햇다고. 成允이는 집에 가서 理髮도 하고 맛날 사람이 잇다 갓다.
終日 있으니 南原 成樂의 敎信者가 10餘名 왔다. 어제밤에는 成曉 職員이 왔다갓다고 햇다. 成樂는 나더려 성질을 잘 쓰라고 햇다. 저이들끼리 무슨 말이 오고 간 것 갓드라. 전화로 쇠이[소희] 엄마하고도 相範 母가 무슨 말을 햇는지 쇠이 모 눈치가 달타. 成東이도 맞안가지드라.
나는 눈치로 生活한다.
夕陽에 全州에서 집에 오니 여려 분들이 고초 건조장에서 作業하는데 成東이는 경운기 우에 안자서 인사 한마디 없다. 그런 못된 子息하고 1家政[家庭]에서 同居하니 분 막심하다. 사람이라면 아버지가 오시면 경운기에서 래려와 다녀오시요 그리고 어

머니 몸은 좀 어더시요 이계 人間인데 高等 敎育을 마치고 社會 물질도 알 것인데 누구 말을 듯고 아버지에 不快感을 주라고 암을 바든 것으로 안다.
내의 財産으로 지내면서 家屋修理도 잘 햇지만 우리 內外는 別 必要 없고 模樣뿐이며 舍郞에 잇다 밥 먹으라면 올라가서 주는 대로 먹고 나오면 그만이다.

<1992년 8월 21일 금요일>
病院에 갓다.
成允이 午前에 外出하든니 午後 5. 30分에 왔다.
成東 母의 病勢는 足 動하는 것은 護展[好轉]이다. 1便만 잡고 가도 거름거리[걸음걸이]는 良護하나 手 動이 不能햇다.
成玉 內外하고 媤母 外人이 問病하려 왓드라.
午前에 南原 成樂의 職員들이 왔다 갓다고 햇다.
집에 오니 서울서 成奎도 왔다.

<1992년 8월 22일 토요일>
밤에 祭祀는 慕侍엿다.
全州에서 늦게 왔다.

<1992년 8월 23일 일요일>
朝食을 일즉 끝내고 全州 病院으로 行次햇다.
成允을 집으로 보내고 내가 看護을 햇다.
成奎 成曉가 갖이 왔다. 中食을 하자 하야 食堂에 갓다. 代金은 成曉가 냇다.
午後에는 丁基善 內外 南爕도 갖이 問病하려 왔다.

<1992년 8월 24일 월요일>
漢方病院에 保護者 日課.
여수宅 外 7명이 問病.

特記事108
風聞에 들이는 聲聞에 衣하면 水原 成奉
工場에서 事故를 낸 金民喆 件인데 只今
까지 3개月餘 間 서울 漢陽病院에 入院 中
인바 不遠이면 退院할 것으로 보이다. 그려
나 같은 工場에 從事者인 梁春根 者가 있
는데 其者의 行爲는 社長의 便益은 不枸
[不拘]하고 被害者의 便益 行爲만 하고 實
社長은 崔成奉인데 實權은 梁春根 者이고
投資者라고 流布하며 被害者 金民喆 保償
[報償]은 1億 원을 주워야 한다며 崔成奉
에 對한 惡義的[惡意的]인 處事는 社長으
로써 갖이 從事할 수 없고 收金을 하려 보
내면 事業者끼리 交際햇다며 支出을 要求
하며 本人의 收入性만 自行한 其者의 身
上에 對하야 日急이가 밥으게 退任해야 한
다. 必有에 長期勤束[長期勤續]시끼면 其
會社를 망치는 當事이다.
그려나 于先은 事件이 解決되지 안는 狀能
[狀態]에서 無言하겟지만 不遠 解決되면
其者는 措置하라 하겟다.
萬諾에 其 被害者가 要求額을 加害 側에
서 不應하면 被害者 側에서 訴訟하 터매
其時 加害 側에서도 訴訟을 提起할 것이
다. 그래서 兩者가 갖이 訴訟할 經遇[境
遇]에는 會社 側에서 誠心껏 生保에 保償
한다는 것도 無視하고 事件 訴訟하겟다.

---

108 이 부분은 일기장 맨 뒷부분의 주소와 전화번호
　　　를 적는 란에 '8월 24일 特記事'로 기록되어 있
　　　는 것인데 기록날짜에 맞추어 본 일자로 옮겨
　　　입력하였다.

<1992년 8월 25일 화요일>
安承均 外 2명이 問病 왔다.
郡 職員 4명이 단여갓다.

<1992년 8월 26일 수요일>
柳正進
李龍在
崔完宇
牟光浩
問病次 단여갓다.

<1992년 8월 27일 목요일>
嚴俊映 外 六명이 問病次 단여갓다.
終日 비가 來럿다.
水原서 成奉이 단여갓다. 金民喆 件을 무
르니 걱정마시라 햇다. 日前에 金今龍 金
今童 兄弟가 서울 病院에 맛나고 遺資料
[慰藉料]를 말하기에 그 件는 내의 處分이
지 要求할 것 없고 내도 事業을 持續해야
被害者도 有利하지 안켓느야 햇다고 하고
年次的으로 조금식 주마햇다고 하드라.

<1992년 8월 28일 금요일>
大里 束綿契員이 단여갓다.
링게류注射을 마잣다.
範으 姨母는 病院서 責任者가 되여 每事
를 關儀[關與]하드라. 그려는데 가금 食堂
에서 食事를 하자 하니 未安하고 또 不安
도 하드라. 한두 차레는 모르지만 食堂 앞
을 가려면 外面하고 단닌다.

<1992년 8월 29일 토요일>
全州에 成允의 親友가 단여갓다.
第二次 링게루를 맞는데 患者 측에서 藥品
을 사다 주웟다.

링계류를 맞이가[맞으니가] 小便을 藉 〃 이
보드라.
1週日을 갖이 同活하는데 勞苦가 이만저
만이 안니드라.

<1992년 8월 30일 일요일>
아침에 成曉에 맞기고 6時 30分에 病院서
出發하야 집에 와서 朝食을 했다.
驛前 韓文錫 子 結婚은 朴公히에 祝儀金
을 付託하고 任實 李康燃 子는 常務 姜信
洐에 付託했다.
집에 오니 고초를 따드라.

<1992년 8월 31일 월요일>
全州 相範 母 하는 行爲는 내게는 大端이
不快感이 든다. 自己는 잘못이 없는 양 生
覺할 터이지만 媤母가 病院에서 治療 中이
지만 데려다 보지도 안는데 내의 自身도 이
곳에 와서 協助해 달아지 안코 食事도 사
먹기가 쉽지 밥 좀 해 오라 하지 안케다. 病
者는 내의 責任이 子息들에는 關係없다.
제의 母의 중풍병도 南原에서 針術者하고
五日間만 마저보자 햇는데 3日 맞고는 全
州로 移送한다기에(相範 母는 南原에 卽
接 와서) 잘 生覺해서 하되 其 針者는 名儀
가 잇고 우리 마을 鄭九福 氏도 여기서 完
快되고 漢方課 大學生이 實習을 받으려 왓
드라 해도 反應이 없이 全州로 옴기엿다.
그려다 보니 내게만 責任감 後수바라지을
하게 되고 저의들은 볼일이 밥드다고[바쁘
다고] 그러니 外觀象[外觀上]으로는 제네
들이 낫내고 內部 苦生 나 혼자만이 當하
고 있으니 메누리부터가 非良心者이다.
껏트로는 그저 그렷지만 內部는 달타. 成傑
結婚의 件 - 테레비 件 이버[이번] 病院 入

院의 件 度低이[到底히] 信任할 수 없는
者로 指的[指摘]햇다.

<1992년 9월 1일 화요일>
問病客은 5, 6名이 禮訪햇다.
오늘은 入院室 病棟을 512號室로 옴겻다.

<1992년 9월 2일 수요일>
李泰洙 母게서 왔다.
本病{室}은 圍置[位置]가 不快햇다. 또 病
室을 옴기고 십다.
밤에 成曉가 왔다. 不安點을 말햇든니 特
室로 옴긴바 1日 15,000원이 超過된다고
햇다.
그려나 保護者의 寢臺가 없다. 또 不安햇다.

<1992년 9월 3일 목요일>
昌宇가 왔다. 中食을 갖이 하자 햇다.
郡에서 새말을係長이 왔다.
밤늦게 成苑 內外가 왔다.

<1992년 9월 4일 금요일>
特室에서 2泊을 하고 普通{室}로 옴겻다.
成曉하고 打合할 것도 없이 移動햇다.
南原서 成樂 內外가 왔다.
來日 井邑人이 退院한다는데 내의 마음이
달아젓다. 42日間 入院해서도 效果를 못
보니 不加불[不可不] 가겟다고 햇다.
나도 不遠 退院할 覺悟엿다.

<1992년 9월 5일 토요일>
全州 成玉에 맞기고 5時에 出發햇다. 집에
오니 7時엿다.
夕食을 하고 成允이가 왓드라.
全州 成曉에 전화로 不遠 退{院}하라고 手

續하라 햇다.

井邑人은 42日間 治料햇지만 阿無 效次
[效差] 없이 今日 退院햇다.

退院費는 163萬 원 客費하면 200萬 원 以
{上}이 드려다고 햇다.

일을 보드래도 效果는 不加能[不可能]하
다고 본다. 22日 채인데 1/1000도 效果가
없다.

<1992년 9월 6일 일요일>
오늘은 成曉에 保護를 맛기고 왓다. 中食
後에 成允을 올여보낸다.

집안을 掃除하고 除草도 하고 東西南北으
로 달이며 淸算햇다.

來日이나 病院에 들어볼가 한다.

丁基善이가 왓다. 갖이 對話하다 其 車便
으로 成允이도 全州로 보낸다.

<1992년 9월 7일 월요일>
듯자하니 成東 母는 8日쯤 해서 退院한다
고 全州 成玉에서 專[傳]해 왓다고 햇다.

生覺하면 南原에서 漢針 3回를 맛고 漢方
病院에 간바 翌日부터 效果가 生起는 것은
南原서 針 맞은 效力이라고 말할 수도 없
엇다.

其後 入院한 지 22日이 되여도 조금도 效
次가 없으니 마음的으로 不時에 退院하고
십드라.

엽방 井邑人도 42日 만에 조금도 效力이
없이 退院한다기에 더욱 超燥[焦燥]햇다.

집에 와서 바로 成曉에 전화로 退院 手續
하라 햇다.

終日 비는 내리는데 不安햇다.

1日 治療費만도 4, 5萬 원이고 雜비도 5, 6
仟 원 近 6萬 원 以上으로 안다. 그러나 흠

[효험]만 잇다면 돈이 問題가 안니고 入院
延長하고 싶어도 그려한 餘地는 없어 退院
키로 한 것이다.

<1992년 9월 8일 화요일>
집에서 조용이 入院 治療費 收入支出을 計
算해 보니 9月 5日 現在로 收入總額이
1,039,000원 支出金(退院費 除外) 586,000
원 實殘이 453,000이다.

서울 範 母가 단여갓다.

大里 斗流 堂叔 兄弟가 단여갓다.

<1992년 9월 9일 수요일>
半 患者는 名節 秋夕을 맞아서 休暇를 要
하는데 우리는 4泊 5日 豫定으로 9月 10日
부터 14까지 鄕家키로 하고 9日 現在 23日
채인데 85萬 원을 拂入해 주고 認許을 바
닷다.

어제 病院에서 宿泊하고 오는[오늘] 75萬
원 대고 왓다.

患者는 來日 成允하고 갖이 오기로 하고
病院에 잇다. 來日 車는 郭在錫 車를 利用
한다 햇다.

<1992년 9월 10일 목요일>
午後 2時경에 成東 母는 休暇次 온다고 집
에 와보니 할 일이 多量이다.

白采[白菜] 밭에 其他 雜事가 만다.

加工組合 姜 常務가 繕物을 가저왓고 本
里 林澤俊 氏가 사과를 보내왔다.

午後 1時 30分쯤 郭在錫 便의 車로 成允
하{고} 母하고 왓다.

水原서 成康하고 成傑 內外하고 光陽서
龍君이 時烈가 왓다. 成奉 食口하고 成愼
이가 不參햇다.

南原서 成樂이 不參하고 食口만 왔다.
月曜日 10時에 在錫이는 제 車로 姨母를
慕侍려 온다고 햇다.

<1992년 9월 11일 금요일>
秋夕인바 宗員들이 募여 次祠[茶祀]를 드
렷다.
食後에 大里 宗員하고 合하야 男女 約 40
餘 名이 봉고차 및 自家用으로 南原 山所
에 省墓를 드리고 大宗山所도 求景시켯다.
他人이 보기에도 흐믓하게 보이고 氣分이
每遇 좋앗다.
其의 1行이 全員 우리 집으로 와서 술하고
中食을 接侍햇다.
其도 수年 만에 처음이다.

<1992년 9월 12일 토요일>
배채소[배추]를 속가내고 골작에다 신문지
를 깔고 흑으로 눌엇다.
家族 全員 메누리들 딸 成曉 兄弟 6명이
고초를 따는데 未決햇다. 10袋를 땃다.
집안에 대추나무를 全部 베여냇다.
全州 張仁燮 內外가 왔다.
夕陽에 南原 食口 全州 食口 成英 食口 全
員이 仁燮의 車便으로 갓다.
田畓들만을 둘어보니 黃色이 들며 우리 것
이 일이드라.

<1992년 9월 13일 일요일>
成康 成傑이는 水原으로 떠낫다.
崔善眞 金鎭玉 慰問하려 왔다.
서울 丁順任이가 왔다.
丁壽福 招請으로 酒席이 되엿다.
金判植 집에서 中食을 한바 무슨 일인가
무르니까 第二의 孫子를 낫다고 하드라. 옛

적에는 生男하면 其宅 잘 햇다고 하고 女
息을 나면 또 쌀[딸] 낫대 氣分이 少하게
말햇는데 只今은 男女間에 生産해도 本人
은 多福하게 生覺해도 外人은 반가하지 안
는데 金判植 者는 孫子 밧다고 자랑삼아
中食을 侍接하듯 십드라.

<1992년 9월 14일 월요일>
妻姪 郭在煥 車便으로 再入院次 出發한바
驛前에 理髮을 하고 成玉 집에 쌀 며[몇]
말 가는 길에 보내 주웟다.
病院에 着하야 申告하고 針 맞고 뜸질하고
物勿治療[物理治療]을 바닷다.
中食을 하고 成允이가 왓기에 내려왔다.
메누리는 親家 父게서 危중하다 하야 南原
에 갓다.

<1992년 9월 15일 화요일>
任實郡 驛前 朴公熙 10,000원 返送하고
侍接을 바닷다.
全州 病院에 갓다. 同和會長 崔成翰의 妻
가 반신불수가 되여 어제 왔다고 病院에서
相面햇다.
成東 母는 土曜日頃에 退院키로 하고 夕
陽에 왔다. 갖이 있을 必要 없다고 하드라.
便所도 혼자 가고 물이치료 가는데 二층에
혼자 오르고 내리고 햇다.
重宇 母 祭祠에 參席햇다.

<1992년 9월 16일 수요일>
오토바이 番號板을 내기 위하야 面에 가서
手續을 밥고 全州 팔복도[팔복동] 공업團
地에 가서 番號板은 바닷다. 그러나 手續
비 旅비 해서 37,500원이 支出햇다.
病院에 들인바 金曜日 退院키로 햇다. 成

東 {母} 病態도 조금 良護했다.
通勤治療[通院治療]키로 햇다.

<1992년 9월 17일 목요일>
入院 1個月 채다(8月 17日 入院 햇으니가).
全州 冊代는 今日로 끝지엇다.
全州 病院에 갓다.
全北投資銀行에 利子 計算햇든니 557,000
원 元利 合計해서 9,876,500원에 約 122,300
원이 不足한 壹仟萬 원이다. 年利가 約 120
萬 원이면 農事보다는 利得인 것 갓다.
來日 退院하기로 確定햇다.
萬步 것기器를 購入햇다. 始發은 午後부터
試運行한바 첫날 5,770步가 나왓다.

<1992년 9월 18일 금요일>
10時頃에 全州 病院에 갓다. 手續切次[手
續節次]는 教務先生(範의 姨母)이 발바주
고 額수도 約 20萬 원이 超過되여다.
今般 退院費는 成曉가 낸바 總 金額은
1,05萬 원이 支出(病院費만) 된 셈이다.
오는 車는 任實 女子의 車드라.
生日 장보기가지 해서 其 車便을 利用해서
왓다.

<1992년 9월 19일 토요일>
新平面에 갓다.
오토바이 番號板 票示表[標示表]을 달앗다.
面長을 門前에서 맞낫다. 머저[먼저] 아른
체 하기에 할 수 없엇다. 其間에 서먹 〃 〃
햇지만 말 못하고 기내왓다. 웃때 내의 生
日인 줄 알고 엇지 生日 招請을 안소 하드
라. 내의 形便이 內故로 病院에 잇다고 햇
다. 慰勞 말은 하지 안는데 氣分이 少햇다.
다음 機會에 보자 햇지만 面長 其者를 좋

케 보는 現象은 안니엇다.
五弓里 崔東煥 宅을 訪問코 對話하며 幣
를 끼치고 왓다.
夕陽에는 喪家를 弔問햇다. 가보니 崔今福
이 눈에 띠여 不安햇다.

<1992년 9월 20일 일요일>
내의 生日이 9. 18일인데 20日 日曜日로
延期햇다고 하야 아침에 老人들 朝食이나
接侍한다 하드라. 올봄부터 七旬을 侍接한
다고 말만 띠우든니 딱 당하니 말없이 그럭
저럭 해벼려 마음 不安感 禁할 길 없다. 멋
분 빠지고 다 왓다.
水原 善範 母가 왓다. 金今童 內外에 和合
말해 주기 위하야 그첨저첨 왓다고 햇다.
故 沈福女 出喪한 데 參禮하고 山淸에까
지도 가보왓다.
春根 便에 善範 母는 水原으로 가면서 用
錢 5萬 원을 주고 가드라.

<1992년 9월 21일 월요일>
各 田畓에 물을 예웟다. 不遠이면 벼 收穫
하겟드라.
燒酒 8병 30度分 1相子를에 保藥材[補藥
材] 再別 製造해 混合하야 당구웟다. 約 2
個月이면 飮酒할 수 있다. 仲楓[中風]에
必한다{기}에 再벌 당구원다[담갓다].109
午前 새보들 논에 피를 개리다 가위를 이저
버려 찻다가 와 버렷다.
午後에는 담배를 개리는데 그것도 허리가
언잔드라.

---

109 보약용 술을 담근 내용 전체가 붉은색으로 기록
   되어 있다.

<1992년 9월 22일 화요일>
面 廳舍 新築 決算報告會에 參席햇다. 差
引 殘金이 9仟餘萬(90,000,000)이엿다.
面 保健所 新築 入院式에 參席햇다.
面長은 10月 3日 在京面民團合大會에 參
席해 달아고 하고 10月 8日은 郡民의 날이
데 많은 人員 參席을 바란다고 햇다.
9月 末日경에는 館村 出身 金長錫 氏이가
車 一臺를 내면서 長距里[長距離] 旅行을
단여오라 한다고 햇다.

<1992년 9월 23일 수요일>
논두럭에 피가 만해서 낫으로 처주웟다.
종일 담배를 빼주고 外人 3면은 색과 장을
區分해서 뭉치엿다.
大里서 李今八 氏가 단여갓다.

<1992년 9월 24일 목요일>
終日 쉬지 않고 비가 래럿다.
家族기리 제수하고 5人이 담배를 개리고
묵엇다. 來日이면 끝이겟다.

<1992년 9월 25일 금요일>
9時에 郭在煥 車便으로 全州 病院에 갓다.
針을 맞고 뜸질햇다.
藥代 및 往復旅비 合하면 約 10萬 원이 들
겟드라.
新田 査頓宅도 病院에 왓다.
午後에는 家族기리 담배 개리기 햇다. 앞으
로 2, 3日 더 개려야 함.

<1992년 9월 26일 토요일>
10時에 加工協會에 參席햇다.
中食을 끝내고 全州로 行햇다. 漢方病院에
서 藥을 차자 왓다. 오는 길에 주령을 삿다.

驛前에서 내려서 注油所에 갓다. 楊口 李在
九 子 結婚式에 가고 싶어 간바 오늘 일즉
떠낫다고 햇다. 봉투라도 傳하려 간바 뜻이
떳다. 앞으로도 距里[距離]는 머려젓다.

<1992년 9월 27일 일요일>
德果面[德果面] 李厚來 弔問하려 갓다. 日
曜日이라 쌀[딸] 사위 子息들이 募여 農事
를 돌바주려 왓드라. 靈位틀에 禮拜햇다.
陰歷 5月 25日 死亡하야 祭祀日은 5月 24
日이라 햇다.
路上에서 丁東根이를 맛나고 酒店으로 갓
다. 東根이하고 作別코 山西 白云里 具益
朝를 訪問한바 몸 봇타서 不遠이면 別世
危期[危機]에 잇드라.
裵京植 집을 訪햇다. 술 한 잔 하고 作別하
고 途中에 崔萬鎬 집을 訪問한바 不在中
이드라.

<1992년 9월 28일 월요일>
加工協會 總會에 參席햇다. 正員未達[定
員未達]이지만 執行햇다. 92年 決算 및 93
年 歲入歲出 豫算案 通過햇다.
정잔 韓俊錫 氏에서 藥木을 빼왓다. 진두
찰 우실 창출 엄나무 오갈피 모개[모과] 솔
입 이야리대[으아릿대] 엉거구[엉겅퀴] 시
금자[흑임자].
成允이가 제 母의 藥代로 15萬 원을 주드라.

<1992년 9월 29일 화요일>
午前에는 多少 비가 내럿다. 田畓을 둘여
보니 異常 없드라.
水原서 成傑이가 電通으로 제의 婚事日定
바드라고 햇다.
11月 1日로 豫想한다고 햇다.

<1992년 9월 30일 수요일>
오토바이로 9時 30分에 出發하야 南原 桂
壽里 露儒濟[露儒齋]에 10時 半에 着햇다.
祖父 山所에 省墓하고 觀平[看坪]이 끝이
나고 中食 後 南宇에 問病하고 炳文 氏를
禮訪햇다.
桂壽里 崔辰宇 집에서 夕陽에 族契宗 私
宗會에 參席하고 座 觀平햇다.
成傑 結婚은 10月 25日로 定하고 水原에
서 通報가 오기로 햇다.

<1992년 10월 1일 목요일>
成東 食口는 大里校 運動會에 參席햇고
나는 終日 집에서 家事에 從햇다.
藥木을 購入하는데 진두찰 엄나무 오갈피
牛實만 캣다.

<1992년 10월 2일 금요일>
朝食 後 藥根을 캐로 나섯다. 안골을 더터
서110 靑云 共同墓地을 단여도 別로 잊이
를 안 햇다. 조금 캣다.
婦人 5名하고 家族기로 8名이 고초를 땄
다. 約 8, 9袋 땄다.
後園에 牛舍를 고첫다.
來日 서울 鄕友會에 參席하자고 面長이 단
여갓다고 드럿다.
成樂의 장인 古稀宴하고 장모 回甲이라고
해서 가려 한다.

<1992년 10월 3일 토요일>
서울 鄕友會에 參席햇다. 例年에 比하면
1/3程度하고 하드라. 그려나 盛大히 치럿다.

───────────────
110 '더터서'의 기본형 '더트다'는 '무엇을 찾으려고
     손으로 더듬다' 혹은 '샅샅이 다녀 보다'의 뜻을
     가진 방언어휘다.

行事가 끝이 나고 보니 비가 내려서 時間
도 없어 康姬 外家를 들이지 못햇다.
밤에 왔다.

<1992년 10월 4일 일요일>
오늘은 郡民의 날이다.
아침부터 내리 비가 午前 中까지는 내렷다.
參席해 보려 했으나 不參햇다. 終日 舍郎
에서 지냇다.
成傑이 結婚 日字는 鳳洞 査頓宅에서 定
하고(11月 15日 字) 禮式場도 外家에서 契
約햇다고 水原에서 專해 왔다.
本里 韓相俊 家하고 同日이라 햇다. 할 수
없이.

<1992년 10월 5일 월요일>
成東 母 同伴해서 全州 漢方病院에 갓다.
이번에는 針만 놋치 뜸질도 안코 物異治料
[物理治療]도 幣햇다.
本人도 팔다리가 異常이 生起여 針을 마
잣다.
1日 띠워서 단이라 햇다.

<1992년 10월 6일 화요일>
全州 漢方病院에서 制藥[製藥]을 찻고 南
門市場에 갓다. 山藥 중에서 멋 가지 生藥
을 차즈니 골구루 있{기}에 約 2萬餘 원엊
이를 購入햇다. 그러면 今日로 別紙와 如
히 12가지 藥 品目을 全部를 購入햇다.
來日은 此를 製造할 豫定이다.

<1992년 10월 7일 수요일>
全州 針을 마즈려 갓다. 오늘 2日 채다.
아침부터 藥을 대리려 準備하고 食後에 불
을 대노코 全州에 단여 왔다. 相當이 쌀마

젓드라. 夕陽까지 繼續 불으 댓다.

<1992년 10월 8일 목요일>
오늘은 多事엿다.
집에서 鷄舍를 掃除하고 분을 집하고 압것다.
成康 집 밤을 터려주윗다.
되[뒤] 牛舍 엽에서 깨다[깻단]를 묵는데
昌宇가 왓다. 養老堂에서 麥酒 한 잔을 마
신 것이 취해서 돈내기를 한바 相當이 損害
를 보왓으니 20萬 원을 要求하는데 없다고
하다 여려 가지로 生覺다 못해서 15萬 원
을 주워 보냇다. 午後 四時쯤이엿다. 이제
라도 그만하면 利益인데 햇다.

<1992년 10월 9일 금요일>
正刻 10時에 鄕校에 各 支部長 會議에 參
席햇다.
案件는 儒道會長 主催로 獎學會 組織하는데
1億 五仟萬 원을 豫想한다며 各面에 割當한
바 우리 면에는 壹仟萬 원을 配定햇드라.
新平 支會長으로써는 債任[責任]질 수 없
다고 하고 日前 面廳舍 진는데 機仟萬[幾
仟萬] 원을 据出하는데 里長 推進委員 其
他가 動員햇는데 창피햇다고 햇다.
中食도 못하고 바로 任{實}驛으로 왓서 水
原으로 行햇다. 夕食을 하고 바로 잣다.

<1992년 10월 10일 토요일>
아침에는 暎秀 100日인데 예수교 信者도
이웃도 募인다기에 朝食이 끝이 나자 議政
府 成奎 집에 갓다. 約 2時間이 걸이드라.
成奎 집에서 中食을 하고 作別한바 水原은
7時에 當햇다.
成允이가 왓드라. 엇지 왓느냐 하고 모려
보지도 안 햇다.

밤인데 成傑 成奉 成愼 春根 朴○○ 外 技
士 全員이 와서 갖이 夕食을 햇다.

<1992년 10월 11일 일요일>
아침에는 조용이 食事하고 成允이가 車로
태워 주원 잘 왔다.
그러나 今般에 成康 兄弟하고 議論한 것은
成傑 結婚 龍焄의 回甲 關係를 打合하고
來週에 成傑이가 와서 結婚事는 相議하기
로 햇고 借用金 約 3百萬 원만 윤통해 달아
기에 그려마 햇다.
日前에 昌宇가 도박한다면서 가저간 一金
15만 원 드려왔다.

<1992년 10월 12일 월요일>
全州 金江坤 印刷所에 갓다. 山西 金應模
氏를 相面햇다. 仁川에 鎭鎬 妻가 康尿病
[糖尿病]으로 苦生한다고 消息을 드럿다.
江坤 氏 書 筆載[筆體]가 조키에 成傑의
婚書紙 四星을 써왓다.
福楪[福債]도 밧이 안니 하야 中食을 갖이
하고 왔다.

<1992년 10월 13일 화요일>
第二次로 成東 母 藥을 準備하야 아침부터
서드려 藥根 材料를 솥에 넛코 대리기 始
作햇다.
終日 대렷다.
昌宇 相俊이가 단여갓다.

<1992년 10월 14일 수요일>
終日 들개[들깨]를 脫穀한데 거드려 주고
郡 새마을課 職員 全員이 課長 來臨하야 1
部는 들깨 脫穀하는데 1部는 고초를 따주
드라. 닥 몃 마리 잡아서 中食을 侍接 주고

治下[致賀]햇다.

<1992년 10월 15일 목요일>
成東 母 韓상俊 3人이 同伴해서 漢方病院
에 가서 治療하고 왔다.
家族기리 들깨를 整洗[精選]햇다. 約 9袋
쯤 收穫햇다.
벼 脫穀하려 모든 準備를 하고 始作하려
하니 故章[故障]이 生起여 抛棄햇다.
任實 代理店에는 其 附屬이 없어 難항하고
잇다고.

<1992년 10월 16일 금요일>
故 裵仁湧 移葬 場所에 갓다. 住民 多數가
參席햇드라.
成康 집 免稅油를 新平農協에서 떼고 驛
前 基宇 집에(注油所) 주고 來日 油類을
運搬코록/運搬토록 햇다.
成傑 結婚資金 參百萬 원을 任實에서 貸
出해서 成康 母에 주웟다.
韓相俊의 次子 雲坤의 婚書紙와 四星을
代筆해 주웟다.

<1992년 10월 17일 토요일>
全州에서 朔崔 同和會議에 參席햇다. 겨우
過半수는 너머 會議는 進行햇다.
館村에서 成苑 便에 同窓會 案內狀을 複
寫햇다.
첫 벼 脫穀하는데 午後에 비가 내려 之事
가 支章이 만타.

<1992년 10월 18일 일요일>
工場 內部를 修繕햇다.
正午에는 林玉相 移事[移徙]하는데 招待
하야 參席햇다.

간밤에 비가 내려 벼가 물에 담겨 不安햇다.

<1992년 10월 19일 월요일>
特急列車로 論山에 간바 登記所가 江景에
있서 다시 갓다. 位土 登記卷을 떼보니 成
吉 外 10餘 名이드라. 林野稅 位土稅金을
斗溪에 가서 拂入햇다.
집에 온니 5時.

<1992년 10월 20일 화요일>
아침에 安永模 車便으로 全州大學 近方을
차즈니 針術者는 없다.
崔相範 社長을 訪問하고(永模는 보내고)
그려한 針者 없다고 햇든니 自己 弟를 시
켜서 自家用으로 全州大學校로 갓다.
山 中途에 잇는데 寺刹의 曾[僧]인데 한
60歲쯤 된데 患{者}는 20名이 잇드라. 針
을 꼽고 約 1時間 後에야 針을 뽑는데 人當
2仟이드라.

<1992년 10월 21일 수요일>
林玉相이는 生覺하고 온 듯이 舍郞 마루를
노로 왔다.
오토바이로 巳梅面 財務係에 갓다. 土稅
拂入 通告知書는 桂壽里長에 보냇다고 햇
다. 土稅는 6筆地 稅額 15,800원을 暇領收
證[假領收證]으로 밧고 拂入햇다.
五柳里에 姜우錫 집에서 中食을 햇다. 바
로 任實 우예 道路를 求景삼아 前 金 校長
在斗 氏를 訪問한바 全州로 移居햇다고.
館村面에 土稅 宗土 열람次 간바 新平으
로 가라 햇다.
大里에 간니 郭道燁이만 相逢하고 炳基는
不在中이엿다.

<1992년 10월 22일 목요일>
全州 木花禮式場에서 加工業者 全北道總
會가 있엇다.
加工協會 中央會에서 參席하고 道 糧政課
長 경찰국 형사課長도 參席햇다.
듯자하니 앞으로 農協 工場이 多數 各面에
1個所식 設立하는데 政府의 保助事業[補
助事業]으로 한다는데 小則模[小規模] 工
場은 幣閉1路[閉鎖一路]에 잇드라. 某人
은 靑瓦臺로 가서 데모하자고도 햇다.
집에 온니 新沇坪畓 脫穀하드라.
夕陽에 林澤俊에서 10萬 원 借貸햇다. 用
途는 外出이 深하고 病院 出入으로 不足
해서다.
子息이 만해도 집에 있{는} 子에 말한다.

<1992년 10월 23일 금요일>
아침에 全州 金在斗 前 校長에 전화로 11
月 15日 1時 40分에 主禮를 서달아고 要求
햇든니 承諾햇다.
館村 炳基에 전화로 午後에 相面키로 함.

<1992년 10월 24일 토요일>
10月 30日로 確定 同窓會 召集 通報를 發
送햇다.
銀姬는 美國으로 親友에 전화를 햇다고 料
金이 38,000원이 加算되엇다니 正言으로
개씸한 년으로 생각햇다.
郡 民願室에 朔寧崔氏 宗土 申請하려 간
바 조금 不親感이 들드라.
月曜日에 오마 하고 用紙만 타왓다.
繼續해서 道具室을 지엇다.

<1992년 10월 25일 일요일>
밤에 비가 내려 차운 기가 잇다.

求禮 冷泉里 外姪부[外姪婦]가 왓다. 고초
를 購入하려 온바 市場으로 가는 것보다
自家用 農事 고초를 주고 40斤代 18만 원
바닷다.
듯자하니 丁奉來라는 者가 自家搗精機를
삿{다}고 드럿다. 生覺하니 납분 者로 본
다. 營業的으로는 못할지라도 1年에 멋 k
나 싹을 주고 십지 안해서 購入한 듯하나
그것이 氣分이 少하고 住民이 볼 때 乃宇
體面이 不少하다. 두고 보지만 앞으로 其
者가 내게 걸이면 용서 없이 보복하겟다.

<1992년 10월 26일 월요일>
木工事는 끝이 낫으나 마루 세멘事가 殘在
이다.
오늘 토방 세멘 공구리를 햇다.
位土 申告을 하는데 郡 民願室에 간바 職
員이 不親切하드라. 成曉 父를 모른지는
몰아도 大端이 不安해도 應해 주윗다.

<1992년 10월 27일 화요일>
崔喆洙 移婚(離婚) 訴訟 辯論 公判이 法院
第一號 法庭에서 있엇는데 午前 中 待機
해도 呼出이 없어 中食을 마치고 2時 午後
公判이 始作 初에 通報帳을 立會書記에
傳하여 무르니 오늘 午前에 끝이 낫으니 다
음 통보가 갈 터이니 집으로 가서 기드리라
햇다.
집에 오니 못테이 脫穀한바 웃 3斗只은 55
袋이 收穫이고 下畓 成奎 畓에는 54袋가 收
穫되엿다고 햇다. 只今은 배메기 農事는 짓
지 안코 斗落當 1袋 80k는 짓는다고 햇다.
昨年만 해도 梁奉俊이가 배메기로 지엇지
만 今年에는 抛棄하 理由가 그것이다.

<1992년 10월 28일 수요일>
舍郞 마루 토방을 쎄메 공굴했다.
成康 뒤 松木 가지를 친다.
午後에는 成東 母하고 同伴해서 任實 保
健所에 珍療[診療]次 갓다.
藥을 3日 분마 가지고 왓다.

<1992년 10월 29일 목요일>
今日은 多事多難한 일이엇다.
新平農協에서 免稅類 石油 400릿드 揮發
油 20릿드를 떼다 基宇에 주고 午後에 운
반하라 햇다.
館村 成苑에 김치를 보내주웟다.
鶴巖田에 들깨 터는 데 協力해 주고 成曉
가 藥代로 10萬 원 주고 成傑 結婚 請諜狀
[請牒狀] 150枚라고 보내왓다.
農協에서 債務 確認하려 왓다.

<1992년 10월 30일 금요일>
同窓會 召集의 날 全州에서.
全州 터미날에 간바 겨우 8名이 募엿다. 內
장山은 포기하고 松廣寺로 行햇다.
中食은 全州에서 하고 作別햇다.

<1992년 10월 31일 토요일>
新平 孫周喆 注油所 營業 開業式에 參席
햇다.
昌坪里는 嚴俊峰을 시켜서 집 ″이 請諜狀
을 돌엿는데 그유[겨우] 乃宇 俊峰만 參席
하고 全部 約 40名이드라.

<1992년 11월 1일 일요일>
大宗 墓祀日이다.
炳基 炳列 乃宇 3人이 參禮햇다. 모사정
墓祀가 5日인데 任實 宗員이 채라고 해서

一金 20萬 원을 欽宇에서 바다 왓다.
家族들은 不平하는데 할 수 없다고 햇다.

<1992년 11월 2일 월요일>
갈옥이 14代祖 墓祀인데 못 갓다.

<1992년 11월 3일 화요일>
墓祀가 來日이다.
炳基하고 南原市場에 九代祖 墓祀 祭儒
[祭需]를 하려 갓다. 約 110,000원 程度 해
서 왓다.

<1992년 11월 4일 수요일>
雙百堂 10代祖 墓祀日이다.
祭軍은 10餘 名 募엿드라. 中食 飮福을 하
고 왓다.
來日 모사정에서 相逢키로 하고 作別햇다.

<1992년 11월 5일 목요일>
모사정 9代祖 墓祀日이다.
內婦 3人 宗員 2人 5人이 祭儒을 봉고차에
실고 山所에 갓다. 宗垈는 묵에 雜草만 茂
成[茂盛]해 잇드라.
비는 좀 내리는데 宗員은 무른[모르는] 분
이 왓다. 비는 갯지만 20餘 名이 參禮햇드
라. 比交的[比較的] 祭儒가 差하드라. 墓
前에서 中食을 하고 私山 墓祭도 參禮해
주웟다.
道峰 重宇 弟 煥宇 車便으로 無事 집에 왓다.
大里 宗員 本里 宗員 飮福 床을 나누워 주
고 作別햇다.
館村 堂叔하고 祭儒代 決算을 햇든니 全
部 除地하고 2萬 원이 殘이드라.
宗會 時에 南原에서 말해야 한다고 햇다.

<1992년 11월 6일 금요일>
炳基 氏하고 同伴해서 桂壽里 宗畓 개간
事業 現況을 보려 갓다. 圍致[位置]는 大
役事는 안니고 해서 왓다.
100萬 원 程度이면 作業해 無防[無妨]할
듯 십드라.
全州 태우에도 專하고 其 뜻을 말햇다.
大里 漢藥局에 가서 保藥[補藥] 한 제에
28萬 원인데 15萬 원을 주고 殘 13萬 원은
日後 주마햇다.

<1992년 11월 7일 토요일>
結婚 請謀狀[請牒狀]을 整理햇다.
서울 親家를 除外하고 住民 除外하고 昌坪
里 親척을 除外하고 135명을 發送하겟다.
約 210名쯤은 募일 것 갓다.
夕陽에 全州에서 成曉 內外가 왓다.
成東 母 藥은 今日부터 대려준바 于先 한
첩만을 대려주고 再湯도 해주웟다.

<1992년 11월 8일 일요일>
大栗里(사제봉) 墓祀日이다.
今日은 새벽 5時에 起床해서 藥을 대리기
時作[始作]햇다.
諾[約] 4時間쯤 대려야 하고 물은 3, 5사밤
[사발] 부으면 되고 1日 再湯까지 4回을
드려야 한다고 햇다.
八代祖 墓祀에 參席햇든니 5人이 參禮햇
다. 山直이는 病中에 잇고 祭需는 例에 比
하면 差異이가 만타.
山直이 갈게 된데 刑 氏 집안人인데 墾井
[管井]을 파주면 하되 그려치 못하면 뜻이
없다 햇다.
미류고 왓다.

<1992년 11월 9일 월요일>
巳梅 桂壽 墓祀 六代祖 .
宗員 4人이 參禮햇다. 日氣 不順으로 宗閣
[宗中祭閣]에서 지냇다.
大宗中 條 八代祖 位土 墾井의 件이 論議
가 잇엇고 私宗 桂壽里 位土 開墾이 論論
한바 모두 執行키로 햇다.
成傑이 結婚 請謀狀을 發送햇다.
館村 炳基 斗流 炳列 全州 泰宇는 基宇도
口頭로 婚事를 傳햇다.
終日 조금식 비는 그치지 않이 햇다.

<1992년 11월 10일 화요일>
오늘도 아침부터 비가 눈이 석혀서 내렷다.
水原서 成傑 便에 今般 結婚式에 洋服 1着
用金 參拾萬 원을 보내 왓는데 內容은 成
東 母 拾萬 원 父 20萬 원으로 된 것인데
成東 母는 病中에 잇고 하니 合해서 父親
洋服 1着 하시라는 뜻이다.
成康 母가 지켜 서서 갖이 가자고 하고 돈
을 두면 別途로 使用키 마려이니 此 機會
에 가지고 해서 갓다.
任實 崔允成 洋服店에 갓든니 主人이 不在
中. 30餘 分 機待 中 婦人이 價格을 무르니
約 50萬 원 以上인 것 같고 日氣도 不順하
야 色도 고르기 難해서 왓다. (抛棄하고)
집에 온니 成東 母는 不彦으로 보이고 앞
으다고만 하고 울고 있으니 여려 가지로 生
覺하다 爲安[慰安]해 주고 夕{食}床에서
메너리보고 너 엄마가 울고 있으니 不安하
다 햇다.

<1992년 11월 11일 수요일>
谷城 五代祖 墓祀日이다.
아침부터 谷城 墓祀에 내 혼자 갈 것을 生

覺하니 大端 不安햇다. 宗員 中 아무도 가자고 하고 십지 안타. 驛前 基宇도 日前에 陰 17日 꼭 가기 約束햇드니 오늘 가자 하니 못 가겟다고 하야 전화를 끈엇다. 다음 宗會 時에 分明이 말하고 내의 판공비도 要求할 生覺이다.

<1992년 11월 12일 목요일>
日前에 全州 成曉 內外가 와서 夕食을 하고 가면서 成傑 結婚에 20만 원을 주고 간다 햇다.
成東이도 그 정도는 하지 안케나 햇다.
終日 舍郎에서 讀書만 햇다.

<1992년 11월 13일 금요일>
大里 大門內 曾祖 墓祀 끝
집에서 庭園 掃地을 햇다.
110.쯤[11시쯤] 大里 墓所 墓祀에 갓다. 태우는 오지 안코 3人이 慕侍엿다.
來日 담배 판매한다 햇다.
成曉가 단여갓다.
되야지 1頭를 잡앗다.
오수면에 李康原는 미리 봉투루[봉투]를 보내 왔다.

<1992년 11월 14일 토요일>
담배 買上日이다.
保廳器를 아침에 창기니 없다. 四方을 뒤지고 바도 없다. 할 수 없이 지내다 藥을 짜니 그 속에 나왔다.
生覺하니 새벽에 뜻박게 成東 母가 일려나 生康[生薑]을 썰드니 生康 쪽각이 保廳器와 비슷하는데 너버렷는 것이다.
호통을 치려해도 또 슬프게 生覺할가 해서 不安해도 좋은 듯이 侍[待]햇다. 그려나 아

침 새벽마다 내가 藥을 안치고 대려주는데 무슨 행위엿는가. 昨年 秋季에도 本人을 오토바이로 태워서 任實保健所에 가서 珍察 中 오도바이를 盜득을 맞아다.
이려케 損害을 밧다.
오늘은 水原서 善範 家族이 成允 任實 朴氏 子가 1車 왔다.
12時계에 서울서 張雄善 家族이 왔다.

<1992년 11월 15일 일요일>
成傑 結婚日 木花禮式場. 成東에서 5萬 원을 貸用해서 出發햇다.
아침에 成康 집에서 顯考 顯妣 三位에 祭祀을 慕侍엿다.
1時 40分이 禮式인데 12時 30分에 到着햇다. 華客은 多數가 募엿드라. 請謀狀도 내지 안니 햇든 華客 5, 6명 新平人들이엿다. 未安해서 求禮에서 外家宅에서 3人이 왔드라. 禮式을 無事이 맞이고 食堂을 가보니 滿員이엿다.
夕陽에 成康 집에서 成曉하고 集計를 매보니 總 收入金이 5,458,000원으로 集計되엿다.
이제까지 子女息을 成婚햇지만 今般처럼 多額 收入은 없엇다. 支出을 除하고 現金으로 340萬 원을 바닷다.
數年間 功을 드려 祝賀金을 收入햇는데 앞으로 官婚喪祭[冠婚喪祭]에 支出해야 할 돈이 싸여 잇는데 莫 〃 하다.

<1992년 11월 16일 월요일>
全州에서 泰宇을 相面하고 全北投資銀行에 出金을 手續하고 보니 1,008,000원을 再預託하고 69萬 원을 引出햇다. 1,008,000원은 93年 4月 以內에는 손댈 수 없다. 開墾費 100萬 원인데 69萬 원 除하면 31萬 원

은 私宗 收稅 條에서 通帳에 든 27萬 除하
면 約 4萬 원은 代表者가 私錢으로 代納해
야 햇다.
92年産 煙草 買上 收入金이 3,999,450원
이라고 햇다. 其中에서 40萬 원을 주면서
아버지 用錢하라 햇다. 그리고 南原 成樂
이 妻 便에 成東 母 保菅金 10萬을 주어 計
50萬 원을 바닷다. 大里 藥 林澤俊 貸金
10萬 원 除하면 12萬 원이 用錢이 되겟다.
不安感이 잇이만 黙認하고 말겟다.

<1992년 11월 17일 화요일>
아침 食事를 맞이고 8時 30分에 出發하야
光州에 갓다. 綜合터{미}널이 옴겨저 光州
변죽으로 갓다. 物品은 舊터{미}널인데 생
소햇다. 택시로 舊터{미}널로 왓다. 物品은
如前이 購入햇다.
家族은 콩 脫穀햇다고 約 7袋를 운반.
밤 9時에 驛前에 銀姬를 데려간바 成傑이
가 왓드라. 갖이 집 오서 人事를 밧고 來日
大小間家에 新婚 後 人事를 하야 한다고
일엇다.

<1992년 11월 18일 수요일>
成傑에서 祝賀金 殘 3,290,000원을 引受밧
고 任實 債務 整理하라 햇다.
林澤俊 取貸金 10萬 원을 自己의 집에서
金判植이 보는데 주웟다. 大里 藥代 13萬
원 全番[前番]에 15萬 원 계 28萬 원을 完
請算[清算]햇다.
成傑하고 同伴해서 全州 金在斗 氏을 禮
訪하고 主禮 答禮햇다. 꿀 2병 牛肉 2斤을
禮物햇다.

<1992년 11월 19일 목요일>
收入 豫想金
一. 成傑에서 結婚 祝賀金   3,290,000
　　任實 債務 정리
二. 成東에서 葉煙草 買上 用金}
　　　　　　　　　　400,000
三. 南原에서 成東 母 條   100,000
四. 成傑 洋服代   300,000
　　　　　　　계 4,090,000

支出豫想金
一. 保聽器代   600,000
二. 大里 藥代   130,000
三. 林澤俊 取貸金   100,000
四. 서울 鎭鎬 子 結婚비   100,000
　　祝儀金 2人 여비
五. 薛東文 韓相俊 崔基宇 50,000
　10,000 10,000 30,000
　　　　　　계 980,000
差引 殘金 4,090,000 - 980,000
　　　　　　= 3,110,000
　　　　　　　預託豫算

昌宇가 와서 對話하다 大里坪 밭을 팔아서
利錢만 가지고도 年 用下는 利用하는데 外
人더려 돈 도라고 빚을 내는야 햇다.
任實에 貸借金을 償還 入金하고 왓다.
四仙臺注油所에서 無煙油 20릿드 保菅油
를 가저왓다.
夕陽에 비가 五, 六日처럼 많이 내렷다.
南原 帶江서 芳基宗이가 고초를 乾燥하려
왓다.

<1992년 11월 20일 금요일>
어제밤부터 내린 비는 오늘 아침까지 내렷

다. 舍郞에서 華客들의 人事狀을 作成하고
보니 親戚 郡職員 1部 除外하고 꼭 내야할
華客은 135名이 되엿다.
앞으로 收入해야 {할}
91年産 秋穀買上量 86袋인바 今年에는 量
이 960萬石 約 110萬石이 引上되여 우리
집 量은 100袋는 되는 것으로 안다.
그려면 내의 用錢은 約 50萬 원 程度.
宗錢 代納金   250,000

<1992년 11월 21일 토요일>
郵票를 135枚 購入해다가 人事狀을 住所
를 써달아고 메누리에 주윗다.
朝食은 鄭九福 집에서 婦人 生日이라고 갖
{이} 햇다.
中食은 金進映 집에서 生日이라고 햇다.
朴仁泰에서 招請이 들어왓 갓다. 飮酒만
하고 왓다.
밤에 訃意[訃告]을 밧고 보니 山西 白雲里
具益作[具益祚] 別世이며 來日 出喪한다
햇다.

<1992년 11월 22일 일요일>
崔基宇 女息 結婚 韓相俊 子 結婚 薛東文
子 結婚日이다. 또 山西 具益作 出喪.
韓相俊은 成康 母를 보내고 薛東文은 李
宗善에 付託햇다.
아침 山西 白云里 問喪하고 崔基宇 女 結
婚에 參席햇다.
오는 길에 館村 酉山里 李鍾善 집을 訪問
하고 薛東文 子 結婚에 祝儀金을 傳해 달
아고 햇다.

<1992년 11월 23일 월요일>
成東 母를 同伴해서 任實 薛藥局에 갓다.

그곳도 患者가 多數가 募엿드라. 진맥하고
針 맛고 藥代 37,000원을 주고 왓다.
重宇 몀소 件으로 是非가 있엇다. 그러나
별것 업고 重宇 몀소만 무려 주라 햇다.
結婚 華客들에 人事狀을 보냇다.

<1992년 11월 24일 화요일>
今日은 多役 多事 難햇다.
一. 첫재로 全州 法院에 崔喆洙 裁判하는
   데 參席 햇든니 法庭 門前에 名單을 보
   니 12時 안에 順序가 되엿드라. 12時
   되어도 呼出을 하지 안 해서 무르니 呼
   名해도 出席치 안해 다음 12月 22日로
   延期햇다.
二. 다음은 保聽器 製作所에 갓다. 55萬 원
   殘金을 주고 引受햇다.
   다음은 館村郵替局 成東 洗濯機代 95
萬 원을 送金金[送金]햇다.
三. 다음은 新平農協에 가서 預託金 29萬
   원을 引出햇다. 宗土 開墾하는 데 利用
   자[利用次]엿다.
四. 다음은 집에 오니 藥이 쓰다고 하고 단
   과자를 要求해서 사려 갓다.
五. 다음은 館村郵替局에 水原 人事狀을
   託送하고 大里 藥局에 가서 술약 계피
   감초를 사다 술에 投入햇다.
앞길에 포장공사로 因하야 龍山里로 되라
[돌아] 단엿다.

<1992년 11월 25일 수요일>
光州 成宇에서 새벽 電話가 왓는데 92年度
宗員總會 日定을 뭇기에 93. 1. 5日라 햇든
니 贊成햇다.
9時에 館驛에서 館村 炳基 氏하고 同行해
서 桂壽 宗畓 合沓[合畓]하는 데 갓다. 잘

햇다고 하고 100萬 원 주고 南原으로 行하
야 왓다.
徐東辰 工場에 들여 其者을 보려 한바 不
在中 相對 못 햇다. 總務者에 社長더려 昌
坪里 崔內宇 氏가 土稅 바드려 왓다갓다고
付託코 왓다. 3時경.[111]

<1992년 11월 26일 목요일>
屛巖里 鄭家 弔問을 하고 오는 길에 工場
에 들니바[들른바] 또 不在中이라기에 내
일로 미루고 왓다.
今年 中 最高 氣溫이 떠려저 零下 5, 6度엿다.
舍郞에서 讀書로 보냇다.
午後 4時경 徐東辰 者을 對面하러 간바 또 不
在中이여서 東辰의 弟 者에 付託코 왓다.[112]

<1992년 11월 27일 금요일>
서울行 特急列車 豫買하려 햇다.
舍郞에서 讀書로 時間을 보냇다.
日氣가 어제보다 2, 3度가 底溫[低溫]엿다.
電話로 徐東辰 者를 무르니 또 없다고 햇다.
成東이에 電話로 沈參茂에 付託하야 水原
半票 2枚만 사오라 햇다.

<1992년 11월 28일 토요일>
來日 結婚式에 參席코자 成康 母하고 同
伴해서 서울에 갓다. 成康 집을 간바 午後
3時엿다.
夕食을 하고 나니 5兄弟가 다 모엿다. 夕食
을 成康 집에서 全部 하드라. 메누리는 麥
酒하며 안주도 生鮮으로 만{히} 해왓다. 未
安하드라만 할 수 없엇다.

<1992년 11월 29일 일요일>
10時경에 成愼이가 運轉하야 禮式場에 당
하니 漢江에 水上에다 禮式場을 마련한바
駐車場도 넙고 空氣도 좃코 淸明하드라.
禮式도 舊式 1部 新式 1部 竝合해서 擧行
하드라. 成奎 兄弟 男妹 全員을 相面햇다.
곳바로 出發하야 民俗村으로 行하야 求景
하고 成康 집으로 가서 2泊채 햇다.

<1992년 11월 30일 월요일>
朝食을 맞이고 10時경에 出發해서 直行으
로 왓다.
全州에서 相範 母도 오고 이웃 동래[동네]
婦人들이 募여 김장으 하드라.

<1992년 12월 1일 화요일>
집안 前後 庭을 掃地를 까끗이 半日 동안
햇다.
午後 3時 30分쯤 徐東辰 工場에 갓다. 徐東
辰의 弟가 經理者에 알이고 전화번호를 아
려주고 가면 來日 社長이 오면 決裁를 맡아
알여주마 햇다. 經理者에 付託코 왓다.[113]
第三次 갓다.
農家別 買上量 發表하는데 65袋라고 昌宇
6袋면 71袋다.

<1992년 12월 2일 수요일>
水道菅[水道管]이 터저 改修햇다.
成苑 內外가 쌀 김치를 실로 왓다.
新狀을 求景햇다.
田畓을 두려 보앗다.
後畓 上水道 貯장室을 부섯드라.

---

111 본 문단의 내용 전체를 붉은색으로 테두리를 쳐
　　놓았다.
112 문장을 쓴 다음 붉은색으로 테두리를 쳐놓았다.

113 레미콘 공장 사장을 만나러 간 본 문단의 내용은
　　11월 13일, 14일 자 일기 내용과 마찬가지로 붉
　　은색으로 테두리를 쳐놓았다.

<1992년 12월 3일 목요일>
午前 中에 崔瑛斗 氏가 왔다. 子 喆洙가 法
源에서 呼出狀이라며 보이드라. 12月 22日
第1號 法庭이드라. 또 參席을 要求햇다.
養老院에 들여보왔다.

<1992년 12월 4일 금요일>
全州를 가려 館村에 當햇다. 皮巖 金善權
氏 外 몃 분이 왔고 元泉에서 金允圭 氏 外
몃 분이 任實 간다고 하는데 아마도 생각건
데 金寧 金氏 宗親會에 參席하려 간 것 갓
드라. (金永三 條)
全州에 간니 鄭周永 氏가 政見發表次 온
다고 하드라.
논 집[짚]을 이제야 운반한데 色이 좋이 못
하드라.
徐東辰 工場을 訪問하고 社長을 相面하고
借地料를 要求햇든니 두말없이 65萬 원을
주드라. 앞으로 本 土地를 사라 햇든니 산
다고는 하는데 市價 맞이 안해서 다음으로
未流엇다.

<1992년 12월 5일 토요일>
獒壽樹館[獒樹會館] 參席.
아침에 成康 母 大里 받 借地料 60萬을 건
너준바 5萬 원을 用錢으로 使用하라 햇다.
또 五萬 원을 더 주면서 農協에 6拾萬을 預
託해 달이[달라] 햇다. (驛前 畜協에 함)
崔容安의 招請을 받고 獒樹會館에 갓다.
五弓里 崔東安과 同伴해서 參席햇다. 募
臨의 뜻은 今般 大選에서 20%線만 내주신
다면 容安이는 長官자리 하나는 無難하다
햇다. 그러면 長官 時節에 供[功]을 닥고
此後에 또 出馬할 수 잇다 햇다.

<1992년 12월 6일 일요일>
家內에서 內事를 살폇다.
舍郎芳에서 讀書하고 養老堂에서 募엿다.
韓相俊을 맛나고 金永三 候補가 有利하겟
데 해서 테스트를 해보니 그건 까보아야 한
다고 하드라. 그者도 完全 野者드라.

<1992년 12월 7일 월요일>
韓相俊 者 同伴해서 5時 30分에 任實 東
中校 講堂에 着하고 夕食을 갓치 하고 金
永三 候補 演設을 듯고 왔다.
午前에는 벼 共販 61袋를 買上코 2,750,000
원을 收入햇다.
面長 支署長도 參席하는데 보기에 不安感
이 들드라.

<1992년 12월 8일 화요일>
成東이는 農協債務 整理하려 간바 約 85
萬 원쯤 請算햇다고 햇다.
父 用金 藥代를 250,000원 주드라. 不足하
지만 할 수 없다.
제 母를 데려고 任實 薛藥局에 갓다. 針 맛
고 藥代 1濟[一齊]代 37,000원 주고 왔다.

<1992년 12월 9일 수요일>
孝子洞 新盛機械商會에 갓다. 石拔機 網
을 購入次 간바 組立 한 벌을 주마[달라]
했든니 舊式이라서 없다고 햇다. 網만을 가
지고 왔다.
任實에서 姜 常務를 맛나고 말햇든니 任實
面은 合併하니가 其 原動機가 나마도니 그
려 品을 사라 햇다.
新平面 工場 統合은 大里 趙喆源이가 貸
付받아 施設을 한겟다고 드럿다.

<1992년 12월 10일 목요일>
石拔機 網 組立함.
館村市場도 감.
冬服 잠바를 交替해 왓다.
養老堂에 간바 山西에서 丁東根이가 와서
丁氏 宗中之事로 丁壽福하고 是誹[是非]
를 하는데 票言이 좇이 못 하드라.

<1992년 12월 11일 금요일>
郡農協에 畜牛資金 利子만 拂入햇다.
加工組合費를 92年分 拂入햇다.
市場에서 郭在燁 氏를 對面한바 中食이나
갖이 하자 하야 하고 오는 12月 26日 子 結
婚日라며 서울서 하니 엇더냐 하든라. 가겟
다고 햇다.
午後에는 養老堂에서 지냇다.

<1992년 12월 12일 토요일>
來 15日 서울 議事堂 앞에서 全國加工協
會員 集結하야 우리의 要求 修件[條件]을
受諾해 달라고 데모하러 가기로 햇다.
龍山里 康東云 子 結婚式에 參加햇다.

<1992년 12월 13일 일요일>
崔相淳 氏가 來訪해서 崔容安을 生覺해서
今般 選擧에서 잘 付託한다고 햇다.
南原 元範 回甲에 參席햇다. 華客들은 多
數 募엿는데 飮食은 各者[各自] 마음것 먹
으라고 채려만 노왓든라.
午後에는 계동 大宗會에 참석코 夕食 後 7
時 車便으로 집에 오니 밤 9時 30分이엿다.
來日 또 族系宗會에 參席해야 한다.

<1992년 12월 14일 월요일>
宗坒에서 族系宗 定期總會에 參席 햇다.

案件는 宗畓 收稅案 宗坒 菅理[管理]案
其他로 된바 午前 11時부터 午後 3時까지
第一案 收稅에만 甲論乙박하며 時間을 보
내오니 宗畓의 圍置도 잘 모르니 또 作況
도 모르고 해서 發設[發說]도 못하고 잇다
가 말없이 三時 30分 車로 迫家[歸家][114]
햇다.
巳梅 大栗里에서 通報가 온바 宗畓 墾井
을 屈着[掘鑿]햇다고 契約金을 가저오라
고 傳해 왓다.

<1992년 12월 15일 화요일>
成東 母 病勢가 不便하야 메누리하고 弟嫂
2人이 市基里 梁氏 婦人에 점치로 간바 先
坒에 祭物을 갖우워서 告辭[告祀]하야 한
다고 해서 祭儒를 갓추엇다.
新平農協에 가서 老人會 入金을 整理한바
今日 現在로 67萬 원이 되엿다. 다방에서
完宇 俊峰을 다방에서 面談햇다.
任實畜協에 積金한 宗錢 1,132,000원을 引
出하려 간바 期日 93. 2. 2 字이 只今 引出
하면 損害이오니 貸出을 바드라고 해서
100萬 원을 貸出햇다. 大端이 고맙드라. 明
年 2月에 滿期에 引出하면 利子만도 12萬
원이고 只今 引出하면 利子 4萬 원 程度라
햇다.

<1992년 12월 16일 수요일>
市基里 梁氏 婦人이 점치려 왓다. 中食을
맞이고 방에서 食堂에서 正門에서 깽가리
로 점을 치드라.
任實農協에서 預託하고 市場에 갓다. 海參

[海蔘]이 生覺나서 5,00원[5,000원]을 주고 사왔다.

집에 오니 崔容安이가 贈物을 보냇다고 굴비 열 봉지가 왔다.

崔昌宇 ①봉 崔成康 母 ① 白康俊 ① 李相勳 ① 崔南連 ① 崔瑛斗 ① 崔成東 ② 韓相俊 ① ○○○ ①

物品을 주고 가면서 崔氏 집안에 논누고 殘이 있으면 親友도 주라고 햇다.

<1992년 12월 17일 목요일>

館村 崔炳基 氏를 帶同하고 大栗里 八代祖 宗畓 守護者 刑宗旭을 訪問 墾井費 60萬 원을 傳하고 잘 付託햇다.

南原 成樂 집을 갖이 訪問하고 술 한 잔 마시고 왔다.

<1992년 12월 18일 금요일>

大統領 選擧日이다.

午前 中에는 집에서 家事를 하다 中食 後에는 投票所에 갓다. 李 校長에 祝賀金부터 주고 投票햇다.

任實에 갓다. 本人의 身體가 나 모르게 不安하야 漢藥 한 제를 付託코 왔다.

丁基善을 맛나고 故 鄭鉉一 집에 갓다. 어제밤에 祭祀라고 해서 飮食을 조금 햇다.

<1992년 12월 19일 토요일>

全州 丁基善 婦人을 任實터미날에서 맛나고 갖이 靑雄 韓然洙 宅을 찾고 藥 한 제를 지엿다. 其 宅에서 夕食까지 接待를 받앗다.

任實에서 崔容安의 招請으로 간바 多數가 募엿다. 中食도 갖이 하고 왔다.

<1992년 12월 20일 일요일>

張判童 慈堂 別世 弔問햇다.

全州 崔宗植 子 結婚禮式場에 갓다. 同窓會이 多數 와서 相面햇다.

張判童 弔問한바 水原서 裵明善이가 喪家에 온바 드럿다면서 龍山里 康東俊의 子가 서울서 왔는데 父의 預託通帳을 내라면서 (約 二千萬 원) 주지 안으니 父를 구타까지 햇다고 하니 以 世上이 아주 末世가 되여 老者들은 操心[操心]하고 注意가 要한다. 앞으로 엇이 해야 하나.

<1992년 12월 21일 화요일>

保藥을 飮藥하기 着手햇다.

張判童 慈堂 出喪하는 데 가 보왓다. 喪衣軍이 없어 不安 中이드라.

新平面에 가서 印鑑證하고 住民登錄證 各 1통식 떼여 山直이 刑鍾旭[邢鍾旭]에 주윗다. 墾井용으로.

館村 炳基 宅에서 鍾旭에 捺印해 주고 自己의 兄이 別世햇다기에 弔儀金[弔意金] 2萬 원 本人의 旅비 貳萬 원을 주고 驛前에서 中食을 接待해서 보냇다.

<1992년 12월 22일 수요일>

養老堂 定期總會日이다.

收入支出 決算을 마첫다. 中食은 南關食堂에서 햇다. 午後에는 未決 書類 完備 綴해 주윗다.

今日부터 茶 器具를 準備햇고 커피 – 栗무茶 및 쑥茶까지 購入하야 夕陽부터 飮茶하기 始作햇다.

電氣茶器는 成康 母가 주엇다. 代價를 주워야 함. 約 2萬 원.

<1992년 12월 23일 목요일>
새벽부터 눈이 내렷다.
舍郞에서 終日 大宗 書類 作成햇다. 完全
作成. 오는 93. 1. 5. 大宗 定期總會 對備이
엿다.

<1992년 12월 24일 금요일>
成曉 家族들이 왔다.
今日 先考 祭祀日이다.
大小家 內族들이 왔다.

<1992년 12월 25일 금요일>
아침에는 大小 家族들만이 募여 朝食을 갗
이 햇다.
中食 時를 澤[擇]해서 養老堂에 편과 果實
[果實] 飮酒를 부내 주웟다.
家事 整理를 햇다.

<1992년 12월 26일 토요일>
7時에 驛前에 갓다. 正刻 7. 40分 뻐스가
왔다.
仁川은 12時 30分에 當햇다. 禮儀를 맞이
고 오니 밤 9時 40分이엿다.
釜山서 珠宇에서 電話가 왔다. 明年 1月 5
日 定期總會에 꼭 參席하겠으니 涼知[諒
知]하시라 햇다.

<1992년 12월 27일 일요일>
崔東宇 子 結婚에 參코 韓旺錫 子 結婚日
인데 같은 禮式場이여 親査{頓}間이 되엿
든라.
어제밤에 왔다고 成傑이 成愼이 왓드라.
內故가 있어 몀소를 사려 왔다고 하야 二마
리를 잡아갓다.
結婚 食堂에서 桂壽 宗員들을 相面햇든니

道峰 重宇가 예수병원에 入{院}中인데 回
生키 어렵다고 햇다.

<1992년 12월 28일 월요일>
새벽부터 비가 래렸다.
듯자하니 銀姬가 任實高에 93年度 新入
入學願書를 내지 안 하고 美術學院에 간다
고 하드라. 熱이 나서 밤에 갓다. 두 兄弟가
테레비를 크게 트려놋코 熱中 視聽하고 있
으니 加熱이 되엿다.
이게 공부야 하고 네의 아버지 할머니하고
무슨 減情[憾情]이 이기에 말을 듯지 안나
햇다. 밤에 나가 버렷다. 夜中에 마음이 변
하야 기드리도 오지 안햇다. 不安해서 가보
니 왔다고 해서 一金 五仟 원을 주며 光州
에 간다니 잘 단여오라고 成康 母에 付託
햇다.

<1992년 12월 29일 화요일>
日用物로 取扱하면 안 된다.
成東 母는 全州로 몇일부터 내에 조르나
針이 藉하면 몸에 害가 있다고 햇다.
오늘은 가자고 하야 決定햇다. 全州 한약방
대건네 3街里에 갓다. 中央商街 아파트로
갓다 하야 차자 갓다. 珍察하든니 간절염이
라며 治料가 어렵드라고 하드라. 그려나 針
은 마잣다. 모레 또 오라 햇다.
車中에서 李性洙을 맛낫든니 任實地區 뻐
스 운전기사로 왔다고. 운임도 안 받으라.

<1992년 12월 30일 수요일>
全州 예수병원 重宇 問病次 行次
營農資金을 成東이가 代納햇다고 햇다. 成
苑에 四百萬 원을 준바 200萬만 주고 明年
1月 末로 延期햇다니 成苑 自身이 不良者

다. 多幸이도 返濟하면 되지만 萬諾 不履
行하면 每事 如意치 못할 게다.
朴仁泰 氏의 招請으로 간바 5, 6명이 募여
麥酒 豚肉을 侍接 바닷다. 各處에서 謹賀
狀이 왔다.

<1992년 12월 31일 목요일>
成東 母하고 白康俊하고 同伴하야 全州 全
氏 針術者에 택시로 安近模 車便으로 갓다.
代充 從前에 比하면 良護한 듯도 십다.
水原 洗濯機 1臺를 成康이가 보내왔다. 他
의 債務도 相當한데 難處햇다. 1便 老母가
되니 冬季에 生覺코 보낸 것으로는 안다.
今年도 運이 多幸틀 못 햇다. 內故로 病中에
있어스니 不安 만햇다. 內子 成東 母 病으로
不安感이 많아[많다]. 말 못한 상태이다.

<1993년 1월 1일 금요일>
道峰 崔重宇 問病을 館村 炳基 氏하고 同
伴해 갓다. 예수病院에 간은니 忠者[患者]
를 몰아보앗다. 女子가 누구를 찻나 하기에
仔細히 보니 崔重宇드라. 보타서 몰아보게
되엿드라. 病名은 폐암이라면서 不遠이면
世上하고 別居 狀{態}이드라.

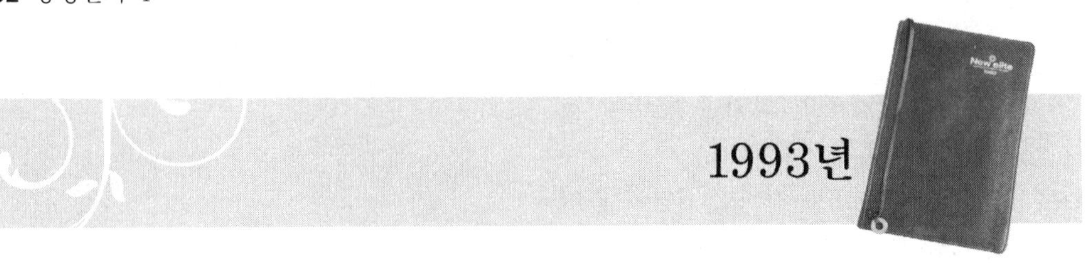

<내지1>

送舊迎新

一九九年 癸酉年 初正[正初]

崔乃宇 謹書 (印)

<내지2>

		家族生日	(陰)曆	
家長		1923.	8. 22.	癸亥生
妻		1925.	8. 8.	乙丑生
妻		1925.	3. 15.	乙丑生
子	成曉	1948.	2. 14.	戊子生
〃	成康	1948.	8. 20.	戊子生
〃	成東	1952.	11. 18.	壬辰生
〃	成樂	1955.	1. 25.	乙未生
〃	成傑	1958.	8. 16.	丁酉生
〃	成奉	1960	2. 25.	庚子生
〃	成愼	1962.	4. 11.	壬寅生
〃	成允	1967.	9. 10	丁未生
孫子	相範	1976.	11. 21.	丙辰生
〃	鴻範	1989	8. 17	己巳生
〃	瑛秀	1992.	6. 4.	壬申生
〃	善範	1987	5. 11.	丁卯生
〃	永範	1988	8. 11.	戊辰生

<내지3>

秘考[備考]

全州 2件

任實 1件

新平 1件

館村 1件

<1993년 1월 1일 금요일>

92. 12. 29 字　　　水原 成傑 條 400萬 원 ┐
　　　　　　　　　全州 成苑 條 400萬 원 ┘ 農協債務 完拂햇다.

道峰 崔重宇 問病하려 예수病院에 炳基氏와 갗이 갓다.

新正日이다.
今年에도 3日의 休日이엿다.
送年 家計簿도 統計를 集計하고 今年 家事設計도 내보왓다.
家兒들 93年度 幸運을 떠들여 보니 成曉하고 成康이하고 成東이는 不幸으로 나왓고 其外 子息들은 良護[良好]하며 特히 成奉이는 其中에도 大幸運이드라.
夕食託[夕食 食卓]에서 成東이 內外를 보고 未顔[未安]하지만 네의 母 病勢가 長期化 될 것 각고 그려타고 父는 보고만 있을 수는 없다고 하고 藥代가 不足하면 債務가 지는 限이 있어도 할 수 업다고 햇다. 그려나 成東 內外는 人象[印象]이 좋이 못이하고 顔形도 不安케 보이드라.
밤에 잠자리에 드려 生覺하니 앞으로 家和가 不和될 듯십다. 問題는 經濟 問題다.

<1993년 1월 2일 토요일>
今年度 家事 設計는 別表와 如함.
아침에 全州 針[鍼]을 마즈려 일즉 朝食을 하려 하려 하는데 顔象形이 不快하고 食器 等을 탁〃 내부치는 形이며 말 한 마디 없이 박으로 나가버리드라. 앞으로 눈치밥은 勿論이고 누구에게 말 못하고 苦通[苦痛]이 深함은 뻔한 之境[地境]이다. 外人들은 全州 큰子息이 잘 하고 成東이가 욕본다고 하지만 全州 長子는 父母의 用錢이라고 參

萬 원을 주고 갓다 하니 마음이 不安햇다.
老期에 子息이 꼭 必要한 줄 안데 只今 世代는 그도 안니드라.
새벽에 가슴이 트러오고 몸이 異常햇다. 꾹 참고 全州에 가서 針 사관을 맞고 洋藥도 먹고 한바 不安 속에 食事한 것이 消化不良으로 生覺햇다.

<1993년 1월 3일 일요일>
아침에 듯자하니 메누리가 말하는데 어제 全州 羅硏이가 大學에 合格햇다고 하며 전화가 왓다고 햇다. 잘햇다고만 햇다.
成曉 內外하고 羅硏하고 相範이가 왓다. 박게서 少事를 하고 잇는데 大學에 合格햇으니 人事 받으시요 하드라.
저이들은 榮光으로 알 테이지만 나는 그리 반갑지 못햇다. 11男妹를 공부시켯지만 大學 門에는 한 명도 없고 女孫 大學에 든다고 탐〃치 못햇다. 그저 잘햇다고만 햇다.
무슨 그런 榮光이라고 水原에도 전화로 傳하고 3月中에 入學式에 參席하라고 하지만 空手로 갈 生覺이 업드라. 只今 世能[世態]는 大學生이 흔이 빠저 그려케 榮光으로 生覺이 들지 안타.

<1993년 1월 4일 월요일>
오날도 全州에 針을 마즈려 갓다. 白康俊氏가 同行이 되엿다.
針도 맞고 藥도 10萬 八仟 원에 한 제 지엿다. 그려나 藥代는 病者가 낸다.
家族들은 조흔 形象은 안니드라. 할 수 없지.

나는 如何間 基本方針대로 밀고 갈 게다.
서울서 에제[어제] 왓다고 成奎가 왓다.
來日 南原서 大宗會가 있으니 參席하라
햇다.
成東이는 秋穀 收買하려 大里로 갓다. 約
30餘 叺인데 이제 藥代 좀 줄 테이지 生覺
은 하고 잇이만 두고 보지 돈 달아고는 안
케다.
來日 大宗會에 對備코저 宗{中}文書를 作
成햇다.

<1993년 1월 5일 화요일>
重宇 問病 5日 만에 今日 病院에서 死亡햇
다고 들엇다.
成曉에 付託하기를 宗中文書를 父 내가 菅
理[管理] 整理하고 宗事도 내가 主務者인
만큼 經驗 삼마서 萬事를 除地[制止][115]하
고 宗會에 參席하라 햇다.
오늘 會에 參席 人員은 10名이 募엿다. 宗
事 決議은 願滿[圓滿]이 打合하야 잘 決議
햇다.
谷城 五代祖代 移葬은 閏 3月中에 하고 宗
員 30名에 對한 10萬식을 3月 30日 內에
据出[醵出]키로 햇다. 宗事에 誠意가 좇아
고 治下[致賀]도 하드라.
成東이가 벼 共販햇다고 用錢 20萬 원 相
範 母가 5萬 서울 成奎가 5萬 원 계 30萬이
收入되엿다.
南原 大宗會에서 내의 계좌番號 511113-
56-000751 新平農協으로 알여 주웟다.

<1993년 1월 6일 수요일>
特報記載임[116]
成東의 母 말에 依하면 메누리 者가 말하
기를 全州 큰메누리 집에 가서 한 달쯤 잇
다가 南原메누리 집에 가서 한 달 잇다가
約 2개원쯤 되면 오라고 햇다고 하니 成東
의 妻가 시에미를 尊侍 또는 極히 生覺코
하는 말인지 모르나 成東 母의 말인즉 서럽
게 생각한다면서 내게 말햇다.
나는 生覺하니 제의 母가 病身이고 한니
完全 無視하고 우리 內外를 除居[除去]하
려 한 意道[意圖]인 것 갓다. 우리 內外가
死後에는 이 집(家屋)이 成東의 집으로 갈
지라도 只今 現在는 있을 수 없고 우리 內
外를 시려하면 成東 內外가 뜨나는 것이
올타고 본다. 그러면 우리 內外는는 사다가
못살면 同死 끝이 날게다. 良心 不良한 메
누리를 두고 보겟다. 11男妹에 護訴[呼訴]
하고 끝장을 내겟다. 現在 메누리 者란 사
람에 페 키친 일이 업다. 用錢 주는 것은 父
母의 所有財産에 依한 것이다.

<1993년 1월 7일 목요일>
全州에서 針을 맞고 예수병원 故 重宇 弔
問을 햇다.
생각하면 某○○ - 某하고 相論한 듯도 십
다. 그러케 하면 時急하고 日時에 보기 실
타. 그런데 아침에 成奎가 舍郎[舍廊]방에
서 말하기를 全州 成曉 집에 가서 계시지
요 하고 成曉를 보면 慕侍라고 말하겟다고
하기에 안 된다고 햇지만 成東 妻 者하고
무심중에 말이 오고간 듯십드라.

---

[115] 문맥에 더 적합한 어휘로는 '且置'를 써야 할 것
이나, 본문에서는 저자가 본래 쓰고자 한 말로
추정되는 어휘의 바른 표기를 괄호 안에 병기하
였다.

[116] 이 구절은 일기장 첫머리에 붉은색으로 기록되
어 있다.

<1993년 1월 8일 금요일>
서울 成奎는 4日 만에 떠낫다.
눈비가 終日 내렷다.
成奎는 가면서 農協의 내 通帳 係坐番號
[計座番號]도 적어갓다.
舍郎에서 新聞만 讀書하고 終日 日課를
보냇다.
全州에서 成玉이가 밤에 왔다.
成康 母는 感氣가 大端했다.

<1993년 1월 9일 토요일>
日氣는 不順하고 出行하고 십지 못했다.
終日 舍郎에서 書類에 손을 댓다. 遺書도
究硏[硏究]했다.
林澤俊으 招請으로 沈參茂 집에 갓다. 酒
席에서 澤俊이는 말이 世上이 귀찬하야 古
意[故意]로 藥을 複用[服用]치 안는다고
했다. 理由는 하루 束[速]히 죽고 십다고
했다. 子息은 交通事故를 내고 公州刑務所
에 囚監[收監]되엿다 햇다.

<1993년 1월 10일 일요일>
여러 분들에서 술 侍接[待接]을 여러 차례
받은바 未安해서 今日 押作이 서들여 柳正
進 林澤俊 安承均 韓相俊 朴仁泰를 招請
해서 沈參茂 집에서 接侍[接待]햇다.
오늘은 特別 養老堂에서 夕陽까지 오랏다.
全州에서 金正珠가 단여갓다.

<1993년 1월 11일 월요일>
(郡農協)
子 成允 目 條 金 今日 2,63萬 원 預託햇다.

오늘 全州에 針을 마즈려 가려 한바 本人
이 몸이 其間 針도 맛고 藥을 먹고 보니 相

當히 흠[효험]이 잇다고 하고 藥을 複用 中
이니 몇일 지내고 가자 햇다.
全北 投資銀行 갓다. 現金 10,130,000원
보내서 一金 貳仟萬 원으로 積金을 하고
다음 3月 15日 9,87萬 원에 對한 利子를 加
算해겟다고 하고(約 60萬 원) 其의 中 約
20萬 원은 成允 目으로 달고 하고 滿期
日 3月 15日에 解約하고 名儀[名義] 變更
을 해주기로 햇다.
今日 全州도 가고 任實도 가고 보청기소
가고 新平도 가고 四곳을 단이다 보니 밤 7
侍가 되엿드라.
新平에 가서 金炯順 氏를 訪問하고 老人
會 郡 支部 運營費로 一金 貳萬 원을 養老
堂에서 金充圭[金允圭] 氏 立會下에 支拂
했다.

<별지>[117]
93. 3. 15. 名儀 變更키로 햇다.
92. 9. 14. 字
元利 9,872,000으로 計算햇다.
成東 條 7,238,000
成允 條 2,630,000 分配함.
追伸 93. 3. 14. 字 利子가 約 65萬 원쯤 되
면 다시 再計算해야 함.
3月 14日이면 10萬 원 當이면 利子 5,600
식 548,000원이 긴다.[118]
93. 1. 11. 字

---

[117] 1월 12일자 일기장에 별지로 작성하여 붙여 둔
내용인데, 기록된 내용이 12일 자 일기와 연속
되는 내용이라는 점을 표시하기 위하여 본 별지
와 12일 자 일기장 지면 사이에 도장으로 합인
(合印)을 해두었다.
[118] 이 문장은 검은색으로 테두리를 친 위에 한 번
더 붉은색으로 테두리를 둘러 중요한 내용임을
표시하고 있다.

<1993년 1월 12일 화요일>
1989. 5. 22. 字 農地購入資金 八百萬 원을
貸付 받고 農地購入은 250萬 원만 支出하
고 550萬 원하고 堤防 補償金 200萬 원 計
750萬 원인바 其中 200萬 원은 成允의 目
으로 햇다. 그러나 今 現在 元利金 總計
9,872,000원이 되엿다. 그러나 今年 3月 15
日이면 利子가 約 66萬 원쯤 되면 成允 條
로 20萬 원을 計算해야 하고 成東 條가 45
萬 원쯤 計算이 되겟다. 그러면 成允 條는
2,630,000+ 끝利子 200,000=2,830,000원이
되게다. 그러데 成東이는 7,23萬 원하고
13,000,000원을 보태서 꼭 2仟萬 원자리
積金을 하겟다고 햇다. 그마게[고맙게] 生
覺햇다.
爲親契 定期總會日이다. 多數 募엿으나 所
土地 競買하자고만 햇지 겨매[경매] 規側
[規則]도 모른 者들이고 해서 내가 設明
[說明]해 주고 내가 오래 끄실인 사람인데
無視한다 햇다. 結局은 流札도고 마랐으니
明年으로 未流엇다[미루었다]. 中食만 食
堂에서 불녀다 먹엇다. 安承均 者는 每事
에 음큼하드라.

<1993년 1월 13일 수요일>
새벽에 減氣[感氣]가 드려 김침[기침]은 勿
論이고 목 앞으고 머리도 앞으고 大端햇다.
朝食 後에는 任實 漢藥方[漢藥房]으로 보
내서 藥을 지어다 取寒[取汗]도 하고 햇다.
임맛이 뚝 떠려져 被곤[疲困]햇다.
눈이 相當히 내렷다.
白康俊이가 단여갓다.

<1993년 1월 14일 목요일>
눈은 내리는데 燹壽面[燹樹面] 屯德里 崔

成五 氏을 訪問햇다. 昔時에 先祖들이 이
곳에서 世居하신 곳으로 後孫들으로서는
이지 못 고이라[잊지 못할 곳이라] 한다.
宗事之事를 相論하고 中食을 하는데 家用
酒가 香氣롭드라. 成愼의 婚談을 하야 壬
寅生이니 婚處를 購婚[求婚]해보라고
但 〃이 付託을 햇다.
約束은 何時든지 子의 職場을 求景을 하고.
成愼이가 7채 子息이다.

<1993년 1월 15일 금요일>
아침 일즉부터 서들면 全州 針 마즈려 갓
다. 多數가 募엿드라.
집에는 1時 半에 到着햇다. 오늘도 19,000
원이 드렷다.
安承均 林澤俊 梁奉俊 柳正進와 갖이 한
자리가 된바 林澤俊이는 말하기를 養老堂
運營에 對하야 會長職을 崔乃宇가 職權하
고 尹鎬錫은 現在 狀況으로는 任務할 수
없고 韓相俊을 總務로 아치자고 햇다.
安承均이는 自己가 尹鎬錫을 맛나고 現職
을 내노케 하겟다고 勤[勸]하겟다고 햇다.
誤該[誤解] 없게 處理하라 햇다. 元側[原
則]은 總會에서 選出하는 게 道理라 햇다.

<1993년 1월 16일 토요일>
오늘은 日氣가 淸明햇다.
養老堂에서 終日 休息하고 中食도 其곳에
서 햇다.
過居[過去] 養老會員들(死亡者)과 現在 會
員을 合해서 名單을 作成햇서 壁에 부첫다.
果樹園[果樹園] 姜 氏가 놀여왓드라. 잠시
잇다가 간다면서 林澤俊을 맛나고 가는데
異常하게 보이드라.

<1993년 1월 17일 일요일>
養老堂에서 休息했다. 그러나 화토노리가
盛行하야 言設[言說]이 藉 〃해서 不快하
드라. 가고 십지 못하나 할 수 없다.
嚴俊祥 氏가 와서 麥酒 한잔 하자 하야 갓다.
夕陽에 崔瑛斗 氏가 오시여 自己 집으로
간바 酒 한잔 하고 왔다.

<1993년 1월 18일 월요일>
所陽面 화심沐浴湯에 갓다. 地下溫水라고
하는데 施設이 잘 되고 갖위엇드라. 獨湯은
一金 壹萬이드라.
沐浴이 끝이 나고 中食을 하려 간바 순두
부국에 맛이 1味드라.
오는 길에 全北投資銀行에 들어 利子 計算
햇듯니 280萬 원에 6個月에 利子가
157,340원이 길엇드라. 成愼 條이다. 村前
土地 1部 賣去[賣却]分이다.

<1993년 1월 19일 화요일>
舍郎에서 讀書하다.
遺書 草案도 作成해 보고 或 死後에 後孫
에도 參考가 되려 할가 해서엇다. 내의 行
蹟을 써보는 것이다.
心 〃해서 養老堂에도 들여본다. 그러나 心
理에 맞이 안니한 者도 잊이만 할 수 없지.
全州 金二成 氏 畓 耕作料 白米 50kg을 보
내 주윗다.

<1993년 1월 20일 수요일>
千 원卷[券] 約 2萬 원 程度 準備해야 하
겟다. 23日 孫子들 歲福金 주려 한다. 年 〃
이 比 程度는 드렷다.
全州로 針을 마즈려 가자 하니 金錢은 따
리고 複雜한 形便이다.

成東 母하고 全州 針을 맞으려 갓다. 滿員
인데 機侍려서[기다려서][119] 맞고 보니 배
가 고파서 難했다. 택시로 집에 왔다.
養老堂에 들엿든니 마음 맞이 안햇다.

<1993년 1월 21일 목요일>
舍郎에서 遺書를 作成 後孫들에 圖謀가
되려 한다.
館村에서 抦品[屛風]을 購入해 왔다.
全州에서 成曉 羅硏 公州가 갖이 왔다.
白康俊하고 金三浩 間에 土地賣買가 成立
되여 契約을 代書해 주엇다. 代價는 都合
으로 890萬 원이고 511坪이엿다.

<1993년 1월 22일 금요일>
里 爲親契 畓을 賣買키로 햇으나 日前에
競爭立札[競爭入札]에 回附햇지만 流札
로 끝이 나고 明年으로 未流엇는데 某人
차자와서 再賣渡할 수 없나 햇다.
理由을 알고 보니 李龍在 林德善은 成造
할 뜻이고 林玉相이는 門前이기에 土地 使
用코서 한다 햇다. 明年으로 未流었으니
据附[拒否]해 벼럿다.
水原서 子息들이 왔는데 成愼하고 時列이
만 家 防衛次 不參햇다.
全州에서 針術者[鍼術者]가 왓닷 갓다.

<1993년 1월 23일 토요일>
古議[固有] 名節 설날이다.
子息들과 갖이 後山所에 省墓 드리고 大里

---

119 일기 전체에 걸쳐 한글표현 '기다리다'를 한자를
써서 '機待리다'와 같이 쓴 예를 다수 찾아볼 수
있다. 또한 '接待'를 '接侍'로 쓰는 것과 같이 '待'
를 '侍'로 오기하는 경우 또한 상당수 찾아볼 수
있다. 따라서 이 문장에 쓰인 '機侍려서'는 '機待
려서'의 오기로 볼 수 있을 것이다.

에 曾祖 山所에 省墓 드리고 왔다.
夕陽에 南原 成樂 全州 成曉 食口 다 떠낫다.

<1993년 1월 24일 일요일>
成玉 食口 水原 成康 兄弟들도 다 떠낫다.
日氣가 淸明해서 夕節[名節]다윗다.
成康이가 用錢　　　80,000
成奉이가 〃　　　100,000
成玉이가 〃　　　50,000
計 23萬 원을 주고 갓다.
其外 他 子息들은 所用 없드라.

<1993년 1월 25일 월요일>
任實郡農協에 단여왔다.
養老堂에 갓다. 듯자하니 崔南連 兄弟가
어제 이곳 養老堂에서 是非을 하고 南連
氏는 養老堂 出入을 禁하고 脫退한다면서
堂員 名範[名簿]를 削除하고 갓다고 들엇
다. 바로 南連 氏를 訪問하야 따젓다. 데리
고 養老堂으로 왔다. 謝過를 시키고 터파
햇다.

<1993년 1월 26일 화요일>
成康 母하고 館村面사무소 成苑을 찻고 成
康이가 手票 준 卷을 交換해 왔다.
養老堂에 갓다. 多數가 募엿드라. 萬諾[萬
若]에 養老堂 會長이 任命되면 會長職의
根居[根據]을 압세우고 里 行政에 關係하
겟다고 하고 첫재로 里 財政을 한부로 處
理한 件은 있을 수는 없는 行爲라 햇다.
故 李相駿의 位土를 3人의 名儀로 登記햇
다면 不良한 도적놈으로 認證하야 말햇다.
里 所有 倉庫가 二棟인데 이것도 某人의
名儀로 잇는지 破確[把握]햇다고 햇다.

<1993년 1월 27일 수요일>
몸이 異常햇다. 終日 舍郞에서 讀書하다
남잠도 드럿다.
夕陽에 金三浩가 왔다. 白康俊 土地代를
拂入해야 하는데 갖이 가자 햇다. 주고밧고
끝을 냇다. 移轉 未流엇다.
里長 者가 왔다. 土地特別措置法에 依한
委員을 選出햇는데 崔乃宇 韓相俊 崔完宇
嚴俊峰의 選任햇다고 햇다. 29日 敎育을
받아{야} 한다고 햇다.

<1993년 1월 28일 목요일>
面 養老堂會議에 參席햇다. 各里에서 2명
以上 募여 約 30餘 人이 會合햇고 郡에서
康正煥 局長 者가 臨席햇다.
案件은 相助協會인데 死亡者는 늘고 新加
入者는 없어 存幣[存廢] 問題이 되엿다.
新加入者 新平에서 約 30餘 면만 加入케
해달아는데 全部 不應햇다.
萬諾에 加入者가 없으면 不得이 赤字로 依
하야 앞으로 相助 死亡 650名에 對한 80萬
원자리 50萬 원자리 區分할 것 없이 人當
모라서 28萬 원만 주겟다고 햇다. 앞으로
是非는 크겟다고 햇다.

<1993년 1월 29일 금요일>
特別措置法 委員 한 사람으로 午後에 面
會議室에 參席햇다.
講議[講義]하는 臨席官은 郡廳 民願실에
서 某 係長이라 햇다.
設明을 들은 後에 第一 첫재로 내가 質問
의 發言을 엇더 質議하는데 안골 故 李相
駿 件 里 倉庫의 件 養老堂에 對한 特措法
移轉手續 切次[節次]을 말햇든니 全部 共
有財産의로 移轉할 수 잇다고 햇다. 그려

나 面目이 없는 者는 嚴俊峰 崔完宇로 본
다. 自己들 앞으로 第二次 特措 時에 住民
의 意思도 듯지 안니하고 本人 앞으로 登
記를 냇기에 그러케 본다.

<1993년 1월 30일 토요일>
終日 養老堂에서 日課를 보냇다.
全州에서 金二成 氏가 왓다. 自己의 畓을
買賣케 해달이면서 坪 1萬 원식 해달아 햇
다. 生覺해보마 햇다. 坪當 8千 원식이나
하라 해볼가 生覺이엿다.

<1993년 1월 31일 일요일>
舍郎에서 終日 書役만 햇다.
午後에 잠시 틈이 生起여 休息 中인데 丁
壽福 氏가 왓다. 집에 술이 있으니 가자 햇
다. 同行해서 간바 日曜日이라서 婦人이
집에 잇게 되여 侍接코자 햇다고. 鄭九福
外 몇이 있엇다.

<1993년 2월 1일 월요일>
養老堂에서 舘村農協長이 왓다. 만은[말
은] 歲拜次라 하지만 實은 今年 任期를 압
두고 뜻이 있어 온 것 갓다. 繕物[膳物]도
갓고 왓다.
밤에 듯자니 南原 帶江 査頓(成東 장인)이
別世햇다고. 出喪은 正月 12日이라 햇다.
桂壽里에서 族契 宗會議라 햇다. 來日.

<1993년 2월 2일 화요일>
桂壽里에서 族契 宗中 臨時總會에 參席햇다.
案件는 서울 大宗會에서 附託[付託] 依賴
之事라며 宗員 中에 七拾歲 以上 宗中員
名單 作成인데 우리 宗派에서는 崔乃宇 하
나엿다.

成東 妻家에 장인 別世하는데 出喪하려 갓다.

<1993년 2월 3일 수요일>
아침 食後에 崔完宇를 呼出하다 여려 가지
말을 햇다. 마참 昌宇도 參席햇다.
어제밤에 面에서 職員이 찻기에 이 밤에 무
슨 일이나 햇다. 特措法 委員에 捺印을 하
려 왓다고 하기에 今般 特措法이 第三次로
안는데 第二次에는 其의 委員이 不正으로
햇기에 말성이 있는데 今般조차 그려 行爲
하면 안되며 其의 不正者를 또 三次에도
倭員職[委員職]을 倭任[委任]하는 것은
面長도 債任[責任]이 잇다고 본다.
里長을 對面하야 共有地를 俊峰 者가 特
措法으로 移轉登記를 냇다고 드르니 確實
하나 햇든니 그려타고 하{기}에 누구〃엿
나 무르니 俊峰 明善 成奎도 된 것 갓다고
햇다. 不良者 놈이라며 里 共留地[共有地]
넘겨라고 햇다.

<1993년 2월 4일 목요일>
집에서 마루를 고첫다.
氣溫은 溫和햇다.
成東이는 後繼者 旅行 갓다.
夕陽에 林澤俊이 招請해서 간바 또 麥酒을
햇다.

<1993년 2월 5일 금요일>
終日 養老堂에서 日課를 보냇다.
夕陽 林澤俊이 招請해서 갓다. 麥酒 한잔
햇다.

<1993년 2월 6일 토요일>
大栗里 刑鍾旭 氏의 面會 要請으로 任實
에 갓다. 理由는 八代祖의 守護者인데 하

다 보니 墾井이 作業이 잘못 되여 殘金 40 萬 원이 返濟되엿다.
大宗中 從前 預託金 期이 今日이여서 引出해서 다시 決算額 그대로 19萬 원을 再入金시킨반 利子는 引下되 年 10%로 利子 내렷다고 햇다.
全州에서 成曉가 왔다. 俊峰의 處勢[處世]를 다 말해 주웟다.

<1993년 2월 7일 일요일>
9時에 出發해서 南原 行하야 光州에 當到하니 11時 30分이엿다.
뻐스터{미}널에 當하니 成宇 內從兄 全州에서 妻男 서울서 婿가 터미널에 나왓드라. 갖이 食堂으로 行햇다. 밥은 없고 안주하고 술뿐이드라. 안주는 쇠고기 되야지고기 海物을 탁자를 양염해서 火론[화로]에 구워서 먹고 술은 麥酒 飮料水 燒酒엿다. 그려고 禮式場은 全南大 國樂班室에서 擧行햇다. 任實 大小家에서는 나 혼자엿다.

<1993년 2월 8일 월요일>
任實에 畜協에다 大栗 畓 墾井[管井] 20萬 원 返還金을 預託햇다.
地積圖面[地籍圖面]을 떼려 郡廳에 가다 路上에서 成曉를 맛나고 依賴하고 왔다.
養老堂에 들엿다. 牟潤植 氏를 禮訪햇다.

<1993년 2월 9일 화요일>
感氣 들어서 꼼작 못하고 舍郎에서 지냇다.
日氣가 추우니 아주 참기 難햇다.
12日 私宗契 定期總會의 召集을 全 宗員에 전화로 傳햇다.
成曉이는 뜸질器를 보냇다. 使用할 줄 몰{라}서 그대로 잇다.

<1993년 2월 10일 수요일>
몸이 今日도 좇이를 안해서 舍郎에 누웟다.
辰根이가 와서 契約을 書役해 주시요 하기에 갓다. 安承均 土地 1部인데 20萬 원에 써주고 養老堂을 들여 보왔다.

<1993년 2월 11일 목요일>
바르게살기운동 定期總會가 있어 參席햇다.
昌坪里에는 嚴俊峰 內外間에 보기 조케 參席햇드라.
任員 選出하는데 前 金善權 氏가 辭退하고 嚴俊峰이 推薦하야 申相喆이가 當選된데 (俊峰의 사돈) 俊峰의 妻子 副會長이 되고 보니 사돈기리 某議[謀議]가 잇는 것으로 본다.
午後에는 2時에는 養老堂 條 相助協會 面代會議에 參席햇다. 面會長의 選言[宣言]에 依하야 第一聲으로 反對發言을 同意햇든니 其後가 시그렆읍니다. 各里에서 복잡한 發言이 나와 終末에는 支續[持續] 反對로 끝이 낫다.

<1993년 2월 12일 금요일>
私宗中 定期總會日이다.
館村 炳基 兄弟分 屛嚴 基宇 代表 乃宇 四人이 收支 決算햇다.
不參者는 重宇 昌宇 태우가 不參햇다.
道峰里 山直이가 왔다. 土稅를 減해 달아서 5斗을 減하고 一金 五萬 원을 收入햇다.
술 中食을 願滿[圓滿]이 接持[接待]햇다.

<1993년 2월 13일 토요일>
朝食 後에 成康 집에 갓다.
오늘[오는] 길에 朴永洙 집에 들엿다. 몇의 婦人이 募人바 화토노리 하자 하야 잠시 놀

다 왓다.

養老堂에 들엇다. 林澤俊이 말하기를 日前에도 會長 選出을 하자 햇는데 崔乃宇로 選任키로 햇다. 그러나 乃宇는 受諾을 하지 안해 이제 尹 生員도 오시고 햇으니 여려 분이 자리에서 決定하자 하야 滿場一致로 崔乃宇로 選任하고 總務는 韓相俊으로 내가 推薦하야 贊成으로 通過햇다. 그러나 安承均 者는 2重 成格[性格]으로 간사한 者로 본다. 正通할 者는 못 된다.

<1993년 2월 14일 일요일>
全州 同和會에 參席햇다. 35名이 募엿다.
任員 選山[選出]에 새 會長에 崔伏範이가 選出되엿다.
中食을 맞이고 바로 왓다.

<1993년 2월 15일 월요일>
南原時 泰和機工社에 갓다.
옌진 1臺 精米機 2臺
上層 大뿌레 뿌이 베루트用 1개
上層 精米機 뿌레 2組 2대
　　　　　精米機 부이 베루도는 꼿이 안음.
下檀部[下壇部] → 上層 連結部分
下層 뿌레 – 장치 세멘 공구리
業者하고 同行하야 집에 왓다. 工場은 손을 못 대고 옌진만 交替키로 하고 契約金으로 五拾萬 원 주고 元價[原價]는 250萬이고 2月 28日에 裝置해 주기로 햇다.
夕陽 養老堂에서 不在地主 公有權을 里長에 말하야 不遠 移轉하겟다고 約束하고 後事는 此後로 미류엇다.

<1993년 2월 16일 화요일>
어제 養老堂에서 里長하고 打合한 里 共有地 移轉 關係之事에 里長하고 나하고 問答事實을 養老堂 日誌에 存細[仔細]이 記入햇다.
朴永洙가 死亡햇다고 해서 弔問햇다.
終日 비는 끝이 나지 안코 밤에까지 내려 今年 春雨로 첨 만이 내렷다.

<1993년 2월 17일 수요일>
金三浩 氏가 차자왓다. 日前에 全州에 崔點字[崔點宇]에서 付託 받은 墓地 購入에 對하야 왓다. 龍山里 前에 田이 잇다고 하고 代價는 坪當 10萬 원을 要求한다고 해서 全州에 點宇에 傳해 주웟다.
喪家에 데려다 보고 夕食도 갖이 햇다.

<1993년 2월 18일 목요일>
아침에 8時에 드르니 林德善이가 아침 7時에 急死햇다고 드럿다. 어제 喪家에서 화토로리도 하고 願滿이 논 者가 그려케 急死할 수 있으가 햇다.
朴 生家 喪家에 가서 出喪을 再促햇다.
바로 몇이 德善 집 喪家에 갓다.

<1993년 2월 19일 금요일>
새벽에 가슴 胃가 不安하야 소도 먹고 잇다가 할 수 업이 박게 가서 토햇다. 牛黃淸心丸을 먹고 있으니 목이 쓰라리고 腹部가 異常햇다. 朝食을 幣[廢]하고 全州 現代방사서課에 갓다. 寫眞을 찍고 보니 醫師先生은 胃에는 아무 異常 없으니 安心하시요 햇다.
喪家에 갓다. 嚴俊峰 外 10餘 名이 웃을 놀고 下加 李鉉雨도 왓드라.
조금 잇다가 夕陽 嚴俊峰이가 떠려젓다고 하야 정신이 없이 車에 실고 病院에 갓다고 드럿다.

<1993년 2월 20일 토요일>
故 林德善 出喪日이다. 朝食 後에 參席햇다.
早起[早期]에 出喪하고 山淸에 가 보왓다.
일즉 山에서 미리 내려왔다.
中食은 집에서 햇다. 昌宇가 왔다. 속이 조
치 안햇소 하드라. 德善 집에서 夕食을 하
고 집에 와서 자다 새벽에 異常이 生起여
退[吐]하고 藥을 먹어도 듯지를 안해서 全
州 現代방사선課에 가서 사진을 찍고 보니
異常은 없다 햇다. 里에서 4, 5人이 그랫다
고 하드라. 食重毒[食中毒]을 치른 것 갓다.
듯자하니 水原서 金敏喆 裵永敏 成允 3人
이 어제밤에 問喪次 왔다고 햇다. 나는 보
지는 안햇지만 敏喆이가 왓다니 不安.

<1993년 2월 21일 일요일>
南原 桂壽里에 崔成俊이가 온다 햇다.
工場 內部 設計를 내보왓다. 엇저면 設置
하겟드라. 그러나 鐵工所 工場長은 어렵다
고 햇다.
成俊이는 茂橋[筏橋] 立石에 參席한다 하
야 나도 갖이 同行키로 햇다. 아침 새벽 5時
40分 列車로 간바 書道驛에서 同乘햇다.
昇州郡 樂安面 鄕校 庭園에 九代祖 容之
의 縣監碑를 立石하고 碑石代 接待費[接
待費] 合해서 53萬 원을 宗錢으로 拂入 請
算[淸算]햇다.
歸家 時는 樂安 康範이가 10萬 원을 내서
貸切하야 民俗村을 求見하고 주안뗌을 求
見하고 崔康洙의 祭閣을 求見景하고 왔다.

<1993년 2월 22일 월요일>
아침부터 終日 눈이 내렷다.

束綿契[束錦契] 定期總會이다. 募臨이 參
席햇든니 有司는 大里 鄭相均이엿다. 內外
가 왓드라. 郭榮日만 不參햇다.
南原서 崔成俊가 왔다. 工場 設計次 왔는
데 食堂으로 오라 햇서 言約하고 中食을
接待해서 보낸다.
全州 金二成 氏의 畓을 契約하고 50萬 원
을 契約金으로 주고 買賣 契約書를 成立
햇다.

<1993년 2월 23일 화요일>
夕陽에 養老堂에 갓다.
鄭九福하고 金進映하고 是非가 된데 金進
映이가 잘못으로 봉변을 當햇다.
會員이 滿場 中인데 相助協會에 對한 協
助를 求햇다. 그러나 全員이 不應하기에
會長에 未流지는 말아 햇다.
全州 法院에서 崔喆洙 共判[公判]한데 갓
다. 또 3月 23日로 未流엇다.
姜基錫 事件으로 崔瑛斗 氏가 警察廳에서
呼出을 當하엿기에 同參해 보왓다. 別 大
事는 안나라 햇다.

<1993년 2월 24일 수요일>
養老堂에 갓다. 午後에 간바 安承均 尹龍
文 崔錫宇 林澤俊 外에 멋 분이 있엇다. 金
判植이도 있엇다. 유연히 金進映의 말이
나와 日前 鄭九福 是非 件이 말이 되엿다.
朴日成 父喪 時에 金進映이는 鄭九福에 저
것이 사람이 안니다고 햇고 本人이 들은과
同時 鄭九福 울타리를 말없이 베버린 것은
完全이 사람 無視者라고 본다. 金進映 者
의 行爲는 非行은 담음[다음]과 如함.
林澤俊하고 是非. 丁奉來 丁辰根 丁壽福
崔南連 崔乃宇 屛巖 高玉鳳 康東俊(嚴俊

祥 말). 白康俊 其者의 田畓 近者하고는 만은 是非엿다.

<1993년 2월 25일 목요일>
아침 첫차로 瑞希 成康 母하고 同行해서 예수病院에 갓다.
新保險카드라고 任實에서 所見書를 要하야 任實에 왔다.
瑞希 便에 書類을 全州로 보내고 鄕校 大祭에 參席하야 祭官의 行爲를 햇다.
듯자하니 元泉에서 金炯順이가 相助協會 關係로 단여간바 別 效果를 보지 못하고 갓다 햇다.

<1993년 2월 26일 금요일>
日氣가 좇이 못해서 南原에 갈 것을 取消햇다.
舍郞에서 讀書만 하다 午後에는 養老堂을 들여서 올다가[놀다가] 왔다.
來日이나 南原에 들여볼가 한다.

<1993년 2월 27일 토요일>
南原 平和鐵工所에 갓다. 엔진은 90% 製作이 되엿드라. 運送은 3月 2日로 決定하고 왔다.
加工協會에 갓다. (南原) 精米機 1臺에 50萬 원으로 決議하고 不遠이면 代金을 拂入하고 平和機工社에 갓{다} 주면 갗이 엔진하고 은반키로 햇다.
서울 乘車卷[乘車券] 3月 5日로 2枚 購入햇다.

<1993년 2월 28일 일요일>
李康業 結婚日인데 成東 內外만 보내고 舍郞에서 日課를 보냇다.

새벽부터 눈이 바람이 부는데 冬至와 갓탓다.
養老堂 會員 死亡者 生存者 名單을 大字로 記筆해서 부처 주윗다.
메누리보고 全州 가면 全州 언지[언니]에 말해서 水原 成傑 女息 돌에 日間 갈 터이니 金반지 하나 맛다 오라 햇다.
夕陽에 왓는데 羅硏 母가 金반지 하나 사 주면서 成傑에 보내라 햇다고.

<1993년 3월 1일 월요일>
어제부터 래린 눈은 오늘도 終日 래럿다.
例年에 比하면 冬至섯달 大寒 무렵 갓다.
집 舍郞에서 工場 施設 硏究하다 南原에 工場 林 氏에 3月 4日에나 오라 햇다.
養老堂에 들엿든니 金進映 者하고 鄭九福하고 是非가 버려젓는데 金進映 者가 私氣[士氣]가 底下[低下]되엿든라.

<1993년 3월 2일 화요일>
南原 鐵工所에서 原動機 運搬을 하려 햇으나 3月 4日로 延期햇다. 日氣가 不順으{로} 延期햇다.
3月 3日 精米機 買入次 南原에 出張키로 햇다.
12時에 全州 金二成 氏하고 言約하야 館村터미널에 갓다. 맛참 相逢하고 土地代 殘金 150萬 원을 주고 領受證[領收證]을 맛닷다. 治下金[致賀金]으로 一金 參萬 원을 주면서 感謝하다면서 作別햇다.
工場을 整理햇다.

<1993년 3월 3일 수요일>
午前 일즉 南原 平和機工社에 갓다. 原動機는 完設製品으로 되엿드라.
南原 加工協會에 精米機 買入次 갓다. 其

곳에 現品은 없고 光州로 전화해서 精米機
는 갓고 왓는데 모둣 것이 不實해서 다시
光州로 보내서 完備는 해왓지만 時間이 만
이 걸엿다.
精米機 52萬을 주윗다.
舊 精米機가 反對方向으로 되엿기에 附品
[部品]을 가저온바 잘 모르지만 마음에 들
지 안햇다. 來日 早起하야 오라 햇다.

<1993년 3월 4일 목요일>
夜中에 水原서 成允이가 왓다.
朝食 後에 工場 內部를 整理하고 原動機
가 오기만 기드린바 時間이 많이 지냇다.
南原 工場에 전화햇든니 打術者[技術者]
가 出行하야 못 가겟다고 하기에 熱이 낫
다. 바로 沈參茂 車便으로 南原 工場에 갓
다. 理由를 따젓든니 來日 가겟다기에 꼭
오라 하고 왓다.
全州로 向하야 조부목[좁은목]에 래려서
李存燁 工場에 갓다. 其者는 鄭 氏에 讓渡
하고 딴 곳으로 갓다고 햇다. 來日 우리 工
場을 보고 白米 唐庫[탱크] 하나 製作하라
햇다.

<1993년 3월 5일 금요일>
工場 修理工事는 밤 11時까지 完工을 햇
지만 不實點도 잇는 듯십다. 代價는 都合
으로 3,196,000원을 會計햇다. 其中은 崔
成俊 手工費 50,000 打土[技士]들 3人에
30,000을 包合[包含]햇다.
其者들의 車便으로 任實驛에 當햇다. 0.
50分 무궁화號로 水原에 到着햇든니 4時
30分이엿다. 約 3時間 程度 成康 집에서
갓다. 아침에 成傑 便으로 成傑 집에 갓다.
朝食을 하고 成奉 工場에 갓다.

비는 終日 내렷다.
工場 옆에 店方[店房]에 들엇든니 그계 바
로 노래방이드라. 終日 其곳에서 노랏다.

<1993년 3월 6일 토요일>
朝食 後에 11時쯤에 出發하야 水原驛에
온니 11時 30分이엿다. 列車票를 2人分
4,600원에 半票를 購入하야 12時 30分에
出發해서 全州에 3時 40分 着햇다.
成苑 집에 들으니 成苑 內外에는 群山 親
家에 가고 없드라.
집으로 向하야 夕食을 하고 보니 適合햇다.

<1993년 3월 7일 일요일>
成東이를 代身해서 大里 韓昌煥 回甲宴에
보냇다.
오늘도 비는 繼續햇다.

<1993년 3월 8일 월요일>
工場에서 손을 대고 南原에 갈여 하는데
辰根이가 契約書를 써달아 하야 養老堂에
갓다. 契約書를 쓰는데 異議가 있어 작파
햇다.
南原에 가서 베야링을 交替해 왔다.

<1993년 3월 9일 화요일>
住民 多數 募인데 試運轉하고 告辭[告祀]
祝을 讀祝하는 中 沈參茂 花木 屈取[掘
取] 人員도 와서 誠大[盛大]히 飮食도 갈
아먹고 治下도 바닷다. 成曉도 단여갓다.
午後에는 試運轉 結果[結果] 뿌레가 異常
이 있어 南原 加工組合에 갓서 交替하는데
光州로 連決[連結]해 뻐스 便을 利用해서
交替햇다. 來日도 南原에 가서 차자오겟다.

<1993년 3월 10일 수요일>
南原 鐵工所에서 뿌레를 차자왔다.
三溪面 金炳基 氏 相面코 酒 한 잔식을 노누웟다. 原動{機} 煙通[煙筒]을 만드려 했다.

<1993년 3월 11일 목요일>
工場에서 손을 보고 任實 鄕友會 定期總會에 參席햇다. 契員도 적고 但 4人인데 契를 破契하자 햇다.
中食을 맞이고 白米 契곡 2叺 6斗 5升를 現金으로 換算햇 人當 62,000원식을 分配 논누엇다.
工場에서 또 손을 보왓다.
成康 外家의 合同祭祀라 햇다. 밤에는 가 보겠다.

<1993년 3월 12일 금요일>
아침 첫 버스로 成東 母하고 同伴해서 全州 漢藥方에 가서 針을 놋코 藥으 123,000원에 지여 왔다.
中食도 못하고 館村에 갓다. 宋醫院에서 무릅에 針을 맞고 12,700원을 줫엇다.
成東이는 방아 칫드라.
成允이는 1週日 만에 집에 왔다.

<1993년 3월 13일 토요일>
成允하고 同伴해서 全州 漢藥方에 갓다.
진맥하고 針도 맞고 藥代 一○,八○○원 주고 왔다.
中食이 끝나자마자 卽時 工場에서 修繕을 하는데 日募[日暮] 진종 모르게 作業을 햇지만 何人이 알아주지 아는[않는] 일만 햇다.
成東이는 工場에 掃除 한번을 하지 안는다. 이제 工場은 完金無決[完全無缺]하게

3月 15日
館村 宋의원에 가서 治料하고 뜸질도 햇다.
安承均 張泰燁 嚴俊映 同行하야 漢方課에
白康俊 問病을 단여왓다.
來日도 全州에 갈 豫定이다.

<1993년 3월 16일 화요일>
15日 字 繼續121
어제 全州에서 오는 途中에 陳情書 捺印하
려 온 사람을 安 生員 招介[紹介]로 人事
를 하게 되엿다. 實은 우리 住民이 해야 할
일을 李 社長게서 하니 대단히 未安합니다.
앞으로 協助핫겼음니다.
成東이가 갖이 戶別 訪問하면서 陳情書에
捺印한바 崔英姬는 捺印 据不[拒否]햇다
고 듯럿다. 其者는 日後 男便이 組合長에
出馬한다면 한 票를 무슨 面目으로 付託할
겐가 싶다.

3月 16日
全北投資銀行에 갓다. 6개月 만에 利子
684,100원을 바다 오고 今日 字로 實金 2
仟만 원을 成東 앞으로 正히 預託햇다. 其
金 中 成東에 50萬 원 주고 成允 條도 18
萬 원을 空除[控除]햇다.

<1993년 3월 17일 수요일>
新平農協에 갓다. 免税類[免税油] 揮發油
50되 13,255원 뗏다.
任實에 農協에 갓다. 成允 條 預託햇다.
全州 完山鐵工所에 갓다. 精米機 당구를

손바달아 햇다. 鄭準模 社長에 말햇다.
驛前 오토바이센타에서 修理햇다. 24,000.

<1993년 3월 18일 목요일>
南原 平和機工所에 갓다. 煙突을 말하고
原動機 前面에서 물이 샌다고 햇다. 오는
來週 火曜日에 日但[一旦] 오기로 햇다.
工場 內部를 살피고 角木도 白米 唐庫도
못을 빼고 손을 보왓다.
夕陽에 屏巖里 韓云錫 氏를 訪問하고 咸
石工을 手苦햇다.
子女 侄[姪]을 全部 結婚시켓느냐 햇든니
막女息이 27歲인데 今年에는 꼭 예운다기
에 나하고 사돈하자 햇다.
來日 몃 분이 麗水에 간다기에 同行키로
햇다. 韓云錫에 護應[呼應]해서 가겟다고
햇다.

<1993년 3월 19일 금요일>
3月 19日 日誌
어제 屏巖 韓云錫하고 結婚 相談을 하고
집에서 宮合을 빼보니 男는 金箔 金이요
女는 水 河水라 하여 護宮合[好宮合]이드
라. 勿論 本人도 알아볼 게다. 問題는 梁奉
俊 內에 달엿다. 그려나 女子는 피아노 先
生이라고 햇다.
5. 53分 列車로 韓云錫 外 8名이 여수에 9.
30分에 着햇다.
朝食 後에 市內로 갓다.
배를 타고 오동도를 한 바퀴를 돌앗다. 5.
30分에 列車 發車한데 車中에서 黃昌龍하
고 南關人이 是非가 있엇고 裵 氏하고 南
關人하고 是非가 있어 말엿다. 車中에서
韓云錫에 婚姻事를 付託햇다.

---

121 전날 일기가 길어져 다음 날짜의 지면에 이어 적
고 있다는 뜻으로 지면 상단에 적어 두었다. 내
용을 적은 다음 16일 자 일기는 "3月 16日"이라
고 날짜를 적고 내용을 기록하였다.

<1993년 3월 20일 토요일>
終日 工場 內部를 整理햇다.
오늘로 全部를 손댄바 完全無決 된 듯십다.
成東이는 工場 保修[補修] 資材를 林玉相
하고 갖이 가서 購入해 왔다.
來日부터 作業을 着手한다고 햇다.
夕陽에 舘村 宋醫院에 가서 무릅 治料를
하고 왔다.
昌宇 집에서 角木을 가저왔다.

<1993년 3월 21일 일요일>
工場 改修工事 着手한다. 林玉相을 請貧
[請負]시켯다. 電氣 加設[架設]도 해야 함.
오늘 日程을 來日로 미루고 午後에는 金鎭
玉하고 成東 成允까지 動員하여 工場 바닥
공구리를 첫다.
나도 終日 休息 없이 이것저것 等 〃을 協
助해 주엇다.
夕陽에 全州 丁基善이가 와서 對話하다 夕
食을 하고 떠낫다.

<1993년 3월 22일 월요일>
成傑 車輪 割分金[割賦金]을 拂入하지 안
해서 催告狀이 왔는데 成傑이는 林銀澤 車
라고 하기에 林澤俊에 무르니 嚴順相하고
乃宇 2人이 保證을 섯다고 하기에 다시 水
原으로 전화해서 잘 아아보라[알아보라]
햇다.
林玉相이는 今日 作業 着手햇다.
作業하는데 愛勞[隘路]가 만햇다. 玉相이
가 일은 만이 햇지오 그러나 日工 1日 6萬
원이라니 想當[相當]햇다.

<1993년 3월 23일 화요일>
林玉相 2日 채 作業을 햇다.

全州에 電線 속겟트 其他 附品 1切을 購入
해 왔다.
南原 鐵工所 林 氏 社長이 煙突을 製作해
서 왔는데 長이 不足해서 舘村에 鐵工所에
서 再製햇다.
咸石之事만 끝이 나고 兩門 製作하고 電氣
加設하고 壁 再沙之事가 나맛다.
玉相이는 來日이면 끝이 난다.

<1993년 3월 24일 수요일>
終日 비는 끝치지 안코 내렷다.
아침에 新洑에 가서 安承均 張判童 나하고
3人이 龍王祭를 慕侍엿다. 祝을 作成하야
내가 祝官을 햇다.
養老堂에서 住民들하고 宴會가 되여 잘 待
接햇다.
白康俊이가 養老堂에 왔기에 언제 退院햇
느야고 뭇고 今年 農事는 못 지니 첫재 몸
을 操心하라 햇다. 논은 막대골 金炳日이
짓기로 햇다고 하기에 氣分 少해서 막대골
로 移事[移徙]해라 햇다. 네 것 가지고 네
마음대로 하지만 住民을 두고 他人에 주원
다면 人心을 이렷다고 햇다.
夕陽에 白康俊을 相面하고 大端이 잘못이
니 取消하라고 하고 丁辰根에 돌여주엇다.
代金 63萬 원에 決定하고 本日 50萬 원을
대고 殘金 13萬 원은 來日 대주기로 하야
締結햇다.
林玉相이는 3日 채 工場일을 햇다.

<1993년 3월 25일 목요일>
林玉相이는 4日 채 作業을 햇다. 그려나 電
氣 加設하다 未決. 日暮가 저서.
夕陽에 成曉가 왔는데 光州의 番號板을 단
自家用車를 가지고 왔다. 妻男인 炯基 昭

介[紹介]로 가저왔다고. 運轉이 서트려서 近方만 運行하고 全州도 못 간다 했다.
白康俊 條 畓은 梁海童에 넘겻다고 辰根이가 말햇다.
成曉는 第一次로 宗錢 拾萬 원 拂入되엿다.

<1993년 3월 26일 금요일>
아침부터 終日 餘暇 없이 나분댓다. 期必코 午前 中에 끝을 내려 햇지만 玉相이는 午食을 하고 한참으로 끝을 냇고 갓다. 今日까지 4.5日 日工은 270,000원을 주워야 한다.
夕陽까지 工場 內部를 掃除햇다. 그래도 又日 할 일이 잇다. 펭기칠도 페인트도 外觀上 해야 한다.

<1993년 3월 27일 토요일>
屛巖里 崔善宇 營業 開業式 한다고 四仙臺에서.
工場改修費 總額은 4,513,800원이 支出되엿다.
姜信行 常務하{고} 只沙 崔永植하고 2人이 왔다. 朝陽原動機 買入次엿다. 알고 보니 崔永植이는 工場에서 作業 中 原動機가 淺殺[작살]이 나자 修理할 길이 없어 내 것을 가저가기로 햇다. 더 부를 수도 없고 外人들이 사갈 뜻을 안 두고 잇드라. 多幸이 팔로가 없는데 其者 立場이나 된니가 살려 왔다.
終日 工場에서 잔일을 햇다.

<1993년 3월 28일 일요일>
白康俊이가 왔다. 理由는 丁辰根의 土地 年耕 未受[未收]代 10萬 원 條로 왔다. 夕陽에 丁辰根을 맛나고 束히 주라고 햇다.

그러나 萬諾 不應 時는 내가 卽接[直接] 돈을 대고 耕作할 뜻을 가젓다.
어제가 昌宇 生日인데 家族 親志[親知]들은 오늘 아침에 招請해서 갓다. 집안間만 와서 朝食을 갓이 햇다.
下加里 李相烈 回甲인데 參加햇다.
新平養老堂 會議에 參席햇다. 里 運營비 60,000원+연탄代 50,000 計 11萬 원을 바더 왔다.
全州에서 成曉 內外 李澤俊 內外가 왔다 갓다.

<1993년 3월 29일 월요일>
板子를 構入[購入]次 全州에 갓다. 엽에 鄭壽明을 相對로 付託하고 不遠 실고 오라 햇다.
韓相俊 張判童을 맛나고 老人會 參席한 結果를 設明해 주웟다.
張判童에는 白康俊 當年 小作權 賣買에 對한 勤有[勸誘]를 햇든니 安承均 氏에 말해보마 햇다.

<1993년 3월 30일 화요일>
張判童이가 일부려 왔다. 白康俊 條를 辰根이는 못 한다고 햇으나 尹龍文을 맛나서 해보라 햇든니 뜻을 가{지}고 잇으니 잠시 機侍[機待]하라 햇다.
몇일부터 무릅이 異常 生起여 全州 介人[個人] 漢藥方에 갓다. 新田里 黃철생의 照介[紹介]로 간바 館村에 李相燮이를 말하면서 新通藥이라 햇다.
家族들은 大里坪 밭에 雜作業을 햇다.

<1993년 3월 31일 수요일>
張判童이를 通해서 白康俊 土地는 尹用文

이가　今年　耕作키로　決定하고　6叺
×96,000=576,000원에 締結하야 完全 마무
리 지엇다.
말 한 마디 거드럿다가 責任者가 되여 解
結[解決]햇다.
新平農協에다 五代祖 宗中 條 成曉 條 10萬
원 入金하고 養老 條 110,000원 入金햇다.
釜山 珠宇가 10萬 원 보냇다고 專[傳]해
왔다.

<1993년 4월 1일 목요일>
館村 炳基하고 大里 李今八 車便으로 郡
民願{室}에 갓다. 連山 位土 關係를 名儀
變更次 問議하려 갓다. 林野는 되여도 土
地는 不能하다 햇다.
驛前 기름당구를 말햇든니 55,000원 달오
고[달라고] 하드라.

<1993년 4월 2일 금요일>
새보들 똘 치는 데 가보왔다.
들에서 完宇를 만난바 東辰 레미콘 앞 通
行不便으로 陳情書를 낸바 主催者는 朴錫
鍾 氏인데 韓國日報에 大字特報 記載되엿
다고 들엇다.

<1993년 4월 3일 토요일>
아침에 朴錫鍾 氏가 往臨[枉臨]햇다. 어제
日字 韓國日報를 가저왔다. 記事를 살펴보
니 잘 말햇드라.
朴 氏의 말에 依하면 徐東辰을 對面하고
自己는 아무런 감정이 없다고 하고 地方住
民의 通行만은 解結하라 햇다고 들엇다.
李龍在가 招請해서 간바 냄비 하나도 없서
김치하고 食事만 하고 왔다. 물도 달앗 것
없이 飮料水만 들{고} 말없이 왔다.

<1993년 4월 4일 일요일>
서울 許俊晩 子 結婚에 參席한다.
아침 8. 40分 列車로 成康 母하고 同伴해
서 서울驛에 着하니 1時엿다. 電鐵을 타고
신설동驛에서 下車하니 바로 驛前이드라.
2時에 式이 擧行된데 보니 鄭仁浩 金玄祚
도 왓드라. 一家 親智[親知]를 多수 相面
햇다. 成植이도 왓드라.
中食이 끝이 나자 말업시 成康 母하고 出
發한바 成康이가 나와 旅費 2萬 원을 주드
라. 成植이 車便으로 서울驛까지 잘 왔다.

<1993년 4월 5일 월요일>
連山 七代祖 墓祠日[墓祀日]이다.
4人이 同行하야 山直 집에 갓다. 當하자마
자 氣分이 不安하야 墓祀 慕侍고 中食까
지 하고 不安케 하야 山直을 그만두기로
하고 왔다.
崔大炳을 對面하려 한바 其者가 苦意[故
意]로 會避[回避]하고 말앗다.
夕陽에 成康에 간바 婦人들이 多수 왔서
夕食을 하드라.
水原서 成康 妻 孫子들 成傑 妻 孫女만 왔다.
집에 오니 午後 늦게 故 郭二勳 子들이 왓
고 山西 白云里[白雲里] 裵 서방이 왓다
갓다고 들엇다.

<1993년 4월 6일 화요일>
南原 大宗會에 갓다. 五代祖 移葬 擇日 乗
相議할 之事가 있어 薦宇도 炳文 氏도 相
面할 計劃이다.
露儒濟[露儒齋]에 祭閣에 갓다. 會議案은
茂채[伐採] 松木 處分하야 탐정이 山直 住
宅 修理해 주기로 햇다.
移葬 日割이 閏 三月 19日로 定햇다. 4月

11日 宗垈에서 和樹會를 갓자고 決議햇다.

<1993년 4월 7일 수요일>
오늘 아침 氣溫이 零下로 내렷다. 朝食 後 살펴보니 作業上 支章[支障]이 잇다. 바람도 세고 춥고 햇다. 방에서 書 讀書만 햇다.
任實 鄭大燮 子 結婚 全州 崔順範 子 兩人이 請諜狀[請牒狀]이 왓는데 4月 11日은 南原에서 첫 和樹會를 갓는 데 依해서 祝儀金을 封投[封套]에 너서 郵送햇다.

<1993년 4월 8일 목요일>
養老堂總會를 開催하고 相助協會 加入案을 設明햇든니 全員이 不應하고 나서 할 수 없이 閉會햇다. 解散을 말한 사람도 잇고 政府에서 運營이 炭代 其他를 保助[補助]한 것도 一節[一切] 抛棄하자고까지 宣言하고 養老堂에 올 必要도 없다고 莫言을 하드라.
夕陽에 들이니 銀姬가 大里 嚴의 女하고 館村 某의 女하고 無條件 마잣다고 햇다. 왜 이 말 하나 햇든니 全州 李 서방 내려왓서 그者를 支署에 데려오고 父母가지 全州 連行해 갓다고 햇다. 大里에서 梁里◇이 하가 某人하고 왓기에 退學處分만 하면 된다고 햇다.
韓相俊에 오늘 會員도 多數가 募엿으니 嚴俊峰하고 對話를 노구고[나누고] 싶이 가지 말아고 햇든니 무슨 말인지 몰아도 내의 잘못도 잇이만 밥으다면서 갓다고 햇다.
自己가 不利할 듯하니까 간 것이다.

<1993년 4월 9일 금요일>
오늘 日課는 끝냇다.
成東 內外는 고초밭 담배밭에 堆肥 散布

및 肥料를 散布햇다.
나는 樹本에 追肥를 넛코 마늘에도 무害[旱害]가 잇어 물을 주웟다.
中老들 男女가 가 서울 63삘딩에 갓다고. 嚴俊峰이 內外도 간 것 같은데 不良者 其者는 두고두고 보겟다.
어제 韓상俊을 通해서 堂員이 滿員인데 卽席에서 嚴俊峰하고 卽席에서 大衆 압퍼서 對話를 하겟다고 햇든니 相俊이 嚴俊峰 者을 相面하고 왓는데 自己의 잘못도 잇지만 밥으니 다음으로 미루드라고.

<1993년 4월 10일 토요일>
飮食을 먹는데 溫水를 마시면 食道가 통징이 잇고 술을 마시면 또 통징이 잇다. 不得已 禁酒를 宣布햇다. 그러나 12日부터 完全이 禁酒하겟다. 理由는 더 좀 試驗하기 워서다. 4月 3日부터 異常이 生起엿다.
今日부터 禁酒令 宣言하고 禁해다. 食事를 하면 食道가 異常하고 통증이 잇다. 萬諾 몇일 잇다 如意하면 病院으로 가겟다.
午後에 비가 내려 作業에는 支章이 잇엇다. 舍郞에서 讀書하다 지냇다.

<1993년 4월 11일 일요일>
日氣 不順하야 아침부터 비가 내렷다.
木川公 以下 子孫 九仙臺에서 九仙宗親會를 組織햇다. 約 50餘 名이 參席햇다. 每年 月 15日이 定期的으로 募이기로 햇서다.
帶江 正宇가 왓다. 宗錢 40萬 원을 바닷다.
계수 崔成夏 車便으로 南原에 갖이 同行해서 石工場에 갓다. 床石 望柱 해서 60萬 원에 契約金 20萬 원 대고 5月 10日까지 期限햇다.

<1993년 4월 12일 월요일>
아침 氣溫은 如前이 쌀쌀햇다. 九時쯤 되니 겨우 活動할 만햇다.
四仙{臺}注油所에서 20릿드 無煙油를 받어왔다.
家族들은 담배밭에 두려[두럭(두렁)] 지우고 나는 尹 生員 宅에서 개국하고 中食을 맞이고 바로 톱을 가지고 金在玉 林野에 갓다. 落葉樹 五柱[五株]를 벳다. 切動해서 집에 옴기엿다.
今日 日課는 以上이다.

<1993년 4월 13일 화요일>
오늘 日課는 多樣햇다.
成康 집 修理햇다. 花檀[花壇]도 整理햇다.
成東이는 담배밭에 골을 탓다.
午後에는 營農資金 300萬 원을 탓다고 햇다. 30萬 원을 주면서 宗中돈 10萬 원하고 母의 藥代로 5萬 원하고 준다면서 내의 目은 겨우 15萬 원이니 不安햇다. 尹鎬錫 氏에서 貸用金 주면 10萬 원 내의 것이인데 難處햇다. 별 수 없이 不足하면 借用해 利用할 수박에 없다.

<1993년 4월 14일 수요일>
工場 油桶을 驛前에서 構入코 館村 鐵工所에서 改造햇다.
德峙面 望月里 違豊官 집을 訪問코 박게 婦人 便에 손님이 왔으니 主人을 나오게 하시요 햇다. 그러나 20餘 分가량 있으니 主人도 婦人도 나오지를 아해서 氣分이 少하아 나왔다.
新里 朴成洙 집을 방문하고 꽃나무 20柱[株]에 20萬 원을 주고 가저왔다.

<1993년 4월 15일 목요일>
驛前 沈參茂 便에서 斗流里 崔炳列의 宗錢 20萬 원을 收入햇다.
全州 東方藥方에서 針 맞고 藥 製造하는 데 123,000원 中 10萬 원 주고 殘 23,000원 남기고 왔다.
아침에 메누리 感氣藥 任實서 3첩 지여 왔다.

<1993년 4월 16일 금요일>
오늘 담배苗 正植[定植]하는데 男子 3人 女子 12人 게 15명이 動員되엿다. 日氣가 조화서 作業에는 支章 없다.
任實 - 新平을 단여왔다.
午後에 館村 炳基 氏를 相面하고 五代祖 移葬 關係를 相議햇다.

<1993년 4월 17일 토요일>
同和會議에 參席하고 會費만 傳해 주고 禮式場에 갓다.
同窓會員는 九人이 募엿드라. 中食을 끝내고 全員이 한자리에서 相議한바 4月 30日 高敞 禪陰寺[禪雲寺]로 沐浴湯으로 白羊寺를 거처서 오기로 햇다.
新驛前에 宗彦하고 同行하야 李漢洪을 訪問하고 同窓會에 參席할 것을 付託한바 4月 30日 參禮하겟다고 受諾을 햇다.

<1993년 4월 18일 일요일>
家事 雜事에 協力햇다.
元豆忠[元杜沖]木 近方에 雜草를 除据[除去]햇다.
5月 16日 立石할 豫定이다. 石工場에서 碑石 운반해 가라 햇다. 그러나 옴겨 주워야지 他人이 보건대 창피하기도 하다.
館村 炳基 氏 宅에서 生日이라고 中食을

햇다.
成康 家 後에 茂木[伐木]을 成東는 옴겻다.

<1993년 4월 19일 월요일>
後山所 先考 立石을 準備키 위하야 通路
를 改修햇다.
前後 田畓을 둘여보왓다. 손볼 데가 많으
라. 成東에 말햇든니 不平條[不平調]로 말
이 나오는데 不安햇다. 뜻은 相關치 말아는
뜻인데.

<1993년 4월 20일 화요일>
8時 50分 列車로 炳基 氏를 同伴해서 連山
崔大炳 氏를 相面햇다. 老人會長으로써 老
人들 全員이 共同作業 中이드라. 休息 곳
으로 招請하고 打合햇다. 作者가 可否間
없다 하기에 最終 勞力을 付託하고 當年
小作權으로 80k入으로 2叺 半으로 決定하
고 祭器만은 保管해 주시고 茂草[伐草]도
付託햇다. 그러면 祭需는 이곳 任實에서
차려 車便으로 墓祠를 지내야 한다.

<1993년 4월 21일 수요일>
아침 樊樹에서 택시로 南原 桂壽里에 갓
다. 崔炳文 氏를 訪問하고 五代祖 葬地 坐
向을 確認한바 亥坐라 햇다.
薦宇 氏 銀宇를 相面코자 햇지만 不在中
이여 11時 버스장으로 왔다. 路上에서 得
宇 婦人을 對面케 된바 不親하게 對하며
媤아버지에 不平條로 말하드라. 其곳에
서 欽宇에 傳해 달아면서 手票 拾萬 원을
주면서 코크링[포클레인] 豫約金으로 드
렷다.
집에 와서 機械톱으로 林木을 切通햇다.

<1993년 4월 22일 목요일>
새벽부터 가랑비가 내렷다.
새벽잠이 오지 안해서 모든 書類 整理하고
每日誌도 作成햇다.
工場에 米糠桶을 改造햇다.
長作[長斫]을 쌋다.

<1993년 4월 23일 금요일>
宗錢을 農協 預託햇다. 18萬 원.
마늘밭에 물을 주엇다.

<1993년 4월 24일 토요일>
鄭九福 女 結婚에 參席햇다. 禮가 끝이 나
고 梁春根 便 車로 春根 집을 드려 成奉 집
에 갓다.
夕陽에 成奉 車便으로 春根 집에 왔다. 不
得已 其 집에서 잣다. 그려나 成奉 成傑 2
名이 春根네에 왔으나 旅費 한 푼도 주지
를 안햇서 氣分이 少햇다.

<1993년 4월 25일 일요일>
春根 집에서 食事를 마치고 成康 집에
갓다. 회감을 사다 奉俊하고 술을 잘 먹
엇다.
午後 1時 40分에 出發하야 집에 왔다.

<1993년 4월 26일 월요일>
館村 成苑에 付託하야 同窓會員들에 30日
꼭 가자고 通知書를 냇다.
밤에 成康 집에서 자다 病이 나서 꼼작을
못햇다.

<1993년 4월 27일 화요일>
感氣가 深해서 全身이 떨인다. 기침도 深
하다.

舍郞에서 지내니 고통스럽다.

<1993년 4월 28일 수요일>
오늘도 終日 舍郞에서 누워 지냈다.
成東이 보고 舘村에 가서 약을 좀 지여오
라 햇다.
耕耘機를 한 臺 半額으로 사겟다기에 사라
햇다.

<1993년 4월 29일 목요일>
오늘도 終日 舍郞 生活을 햇다. 날이 갈수
록 過熱하다.
成曉가 왓다. 알고 온지 모르고 온지 모르
되 病院으로 가자 하야 保健所로 갓다. 注
射도 맛고 約[藥]을 주워 왓다.
病勢는 갈증이 많고 머리가 앞으고 手足
이 떨이고 코물이 내리고 食事의 뜻이 없는
病이다.

<1993년 4월 30일 금요일>
어제 病院에 단여오고 보니 꼭 4日 만에 效
次를 본 듯십다.
관촌 郵替局[郵遞局]에서 110,000원을 引
出햇다. 用錢이 없어서 出金햇다. 來日 바
로 李賢雨 回甲인 모레 金學根 回{甲}이
되는데 할 수 없엇다.
驛前에 强力뽄드를 사서 保廳器[補聽器]
에 부첫다.

<1993년 5월 1일 토요일>
下加里 李賢雨 妻 回甲인데 韓相俊 便에
封投만 보냇다.
李光燁 母에서 一金 拾萬 원이 喜捨金으
로 入金인데 그도 상준에 주고 農協에 入
金하라 햇다.122 상준이를 對面 못햇다.

밤새 成曉 母가 感氣가 심해서 成曉 車便
으로 任{實} 醫料院[醫療院]에 가서 治料
를 밧고 핫다.
그래서 韓상준을 못 맛{났}다.

<1993년 5월 2일 일요일>
비는 午前 中까지 내리고 舍郞에서 請書
[讀書]하다 보니 마음이 달아젓다. 몸은 과
롭지만 起床햇다.
成東 內外는 契加理에 갓다고 햇다.
生覺 끝에 工場 內部를 살피려 햇다. 或 싸
래기라도 잇는지 햇다.
병아리가 一〇餘 마리 깻는데 모시 대문이
엿다. 二增[二層]을 올아가 보니 싸래기가
많은데 맥혀서 下流가 안 되들라. 熱이 나
서 호스를 完全히 뜻고 改造햇다. 또 精米
하는데 쌀당구에 開閉門을 망치로 利用햇
으니 寒心햇다. 調査해 보니 빡빡하게 되엿
드라. 開門을 도려내야 하겟드라. 공고노라
를 사다가 되려내야 올 것이다.
이것저것 손보다 보니 몸이 不安하다.

<1993년 5월 3일 월요일>
全州 李存燁 工場에 갓다. 存燁이를 맛나
고 쌀통 잘못을 設明햇다. 口札를 가저오라
햇다. 집에 와서 生覺하니 그럴 必要 없서
朴日成 機具를 빌여 改造햇다.
全州人이 喪長[喪章]를 가지고 洞內 안으
로 드려왓는데 여러 사람은 是非를 하지만
何等으 나는 別 關係치를 안햇다.

---

122 내용을 적은 후 적은 내용 전체에 × 표시를 하
고 난 다음 "상준이를 對面 못햇다."라고 적었
다. 아마도 계획하였던 내용을 미리 적은 듯한
데, 일정이 틀어지자 이와 같이 처리한 것으로
보인다.

<1993년 5월 4일 화요일>
炳基 氏와 同伴해서 谷城 南陽 金昌洙 山
直을 訪問하고 不得已 山所를 移葬키로
햇다고 豫告하고 此後 宗畓하고 林野를 守
護해 달아 하고 年 三萬 원식만 拂入해 달
아 하야 決定햇다. 其 參萬 원은 年中 綜合
土稅나 充當할가 해서엇다.

<1993년 5월 5일 수요일>
劉貞子 말에 依하면 全州 晉 氏가 우리 部
落에다 一金 貳拾萬 원을 喜捨하고 갓다
햇다.
人夫 및이[몇이] 담배 붗을 햇다.
庭園에 除草濟[除草劑]를 뿌렷다.
通帳은 戊卷에 入投햇음. 秘密.

<1993년 5월 6일 목요일>
南海 近方으로 鄕校 主催로 旅行길에 떠
난다. 約 四〇餘 名 程度엿다. 第一 코스는
全南 昇州郡 仙巖寺를 觀光하고 其곳에
中食을 햇다.
다시 出發하야 비는 終日 내렷지만 全南
麗川郡 靈龜庵 영구암寺에 觀光을 其곳
旅官[旅館]에서 一泊햇다.
밤에 夜中 기침 나는데 每遇 不安햇다.
靈龜庵.

<1993년 5월 7일 금요일>
朝食을 맞이고 七時 三〇分에 出發하야 麗
水港으로 왓다. 돌산行 遊覽船을 貸切해서
約 一時間을 乘船해서 도랏다.
其곳에서 出發하야 소련峙 上逢[上峰]에
서 中食을 마첫다.
다시 出發해서 潘巖으로 溫泉을 向하야 가
는데 南原 廣寒樓에 들엿든바 어느 아가씨

가 오라오든니 노래 한 마디를 부르며 가자
고 앞을 섯다. 가보니 藥 宣選傳[宣傳][123]
을 하든니 六個月分을 주기에 二〇萬 원에
삿다. 간암에 좃다고 햇다.
其곳이 朱川面 農民 相談所엿다.
南原 成樂 內外가 단여갓다.

<1993년 5월 8일 토요일>
內複藥[內服藥] 간 保護藥을 今日부터 複
用 着手햇다. 朝食 後 夕食 後 1日 2會다.
南原驛前에 得宇를 相面하야 市場으로 드
려갓다. 祭需 1節을 求買入[購買入]한데
17萬 원이 支出되엿다. 相當이 多額으로
生覺햇다.
夕陽에 成曉가 왓다. 來日 破墓하는데 제
車로 가자 햇다. 便利하게 되엿다.

<1993년 5월 9일 일요일>
五代祖 破墓日이다.
아침부터 비는 래리는데 成曉 車便으로 곡
성 南陽洞 金昌洙를 訪問하고 人夫 3人 -
우리 1行 3人이 協力하야 破墓를 着手햇다.
비는 독구드라.
半日 程度 作業한바 3人이 7萬 원을 주윗다.
바로 떠나려 햇지{만} 主人이 中食이 되엿
으니 勤하기에 食事하고는 桂壽理 宗垈에
다 慕侍고 왓다.

<1993년 5월 10일 월요일>
葬事日이다. 昌宇 重宇 完宇 基宇 태우 全
員에 參祭하려 가자 햇든니 모두 不應햇다.
할 쉬 없이 炳基 兄弟하고 3人이 早着한바 첫

---

123 '選' 앞에 '宣'이 덧말로 적혀 있다. 처음에 '選
傳'이라고 적었다가 글자가 틀렸다는 생각에
'宣' 자를 덧붙여 써놓은 것으로 보인다.

재로 日氣가 淸明해서 多幸으로 生覺했다.
코구링 人夫 5人 耕云機[耕耘機] 모두 一
節 帶起[待機] 中이여 葬禮는 無事이 끝내
고 支出金도 完全히 請算해 주고 왔다. 約
1,149,000원을 支拂했다.

<1993년 5월 11일 화요일>
밤에 몸 異常해서 感氣가 再發한 듯십다.
몸에 熱이 深하고 밥을 못 먹엇다. 시근땀
만 흘이고 잇는데 成曉가 왔다. 其 車便으
로 保健所 갓다. 注射도 맛고 藥을 複用 中
이다.

<1993년 5월 12일 수요일>
5月 10日 葬事 經費 收入支出 請算書를 作成
한바 收入은 1,985,000원 支出은 1,891,000
殘 10萬 원 程度엿다. 今年 秋季 墓祀 時
까지 宗錢 未收이면 難處하게 되였다.
新平서 37萬 원 引出해서 南原 刻字비
70,000원을 주고 왔다.
石工場에 들여 家政不和로 立石을 抛棄했
으니 碑石을 破器[破棄]하라 했다.
全州로 向하야 용머리峙에 영남한의원에
서 內科藥을 지여 왔다.

<1993년 5월 13일 목요일>
2個月 채 百風藥을 復用[服用] 着手했다.
立石物은 完全히 破起[破棄]했다고 成東
內外에 夕床에서 말하고 昌宇 妻가 왔기에
昌宇에 말 傳하라고 했다.
成東이 只今 全州 네의 兄에 傳하라 하면
서 完全 抛棄했다고 하고 石物도 幣器[廢
棄] 處分했으니 마음 노라 했다.
終日 舍郞에서 지내다가 田畓을 드려보왔다.

<1993년 5월 14일 금요일>
婦人 7人을 午後에 어더서 고초苗를 正植
했다. 못다 했다. 來日 또 오겨 한다.
求景만 하고 논에 가보니 他의 機械로 耕
耘햇드라.
工場에 들여 보니 쥐가 골을 내서 엉망이엿
다. 全 除据했다.

<1993년 5월 15일 토요일>
七七稧 定期總會日이다.
南原 楊林亭에서 會議가 開會되엿다. 會長
者 黃 氏는 會長의 資格이 不足트라. 是非
만 느려놋트라. 會費는 五仟 원식 据出했
으나 中食代 및 酒代 計算에 誤點[汚點]을
남겨 勢行部[執行部]의 不信任이 對頭[擡
頭]되엿다.
錫宇 成宇 炳根 同行하야 楊林亭 週邊[周
邊]을 둘여보왔다. 求景 價致[價値]는 있
으라.
4月 4日 松炭稧**124**라 해서 參席 키로 成宇
와 約束했다.

<1993년 5월 16일 일요일>
終日 비가 내렷다.
舍郞에서 지냇다.
全 家族들이 休息했다.

<1993년 5월 17일 월요일>
고초 苗木을 正植하고 2日 만{에} 끝이 낫다.

---

124 5월 24일 자 일기 이후 '橫灘稧'에 관한 언급이
나오는데, 이 계의 이름을 처음 들었을 때 잘못
알아들어 이와 같이 기록했던 것으로 추정된
다. 이후에는 모두 '橫灘稧'로 적고 있다. 계의
명칭은 24일 자 일기 내용에 언급되어 있는 바
와 같이 정자(橫灘亭) 이름에서 유래한 것으로
보인다.

全 本수는 萬餘 표기[포기]엿다.

<1993년 5월 18일 화요일>
館村郵遞局에 갓다. 서울로 藥代 19萬 원을 送金햇다.
에제 完宇가 專[傳]해 온 宗錢 40萬 원을 新平農協에 預託햇다.
오는 길에 館村 炳基 氏 宅을 禮訪햇든이 不在中.

<1993년 5월 19일 수요일>
館村에 단여왓다.
大里野에 成造한 者가 왓다. 上樑을 써달아 햇다. 써 주웟든니 中食이나 갖이 하자고 하기에 南連 해남宅 丁壽福 갖이 同行햇다. 잘 장만햇다.

<1993년 5월 20일 목요일>
舍郎에서 終日 遺書를 (草案)을 檢討햇다. 正訂[訂正]해서 不遠이면 印刷所에 依賴할 豫定이다.

<1993년 5월 21일 금요일>
붓 書藝工夫를 해보니 붓이 잘 도라가지를 않며 書字 莫樣[模樣]이 좋이 못햇다.
술은 藉〃이 마시며 外出은 1節 禁止햇다.

<1993년 5월 22일 토요일>
舍郎에서 지냇다.
讀書만 하고 遺言書 檢討햇다.

<1993년 5월 23일 일요일>
오늘은 고초밭에 말을 박아 주웟다.
成奉가 왓다. 全州에 올 일이 있어 왓다고 햇다. 金今龍 子 民喆 件을 解決햇다고. 遺

資料[慰藉料] 5,500萬 원에 成奉 工場에서 內部 事務職으로 드려왓다고 햇다. 그러나 까시엿다.

<1993년 5월 24일 월요일>
桂壽理 成宇하고 約束햇든 南原 터밀널에서 맛나 同行하기로 햇든바 10時 半이 되여도 成宇가 不參햇다.
其時에 眼面[顔面]이 잇는 분을 相逢햇다. 뭇고 보니 橫灘稧에 간다고 하기에 나도 간다 햇다. 初行이라 잘 되엿드라.
現地에 택시로 간바 桂壽理에서 亨植 成宇 成奎 錫宇가 募엿드라. 其곳 時到記에 登載하고 알고 보니 갖이 1行 中 한 분은 金昌圭 氏는 南原 鄕校 典校로 알고 하[한] 분은 周川面에 사는 芳氏라고 햇다.
橫灘亭은 단기 4315年에 建立햇드라. 우리 집 內에서 12代祖 崔尙訓 外 2人이 記載.

<1993년 5월 25일 화요일>
患者하고 全州에 藥方에 갓다. 針 맛고 藥 한 제 짓는데 146,000 中 106,000원 주고 4萬 원을 在로 남기고 왓다.
오다가 3時가 넘는데 驛前에서 中食을 하고 왓다.
成東이는 苗板을 떼서 운반. 來日 移秧에 準備이다.

<1993년 5월 26일 수요일>
첫 모 移秧하는데 協力해 주웟다.
모는 끝이 낫는데 移秧機 발이 망가저서 午後에 全州 修理쎈타에 갓다. 2萬 원을 주고 옆에 잇는 丁基善 집을 찻고 술 한 잔식 노누고 왓다.

<1993년 5월 27일 목요일>
午前 10時 列車로 3人이 全州驛에 到着햇다.
漢藥方에 가보니 滿員이드라. 午後 2時에
야 針도 맛고 藥 製造햇다.
大端이 시장기가 드럿다.
館村驛前에 着하니 3. 30分. 劉春光 婿 집
에 갓다. 中食을 때웟다.
洞內에 오니 來日 廣寒樓에 春香祭에 가
자고 崔瑛斗 氏가 主張햇다. 承諾은 햇지
만 맞이 안트라.
夕陽에 成奎가 서울서 왓드라.

<1993년 5월 28일 금요일>
고초밭에 줄을 成康 母하고 갖이 맷다.
成東 內外는 새보들 移秧햇다. 새보들 논
물코마다 새로 고치엿다.
仁範이 婚事일로 成奎가 온바 듯자하니 女
子가 不應한다고 햇다고 드럿다.
裵明善을 맛나 幣[弊]를 끼첫다. 麥酒 몇
병을 飮酒햇다.

<1993년 5월 29일 토요일>
藥木을 써려 솥에 안쳐 주고 瑞希 授業料
를 館村農協에 拂入햇다.
田畓을 둘여보고 日課를 맞엇다.

<1993년 5월 30일 일요일>
우무가 生覺이 있어 館村市場에 간바 海南
宅을 맛낫다. 只今을 그것이 市場에 날 때
가 안이니 다음 任實市場에 나오면 사다
주마 햇다.
崔正浩를 맛나고 帽子를 外上으로 購入해
왓다.
夕陽에 논에를 가보니 成東이는 苗를 심다
가 없고 메누리보고 成東이는 에데 갓나 햇

든니 顔色이 좋이 안는 狀能[狀態]에서 不
安感으로 보이여 氣分이 좋이를 안햇다.
요즘 몇일 동안 行爲이 간[안] 조은데 例年
에 比희면 每日 作業을 해 주웟스나 患者
가 도여 10餘萬 원식 藥만 먹고 놀며 協도
안 해준 뜻으{로} 보인다.

<1993년 5월 31일 월요일>
其者의 行動은 아주 배우지 못한 者로 指
適[指摘]은 數年 前부터 햇다. 그러니 1日
之事가 안이고 수년이 이런 不安으로 간다
면 人生으로써는 莫 〃 하가 限이 없다.
成東은 언젠가는 自己가 죽는 게 올타고
햇다. 그려다 自殺이라도 하면 社會에 耳
目이 두렵다고 말해 주웟다.
眞心으로 不安하다. 食事만 하려 가면 大
聲으로 소이야 밥 머거라ㅡ. 또 食器를 고이
로 탕탕거리니 1時에 食事를 하고 십지 안
타는 게 내의 心理다. 말 못할 地境이다. 그
려케 해서 心理를 구박해서 不遠이면 精神
的으로 不安케 하야 急病이라도 生起게 하
는 處事로 본다. 其者는 적겨[겪어] 보니
莫心[莫甚]한 不良者로 보는데 將來에 成
東이도 不行[不幸]할 게다.

<1993년 6월 1일 화요일>
새벽 4時에 沐浴湯에 들이다 문벽에 찌여
精神을 이렷다. 이것이 한 번 두 번이 안니
고 몇 차례 이마를 찌엿다. 起工者가 良心
이 不良者라서 이려케 門을 設置햇다.
이번에는 참지 못하고 改造 修理하겟다. 他
人을 시킬 必要 없이 내 自身이 改造하겟다.
아침 일즉에 일어나서 尺수를 재고 해서 門
을 부서 키웟다. 熱이 過熱이엿다.
終日 舍郞에 書役만 하다 小風[逍風]하려

門前에 나가니 丁俊浩가 손목을 잡고 제 집으로 가자 해서 간바 洋酒를 들자 하야 몇 잔 드렷다. 屋內를 두려보니 방안 等物은 護和[豪華]하게 잘 차려 노왓드라.

<1993년 6월 2일 수요일>
어제밤부터 내린 비는 오늘 終日 내렷다.
雨中이라 外出도 못하고 舍郞에서 讀書하다 木冊床에 殘錢 募金함을 열고 計算해 보니 1991. 6. 6.부터 殘金 募金이 1993. 6. 2. 現在 約 23個月 동안 一金 308,000원 募와젓다. 不遠 交換하겟다. 用途가 만해서 려여[열어] 보왓다.

<1993년 6월 3일 목요일>
安承均 氏가 招淸[招請]해서 朝食을 갖이 햇다.
田畓을 두루 살펴보왓는데 우리 담배가 절일[제일] 作況이 不良햇다.
이웃 金進映을 맛나고 집앞 공굴을 고처라 햇다. 自己에의 大刑[大型] 車가 망괏다고 햇다.

<1993년 6월 4일 금요일>
아침 7時에 尹龍文 成造하는데 上樑 글씨를 써달아 하야 써주고 朝食을 갖이 햇다.
成康 전화稅를 任實 通信社에 拂入하고 加工組合에 들엇다.
郡農協에 들{러} 銅錢을 紙貨 交換해 주겟나 하고 무럿다.

<1993년 6월 5일 토요일>
10時頃에 故 李康煦 別世 弔問하려 간바 金宗紆 氏 李虔鎬 氏 三人이 同行하야 弔問햇다.

喪家 主關[主管]은 李康烈 前 典校가 關長[管掌]하드라.
退出하려 햇지만 中食을 해야 한다고 勤해서 侍接을 잘 밧고 왓다.
고초밭에 農藥도 하고 고부기리 콩도 심드라.

<1993년 6월 6일 일요일>
고초밭에 追肥를 3人이 갖이 넛다. 이제 남는 게 담배 追肥가 나맛다.
每日 餘暇는 없다.
夕陽에 全州 成曉 內外가 단여갓다. 엇전지 父子之間이지만 맛{나}면 반갑지 안타.

<1993년 6월 7일 월요일>
終日 舍郞에서 玉篇 漢字 知字만 가려 票示[標示]햇다. 理由는 書堂도 못 단이고 漢文은 普通學校 3學年 時에 朝鮮語 敎課書[敎科書]에 彦文[諺文] 漢文 兼한 歷史篇에서 其時는 先生 者가 朝鮮人 日本人 合幷[合倂] 先生이엿는데 그 속에 몃 字식 배웠으나 뜻은 解하지 안코 音만 讀書햇다. 그려기에 社會에서 듯고 新聞에 自得햇기에 몃 字 알게 된 셈이다.
鶴巖밭에 고초에 줄을 처 주웟다.
夕陽에 安承均 昌宇 辰根이가 단여갓다.

<1993년 6월 8일 화요일>
全州 朴 氏 村前 河川 骨材業者이 面會 要請하야 對面햇다.
前日에도 相面햇지만 朴 氏의 所有權이 없는 것으로 알고 原側[原則]을 主張햇든니 朴 氏는 違法行爲는 하지 안습니다 하고 作別햇든니 今日 鄭九福를 通해서 또 面會 要求가 있으나 實은 不安햇다.
그려나 相面하고 보니 場所 劉貞子 집에서

鄭九福 朴仁泰 立會下에 登記 謄本을 내면서 내게 주니 살펴본바 93. 3. 15. 字로 3筆地로 登記畢證을 存細이 보니 朴氏 所有權이 分明햇다. 理由 없이 自己 所有 財産의로 認證햇다.
玉篇 知字를 指的[指摘]해 보니 約 1,532字엿다.

<1993년 6월 9일 수요일>
安承均 外 멋 분이 麗水에 外遊하려 가기로 하고 出發키로 햇다.
5時 50分 列車로 館驛에서 出發하야 麗水에 9時 30分에 到着햇다.
終日 求景도 잘 할고 飮食도 골구루 잘 먹엇다.
다음에는 人當 約 2萬 원 豫算해야 하겟드라.
꼴 보기 {싫은} 者는 韓相俊으로 본다. 嚴俊峰의 諜者로 본기 땜이다.

<1993년 6월 10일 목요일>
終日 舍郎에서 新聞 및 讀書만 하고 本人의 出生 後 經歷 追蹟[追跡]을 作成 中이다.
門前은 外出도 하지 안코 지냇다.
韓相俊이가 단여갓다. 그려 人形을 조케는 안 본다.

<1993년 6월 11일 금요일>
오늘도 舍郎에서 行路 史蹟만 作成 準備하다 午後 2時 出發해서 全州 崔明範 父別世 弔問을 同和會員과 同伴해서 갓다.

<1993년 6월 12일 토요일>
오늘도 舍郎에서 南原 任實 大宗中 文書 收入支出 決議書를 再檢討해 보니 異常이 엽다. 任實 私宗中 書類 檢討해 보니 異常

없다. 그러나 預託金 通帳으로 收入支出을 한바 大宗中 條 通帳이 2通인바 任實畜協 通帳 1卷 乃宇 私通帳 1卷해서 2通이다. 또 私宗中 通帳 2通이다. 1通帳은 全北投資銀行이고 또 1卷은 私通帳인데 館村郵替局이다.

<1993년 6월 13일 일요일>
水原서 成允이가 단여갓다.
어제밤부터 래린 비는 오늘 午前 中까지 내렷다.
아침 6時 30分에 韓相俊하고 大里 朴道洙의 子 서울 結婚에 參席코자 驛前에 간바 車가 8時 20分까지 기드려도 오지 안햇다. 館村 炳基 宅에 알아보니 6時 넘어 結婚 車는 떠낫다고 햇다. 氣分이 少햇다. 7時 10分에 大里 出發이라고 案內狀에 記載하고 그려 수 잇나 햇다.
舍郎에서 終日 蔟譜[族譜] 硏究만 햇다.

<1993년 6월 14일 월요일>
任實郡農協에다 銅錢 2年間 募인 도[돈]을 農協에서 機械로 서는데 七仟 원 差異이가 낫다. 再算하려 하자 不安하{지}만 讓保[讓步]하고 마랏다.
牟潤植 成造하야 移事한다고 招請이 왓다. 養老堂 멋 분이 갓다.

<1993년 6월 15일 화요일>
집에서 讀書하고 지냇다.
田畓도 둘여본바 아즉 고초나 벼農事는 平年作은 되드라.

<1993년 6월 16일 수요일>
慶南 安東 旅行日이다.

아침 6時에 正刻 列車는 出發햇다.
大田으로 돌아서 安東 着한바 12時엿다.
주안山을 둘어서 다시 집에 온바 밤 12時.
終日 차만 탓다.

<1993년 6월 17일 목요일>
白元基 者의 退任에 잇어서 오라 請諜狀이
왓다. 新友會에 其者는 이제 몃 사람의 個
人的 面長 行爲者인바 生覺하니 갈 必要
가 없드라. 其者는 딴 데 옴기도 안니하고
本面에서만 11年을 지낸 者로써 面之事는
別 해논 게 없고 日字만 보냇다.

<1993년 6월 18일 금요일>
오늘도 집에서 지냇다.

<1993년 6월 19일 토요일>
鄕校 李炳春 感謝碑를 木板으로 製作해
주주고[주고] 中食을 하고 作別하고 全州
同和會에 參席햇다. 大學敎授 崔勝範이가
參席햇다.

<1993년 6월 20일 일요일>
집 舍郎에서 新聞하고 簇譜[族譜]에 神經
을 쓰고 讀書만을 햇다.
아침에 張泰燁이 招請하야 朝食은 햇지만
館村 金今龍 今童 兄弟가 왓지만 人事 없
이 人象이 좋이 안트라. 보기 실트라.

<1993년 6월 21일 월요일>
成東 內外는 畓 農藥 살散[撒布]햇고 나는
담배의 上순葉을 떼 주웟다.
집 舍郎에서 讀書만 햇다.
運動 兼해서 박에 小風하려 갓다 南連 氏
하고 對話햇다.

夕陽에 昌宇가 왓다. 늦게까지 對話햇다.
李福順이 왓다. 只今 治料 中라 햇다. 來日
驛長에 問議하겟다고 햇다.

<1993년 6월 22일 화요일>
白元基 停年退任日인데 마음이 들지 못해
불참하겟다. 全面의 面長이 안니고 個人의
面長이다.
장마철이 當到한다는데 할 일이 많다. 하지
만 成東에 말하고 싶어도 잔소리로 生覺할
가바 말 못하고 잇다.
行事 執行은 順序가 있는 법인데
첫재로 담배 乾槃場[乾燥場] 設置 作業
두채 담배 下葉(土엽)을 따야 할 일
세채 마늘을 收穫이다.
路上에서 韓相俊을 相面코 무르니 白家 退
任式에 단여온다고 하드라. 우리 마을에서
몇이 간나 하고 무르니 嚴俊峰 崔完宇 韓
상俊 3人라고 하드라. 나는 일이 있어 못
갓지만 各里에서는 하고 무니 大里에서 5
名이라 햇다. 10餘 年을 꼭 新平서 面長만
한 者가 職務延長 申請함은 良心이 不良
하다 햇다. 其者나 嚴俊峰에 傳할 것이다.

<1993년 6월 23일 수요일>
마늘을 역거 달앗다.
첫 담배 따기 着手햇다.
每日 아침 日課는
새벽 4時 - 3時에 自動으로 起床한다.
신문을 보다 便所에 간다.
다음은 洗手을 其他를 맞인다.
다음 讀書을 한다.
5時만 完全 아침이 박다.
닥 모이를 준다. 6時 뉴스를 드으면{서} 朝
食을 먹는다.

<1993년 6월 24일 목요일>
端午節이다.
住民들은 全州市民의 날이라고 모두 봉고 車로 가드라. 그려나 나는 못 갓다. 理由는 成東 內外는 담배 따고 역는데 그리고 患者는 마음이 不安할 게다 하야 抛棄했다.
午前 中에는 담배 上순을 잘아 주웠다.
午後에는 舍郞에서 作文했다.
夕陽에 成曉가 왔다. 其 子息 보면 不安感만 들고 반갑게 뜻이 없다.

<1993년 6월 25일 금요일>
安養에서 郭炳鉉 妻가 전화햇다. 무슨 理由가 잇는 듯십다. 子息 結婚이 안니면 其 者의 回甲이아 된 듯십다. 自己는 이곳에 慶事도 있으면 온지 안니하면서 나는 두 번이나 結婚에 갓섯다.
舍郞에서 作文햇다. 讀書도 햇다. 昌宇가 단여갓다.
대나제 成康 집 병아리를 쪽지비 무려갓다. 장태에 옴겻다.
成東이는 담배 따서 역것다.

<1993년 6월 26일 토요일>
終日 舍郞에서 事蹟만 作成햇다.
成東이는 農協資金 利子 23萬 원 程度를 整理 償還하고 왓다.

<1993년 6월 27일 일요일>
全州 李漢洪의 招請으로 全州驛前 우주會館으로 募인 會員 11名이다.
中食도 잘 侍接 밧고 記念品[紀念品]으로 時計 參萬 원 주고 寄贈[寄附]햇다.

<1993년 6월 28일 월요일>
終日 비가 내렷다.
舍郞에서 지냇다.
家族은 밤배[담배]를 역것다.
燒酒 8병에 30度分하고 梅實하고 人參[人蔘]하고 櫃格[價格] 燒酒가 19,200원 人參 16,000원 梅實은 無償이여 35,000원을 드려 製造햇다. 此酒는 1994年 6月 28日이 期限 酒다.

<1993년 6월 29일 화요일>
오늘도 終日 비가 내려 本格的인 장마철로 드렷다.
田畓을 보니 浸水가 되고 담배 고초도 너머갓다.
終日 舍郞에서 내의 事蹟만 作文햇다.
아마도 本 事蹟을 只今 現{在}까지 作文 記載하려면 1年은 걸일 것으로 본다.
只今 草案 中인{데} 草案 數個{月} 갈 게고 是訂[是正]하려면 1個月 正書[淨書]하{고} 複寫까지 하려면 꼭 1年 豫想한다.

<1993년 6월 30일 수요일>
午前 中에는 舍郞에서 내의 事蹟을 記錄 作文햇다.
順序 잇게 記憶나며 或 日字는 相違가 잇{으}리라 生覺된다.
作成 完了되여 冊篇이 되면 雜紙나 보다는 펴여볼 만할 게다. 꼭 3卷만 펴여 낼가 한다. 子息에만 주겟다.
任實郡農協 館村郵替局을 단여 館村市場을 둘여 왓다. 싸이카로 단엇다.
家族들 고초 줄 매기 햇다.
成東 母 夕陽에 처음 말하는데 小便이 모르게 藉 〃이 나온다 햇다. 그래서인지 옆에

만 안지면 내음이 낫다. 그래서 其間 속도
모르고 內衣만 자주 갈아입으라만 했다.
全州 成曉에 傳햇든니 任實醫料院으로 왔
드라. 産婦人課[産婦人科]에 提出햇든니
手術은 어렵고 단방藥으로 治料하라 했다.
萬諾 手術을 한다 보면 예수病院이나 가제
딴 곳을 어렵드라 핫다.
◎ 鎭安邑을 向하야 中食을 맞이고 出發한
  반 1時{間}이 걸이드라. 人參 몇 뿌리를
  購入하고 오는데 쏘나기가 쏘다지는데
  뻐스 乘降場[昇降場]에서 비를 갯다.
  그려자 某人도 드려왔다. 어데 게시요
  햇다. 馬靈에 잇소. 그려면 朴東浩를 아
  요 햇다. 안다고 하기에 東浩의 눈임을
  아요 햇든니 안다 햇다. 어지나[어찌나]
  기내요 햇다. 男便도 죽고 동생들도 다
  釜山으로 서울 全州로 떠나고 子息들들
  도 몃 되는데 全部 客地로 가버리고 홀
  로 산단고 햇다. 사는 곳은 石橋里 엽 川
  邊에 街道집이엿다. 存細히 알고 其者
  집에 갓다. 소리를 치고 찻으니 업드라.
  時間을 보내기에 馬耳山으로 갓다. 暫
  時 求景타가 5時가 되기에 그곳에서 出
  發하야 其 女子 집을 가니 엽다. 이웃에
  서 닥을 만이 그른데 지나가는 女子보고
  무렷다. 其 女子가 存細이 말하고 안골
  작에서 밧을 매니 가보라 햇다.
오토바이로 그곳가지 갓다. 失禮합니다 하
니 처다보는데 그전 朴東禮 顔形이 안니드
라. 或 失禮지만 朴東禮 氏요 무르니 東禮
라 햇다. 그려면 나를 알겟소 햇든니 存細
이 보드니 챙평서 오시엿소 하드라. 네 하
고 對答햇든니 호무자루를 던지고 出發하
야 自己 집을 慕侍드라. 飮料수 할 것 없이
내노으며 가가워지드라. 꼭 53年 만니엿다.

45年도에 갈릴 때 혹독하게 갈인바 只今
生覺하면 너무 햇다 하야 언제고 맛나면 和
解코자 해서 担時[恒時] 당신만은 잇지 안
햇다 其時에 大端이 잘못햇소 햇다. 손목을
잡고 눈물을 흘이드라. 齒牙를 안데 틀이가
되엿고 顔形이 쭈그려저 前 얼굴이 안니고
男便 죽고는 館村이고 全州고 鎭安도 가지
안는다고 하고 자근아버지가 (朴宗珠) 국
어서[죽어서] 全州 갓고 出入은 禁하고 홀
로 산다 햇다. 전화番號를 대라 햇든니 대
주드라. 밤에나 걸으시요 햇다.

<1993년 7월 3일 토요일>
서울서 根宇 鉉宇 各 10萬 원식 20萬이 왔다.
農協에 20萬 원을 預託햇다.
今日 字로 70萬 원이 殘高엿다.
오늘[오는] 길에 館村 炳基 宅에 들엿다.

<1993년 7월 4일 일요일>
담배를 역거 주웟다.
乾燥場 設置가 急햇다. 담배순도 해야 하
고 田畓에 除草도 좀 해야 하드라.
밤에 全州 成曉 家族이 全員이 왓드라. 제
의 에미으 病勢을 살피기에 온 것 같으라.
日氣는 農事에 適合한 日氣엿다.
비가 왔다. 三日채 닥근치엿다.

<1993년 7월 5일 월요일>
今年에는 벌[별] 장마는 없을 것 갓다.
이웃 金三浩 者가 듯건대 마음이 응큼한
者로 平櫃[評價]되엿드라.
宋文玉 母 李莫順에 對한 行爲 前에 故 裵
迎春의 妻 斗流 春宅에 하는 行爲는 老者
되는 立場에서는 不良者로 본다.
館村에 成苑 쌀을 실여다 주{고} 燒酒 4병

을 사왔다.
午後에는 담배을 역거 주는데 담배을 따서
太陽빛을 쐬여 만이 쌀만젓다[삶아졌다].

<1993년 7월 6일 화요일>
담배순을 따 주웟다.
乾燥場 資材 製作햇다. 金鎭玉하고 하드라.
8日부터 비가 온다고 햇다.
來日은 水畓 農藥 散布한다 햇다.

<1993년 7월 7일 수요일>
九時에 金興源가 要求햇서 尹鎬錫하고 三
人이 農協에 가서 300百萬[300萬] 원 保
證해 주웟{다}. 利子는 12%이고 300百萬
이면 月 3萬식이고 하드라.
午後에 담배순을 따준데 勞苦가 만햇다.

<1993년 7월 8일 목요일>
아침에 5時에 出動하야 담배순을 뗏다. 이
슬도 없고 適合햇다.
또 아침에 황송아치를 出産햇다.
오늘 夕陽에 保聽器 眼鏡 1切을 마루에 버
서 놋고 沐湯場에서 새수어로 드가밧다. 成
曉 母는 保聽機[補聽器] 一切을 방에다 들
렷 넛{고} 유得[惟獨]이 冊床 위에 창겻다
고 햇다.
그러나 舍郎을 살피고 搜索해도 現物이 나
타나지 안는다.
成康 집도 搜索햇지만 根拔[根據]는 업다.
그러나 내의 生覺이지만 完全이 崔乃宇를
귀머거리를 만들기 원한 행위로 보{고} 內
査 中인데 家長으로써 말 안을 수 없다.
夕陽에 成康 母가 保聽器를 가지고 왔는데
自己 집 冊 속에서 가저왔다고 하는{데} 異
心[疑心]이 가드라. 할 수 업시 바닷다.

<1993년 7월 10일 토요일>
담배순을 따는데 비가 내렷다.
舍郎에서 終日 지냇다.
成東이는 담배 前途金[前渡金]이 나왔다
고 해서 一金 拾萬 원을 주드라. 用錢으로.

<1993년 7월 11일 일요일>
成東 內外는 담배를 따 나리고 尹鎬錫 氏
成康 母하고는 역것다. 나는 담배순을 따준
데 비가 내려다. 순을 딴 卽時 비가 오면 害
롭다 하기에 破하고 담배로 역것다.
午後는 中食 後 비가 多量으로 내려 作業
을 中止햇다.
全州에서 成苑 食口가 단여갓다.

<1993년 7월 12일 월요일>
間夜에 많은 비가 내렷다. 아즉은 田畓 農
作物는 別 被害는 없다.
全州에 갈 豫定을 햇지만 日氣가 不順으로
抛棄햇다.

<1993년 7월 13일 화요일>
面長 郭四奉 氏가 招侍[招待]하야 參席햇다.
機關長 및 面內 有志들이 多數가 參席햇
드라.
비가 오는데 갈가 말가 하다 10時 50分에 出
發하야 正時드라. 中食을 맞이고 白元基 者
도 相面햇지만 別로 多情한 生覺은 없드라.
집에 왔서 正狀[正裝]을 하고 德果 故 李
厚來 小祥에 參禮코 오는 길에 裵京植 집
을 尋訪햇든니 없고 故 具益朝 宅도 不在
中. 비는 조금 來린데 왔다.

<1993년 7월 14일 수요일>
成康 母하고 全北投資銀行에 갓다. 用務

는 成愼 條 預託金 3,095,000원을 李淑子 名儀로 改制키 위한 바 내의 印章이 틀여 다시 집에 왔서 印章을 갓고 다시 銀行에 가서 整理햇다.
成曉 母 保健所에서 投藥햇다.
담배밭에서 순을 따 주윗다.

<1993년 7월 15일 목요일>
아침 5時에 起床해야 便所에 단여 나오면 沐浴間에 洗水[洗手]한단 다음 5時 20分頃에 담밭에 연순을 따다 보면 7時가 된다. 朝食 끝내면 藥을 復用한다. 닥 모이를 준다.
7時 30分이면 담배밭에 가서 순을 딴다. 담배 영기[엮기]도 한다. 中間에 샛거리도 먹는다. 그러다 보면 8時에 夕食을 한다. 9時 뉴스를 듯다 잠이 든다.
安養에서 妻弟가 2번채 전화가 왔다.

<1993년 7월 16일 금요일>
招土稅 關係를 알아보기 위해서 代書所를 据處서 郡廳에 전화하야 成曉를 呼出햇든니 20分을 기드려도 오지 안햇다.
할 수 없이 南原 稅務署로 向하야 職 擔當者에 問議햇든니 存細이 設明해 주드라. 算出額[産出額]은 490萬 원. 오는 길에 館村 炳基 氏을 禮訪하고 打合한바 20日 郡을서 問議하고 論山郡廳에 가기로 햇다.

<1993년 7월 17일 토요일>
終日 담배 역고 밭에 따기도 햇다.
成東 內外는 따대고 成康 母하고 나는 역 거댓다.
今日은 多幸이도 日氣가 適合해서 作業上에는 墇害[障害]는 없엇다.

<1993년 7월 18일 일요일>
養老堂 會員 伏다름日이다. 會은 全員이 募엿드라.
會長의 立場에서 演設[演說]을 10分間 햇다. 오늘은 休息햇다.

<1993년 7월 19일 월요일>
鄕校에서 新舊 掌議 相見禮가 擧行되엿다.
其外 參席人은 各面 支部長들만 募엿다.
齒牙가 痛症이 있어 象牙齒科로 갓다. 다음에는 빼자고 햇다.

<1993년 7월 20일 화요일>
館村 炳基 氏하고 8{時} 50分 特急으로 斗溪 出張所에 갓다. 親切이 對遇[待遇]하드라.
郡廳을 据處서 稅務署에 갓다. 告知書를 내고 謄本을 내고 對話한바 族譜를 가저오라 햇다.
來日 오마 하고 왔다.

<1993년 7월 21일 수요일>
어제는 論山稅務署에 族譜를 慕侍고 가기로 한바 齒牙가 異常에 있어 任實齒科로 간바 빼벌엇다. 통症이 生起에 論山은 못 갓다.
午後에는 담배순을 좀 따 주윗다.

<1993년 7월 22일 목요일>
8時 50分 列車로 論山稅務署에 갓다.
擔當職員은 崔氏라면서 告知書하고 族譜하고 土地臺帳謄本을 對照하다 結論은 舊登記 明載된 崔應九 外 三人 大里 鎭九 南原 遇憲 南原 遇湜의 除籍謄本을 各 1通식 해오라 햇다.
治料 任實{齒}科에 단여왔다.

夕陽에는 담배 딴 데 가보니 人夫 七名이 動員되여 담배 딴 데 協力햇다. 밤에까지 햇다.

<1993년 7월 23일 금요일>
乾燥場에 餘有[餘裕]가 있어서 午前 中 尹生員 昌宇 家族기리 담배를 따 달라 먹구 웠다[엮었다].
內食口는 嚴俊映의 들깨 苗木을 購入해 왔다.
午後에는 家宅에서 休息햇다.

<1993년 7월 24일 토요일>
서울서 許俊晚이가 來訪햇다. 家族기리 避署[避暑]次 왔다고 햇다.
成東 母가 仲風[中風]이라 햇든니 針具 가저와 침을 마잣다.
日間 淸心丸을 製造해서 보내마 햇다. 돈을 주마 해도 必要 없다고 하는데 信任은 못하지만 기드려 보겟다.
驛前에 韓正玉 妻母 弔問햇다.

<1993년 7월 25일 일요일>
今日 齒科에서 齒 2개를 빼냇다. 담음은 火曜日 27日 또 2개를 빼기로 햇다.
五時頃 館村 炳基 氏 宅을 訪問하고 全州 韓泰成을 相面하고 齒牙改造을 打合한바 手工費는 25萬 원을 주시요 햇다.
全州 成玉이가 出生兒를 데리고 왔다. 男兒인데 잘 생겻드라.

<1993년 7월 26일 월요일>
家族들은 들깨를 移植하고 나는 담배순을 하다 보니 비가 래려서 休息.

<1993년 7월 27일 화요일>
外人 役軍 3人이 들깨를 移植 完了햇다. 끝을 내고 많은 비가 래려서 多幸이엿고 苗 自體도 잘 살 것으로 본다.
午後에 任實齒科에 갓다. 치꺙를 빼달아 햇든니 의사 마음대로 治料만 하고 못 빼준 다 하기에 氣分이 不快햇다. 그리고 不親切하드라.

<1993년 7월 28일 수요일>
어제 任實齒科를 氣分이 不安하야 今日은 館村齒科로 갓다. 醫師가 親切하고 侍遇[待遇]가 좋으라. 내의 要求대로 齒牙 2개를 뽀밧다. 代金은 650원. 갑도 싸드라. 다음은 金曜日 午後에 오라 햇다.
任實은 普通 때면 3,200 齒牙를 빼면 5,200원까지 밧드라.
午後에 會長 總務가 왔다. 休遊地 現場을 求景次 갓는데 鎭安 聖壽 佐甫里[佐浦里]에 갓다. 冷泉에 드려간니 굴속에서 장사하 는데 아주 시원하드라.
結定[決定]은 舟川里 川橋로 定햇다.

<1993년 7월 29일 목요일>
서울서 許俊晚이가 淸心丸을 보내왔다. 代價는 資料代만 10萬 원이라고 係座番號[計座番號]을 보냇다.
終日 구름만 찌었다.
皮巖 金炯根은 7月 31日 麗水나 가서 1日 休息하자고 하기에 約束햇다. 그러나 午後에 炯根이는 31日이 안니고 來日 30日이라고 하면서 7時頃에 驛前으로 나오라 햇다. 못 가겠다고 据絶해 버럿다.

<1993년 7월 30일 금요일>
百風藥(무릅용)을 全州에서 3月 30日 購入
해서 2개月分 40,000원 7月 22日 까지 3個
月 22日 만에 藥을 끈엇다. 理由는 支出이
過拂되여 用錢이 없다.
서울서 許俊晚이 淸心丸을 製藥해 보낸바
藥代 10萬 원 送金하라 했으니 難處하다.
館村齒科에 齒牙 뽓앗다. 서울 許俊晚에
任實農協에서 10萬 원 送金햇다. 館村郵
替局에서 私通帳에서 15萬을 引出해서 送
金햇다.
舟川里 李昌根 氏 宅을 訪問햇다. 不在中
이여서 옆집사람에 傳햇다. 8月 7日 字 채
일 利用키로 한바 取消해 달아고 햇다.

<1993년 7월 31일 토요일>
任實郵替局에서 大田엑스포 觀光票을 賣
渡한다 하야 갓다. 票는 賣盡되엿고 人當
票는 9仟 원式이라 햇다. 2日 求景하려면
2枚를 購入하는데 全州 朝興銀行에서 賣
渡한다고.
成東이가 母 藥代 10萬 원을 주기에 다시
今日 郵替局에 入金햇다.
午後에는 비가 또 래렷다.
水原서 成允이가 休暇次 왓다. 水原에 잇
는 兄弟가 無事하다 햇다.

<1993년 8월 1일 일요일>
終日 비가 내렷다.
舍郞에서 讀書만 햇다.
正午에는 尹龍文 移事한데 招請이 와서 中
食을 햇다.
梁春根이도 休暇次 왓다고 孫子 善範 昶
範이를 同乘해서 왓다.

<1993년 8월 2일 월요일>
간혹 비가 내렷다.
善範하고 昶範을 데리고 館村保健所에 갓
다. 注射도 맛고 藥도 가지고 왔다.
담배 따기가 急햇다. 日氣는 좋이 못한데
難關之事다.
成允더려 成奉 事業을 무르니 如前이 잘
運營하고 從事員들이 밥으다면서 製品도
이제는 如意하게 잘 般出[搬出]된다고 말
햇다. 多幸으로 生覺햇다.

<1993년 8월 3일 화요일>
成允이는 3日 만에 水原으로 떠낫다. 內外
用錢으로 10萬 원을 주고 갓다.
담배를 乾燥場으로 옴기엿다. 이번에는 相
當한 量을 딸 것으로 본다.
오늘도 如前이 비는 내렷다. 담배는 今般에
많은 量을 딸 것으로 본다.
夕陽에 任實 吳在儒이가 단여갓다. 用務는
八月 中 山組長 任期가 當햇는데 朴珍植
이가 在出馬[再出馬]한다 하야 對決하겟
다고 햇다. 8月 7日이라 햇다.

<1993년 8월 4일 수요일>
善範이를 3日채 保健所에서 治料을 받아다.
家族기리 담배를 따고 午後에는 역는데 昌
宇도 金鎭玉이도 와서 協力해 주웟다.
이도 來日면 밤배 끝이 날 듯십다.

<1993년 8월 5일 목요일>
아침에 南原 正宇에 電話로 來日 帶江面
에서 相面하자고 傳햇다.
오늘도 終日 人員 7人이 動員해서 담배에
從事햇다.

<1993년 8월 6일 금요일>
오늘도 昌宇 우리 家族 5人이 起用하야 終
日 따고 달고 해서 담배 作業은 끝이 낫다.
나는 南原 帶江面에 가서 成曾相 遇湜 除
籍謄本을 떼고 正宇을 相面하고 술도 밧고
車票도 사고 旅비도 5仟 원 주드라. 바로
南原에 왓다.
다음는 水旨面에서 珠宇 曾祖 遇憲 除籍
滕本[除籍謄本]을 떼고 오는데 時間이 만
니 걸엇다. 집에 오니 7時 30分이엿다.

<1993년 8월 7일 토요일>
새벽 2時頃에 水原서 成奉이가 왓다. 깜작
놀앗다. 알고 보니 事業者들기리 夏季休養
次 內外 雙이 各者[各自] 乘用車로 4臺에
同乘해서 왓다. 行先地는 巨濟島로 가는
길이라 햇다. 用錢 10萬 원 주고 가드라. 3
日間 豫定이라 햇다. 善範 兄弟도 가치 데
리고 갓다.
成東이는 담배밭에 茂木을 치고 서울 男妹
稧 定期總會에 參席次 夕陽에 떠낫다.
驛前 美子에서 保身注射을 마잣다.

<1993년 8월 8일 일요일>
오늘도 終日 비가 내린바 큰 비는 않이엿다.
舍郎에서 讀書타가 成康 집에 갓다. 水原
서 成愼이가 왓다. 全州까지 오는 길에 왓
다고. 그러나 가兒 婚姻이 問題이다. 姻處
가 생기지 안해서엿다.
夕陽에 鶴巖宅이 왓다. 一金 貳萬 원을 내
노면서 昔적에 親家 父母에 (當時 里長)로
잇는데 眞心으로 잘 侍遇하여 주신 德을
잊이 못해서 內服이나 사 입으라 햇다. 고
맙드라.
이 洞內 내의 德을 많이 본 자들인데 그대

뿐이지 只今은 必要 없다고 生覺한다.

<1993년 8월 9일 월요일>
8. 50分 列車로 論山稅무署에 갓다. 4人의
除籍謄本을 提示하고 왓다.
오늘 길에 漢藥局에서 個月分을 가저왓다.

<1993년 8월 10일 화요일>
무릅藥 百風丹藥을 複用하기 始作햇다.
午後에 館村齒科에 갓다. 身경[神經]을 죽
이고 몇일 治料하야 틀이를 해라 햇다. 그
려기로 햇다.
銀姬하고 希瑞[瑞希]가 싸윗다고 해서 택시
로 任實 新醫療院에 갓다. 금 갓다고 해서
공구리를 하고 왓다. 治料費는 3仟이엿다.

<1993년 8월 11일 수요일>
廉昌烈 便에 大田엑스포 觀光會費 25,000
원을 보내주윗다.
生覺하다 못해 非常金 3萬 원을 가지고 任
實市場에 갓다. 소뼈 곤자를 말하니 4萬 원
이라 햇다. 등심을 무루니 25,000원에 한
푼도 접어주지 안트라. 삿다. 이것이 子息
이 해 주워야 하는데 不安이 莫心햇다.
메누리란 者가 마음대로 살임을 한데 模樣
이 苦生할 듯십다.

<1993년 8월 12일 목요일>
밤 8時를 期하야 大統領令으로 金融實明
制[金融實名制] 施行한 特別談話 發表.
實地 本人 名儀으로만이 金融實明制로 實
施하야 함.
午前 中에 고초를 따는 데 協助해 주윗다.
館村齒科에 간바 많은 患者가 밀여 抛棄하
고 왓다.

<1993년 8월 13일 금요일>
오늘의 行事는
一. 新平 老人會議 參席
一. 館村齒科 治料次
一. 南原 大宗員會 參席
어데로 가야 할지가 올을지.
新平面 養老會堂에 갓다. 各里 會長이 募
엿다. 3/4期分 燃炭[煉炭]代하고 里 養老
院 運營費 十二萬 원을 受領하고 其中에
서 郡 支部 운영비 萬 원을 支拂해 주윗다.
2/4分期는 十一萬 원 三月 二十八日 受領
햇드라.

<1993년 8월 14일 토요일>
新平農協에서 免稅類 石油 400럿트을 떼
다 四仙臺注油所에 주고 入注[注入]햇다.
田畓을 오래만에 들여본바 病氣기 만하고
作況도 不辰[不振]트라.
夕陽에 成曉가 단여가면서 羅究[羅硏]이
授業料가 170萬 원이라고.
父母 綜合醫療院에서 檢珍[檢診]을 바더
보라 햇다.

<1993년 8월 15일 일요일>
成東 內外는 大里 河川으로 休遊하려 갓
다. 아마 契員들인 듯십드라.
비는 多量은 안이지만 아침부터 來렷다.
田畓을 어제 둘어본바 할 일이 만하드라. 그
래서 오늘은 鶴巖밭 煙草밭에 들깨에 尿素
肥料 2袋를 散布햇다. 雨中이지만 뿌렷다.
全州에서 成曉 家族이 왓다.

<1993년 8월 16일 월요일>
테레비에서 발표한 日氣豫報도 듯고 십지
안타. 理由는 每日 비만 내리니 心情이 不

快하다.
保藥濟[補藥劑]를 今日부터 禁止해 보겟
다. 二重으로 複用한니 아마도 마찰이 된
듯십다.
오늘도 終日 비만 내렷다. 五穀도 被害가
相當한 것으로 안다.
南原서 範順이가 10餘 日 만에 왓다. 南原
李泰永 집에서.

<1993년 8월 17일 화요일>
田畓을 두루 도라본바 雜草가 만코 피도
만코 病害가 만햇다.
칼을 갈아서 논에 피를 뽑아주고 午後에 夕
陽에 館村치과에 갓다. 治料만 하고 來日
手術하자고 約束하고 왓다.
成東이는 논두럭에 雜草를 除草햇다.

<1993년 8월 18일 수요일>
齒科에 일즉 9時에 갓다.
業務는 9時 30分이 되니가 着手하드라. 順
序는 第一番次엿다.
前番에 齒牙는 뺀 옆에서 뼈가 길어나서
不平하야 手術을 한바 30分이 걸엇고 살을
째고 치틀 삐를 갈아내고 떠여냇다.
治療濟[治療劑] 處方을 해주기에 藥方에
서 購入해 온바 진통濟드라.
집에 온니 통증이 생겨 頭桶[頭痛]까지 범
햇다. 생땀이 낫다.
終日 꼼작 못하고 누워 지냇다.

<1993년 8월 19일 목요일>
館村齒科에 治療하려 갓다. 8月 21日 또
오라 햇다. 土曜日이다.
들깨에 追肥을 햇다.
새보들 3斗只에 피사리햇다.

夕陽에 下加 李相榮 慈堂 別世. 弔問햇다.

<1993년 8월 20일 금요일>
家事 協力.
못텡이쏩 피사리햇다.
今日도 午後부터 비가 래는데 大端 不安햇다.
今年 모든 作物이 結實이 잘 成況[盛況]은
어렵게 되엿다.
作物이 不實 氣溫이 底溫[低溫]으로 平年
作 未達로 豫想.
約 30日 以上 降雨로 日照量이 不足.

<1993년 8월 21일 토요일>
館村齒科에 治料햇다. 月曜日 또 오라 햇다.
來日 全州에서 韓泰成이가 온다고 햇다.
驛前에서 屛巖里 韓云錫 氏를 相面햇다.
靑玄面(청운면[청웅면(靑雄面)])에 곡자공
장이 잇는데 斤當 300원식라 햇고 술을 하
게 되면 白米 1斗에 곡자 8斤을 혼합하면
된다고 햇다. 물으 1.5斗이면 된다고 햇다.

<1993년 8월 22일 일요일>
全州에서 韓泰成가 齒牙 쁜 뜨려 왓다. 代
金 250,000원으로 決定. 2, 3日 後에 通報
하고 온다 햇다.
今日은 몇일 만에 氣溫이 上昇햇다. 비 안
니 오왓다.

<1993년 8월 23일 월요일>
館村齒科에서 실밥을 뺏다. 來日 또 오라
햇다. 그러나 갈 생각이 없엇다.
채깨 收穫을 햇다.
藥蔬 놀 데 肥料 헛고 비누루[비닐] 첫다.
夕陽인데 梁海童하고 崔南連하고 是非가
낫는데 南連이가 海童에서 봉변을 當하고

잇드라.
面長 廉昌烈이가 단여갓다.

<1993년 8월 24일 화요일>
8. 25日 – 16日 만{에}(保健 注射日)

鴨綠江邊에서 定期 七七稧日이다. 每年
參席햇지만 今年에는 生覺하야 不參햇다.
오는 八月 26日 大田엑스포에 가기로 日定
[日程]이 짯젓는데 오늘 가고 모레 또 가면
家族 보기도 未安해서 抛棄햇다.
집에서 고초 乾燥場 改修하고 家族 外 몃
분은 고초 따고 成東이는 同窓會 參席 出
他햇다.

<1993년 8월 25일 수요일>
市場에 갓다. 小麥(밀)을 팔여 간바 品切이
드라.
崔寅喆을 맛난바 다음 市場에 오라 햇다.
비가 終日 조금식 내리다 夕陽부터는 瀑雨
[暴雨]로 變햇다.
大田서 丁炳雲(道根의 子)가 今日이 제의
父 回甲이라고 飮食을 장만해서 山所에 단
여간바 집안관 大小家는 알게도 안니 햇다
니 그럴 수 있을가 햇다.

<1993년 8월 26일 목요일>
새벽 2時에 잠이 깨여 起床해 보니 비는 많
이 내리드라. 오늘 大田엑스포 求景을 가려
한바 晴明[淸明]치는 못하겟다.
約 45명이 한 차에 갓다.
3곳만 團體 求景하고 다음은 各者 行動으
로 헤여지고 午後 7時에 集合햇다.
집에 온니 9時엿다.

<1993년 8월 27일 금요일>
終日 집에서 가냇다[지냈다].
家族들은 무을 노왓다.
몇일 가다 처음으로 晴明햇다.
齒牙가 不便해서 韓泰成이 夕陽에 온다기
에 梁奉俊에 가서 一金 30萬을 準備해 놋
고 있으니 메누리가 20萬 원 주면서 보태라
니 難處햇지만 바다 두웟다.
穀子[曲子](누룩)을 드덧다.

<1993년 8월 28일 토요일>
韓泰成이는 食後에 왔다. 暇奉[假縫]을 해
보더니 來日 12時頃에 다시 오마 햇다. 齒
牙代는 25萬 원 現場에 주엇다.
郭道燁 議員 郡政報告會에 參席햇다. 多
수 왓드라. 中食을 持接[待接] 밧고 왔다.
靑云 寺刹을 新築하는 데 協助를 要하는데
맞이 안 햇다.

<1993년 8월 29일 일요일>
後山所에 雜草 除据하는데 愛勞[隘路]가
있엇다. 來日은 除草濟 根死味를 뿌려 하
려 한다.
夕陽에 全州 韓泰成이가 왔다. 齒牙를 너
보니 조금 언잔하지만 그대로 견디겟드라.
夕床에서 처음으로 約 1.5個月間 만에 김
치를 깨미는데 別味가 없드라.
日後 異常이 있음면 電話해 주시면 손을
바드리겟음니다하고 갓다.

<1993년 8월 30일 월요일>
大里에서 李今八 朴道洙 崔炳基 金哲浩
自家用으로 와서 하루 놀여 가자 햇다. 反
對도 못하고 同行하야 南原 求禮 智異山
華嚴寺 仙陰寺[泉隱寺] 비암사골 다녀왓

다. 1人當 2萬 원을 據出[醵出]햇다. 집에
5時 30分에 當햇다. 집에서 술 한 잔식 持
接하야 보냇다.
夕陽에 工場 옆에서 崔瑛斗 氏를 相面햇
다. 對話 中에 瑛斗 氏는 이 동네가 團合이
잘 안된 것으로 보고 뒨말이 잇는데 軍部隊
에서 立木代를 成奎가 壹仟萬 崔完宇가 5
百萬 원을 먹엇다고 드럿다 그려면서 本人
을 對하야 따질 일인데 某人이 그려드야 햇
든니 총역이 안 난다 햇다.

<1993년 8월 31일 화요일>
靑雄 九皐里에 간다. 監板[看板]은 漢藥
製材商이라고 해노코 注로 穀子만 다루고
한 곳은 보니 숙지왕을 製造하드라. 職工이
5명이 從事하고 잇드라.
누룩 10斤에 3,000원을 주고 方法도 알아
왓다.
特報 酒法 製造法125
「只今은 5, 6日 만이면 술이 된다 햇다. 곡
자 술밥을 혼합하야 일정한 도가지에 넛고
그 후 물을 붓는데 곡자 술밥에서 約 한 뼘
정도 물이 오르게까지 붓는다고 햇다. 계을
[겨울]에는 도가지를 싸매고 하절에는 싸
매지 안는다. 白米 1斗을 할여면 곡자는 10
斤이 된다.」

오래된 親舊間이지만 數十 星霜을 지내보
니 其者가 變者드라. 他姓者는 그려트라.
無識者가 엉터리로 안 치하는[아는 체하
는] 行爲가 맞지 안타. 그러나 별 도리는 없

---

125 붉은색으로 기록되어 있으며, 이하 술 빚는 방
법에 관한 내용이 적힌 문단에도 시작과 끝부분
에 붉은색으로 격자 표시를 하여 다른 문단의
내용과 구별하고자 하였다.

{을} 게다.

<1993년 9월 1일 수요일>
新平 新友會에서 召集 通報가 잇엇고 任
實鄕校에서 會議기 잇는데 新平은 抛棄하
고 任實鄕校에 갓다. 50名 募臨 通報을 發
送햇다는데 겨우 30名이엇다. 이인리 前 郭
典校가 發言해서 鄕校의 不正을 개리는데
不平不滿이 잇엇고 郭 典校는 中食도 하지
안코 가버렷다.
일즉 집에 왓다. 里 總會議인데 韓상俊이
가 結果를 말하드라. 無연고者 土地는 嚴
俊峰 名儀 移轉햇지만 今般 特措法으로
還願[還元]해주마 햇다고 드렷다.
慈堂 祭酒을 비벼 넛다.

<1993년 9월 2일 목요일>
今日은 아무데도 가지 안코 집에서 지내면
서 舍郞에 잇는 술만 마시고 잇는데 大里
李今八이가 왓다. 山西 丁東根 집에 가자
고 해서 갓다. 此後에 알이겟다고 햇다.
崔完宇가 왓다. 李今八이가 내게 와서 私
情[事情]하는데 딱〃하니 네가 据絶하라
햇다.
安承均 氏도 왓다. 포기하라 햇다. 郡에 成
曉가 왓는데 絶對 不應하라 햇다.

<1993년 9월 3일 금요일>
大里 李今八이가 왓다. 잘 왓다면서 村前
骨材채取 事業은 里長보고 무려보고 하라
햇다. 成질[性質]을 내고 갓으나 3年 前에
우리 畓 자갈 채취하고 後事는 完全이 不
快햇다. 60萬 원을 드려 保土[覆土]햇다.
채소밭에 물을 주고 속가냇다.
墓所에 가보니 藥을 한 것이 效못[效果]가

잇다.
田畓을 둘어보니 벼는 팻지만 목이 숙지 안
코 잇어 不安햇다.

<1993년 9월 4일 토요일>
大里에서 李今八이가 왓다. 나는 말햇다.
里長이 논 妻男 논이 中央에 잇으니 打合
을 해 보소 하고 丁氏 宗土를 잘 打合하라
고 하고 萬諾에 그 件이 成立이 안 되면 破
하소 햇다.
養老堂에 갓다. 모두 數名이 募엿는데 白
康俊하고 是非하다 熱이 나서 목을 자아
[잡아] 떠려 버렷다. 피를 뽀부려 가려 간바
今八이가 와서 이야기하다 發旦[發端]된
것이다.

<1993년 9월 5일 일요일>
終日 집에서 지냇다.
冊字[冊子]만 讀書햇다. 마음도 不安햇다.
마참 대사리를 잡아와서 終日 깟다.

<1993년 9월 6일 월요일>
아침에 韓相俊이가 왓다. 養老堂 預託金通
帳을 提示하면서 農協에 預託하라 햇다.
今春에 崔末女 條 10萬 원 今般 9月 4日경
서울 黃龍德 條 10萬 원 그리고 3/4分期 燃
炭代 운영비 11萬 원을 계(31萬 원)을 預託
하고 왓다.
嚴俊祥이 危急하다기에 가보니 危險하드
라. 맥은 논데 身體는 不能이드라. 時急 中
이드라.
日前에 齒牙代 準備次 梁奉俊에서 參拾萬
원을 貸借한바 新平農協에서 拾萬 원을 貸
出하야 보태서 返濟햇다. 利子 없이 그려
고도 술까지도 待接 바닷다.

<1993년 9월 7일 화요일>
오늘부터 담배 개리{기} 着手햇다. 動員 人
員은 昌宇 成康 母 成東 內外 나하고 5人
의 作業햇지만 나는 午後에는 休息햇다.
養老堂에서 술타령 웃놀기 햇다.

<1993년 9월 8일 수요일>
朝食 後에 韓相俊이가 왓다. 어제밤 11時경
에 嚴俊祥이가 別世햇다고 햇다. 그러나 나는
못 가보겟다. 日間 祀故가 잇다고 햇다.126
白康俊이가 방아를 찌로 왓다. 다 끝이 난
데 10叺를 지엿다.
日前 是非 條件의 뜻에서 집으로 가자고
해서 술 한 잔을 주웟다. 이제는 完全이 解
決된 것으로 生覺햇다.
第二次 담배 개럿다.
午後에는 成康 母 昌宇 內外가 協力해 주
웟다. 夕陽에 成康 母하고 고초방아 치여
왓{다}. 水原서 成康이가 嚴俊祥 弔問 온
다고 하니가 그럿다.
새벽 2時頃에 水原서 成康 成奉이가 同乘
하야 왓다. 嚴判男 父 亡으로 問喪次라 햇
다. 祖母 祭需代로 成東 妻에 5萬 원을 주
고 갓다 햇다.
成康 5萬 成奉 10萬 원을 用錢으로 주고 3
時경에 水原으로 떠낫다.

<1993년 9월 9일 목요일>
오늘은 昌宇하고 나만 둘이 終日 담배를
개려다.
來日은 慈堂 祭祀이니 담배는 休日로 하겟다.

<1993년 9월 10일 금요일 陰 7月 24日>
先慈堂 祭祀日이다. 30週記[週忌].
菜蔬도 속아냇다. 물도 주웟다. 2回 次 집
안 掃地도 햇다. 100日 만에 理髮을 햇다.
祭軍은 昌宇 成曉 成俊 顯官 4人이 慕侍
엿다.

<1993년 9월 11일 토요일>
내의 日課는
새벽 3時면 分明이 起床한다. ◎ 小便을 본
다. ◎ 新聞을 본다. ◎ 6時에 뉴스를 듯
는다. 박에 나간다. ◎ 가벼운 運動을 한다.
◎ 닭 모이를 준다. ◎ 洗水를 한다. ◎ 마
당 掃地를 한다. ◎ 술 한 잔을 한다. ◎ 7時
前後해서 朝食을 맞인다. ◎ 藥을 複用한
다. ◎ 前日 日誌를 記載한다. ◎ 作業 着
手한다. 以上과 如히 日課는 苦定的[固定
的] 行動함.127

朝食은 大小間만 햇다.
食後에 昌宇하고 同行해서 嚴判男 喪制家
에 弔問햇다. 山所에도 단여왓다.
終日 담배 개럿다.

<1993년 9월 12일 일요일>
崔基山 子 結婚式에 參加햇다. 昌宇 同
窓生들을 맛나고 病勢를 무른데 그만하
다고 햇다. 金炯根을 相面하고 中食을 갖
이 햇다.
作別 後에 丁基善 집을 訪問햇다. 그 자리
에서 술 한 잔 하고는 바로 왓다.

---

126 9월 10일, 돌아가신 어머니의 제사를 앞두고 있
    어 문상 가는 일을 삼갔다는 뜻이다.

127 '◎' 표시와 마지막 문장은 붉은색으로 적었고,
    본 내용을 아래 기록할 내용과 구별하기 위해
    두 줄 선을 그려 넣었다.

<1993년 9월 13일 월요일>
10時에 元泉里 老人會에 參席햇다. 館村
金長洙 氏가 觀光旅行하라고 車 一臺 보내
주마 하야 今月 22日 水曜日 旅行키로 確
定하고 中食은 各者 帶備[對備]키로 하고
貧擔金[負擔金]은 五仟 원식 하기로 하고
아침 7時에 館村驛前에서 乘車키로 햇다.
老人會 間食代 5萬 원이 當日 受領햇다.
農協에다 嚴判男이 喜捨金 20萬 間食費 5
萬 원 계 25萬 원을 預託함.

<1993년 9월 14일 화요일>
집안에서 家政 整理햇다.
養老堂에서 雜談하고 노랏다.
參茂 집에서 효주 한 상자를 갓다 당구엇다.
昌宇가 一金 參萬 원을 取해달아 하야 주
윗다.

<1993년 9월 15일 수요일>
오늘은 일죽부터 終日 꼬초를 따 주윗다.
그래서 第四次 고초를 땃다. 몸이 안 좋아
來日은 담배 개린다고 햇다.
10餘 日 前에 養老堂에서 丁壽福이가 貳
萬 원을 取貸해 가든니 今日에 가저왓다.

<1993년 9월 16일 목요일>
23日 만에 保射[128]

人夫 婦人 6人이 起用되여 終日 담배를 개
렷다.
서울서 許俊晩이가 왓다. 全州까지 오는

---

128 일기장 윗부분에 따로 적어둔 내용으로, 8월 24
일 자 일기장 상단의 "8. 25日-16日 만{에}(保
健注射)"라는 기록과 관련하여 볼 때 23일 만에
다시 보건주사를 맞았다는 뜻인 것으로 보인다.

길에 단려가고 싶어 왓다고 햇다.
成奎 次子의 結婚이 10月中 大田에서 擧
行한다 햇다.
밤에는 비가 많이 내렷다.

<1993년 9월 17일 금요일>
終日 비가 래렷다.
終日 工場 內에서 담배 개렷다. 昌宇 內外
成康 母 林仁喆 母 本人하고 作業.
비는 끝칠 새 없이 때〃로 래렷다.
成東이는 雨中에 糞尿를 퍼냇다.

<1993년 9월 18일 토요일>
午前 中에 담배 개리다 12時 正刻에 出發
하야 全州 禮式場에 갓다. 警察들이 多數
들이드라.
田畓을 둘어보니 平年作은 뒤드라.
日勢는 잘햇다.

<1993년 9월 19일 일요일>
終日 담배만 개렷다. 昌宇 內外하고 成康
母 나하고 4人이 개렷다.
成曉 內外가 왓는데 成曉는 고초를 실코
南原 同婿 집에 갓다.
成東이는 終日 방아만 찌엿다. 아마 白米
30叺는 뺏다.

<1993년 9월 20일 월요일>
오늘도 如前 家族기리 담배를 개리는데 서
울서 許俊晩이 牛黃淸心丸 1상자를 보냇
다. 今月 17日 내 집에 단여갈 때 成東 母
가 私的으로 付託한 것이 오늘 藥이 到着
햇다. 그러나 藥代 準備가 難處햇다. 成康
內外를 담배 개린 자리에서 藥代 準備하라
고 햇다. 그려나 無答辯이엿다. 氣分이 좇

이 안햇다.
우리 內外가 꺼그려운 줄은 안다. 그러나
내 것이 있어 공것이 안니다.

<1993년 9월 21일 화요일>
任實市場에 原豆忠 藥葉을 작도로 切간해
서 陰乾시키고 10時경에 出行. 驛前에 있
으니 大里 李今八 車便으로 任實에 갓다.
農協에서 서울 許俊晩에 藥代 10萬 원을
送金햇다.
姜信洐 常務務를 相面하고 93年度 定期總
會를 促求햇다. 其者는 任菅[任官] 內 合
同工場 建立에 對하야 延期되엿다고 하
{기}에 組合을 代表者가 任實 工場에 무슨
關係가 잇나 햇다.
靑雄 曲子 祖에 物品을 購入하야 마참 成
曉 車로 無事이 집에까지 왔다.

<1993년 9월 22일 수요일>
7時 30分에 觀光버스를 탓다. 人員은 42名
이라 햇다. 張判童하고 同行햇다. 韓相俊
不參햇으나 아침에 가자고 않엣다. 或
生覺컨대 가자고 하 터이지 햇지만 나는 그
럴 必要 없다고 生覺햇다.
無事이 잘 단여왔다.

<1993년 9월 23일 목요일>
工場에 손을 보왔다. 공구리도 바르고 角木
도 대고 板子도 댓다.
成東이는 畜協長 擧選하는데 投票次 任實
에 갓다.
全州에서 슁장庫[冷藏庫] 修理하고 갓다.
藥葉을 말엇다.

<1993년 9월 24일 금요일>
成東이는 後계者教育 받으려 서울로 떠나
고 메누리는 大里國校 運動會에 갓다.
나는 집에서 庭園 內에 除草하고 마당 쓸
고 채소밭에 물비료 주다 보니 10時 30分
이엿다.
養老堂 되비하는데 參席해 보왔다.

<1993년 9월 25일 토요일>
田畓을 두루 둘여본바 첫재 고초 따기가 時
急햇다.
前野 後野 水稻作은 部分的으로 害가 있
으나 普通 平年作은 되겟드라.
工場 內部도 掃地햇다.

<1993년 9월 26일 일요일>
◎ 11日 만에 保射함[129]

家園에서 살피엿다.
成東이는 里 貧役[負役]하려 갓다.
메누리는 市場에 祭需 購入하려 갓다.

<1993년 9월 27일 월요일>
家族들은 고초 땃다. 이번이 5次로 본다.
그려나 앞으로 一 二次는 더 딸 듯십다.
鶴巖里에 갓다. 물고기를 購하려 간바 品
切이여서 3仟 원어치만 사서 왔다.
金鍾會 氏 宅을 訪問햇든니 不在中.
新平面長 郭四奉게서 藥酒 1명을 보내왔다.

<1993년 9월 28일 화요일>
終日 흐리고 한때 비가 내렷다.

---

129 일기장 윗부분에 따로 적어둔 내용으로, 9월 16
일 자 일기장 상단에 적힌 것과 마찬가지로 보
건주사 맞은 내용에 대한 기록으로 보인다.

第五次 고초를 乾燥場에 入庫햇다.
水原서 鴻範 兄弟하고 母가 왓다. 그런데
나더러 金반지를 안 끼야 하드라. 없다고
햇다. 그려면 손가락을 재보자기에 老期에
금반지 끼면 무웟하나 햇다.

<1993년 9월 29일 수요일>
庭園에 大淸掃를 햇다.
夕陽에 水原 成康 兄弟가 오고 南原 成樂
家族이 오고 全州 아들이 왓다.

<1993년 9월 30일 목요일>
次事[茶祀]를 慕侍고 大里로 갓다. 省墓하
고 南原에 省墓하려 갓다.
成奉이 用金으로 20萬 원 成康이가 5萬 원
을 주엇다.

<1993년 10월 1일 금요일>
子息 메누리 全員이 各 집으로 떠낫다.
家事에 돌보고 日課를 보냇다.

<1993년 10월 2일 토요일>
오늘은 終日 養老堂에서 1日을 지냇다.
會長의 立場에서 操心[操心]스럽게 말을
傳해 주엇다.
水原서 늦게 成允이가 왓다.

<1993년 10월 3일 일요일>
아침 8時에 出發해서 任實 - 南原 光州 禮
式場에 當到하니 11時였다. 20分 後에 禮
式이 始作햇다. 12時에 式은 끝이 낫다.
中食堂에 가보니 婚主 쪽은 없고 나 하나
윈바 食堂 主人이 食卷[食券]을 내라 하니
없다고 햇다. 드려가서 中食은 햇다. 끝이
나자마자 터미날로 向하야 집에 오니 午後

4時엿다.

<1993년 10월 4일 월요일>
통장 문권. 日氣 不順 多幸이다.
成康 母 부천서 轉入申告 왓다. 내가 213
번지로 轉入 申告햇다. 同居人으로 햇다.
오는 7日이 내의 生日이라고 드렷다. 메누
리보고 幣하라고 햇다. 七순도 못 지낸 너
의들이 그럴 必要가 없고 너나 全州메누리
나 未安하니 絶對 幣하라 햇다. 萬諾에 施
行키 위하야 準備하면 나는 不應하고 外出
하겟다고 햇다.

<1993년 10월 5일 화요일>
7日 字가 내의 生日이라는데 生覺이 달아
젓다. 메누리보고 生日 飮食物 1切을 除幣
[除癈]하라 햇다. 全州로 傳햇서 相範 母
도 올 게 없다고 햇고 너의들의 돈도 節約
하고 人力도 不足한데 父母로써 未安感이
든니 꼭 付託한{다}고 햇다. 조금도 뜻이
업다 햇다. 老人들 朝食이로 갖이 하고 십
지만 그럴 必要 없다.
不安하게 生覺한 듯십드라.

<1993년 10월 6일 수요일>
成東이는 實名制로 依하야 全北投資銀行
에 利子 計算하려 갓다. 六個月 만이면 利
子 計算해 준다.
夕陽에 全州메누리가 왓다. 來日이 아버지
生日인데 生日 抛棄하섯다는데 바로 올아
가겟다고 하면서 參萬 원을 내노코 갓다.
그려케만 해도 메누리들 幣는 더렷고 모두
가 節約되고 本人들의 1身도 便하게 된 듯
십다.

<1993년 10월 7일 목요일>
成東이는 어제 全州 全北投資銀行에 가서
金融實名制 確認次 간바 2仟萬 원에 對한
6개월 利 80萬 원을 加算하야 合計 2仟80
萬 원으로 合算하고 왔다.
오늘은 71回 生日이다. 外人 大小家 招請
을 据絶하고 平素와 갖이 김치에 朝食을
마첫다. 家族은 不安할 터이지만 메누리들
의 幣를 덜기 원한 之事이라 햇다.
正午 12時경에 水原 成康에서 전화가 왔
다. 鴻範 母 갖이요 햇다. 못 보왔다 햇다.
알고 보니 내의 生日인데 善物[膳物]로 金
반지 7돈이라고 사가지고 왔다. 未安햇다.
瑞希가 허리가 불거저서 갖이 病院에 갓다.
治料하고 하루 띄○□ 단이라 햇다.
夕床에서 금반지를 成東 內外 저의 母에
求景시켯다.

<1993년 10월 8일 금요일>
成東이는 아버지의 生日 幣止[廢止]로 依
하야 代金으로 一金 拾萬 원을 주기에 바
닷다.
瑞希 治料 手續次 任實郡廳에 갓다. 醫師
의 珍단書[診斷書]를 가저오라 햇다. 全州
로 갓다 다시 任實에 왔다.
柳正進 집에 가서 病院을 무르니 裡里 病
院에 入院 中이라 햇다.

<1993년 10월 9일 토요일>
10時 列車로 裡里로 갓다. 親友 金判童을
相面하고 同行하야 圓光大學病院에 柳正
進을 問病햇다.
全州 寶光堂에 갓다. 반지를 修理햇다.
5時에 同和會 參席햇다.
任實 昌學 車便으로 舘驛에 내려왔다.

<1993년 10월 10일 일요일>
서울 鄕友會에 參席햇다. 新平에서 約 45
名이 버스에 同乘하야 11時 30分쯤 着햇
다. 場所는 서울大 後面 落星臺[落星垈]라
고 햇다.
侍接도 잘 밧고 日課는 잘 맞이고 4時 30分
에 出發햇다.

<1993년 10월 11일 월요일>
加工組合 運營會에 參席햇다. 例年에 比
하면 1個月이 느젓다. 理由는 任實面 工場
統幣合[統廢合]으로 因한 것인 듯싶으나
執行 側에는 잘못이 잇드라.

<1993년 10월 12일 화요일>
鄕校 秋季大祭日이다. 가본바 別 사람은
오지 안햇다. 祭酒가 맞이 좋으라. 무르니
三溪面 酒場에서 製造해 왔다고 햇다.
金融實名制가 끝이 낫다고 햇다.

<1993년 10월 13일 수요일>
93年度分 綜合土稅 從覽[縱覽]하려 面에
갓다.
金炯根 氏 李同允 氏도 갖이 酒席이 되엿다.
오늘이 新平 市場일이드라.

<1993년 10월 14일 목요일>
終日 舍郎에서 지냇다.
來日 養老堂에 農村指導所에 里 保助事業
의 감사를 온다고 해서 養老堂 會員 名單
을 筆記해서 액자에 넛다.

<1993년 10월 15일 금요일>
保血[補血]注사.
全北 各郡에서 1人식 또는 2人식 指導所

女性들이 뻐스 한 車 왔다. 其者들은 養老堂을 主視[注視]하고 다음은 우리 집 家庭을 살피고 鄭泰植 집을 보고 完宇 집을 보고 갔다.
其者을 보내고 中食을 하고 卽時 오토바이로 巳梅面 財務係를 찾고 桂壽 大栗里 大小宗中 綜土稅를 拂入해 주고 왔다.

<1993년 10월 16일 토요일>
벼 乾燥하는데 돌보다 全州 郭四奉 子 結婚에 參席했다.
孝子洞을 거처 南門藥局을 단여왔다.

<1993년 10월 17일 일요일>
10時에 出發하야 求禮邑에 到着햇든니 12時이엿다. 外家의 親志[親知]들을 多數 相面햇다.
中食이 끝이 나고 바로 온바 午後 3時드라.
成康 母 成東이는 서울로 振根 女息 結婚에 갓다 왔다.

<1993년 10월 18일 월요일>
孝道觀光 確認하려 面에 갓다. 가는 길에 綜土稅 覽從[縱覽]하고 郵替局에다 論山 稅金 家政稅金 合 拾餘萬 원을 拂入햇다.
벼 乾燥햇다.
※ 昌宇가 왔다. 日前에 裵榮植 집 앞에서 嚴俊峰을 相面햇는데 里長 完宇 行爲가 잘못이 만타면서 非防[誹謗]을 하드라고 傳햇다. 里 새마을事業도 自己의 意事[意思]대로 하며 住民이 시려하는 里長{으}로 長期職權[長期執權]하는 處勢가 안되엿다고 햇다.

<1993년 10월 19일 화요일>
오늘은 집에서 벼 말이는 데 協力해 주웟다.
連日 外出만 햇다.
燒酒 8병 1箱子를 感草[甘草]에 담구웟다.
昌宇가 왔다. 말에 依하면 崔完宇 嚴俊峰하고 其의 間이 親切해 왓는데 今般에 間別이 生起엿다고 햇다. 그러나 밎이 못할 일이다. 그러한 사람이 前日에 里長 選擧 時에 完宇를 위하야 成東이를 抛棄시키{기} 위해서 서울 成奎가 來려오게 하야 決局[結局]에는 成東이를 뉘게햇다.

<1993년 10월 20일 수요일>
全州에 갓다. 完山鐵工所에 간바 主人이 없드라. 베루도만 사서 왔다.
午後에 成奎가 왔다. 成奎가 올 理由가 없는데 오다면 秋夕에 와야 한데 異常하게 生覺햇다.
오갈피 甘草 다이루根 산수 4가지를 混合해서 燒酒에 담구웟다. 燒酒에 담구면 個月이 지내야 飮酒할 수 잇다.

<1993년 10월 21일 목요일>
任實面 搗精工場 開業式이라 햇다. 12時경에 參席햇다.
任實郡 內 우리 組合員이 約 65名쯤 되는데 開業式에는 崔乃宇 本人만 參席하고 一切 會員은 不參햇드라. 理由는 앞으로 自己들의 事業에 支章이 있을 것을 감안해 不美스럽다는 뜻인 듯십다.
夕食上에서 成奎하고 말다툼이 있엇는데 韓判祚의 垈地 現 裵明善 집에 對하야 말성이 잇다고 햇든니 엇던 놈이 그려드야 하고 前에 其者가 내의 아버지에서 債務가 있어 그려케 된 것이라고 하기에 特措法으

로 네가 登記를 내서 裵明善에 賣渡햇는데
故 韓判祚하고 債務가 있다는 根居가 어데
잇나 하고 뭇고 住民들은 前에 軍部隊에
屬한 利得金 中에서 成奎는 壹仟萬 원을
먹고 完宇는 五百萬 원을 먹엇다고 住民들
수궁거리드라 햇다. 그려 成奎는 淸白한 것
처럼 말하는데 속이 보이드라.

<1993년 10월 22일 금요일>
成東 母를 데리고 保健所에 갓다. 머리도
앞으로 밤잠을 못 잔다 하야 간바 3日分 藥
을 짓고 왓다.

<1993년 10월 23일 토요일>
집에서 家政을 돌보고 지냇다.
脫穀도 햇다.

<1993년 10월 24일 일요일>
벼 벤 논이 가서 집[짚]을 뒤집엇다.
아침 食事 中인데 成東이는 어제 安永模가
南關에서 車 事故로 卽死햇다고 햇다.
朝食을 하다 迋단[中斷]하고 承均을 訪問
코 慰勞햇다.
夕陽에 全州 韓泰成이가 와서 齒牙 뽄지를
떠갓다.

<1993년 10월 25일 월요일>
어제밤에 水原서 成奉이가 단여갓다고 아
침에 들엇다.
午後에 面事務所 尹在成을 相面하고 河川
稅를 따젓다. 大里 梁承基 河川하고 抱合
되엿드라. 그래서 91, 92年分 15,000원을
承基에 보내주고 93年分은 別途 乃宇 名
儀로 告知書를 보내라 햇다. 約 80坪을 豫
想하라 햇다. 大里 梁承基도 相議하고 그

대로 하자 햇다.

<1993년 10월 26일 화요일>
終日 벼 말이는 데 協力햇다.
大里 金哲浩에 傳해서 今秋에 同窓會 觀
光 件을 依賴햇다. 日字 行先地 定해서 보
내면 全 會員에 通報하겟다고 햇다.
炳基에도 알아보니 태우 子 結婚에 請接狀
[請牒狀]이 왓다고 햇다.

<1993년 10월 27일 수요일>
벼 말이는데 終日 저서 주윗다. 夕陽에는
담아 버렷다.

<1993년 10월 28일 목요일>
館村 炳基 氏를 相面하고 同窓會 旅行에
對한 打合햇다.
成東 內外는 全州 成玉 移事하는 데 協助
하려 갓다.
그러나 밤에 비가 내려서 잘 마른 벼집을 비
마첫다. 不安하지만 여려 말 하지 안햇다.

<1993년 10월 29일 금요일>
終日 자근 비가 來렷다.
舍郞에서 終 讀書하다 때로는 잠도 자다
日課를 보냇다.
內子는 또 針을 맛겟다고 해서 全 氏에서
針을 마잣다.

<1993년 10월 30일 토요일>
<保血注射>
가금 비가 래렷다.
舍郞에서 지냇다.
全州에서 韓泰成이가 齒牙을 가저와 組立
하는데 얼마나 드릴가 햇든니 돈을 밧겟소

하기에 拾萬 원을 俊映이에서 둘어 주웟다.
丁基善이가 丁壽福 妻 回甲이라고 왓다.

<1993년 10월 31일 일요일>
全州에서 8. 30分 뻐스로 태우 子 結婚式
에 參席햇다. 12時 30分에 禮式은 始作해
서 1時에 끝내고 구고禮에 參席햇다. 메누
리에 人事 招介를 해주웟다.
3時에 出發해서 집에 當하니 7時 半이엿다.
成東이는 말하는데 하마트면 어머니가 죽
을 종 알고 全州 兄에 전화로 束히 오라 햇
다고 햇다. 듯자니 熱이 낫다. 子息도 없고
男便도 없는 者로 投햇나고 나무랫다.

<1993년 11월 1일 월요일>
아침 8時에 택시를 불어 全州 예수病院에
入院시켯다. 血液 檢查하고 앞에만 寫眞을
찍고 링게루만 댓다.
夕陽에 집에 갓서 이불 비개 洗面道具를
衣服을 가추워 成曉 車로 실코 왓다.
鳳山메누리(成傑 妻)를 病院에서 相面햇
다. 産月日이기에 왓다고 햇다. 앞으로 3日
後에 오라고 햇다고 햇다.

<1993년 11월 2일 화요일>
에제부터 링게루 注射藥 個人 購入해 오
{라} 한다. 주사 針까지 사다 주워야 한다.
간호실에서 代金 拂入 入票를 가저와서 頭
桶[頭痛]의 사진을 찍으라 햇다. 龍宇도 찍
자고 햇다. 그러나 사진代가 20萬 원이라기
에 집에 갓다.
成東 妻는 氣分이 좋이 안는 人象이엿다.
20萬 원을 가저오라 햇든니 가전는 왓드라
만 내도 不安햇다.
中食은 여기서 햇다.

夕陽에 南原 成樂 內外가 왓다. 血液檢查
費라고 하면서 保險에도 關{係} 없다면
{서} 夜中 63,000원을 拂入해 주웟다.

<1993년 11월 3일 수요일>
오늘도 藥局에서 藥을 購入해 왓다. 어제
밤부터 禁食을 하야 朝飲[朝飯]까지 禁햇
다.
11時쯤 檢查室로 가서 檢查햇다. 위視見
[위내시경]代 밤에 拂入해 주웟다.
只今까지 入院 過程은
第一次로 血液 檢查
第二次로 대번[대변] 檢查
第三次로 小便 檢查
第四次로 가래 檢查
第五次로 가슴 위 사진檢查
第六 뢰 사진檢查
第七次 위視見 檢查엿다.

<1993년 11월 4일 목요일>
身體의 1切 檢查는 7次로 끝이 난 것 갓다.
昌宇 成俊이가 단여갓다.
밤에는 成曉 內外하고 보광당에서 단여
갓다.
鳳洞메누리 出産次 온다고 햇기에 産婦人
課[産婦人科]에 들인바 不在中.

<1993년 11월 5일 금요일>
産婦課에 간바 出産하려 메너리가 왓다.
可否間 二增[二層]으로 오라 햇다.
鳳洞메누리는 今夜에 出産한다며 入院 手
續햇다고 햇다.
바로 집으로 連絡해서 成傑 母를 오라 햇
든니 바로 왓다.

<1993년 11월 6일 토요일>
아침 2층 불만실[분만실]에 갓다. 마참 불
만 중이라 하기에 기드린바 계집아이를 낫
다고 햇다. 서운하지만 할 수 없엇다. 時間
은 아침 5時 40分이엿다.
成傑이 妻男이 단여갓다.
成東에서 전화가 왓다. 理由는 住民이 問
病을 간다 하오니 엇더시요 햇다. 絕對 오
지 말게 하라 햇다. 不遠이면 退院한다고
해라 햇다.
只沙에서 漢來가 內外 단여갓다.

<1993년 11월 7일 일요일>
成東이가 退院 時에 보태라고 20萬 원을
주고 갓다.
林玉相 斗流 金龍德이가 단여갓다.
水原 메누리가 出産 2日 만에 올케가 退院
시켜 鳳洞으로 데려갓다.
李澤俊 成苑이 단여갓다.
成東 內外로 단여가고 成玉이도 단여갓다.
不遠 退院 切次를 手續하라 햇다.

<1993년 11월 8일 월요일>
入院 8日 채이다.
成曉가 와서 手續하야 밤에 退院햇다. 實
은 來日 火曜{日}에 退院하려 計劃햇다.
午後에 相範 母가 病院에 왓다.
朝食도 中食도 1節 除하고 진몸으로 왓다.
그려다보니 食事를 사먹게 되엿다.
메누리 말은 오늘 退院할 줄 아랏다기예 氣
分이 少햇다. 늦게나마 成曉에 전화해서 手
續한 게 밤이 되엿다. 17日로 正算[精算]
키로 하고 가 退院햇다.

<1993년 11월 9일 화요일>
갖이 竹林沐{浴}湯에 가기로 言約햇든니
住民 婦人들이 合同으로 出發햇기에 다음
으로 延期햇다.
崔瑛斗 鄭九福 氏가 問病次 왓다.
沐湯은 來日로 約束햇다.

<1993년 11월 10일 수요일>
新平面 定住生活圈開發計劃案에 對한 公
聽會가 있어 參席햇다. 參席者 里別로 보
면 2名 程度로 集合되엿드라.
成奎 子 結婚 請諜狀을 完宇가 中食席上
에서 돌이드라.
집에 오니 住民에도 돌일 請諜狀이 와잇드라.
其中에 舘村 炳基 兄弟 四仙臺 基宇 條는
卽接 내가 주고 왓다.
日字가 八代祖 墓祠日인데 變경하고 싶다.
今年만.

<1993년 11월 11일 목요일>
집에서 休息코 新聞이나 보고 지냇다.
竹林모욕탕에 內外가 同伴해서 단여왓다.
밤에는 하동宅 忌祭祠[忌祭祀]에 參禮코
祝文도 쓰고 讀祝가지 햇다.

<1993년 11월 12일 금요일>
집에서 지내고 養老院에 갓다.
嚴俊峰이 왓드라. 完宇에 對한 非防을 하
는데 새마을事業을 自己 單獨行爲를 하드
라고 햇다. 나는 改發委員會[開發委員會]
指導者 里長 合議下에 執行하는 것으로
안다 햇드니 絕對 모른 일이라 햇다.

<1993년 11월 13일 토요일>
서울 鎭鎬 子 結婚式에 參席햇다. 禮時는

1. 20分인데 1時에 到着하야 간신이 參席 햇다.
中食을 끝내고 바로 出發햇다. 高束車 時間은 6時間이 나맛다. 밤 8時 票엿다.
城南 黃在文 宅을 차자간바 電話를 밧이 안해서 다시 왓다.
高束場에서 기드리니 全州분들 나오시요 하기에 보니 臨時車를 냇드라. 全州에 着하야 成曉 車로 온바 11時 50分이엿다.

<1993년 11월 14일 일요일>
<保血注射>
大宗中 墓祀日이다. 日氣 不順으로 不參햇다.
全州 金昌圭 回甲에 丁基善하고 同伴해서 參席햇다.
뻐스장에 오다 小便이 나오기에 한 족 전주를 개리고 눈바 경찰者이 적발해 갓다. 罪金[罰金] 나올 터이지 햇다. 不良者드라.

<1993년 11월 15일 월요일>
◎ 今日부터 1日1食을 始作햇다. 1日 채.130
同窓會에 參席하야 井邑 內장山으로 갓다.
會비는 2萬 원식 据出해서 썻다.
밤에 大里에서 전화가 왓는데 炳基 氏 밤에 가다 落傷을 햇다고 햇다.

<1993년 11월 16일 화요일>
1日1食主義로. 2日 채.
朝食 後에 館村 炳基 問病을 갓다. 顔形이

좇이 안트라. 墓祀에도 못 가겟다고 하드라.
斗流里 炳列 氏에 連絡해서 來日 同伴하자 햇다.

<1993년 11월 17일 수요일>
3日 채.
炳列하고 雙百堂 十代祖 墓祀에 參席햇다. 祭軍는 昨年하고 비슷햇다. 20餘 名.
來日 芳沙亭 九代祖代 墓祀인데 모[못] 가겟고 炳列이만 가라 하고 나는 서울 文請公 17代祖 墓祀에 가며 祭檀[祭壇] 祭幕式[除幕式]에 參席한다 햇다.

<1993년 11월 18일 목요일>
4日 채.
館村에서 全州 첫車는 5時 50分 出發한다 햇다.
全州에서 7時 40分에 出發하야 退村 文請公 宗坐에 當到하니 11時엿다.
同和會 宗員은 22名이 參禮햇고 各 地方에서 參禮하야 約 160名이 募엿다. 特이 今年에는 崔朔寧 祭檀 祭幕式 그리고 定期 墓祀日하고 兼하야 多數가 募엿다고 햇다.
祭檀祭를 慕侍고 文請公 墓祀을 慕侍고 貞列 徐氏(文請公 配)를 慕侍고 石圃公 李氏 朴氏 祭祀를 慕侍고 秀莫公을 慕侍는데 日暮가 되엿다.
집에 온니 10時가 지낫다.
決心하는 대로.

<1993년 11월 19일 금요일>
1日1食 → 5日 채.
具會相이가 大宇自動車會社에 就織[就職]한다고 身元保證을 서달아고 제의 母가 왓는데 据絶할 수 없어서 面에 同行 서주윗다.

金三浩 氏가 全州에 가서 保聽器 關係로 갖이 가자기에 갓다. 잘 안 들이니 새로 해 달아 햇다.
任實에 단여왔다.
夕陽에는 무를 뽀바 주윗다.
夜中에 巳梅 大栗里 山直 刑鍾旭에서 전화로 墓祀 日程을 무려 오기에 多幸이다 하고 13日이라고 定해 주윗다.

<1993년 11월 20일 토요일>
午前 中 家宅에서 舍郞에서 書役하다 12時에 全州 鄭宗和 結婚식에 參席코 中食만 끝나고 바로 왔다.

<1993년 11월 21일 일요일>
새벽에 뜻박게 가슴에 통증이 왔다. 異常이 역이고 참앗다. 日曜日이라서 病院도 못 가고 金今男 子 禮式場에 갓다. 그래도 如前이 가슴은 통증이 개들 안햇다. 中食을 하면서 麥酒를 몃 잔 햇다. 그래도 가슴은 如前햇다.
基善하고 作別하고 藥局에서 진통제를 사먹엇다. 時는 12. 30分. 館村驛에 와서 울면을 한 그릇 사먹엇다.
집에 오니 3時 半쯤 갯다.

<1993년 11월 22일 월요일>
早起하야 現代방사선課에 갓다. 寫眞을 찟고 檢珍 結果에 依하면 폐가 좃이 못하다면서 醫師하고 相議해서 藥을 쓰라 햇다.
바로 任實醫料院에 사진을 提示한바 폐병 初期라 햇다. 바로 藥을 쓰면 된다 햇다. 來日 가래를 바다서 오라 햇다. 마음이 不安햇다.

<1993년 11월 23일 화요일>
終日 눈이 래럿다.
추운 日氣엿다. 任實醫料院에 갓다. 가래를 바다 갓다. 家族을 同伴해서 오라 햇다. 理由가 무윗이냐 햇다. 傳염이 念慮가 있어 그런다기에 다음 婦人을 同行하겟다고 햇다. 그려나 不安感이 드럿다. 治料가 되는나 햇든니 6個月 藥을 復用하면 完治된다고 햇다.
밤중에 곰곰 生覺하니 내가 폐병이 들 理由가 없고 先祖도 그려한 病이 없는데 妻子는 5, 6年 前〃부터 기침이 셋다. 그게 아마도 폐병이엿 든십다. 發見을 못해서 그런 듯십다. 本人 나는 年〃이 豫備的으로 現代(全州) 방사선課에서 찍고 昨年에도 찍엇지만 其려한 흠이 없다. 그려다 이번에 11月 22日 異常해서 간바 폐병으로 나타낫다. 아마도 妻에서 傳염된 듯십다.[131]

<1993년 11월 24일 수요일>
五代祖 祭需 숙정次 桂壽里에 간다.
택시로 오수에서 桂壽에 갓다. 炳文 氏를 訪問하고 五代祖 墓祀에 對한 相議를 햇다. 現金으로 拾萬 원을 주고 限度 內에서 祭需를 숙정하라 햇다.
不平도 있엇다. 그려나 來年에는 山直을 못 하겠다고 하드라.

<1993년 11월 25일 목요일>
아침에 全州 태우 - 南原 正宇에 전첩으로 來日 陰 13日 墓祀에 參席하라 햇다.

---

[131] 폐병 발생의 경위를 추정하고 있는 본 문단의 내용은 붉은색으로 기록하였다.

<1993년 11월 26일 금요일>
八代祖 墓祀日이다. 參席해 보니 태우 正
宇 炳基 兄弟 나하{고} 四人이엿다.
祭物을 보니 從前 山直보다는 잘 가추웟드
라. 治下[致賀]햇다.

<1993년 11월 27일 토요일>
成奎 子 結婚式에 參席햇다. 華客은 多수
엿다. 願滿이 잘 치럿다.

<1993년 11월 28일 일요일>
五代 六代 曾祖母 高祖 墓祀 祖父 酒果脯
[酒果脯] 墓祀를 지냇다.
버스로 가는데 車中에 仁川 崔鎭鎬 馬霧
[馬靈] 사는 金奉柱 氏를 相面햇다.

<1993년 11월 29일 월요일>
成東 內外하고 우리 內外하고 成康 母까지
5人이 舍郎에서 갖이 자리하고 今般 物置
法[特別措置法]에 依하야 成樂 논 1筆地
주자고 相議햇다. 承諾을 받아왓{다}.
庭園에 콩구리 까랏다. 앞으로 1車만 가지
면 完全할 듯십다.

<1993년 11월 30일 화요일>
飮酒 禁 決心日.
特報는 今日부터 完全히 술을 끈고 藥을
復用할 計劃을 햇다. 가슴이 不安하다.
終日 비가 내럿다. 공굴이는 支章이 없는
것으로 안다. 多幸이 溫和하 氣溫으로 完
全이 구더것다.
밤에 光陽에서 전화가 왓는데 日本에서 온
金商文 氏인데 來日 오겟다고 햇다.

<1993년 12월 1일 수요일>
오늘은 淸明한 日氣다.
光陽에서 日本서 온 金商文 氏가 왓다.
終日 갖이 對話하면서 休息햇다.

<1993년 12월 2일 목요일>
大里 曾祖考 墓祀에 參席햇다. 全州에서
태우도 왓다. 中食을 하고 바로 왓다.
1日 [時] 20分 車로 竹林沐湯에 갓다. 金商
文 氏와 同伴해서 小便을 보니 小便의 色
이 좋이 안햇다. 時急 病院에 가야는데.

<1993년 12월 3일 금요일>
成傑 女息 惠娟으로 作名하야 成苑 便에
新平面 出生届를 提出햇다.
택시로 金商文 1時 40分에 還送햇다.
韓相俊 張判童 3人이 同伴해서 任實 老人
福祉會館에서 醫學的 健康講義를 드럿다.

<1993년 12월 4일 토요일>
全州 崔相範 慈堂 古稀에 參席했다. 賀客
은 多수가 募엿드라. 顯壽式은 서울서 온
탈렌트 白南鳳이 參席하야 司會를 맞고 만
담 – 씨요 音樂을 兼해서 잘하고 地方 방송
국에서 뺀드班이 와서 盛大히 進行햇다.
新德 申東鎬도 相面햇다.

<1993년 12월 5일 일요일>
求禮 金光洙 子 結婚式에 參席햇다. 賀客
은 多數엿다.
11時에 中食을 맞이고 말없이 出發햇다.
집에 當하니 4時엿다.
李澤俊 成曉 外內 各 〃 夕陽에 왓다.
밤에는.

<1993년 12월 6일 월요일>
成東 母하고 任實醫料院에 갓다. 冷濕한데
오토바이로 갓다. 藥을 購入하고 왔다.
中食을 하고 館村齒科에 갓다. 齒牙를 寫
眞으로 찍어 보더니 세 이가 상했으니 來日
뽑자 해서 왔다.
成東이는 舍郞에 外風이 深해서 石油곤로
를 25萬 원에 購入햇다고 햇다.

<1993년 12월 7일 화요일>
館村保健所에 갓다. 齒牙가 아금이[어금
니]라서 뽑는데 힘드럿다. 다음 齒는 神經
을 죽이기로 하고 金曜日 字 가기로 하고
왔다.
石油곤로가 異常이 있서 交替키로 하야 가
저갓다.

<1993년 12월 8일 수요일>
石油곤로는 今日부터 使用 始作햇다.
全州에서 베야링 2개를 購買해 온바 1개는
使用 不能햇다.
가슴이 가금 通症[痛症]이 온데 異常햇다.
진통濟를 사먹엇서{도} 效力이 없다. 체인
것도 갓다. 오늘밤을 지내보고 豫想하겟다.
齒牙는 無故하다.
밤에 레미콘車가 왔다. 人夫는 李龍在 林
玉相 金鎭玉 朴日成 安正柱가 動員하야
10時까지 作業한바 꽁구리가 2坪쯤 不足
햇다.

<1993년 12월 9일 목요일>
工場 베야링 交替하려 갓다. 主人은 白氏
인데 白康俊의 姪이라는데 말 한 마디 없
으니 人間은 못 되엿드라.
終日 工場에서 修理하는데 돌보와 주웟다.

어데 갓다 오면 머거리를 사오지 안하면 서
운하게 生覺햇다. 어제도 오늘도 生覺를 못
하고 왓드니 눈치가 異常해서 夕陽 驛前에
가서 5仟 원치를 사다 주웟다.

<1993년 12월 10일 금요일>
成東 母를 同行해서 館村 宋의원에 갓다.
治料를 밧고 있으니 具會鎭 兄弟 母가 왔
다. 어제 집에서 落傷을 햇다고 왓드라. 비
는 내리는데 제의 車로 成東 母를 집에까
지 태워다 주니 고맙드라.
12日 字 日曜日에 結婚 家가 7곱 집이다.
一. 全州 崔仁範은 本人이 가기로 햇고
二. 南原 正宇는 成樂에 付託햇고
三. 大里 柳鉉煥는 成曉에 付託햇고
四. 全州 鄭泰燮도 成曉에 付託햇고
五. 任實 李康燃는 姜信行에 付託햇고
六. 昌坪 崔善眞는 소이 母에 付託햇고
七. 德巖里 ○○○ 成東 親友 本人이 가기
　　로 햇고
八. 所陽 崔多南 回甲에는 늦게나마 本人
　　이 가기로 日定을 짯다.
8件으로 拾萬 원 以上 支出 計劃이다.

<1993년 12월 11일 토요일>
完宇 女息 結婚式에 參席햇다. 多수가 參
加햇드라.
에제 夕陽에 崔喆洙가 뻐스에 치여 卽死하
야 永同病院에 있다 하야 弔問햇다. 來日
出喪하는데 靑云洞으로 移葬한다 하드라.
成奎가 왔다. 來日 多南 男便 回甲宴에 參席
키로 하고 來日 갗이 所陽서 맛나기로 햇다.

<1993년 12월 12일 일요일>
南原콘도에 二範 子 結婚式場에 參席 햇다.

中食이 끝이 나자 말없이 卽行[直行]뻐스로 全州에 到着하야 所陽 海月里 朴家 多男 집에 回甲宴에 參席했다.

서울서 許俊晩 德順 成奎까지 合流해서 回甲집에 단여갓다고 햇다.

成東이는 喆洙 葬移[移葬]한 데 갓다.

밤 12時에 레미콘이 왓다. 人夫를 소리 할 수도 없어 龍在 技士 成東 本人하고 4人이 約 1時間 程度 作業하여 目的 達成했다.

이제는 除草할 것도 업고 地上도 비가 와도 질지를 안해서 便利하게 되엿다.

<1993년 12월 13일 월요일>
任實 登記所에서 謄本 8通을 떼고 〃 郡民願室에서 臺帳謄本 8통을 뗏다.

館村 郵替局에다 昌宇 宗土稅 10萬 원을 預託했다.

齒科에서 齒牙 神經을 治療했다.

元泉里 金炯順 氏를 相面하려 간바 不在 中이{더}라.

벼 作石했다.

오는 길에 工場에 들럿든니 日後로 未流데 다음에는 大聲으로 따지겟다.

<1993년 12월 14일 화요일>
全州 地方法院에서 判決文이 成東 名議[名義]로 왓다. 뜻고 보니 鄭主成 崔今福 尹재錫 崔成東으로 前番에 督促狀이 왓다는데 今般에는 崔今福이는 빠지고 3人만으로 最高狀[催告狀]이 送達된데 崔今福은 빠지니 理由를 알고 십다. 良心이 今福이라는 者 不良者로 본다.

成東이를 시켜서 通知書를 鄭主成 집으로 卽時 보내라 햇다. 氣分 납으다.

午後예 南原 成樂 집에 갓다. 畓 700坪 程

度라며 特置法으로 네게 移轉을 넘겨줄 터이니 捺印하라 해서 書類를 가저왓다. 白米 1入 送達表[送達票]를 주고 왓다.

<1993년 12월 15일 수요일>
어제 오늘 兩日 大端이 추운 날씨엿다.

舍郎에 모두 整理하고 溫突에 불을 땟든니 지낼 만햇다.

그제부터 갑작이 3日 채 胃가 異常햇다. 或時[或是] 개일 테지 햇다. 개이지 안코 飮食만 너머가면 가슴이 뗏엇---하고 夕食은 먹을 수가 없다. 任實醫療院에 가서 相議햇든니 保護를 잘 하며 肉食을 하라고 하며 몇일 지내다 와보라 햇다.

成東 母 藥만 15日分 지여 오고 館村齒科에 治療 밧고 왓다.

<1993년 12월 16일 목요일>
내게 잇는 돈 6萬 원 成東 母에 保菅金 10萬 원 成曉가 成曉 母에 藥代로 준 殘金 34,000 계 194,000원을 지니고 全州로 예수病院에 갓다. 任實醫療院에서는 保護하면서 기드려 보라 햇지만 참을 수 없어 간 겟다.

예수病院에서 龍宇을 相面한바 胃視境[胃視鏡]을 하고 잇드라. 特別이 胃視境을 한바 內部는 異常이 없다고 하고 血檢査 小便檢査하고 藥을 지여 주원서[주어서] 正午부터 예수病院의 藥을 복용하고 任實 藥은 幣起[廢棄] 處分햇다.

胃 寫眞을 찟고 오는 週 水曜日에 結果가 난다고 햇다.

<1993년 12월 17일 금요일>
氣溫은 零下 8度라고 몹시 寒冷햇다. 館村 齒科에 단여온데 괴로왓다.

어제 벼 共販하는데 70叺인바 檢査員이 잘
보와 주시여 全部 1等으로 合格햇다고. 代
金은 約 390萬 원 程度 재펏는{데} 農協
貸債[負債]도 不足한다고 햇다.
벼 共販이나 하면 用錢 壹 貳拾萬 원 程度
바랫든니 許事[虛事]엿다.
成東이는 農協 債務 1濟[一齊]이 整理한바
벼 共販代는 3,969,060원인데 支出 4,983,400
원으로 1,010,000원 보태엿드라.

<1993년 12월 18일 토요일>
舍郎에서 방 修理 좀 햇다.
11時에 全州 同和會에 參席햇다. 場所는
東山村 明學院이엿다. 崔鍾萬이가 新築하
야 本日 入住日이다.
夕陽에 昌宇가 왓다. 來日 錫宇 子 結婚에
가겟나 뭇기에 못 가겟다고 햇다. 몸이 좃
이를 안니 햇다고 햇다.

<1993년 12월 19일 일요일>
崔完宇 結婚日인데 못 가고 成東 內外만
보냇다. 듯자오니 成康 母도 갓고 全州 成
曉도 갓다고 들엇다. 昌宇는 간단 사람이
못 갓다고. 舍郎에 갖이 지냇다. 日前에 住
民들보고 한 집에 하나식이나 가자고 해서
昌宇는 안식구만 보냇다고 햇다.
午前 中에는 家事를 손보왓다.

<1993년 12월 20일 월요일>
新平 金炯順 氏에 93年 4/4分 養老堂 條
保助金 間食代 燃炭代 16萬 원을 引受한
바 萬 원은 郡 運營費로 除하고 15萬 원은
農協에 預託하고 왓다. 預託金 通帳 總額
은 現在로 1,500,000(仟五百萬 원)이다.
館村齒科에서 治療하고 왓다.

<1993년 12월 21일 화요일>
雪中에 任實을 갓다. 特別措置法에 依한 4
件의 書類을 가지고 郡 成曉에 付託하야
提出한바 鄭宰澤 條는 返還햇다. 85年에
底當[抵當]된 事由가 있어엿다.
三件도 誤記가 되여 成曉가 作成하라 햇다.
레미콘工場에 들이여 徐東辰을 맛나려 간
바 不在中. 神經질이 낫다. 經理課長 者를
보고 단〃이 付託하고 왓다.

<1993년 12월 22일 수요일>
오늘 養老會 定期總會日이엿다. 예수病院
治療次 會議를 抛棄하고 徒步로 館村을
거처 全州에 예수病院에 당햇다. 綜合決果
[綜合結果]는 午後 4時경에 發表햇다.
龍宇는 말하는데 唐尿病[糖尿病](사진을
보면서) 폐病 胃가 허려서 合病症[合併症]
이 있다고 말하고 治療는 하지만 잘 듯지
않는다 햇다. 그러나 1週日 만에 珍察을 밧
고 藥으로 다스리다 必有에는 入院하자 햇
다. 다음 金曜日 오라 햇다.

<1993년 12월 23일 목요일>
오늘은 氣溫이 溫和햇다.
館村齒科를 단여서 全州에 갓다. 南門藥局
에 成東 母 기침藥을 지엿다.
오는 길에 任實 代書所에 가서 李宗九을 시
켜서 鄭宰澤 土地買受 移轉書類 作成햇다.
不遠 仁川에 鄭宰澤을 訪問할 豫定이다.

<1993년 12월 24일 금요일>
養老堂 定期總會日이다. 病者 外에는 全
員이 募엿다. 文書는 堂內에 整理하고 中
食은 南關에 가서 햇다.
午後에 다시 書類 整屯[整頓]해서 完決

햇다.
朝食부터 夕食을 들은바 過食한 듯십드라.
그러나 腹部의 胃의 狀態는 每遇 護良[良好]햇다.

<1993년 12월 25일 토요일>
水原에서 成愼이가 來日 女子 觀選次 今日 中 내려온다고 햇다. 듯자니 屛巖里 林永春의 妻弟라고 햇다. 되고 안 됨은 林永春에 달엿다.
養老堂에 鷄 2首를 주윗다. 中食 兼해서 죽을 끄려서 잘들 먹드라. 눈에 까시 者도 잇드라.
舍郞에서 宗中文書를 整理햇다.

<1993년 12월 26일 일요일>
(保血注射 맛고)
終日 舍郞에서 讀書하다 書役도 하다 지냇다.
午後에 2時쯤 成苑이 왔다. 成苑 말에 依하면 午前 11時에 成愼 女子 成苑 美子 四人이 烏院다방에서 對面하고 成苑 美子는 박으로 나오고 處女 成愼만 자리에 두고 美子 집으로 오라 햇드니 오지 안햇다고 햇다. 夕陽에 成愼이가 왓는데 女子하고 갖이 同伴해서 大屯山[大芚山]까지 外遊하고 中食도 갖이 하고 女子는 龍山里 女子의 언니 집에 데려다 주고 왔다고 햇다. 아마도 50%는 서로 뜻을 갖이 햇다고 드럿다.

<1993년 12월 27일 월요일>
韓相俊 李相勳이가 舍郞에 왔다. 養老堂의 基金 條에서 100萬 원만 利用하자 하기에 相勳하고 同伴해서 新平農協에서 100萬 원 引出해서 주고 相俊이도 20萬 원 빼

주고 殘錢은 30萬 7仟이다. 그려나 氣分 납은 것은 택시는 相勳이가 부르고 나를 利用하고 택시비는 내가 준바 기분이 납앗다. 相勳이는 驛前에서 내리고 나는 館村까지 간바 택시비를 상훈이가 낸 줄 알{앗}다.
夕陽에 5時경에 成曉가 任實서 交通事故로 病院에 잇{다}고 듯고 任實로 連絡한바 全州로 出發햇다고 해서 영동病院에 간바 없고 예수病院에 간바 그곳도 없어 집으로 連絡햇드니 집으로 가다기에 집에 가서 맛나보고 왓다. 밤 10時엿다.

<1993년 12월 28일 화요일>
9時에 南原에 갓다. 位土 부여 申告하려 간바 終日이 걸이엿다.
登記所 郡廳을 据處인바 밀여서 늣게 왓다. 來日 또 가야 된다.
家族들은 成曉 問病 갓다.

<1993년 12월 29일 수요일>
南原郡廳에다 土地番號申請을 提出코 番號證明을 바닷다.
谷城으로 갓다. 그곳에서 土地臺帳謄本 및 登記謄本을 떼고 番號申請 햇드니 南原에 했으면 되엿다고 햇다.
異常하게 頭痛이 심햇다. 藥을 먹으니 조금 갯다 밤에 다시 始作하야 不安 中이다.

<1993년 12월 30일 목요일>
(齒牙 첫 神經治療 햇다.)
朝食을 끝이 나기가 밥으게 푸히 館村齒科에 갓다. 아무도 오지 안햇다. 齒牙 神經을 治療하는데 大端이 앞앗다. 진통제를 사서 復用햇다.
終日 舍郞에서 宗中文書를 作成 整理햇다.

夕陽에 崔瑛斗 氏가 어제 夕陽에 왓다 간
바 오늘도 왓다. 말인즉 어제 와서 하는 말
을 또 새삼스럽게 햇다. 어제 와서 한 말을
如前이 하는데 精神이 不足한 듯십드라.
술은 집에 잇이만 주지 않앳다. 술을 주면
가지 안고 잘소리만 느려놀가 해서엿다.

<1993년 12월 31일 금요일>
예수病院에 第二次 診察의 날이다.
9日 만에 가게 됨바 其間에 不安케 기냇다.
胃는 부드럽지만 가슴이 不便햇고 頭痛이
심햇다.
驛前에 8時에 全州 卽行이 있어 간바 알맞
드라.
病院에 着하니 한가햇다. 일즉 처방해서 온
니 집에 12時에 當햇다.

<1994년 1월 1일 토요일>
1993年度 12月 31日을 보내고 回考[回顧]
해 보왓다.
正初에 土亭秘結[土亭秘訣]을 보왓든니
今年 運數는 大端이 좃트라. 그래서 運數
大通으로만 알고 큰 機侍[期待]를 가젓다.
그려나 回考해 보니 不運으로 過歲햇다.
今年 中 成奉도 大事業을 하는데 失幣[失
敗]한 셈이다. 金敏喆의 補償金 5仟萬 원
을 주고 其間 1年間 病院 治療費도 機仟萬
[幾千萬] 원이 支出하야 約 1億臺가 支出
되엿으니 졸 게 없엇다.
成東 母가 病勢가 좃이 못하야 年中 藥으
로 補强 中 自殺을 計劃하다가 失패고 예
수病院에 入院한바 約 100餘萬 원이 消耗
되엿다.
家長으로써 本人이 이제까지 健康햇고 年
令[年齡]은 72歲가 가가워도 異常이 업다

가 押作히 心胃가 異常하야 寫眞을 찍어
밧든니 페病이라고 하고 胃도 구멍이 뚤이
여서 아주 病勢가 惡化되엿다. 그러나 每
年 한 번식은 산진을 찍어 監訂[鑑定]을
해보고 今에도 春季에 監定[鑑定] 사진을
찍엇지만 發見되{지} 못햇다. 只今 예수病
院 藥으로 複用하고 지낸다. 그러나 身體
에는 別 감각이 없스나 頭痛이 深하다. 消
化도 잘 되고 食事도 如前 多量으로 드는
편이다.
成曉이도 年末에게 自家用하고 外車하고
부닥처 負傷을 當하고 車는 完幣[完廢]되
엿다. 多幸이도 重傷은 아니고 經傷[輕傷]
이였으나 이것도 不幸이다.
今年에 農事는 豊作으로 五穀이 豊作이엿
다. 水稻作이며 담배 고초도 大豊이엿다.
그러나 藥代 入院비 農事資金 償還으로
大金이 支出되엿다.
昨年에도 成東 母 漢方病院에 1個月 入院
하는 데 約 170萬 원이 支出되엿다. 昨年
今年에 不運이엿다.
工場 修繕하는 데도 5百餘萬이 支出되엿고
내도 出入이 藉〃하야 年 80萬 원 支出이
되니 그도 家族에는 未安한 生覺이 든다.
子息이 둘을 未婚으로 해를 넘겼으니 其도
不安햇다.
1994年 申戌해는 健康한 몸으로 大運이
大通하기를 祈願합니다. 每事에 뜻대로 成
功하시기를 祈禱하며 子息도 盛婚[成婚]
이 이루워지기를 고대합니다.

<메모1>

1993. 11. 7. 現在 總支出額 累計 389,470.

<메모2>

成曉 母 入院 日誌

11. 1. 入院   收入
        相範 母   30,000入
        成東   200,000入
        成樂   20,000入
        成俊   20,000入
        보광당   30,000入
        成曉   100,000入
11. 6.   現在   계 400,000
11. 7.   成東 退院비 200,000
   〃   東善 金用德   20,000
                   계 620,000

地方 旅程 路線圖[132]

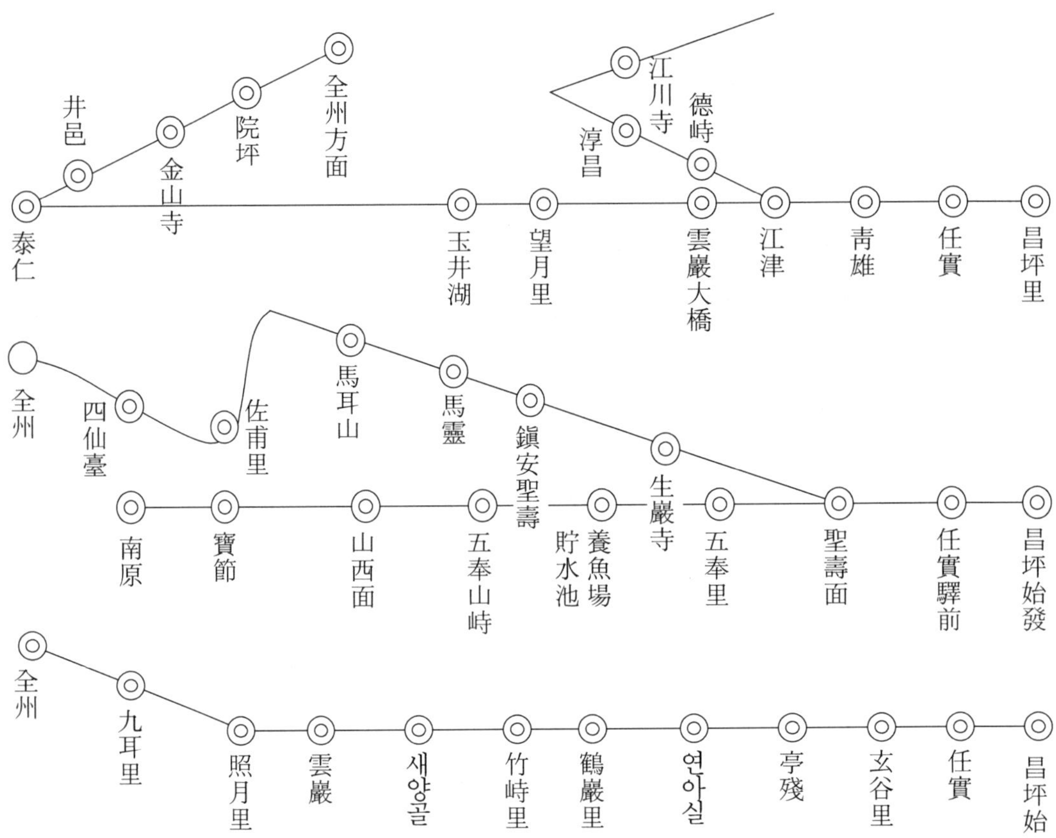

<hr>

132 이 노선도는 일기장 겉표지 안쪽의 빈 지면에 일기 저자가 직접 그려 넣은 것을 옮겨 그린 것이다. 원문에서는 '地方旅程 路線圖'라는 문구가 지면 오른쪽 끝에 세로쓰기로 기록되어 있다.

<1994년 1월 1일 토요일>
아침 9時에 出發해서 桂壽里에 갓다. 例年
에 比해서 多數 宗員이 募엿다.
案件은 經過報告
收入支出 決算報告
農路 改善案
宗中債務 整理案
以上은 異議 없이 通過햇다.
全州 宗員 車便으로 집에 온니 7時 30分이
엿다.
光州 南原 全州 大里 斗流 館村 모두 전화
로 1月 5日 南原에서 募여 總會 하자고 電
課으로 傳햇다.
水原서 成愼 成允이가 왓다고 햇다.

<1994년 1월 2일 일요일>
木川公派 族係 宗中總會엿다.
多數는 募엿으나 宗宇 者가 맙대로 處理하
는데 異議가 잇드라.
和樹會 關係만 하드래도 內部로 不平이 잇
드라. 崔成夏 者가 決算도 하지 안코 잇다
고 하고 殘金을 가지고 내노치도 안는다고
햇다.
夕食을 하고 宗中 有司를 選定틀 못하고
왓다.
正刻 7時에 乘車하야 집에 온니 10時가 되
엿다.
머리는 如前이 통증이 노이지 안햇다.

<1994년 1월 3일 월요일>
朝食을 못하고 7時에 여수病院[예수병원]
에 갓다.
龍宇를 相面하고 頭部 사진을 찍엇다. 代
金 205,仟 원.
神經課[神經科]로 옴겨젓다. 神經課長이

藥을 처방하고 水曜日 오라 햇다.

<1994년 1월 4일 화요일>
어제밤부터 계속 頭通[頭痛]은 심햇다. 아
침에 곰곰 生覺해 보니 예수병원에 잘 모르
겟다면 問題가 잇다고 判단코 最終으로 針
[鍼]을 마자 보겟다고 햇다.
午前에는 成東 母를 同伴해서 任實醫療院
에서 14日分 藥을 지엇고 바로 南原 朱川
에 가서 針을 맞는데 단번에 시원햇다.

<1994년 1월 5일 수요일>
任實 南原 私宗中 定期總會을 召集햇든니
炳基 炳列 乃宇 重宇 泰宇 正宇 珠宇 七人
이 募엿다.
五代祖 葬禮費 收入支出 基本資 財産을
合해서 一金 七五六,五九〇원을 殘金으로
決算 通過햇다.
連山 特措로 位土 變更之事는 炳基 태우
와 是非 條로 依하야 保流[保留]햇다.
日間에 連山 山直 選任으로 訪問키로 햇다.
夕陽에 齒科에 단여왓다.

<1994년 1월 6일 목요일>
南原 朱川 朱 氏에 針 마즈려 갓다. 多數 募
엿드라. 모래 다시 오마 햇다. 조금 度數는
느저젓다고 햇다. 頭痛이 심{한} 것은 日前
에 齒科에서 齒牙 뺀 소치{인}가도 십다.
당뇨증은 傷處가 나면 잘 낫지를 안 낫는다
고 드럿다.

<1994년 1월 7일 금요일>
예수病院에서 龍宇을 相面하고 胃 寫眞을
찍고 藥을 十四日분을 지엿다. 사진은 다음
一月 二十一日에 結課[結果]가 나오겟다

고 햇다.
돈이 不足해서 예수병원에서 물탕까지 走
步[徒步]로 왓고 朝食도 못 하고 굼고 집에
와서 朝食 兼 中食을 햇다.
中食 後에는 宋醫院을 단여 齒科에 治療
밧고 왓다.

<1994년 1월 8일 토요일>
成東 母가 갖이 針 마즈려 가자 하야 갖이
갓다. 針客은 其前 갖이 多客은 안니드라.
집에서 九時 出하면 朱川서 針 맛고 뻐스
타려면 十一時 三〇分이 適當햇다.
今日 三番 次 針을 맞은바 次度[差度]는
良護[良好]하다. 藥으로 흄[효험] 본지 藥
으로[침으로] 본지는 잘 모르겟다.

<1994년 1월 9일 일요일>
집에서 家事를 돌보왓다.
午後에는 館村 沐浴湯에 成東 母를 데려
다 주웟다.

<1994년 1월 10일 월요일>
南原 朱川 針 맞으려 갓다. 갈 때 桂壽里 斗
行의 三子가 驛前에서 맛나고 無事히 朱川
面까지 제의 車로 慕侍여 주니 感謝햇다.
任實터미날에서 成五 氏 外 二人을 相面
한바 芳沙亭 山所 墓 병風石으로 改築한
다 햇다.
中食 때가 되여 三분을 모시고 食堂에 가
서 食事를 대접해 보냇다.

<1994년 1월 11일 화요일>
成東이는 담배 販賣次 早起해서 七時에 出
發햇다.
담배는 午前 中 販賣를 끝 맟이고고 왓다.

新平農協에 갓다. 釜山서 崔承宇가 宗殘
金 六萬 五仟 원이 九三年 十月 二十八日
字로 入金되엿드라.

<1994년 1월 12일 수요일>
故 慈堂 祭祀日이다.
一. 에제[어제] 담배 팜매 收金은 四百九〇
　　萬 원 收入하고 一〇〇餘萬 원이 物品
　　代 雜費로 支出하고 實殘金은 三九〇
　　萬 원라 햇다.
用錢으로 參拾萬 원 주는데 바닷다.
一. 徐東辰 社長을 十一時에 相面하고 土
　　地稅 六拾五萬 원을 領收햇다. 成康
　　母에 現金을 傳햇다. 此 土地를 買受하
　　라 햇다. 二萬 원을 준다기에 坪當 二
　　五仟 원 내라 하야 口頭로 言約햇다.
一. 道峰 位土稅를 받으려 간바 準備가 못
　　되엿다기에 白米 五斗이나 咸[減]했어
　　도 바드려 오게 하나 햇다. 十五日 成苑
　　에 傳해 준다기에 왓다.
祭祀에는 重宇 兄弟 全州 成俊 內外 昌宇
相範 仁範이가 參祭햇다.

<1994년 1월 13일 목요일>
祭物을 養老堂에 보냇다. 中食 前이라 잘
들 먹드라.
舍郎[舍廊]에서 日課를 보냇다.
水原서 成愼이가 傳해 왓는데 日前으 處女
가 다시 水原서 相面하자 하야 日間 面會
가 이루{어}질 듯십다.

<1994년 1월 14일 금요일>
日前에 徐東辰 레미코 社長과 만나 賃貸料
六拾五萬 원을 밧고 此 土地를 賣渡 買受
하기로 言約하고 代橫[代價]는 坪當 二萬

五仟 원으로 定하고 于先 契約金만 밧기로 하고 土地代 完拂 期日은 五月 末로 定하고 土地臺帳謄本하고 登記付謄本[登記簿謄本]만 한 통식 떼다라 하야 今日 各 〃 한 통실[한 통씩]을 提出해 주원다. 代金은 五三二坪에 一三,三〇〇,〇〇〇다.

舍郞에서 讀書만 하며 日課를 보냇다.

◎ 來日은 館村齒科로 任實까지 볼 일이 잇다.

<1994년 1월 15일 토요일>

아침食事는 完宇 집에서 햇다. 아마 故 新安宅 祭祀 듯십다. 朝食 맛이 每週 달아 二 그릇 햇다.

館村齒科에서 齒牙를 해넛고 一金 貳拾萬 원을 주웟다.

◎ 連日 生覺 中인데 不時 六時에 起床하야 洗水[洗手]하고 面刀하고 燃炭[煉炭]을 갈고 보니 六時 三〇分이엿다. 衣服을 단장하고 步走[徒步]로 出發하야 레미콘工場을 둘여 堤防을 道步[徒步]하야 새보들을 지나서 집에 當하니 七時 四〇分이였다.

每日 道步로 小運動 할 覺悟이다.

<1994년 1월 16일 일요일>

二日채 身力 走步 運動에 나섯다. 据里[距離]는 館村驛前으로 해서 레미콘工場 後面으로 도라 왓다.

成愼이가 새벽 二時경에 왓는데 今日 全州에서 다시 處女하고 相面키로 왓다고. 十二時에 全州에서 面談한바 陰曆 過歲하고 結婚 日定[日程]을 밧기로 하고 作別햇다고 成苑 便에 전해 왓다.

爲親契 會議가 잇는데 契畓을 판바 一九〇萬 원에 팔고 契員 三十二名에 基本金을 合해서 八萬 원식 논앗다. 登記 手續비로 九,五〇〇원만 내게 保菅[保管]햇다.

水原 成奉이는 其의 工場을 移轉 옴기는데 七億이 要하는데 于先 五億을 대고 二月 末日까지 二億을 대기로.

<1994년 1월 17일 월요일>

아치[아침] 六時경에 道步 身力運動에 三日채 實施한바 집에서 驛前 大里學校 앞에까지 단여온바 겨우 二,〇六六步가 되엿다. 豫想的으로 아마도 陰 正月 中에는 盛婚[成婚]이 成立될 듯싶어 請諜人[請牒人]을 初案[草案] 햇든니 約 二五〇餘 名으로 推算되드라.

鄭宗和 母가 契畓 代金을 受領해 갓다.

終日 비가 조금식 래렷다.

<1994년 1월 18일 화요일>

四日채 早起 身力運動을 햇다. 大里學校 正門까지 단여왔다.

路上에서 大里敎會 車를 맛낫다. 車를 쉬여 놋코 차라[타라] 하는데 未安하지만 가라 햇다.

全州 投資銀行에 가서 利子 計算햇다. 宗中 宗財를.

任實保健所에서 二週分 成東 母 藥을 購해 왔다.

任實保健所에서 전화로 결핵藥을 가저가라고. 마음 맞이 안는데 勤[勸]한다 햇다.

<1994년 1월 19일 수요일>

五日채 새벽 體力運動길에 나섯다.

몇일 만에 最高 冷寒으로 零下 一〇度가 너멋다.

오늘은 出入을 禁하고 舍郞에서 누워 있었다.
※ 머누리는 전화를 밧고 임실保健所에 간
　　바 결핵藥을 먹어야 한다며 一週日分을
　　지여 왓기에 正午부터 복용햇다.

<1994년 1월 20일 목요일>
宗中 宗員들하고 中食을 하고 作別. 집에
온니 二{時} 五〇分이다. 갑작이 가슴에서
통징이 오고 팔다리가 앞으며 두통기도 잇
고 한기 드럿다. 不安햇다.
昌坪里 私宗 定期總會日이다. 場所를 館
村 飮食店을 澤[擇]햇다. 募臨 宗員은 炳
基 炳列 基宇 重宇 五名이엿다. 不參者는
昌宇 태우엿다. 收支決算을 한바 殘金 一,
五三七,二三六원을 決算햇다.
오늘 會議에서 桂壽 宗畓 開畓費 元金만
四拾萬 원을 斗洐에 주기로 하고 月川 祖
父는 今年부터 土稅를 밧이 안키로 하고
墓祀로 慕侍키로 決議햇다.

<1994년 1월 21일 금요일>
特記
<一九九三年 十二月 二十七日 字 日記帳
을 떠드려 보면 안다.>
一九九三年 十二月 二十七日 字로 養老堂
預託通帳에서 崔乃宇 名儀로 一金 壹百貳
拾萬 원을 引出햇지만 崔乃宇가 使用한 것
이 안니다.

아침 七時 二〇分 버스로 館村에 가면 全
州行이 七時 四十分에 棲鶴洞까지 가는
버스가 잇다. 第一次로 內課[內科]로 呼名
해 간다. 第一番으로 珍察[診察]을 받은바
내의 病勢는 폐병 唐尿病 胃계양(위가 페
엇다) 三가지 病이라 藥 處方에 難點이 잇

다고 햇다.
이 약 저 약 合飮하면 안 조타 햇다. 病院에
서 약을 복용한비[복용한바] 통증이 갯다.

<1994년 1월 22일 토요일>
終日 눈이 래럿다. 出入 禁하고 舍郞에서
지냇다.
家屋 채양을 햇다는데 四人이 와서 終日
한바 代金은 五拾萬 원을 주웟다고 햇다.
館村에 成苑이 소뼈를 사 보냇다.

<1994년 1월 23일 일요일>
오늘도 終日 눈이 래럿다. 갈 곳도 만는데
終日 舍郞에서 日課를 보냇다.
成東을 시켜서 谷城 金昌洙 山直에 土稅
보내라고 口座番號을 電話{로} 알려 주라
햇다.

<1994년 1월 24일 월요일>
눈이 싸여 出入을 禁止하고 舍郞에서 讀書
로 기냇다.
夕陽에는 燃炭을 十五日分을 부억에 옴겻다.
午後부터는 氣溫이 누그려젓다.

<1994년 1월 25일 화요일>
工場에 갓다. 徐東辰을 相面하고 보니 大
里 金哲浩 林相圭가 왔다. 今春 工場 앞에
農路를 내겟다고 計劃 中 大里 林相圭의
土地를 買受하려 하드라. 내의 土地는 舊
正을 지내고 決定하겟다고 햇다.
아침에 大便이 나오지 못해 長時을 보내고
朝食 後에 宋醫院에 가서 藥을 지여 왔다.

<1994년 1월 26일 수요일>
임실保健所에서 자조 전화가 왔서 오늘은

할 수 없이 1個月分 藥을 바다 왓고 腹部 산진도 찍엇다. 于先은 예수병원 藥이 있으니 其 약이 品切이면 먹겟다. 그래도 2월 26日 또 오라 햇다. 6個月을 복용하면 可否가 난다고 햇다.

<1994년 1월 27일 목요일>
南原 任實 大宗錢 收入支出 總額을 맞우아서 八五一,〇〇〇원을 新平農協에 年 九% 利로 預託햇다.
成康 母 全北投資銀行에서 六個月 利子 計算햇다. 三,一五〇,〇〇〇(논 판 돈).

<1994년 1월 28일 금요일>
新平面 繁榮委員會議日인데 心想이 맞이 안해서 不參햇다. 其者 參席하면 本人은 不參.
舍郎에서 讀書로 日課를 보냇다.
무릅이 몹시 不便하다. 약쑥 뜸질을 해도 시원치 안타. 南原 朱 氏 針術者[鍼術者]에 전햇든니 三, 四日 後에 오라 햇다.

<1994년 1월 29일 토요일>
一個月 만에 沐浴湯에 갓다. 金相建이를 浴湯에서 맛낫다.
林玉相 契畓 賣渡代 殘金 九拾萬 원을 가저왓다. 끝이 낫다.

<1994년 1월 30일 일요일>
南原 桂壽里 木川公派 代議員總會日이다.
各派에 多數 參席코 各自 責任을 맛고 왓다.
무릅藥(百楓丹) 楓藥을 三個月 十五日間 중단햇든니 다시 무릅이 알키 始作햇다. 月 藥代가 二萬 원식인데 金錢이 不足해서 뗀바 生覺하니 다시 먹어야 하겟다.

糖尿藥 폐약 卽 治料 日字는 今日로 一個月 十六日 채다. 二月 一日부터 保健所 藥으로 更新 複用[服用]하겟다.

<1994년 1월 31일 월요일>
◎ 百風藥 複用 着手함.
오늘은 生覺다 못해서 三個月 十五日 만에 全州 領南漢醫院 용머리고개로 갓다. 一個月分을 지여 卽席에서부터 복용했다.
오늘[오는] 途中에 金江坤 印刷所에 들이여 婚書紙를 作成햇다. 中食은 내가 侍接[待接]하려고 食堂에 三人이 간바 食後에는 山西人이 미리 냇으니 未安하드라.
間夜에는 무릅이 深하게 不便. 통증이 개이지 안햇다.

<1994년 2월 1일 화요일>
早起[早期]에 南原에 針投하렷 갓다. 不在中인데 住民에 무르니 其者도 唐尿症이 있서 病院에 갓다고. 기드려서 針을 맞고 왓다.
南原 正宇 釜山 珠{宇} 光州 全州 태우 基宇 善宇에 宗費 徵收 通文을 傳送햇다.

<1994년 2월 2일 수요일>
今日로 炳基 炳列 泰宇 서울 成奎 基宇 善宇 南原 光州 釜山 昌坪 四戶에 一切 通文 傳達 마암[마감]햇다.
舍郎에서 書役만을 하고 日課를 지냇다.
異常이도 발바닥이 通症[痛症]이 잇다.

<1994년 2월 3일 목요일>
成東 母하고 同伴해서 南原 朱川에 갓다.
다음은 二月 五日 午後에 오라 햇다.
養老堂에 가 볼가 햇으나 不美者가 있어 못 가고 舍郎에서 讀書 및 書役만 하고 지냇다.

表示133
今日부터 醫療院 藥을 復用[服用] 着手
始作햇다. 朝食 前 朝食 後 二回만 먹는다
(一日에).

<1994년 2월 4일 금요일>
에제도 南原에서 針投 二日채이지만 身態
는 如前햇다. 來日 三日채 마저 보고 硏究
해 보겟다.
任實醫療院에서 成曉 母 藥 一五日分을
지여 왓다.
針을 二日間 마잣서도 效果는 없고 무릅이
通症만 深햇다.

<1994년 2월 5일 토요일>
崔錫宇 嚴俊峰 단여갓다.
午後에 南原 朱川 針投하려 갓다. 다음은
七日 針投한다.

<1994년 2월 6일 일요일>
成東이는 고초 苗床 設置 準備 中이드라.
舍郞에서 新聞을 보며 書役하다 지냇다.
市場에서 豚 足발을 사고 종피나무를 購入
해다 쌀마서 무릅 不安한 데 먹엇다.

<1994년 2월 7일 월요일>
오늘 針投日인데 朝食 後에 生覺하니 四번
맞고 오늘 가면 五回채 가는데 이제끝 效果
를 보지 못하야 今日은 抛棄햇다.
뜻은[뜨거운] 물에다 무릅을 뜸질을 해 보
왓다. 當時는 시연하고 步行에 발이 것든하

───────────────

133 이하 문장은 붉은색으로 기록되어 있다.

는데[거뜬한데] 다시 맛찬가지드라.

<1994년 2월 8일 화요일>
二月 五日 字 安承均 氏에 契錢 故 金長錫
條 七萬 원을 支出해 주고 養老堂 條 喜捨
金 三十二萬 원을 세여서 手票 二枚(포함)
봉투에 넛고 스피카 밑에다 넛다. 오늘 新
平農協에 入金하여 창기니 없어젓다. 目前
이 캄캄햇다. 무릅藥을 짓고 해서 가려 한
바 每事를 一切 抛棄해 벼럿다.

<1994년 2월 9일 수요일>
終日 大雪이 내려 通行이(交通) 不通이엿다.
새벽에 水原 애들이 三時에 出發햇다는데
밤 十時에야 雪中에 歸家햇다.
成傑이만 家族이 不參하고 全員이 過歲次
왓다.

<1994년 2월 10일 목요일>
子孫들은 全員이 祭祀를 慕侍엿다.
龍宇 兄弟가 왓다. 내의 病勢를 무르기에
保健所 藥을 비치웟드니 결핵藥보다 先決
은 唐尿病부터 調節해야 한다고 햇다. 月
曜日에 예수病院에 가겟다고 햇다.

通禮公 宗費
成曉 外 七名 八〇,〇〇〇 入
成植 外 二名 三〇,〇〇〇 入

<1994년 2월 11일 금요일>
成曉 家族 南原 成樂 家族이 午前에 떠나
고 午後에는 눈이 래리는데 서울서 張寅燮
內外가 단여갓다.
어제밤에 成玉이 왓다.
成愼이는 成傑 妻의 招介[紹介]로 處女을

相面한바 今日 父母에 人事하려 同伴해
舍郞으로 왔다. 面象[面像]을 살펴보니 普
通人物은 되고 活達[豁達]해 보이드라. 人
事에 依하야 眞心으로 貴하신 손님이다 大
端이 반갑다 兩親 父母가 게{시}느야 뭇고
年令[年齡]을 무르니 七二歲 同甲이라 햇
다. 일곳채 子息이다. 웃고 願하면 父母끼
리 相面하자고 傳하라 햇다. 참으로 반갑이
限量 없엇다.

<1994년 2월 12일 토요일>
一月 十一日 日記[134]
結婚 日字는 이곳에서 바드시라 해서 成愼
內外 잇는데 三月 十五日 前後해서 擇日
하겟다고 햇다.
正月 初에 子息들이 用錢으로 受入金[收
入金]은 四拾萬 원이 드려왔다.
서울 張寅燮 內外 歲拜次 왔다 바로 떠낫다.
雪中에 成愼이 內外는 떠낫다.

◎ 正月 初三日(二月 十二日)
成奉 車로 예수病院에 갓다. 첫 번재로 診
察을 밧고 藥을 購入햇다.
成苑 內外가 왔다.
養老堂에서 招請해서 가 보왔다.

<1994년 2월 13일 일요일>
朝食 後 水原 食口들이 全員이 떠낫다.
今般에 約 三五명이 단여갓다.
내의 몸은 약을 복용햇지만 별 效果가 없

다. 氣力이 底下[低下]되여 몸이 무겁다.
눗고만 시픈데 누면 무릅이 통징이 온다.
이웃집 金三浩 氏를 訪問하고 成愼 結婚
擇日을 뽀바 보니 내가 定햇든 三月 二十
日로 나타나서 確定햇다.
오는 길에 林澤俊을 問病햇든니 回成[回
生]키는 어려울 것 같으라.

<1994년 2월 14일 월요일>
成愼의 結婚 關係로 成曉가 단여갓다. 式場
은 新驛 前 禮式場이 適合하다고 말햇다.
禮式費는 七拾萬 원 以上 간다 햇다.

<1994년 2월 15일 화요일>
몸이 大端이 不便햇다. 來日 入院키로 接
受햇지만 電話 連絡햇든니 來日 十一時에
알이마 햇다.
午後에는 任實醫療院에 갓다. 내의 藥은
폐병만 다룬 藥이고 唐屋藥[糖尿藥]은 예
수병원에서 짓고 폐藥은 任實서 짓는 道理
박에 없다.

<1994년 2월 16일 수요일>
新平農協에 갓다. 里 爲親契員 喜捨金 參
拾萬의 하고 94年 4/1[1/4]分期 燃炭 一一
七,五〇〇원을 別途 通帳과 如히 預託햇
다. 通帳 계 七五二,六一四원.
李相勳 借用 百萬 원 총게 一,七五二,六一
四원이 되겟다.

<1994년 2월 17일 목요일>
金鎭玉하고 任實 登記所 郡廳 民願室에서
土地臺帳滕本[土地臺帳謄本]　登記附登
本[登記簿謄本]을 作成해 주윗다.
任實高敎 庶務課에 들여 瑞希 영세學生

---

134 이하 네 문장은 11일자 일기에서 이어지는 내용
으로, 12일 자 일기와 구분하기 위하여 저자 자
신이 새로 날짜를 적어 넣었다. 이하 12일 자 일
기는 '◎' 표시를 하고 날짜를 새로 적은 다음
기록하였다.

授業料 免除證明을 提出햇다. 앞으로 卒業
時까지는 授業料가 免除된다.
昌宇가 단여갓다.

<1994년 2월 18일 금요일>
全州 예수병원에 갓다. 龍宇는 서울 갓다고
없다. 할 수 없시 從前대로 製藥해 주드라.
病院에서 桂洞 炳日 하동 아저씨를 相面햇
든니 通禮公 宗錢 戸當 萬 원 徵受[徵收]
키로 하는 것을 破讓하겟으니 推進 말소
햇다. 理由를 무른즉 宗孫 成模가 債務가
相當하다는데 其 債務를 메구기 爲하 行動
이라 햇다.
永登浦까지 列車票 豫買햇다.
成東 內外는 丈人 小祥에 갓다. 나도 初喪
時에 못 가고 해 갈가 하다 몸이 不便해서
못 갓다.135

<1994년 2월 19일 토요일>
終日 집에서 日課를 보냇다.
成曉는 自家用 乘用車를 購入햇다고 乘車
하야 왓드라. 八百五拾萬 원에 三年 月賦
로 買入햇다고 햇다.
大田 崔永駿이가 왓는데 唐尿藥에 效果가
좋아 하기에 人參[人蔘]의로 造製品[調劑
品]인데 購入해 달아 햇든니 全州 成曉에
電話로 連絡하겟다고 하고 갓다.

<1994년 2월 20일 일요일>
全州 同和會 參席햇다. 會員 以外에도 多
數 參加도 햇다.
崔伏範이는 會長 人事말에 依하여 通禮公

의 宗錢 受金은 三月 末日이오니 잊이 말
고 積極的으로 協助하야 完拂해 주실 것을
付託햇다. 그려나 桂洞 炳日 氏 말을 傳하
지 못햇다.

<1994년 2월 21일 월요일>
八時 四〇分 特急으로 永登浦驛에 十二時
五〇分에 着햇다.
仁川行 電鐵車로 東巖驛에 到着하야 택시
로 洞事務室에 가서 鄭宰澤 住所를 무르니
잘 모르고 전화를 해보니 他姓들이다. 할
수 없이 崔鎭鎬 집을 차자 一泊햇다.

<1994년 2월 22일 화요일>
朝食을 하고 成奎에 전화했으니 存細[仔
細] 알여주원 討話[通話]햇다. 길을 모르
니 宰澤 보고 鎭鎬 집으로 오라 햇다.
갖이 同行해서 宰澤 집에 갓다. 宰澤의 慈
堂이 반기햇다. 갖이 食口가 食堂으로 갓
다. 中食을 맞이고 洞事무室에 가서 印鑑
을 내주워 왓다.
오는 길에 成康 집에 드럿다. 夕食은 成傑
집에서 햇다.
仁川에 鄭宰澤 契畓 賣渡 分割金 六七,〇
〇〇원 傳햇다.

<1994년 2월 23일 수요일>
成傑 집에서 朝食을 햇다. 于先 쓰라며서
五〇萬 원을 주며 成康 母에 주라 햇다.
水原서 八時 二〇分 直行으로 十二時 半
에 到着햇다.
成曉가 人參 조청을 사왓다. 오늘부터 복용
始作햇다.
紅參[紅蔘]골트 製藥 復用 着手햇다.

---

135 "몸이 불편해서 못 갓다."는 내용은 19일 자 지
　　면에 한 번 더 기록하였다.

<1994년 2월 24일 목요일>
中食床에서 메누리가 말하기를 어제밤 九
時頃에 水原서 전화가 왔는데 成愼 婚姻을
延期하자고 왔다고 햇다.
早急[躁急]해서 三月 二十日만 機侍하고
[機待하고(기다리고)] 잇는데 아마도 바람
이 드려가서 某人 防害[妨害]나 하지 안햇
나 십다.
成苑에 무르니 女子가 不實點이 있어 成愼
이가 破婚하자 한 듯십다고 햇다.
마음이 加不間[可否間]에 不安햇다. 期初
準備는 다 해 노왓는데.

<1994년 2월 25일 금요일>
林玉相 成東이 水道 修理하드라.
新平面에서 成東 住民登錄登本[住民登錄
謄本] 二通을 떼고 登記所에서 登記謄本
을 떼고 郡廳에서 土地臺帳謄本을 떼다 代
書所 提示햇다. 舊登記가 없다 하야 用紙
를 주면서 仁川에서 다시 書類를 要求하기
에 仁川 宰澤에 便紙로 보낸다.
館村面事務所에서 成苑을 맛나고 成愼 婚
事가 다시 成事된다고 하드라. 處女 父母
가 서들면서 꼭 위겨 對햇다고 햇다.

<1994년 2월 26일 토요일>
累次에 數個月間 研究하고 生覺 끝에 南
原 成樂이에 논 六百餘 坪을 特措法으로
넘겨주엇다. 其後 生覺하니 莫同 成允이가
걸여 오늘사 마음的으로 一一七番地 一一
八番地 畓을 주려 하고 決定햇다.
다음은 成曉가 長孫인데 一一九番地 五七
○坪을 주려고 生覺 中이다.
大里 九六의 二
　　　九六의 三 ） 1,180坪

그려면 子息 八兄弟에 골구려 分配해 주엇
지만 多少 差異點이 잊이만 할 수 업다. 成
康 兄弟는 合計로 一五○番地 四百坪 一
四八의 一번지 二○○坪. 一四八의 二番
地 二○○坪 一五五番地 四九四坪 九二番
地 四四三坪 三七○番地 田 一八○坪 大
里坪 九六의 一番地 五三二坪 總計 二,四
四九坪 贈與햇다. 坪均[平均] 子息 一人
當 五五○坪골이다. 家屋은 成東 永住權
으로 指目햇다. 搗精工場 垈地 耕耘機 垈
地 텃밭은 後田 二○○坪이 殘이다.

<1994년 2월 27일 일요일>
全州 崔宗彦 問病하려 大學病院에 갓다.
路上에서 白元基를 對面한데 不安感이 들
드라. 할 수 없이 屋手[握手]햇다.

<1994년 2월 28일 월요일>
朝食 禁食 後 예수病院에 갓다. 龍宇하고
相議해서 一○日分 藥을 지여 왓다.
유득히 間밤에는 다리가 深히 통증이 있어
難抗[難航]을 격엇다. 애편[아편]약을 兼
해서 지엇다.

<1994년 3월 1일 화요일>
먹고 싶은 飮食이 없다. 아침 朝飯을 먹으
려 하니 메기들 안햇다.
몸은 千斤이나 무겁고 寒氣가 들고 해서
終日 舍郞에서 出入 禁하고 누워 지냇다.
成曉가 단여간바 請諜狀[請牒狀] 初案을
주윗다.
어제 投藥은 二日채 飮藥햇든니 手足은 조
금 通症이 덜한 듯싶으나 아편藥이라서 그
런 듯십다. 밋이는 못할 藥으로 보나 그레
도 通氣[痛氣]가 개면 한다.

<1994년 3월 2일 수요일>
間夜 中에도 從前 다름없이 苦通症[苦痛
症]이 심했다.
마음的으로 大端이 不安하다. 지난 20日경
에 一金 320,000원을 流失하고 舍郎 全體
를 뒤저도 現物이 보이지 안해서(爲親契
錢) 몸에서 熱이 生起여 1時에 病이 더 덥
첫다.
몇일을 生覺만 햇지만 異心[疑心]이 간 곳
이 없엇다. 그려데 뜻박게 片紙封投[片紙
封套]를 利用하려 뒤진바 그 속에서 發見
하야 生光스럽다.
朴日成이가 왔다. 마이크를 改修하려고 왔
다고 하드라. 里長도 왔는가 햇든니 面에
잇드라 하기에 마이크 이제는 떼 가라 햇
다. 대답을 하드니 제{가} 里長을 하기로
햇다기에 잘 햇다고 하고 事務引게 햇는가
햇든니 별로 할 게 업다고 하드라. 日前에
二月 二〇日경에 韓相俊이 와서 里長 任
期가 當햇다면서 公告를 말한 지後에 完宇
백기는 할 사람이 없다고 햇다.

<1994년 3월 3일 목요일>
三月 三日誌[136]
任實 登記所 郡廳 民願室 大同機{械}工社를
둘여서 館村面 저울檢查所에 들여서 왔다.

<1994년 3월 4일 금요일>
終日 出入을 禁하고 舍郎에서 讀書만 하고
日課를 보냇다.
仁川에 鄭宰澤에 전화로 書類를 再促햇다.

어제 大同工業社에 단여온 結果를 設明
[說明]하고 不遠 工業{社}에 가서 打合하
라 하고 四三馬力자리를 選澤[選擇]하라
햇다.
今日 比交的[比較的] 다리가 부드려진 듯
십다. 무슨 藥으로 效果를 보는지 두고 보
와야 하겟다.

<1994년 3월 5일 토요일>
몸 重量級이라서 出入하기 難햇다.
舍郎에서 지내며 新聞이나 보고 後面을 散
步햇다.
成東이는 玉相 鎭玉이와 장광을 改修햇다.
營農資金을 융자해 온 듯십드라. 무려보지
도 안햇다.

<1994년 3월 6일 일요일>
崔宗植 子 結婚이다. 賀客이 小數이고 우
리 同窓生도 四人만 參席 햇드라.
李埈根은 相面햇든니 屯德里 崔成五 말을
하면서 陰 每月 二十日에 募人 契가 있다
고 參席을 要하드라.
서울 成奎를 車中에서 맛나고 보니 어제
왔다고 崔松吉 子 結婚에 온 것 갓으라.
午後에는 玉相 鎭玉하고 장광을 改修햇다.

<1994년 5월 7일 월요일>
成愼 結婚 請諜狀 復寫[複寫]하는 데 一
二四,〇〇〇원인데 主人이 割引해서 二萬
원 削除햇다고. 代金은 成愼이가 어제 水
原서 와서 一切 다 주고 갓다고 하고 物品
은 成曉가 가저오고 내의 複用藥도 二통
사가지고 왔다.
終日 비가 내려서 舍郎에서 請諜狀 一五〇
枚를 다룬바 切手가 五〇枚가 不足햇다.

昌宇는 全州에서 一〇餘 日 만에 왔다고 집에 왔다.

<1994년 3월 8일 화요일>
移轉卷으로 代書所에 갓다. 鄭宰澤이가 仁川서 해 보낸 住民登錄證 複寫紙하고 郡民願室에서 賣買證書을 提出하고 왔다. 面에는 느저서 못 갓다.
저녁에는 大里 祭祀인데 못[몸]이 不平해서 못 갓다.
成東 內外를 시켜서 請諜狀을 쓰게 햇다.

<1994년 3월 9일 수요일>
來日은 連山 墓祀 打合하기로 炳基하고 同行키로 約束했다.
모래는 李鉉雨 氏하고 同行 鎭安을 人參 購入하려 가기로 電話 約束했다.
日記氣[日氣] 不順하야 氣溫 零下 5度. 出入 禁하고 寢室에 누엇다.

<1994년 3월 10일 목요일>
一. 館村郵替局에 成愼 結婚 案內狀을 郵送했다. 150枚.
二. 洋藥方[洋藥房]에서 구미藥을 購入햇다.
三. 大里 金差權 氏에서 捺印을 바닷다.
四. 面事務{所}에 取得稅를 入入햇다.
五. 保健所에서 成東 母 10日分 藥을 購入해 왔다.

<1994년 3월 11일 금요일>
鎭安을 갗이 가기로 言約하고 朝食 後에 바로 館村터미널에 기드리니 李鉉雨가 不參하야 10時경에 歸家했다. 알고 보니 自妹[姉妹] 侄[姪]이 別世해서엿다고 햇다.
終日 집에서 지냇다.

몸이 不安定하야 下足이 不平하다.
成曉이가 단여갓다.

<1994년 3월 12일 토요일>
새벽에 눈비가 多數 來렷다. 氣溫은 和햇다.
成康 母하고 同行 成苑까지 全州 百花店[百貨店]에 갓다. 洋服을 旣成服으로 삿다. 와이사쓰 렛타[넥타이]까지 1節[一切]을 가추웟다.
鄭太植 母 七旬 稀延[稀宴]이라고 住民 몇이 가드라. 成東이 간 것 같으라.

<1994년 3월 13일 일요일>
氣溫 底下로 零下 10度쯤 내려갓다. 出入을 禁하고 舍郞에 있엇다. 讀書나 하며 다리도 뜸질햇다. 藥은 復用한바 夕陽에 가름해 보니 좀 異常한 氣分이 들어 차도 잇는 십다.
成曉 內外가 단여갓다.

<1994년 3월 14일 월요일>
朝食을 禁하고 예수病院에 갓다. 오늘은 龍宇 擔番[當番]이 안지만 別途로 處方을 해 주웟다. 이번에는 最{高}額으로 30,400원이엿다.
요우[용우] 擔當은 水曜日 金曜日인데 이제것 治療를 밧고 復用햇이만 效果[效果]가 없서 달이 硏究해보갈 한다. 애편도 혼합한 듯십다. 통증이 온니 할 수 없다. 唐尿度는 160이라 햇다.
成愼이가 成東 母 用錢으로 10萬 원을 가저왓다.

<1994년 3월 15일 화요일>
몸이 不安하다.

全州에 갓다. 別 成果는 없다.
田畓을 두려본바 農繁期가 닥첫다. 不遠이
면 農 耕耘{機}가 入荷한다든니 于今것 消
息이 없다.

<1994년 3월 16일 수요일>
成東 妻하고 成康 母하고 市場에 갓다. 果
實 海魚 期他[其他] 退床감을 보내{기}로
하야 準備한 듯십다.
紅蔘을 사다 대려 空腹이 마서 보왓다.
입맙[입맛]이 없이 食事하는 데 難關이다.

<1994년 3월 17일 목요일>
面事務所에서 移轉確認 賣買渡認書[賣買
確認書]를 맞고 任實 代書所에 拂入하고
登記費도 7萬 원을 주고 領受證[領收證]
을 바닷다.
館村 南中藥局에 갓다. 病勢를 存細하게
設明해 주고 于先 10諜만 짓고 1四萬 원이
라는데 12萬 원 주고 20,000원은 在다.
집에 오니 大同工業社에서 現品을 到着시
켜 왓다는데 試運轉할 時는 告辭[告祀] 祝
을 讀祝케 하라 指示햇다.
間夜에 처음으로 밤잠을 五時間을 잤으니
몸은 效次가 있는 든십다.

<1994년 3월 18일 금요일>
義政府[議政府]에서 成奎 妻가 왓다.
嚴俊峰이 國有林을 自作처럼 土地을 1車
에 九仟 원식 賣渡하야 運搬하다 住民의
反發[反撥]로 中止되고 郡에서 나와 許可
를 못 내주겠으니 中止하라 햇다고 朴日成
에서 드럿{다}. 非人間 不良者 嚴俊峰이로
보고 住民을 完全이 無視한 者이다.

<1994년 3월 19일 토요일>
姜信洐 泰宇가 郵便으로 祝儀金이 送達되고
全州 崔順範 參禮 崔成桓도 郵送해 왔다.
住民 婦人들이 多數 오시여 飮食 수바라지
에 協助햇다.
成苑 成曉도 단여갓다.
今日은 比交的 手足이 別 異常이 없이 日
課를 보내고 食事도 如一햇다.
理髮을 햇다.

<1994년 3월 20일 일요일>
今日은 成愼 結婚日이다. 禮式場을 가보니
1家親戚 外來客이 多數 參席햇드라.
뜻 外에 請謀도 보내주지 안했어도 參禮者
가 相當수없다.
內外事는 一節 無事이 經過햇다. 多幸한
之事엿다.
查頓宅도 式에 相面햇다.
祝賀金은 650萬 원 收集되엿다면 居額[巨
額]으로 生覺햇다.

<1994년 3월 21일 월요일>
어제 成愼 結婚日에 總 收入金이 8,50萬
원 程度인데 成愼 內外 濟州道 新婚旅行
次 100萬 원 주고 成康이가 50萬 원 주고
其他 收入하고 合해서 近 200萬 원 가지
{고} 갓다.
中食代 200萬 원 成愼 母 雜支出金 내 用
錢 100萬 원 주드라.

<1994년 3월 22일 화요일>
9時 特急으로 炳基을 同伴해서 連山 光石
崔大炳을 訪問하고 邊家를 오래서 今年부
터 다시 山直을 하기로 決定하고 稅 5斗은
없세기로 햇다. 不良한 者로 본다.

하지만 客地인데 何人을 부고 付託할 하
사람 없고 해서 밋가고 應해주고 왓다.

<1994년 3월 23일 수요일>
예수병원에서 藥을 짓는데 32,000원을 주
윗다. 大端이 빗짜드라. 10日分.
新婚旅行 갓아 온 成愼 內外가 夕陽에 왓
다. 濟州道에 단여왓다고 햇다.
成曉가 와서 成愼하고 繕物[膳物]을 조금
購入해서 內衣 1着을 사가지고 李基定에
가서 人事를 닥앗다.
成奎가 서울서 왓는데 제의 父母 葬移[移
葬]하려 鎭鎬 또 鎭鎬 妹氏가 同伴해서 來
日 이곳에 當한다 햇다.

<1994년 3월 24일 목요일>
때 아닌 눈비가 래렷다. 꼼작 못하고 집 舍
郞에서 지냇다.
來日 馬靈에서 全奉住 氏가 오신다 햇다.
아마도 南原 近方 先山도 가볼 게옥[계획]
이다.

<1994년 3월 25일 금요일>
日氣는 不順햇다.
全奉住 氏 鎭鎬가 왓다. 金學順 家屋 後田
에 葬地를 定하고 各者[各自] 집으로 떠낫
다.

<1994년 3월 26일 토요일>
오늘도 大端 차가왓다.
任實保健所에 가서 1個月分分 藥을 가자고
오면서 聖壽 白云面[白雲面]으로 해서 鎭安
市場에 갓다. 人參을 속을 잘 몰아서 德川里
丁 氏를 시켜서 5양 75,000원에 삿다. 대추 2
카하{고} 사서 館村으로 도라 왓다.

<1994년 3월 27일 일요일>
崔宗彦 子 結婚日이다. 同窓生 멋 분만을
相面햇다. 30日 모두 相逢하자고 갈엿다.
李漢洪을 面談하고 日本旅行 비자를 말햇
든니 簡單하다며 1週日이면 비자가 나온다
햇다. 가고 십은 生覺도 든다.
몸이 좋이 못해서인지 마음이 不安하다.
子息들도 아마 가도 좇아한 듯십다.

<1994년 3월 28일 월요일>
養老院에 공구리 作業하는데 가 보왓다.
新平 坪議會[評議會]하는데 會議 타주윗다.
成曉가 濟州에 단여왓다고 三日 만에 왓다.
日氣가 溫和하야 完然이 農繁期가 當한
듯십다.

<1994년 3월 29일 화요일>
任實에 登記所에서 土地臺帳謄本을 떼고
郡 民願室에서 謄記謄本[登記簿謄本]을
뗏다.
代書所에서 金炯根을 相面하고 所有權登
記卷을 차자서 成東에 주윗다.

<1994년 3월 30일 수요일>
15回 同窓會 定期總會日이다. 約 11명이
募인바 4月 14日게 여수로 1日 外遊하려
가기로 約束하고 1當 10,000원식 豫納해
据出[醵出]햇다. 時間은 아침 5{時} 40分
列車를 利用키로 햇다.

<1994년 3월 31일 목요일>
成康 家屋 垈地 1部를 耕作權만 一金 參
拾萬 원에 賣渡햇다. 境界는 松林 限界로
하고 此後에 稅金은 分散 課稅키로 햇다.
집에서 家事 돌보고 午後에는 面에 단여서

全州로 해서 단여왔다.
日氣가 몇일동안 第{一} 溫和햇다.
어제밤에 妻家 合同祭祀日이다.

<1994년 4월 1일 금요일>
오토바이 附品[部品] 사려 또 沐浴하려 全州
에 단여왔다. 그러나 附品이 마지[맞지] 안해
서 來日은 오토바이로 全州에 갈가 한다.
메누리 成康 母는 祭需 購入하려 任實市
場에 단여왔다.
트라터[트랙터] 試運轉을 다 해보왔다.

<1994년 4월 2일 토요일>
家族에 말없이 朝食 後 全州로 向햇다.
아침 바람이 쌀〃햇다. 市廳 앞에 當하니 9
時경이엿다. 約 1時間여 걸엿다.
모두를 修理하고 보니 16,000원이엿다.
바로 出發하야 집에 온니 12時엿다.
藥을 대려 먹고 집안일을 보살펴 주웟다.
夕陽에 成奎가 서울서 왔다.

<1994년 4월 3일 일요일>
서울서 範 母 仁範 母가 왔다.
마당이 더러워 掃地을 햇다.
全州에서 丁基善 家族이 내의 病問하려 왓
다고 왔다.
仁川에서 鄭宰澤이가 차자왔다. 모두 고맙
드라.

<1994년 4월 4일 월요일>
來日之事가 밥을서싫어[바쁠성싶어] 石棺
하고 떼만은 今日 운반키로 햇다.
夕陽에 서울 鎭鎬 內外 範 母 七, 八人이
到着햇다.
五柳里 成順이도 왔다.

<1994년 4월 5일 화요일>
馬靈서 全奉柱 氏는 成曉가 慕侍 왔다.
里民 多數 參禮해주고 大小家에서 募여 協
助해 주워서 多幸이 早起에 끝냇다.

<1994년 4월 6일 수요일>
全員이 서울사람들하고 내 집에서 자고 全
員이 떠낫다.
나는 連山 墓祉[墓祀]라 할 수 없이 早束
[早速]이 出發햇다.
全州에서 炳基 炳列 南原 正宇하고 1行이
되여 參祭햇다.
집에 오니 밤 8時 30分이엿다.

<1994년 4월 7일 목요일>
14日 同窓會 外遊 日定을 定하야 案內狀
을 發送햇다.
웃집 林澤俊이는 혼자서 別世햇다고 柳正
進을 通해서 드럿다.

<1994년 4월 8일 금요일>
林澤俊 死亡한 데 弔問을 햇다.
終日 구름 찌고 日氣 不順햇다.
곳초를 市場化 하려 개리도드라[가려주느
라] 舍郎에서 지냇다.

<1994년 4월 9일 토요일>
林澤俊 出喪家에 갓다. 1家親戚이 多數 왓
드라. 中食을 喪家에서 햇다.
成曉가 왔는데 來日 大里 郭道燁 子 結婚
한다는데 네가 좀 단여오라 햇다.
마당에 세멘 공구리를 再沙해 보왔다.
試論驗[試驗] 사마서 夕陽에 館村 南中藥
方에 가서 相議해서 藥 10첩을 지여 왔다.
14萬 원 中 5萬 원 주고 9萬 원을 殘으로

하고 왔다.

<1994년 4월 10일 일요일>
메누리는 서울 結婚式에 갓다.
어제 館村에서 지여온 漢藥을 대려 먹기
始作햇다.
成東이는 담배밭에 두럭 지엿다.
林玉相는 안골 成康 田 180坪을 賣渡코자
100萬 원을 내라 햇든니 80萬 원을 주마 한
다기에 10萬 원만 보태서 살아 햇든니 그도
실타 한다니 챙피가 莫心[莫甚]하다. 完全
抛棄해 버럿다.

<1994년 4월 11일 월요일>
林家 집에서 朝食을 햇다.
구름이 찌여 日氣 不順하다.
食고초 賣渡次 밤에 成曉 內外가 왓다. 特
別措置法 土地 三件을 넘겨주면서 成曉
네 것도 있으니 捺印해서 郡에 提出하라
햇다.
비는 오려 하는데 成康 집 지붕갈이 나무를
쓰려내렷다.

<1994년 4월 12일 화요일>
朝飯을 崔完宇 집에서 햇다.
食後에는 完宇가 말하기를 昌坪里 金鎭玉
의 件 畓 賣渡에 對한 崔南連 關係를 其當
時 契約書를 兄任이 쓰시엿다는데 只今 兄
任은 몸도 좋이 못하고 잇는데 證人은 兄
任인데 死後가 되면 證人이 없으니 現在
崔南連 氏 金鎭玉 關係를 解約해야겟음디
다 햇다. 當場에 氣分이 少햇다.
집에 와서 生覺 끝에 崔南連 氏를 오시라
해서 其의 뜻을 무르니 20餘 年 前부터 移
轉해 가라 햇고 또 中年에 移轉한다고 印

章도 준 일이 잇고 其間 特措法도 잇는데
于今것 잘못은 金鎭玉에 잇고 梁海童 林玉
東은 側量[測量]해 보니 100餘 坪이 나마
서 두리 合坪한 적도 있엇다고 하고 其之
事를 故 林澤俊하고 鎭玉하고 三人이 合
席하야 是非한 적도 있엇다고 햇다. 그려한
只今 어제 大同沓매기 하면서 崔乃宇 가지
据論[擧論]하야 말성이 있엇다니 기분이
좋이 못햇다.
金鎭玉을 전화로 부르니 不在中. 三人이
合席하야 따저보기로 한바 完宇도 面에 갓
다고 不在中. 未決하고 南連 氏를 갓다.

<1994년 4월 13일 수요일>
全州 예수病院에 갓다. 10餘 日을 띠우고
갓다. 唐度[糖度]는 180度라며 其間 藥을
떼는데 唐度는 正確들 못햇다고 햇다.

成東 말에 依하면 朴日成의 條 畓 前 大里
崔奉玉의 先親 名儀인데 成東에 賣渡하라
하는데 坪當 萬 원식으로 하고 土地代價는
今秋에 주고밧기로 햇으니 뜻이 엇조요 밋
기에[묻기에] 利害間에 사드는데 特措 保
證人이 債任[責任]을 질 것에 달여 잇다고
본다고 햇다.
水原 成康 條 成允 條는 書類 提出만 해노
코 잇다.

<1994년 4월 14일 목요일>
同窓生 麗水 旅行日이다. 列車 出發時間
는 5{時} 40分.
會員을 募여 본데 꼭 10명이엿다. 趙治鎬의
妻男 食堂의로 向하야 中食 朝食을 햇다.
求景處는 靈巖寺엿다.
人當 1萬 원 程度로 終日 願滿[圓滿]이 求

景하고 無事이 歸家. 밤 8{時} 40分이엿다.
家族들은 外人과 담배 옴것다.

<1994년 4월 15일 금요일>
任實保健所에 갓다. 成東 母 {약}을 10日
分 지여 왓다.
代書所에서 1件 登記書類 一切을 가춰 왓
다. 李宗求에서.
完宇가 없서 面에는 土地賣買證明을 못 맛
낫다.

<1994년 4월 16일 토요일>
根死味 農藥을 山所에 뿌렷다.
云巖[雲巖] 確巖里[鶴巖里] 金宗會 子 結
婚에 參席햇다.

<1994년 4월 17일 일요일>
完宇 집에 간바 어제 왓다고 完宇 집에 成
奎가 와 잇드라. 嚴仁圭 妹 結婚式에 參席
햇다고. 듯자하오니 住民을 爲하야 뻐스를
貸切햇든바 農繁期라 겨우 住民 20餘 名
乘車햇으니 꼴이 안니드라고 들엇다.
成曉가 藥을 지여 보냇드라.
全州 崔基宇 慈堂이 別世햇다고. 弔問을
단여왓다.

<1994년 4월 18일 월요일>
오늘 日課는 面事무소를 단여 任實 代書所
에까지 갈 {일}이 있다.
日氣가 不順해서 出他를 抛棄하고 崔基宇
慈堂 死亡에 弔問에 갓다.

<1994년 4월 19일 화요일>
今日은 面事무所를 딴여 任實 代書所까지
가야 한다.

새벽 5時면 起床하야
◎ 保健所 藥을 복용하고 ◎ 水參[水蔘]을
갈아 우유하고 混合하야 마시고 ◎ 朝食
前에 예수{병원} 약을 복용하고 ◎ 또 朝食
後에는 예수 약을 복용하고 ◎ 또 食後에 1
개 약을 복용한다. ◎ 午前 中에 漢藥을 복
용하면 6回를 복용한다. 紅參골드까지 10
餘 順이나 된다.
面事務所에서 내의 印鑑證 住民登錄證을
떼고 農地賣買證書를 떼서 任實 代書所에
주고 郡 民願室에 가서 農地 實名制를 申
告해서 求備書類[具備書類] 一切을 完
了해 주고 李宗九 移轉費는 成曉보고 내라
해라 햇다.
집에서 水채를도 놋고 놀 새 없이 活動햇
다. 누면 잠을 잘 터이니 참고 단엿다.

<1994년 4월 20일 수요일>
병아리 한 배 깨여서 成康 母 집에 한 배 주
윗다. 13마리.
舍郎에서 지냇다.
成東이에 朴日成 條 土地를 買受하는데
前 大里 崔明保 祖父 名儀로 있으니 此後
에 其 後孫이 理由를 달가바 本里 特措 保
證人 嚴俊峰 韓相俊에 事前에 말을 하고
買受하라 햇다.

<1994년 4월 21일 목요일>
市場에 좀 갈가 한다.
登記所에 가서 昌坪里 122番地 土地 登記
付謄本[登記簿謄本]을 떼보니 未登記라
며 代書所에 가면 未登記 確認해 주면 特
措法으로 移轉할 수 잇다 햇다.
郡廳 民願室에 가서 臺帳 登本[謄本]을 떼
고 面에 가서 成東 住民謄本을 떼서 前 里

長 崔完宇를 주면서 署名 捺印해 달이고 付託하고 왔다.

館村 南中藥局 藥代 9萬 원을 店員에 주고 왔다. 12時경이엿다.

家族들은 種籾을 相子[箱子]에 上土入햇다. 特措法으로 朴日成이가 後事를 責任 짓기로 하야 外上으로 買受햇다.

<1994년 4월 22일 금요일>

日氣는 흐리고 구름이 끼고 간혹 잔비는 내럿다.

舍郞에서 讀書만 하고 지냇다.

今日로 水參은 떠려젓다. 돈이 따린다. 成東에는 藥代나 用錢을 달고 십지 안타. 日前에도 營農資金을 機百萬[幾百萬] 원 融資해온 든십나 말 안트라. 用錢 주기 시려서 그런 듯십다.

<1994년 4월 23일 토요일>

朝食을 禁하고 예수病院에 갓다. 唐度는 108度로 正常이라 햇다. 10餘 日分 藥을 처방해 지엿다.

설사가 나드라. 보도시 참고 館村까지 왔다.

家族들은 外人하고 苗板 設置햇다.

<1994년 4월 24일 일요일>

梁奉俊 成造 上樑 祝을 代書해 주윗다.

來日이 成康 母 生辰日인데 日曜日을 틈을 내서 今日로 家族기리 朝食을 햇다. 全州에 成曉 內外도 왔다. 水原에서는 成奉 食口 全員이 오고 成愼 內外가 오고 成康이는 鴻範 母만 온바 成康이는 物品을 盜難을 當햇다고 드럿다.

全州 澤俊 食口 水原 子息 內外 兒該[兒孩]들까지 全員이 午後에 떠낫다. 그려나 成奉 妻가 用錢을 괴비 너 주기에 살펴보니 돈 5萬 원이엿다. 설마 오래만에 왔으니 10萬 원은 바랏든니 大端이 서운햇다. 成康 成愼은 말도 없이 가버럿다.

子息들도 밋이 못하겟다. 몸은 不安하는데 藥으로만 지내는 身勢[身世]인데 前事가 莫〃하다. 할 수 없이 사는 대로 사다가 돈 떠려지면 죽는 게고 돈 生起면 사는 대로 사는 수박에 없다. 絶對로 苦生하면 햇고 죽으면 죽지 子息에 돈 좀 달고 십지를 안다. 그러나 내의 生計의 形便은 長期的으로 살고 십지 안타. 子息들에서 侍遇[待遇] 바드며 살기는 그른 듯십다. 또 自身이 바리도[바라지도] 안는다.

<1994년 4월 25일 월요일>

4月 25日 連記[137]

警察署에서 呼出狀이 왔다. 可否間 署에서 오라 하면 엇전지 마음이 不安하고 氣分이 좃이 안는 곳이다.

◎ 保健所에서 결핵약을 가저왔다.

本署에다 벌칙金 29,000원을 낸바 不平이 만지만 참앗다.

<1994년 4월 26일 화요일>

朝食하고 8. 30分에 出發하야 鎭安 市場에 갓다. 水參을 65,000원에 삿다. 9. 30分게 되엿드라.

---

137 4월 24일 자 일기를 적어가던 중 지면이 부족하여 "絶對로 苦生하면 햇고" 이하 내용을 25일 자 지면에까지 이어 기록하고 난 다음 문단 마지막에 겹선을 그어 아래 기록하는 25일 자 일기 내용과 구분하였다. 따라서 "4月 25日 連記"의 의미는 전날 기록한 내용을 25일에 이어 적는다는 뜻이 아니라 같은 지면에 25일 자의 일기를 이어 적고 있다는 뜻으로 볼 수 있다.

10. 30分에 出發하야 오다 途中에서 오토바이가 異常이 있어 苦生햇다.
馬靈 江亭里 全奉柱 氏 宅을 訪問하고 約 20分間 對話하고 作別햇다.

<1994년 4월 27일 수요일>
담을 바다 임실보권소에 제출했다.
家族들은 고초苗 菅理[管理]하고 담배도 때윗다.
새보들 논에 가보니 손댈 게 만햇다. 몸은 괴로와도 길을 냇다.
모자리도 整理 되엿드라.

<1994년 4월 28일 목요일>
메누리는 館村 圓佛教에 加入한지 2個月이 넘엇는데 日曜日만 단인 줄 알아든니 平日도 가드라. 農繁期에 支章[支障]은 勿論이고 金錢도 들 게 안니나.

<1994년 4월 29일 금요일>
아침에 成東이는 어제밤에 桂壽里 崔흔우에서 전화로 得宇가 山直을 못한다며 내일 오라고.
任實에서 돈을 購入해서 통장에서 40萬 원 確嚴里 金宗會 氏를 相面하고 新平農協을 단여왓다.
館村 炳基에 傳하야 來日 갖이 桂壽里에 가자 햇다. 8時경에 約束햇다.

<1994년 4월 30일 토요일>
日氣는 淸明하고 맑은 日時다.
宗事로 炳基 氏하고 同行하야 桂壽里에 갓다.
炳文 氏 斗沆 炳基 4人이 한 자리에서 따젓다. 이제 苗板이 끝이 낫는데 이제 位土

를 못 짓는다니 이럴 수 잇나 햇다. 炳文 氏는 斗沆이가 不良者이라 햇다.
밤 9時경에 桂壽 崔得宇에 전화로 할 말이 있으면 내에게 할 일이지 欽宇에 말할 것이 무웟이며 改畓[開畓]을 햇으면 正當히 費用을 要求하지 4, 50年 主客 間에 잇다 갈이[갈릴] 무렵에 섭〃하게 갈이면 되겟는가 15萬 원이면 適當하다 햇으니 不遠 보내주마 햇다.

<1994년 5월 1일 일요일>
活動해야 한다 하기에 억지로 動行하며 四方으로 단이면서 풀도 매다 꽃밭에 물도 주다 논 田畓에도 갓다.
午後에는 全州 丁基善 家族들이 왓는데 先塋들 合同墓祀를 지냇다고 하고 드려왓드라. 里에 丁氏 몃 집이 살지만 한 사람도 不參햇다 하드라.
트락터 使用 讀本을 讀書해 보니 解讀하것드라.

<1994년 5월 2일 월요일>
安承均 嚴俊映 韓相俊 4人이 同行하야 聖壽山에 藥材를 캐로 갓다. 近方에서는 最高의 山中으로 空氣가 좋의며 조용이 살기 좋으라. 그러나 目的物은 없다.
다시 나와서 任實邑을 지나서 某人의 말을 듯고 新德 栗峙로 갓다. 그러나 3人은 山속으로 가고 나는 뻐스로 집에 왓다.

<1994년 5월 3일 화요일>
新平郵替局에다 南原 得宇 改畓費用金 150,000원을 送金햇다. 宗財가 없어 私財로 代納햇다.
午後에는 비가 래럿다. 解渴은 忠分[充分]

햇다.

朴日成 條 122번지 田 特措法 書類하고 成康 條 안골 田 成曉 條 特措法 書類 2件을 郡廳에 成曉에 付託하고 왔다. 그러나 大里 崔明福 祖父 條 朴日成 關係는 書類가 異心스럽다고 햇다.

<1994년 5월 4일 수요일>
早起에 예수病院에 갓다. 順序가 龍宇 日課엿다. 唐度는 140度로서 大端치는 안는다고 햇다. 今日도 10餘 日分 製藥해 왔다.

<1994년 5월 5일 목요일>
終日 잔비가 래렷다. 野役은 할 수 없다. 舍郞에서 終日 讀書 工夫만 햇다. 트락터 敎本을 讀書한바 理解가 잘 되드라. 그리고 生覺이 不足하야 乾望症[健忘症]이 있어 總力이 더디드라.

<1994년 5월 6일 금요일>
他人 5人하고 담배 붓을 햇다.
나는 집안일을 보살피고 발도 뜨슨 물로 십으[습포]를 햇다.
成東이는 移秧機 修繕하려 갓다.
苗는 相當이 成長햇드라.
成東에서 用錢으로 拾萬 원 주드라.
成曉가 왓는데 못텡 成東 畓 特{措}法으로 移轉卷이 나왓다. 비용은 7萬 원이라고 하고 昌坪 119번지 成曉 件로 登記가 낫다고 햇다.

<1994년 5월 7일 토요일>
5人의 婦人이 募여 담배 붓을 끝낸다.
任實에 단여왔다.
새보들 논에 자갈을 드려낸다.

밤에 全州 相範 母 內外는 新田里서 고사리를 끈너 살마가지고 왔다. 用錢이라고 參萬 원 주고 가드라.

<1994년 5월 8일 일요일>
다리는 每日 통증이 개이들 안는다. 밤이면 잠이 잘 깨인다. 藥은 繼續 복용하지만 別效力이 없다.
家族 全員이 他人의 結婚식에 단여왔다.
나는 崔玉範 子 結婚에 단여왔다.

<1994년 5월 9일 월요일>
南原 市場에 갓다. 草 湖藥根을 構入[購入]햇다.
成東이는 트럭터 契約하기로 言約햇다고 館驛에 갓다.
韓相俊을 시켜서 감나무 接木을 햇다. 두 집을 갖{이} 하는데 時間이 걸이엿다.

<1994년 5월 10일 화요일>
今日은 鄕校에 儒道會長 任期 滿了로 選出하는 날이다. 李炳春 氏를 再任시켯다.
先進視察地 餘山[礪山] – 顯忠祠 郡山[群山] 長項을 단여 16, 17, 1泊 2日로 決定햇다.
南原 成樂이가 단여갓다. 用錢으로 拾萬 원 주고 갓다.
서울 李鍾南 氏도 病中에 있는데 回復은 어렵다고 하드라.

<1994년 5월 11일 수요일>
雨中인데 參禮 서울病院에 갓다. 兩 다리는 例에 比하면 오늘 深이 不平해서엿다.
所見書가 없다고 13,000원을 받으라.
中食을 하고 裡里 行하야 全州로 해서 任實 煙草販賣所에 갓다. 專賣所에서 紅參

액{기}스포를 3甲 構入햇다. 價格은 全州
나 任實이나 갇으라.

<1994년 5월 12일 목요일>
몇일 동안 日氣가 高溫으로 27度.
서울서 崔鎬鎭[崔鎭鎬] 成奎 2人이 왓다.
中食만을 하고 떠낫다. 아마도 馬靈 全奉
柱 氏 位先[爲先] 答報次 온 것 갓다.
鎬鎭 妻 唐尿病 藥 서울서 지여 보내라고
成奎에 一金 拾萬 원을 주면서 不遠면 託
送케 하라 햇다.

<1994년 5월 13일 금요일>
고초 移植하는 人夫 8名이 動員되여 갖이
協助해 주웟다.
中食이 끝이 나고는 예수병원에 갓다. 龍宇
는 美國 가고 없으며 女子 의사이 보는데
從前대{로} 지여 주웟다.

<1994년 5월 14일 토요일>
10時쯤 出發해서 驛前에 있으니 뻐스는 오
지 안햇다. 全州 가는 택시를 3,000원에 定
하야 乘車햇다. 그러나 約束時間은 10. 30
分인데 30分이 초과해서 11時에 着한바 總
務 東宇는 伏範 點宇는 바로 떠날여 하는
데 當하야 間信[艱辛]이 合乘하야 群山 禮
式場에 到着햇다.
中食은 여러 가지 飮食으로 合製되여 골구
로 내 마음에 든 飮食을 다마 원만이 滿足
하게 먹은 後에는 東宇 車便으로 群山 市
內를 求見한바 비가 終日 내려 不平햇다.
◎ 成東이는 朴日成하고 同行 農協에서
  3,100,000원을 貸付 받은바 實은 全州
  崔成苑을 주기 위한 것임.

<1994년 5월 15일 일요일>
비가 終日 내려서 出入도 못하고 舍郞에서
지냇다.

<1994년 5월 16일 월요일>
鄕校 主催로 8時에 觀光길에 나시려 生覺
中인데 새벽에 가슴 즉 심장이 異常이 生
겨서 不安햇다. 가슴은 지늠해 보면 1週間
한 번식은 異常이 온다.
約束한 일이여서 할 수 없이 出發햇다. 館
驛에서 乘車하고 보니 40名은 되였다. 忠
淸道 1帶만을 求景하고 溫泉에서 1泊햇다
(溫陽).

<1994년 5월 17일 화요일>
호텔에서 朝食을 하고는 德修寺을 둘여서
尹奉吉 忠義祠을 보고 金正喜 先生 秋史
祠堂 墓所로 求景하고 長項을 지나 群山
으로 全州를 지나서 집에 왔다. 夕陽 6時쯤
에 到着햇다.
成奎에서 唐尿藥이 3個 條로 區分해서 왓
는데 보용[복용] 方法을 몰아서 먹지를 못
하고 있다.

<1994년 5월 18일 수요일>
糖尿病藥 糖解錠 1回에 2알 크로늄약은 1
回에 1알 유글루콘 1/2알을 三類 混合 復
用한다. 1日 回수는 3回에 食前 복용함. 今
5月 18日 中食 前부터 復用 着手한다.
成東이는 池野 트럭터 作業을 하드라.
나는 田畓을 둘여보고 山所에 풀을 뿌아
준바 몇일을 從事해야겟드라.

<1994년 5월 19일 목요일>
館村 醫院 宋 氏에서 所見書를 맡고 參禮

서울병院에 갓다. 무릅팚은 患者만 50餘 名이 募엿드라. 治療는 잠간식 하는데 午前 中 끝이 나드라.
집에 오는데 農路를 콤바이로 파재기여 通行 不平햇다.
成東 內外는 池野 논 고르드라. 不遠 移秧할 計劃인 듯십다.

<1994년 5월 20일 금요일>
家族들은 肥料 散布하고 논 고루고 햇다. 콩도 심드라.
驛前 朴公熙가 왔다. 嚴俊峰을 보려 왔다고 햇다.
山所 옆에 뽀푸라 엽가지를 끈어 준데 다리가 앞아서 밤에 不安햇다.

<1994년 5월 21일 토요일>
못텡이 첫 모내기를 냇다. 새보들 3斗只이도 移秧햇다.
들에 가보니 農路 抱製道路[鋪裝道路]를 改修하드라.

<1994년 5월 22일 일요일>
新畓 물코를 改造햇다.
後田에 포프라 젓가지를 모두웟다.
들로만 단엿다. 집에 있으면 다리가 不平하다.
1時도 다리는 통증이 개이들 안는다. 이쯤 되면 더 살고 십지 안켓드라.

<1994년 5월 23일 월요일>
養老堂에서 書類을 整理하야 相俊하고 갖이 合同會議에 參席 햇다. 會議는 끝내고 中食은 面長에서 接侍[接待]을 받앗다.
各里 運營비 6萬 원을 受領햇다.
金炯順이가 面 會長을 그만두고 廉東根이

가 新任되엿다.
六月 中旬에 觀光을 가기로 햇다.

<1994년 5월 24일 화요일>
아침 5. 50分 列車로 成康 母하고 同行해서 光陽을 단여 玉谷面 面에 當하니 9時 30分이엿다. 玉谷面 財務係長을 相面하야 龍君의 家屋 番地 坪수를 알이냇다. 職員이 親切이 對해 주며 알여 주드라.
光陽으로 와서 登記所에서 登記附謄本을 떼고 郡에 가서 土地臺帳謄本을 떼고 代書所에 가서 相議한바 李澤俊 本人이 參席해야만 移轉한다 하야 不遠 오겟소 하고 왔다.

<1994년 5월 25일 수요일>
終日 비가 래렷다. 비는 適期에 잘 왔다.
水曜日인데 朝食을 굶고 예수病院에 갓다.
10餘 日分 藥을 지엿고 任實로 行하야 成東 母 藥을 진바 約 5萬餘 원이 써젓다. 金錢이 不足하야 前事가 幕望하다[막막하다].
6個月 만에 保健所에 들이여 服用藥을 要求한바 6個 以上은 못 주겟다고 하고 다음 6個月 만에 오시면 사진도 찍고 相議하자 햇다. 11月 末日에 가겟다.

<1994년 5월 26일 목요일>
全州 成苑 內外하고 우리 內外하고 四人이 全州驛에서 列車 便으로 順天을 거쳐 光陽 代書所에 갓다. 移轉手續 1切을 書名 捺印해 주고 왔다.
올 때도 全州를 거처서 왔다. 집에 온니 8時 20分이엿다.
水原 成奉에서 電話로 5月 29日 議政府에서 工場 開業을 한다고 傳해 왔다. 參席하

겟다고 햇다. 成曉 成苑도 간다고 햇다.

<1994년 5월 27일 금요일>
成東 母 沐浴탕에 데려다 주고 任實에 갓
다. 來日 列車票를 講入[購入]코자 간바
賣盡되고 없다고 햇다. 立席은 주마 하는데
不應햇다.
成東이는 今日로 우리 移秧을 끝맛첫다.
理髮을 햇다.

<1994년 5월 28일 토요일>
館村驛에서 成曉 便으로 任實터미널에 갓
다. 直行으로 全州에서 水原에서 下車햇
다. 成康 집에서 工場으로 春根을 불어서
成傑 집에서 中食을 하고 成愼 집으로 간
바 바로 엽집이드라.
夕陽에 成愼 집에서 夕食을 하고 잣다.

<1994년 5월 29일 일요일>
아침에 起床해 보니 밤새에 비가 相當이
내려 日氣가 不順. 그려치만 朝食을 하고 8
時에 成傑 車로 議政府 新工場 開業式에
參席햇다.
11時경에야 日氣는 溫和한데 告辭 祭需을
陳設하고 告辭 祝을 讀祝햇다.
서울서 成英 內外 成奎 成曉 成苑 우리 內
外가 參席햇다. 客도 多數가 參禮햇드라.
夕陽에 成奎하고 同行 範 집에 兄수 祭祀
에 參席햇다.

<1994년 5월 30일 월요일>
範 집에서 朝食을 德順 鎭鎬 內外 參祭하
고 갖이 食事햇다.
바로 水原 成康 집에서 먹고 잣다. 페를 키
첫다.

今般에 水原 가서 반가운 之事는 成愼이
가 人妻 人台[孕胎] 되엿다고 드르니 喜笑
햇다.

<1994년 5월 31일 화요일>
成康 집에서 朝食을 하고 成奉 집으로 行
햇다. 移舍[移徙] 後로 처음 成奉 집을 가
보왓다.
又 春根 車便으로 水原 新工場 敷地 買入
햇다기에 現地 觀見을 한바 1200坪을 買入
完全 移轉까지 畢햇드라. 水原 2個所 의정
부 1個所 그려면 3個 工場 運營하는 데는
投資金 約約 20億 원이 投資되고 現在 人
件비가 月當 3仟萬 원 支出된다니 大多事
業家이면 少年 時에 苦生한 德澤으로 生
覺햇다.

<1994년 6월 1일 수요만일>
館村面 民願室에 成苑 李時然의 住民登錄
番號을 알여주고 왓다.
논 田畓을 둘여보왓다. 못텡들 楊水[揚水]
事業 着手하야 함.
水原에 成康 집에 成奉 집에 各 〃 電話로
어제 네의 어머니와 갖이 無事이 집에 到着
햇다고 하고 幣[弊]를 지켜서[끼쳐서] 未
安타고 햇다.
다음 第三 工場 開業式에 또 갈 볼 豫定이다.

<1994년 6월 2일 목요일>
담배에 저근 놈만 골아서 複合肥料를 下部
에 試驗的으로 한 줌식 너 주웟다. 말없이
내의 生覺으로 施肥햇다.
成東이는 3, 4名이 트럭타 入庫를 造立[組
立]하야 바닥에 공구리트를 햇다.

<1994년 6월 3일 금요일>
成東 母하고 갖이 任實 新設 病院 성바오로
醫院에 갓다. 血압도 재보고 珍察하고 1日
분 藥만 지여주면서 예수病院 外는 服用을
禁하고 來日 朝食을 禁食하고 오라 햇다.
◎ 5月 29日 水原에서 가슴이 트려 오든니
  6月 3日=곡[꼭] 6日 만{에} 또 가슴이
  트려 올아다. 試驗해 보겟다. 가슴이 트
  려 오르면 熱이 오르며 잠시는 언자하다
  只今日부터 病院을 옴겨보겟다.

<1994년 6월 4일 토요일>
바오로病院에 2日 채 갓다. 血液檢査 한다
며 2人에 16,000원을 받으라.

<1994년 6월 5일 일요일>[138]
中食을 重宇 집에서 햇다.
夕陽에 成國이가 왔다. 其間 어데 있엇나
햇든니 서울에 있엇다고 하드라. 수박 외도
繕物로 사오고 伯母 藥代로 4萬 원을 주고
바로 서울로 갓다.
제의 父母는 大田에 가 오지 안햇{다}고 햇다.

<1994년 6월 5일 일요일>
南原에서 康姬 母가 電話한바 今日 午前
中으로 相面코자 한다기에 午後로 미룬바
全州에서 전화가 왔는데 成曉까지도 募이
게 하야 打合을 하겟다고.
生覺하니 成樂이가 小室이 하나 있어 떠려
찌 안니 하야 家政不和[家庭不和]인 듯십

다. 離婚 問題까지도 据論햇다고 햇다.
重宇 7旬잔치를 한다기에 가보니 客이 몃
분 잊이만 아주 쓸〃하드라.
今日도 內外가 任實 病院에 단여왔다.

<1994년 6월 6일 월요일>
今日 4日 채 任實 新病院에 갓다. 成東 母
는 前條 藥이 있으니 注射만 놋코 물이治
料[물리치료] 하고는 2,700원 밧고 나는 1
日分 藥만 주고 물이治料 하고 無料엿다.
未安하기 짝이 없다. 每日 단여야 한다.
成東 內外는 봉고車 便으로 麗水로 外遊
갓다.
成東이는 볼래 배우지 못한 子息이지만 外
遊를 가면 必히 父母에 人事를 하고 가는
게 子息으 道理지만 此 子息은 말없이 가
는 模樣 참으로 마음에 맞이 안코 不行 無
識者도 程度가 잇는 겟인데 成東이는 不足
하 人生.

<1994년 6월 7일 화요일>
1身에 服用藥은 ① 解糖錠 ② 예수病院 藥
③ 聖바오로 任實醫療원 藥(無料) ④ 물약
⑤ 紅參골드 藥을 服用한바 6日부터 病勢
가 良護해것다. 生覺한바 手足이 異常이
없어진 듯십다. 注[主]로 밤이면 痛症이 深
햇든바 어제부터 良護하며 밤에 잠이 잘 오
고 小便도 藉〃히 보지 앓는다[않는다]. 多
幸인데 5가지 藥 中 何藥에 效果를 본지
알 수는 없다. 꼭 이련한 藥과 處身을 하며
繼續하야겟는데 問題는 金錢이 앞으며[없
으며] 其 金額이 不足하야 不安하다. 子息
들에 金錢 要求하기란 困難하며 차라리 世
上을 등지고 싶은 心理 多分하다.
館村面에서 成苑을 對面햇든니 水原 成奉

은 9日 美國에 外遊 兼 見學次 간다드라. 그려나 애비에는 말 한 마디 없고 成苑 제에미만 傳한 듯십다. 그 놈도 애비하고는 뜻이 버그려젓다.

<1994년 6월 8일 수요일>
論山 豆磨面 豆溪 出張所에서 宗土確認 通報가 와서 今日 住民登錄謄本 1통 해서 所有者 確認케 보내 주웟다.
비가 조금 내럿다. 그래{도} 任實 病院에 단여왓다. 面에도 단여왓다.

<1994년 6월 9일 목요일>
內外에 任實 病院에 단여왓다. 오늘 7日 채다.
南原에 가다[갓다]. 市外뻐스터미날에서 1時까지 기드려도 서울사돈이 보이지 안햇다. 알고 보니 高束[高速]뻐스터미날이엿다.
康姬 母하고 3人이 女子 집을 찻고 보니 不在中이여서 抛棄하고 哲宇를 相面햇다.
밤 8時에 成樂이를 터미날로 불어내 3人이 한 자리에서 成樂에 設得[說得]했으나 내의 말은 듯이 안코 메누리 妻에 不行한 말과 장모 者에도 맙대로 하라며 妻는 보지 못하겟다고 担的[端的]으로 말하는데 서울 사돈 보기가 未安햇다.
부숙[불쑥] 일어서 成樂이는 자리를 떠나 버렷다.

<1994년 6월 10일 금요일>
아침에 南原 康姬 母에서 전화로 어제밤에 成樂이가 드려오지 안햇다고. 念慮하지 말아. 올 게다.
둘이 病院에 단엿왓다. 道峰 李春根 氏도 病院에서 相面햇다.
새보들 논에 모를 때웟다. 사람이 良心上으

로 보면 모 때울 데가 맓은데[많은데] 대우지를 안고 있으니 나더{러} 때우라는 말인가 보다.

<1994년 6월 11일 토요일>
8時에 出發하야 任實 病院에 둘이서 갖이 갓다.
全州 예수病院도 抛棄하고 任實保健所도 抛棄햇다. 그러나 今日까지 9日 채 갓다. 日曜日도 없이 患者를 取扱하드라.
成奉이는 玉相 鎭玉을 갖이 뒤얀 토방을 공굴햇다.

<1994년 6월 12일 일요일>
10日 채 病院에 둘이 단여왓다.
집에 온니 別 할 일은 없고 成東은 玉相에 일하려 갓고 朝食은 張泰燁 집에서 햇다.
崔南連을 同伴한바 심심해서 大里 예수堂에 入堂키로 햇다며 나더려 갖이 同行하자 하기에 밥바서 못 가겟다고 据絶[拒絶]햇다.
몇일채 비가 오지 안고 루害[旱害]가 深해 담배가 作況이 良護치 못하야 못된 담배에만 尿毒[尿素]만을 주웟다.

<1994년 6월 13일 월요일>
11日 채 병원에 단여왓다. 小風도 쐬이기 兼해서 아침 空氣도 마시{기} 위해서 단여보겟다. 그려나 나는 料金을 내지 안으니 表文植 院長에 未安하다고 人事햇든니 千萬한 말삼이라고 念慮 마시고 단이라 햇다.
步行길을 살피려 造林山峰을 散步해 보왓다. 出發하야 迫路[歸路]에 約 40分이 걸이드라.
全州 成玉이가 단이려 왓다.

全州 柳鉉煥 問病했다. 任實 病院 단여왔다. 全州 端午節이기에 德律[德津]에 가보고 왔다.

<1994년 6월 14일 화요일>
12日 채 任實病院에 단여왔다.
中食을 하고 竹林溫泉에 沐浴湯에 갓다 왔다.
某人이 全州 大私習노리에 가자 햇지만 뻐스 타고 보니 갈 뜻이 없어 竹林溫泉에 내렸다.

<1994년 6월 15일 수요일>
7. 20分 뻐스로 全州 예수病院에 3週 만에 갓다.
龍宇를 對面햇든니 모[못] 나가게 하고 卽席에서 診察을 하고 投藥所로 갓다. 糖度는 126度{라} 하고 良護하다 햇다.
집에 오니 藥이 없다. 館村터미날도 連洛[連絡]햇든니 技上가 주드라고 주드라.
午後에 任實醫院에 둘이 단여왔다.
家族은 참깨 때우드라.

<1994년 6월 16일 목요일>
14日 채 任實醫院에 갓다 왔다. 오늘은 任實市場이라서 患者가 培 以上 募엿드라.
평다리 朴萬植을 訪問햇다. 加工組合에 들엿든니 常務 者가 不在中이드라.
成苑 便으로 光陽에 代書所 李時然 住民登錄證 2통을 送付햇다.
밤에 光陽 金成模 者에 電通으로 代書所에 가서 鄭三吉 氏을 찾고 登記를 再促하라 햇다.
全州 徐東辰에 電通으로 來日 9時에 相面키로 言約햇다.

<1994년 6월 17일 금요일>
15日 만에 任實 病院에 단여왔다.
트락차 舍庫를 築舍햇다.
庭園 整理햇다.
담배밭에 第一 못난 담배苗에 尿素를 試驗的으로 投下햇다. 장마 지면 傷한다 햇다.
成東이는 喪家집에서 지내드라.
내의 病勢는 良護햇다. 分明히 아라보게 되엿다. 이려한 操視로만 간다면 壽命 延長은 自身 잇다. 엽 視人들은 내의 病이 惡化될수록 주화한[좋아한] 者가 多少 잇다.

창평일기 4

찾아보기

ㄱ

저자

이정덕	전북대학교 인문대학 고고문화인류학과 교수
소순열	전북대학교 농업생명과학대학 농업경제학과 교수
이성호	(사)호남사회연구회 연구위원
문만용	KAIST 한국과학문명사연구소 연구교수
안승택	(사)지역문화연구소 연구위원
김규남	전북대학교 SSK개인기록연구팀 전임연구원
김희숙	전북대학교 대학원 고고문화인류학과 박사과정
김민영	전북대학교 대학원 국어국문학과 석사과정

창평일기 4

초판 인쇄 | 2013년 6월 21일
초판 발행 | 2013년 6월 29일

저　　자　이정덕·소순열·이성호·문만용·안승택·김규남·김희숙·김민영

책임편집　윤예미

발 행 처　도서출판 지식과교양
등록번호　제 2010-19호
주　　소　서울시 도봉구 창5동 262-3번지 3층
전　　화　(02) 900-4520 (대표)/ 편집부 (02) 900-4521
팩　　스　(02) 900-1541
전자우편　kncbook@hanmail.net

ISBN 978-89-6764-027-9 94810　　　　　**정가** 37,000원

이 도서의 국립중앙도서관 출판도서목록(CIP)은 e-CIP홈페이지(http://www.nl.go.kr/ecip)에서 이용하실 수 있습니다.
(CIP제어번호: CIP2013009980)